btb
Aus Freude am Lesen

btb

Buch

Ernest Lash, ein junger Psychoanalytiker aus San Francisco, glaubt an die Wirksamkeit seines Tuns, ist aber andererseits davon überzeugt, daß die klassischen Therapien dringend einer Erneuerung bedürfen. Eines Tages beauftragt ihn die Ethikkommission seines Fachbereichs mit der Untersuchung eines prekären Falls: Er soll die Arbeitsweise eines älteren, sehr berühmten Kollegen namens Seymour Trotter überprüfen, der angeklagt ist, ein Verhältnis mit einer vierzig Jahre jüngeren Patientin gehabt zu haben. Trotter beharrt darauf, daß Sex das einzige Mittel gewesen sei, um die junge Frau vor ihrem selbstzerstörerischen Verhalten zu retten. Zunächst ist Ernest entrüstet. Doch je mehr er sich mit der Sache beschäftigt, desto mehr fasziniert ihn die Idee, jedem Patienten bzw. jeder Patientin eine fallspezifische Behandlung zuteil werden zu lassen. So beschließt er eines Tages, sich in Zukunft mit absoluter Ehrlichkeit auf die Therapeuten-Klienten-Beziehung einzulassen. Doch er hat die Rechnung ohne Carol, die betrogene Ehefrau eines seiner Patienten, gemacht. Carol, eine erfolgreiche Anwältin, ist wild entschlossen, sich an ihrem Mann zu rächen, indem sie seinen Therapeuten verführt...

Autor

Irvin D. Yalom ist Professor für Psychiatrie an der Stanford University. Seine Bücher »The Theory and Practice of Group Psychotherapy« und »Inpatient Group Therapy« sind in den USA zu Klassikern geworden.

Irvin D. Yalom bei btb

Und Nietzsche weinte. Roman (72011)
Die Reise mit Paula (72640)
Die Liebe und ihr Henker und andere Geschichten
aus der Psychotherapie (72378)

Irvin D. Yalom

Die rote Couch

Roman

Aus dem Amerikanischen
von Michaela Link

btb

Die Originalausgabe erschien 1996 unter dem Titel
»Lying on the Couch« bei Basic Books,
A Division of Harper Collins Publishers, Inc.

Umwelthinweis:
Alle bedruckten Materialien dieses Taschenbuches
sind chlorfrei und umweltschonend.

btb Taschenbücher erscheinen im Goldmann Verlag,
einem Unternehmen der Verlagsgruppe Random House GmbH.

Einmalige Sonderausgabe Oktober 2001

Umschlaggestaltung: Design Team München
Umschlagfoto: Geoff Spear
Satz: IBV Satz- und Datentechnik GmbH, Berlin
AL · Herstellung: Augustin Wiesbeck
Made in Germany
ISBN 3-442-72883-5
www.btb-verlag.de

Auf die Zukunft –
Lily, Alana, Leonore, Jason.

*Möge euer Leben erfüllt sein
von Staunen.*

PROLOG

Ernest war gern Analytiker. Tag für Tag ließen ihn seine Patienten in den verborgensten Winkeln ihres Lebens stöbern. Tag für Tag tröstete er sie, teilte ihre Sorgen und linderte ihre Verzweiflung. Wofür er seinerseits bewundert und gehätschelt wurde. Und auch bezahlt, obwohl er auch ohne Honorar als Therapeut gearbeitet hätte, wenn er auf das Geld nicht angewiesen gewesen wäre.

Glücklich der, der seine Arbeit liebt. Und Ernest schätzte sich tatsächlich glücklich. Mehr als glücklich. Gesegnet. Er war ein Mann, der seine Berufung gefunden hatte – ein Mann, der sagen konnte, ich bin genau da, wo ich hingehöre, im Auge des Sturms, wo meine Talente, meine Interessen, meine Passionen gebündelt sind.

Ernest war kein religiöser Mensch. Aber wenn er morgens seinen Terminkalender aufschlug und die Namen der acht oder neun Lieben sah, mit denen er den Tag verbringen würde, wurde er von einem Gefühl überwältigt, das er nur als religiös bezeichnen konnte. In diesen Momenten verspürte er ein tiefes Gefühl der Dankbarkeit allem gegenüber, das ihn zu seiner Berufung geführt hatte.

Manchmal, wenn er morgens durch das Oberlicht seines viktorianischen Hauses in der Sacramento Street in den Frühnebel schaute, stellte er sich vor, wie seine Analytikerkollegen aus der Vorzeit in der Morgendämmerung schwebten.

»Ich danke euch, ich danke euch«, sang er dann vor sich hin. Er dankte ihnen allen – all den Heilern, die der Verzweiflung entgegengewirkt hatten. Zuerst den Urahnen, deren empyreische Umrisse kaum sichtbar waren: Jesus, Buddha, Sokrates. Unter ihnen, ein wenig deutlicher, die großen Erzväter: Nietzsche, Kierkegaard, Freud, Jung. Und noch näher die Großeltern unter den Therapeuten: Adler, Horney, Sullivan, Fromm und das gütig lächelnde Gesicht Sandor Ferenczis.

Vor einigen Jahren hatten sie ihm Antwort auf seinen Aufschrei der Verzweiflung gegeben, als er sich nach seinem Jahr als Assistenzarzt genau wie alle anderen ehrgeizigen jungen Neuropsychiater der neurochemischen Forschung gewidmet hatte – dem Bereich der Zukunft, der goldenen Arena persönlicher Chancen. Seine Vorfahren wußten, daß er sich verirrt hatte. Er gehörte nicht in ein wissenschaftliches Labor. Und auch nicht in die Medikamentenausgabe einer psychopharmakologischen Praxis.

Sie schickten ihm einen Boten, um ihn seinem Schicksal zuzuführen. Bis auf den heutigen Tag wußte Ernest nicht, *wie* er zu der Entscheidung gefunden hatte, Therapeut zu werden. Aber er erinnerte sich genau daran, *wann* es geschehen war. Er entsann sich dieses Tages mit erstaunlicher Klarheit. Und er erinnerte sich auch an den Menschen, Seymour Trotter mit Namen, dem er nur ein einziges Mal begegnet war, der aber sein Leben für alle Zeit verändern sollte.

Vor sechs Jahren hatte der Leiter seiner Abteilung ihn, Ernest, auf ein Semester in das Komitee für medizinische Ethik des Stanford Hospitals abkommandiert, und sein erster Disziplinarfall dort betraf Dr. Trotter. Seymour Trotter war der einundsiebzigjährige Patriarch der psychiatrischen Gemeinde und ehemaliger Präsident der »American Psychiatric Association«. Man warf ihm vor, eine sexuelle Beziehung zu einer zweiunddreißigjährigen Patientin eingegangen zu sein.

Ernest war damals Assistenzprofessor im Fach Psychiatrie,

und seine Zeit als Assistenzarzt lag erst vier Jahre zurück. Da er sich beruflich ausschließlich mit neurochemischer Forschung beschäftigte, war er, was die Welt der Psychotherapie betraf, vollkommen naiv – viel zu naiv, um zu begreifen, daß man ihm diesen Fall übertragen hatte, weil niemand sonst sich daran die Finger verbrennen wollte: Alle dienstälteren Psychiater in Nordkalifornien verehrten und fürchteten Seymour Trotter zutiefst.

Ernest wählte ein nüchternes Verwaltungsbüro im Krankenhaus für das Gespräch und versuchte, sich einen offiziellen Anstrich zu geben. Während er auf Dr. Trotter wartete, behielt er die Uhr im Auge und die Beschwerdeakte lag ungeöffnet auf dem Schreibtisch vor ihm. Um unparteiisch zu bleiben, hatte Ernest beschlossen, den Angeklagten zu befragen, ohne sich vorher allzusehr mit der Geschichte vertraut zu machen. Die Akte würde er später lesen und dann gegebenenfalls ein zweites Treffen anberaumen.

Zunächst hörte er ein klopfendes Geräusch, das durch den Korridor hallte. War Trotter etwa blind? Darauf hatte ihn niemand vorbereitet. Das Klopfen, dem ein Schlurfen folgte, kam näher. Ernest erhob sich und trat in den Flur.

Nein, nicht blind. Lahm. Dr. Trotter taumelte unsicher zwischen zwei Stöcken den Flur entlang. Er ging gebückt und hielt die Stöcke weit, beinahe um Armeslänge, auseinander. Seine kräftigen Wangenknochen und sein ausgeprägtes Kinn behaupteten sich nach wie vor, aber das weichere Fleisch war von Runzeln und Altersflecken bedeckt. Tiefe Hautfalten hingen von seinem Hals herab, und weiße Haarbüschel ragten hinter seinen Ohren hervor. Trotzdem hatte das Alter diesen Mann nicht bezwungen – etwas Junges, ja Jungenhaftes ging von ihm aus. Was war es? Vielleicht sein Haar, das er grau und dicht in einem Bürstenschnitt trug, oder seine Kleidung, eine blaue Jeansjacke über einem weißen Rollkragenpullover.

Sie begrüßten sich in der Tür. Dr. Trotter stolperte einige Schritte in den Raum hinein, hob plötzlich seine Stöcke, fuhr energisch herum und landete scheinbar zufällig mit einer Pirouette auf seinem Platz.

»Volltreffer! Überrascht, wie?«

Ernest ließ sich nicht ablenken. »Sie kennen den Zweck dieses Gesprächs, Dr. Trotter – und Sie wissen auch, warum ich das Band mitlaufen lasse?«

»Ich habe gehört, daß mich die Krankenhausverwaltung für die Ernennung zum Arbeiter des Monats in Betracht zieht.«

Ernest blinzelte unbeeindruckt durch seine große Brille und schwieg.

»Entschuldigung, ich weiß, daß Sie nur Ihren Job machen, aber wenn Sie erst einmal die Siebzig überschritten haben, werden Sie über solche Witze auch lächeln. Ja, einundsiebzig letzte Woche. Und Sie sind wie alt, Dr. ...? Ich habe Ihren Namen vergessen. Jede Minute«, sagte er und tippte sich an die Schläfe, »geben ein Dutzend kortikale Neuronen ihren Geist auf, sterben wie die Fliegen. Die Ironie dabei ist, daß ich vier Abhandlungen über Alzheimer veröffentlicht habe – natürlich habe ich vergessen wo, aber es waren gute Zeitschriften. Wußten Sie das?«

Ernest schüttelte den Kopf.

»Sie haben's also nie gewußt, und ich hab's vergessen. Damit wären wir in etwa quitt. Wissen Sie, welches die beiden Vorteile bei Alzheimer sind? Ihre alten Freunde werden zu neuen Freunden, und Sie können Ihre eigenen Ostereier verstecken.«

Wider seinen Willen mußte Ernest lächeln.

»Ihr Name, Ihr Alter, Ihre Methode?«

»Ich bin Dr. Ernest Lash, und der Rest gehört im Augenblick vielleicht nicht ganz zur Sache, Dr. Trotter. Wir haben noch viel vor uns heute.«

»Mein Sohn ist vierzig. Sie können nicht älter sein als er. Ich weiß, daß Sie in Stanford Assistenzarzt waren. Ich habe Sie letztes Jahr bei einem Vortrag gehört. Sie haben Ihre Sache gut gemacht. Sehr klare Präsentation. Heute schwört man ganz auf Psychopharmaka, stimmt's? Was für eine therapeutische Ausbildung kriegt ihr heute eigentlich noch mit? Bringt man euch überhaupt noch was bei?«

Ernest nahm seine Armbanduhr ab und legte sie auf den Schreibtisch. »Ein andermal werde ich Ihnen gern eine Kopie des Lehrplans von Stanford überreichen, aber lassen Sie uns im Augenblick bitte beim Thema bleiben, Dr. Trotter. Vielleicht wäre es das Beste, wenn Sie mir mit Ihren eigenen Worten von Mrs. Felini erzählen würden.«

»Okay, okay, okay. Sie wollen, daß ich ernst bleibe. Sie wollen, daß ich Ihnen meine Geschichte erzähle. Lehnen Sie sich zurück, mein Junge, und ich erzähle Ihnen eine Geschichte. Wir fangen am Anfang an. Es war vor ungefähr vier Jahren – mindestens vier Jahren... ich habe all meine Unterlagen über diese Patientin verlegt... welches Datum steht auf ihrer Anklageschrift? Was? Sie haben sie nicht gelesen. Faul? Oder versuchen Sie, unwissenschaftlichen Vorurteilen aus dem Weg zu gehen?«

»Bitte, Dr. Trotter, fahren Sie fort.«

»Das oberste Gebot der Gesprächsführung lautet, eine warme, vertrauensvolle Atmosphäre zu schaffen. Nachdem Ihnen das so gekonnt gelungen ist, fühle ich mich viel freier, über schmerzhafte und peinliche Dinge zu sprechen. Oh – *damit* habe ich Sie erwischt! Sie müssen vor mir auf der Hut sein, Dr. Lash, ich habe vierzig Jahre lang in Gesichtern gelesen. Ich kann das sehr gut. Aber wenn Sie mit Ihren Unterbrechungen fertig sind, werde ich jetzt anfangen. Sind Sie soweit?

Vor Jahren – sagen wir vor ungefähr vier Jahren – kommt also eine Frau, Belle, in meine Sprechstunde, oder sollte ich vielleicht sagen, sie schleppt sich herein? Ungefähr Mitte

Dreißig, aus wohlhabenden Verhältnissen – Italoschweizerin – depressiv, trägt eine langärmelige Bluse im Sommer. Eine, die sich selbst verletzt offensichtlich – Handgelenke vernarbt. Wenn Sie im Sommer lange Ärmel sehen, denken Sie immer an aufgeschnittene Handgelenke und Drogeninjektionen, Dr. Lash. Gutaussehend, tolle Haut, verführerische Augen, elegant gekleidet. Echte Klasse, aber nahe am Abgrund.

Lange Geschichte der Selbstzerstörung. Alles, was man sich nur denken kann: Drogen und Gott weiß was sonst noch, hat nichts ausgelassen. Als ich sie zum ersten Mal sah, war sie wieder auf Alkohol und spielte auch ein bißchen mit Heroin rum. Trotzdem nicht richtig abhängig. Irgendwie schien sie kein Talent dafür zu haben – manche Leute sind so –, aber sie arbeitete daran. Außerdem Eßstörungen. Vorwiegend Anorexie, gelegentlich aber auch bulimisches Erbrechen. Die Schnitte habe ich bereits erwähnt, jede Menge davon, überall auf beiden Armen und den Handgelenken – sie mochte den Schmerz und das Blut; das waren die einzigen Augenblicke, in denen sie sich lebendig fühlte. Das hört man oft von Patienten. Ein halbes Dutzend Krankenhausaufenthalte – immer kurz. Hat sich nach ein oder zwei Tagen immer selbst entlassen. Das Personal war heilfroh, wenn sie ging. Sie war richtig gut darin, einen Aufstand zu provozieren.

Verheiratet, keine Kinder. Sie wollte keine – meinte, die Welt sei zu gräßlich, um sie Kindern zuzumuten. Netter Ehemann, kaputte Beziehung. Er wollte unbedingt Kinder, und es gab jede Menge Streit um das Thema. Er war Investmentbanker wie ihr Vater, immer auf Reisen. Nach ein paar Jahren Ehe machte seine Libido dicht, oder er kanalisierte sie in das Anhäufen von Geld – er machte gutes Geld, landete aber nie den Volltreffer, wie ihr Vater es getan hatte. Arbeit, Arbeit, Arbeit, hat mit dem Computer geschlafen. Vielleicht hat er ihn auch gefickt, wer weiß? Belle hat er jedenfalls nicht gefickt. Ihren Berichten zufolge ist er ihr jahrelang aus dem Weg gegangen; der Grund war wahrscheinlich sein Zorn darüber, daß sie keine Kinder wollte. Schwer zu sagen, was die Ehe aufrecht erhielt. Seine Eltern waren Anhänger der Christian Science, und er lehnte eine Paartherapie beharrlich ab, genauso wie jede andere Form der Psychotherapie. Aber sie räumte auch ein, daß sie ihn nie sehr dazu gedrängt habe. Mal sehen. Was noch? Geben Sie mir ein Stichwort, Dr. Lash.

Ihre früheren Therapien? Gut. Wichtige Frage. Die stelle ich immer gleich in den ersten dreißig Minuten. Therapie ohne Unterlaß – oder Therapieversuche – seit ihren Jugendjahren. Hat sämtliche Therapeuten in Genf abgeklappert und ist eine Weile zur Analyse nach Zürich gefahren. Ist in den USA aufs College gegangen und hat einen Therapeuten nach dem anderen aufgesucht, häufig nur für eine einzige Sitzung. Bei einigen hat sie es ganze drei oder vier Monate ausgehalten, sich aber nie wirklich auf irgend jemanden eingelassen. Belle war – und ist – sehr schnell mit Kritik bei der Hand. Kaum jemand ist gut genug oder der richtige für sie. An jedem Therapeuten gibt es etwas auszusetzen: förmlich, zu überheblich, zu voreingenommen, zu herablassend, zu geschäftsorientiert, zu kalt, zu sehr auf Diagnosen fixiert. Psychopharmaka? Psychologische Tests? Verhaltensprotokolle? Vergessen Sie's – wer das vorschlug, wurde sofort gestrichen. Was noch?

Warum sie mich ausgesucht hat? Hervorragende Frage, Dr. Lash – bringt uns zum Kern der Sache und beschleunigt das Ganze. Wir werden schon noch einen Psychotherapeuten aus Ihnen machen. Ich hatte gleich so ein Gefühl, was Sie betrifft, als ich Ihren Vortrag hörte. Guter, scharfer Verstand. Das sah man schon daran, wie Sie Ihre Fakten präsentierten. Was mir besonders gefiel, war ihre Fallpräsentation, vor allem die Art, wie Sie Patienten auf sich wirken lassen. Ich hab damals gesehen, daß Sie genau die richtigen Instinkte haben. Carl Rogers pflegte zu sagen: ›Verschwenden Sie Ihre Zeit nicht damit, Therapeuten auszubilden – die Zeit ist besser genutzt, wenn Sie sie *auswählen*.‹ Ich fand immer, daß da eine Menge dran ist.

Mal sehen, wo war ich? Ah, wie sie auf mich kam: Ihr Gynäkologe, den sie anhimmelte, war ein ehemaliger Patient von mir. Er hat ihr gesagt, ich sei ganz in Ordnung und bereit, mir mit einem Patienten Mühe zu geben. Sie hat meinen Namen in der Bibliothek nachgeschlagen und einen Artikel gelesen, den ich fünfzehn Jahre zuvor geschrieben hatte; es ging um Jungs Idee, für jeden Patienten eine neue Therapiesprache zu erfinden. Kennen Sie diesen Aufsatz? Nein? *Journal of Orthopsychiatry*. Ich schicke Ihnen einen Nachdruck. Ich bin noch einen Schritt weitergegangen als Jung. Ich habe vorgeschlagen, daß wir für jeden Patienten eine neue Therapie erfinden, daß wir den Gedanken der Einzigartigkeit eines jeden Patienten ernst nehmen und für jeden von ihnen eine einzigartige Psychotherapie entwickeln.

Kaffee? Ja, gern. Schwarz. Vielen Dank. So ist sie also an mich geraten. Und die nächste Frage, die Sie stellen sollten, Dr. Lash? *Warum zu diesem Zeitpunkt?* Genau. Das ist die richtige Frage. Immer eine sehr ergiebige Frage bei einem neuen Patienten. Die Antwort: gefährliche sexuelle Spiele. Das war sogar ihr klar. Sie hatte immer mit solchen Sachen experimentiert, aber langsam wurde es massiv. Man stelle sich vor, daß sie mit ihrem Wagen auf der Autobahn neben Lastwagen oder Trucks her fuhr, sich den Rock hochzog und mastrubierte, bis der Fahrer neben ihr auf sie aufmerksam wurde –, bei achtzig Meilen die Stunde. Wahnsinn. Dann nahm sie die nächste Ausfahrt, und falls der Fahrer ihr folgte, hielt sie an, kletterte in seine Führerkabine und blies ihm einen. Solche lebensgefährliche Sachen. Und zwar ständig. Sie war so außer Kontrolle, daß sie, wenn sie sich langweilte, in irgendeine herruntergekommene Bar von San Jose fuhr und sich einfach jemanden aufgriff. Ihr kam es, wenn sie in gefährlichen Situationen steckte und unbekannte, potentiell gewalttätige Männer in sich spürte. Und dabei drohte ihr nicht nur von den Männern Gefahr, sondern auch von den Prostituierten, denen es nicht paßte, daß sie ihnen das Geschäft verdarb. Sie drohten ihr, sie umzubringen, und sie mußte sich ständig neue Lokale suchen. Und Aids, Herpes, Safer Sex, Kondome? Als hätte sie nie was davon gehört.

Das war also mehr oder weniger Belle, als wir anfingen. Sie kriegen langsam eine Vorstellung? Haben Sie irgendwelche Fragen, oder soll ich einfach fortfahren? Okay. Also, offensichtlich hatte ich bei unserer ersten Sitzung all ihre Tests bestanden. Sie kam ein zweites Mal und ein drittes, und wir begannen mit der Behandlung, zweimal, manchmal dreimal die Woche. Ich verwandte eine ganze Stunde darauf, einen detaillierten Bericht über ihre Arbeit mit all ihren früheren Therapeuten aufzunehmen. Das ist immer eine gute Strategie, wenn man es mit einem schwierigen Patienten zu tun hat, Dr. Lash. Finden Sie heraus, wie die anderen sie behandelt haben, und versuchen Sie dann, deren Irrtümer zu vermeiden. Vergessen Sie den ganzen Mist von wegen ein Patient sei nicht bereit für die Therapie! *Es ist die Therapie, die nicht bereit für den Patienten ist.* Aber Sie müssen mutig und kreativ genug sein, um für jeden Patienten eine neue Therapie zu erarbeiten.

Belle Felini war keine Patientin, der man sich mit traditionellen Techniken nähern konnte. Wenn ich in meiner professionellen Rolle – Fallgeschichte aufnehmen, reflektieren, Sympathie zeigen, Deutungen anbieten – bleibe, puff, ist sie weg. Glauben Sie mir. Sayonara. Auf Wiedersehen. Das hat sie bei all ihren Therapeuten gemacht, die sie je aufgesucht hat – und viele von ihnen haben einen guten Ruf. Sie kennen die alte Geschichte: Operation gelungen, Patient tot.

Welche Techniken ich angewandt habe? Ich fürchte, Sie

haben mich nicht ganz verstanden. *Meine Technik besteht darin, alle Technik fahrenzulassen!* Und das ist keine Klugscheißerei, Dr. Lash – das ist die erste Regel einer guten Therapie. Und das sollte auch Ihre Regel sein, falls Sie Therapeut werden sollten. Ich habe versucht, humaner und weniger mechanisch zu sein. Ich erstelle keinen systematischen Therapieplan – das werden Sie nach vierzig Jahren Praxis auch nicht mehr tun. Ich baue einfach auf meine Intuition. Aber Ihnen als Anfänger gegenüber ist das nicht fair. Rückblickend würde ich sagen, der auffälligste Aspekt an Belles Pathologie war ihre Impulsivität. Sie will etwas haben – bingo, sie muß es sich sofort verschaffen. Ich erinnere mich, daß ich ihre Frustrationstoleranz erhöhen wollte. Das war mein Anfangspunkt, mein erstes, vielleicht auch wichtigstes Therapieziel. Mal sehen, wie haben wir angefangen? Es fällt mir schwer, mich ohne meine Notizen an den Anfang zu erinnern; die Sache liegt so viele Jahre zurück.

Ich habe Ihnen erzählt, ich hätte meine Unterlagen verloren. Ich sehe den Zweifel in Ihrem Gesicht. Die Notizen sind weg. Verschwunden, als ich vor zwei Jahren andere Praxisräume bezog. Sie haben keine andere Wahl, als mir zu glauben.

Ich erinnere mich hauptsächlich daran, daß die Sache am Anfang viel besser lief, als ich erwartet hatte. Keine Ahnung, *warum*, aber Belle fühlte sich gleich zu mir hingezogen. An meinem guten Aussehen kann es nicht gelegen haben. Ich hatte damals gerade eine Katarakt-Operation hinter mir, und mein Auge sah gräßlich aus. Und meine Ataxie trug auch nichts zu meinem Sex-Appeal bei... Es handelt sich übrigens um eine erblich bedingte zerebelläre Ataxie, falls es Sie interessiert. Eindeutig progressiv... ein Gehgestell in ein oder zwei Jahren und ein Rollstuhl in drei oder vier. *C'est la vie.*

Ich glaube, Belle mochte mich, weil ich sie wie ein Individuum behandelt habe. Ich habe genau das getan, was Sie jetzt tun – und ich möchte Ihnen sagen, Dr. Lash, ich weiß es zu schätzen, daß Sie es tun. Ich habe keinen ihrer Berichte gelesen. Ich bin völlig blind an die Sache herangegangen, wollte ganz offen sein. Belle war für mich *nie* eine Diagnose, kein Grenzfall, keine Eßstörung, keine zwanghafte oder asoziale Störung. So gehe ich übrigens an all meine Patienten heran. Und ich hoffe, ich werde auch für Sie nie eine Diagnose werden.

Was? Wo die Diagnose denn meiner Meinung nach hingehöre? Nun, ich weiß, daß ihr Jungen, die ihr heute euren Abschluß macht, und die ganze Psychopharmaindustrie von Diagnosen lebt. Die psychiatrischen Fachzeitschriften sind voller bedeutungsloser Diskussionen über abgestufte Diagnosen. Strandgut der Zukunft. Ich weiß, daß die Diagnose bei manchen Psychosen wichtig ist, aber bei der alltäglichen Psychotherapie spielt sie kaum eine Rolle – und wenn, dann eine negative. Haben Sie jemals darüber nachgedacht, daß es einfacher ist, eine Diagnose zu erstellen, wenn man den Patienten zum erstenmal sieht, und daß es immer schwieriger wird, je besser man einen Patienten kennenlernt? Fragen Sie jeden erfahrenen Therapeuten nach seiner privaten Meinung – alle werden Ihnen dasselbe sagen! Mit anderen Worten, Gewißheit ist umgekehrt proportional zum Wissen. Schöne Wissenschaft, wie?

Was ich Ihnen sagen will, Dr. Lash, ist, daß ich, was Belle betrifft, nicht nur keine Diagnose *erstellt* habe; ich habe nicht einmal diagnostisch *gedacht*. Das tue ich immer noch nicht. Trotz allem, was passiert ist, trotz dem, was sie mir angetan hat, tue ich es immer noch nicht. Und ich glaube, das wußte sie. Wir waren einfach zwei Menschen, die miteinander in Kontakt traten. Und ich mochte Belle. Habe ich immer getan. Ich mochte sie sehr! Und auch das wußte sie. Vielleicht ist *das* das Problem.

Nun sprach Belle nicht gut auf Gesprächstherapie an –

ganz gleich, welchen Maßstab man anlegte. Impulsiv, handlungsorientiert, keinerlei Neugier, was sie selbst betraf, nichtintrospektiv, unfähig, frei zu assoziieren. Was die traditionellen Arbeitsschritte in der Therapie angeht, – Selbstuntersuchung, Einsicht – hat sie immer versagt, was dazu führte, daß ihr Selbstbild in der Folge noch negativer wurde. *Das* war der Grund, warum ihre Therapien immer geplatzt sind. Und das war der Grund, warum ich wußte, daß ich ihre Aufmerksamkeit auf anderem Wege erringen mußte. Das war der Grund, warum ich für Belle eine neue Therapie erfand.

Wie die aussah? Nun, ich möchte Ihnen ein Beispiel aus der Anfangszeit der Therapie nennen, vielleicht aus dem dritten oder vierten Monat. Ich hatte mich auf ihr selbstzerstörerisches sexuelles Verhalten konzentriert und sie danach gefragt, was sie wirklich von den Männern wollte, einschließlich des ersten Mannes in ihrem Leben, ihres Vaters. Aber ich kam einfach nicht weiter. Sie sträubte sich mit Händen und Füßen dagegen, über die Vergangenheit zu sprechen – das hätte sie zu oft mit anderen Psychofritzen durchexerziert. Außerdem hatte sie sich in den Kopf gesetzt, daß das Stochern in der Vergangenheit nur eine Ausrede war, um keine persönliche Verantwortung für ihre Taten zu übernehmen. Sie hatte mein Buch über Psychotherapie gelesen und zitierte mich mit genau dieser Feststellung. So etwas hasse ich. Wenn die Patienten Widerstand leisten, indem sie deine Bücher zitieren, haben sie dich.

In einer Sitzung habe ich sie nach frühen Tagträumen oder sexuellen Phantasien gefragt, und schließlich hat sie, um mir meinen Willen zu lassen, eine immer wiederkehrende Phantasie beschrieben, die aus der Zeit stammte, als sie acht oder neun Jahre alt war: Draußen herrscht Sturm, sie kommt kalt und tropfnaß in ein Zimmer, und ein älterer Mann wartet dort auf sie. Er umarmt sie, zieht ihr die nassen Kleider aus, trocknet sie mit einem großen, warmen Handtuch ab, gibt ihr heiße

Schokolade zu trinken. Also habe ich ein Rollenspiel vorgeschlagen: Ich sagte, sie solle aus dem Sprechzimmer gehen und dann wieder hereinkommen und so tun, als wäre sie naß und durchgefroren. Das Ausziehen habe ich natürlich ausgelassen, aber ich habe ein relativ großes Handtuch aus dem Waschraum geholt und sie tüchtig abgetrocknet – wobei ich alles Sexuelle gemieden habe, wie ich es immer tat. Ich habe ihr den Rücken und das Haar ›abgetrocknet‹, sie dann in das Handtuch gewickelt, in ihren Sessel gesetzt und ihr eine Tasse Instant-Kakao gemacht.

Fragen Sie mich nicht, warum oder wieso ich das zu genau dem Zeitpunkt getan habe. Wenn Sie so lange praktiziert haben wie ich, lernen Sie, auf Ihre Intuition zu bauen. Aber dieses Zwischenspiel änderte alles. Belle war für eine Weile sprachlos, ihr kamen die Tränen, und dann greinte sie wie ein Baby. Belle hatte noch nie, noch nie in der Therapie geweint. Ihr Widerstand schmolz einfach dahin.

Was ich damit meine, ihr Widerstand schmolz einfach dahin? Ich meine, daß sie mir vertraute, daß sie glaubte, daß wir auf derselben Seite stünden. Der technische Ausdruck dafür, Dr. Lash, ist ›therapeutische Allianz‹. Danach wurde sie eine echte Patientin. Das wichtige Material sprudelte nur so aus ihr heraus. Sie begann für die nächste Sitzung zu leben. Die Therapie wurde zum Mittelpunkt ihres Lebens. Wieder und wieder sagte sie mir, wie wichtig ich für sie sei. Und das nach erst drei Monaten.

Ob ich *zu* wichtig war? Nein, Dr. Lash, der Therapeut kann im frühen Stadium der Therapie gar nicht wichtig genug sein, selbst Freud benutzte diese Strategie: den Versuch, eine Psychoneurose durch eine Übertragungsneurose zu ersetzen – das ist eine effektive Möglichkeit, Kontrolle über zerstörerische Symptome zu gewinnen.

Das scheint Sie zu verwirren. Nun, worum es geht, ist folgendes. Der Patient entwickelt eine zwanghafte Beziehung zum Therapeuten – er denkt intensiv über jede Sitzung nach, führt zwischen den Sitzungen lange Phantasiegespräche mit dem Therapeuten. Zu guter Letzt werden die Symptome durch die Therapie gesteuert. Mit anderen Worten, statt von inneren neurotischen Faktoren getrieben zu werden, beginnen die Symptome gemäß den Anforderungen der therapeutischen Beziehung zu fluktuieren.

Nein, danke, keinen Kaffee mehr, Ernest. Aber trinken Sie ruhig welchen. Haben Sie etwas dagegen, wenn ich Sie Ernest nenne? Gut. Dann lassen Sie uns fortfahren. Ich legte meinen Schwerpunkt also auf diese Entwicklung. Ich tat alles, was ich konnte, um noch wichtiger für Belle zu werden. Ich beantwortete jede Frage, die sie mir bezüglich meines eigenen Lebens stellte, ich nutzte ihre positiven Charaktereigenschaften aus. Ich sagte ihr, was für eine intelligente, gutaussehende Frau sie sei. Es war mir schrecklich, was sie sich selbst antat, und das habe ich ihr auch ganz offen gesagt. Nichts von alledem war schwierig: Ich brauchte lediglich die Wahrheit zu sagen.

Sie haben mich vor ein paar Minuten nach meiner Technik gefragt. Vielleicht ist meine beste Antwort auf diese Frage sehr einfach: *Ich habe die Wahrheit gesagt*. Ganz allmählich begann ich, eine größere Rolle in ihren Phantasien zu spielen. Sie schwelgte in langen Tagträumereien über uns beide – einfach nur, daß wir zusammen waren, einander in den Armen hielten, daß ich Kinderspiele mit ihr spielte, sie fütterte. Einmal brachte sie einen Becher Joghurt und einen Löffel mit in die Sprechstunde und bat mich, sie zu füttern – was ich zu ihrem großen Entzücken tat.

Klingt doch unschuldig, oder? Aber ich wußte gleich, daß da ein Schatten über uns lag. Ich wußte es schon damals, ich wußte es, als sie davon sprach, wie sehr es sie erregte, wenn ich sie fütterte. Ich wußte es, als sie mir erzählte, daß sie lange Kanutouren unternahm, zwei oder drei Tage die Woche, nur um allein zu sein, auf dem Wasser zu treiben und ihre Tagträume, was mich betraf, zu genießen. Ich wußte, daß meine Herangehensweise an das Problem riskant war, aber es war ein kalkuliertes Risiko. Ich wollte zulassen, daß sich die positive Übertragung soweit aufbaute, daß ich sie dazu benutzen konnte, um gegen ihre selbstzerstörerischen Triebe anzugehen.

Nach einigen Monaten war ich so wichtig für sie geworden, daß ich mich langsam ihren Krankheitssymptomen widmen konnte. Zuerst konzentrierte ich mich auf die Dinge, bei denen es um Leben oder Tod ging: HIV, die Clubszene und ihre Autobahnnummer als Engel der Barmherzigkeit. Sie ließ einen HIV-Test machen – negativ, Gott sei Dank. Ich erinnere mich daran, daß wir zwei Wochen auf die Ergebnisse des HIV-Tests warteten. Lassen Sie sich eines gesagt sein, ich habe genauso geschwitzt wie sie.

Haben Sie schon mal mit Patienten gearbeitet, die gerade auf die Ergebnisse eines HIV-Tests warten? Nein? Nun, Ernest, diese Wartezeit ist ein Fenster der Möglichkeiten. Man kann es benutzen, um ein gutes Stück voranzukommen. Einige Tage lang sehen sich die Patienten mit ihrem eigenen Tod konfrontiert, möglicherweise zum ersten Mal. In dieser Zeit kann man ihnen helfen, ihre Prioritäten unter die Lupe zu nehmen und neu zu ordnen, ihr Leben und ihr Verhalten auf die Dinge zu gründen, die wirklich zählen. *Existenzschocktherapie* nenne ich das manchmal. Aber nicht bei Belle. Es ließ sie kalt. Sie hatte einfach zuviel verleugnet. Wie so viele andere selbstzerstörerische Patienten glaubte Belle, keine andere Hand als ihre eigene könne ihr Schaden zufügen.

Ich klärte sie über HIV auf und über Herpes, den sie, was an ein Wunder grenzte, auch nicht hatte, und über Safer Sex. Das lenkte ihr Interesse auf sicherere Gelegenheiten, um Männerbekanntschaften zu schließen, wenn es denn unbedingt sein mußte: Tennisclubs, Wohltätigkeitsveranstaltungen, Lesungen in Buchhandlungen. Belle hatte wirklich was drauf – was für eine Raffinesse! Sie konnte in fünf oder sechs Minuten eine Verabredung mit einem ihr völlig fremden, gutaussehenden Mann treffen, während die ahnungslose Ehefrau nur ein paar Meter abseits stand. Ich muß zugeben, ich habe sie beneidet. Die meisten Frauen wissen gar nicht zu schätzen, wieviel Glück sie in dieser Beziehung haben. Können Sie sich vorstellen, daß ein Mann – erst recht so ein gebeuteltes Wrack wie ich – so etwas schafft?

Eines, was mich an Belle überraschte – wenn man bedenkt, was ich Ihnen bisher erzählt habe –, war ihre absolute Ehrlichkeit. In unseren ersten beiden Sitzungen, als wir beschlossen, zusammenzuarbeiten, legte ich ihr meine grundlegende Bedingung für jede Therapie dar: *totale Ehrlichkeit*. Sie mußte sich verpflichten, mir über alle wichtigen Ereignisse ihres Lebens vorbehaltlos Auskunft zu geben: Drogenmißbrauch, unüberlegte sexuelle Handlungen, das Schneiden, das Verbrennen, die Phantasien – alles. Ansonsten verschwendeten wir ihre Zeit, erklärte ich ihr. Aber wenn sie mich über alles ins Bild setze, könne sie sich absolut auf mich verlassen. Sie versprach es, und wir besiegelten die Abmachung mit einem feierlichen Händedruck.

Und soweit ich weiß, hat sie ihr Versprechen gehalten. Das war übrigens ein Teil meines Einflusses auf sie. Wenn es während der Woche bedeutsame Ausrutscher gab – wenn sie sich zum Beispiel die Handgelenke zerkratzte oder in eine Bar ging –, analysierte ich die Sache zu Tode. Ich bestand auf einer tiefgehenden und ausführlichen Erforschung dessen, was direkt vor dem Ausrutscher passiert war. ›Bitte, Belle‹, sagte ich dann, ›ich muß alles wissen, was dem Ereignis vorangegangen ist, alles, was uns helfen könnte, es zu verstehen: die vorhergehenden Ereignisse des Tages, Ihre Gedanken, Ihre Gefühle, Ihre Phantasien.‹ Das trieb Belle die Wände hoch – es gebe andere Dinge, über die sie reden wolle, und es sei ihr verhaßt, große Teile der Therapiezeit auf dieses Thema zu verschwenden. Das allein half ihr schon, ihre Impulsivität unter Kontrolle zu halten.

Einsicht? Kein besonders wichtiger Faktor in Belles Therapie. Oh, sie begriff langsam, daß in der Mehrheit der Fälle ihrem impulsiven Verhalten ein Gefühlszustand großer Hohlheit oder innerer Leere voranging und daß die Risiken, die sie einging, das Schneiden, der Sex, die Freßgelage, allesamt Versuche waren, buchstäblich Erfüllung zu finden oder sich ins Leben zurückzuholen.

Aber was Belle nicht verstand, war die Tatsache, daß diese Versuche nutzlos waren. Jeder einzelne von ihnen scheiterte, da sie grundsätzlich zu tiefer Scham führten und dann zu weiteren verzweifelten – und noch zerstörerischeren – Versuchen, sich lebendig zu fühlen. Belle war seltsam begriffstutzig, wenn es darum ging, sich vorzustellen, daß ihr Verhalten Konsequenzen hatte.

Einsicht half uns also nicht weiter. Ich mußte etwas anderes tun, um ihr zu helfen, ihre Impulsivität zu beherrschen. Ich war am Ende meiner Schulweisheit. Wir stellten eine Liste mit all ihren destruktiven, impulsiven Verhaltensmustern auf, und sie erklärte sich bereit, sich auf keines mehr einzulassen, ohne mich vorher anzurufen und mir die Gelegenheit zu geben, es ihr auszureden. Aber sie rief selten an – sie wollte mich nicht belästigen. Tief im Innersten war sie davon überzeugt, daß meine Zuneigung zu ihr an einem seidenen Faden hing und ich ihrer bald müde werden und sie fallen lassen würde. Es gelang mir nicht, ihr das auszureden. Sie bat mich darum, ihr etwas von mir zu überlassen, irgend etwas Konkretes, das sie bei sich tragen konnte. Es würde ihr mehr Selbstbeherrschung verleihen. ›Suchen Sie sich etwas hier aus dem Sprechzimmer aus‹, sagte ich zu ihr. Sie zog mein Taschentuch aus meinem Jackett. Ich schenkte es ihr, aber zuerst schrieb ich einige ihrer wichtigsten Handlungsmotive darauf:

Ich fühle mich wie tot und füge mir Schmerzen zu, um zu merken, daß ich noch lebe.

Ich fühle mich taub und muß gefährliche Risiken eingehen, um mich lebendig zu fühlen.

Ich fühle mich leer und versuche, mich mit Drogen, Essen, Samen zu füllen.

Aber das sind Scheinhilfen. Am Ende schäme ich mich – und fühle mich noch abgestumpfter und leerer.

Ich gab Belle die Anweisung, jedesmal, wenn ihr nach einer impulsiven Tat zumute war, über das Taschentuch und seine Botschaften zu meditieren.

Sie sehen mich so fragend an, Ernest. Mißbilligen Sie das? Warum? Zu konstruiert? Nicht eigentlich. Es wirkt konstruiert, da gebe ich Ihnen recht, aber ungewöhnliche Situationen bedürfen ungewöhnlicher Methoden. Für Patienten, die offensichtlich nie ein definitives Gefühl für Objektkonstanz entwickeln konnten, fand ich ein Erinnerungsstück, irgend etwas Konkretes immer sehr hilfreich. Einer meiner Lehrer, Lewis Hill, der ein Genie war, wenn es um die Behandlung schwerkranker, schizophrener Patienten ging, pflegte in eine kleine Flasche zu atmen und sie seinen Patienten mitzugeben, damit sie sie um den Hals tragen konnten, solange er in Urlaub war.

Sie finden auch das zu konstruiert, Ernest? Lassen Sie mich ein anderes Wort dafür benutzen, das richtige Wort: *kreativ*. Erinnern Sie sich noch, wie ich vorhin davon sprach, daß man eine neue Therapie für jeden Patienten schaffen müsse? Genau das habe ich damit gemeint. Außerdem haben Sie mir die wichtigste Frage noch nicht gestellt.

Ob es funktioniert hat? Genau, genau. Das ist die richtige Frage. Die *einzige* Frage. Vergessen Sie die Regeln. Ja, es hat funktioniert! Es hat bei Dr. Hills Patienten funktioniert, und es hat bei Belle funktioniert, die mein Taschentuch bei sich trug und ganz allmählich mehr Kontrolle über ihre Impulse gewann. Ihre ›Ausrutscher‹ wurden seltener, und schon bald konnten wir in unseren Therapiestunden unsere Aufmerksamkeit auf andere Dinge richten.

Was? Lediglich eine Übertragungsheilung? Irgend etwas an dieser Sache geht Ihnen wirklich gegen den Strich, Ernest. Das ist gut – es ist gut, zu fragen. Sie haben ein Gefühl für die wirklichen Themen. Lassen Sie sich gesagt sein, Sie befinden sich am falschen Ort in Ihrem Leben – es ist Ihnen nicht bestimmt, Neurochemiker zu sein. Nun, Freuds Verunglimpfung der ›Übertragungsheilung‹ ist fast ein Jahrhundert alt. Sie enthält wohl ein Körnchen Wahrheit, aber im Grunde ist sie falsch.

Glauben Sie mir: Wenn Sie einen selbstzerstörerischen Verhaltenszyklus durchbrechen können – ganz gleich, *wie* Sie das machen –, haben Sie etwas Wichtiges geleistet. Der erste Schritt *muß* darin bestehen, den Teufelskreis aus Selbsthaß, Selbstzerstörung und noch mehr Selbsthaß aufgrund der Scham über das eigene Verhalten zu durchbrechen. Obwohl sie es nie ausgesprochen hat, können Sie sich vielleicht die Scham und die Selbstverachtung vorstellen, die Belle angesichts ihres entwürdigenden Verhaltens empfunden hat. Die Aufgabe des Therapeuten besteht darin, dem Patienten dabei zu helfen, diesen Prozeß umzukehren. Karen Horney sagte einmal... Kennen Sie Horneys Arbeiten, Ernest?

Schade, aber das scheint das Schicksal der führenden Theoretiker unseres Wissenschaftszweiges zu sein – ihre Lehren halten sich nur ungefähr eine Generation lang. Horney war eine meiner Lieblingstheoretikerinnen. Während meiner Ausbildung habe ich all ihre Arbeiten gelesen. Ihr bestes Buch, *Neurose und menschliches Wachstum*, ist über fünfzig Jahre alt, aber Sie werden nie ein besseres Buch über die Psychotherapie lesen – und kein bißchen Fachjargon. Ich werde Ihnen meine Ausgabe schicken. An irgendeiner Stelle, vielleicht in diesem Buch, hat sie eine simple, aber durchschlagende Feststellung getroffen: ›Wenn Sie stolz auf sich sein wollen, dann tun Sie Dinge, auf die Sie stolz sein können.‹

Jetzt habe ich mich in meiner Geschichte verirrt. Helfen Sie mir, einen neuen Anfang zu finden, Ernest. Meine Beziehung zu Belle? Natürlich, deshalb sitzen wir ja eigentlich hier, nicht wahr? An dieser Front gab es viele interessante Entwicklungen. Aber ich weiß, daß die Entwicklung, die für Ihr Komitee die größte Bedeutung hat, die körperliche Berührung ist. Belle hat das fast von Anfang an thematisiert. Also, ich pflege all meine Patienten, männliche und weibliche, bei jeder Sitzung ganz bewußt körperlich zu berühren – im allgemeinen ist es ein Händeschütteln beim Abschied oder vielleicht ein Schulterklopfen. Nun, Belle hatte nicht viel dafür übrig: Sie weigerte sich, mir die Hand zu geben und machte schließlich immer wieder spöttische Bemerkungen darüber, wie: ›Ist das ein zulässiges Händeschütteln?‹ oder ›Könnten Sie nicht versuchen, etwas förmlicher zu sein?‹

Manchmal beendete sie die Sitzung, indem sie mich umarmte – immer freundschaftlich, nicht sexuell. Bei der nächsten Sitzung tadelte sie mich für mein Verhalten, für meine Förmlichkeit, für die Art, wie ich mich versteift hätte, als sie mich umarmte. Und ›versteifen‹ bezieht sich auf meinen Körper, nicht auf meinen Schwanz, Ernest – ich habe Ihren Blick gesehen. Sie würden einen lausigen Pokerspieler abgeben. Bei dem lasziven Teil sind wir noch nicht angekommen. Ich sage Ihnen Bescheid, wenn es soweit ist.

Sie beklagte sich auch über meine Altersfixiertheit. Wenn sie alt und runzelig wäre, sagte sie, würde ich nicht zögern, sie zu umarmen. Da hatte sie wahrscheinlich recht. Körperlicher Kontakt war für Belle außergewöhnlich wichtig: Sie bestand darauf, daß wir uns berührten und hörte nie auf, darauf zu bestehen. Sie drängte und drängte und drängte. Unaufhörlich. Aber ich konnte es verstehen: Belle hatte es in ihrer Kindheit stets an Berührung gemangelt. Ihre Mutter starb, als sie noch ein Säugling war, und sie wurde von einer Reihe distanzierter schweizerischer Gouvernanten großgezogen. Und ihr Vater! Stellen Sie sich vor, bei einem Vater aufzuwachsen, der unter einer Keimphobie leidet. Er berührte sie nie, trug immer Handschuhe, inner- und außerhalb des Hauses gleichermaßen. Die Dienstboten mußten sein gesamtes Papiergeld waschen und bügeln.

Ganz allmählich, nach etwa einem Jahr, hatte ich sie soweit aufgelockert oder war selbst durch Belles unaufhörlichen Druck so weichgeklopft worden, daß ich begann, unsere Sitzungen regelmäßig mit einer onkelhaften Umarmung zu beenden. Onkclhaft? Das bedeutet ›wie ein Onkel‹. Aber was auch immer ich ihr gab, sie verlangte mehr, versuchte ständig, mich auf die Wange zu küssen, wenn sie mich umarmte. Ich bestand immer darauf, daß sie die Grenzen wahrte, und sie bestand immer darauf, gegen diese Grenzen anzukämpfen. Ich kann Ihnen nicht sagen, wie viele kleine Vorträge ich ihr zu diesem Thema gehalten habe, wie viele Bücher und Artikel ich ihr darüber zu lesen gab.

Aber sie war wie ein Kind in einem Frauenkörper – einem umwerfenden Frauenkörper übrigens –, und ihr Verlangen nach Kontakt flaute nicht ab. Ob sie ihren Sessel nicht näher an meinen rücken dürfe? Ob ich nicht ein paar Minuten lang ihre Hand halten würde? Ob wir nicht nebeneinander auf dem Sofa sitzen könnten? Ob ich nicht einfach meinen Arm um sie legen und schweigend dasitzen könne, ob wir nicht spazierengehen wollten, statt zu reden?

Und sie war so erfinderisch in ihren Überredungsversuchen. ›Seymour‹, sagte sie, ›Sie schwingen schöne Reden, daß Sie für jeden Patienten eine neue Therapie schaffen wollen, aber was Sie in Ihren Artikeln ausgelassen haben, ist, daß das ›nur gilt, solange die Therapie im offiziellen Handbuch steht‹ oder ›solange es nicht der altväterlichen, bürgerlichen Bequemlichkeit des Therapeuten zuwiderläuft.‹ Sie kritisierte mich, weil ich Zuflucht bei den APA-Richtlinien bezüglich der Grenzen der Therapie nahm. Sie wußte, daß ich als Präsident der APA für die Verabschiedung dieser Richtlinien gesorgt hatte, und sie beschuldigte mich, ein Gefangener meiner eigenen Regeln zu sein. Sie warf mir vor, meine eigenen Artikel nicht zu lesen. ›Sie betonen, wie wichtig es ist, der Einzigartigkeit eines jeden Patienten Rechnung zu tragen, und dann tun Sie so, als könnte ein einziger Kanon von Regeln auf alle Patienten in allen Situationen angewandt werden. ›Wir werden alle in einen Topf geworfen‹, sagte sie, ›als wären alle Patienten genau gleich und sollten genau gleich behandelt werden.‹ Und ihr Refrain lautete stets: ›Was ist wichtiger: daß Sie die Regeln befolgen? Daß Sie in der Behaglichkeitszone Ihres Lehnstuhls sitzen bleiben? Oder daß Sie das Beste für Ihre Patienten tun?‹

Bei anderen Gelegenheiten haderte sie mit mir wegen meiner ›Defensivtherapie‹: ›Sie haben furchtbare Angst, man könne Ihnen einen Prozeß anhängen. Ihr humanistischen Therapeuten kuscht doch alle vor den Rechtsanwälten, während ihr gleichzeitig eure psychisch kranken Patienten dazu drängt, sich ihrer Freiheit bewußt zu werden. Glauben Sie wirklich, ich würde Sie vor Gericht bringen? Kennen Sie mich immer noch nicht, Seymour? Sie retten mein Leben. Und ich liebe Sie!‹

Und wissen Sie was, Ernest, sie hatte recht. Sie hatte mich festgenagelt. Ich kuschte tatsächlich. Ich verteidigte meine Richtlinien selbst in einer Situation, in der ich wußte, daß sie der Therapie schadeten. Ich stellte meine Furchtsamkeit, meine Ängste bezüglich meiner kleinen Karriere über ihre Interessen. Wirklich, wenn Sie die Dinge von einer unparteiischen Warte aus betrachten, *war* es nicht falsch, sie neben mir sitzen und meine Hand halten zu lassen. Im Gegenteil, jedesmal, wenn ich das tat, kam es unweigerlich unserer Therapie zunutze. Sie wurde weniger defensiv, vertraute mir mehr.

Was? Ob es in der Therapie überhaupt einen Platz für feste Grenzen gebe? Natürlich gibt es den. Hören Sie mal zu, Ernest. Mein Problem war, daß Belle gegen alle Grenzen ankämpfte wie ein Stier gegen ein rotes Tuch. Egal wo ich die Grenzen zog, sie stürmte wieder und wieder dagegen an. Sie machte es sich zur Gewohnheit, knappe, enge Kleider zu tragen oder durchsichtige Blusen ohne BH. Als ich etwas dazu sagte, verspottete sie mich wegen meiner viktorianischen Einstellung zum Körper. Ich wolle jede noch so kleine intime Einzelheit ihres Geistes kennenlernen, sagte sie dann, aber ihre Haut sei tabu. Ein paarmal klagte sie über einen Knoten in der Brust und bat mich, sie zu untersuchen – was ich natürlich nicht tat. Sie redete stundenlang über das Thema Sex mit mir und bat mich, wenigstens einmal mit ihr zu schlafen. Eines ihrer Argumente war, daß ein einmaliger Geschlechtsverkehr mit mir sie von ihrer Obsession befreien würde. Sie würde erfahren, daß nichts Besonderes oder Magisches dabei sei und wäre dann frei, über andere Dinge im Leben nachzudenken.

Welche Gefühle ihr Kampf um sexuellen Kontakt in mir geweckt hat? Gute Frage, Ernest, aber ist das auch Gegenstand dieser Untersuchung?

Sie sind sich nicht sicher? Gegenstand der Untersuchung sollte doch sein, was ich *getan* habe – dafür werde ich verurteilt –, nicht was ich gefühlt oder gedacht habe. Darauf geben die Leute, die einen lynchen, einen Scheißdreck! Aber wenn Sie den Kassettenrekorder für ein paar Minuten ausstellen, werde ich es Ihnen sagen. Betrachten Sie es als Unterweisung. Sie haben doch sicher Rilkes *Briefe an einen jungen Dichter* gelesen, oder? Nun, betrachten Sie dies als meinen Brief an einen jungen Therapeuten.

Gut. Ihren Stift auch, Ernest. Legen Sie ihn weg und hören Sie eine Weile einfach nur zu. Sie wollen wissen, welche Wirkung das auf mich hatte? Eine schöne Frau ist von mir besessen, masturbiert täglich, während sie an mich denkt, bittet mich, sie zu bumsen, redet pausenlos über ihre Phantasien, über mich, darüber, daß sie sich mein Sperma ins Gesicht reiben oder in Schokoladenkekse geben will – was *glauben* Sie denn, was ich dabei empfunden habe? Sehen Sie mich an! Zwei Stöcke, Gesundheitszustand eine einzige Talfahrt, häßlich – mein Gesicht wird von seinen eigenen Falten aufgefressen, mein Körper ist schwammig, zerfällt.

Ich gebe es zu. Ich bin nur ein Mensch. Die Sache zeigte langsam Wirkung. An den Tagen, an denen wir eine Sitzung hatten, habe ich an sie gedacht, wenn ich mich anzog. Welches Hemd sollte ich nehmen? Sie haßte breite Streifen – darin sähe ich zu selbstzufrieden aus. Und welches Rasierwasser? Royall Lyme war ihr lieber als Mennen, und ich konnte mich nie entscheiden, welches von beiden ich benutzen sollte. Im allgemeinen nahm ich einfach das Royall Lyme. Eines Tages hat sie in ihrem Tennisclub einen meiner Kollegen kennengelernt – einen Trottel, einen richtigen Narzißten, der immer mit mir rivalisierte –, und sobald sie erfuhr, daß er irgendwie in Verbindung mit mir stand, fragte sie ihn nach mir aus. Seine Verbindung zu mir turnte sie an, und sie ging sofort mit ihm nach Hause. Stellen Sie sich das mal vor, diese umwerfend aussehende Frau bumst den Blödmann, und er weiß nicht, daß er das mir zu verdanken hat. Und ich kann's ihm nicht sagen. Hat mich ganz schön angekotzt.

Aber es ist eine Sache, wenn ein Patient starke Gefühle in einem weckt. Darauf zu reagieren ist eine andere. Und ich habe dagegen angekämpft – ich habe mich ständig analysiert, ich habe laufend zwei Freunde deswegen konsultiert, und ich habe versucht, die Sache während der Sitzungen unter Kontrolle zu halten. Eins ums andere Mal habe ich ihr gesagt, es sei ein Ding der Unmöglichkeit, daß ich jemals mit ihr schlafe, ich könne mir nie mehr ins Gesicht sehen, wenn ich es täte. Ich habe ihr gesagt, daß sie einen guten, anteilnehmenden Therapeuten viel dringender brauche als einen alternden, verkrüppelten Liebhaber. Aber ich habe auch eingeräumt, daß ich mich zu ihr hingezogen fühlte. Ich habe ihr erklärt, daß ich nicht so nah bei ihr sitzen wollte, weil der körperliche Kontakt mich errege und mich in meiner Effektivität als Therapeut beeinträchtige. Ich habe eine autoritäre Haltung angenommen: Ich habe darauf bestanden, daß ich über größere Weitsicht verfüge als sie, daß ich Dinge über ihre Therapie wisse, von denen sie keine Ahnung habe.

Ja, ja, Sie können den Rekorder wieder einschalten. Ich glaube, ich habe Ihre Frage, was meine Gefühle betrifft, beantwortet. Nun, so ging das über ein Jahr lang; wir haben gegen den Ausbruch der Symptome gekämpft. Es gab viele Fehltritte ihrerseits, aber im großen und ganzen haben wir gute Fortschritte gemacht. Ich wußte, daß das noch keine Heilung war. Ich habe sie lediglich ›gehalten‹, ihr ein Gerüst gegeben, ihr von Sitzung zu Sitzung Sicherheit gegeben. Aber ich konnte die Uhr ticken hören; Belle wurde immer rastloser und ermüdete langsam.

Und dann kam sie eines Tages zu mir, vollkommen fertig. Es war irgendein neuer, sehr sauberer Stoff auf den Markt gekommen, und sie gab zu, daß sie nahe dran sei, etwas Heroin zu kaufen. ›Ich halte auf die Dauer kein Leben aus, das nur aus Frustration besteht‹, sagte sie. ›Ich gebe mir irrsinnige Mühe, aber mir geht langsam die Luft aus. Ich kenne mich, ich weiß, wie ich funktioniere. Sie halten mich am Leben, und ich will mit Ihnen arbeiten. Ich glaube, daß ich es schaffen kann. Aber *ich brauche irgendeinen Anreiz!* Ja, ja, Seymour, ich weiß, was Sie gleich sagen werden. Ich kenne Ihre Sprüche auswendig. Sie werden sagen, daß ich bereits einen Anreiz habe, daß mein Anreiz ein besseres Leben ist, daß ich mich in meiner Haut wohler fühlen will, daß ich nicht versuche, mir das Leben zu nehmen, Selbstachtung. Aber das alles ist nicht genug. Es ist zu weit weg. Zu abgehoben. Ich muß es anfassen können. Ich muß es anfassen können!‹

Ich wollte gerade etwas Beschwichtigendes sagen, aber sie fiel mir ins Wort. Ihre Verzweiflung war greifbar und brachte nun einen verzweifelten Vorschlag hervor. ›Seymour, arbeiten Sie mit mir. Auf meine Weise. Ich bitte Sie. Wenn ich ein Jahr clean bleibe – wirklich clean, Sie wissen, was ich meine: keine Drogen, keine Abführmittel, keine Kneipenbekanntschaften, kein Schneiden, kein *gar nichts* – dann *belohnen Sie mich*! Geben Sie mir einen Anreiz! Versprechen Sie mir, für eine Woche mit mir nach Hawaii zu fahren. Und fahren Sie als Mann und Frau mit mir hin – nicht als Psychofritze und Patientin. Schmunzeln Sie nicht, Seymour, ich meine es ernst – todernst. Ich brauche es. Seymour, stellen Sie ein einziges Mal *meine* Bedürfnisse über die Regeln. Arbeiten Sie mit mir an dieser Sache.‹

Für eine Woche mit ihr nach Hawaii fahren! Sie schmunzeln, Ernest; das habe ich auch getan. Ungeheuerlich! Ich habe reagiert, wie Sie reagiert hätten: Ich habe gelacht. Ich habe versucht, die Sache abzutun, wie ich all ihre vorhergehenden korrumpierenden Anträge abgetan hatte. Aber diesmal ließ sich das nicht so einfach regeln. Sie hatte etwas Zwanghaftes, etwas Bedrohlicheres an sich. Und sie war beharrlicher. Sie ließ einfach nicht locker. Ich konnte sie nicht davon abbringen. Als ich ihr erklärte, daß es nicht in Frage käme, fing Belle an zu verhandeln: Sie verlängerte die Phase, in der sie sich anständig benehmen wollte, auf anderthalb Jahre, machte aus Hawaii San Francisco und schraubte die Woche erst auf fünf, dann auf vier Tage herunter.

Zwischen den Sitzungen dachte ich dann, ohne es zu wollen, über Belles Vorschlag nach. Ich kam nicht dagegen an. Ich habe in Gedanken damit gespielt. Anderthalb Jahre – *achtzehn Monate* – anständiges Benehmen? Unmöglich. Absurd. Das würde sie niemals schaffen. Reine Zeitverschwendung, überhaupt davon zu reden!

Aber *angenommen* – nur mal angenommen – sie wäre wirklich in der Lage, ihr Verhalten für achtzehn Monate zu ändern? Stellen Sie sich das mal vor, Ernest. Überlegen Sie. Wägen Sie die Möglichkeiten ab. Wenn diese impulsive, trieborientierte Frau Kontrollmechanismen entwickeln und sich achtzehn Monate lang ich-gerechter benehmen würde – ohne Drogen, ohne Schneiden, ohne jede Form der Selbstverstümmelung –, wäre sie dann nicht von Grund auf eine andere Frau?

Was? Borderline-Patienten spielen eben ihre Spielchen? Habe ich Sie richtig verstanden? Ernest, Sie werden nie ein richtiger Therapeut, wenn Sie so denken. Genau das meinte ich vorhin, als ich über die Gefahren der Diagnose sprach. Es gibt solche Grenzfälle und solche. Etiketten vergewaltigen die Menschen. Sie können nicht das Etikett behandeln; Sie müssen den Menschen hinter dem Etikett behandeln. Also noch mal, Ernest, ich frage Sie: Würden Sie mir nicht recht geben, daß dieser Mensch, nicht dieses Etikett, aber diese Belle, dieser Mensch aus Fleisch und Blut, von innen heraus radikal verändert sein würde, wenn sie sich achtzehn Monate lang auf fundamental andere Weise verhalten würde?

Sie wollen sich nicht festlegen? Das kann ich Ihnen nicht verübeln – wenn man an Ihre momentane Situation denkt. Und an den Kassettenrekorder. Nun, dann beantworten Sie sich die Frage im stillen selbst. Nein, lassen Sie mich an Ihrer Stelle antworten: Ich glaube nicht, daß es einen Therapeuten auf Erden gäbe, der mir nicht beipflichten würde, daß Belle ein ganz anderer Mensch wäre, wenn sie nicht länger von ihren Impulsen beherrscht würde. Sie würde andere Werte entwickeln, andere Prioritäten, eine andere Sichtweise. Sie würde aufwachen, die Augen öffnen, die Wirklichkeit sehen, vielleicht ihre eigene Schönheit und ihren Wert erkennen. Und sie würde mich anders sehen, würde mich so sehen, wie Sie mich sehen: als einen torkelnden, kraftlosen, alten Mann. Sobald die Wirklichkeit an sie herantritt, würde ihre erotische Übertragung, ihre Nekrophilie, einfach verblassen und mit ihr natürlich alles Interesse an dem hawaiianischen Abenteuer.

Was war das, Ernest? Ob ich die erotische Übertragung vermissen würde? Ob mich das traurig machen würde? Natürlich! Natürlich! Ich finde es herrlich, angehimmelt zu werden. Wer täte das nicht? Sie etwa nicht? Na, kommen Sie schon, Ernest. *Sie etwa nicht?* Lieben Sie nicht den Applaus nach einem gelungenen Vortrag? Lieben Sie nicht die Menschen, vor allem die Frauen, die sich um Sie scharen?

Gut! Ich weiß Ihre Ehrlichkeit zu schätzen. Kein Grund, sich zu schämen. Wer liebte diese Dinge nicht? So sind wir eben. Also, um fortzufahren, ich würde ihre Bewunderung vermissen, mir würde etwas fehlen. Aber das gehört zu meinem Job: sie der Realität zuzuführen, ihr zu helfen, mir zu entwachsen. Ihr sogar, Gott bewahre uns, zu helfen, mich zu vergessen.

Nun, im Lauf der nächsten Tage und Wochen faszinierte Belles Wetteinsatz mich mehr und mehr. *Achtzehn Monate clean bleiben,* hatte sie angeboten. Vergessen Sie nicht, daß es sich dabei um ein erstes Angebot handelte. Ich bin ein zäher Verhandlungspartner, und ich war mir sicher, daß ich wahrscheinlich mehr herausschlagen könnte, daß ich Ihren Einsatz hochtreiben könnte. Daß es mir gelingen würde, die Veränderung wirklich auf feste Füße zu stellen. Ich dachte über weitere Bedingungen nach, die ich stellen könnte: Gruppentherapie für sie vielleicht, und mehr Engagement bei dem Versuch, ihren Mann zu einer Paartherapie zu bewegen.

Ich dachte Tag und Nacht über Belles Vorschlag nach. Bekam ihn einfach nicht mehr aus dem Kopf. Ich bin ein Spieler, und meine Chancen standen ziemlich gut. Wenn Belle die Wette verlor, wenn sie sich einen Ausrutscher erlaubte – Drogen nahm oder Abführmittel oder Streifzüge durch Bars machte oder sich die Handgelenke aufschlitzte –, *dann hatte ich nichts verloren.* Wir wären lediglich wieder da, wo wir angefangen hatten. Selbst wenn ich nur ein paar Wochen oder Monate der Abstinenz herausschlagen konnte, hätte ich etwas erreicht, auf dessen Grundlage sich weitermachen ließ. Und wenn Belle gewann, würde sie so verändert sein, daß sie die Schuld niemals einfordern würde. Es war eine narrensichere Sache. Null Risiko auf der Sollseite und eine gute Chance auf der Habenseite, daß ich diese Frau retten konnte.

Ich war immer ein Mann der Tat gewesen, habe Rennen geliebt und auf einfach alles gesetzt – Baseball, Basketball. Nach der High-School bin ich zur Marine gegangen; meine College-Zeit habe ich mir mit den Pokergewinnen an Bord finanziert; während meines praktischen Jahrs im Mount Sinai in New York habe ich viele meiner freien Abende beim Spiel mit den diensthabenden Geburtshelfern von der Park Avenue auf der Entbindungsstation zugebracht. Im Ärztezimmer neben dem Kreißsaal wurde ständig gespielt. Sobald ein Platz am Spieltisch frei wurde, meldeten sie sich bei der Vermittlung, die dann ›Dr. Blackwood‹ ausrief. Wann immer ich ›Dr. Blackwood bitte in den Kreißsaal‹ hörte, lief ich so schnell ich konnte rüber. Erstklassige Ärzte, jeder einzelne von ihnen, aber keinen Schimmer von Poker. Sie wissen ja, Ernest, daß man den Assistenzärzten heutzutage so gut wie nichts bezahlt, und am Ende des Jahres hatten alle anderen Assistenzärzte Schulden bis über beide Ohren. Und ich? Ich fuhr dank der Geburtshelfer von der Park Avenue in einem neuen De Soto Cabrio nach Ann Arbor zurück.

Aber zurück zu Belle. Wochenlang schwankte ich, was ihre Wette betraf, und dann, eines Tages, wagte ich den Sprung. Ich erklärte Belle, daß ich ihr Verlangen nach einer Belohnung verstehen könne, und begann ernsthaft zu verhandeln. Ich bestand auf zwei Jahren. Sie war so dankbar, ernst genommen zu werden, daß sie auf all meine Bedingungen einging, und bald darauf hatten wir einen festen, klar umrissenen Vertrag.

Ihr Teil des Abkommens sah vor, daß sie zwei Jahre lang absolut clean bleiben mußte: keine Drogen (einschließlich Alkohol), keine Schneidereien, keine Abführmittel, keine Sexabenteuer in Bars oder auf Autobahnen und auch sonst kein gefährliches Sexualverhalten. Normale Affären waren erlaubt. Und nichts Ungesetzliches. Ich dachte, damit sei alles abgedeckt. O ja, sie mußte eine Gruppentherapie anfangen und versprechen, zusammen mit ihrem Mann eine Paartherapie zu machen. Mein Teil des Vertrags war ein Wochenende in San Francisco: Alle Einzelheiten, Hotels, Freizeitgestaltung unterlagen ihrer Entscheidung – carte blanche. Ich würde ganz zu ihrer Verfügung stehen.

Belle nahm die Sache sehr ernst. Am Ende der Verhandlung schlug sie einen formellen Eid vor. Sie brachte eine Bibel zu unserer Sitzung mit, und wir schworen beide, daß wir unseren Teil des Vertrages einhalten würden. Danach besiegelten wir unsere Abmachung mit einem Handschlag.

Die Behandlung ging weiter wie zuvor. Belle und ich trafen uns schätzungsweise zweimal die Woche – dreimal wären vielleicht besser gewesen, aber ihr Mann wurde langsam ungehalten wegen der Therapierechnungen. Da Belle clean blieb und wir keine Zeit mehr auf die Analyse ihrer ›Ausrutscher‹ verwenden mußten, kamen wir bei der Therapie schneller voran und erreichten tiefere Schichten. Träume, Phantasien – alles schien besser zugänglich geworden zu sein. Zum ersten Mal sah ich einen Keim von Neugier, was sie selbst betraf; sie schrieb sich für Aufbaukurse an der Universität ein – zum Thema abnormale Psychologie –, und sie begann eine Autobiographie über ihre frühen Jahre zu schreiben. Allmählich erinnerte sie sich an weitere Einzelheiten aus ihrer Kindheit, ihre traurige Suche, eine neue Mutter zu finden in der Reihe desinteressierter Gouvernanten, von denen die meisten binnen weniger Monate wieder gingen, weil ihr Vater so fanatisch auf Sauberkeit und Ordnung bestand. Seine Keimphobie beherrschte alle Aspekte ihres Lebens. Stellen Sie sich nur vor: Bis sie vierzehn Jahre alt war, durfte sie nicht zur Schule gehen und wurde zu Hause unterrichtet, weil ihr Vater Angst hatte, sie könne Bakterien ins Haus einschleppen. Daher hatte sie nur wenige enge Freunde. Selbst Mahlzeiten mit Freunden waren selten; es war ihr verboten, auswärts zu essen, und sie fürchtete sich vor der Peinlichkeit, ihre Freunde den Mätzchen auszusetzen, die ihr Vater beim Essen machte. Handschuhe, Hände waschen zwischen den einzelnen Gängen, Untersuchung der Dienstboten-Hände auf Sauberkeit. Sie durfte keine Bücher ausleihen – eine geliebte Gouvernante wurde auf der Stelle gefeuert, weil sie Belle und einer Freundin erlaubt hatte, einen Tag lang die Kleider zu tauschen. Ihr Dasein als Kind und Tochter endete abrupt im Alter von vierzehn Jahren, als sie auf ein Internat nach Grenoble geschickt wurde. Von da an hatte sie nur noch oberflächlichen Kontakt mit ihrem Vater, der sich bald darauf wieder verheiratete. Seine neue Frau war sehr schön, aber eine ehemalige Prostituierte – nach Meinung einer unverheirateten Tante, die behauptete, die neue Frau sei nur eine von vielen Huren, die ihr Vater in den vergangenen vierzehn Jahren gekannt hatte. Vielleicht – und das war Belles erste eigene Deutung in dieser Therapie – vielleicht fühlte *er* sich schmutzig, und das war der Grund, warum er sich ständig wusch und nicht zulassen wollte, daß seine Haut die ihre berührte.

Während dieser Monate kam Belle nur insofern auf unsere Wette zu sprechen, als sie gelegentlich ihrer Dankbarkeit mir gegenüber Ausdruck verlieh. Sie nannte es die ›machtvollste Bestätigung‹, die sie je bekommen habe. Sie wußte, daß die Wette ein Geschenk an sie war: Im Gegensatz zu den ›Geschenken‹, die sie von den anderen Psychiatern bekommen hatte – Worte, Deutungen, Versprechungen, ›therapeutische Fürsorge‹ –, war dieses Geschenk echt und greifbar. Es war der körperliche Beweis, daß ich mich ganz und gar dafür entschieden hatte, ihr zu helfen. Und es war für sie der Beweis meiner Liebe. Nie zuvor, sagte sie, sei sie so geliebt worden. Nie zuvor habe jemand sie, Belle, über seine Eigeninteressen gestellt, über die Regeln. Ganz gewiß nicht ihr Vater, der ihr bis zu seinem Tod vor zehn Jahren nie die nackte Hand gegeben hatte und der ihr jedes Jahr dasselbe Geburtstagsgeschenk gemacht hatte: ein Bündel Hundertdollarscheine, eines für jedes Lebensjahr, jeder Schein frisch gewaschen und gebügelt.

Und die Wette hatte noch eine andere Bedeutung. Es reizte sie, daß ich bereit war, die Regeln zu brechen. Was sie am meisten an mir liebte, sagte sie, sei meine Bereitschaft, Risiken einzugehen, mein offener Zugang zu meinem eigenen Schatten. ›Sie haben so etwas Unartiges und Düsteres an sich‹, pflegte sie zu sagen. ›Deshalb verstehen Sie mich auch so gut. In gewisser Weise sind wir beide Zwillingsgestirne.‹

Wissen Sie, Ernest, das ist wahrscheinlich der Grund, warum wir so schnell miteinander klar kamen, warum sie sofort wußte, daß ich der richtige Therapeut für sie war – einfach ein respektloses Funkeln in meinen Augen. Belle hatte recht. Sie hatte mich durchschaut. Sie war ein cleveres Mädchen.

Und wissen Sie, ich wußte genau, was sie meinte – genau! Ich kann diese Eigenschaft bei anderen auf dieselbe Weise ausmachen. Ernest, würden Sie bitte nur ein paar Sekunden den Rekorder ausstellen. Gut. Danke. Was ich Ihnen sagen wollte, ist, daß ich dasselbe auch in Ihnen sehe. Sie und ich, wir sitzen auf verschiedenen Seiten dieses Podiums, dieses Richtertisches, aber wir haben etwas gemeinsam. Ich habe Ihnen schon gesagt, ich verstehe mich darauf, in Gesichtern zu lesen. Ich irre mich nur selten in solchen Dingen.

Nein? Kommen Sie! Sie wissen, was ich meine! Ist das nicht genau der Grund, warum Sie meine Geschichte mit solchem Interesse verfolgen? Mehr als Interesse! Gehe ich zu weit, wenn ich es *Faszination* nenne? Ihre Augen sind groß wie Untertassen. Ja, Ernest, im Ernst. Sie hätten nicht anders gehandelt an meiner Stelle. Meine faustische Wette hätte genausogut die Ihre sein können.

Sie schütteln den Kopf. Natürlich! Aber ich spreche nicht zu Ihrem Kopf. Ich spreche direkt zu Ihrem Herzen, und vielleicht kommt einmal die Zeit, da Sie offen sein werden für das, was ich Ihnen jetzt sage. Und mehr noch – vielleicht werden Sie sich nicht nur in mir, sondern auch in Belle wiederfinden. Wir drei. Wir sind einander gar nicht so unähnlich! Na gut, das war's – kommen wir wieder zur Sache.

Warten Sie! Bevor Sie den Rekorder wieder einschalten, Ernest, möchte ich noch etwas sagen. Glauben Sie, ich gebe auch nur einen Dreck auf das Ethikkomitee? Was können die schon tun? Mir meine Approbation entziehen? Ich bin siebzig, meine Karriere ist vorbei, das weiß ich. Also, warum erzähle ich Ihnen das alles? In der Hoffnung, daß irgend etwas Gutes daraus erwächst. In der Hoffnung, daß Sie vielleicht ein klein wenig von mir in sich aufnehmen, mich in Ihren Adern kreisen lassen, mich Sie etwas lehren lassen. Denken Sie daran, Ernest, wenn ich davon spreche, daß Sie einen offenen Zugang zu Ihrem Schatten haben, meine ich das *positiv* – ich meine, daß Sie vielleicht den Mut und die Größe haben, ein bedeutender Therapeut zu werden. Schalten Sie den Rekorder wieder ein, Ernest. Bitte, eine Antwort ist nicht nötig. Wenn man siebzig ist, braucht man keine Antworten mehr.

In Ordnung, wo waren wir stehengeblieben? Nun, das erste Jahr verging, und Belle kam eindeutig besser zurecht. Nicht die geringsten Ausrutscher. Sie war absolut clean. Sie stellte auch weniger Forderungen an mich. Gelegentlich bat sie mich, neben mir sitzen zu dürfen, und ich legte den Arm um sie, und so saßen wir dann für ein paar Minuten. Und es hat sie ausnahmslos entspannt und die Therapie produktiver gemacht. Ich habe sie am Ende jeder Sitzung weiterhin väterlich umarmt, und sie gab mir gewöhnlich einen zurückhaltenden, töchterlichen Kuß auf die Wange. Ihr Mann lehnte eine Paartherapie ab, war aber bereit, sich auf einige Gesprächstermine mit einer Ärztin seiner Glaubensbrüder einzulassen. Belle erzählte mir, daß ihre Kommunikation mit ihrem Mann besser funktioniere, und sie schienen sich beide in ihrer Beziehung wohler zu fühlen.

Nach sechzehn Monaten lief alles immer noch gut. Kein Heroin – überhaupt keine Drogen – keine Schneidereien, keine Bulimie, keine Abführmittel, keinerlei selbstzerstörerisches Verhalten. Sie hat sich auf allerhand alternativen Kram eingelassen – ein Medium, harmlos, eine Reinkarnationstherapiegruppe, einen Algen-Vegetarier – die typisch kalifornischen Kinkerlitzchen, alles harmlos. Sie und ihr Mann hatten ihr Geschlechtsleben wieder aufgenommen, und sie hatte nebenbei eine kleine Sexaffäre mit meinem Kollegen – diesem Idioten, diesem Arschloch, das sie im Tennisclub kennengelernt hatte. Aber zumindest war es Safer Sex, ein himmelweiter Unterschied zu ihren früheren Eskapaden in Bars und auf der Autobahn.

Es war die bemerkenswerteste Wende in einer Therapie, die mir je untergekommen ist. Belle sagte, es sei die glücklichste Zeit ihres Lebens gewesen. Ich bitte Sie, Ernest: Nennen Sie mir einen vergleichbaren Fall! Sehen Sie sich andere Drogentherapien an: Meine Therapie würde mit Abstand am besten abschneiden. Die beste Therapie, die ich je gemacht habe, und trotzdem konnte ich nichts darüber veröffentlichen. Veröffentlichen? Ich konnte nicht mal mit irgend jemandem darüber reden. Bis jetzt! Sie sind mein erstes echtes Publikum.

Etwa nach achtzehn Monaten veränderten die Sitzungen sich langsam. Zuerst nur ganz subtil. Immer mehr Anspielungen auf unser Wochenende in San Francisco schlichen sich ein, und bald begann Belle, in jeder Sitzung davon zu sprechen. Jeden Morgen blieb sie nun eine Stunde länger im Bett und hing Tagträumen über unser Wochenende nach: daß sie in meinen Armen schlafen würde, daß wir uns das Frühstück aufs Zimmer bestellen und im Bett essen würden, dann zum Mittagessen nach Sausalito fahren und im Hotel einen Mittagsschlaf machen würden. Sie hatte Phantasien, in denen wir verheiratet waren, in denen sie abends auf mich wartete. Sie beharrte darauf, daß sie für den Rest ihres Lebens glücklich sein könnte, wenn sie wüßte, daß ich zu ihr nach Hause käme. Sie brauche nicht viel Zeit mit mir; sie sei bereit, die Nebenfrau zu spielen; es genüge ihr, wenn sie mich nur ein oder zwei Stunden die Woche bei sich hätte – damit könne sie bis ans Ende ihres Lebens gesund und glücklich leben. Nun, Sie können sich vorstellen, daß mir langsam ein wenig unwohl in meiner Haut wurde. Und dann immer mehr. Ich bekam es langsam mit der Angst zu tun. Ich tat mein Bestes, ihr zu helfen, der Wirklichkeit ins Auge zu sehen. Praktisch bei jeder Sitzung sprach ich über mein Alter. In drei oder vier Jahren würde ich in einem Rollstuhl sitzen, in zehn Jahren achtzig sein. Ich fragte sie, wie lange ich ihrer Meinung nach leben würde. Die Männer in meiner Familie sterben jung. Als er so alt war wie ich, lag mein Vater schon fünfzehn Jahre lang im Sarg. Sie würde mich um mindestens fündundzwanzig Jahre überleben. Wenn ich mit ihr zusammen war, übertrieb ich sogar meine neurologische Beeinträchtigung. Einmal habe ich mit Absicht einen Sturz inszeniert – so verzweifelt war ich. Und alte Leute hätten nicht viel Energie, wiederholte ich. Schlafen gehen um halb neun. Es war fünf Jahre her, daß ich abends zum letzten Mal etwas von den Zehn-Uhr-Nachrichten mitbekommen hatte. Und meine schwindende Sehkraft, meine Schulterbursitis, meine Dyspepsie, meine Prostata, meine Blähungen, meine Verstopfung. Ich dachte sogar daran, mir ein Hörgerät zuzulegen, nur zu Demonstrationszwecken.

Aber das war ein schrecklicher Schnitzer. Hundertachtzig

Grad in die falsche Richtung! Es machte ihr lediglich Appetit auf mehr. Sie hatte sich auf perverse Weise in die Vorstellung verliebt, daß ich gebrechlich oder behindert war. Sie hatte Phantasien, in denen ich einen Schlaganfall erlitt, in denen meine Frau mich verließ, in denen sie zu mir zog, um für mich zu sorgen. In einem ihrer Lieblingstagträume pflegte sie mich: kochte mir Tee, wusch mich, wechselte meine Bettwäsche und meine Pyjamas, puderte mich und zog dann ihre Kleider aus, um sich neben mich unter die kühlen Laken zu legen.

Nach zwanzig Monaten war die Verbesserung von Belles Zustand noch deutlicher. Aus eigenem Antrieb hatte sie sich bei den Anonymen Drogenabhängigen gemeldet und besuchte drei Versammlungen die Woche. Sie leistete freiwillige Arbeit in Ghettoschulen, um Mädchen im Teenageralter über Geburtenkontrolle und Aids aufzuklären, und eine Universität am Ort hatte sie in ein MBA-Programm aufgenommen.

Was war das, Ernest? Woher ich wußte, daß sie mir die Wahrheit sagte? Wissen Sie, ich habe nie an ihr gezweifelt. Ich wußte, daß sie ihre Charakterschwächen hatte, aber ihre Wahrheitsliebe schien zumindest mir gegenüber geradezu zwanghaft zu sein. Wie gesagt hatten wir ganz zu Anfang unserer Therapie einen Vertrag geschlossen, in dem wir uns zu beidseitiger und absoluter Wahrhaftigkeit verpflichteten. In den ersten Wochen der Therapie war es ein paarmal vorgekommen, daß sie mit einigen besonders unschönen Episoden ihrer Ausschweifungen hinterm Berg hielt, aber sie konnte es nicht ertragen; sie geriet völlig außer sich, war überzeugt davon, daß ich ihre Gedanken lesen konnte und die Therapie abbrechen würde. In keinem der Fälle konnte sie mit ihrem Geständnis auch nur bis zur nächsten Sitzung warten, sondern mußte mich anrufen – einmal war es nach Mitternacht –, um die Sache zu bereinigen.

Aber es ist eine gute Frage. Es stand zuviel auf dem Spiel,

um sich einfach auf ihr Wort zu verlassen, und ich tat, was Sie getan hätten: Ich habe alle möglichen Quellen überprüft. Während dieser Zeit habe ich mich einige Male mit ihrem Mann getroffen. Er lehnte eine Therapie ab, war aber bereit, zu mir zu kommen, um mir zu helfen, das Tempo von Belles Therapie zu beschleunigen, und er bestätigte alles, was sie sagte. Er erlaubte mir sogar, mich mit der Beraterin von Christian Science in Verbindung zu setzen, die – welche Ironie des Schicksals – gerade ihre Doktorarbeit in klinischer Psychologie schrieb, meine Arbeiten las und ebenfalls Belles Geschichte bekräftigte. Nein, Belle spielte mit offenen Karten.

Also, was hätten Sie in dieser Situation getan, Ernest? Was? Sie hätten sich gar nicht erst in diese Situation gebracht? Ja, ja, ich weiß. Billige Antwort. Sie enttäuschen mich. Sagen Sie mir, Ernest, wenn Sie nicht in dieser Situation gewesen wären, wo wären Sie *dann* gewesen? Wieder in Ihrem Labor? Oder in der Bibliothek? Sie wären in Sicherheit. Schön bequem. Aber wo wäre der Patient? Lange weg, hm! Genau wie Belles zwanzig Therapeuten vor mir – sie haben auch alle den sicheren Weg gewählt. Aber ich bin eine andere Art von Therapeut. Ein Retter verlorener Seelen. Ich weigere mich, einen Patienten einfach wegzuschicken. Ich breche mir den Hals, ich riskiere meinen Arsch, ich versuche alles, um den Patienten zu retten. Das galt für meine ganze Laufbahn. Sie kennen meinen Ruf? Hören Sie sich um. Fragen Sie Ihren Vorgesetzten. Er weiß es. Er hat mir Dutzende von Patienten geschickt. Ich bin der Therapeut, wenn sonst nichts mehr geht. Therapeuten schicken mir die Patienten, die sie aufgegeben haben. Sie nicken? Sie haben so viel über mich gehört? Gut! Es ist gut, daß Sie wissen, daß ich nicht nur irgendein seniler Trottel bin.

Also, bedenken Sie, in welcher Situation ich mich befand! Was, zum Teufel, konnte ich tun? Ich wurde nervös. Ich zog alle Register: Ich begann wie wild zu deuten, als hinge mein Leben davon ab. Ich habe alles gedeutet, was nicht niet- und nagelfest war.

Und ich verlor die Geduld mit ihren Illusionen. Nehmen wir zum Beispiel Belles verrückte Phantasie, in der wir verheiratet wären und sie ihr Leben die ganze Woche über aufs Warten einstellte für die ein oder zwei Stunden mit mir. ›Was für ein Leben ist das und was für eine Beziehung?‹ fragte ich sie. Es war keine Beziehung – es war Schamanismus. ›Sehen Sie die Sache doch einmal aus meiner Perspektive‹, sagte ich. ›Was hätte ich Ihrer Meinung nach von einem solchen Arrangement?‹ Sie durch eine Stunde meiner Anwesenheit zu heilen – es war irreal. War das eine Beziehung? Nein! Wir würden gar nicht wirklich zusammen sein, sondern sie würde mich als Ikone benutzen. Und ihre Besessenheit, mich aufzusaugen und mein Sperma zu schlucken. Dasselbe. Unwirklich. Sie fühlte sich leer und wollte, daß ich sie mit meiner Essenz füllte. Begriff sie denn nicht, was sie da tat? Begriff sie denn nicht, welchem Irrtum sie unterlag, wenn sie die Symbole behandelte, als seien sie konkrete Wirklichkeit? Was glaubte sie, wie lange mein Fingerhut voll Sperma sie ausfüllen würde? Binnen weniger Sekunden würde ihre Magensäure nichts als zerstückelte DNA-Ketten davon übrig lassen.

Belle nickte ernst zu meinen wilden Deutungen – und wandte sich dann wieder ihrer Strickarbeit zu. Ihre Patin bei den Anonymen Drogenabhängigen hatte ihr das Stricken beigebracht, und während der letzten Wochen hatte sie ständig an einem Pullover mit Zopfmuster gearbeitet, den ich an unserem Wochenende tragen sollte. Sie war durch nichts aus der Fassung zu bringen. Ja, sie gab mir recht, daß sie möglicherweise ihr Leben auf Phantasien gründete. Vielleicht suchte sie nach dem Archetyp des weisen, alten Mannes. Aber war das so schlimm? Neben ihrem MBA-Programm hatte sie einen Kurs in Anthropologie belegt und las *The Gol-*

den Bough[*]. Sie erinnerte mich daran, daß der Großteil der Menschheit sein Leben nach irrationalen Vorstellungen ausrichtete wie der von Totems, Wiedergeburten, Himmel und Hölle, ja sogar von Übertragungsheilungen in der Therapie und von der Vergötterung Freuds. ›Was funktioniert, funktioniert‹, sagte sie, ›und der Gedanke, daß wir dieses Wochenende zusammen verbringen, funktioniert. Das war die beste Zeit in meinem Leben; es fühlte sich genauso an, als wäre ich mit Ihnen verheiratet. Es ist so, als würde ich warten und wissen, daß Sie bald zu mir nach Hause kommen; es hält mich aufrecht, es macht auch zufrieden.‹ Und mit diesen Worten wandte sie sich wieder ihrer Strickerei zu. Dieser gottverdammte Pullover! Ich hätte ihn ihr am liebsten aus den Händen gerissen.

Nach zweiundzwanzig Monaten wurde ich ernsthaft nervös. Ich verlor den letzten Rest von Fassung und drehte und wand mich, schwatzte und schmeichelte, flehte. Ich hielt ihr Vorträge über die Liebe. ›Sie sagen, Sie lieben mich, aber Liebe ist eine Beziehung, bei der Liebe geht es darum, für den anderen da zu sein, sich für das Wachstum und das Wesen des anderen zu interessieren. Haben Sie sich je für mich interessiert? Dafür, wie *ich* mich fühle? Denken Sie jemals über meine Schuldgefühle nach, meine Angst, die Wirkung, die diese Sache auf meine Selbstachtung haben muß, das Wissen, das ich etwas Unmoralisches getan habe? Und dann der Einfluß, den es auf meinen Ruf hat, das Risiko, das ich eingehe – mein Beruf, meine Ehe?‹

›Wie oft‹, antwortete Belle, ›haben Sie mich daran erinnert, daß wir zwei Menschen sind, die einander wie Menschen begegnen – nicht mehr, nicht weniger? Sie haben mich gebeten,

[*] Frazer, James George: The Golden Bough: A Study in Magic and Religion. London 1911-15. Deutsche Übersetzung: Der goldene Zweig: Das Geheimnis von Glauben und Sitten der Völker. Reinbek: Rowohlt 1994.

Ihnen zu vertrauen, und ich habe Ihnen vertraut – ich habe zum ersten Mal in meinem Leben jemandem vertraut. Jetzt bitte ich *Sie, mir* zu vertrauen. Es wird unser Geheimnis sein. Ich nehme es mit in mein Grab. Ganz gleich, was geschieht. Für immer! Und was Ihre Selbstachtung, Ihre Schuldgefühle und Ihre beruflichen Sorgen betrifft, nun, was ist wichtiger als die Tatsache, daß Sie, ein Heiler, mich heilen? Wollen Sie Regeln, Ruf und Ethik über das Heilen stellen?‹ Haben Sie eine gute Antwort auf diese Frage, Ernest? Ich hatte keine.

Subtil, aber mit einem drohenden Unterton, spielte sie darauf an, welche Konsequenzen es haben könnte, wenn ich meine Wette nicht einlöste. Sie hatte *zwei Jahre* für dieses Wochenende mit mir gelebt. Würde sie je wieder jemandem vertrauen können? Irgendeinem Therapeuten? Oder *überhaupt* irgend jemandem? *Das*, ließ sie mich wissen, wäre tatsächlich ein Grund für Schuldgefühle. Sie brauchte nicht allzuviel zu sagen. Ich wußte, was mein Verrat für sie bedeuten würde. Sie war mehr als zwei Jahre lang nicht selbstzerstörerisch gewesen, aber ich hatte keinen Zweifel, daß sie es nicht verlernt hatte. Mit einem Wort, ich war davon überzeugt, daß Belle sich umbringen würde, wenn ich kniff. Ich versuchte immer noch, aus meiner Falle zu entkommen, aber meine Flügelschläge wurden immer matter.

›Ich bin siebzig Jahre alt – Sie sind vierunddreißig‹, sagte ich zu ihr. ›Es hätte etwas Unnatürliches, wenn wir miteinander schlafen würden.‹

›Chaplin, Kissinger, Picasso, Humbert Humbert und Lolita‹, antwortete Belle, ohne sich auch nur die Mühe zu machen, von ihrem Strickzeug aufzublicken.

›Sie haben diese ganze Sache auf groteske Ausmaße aufgebläht‹, sagte ich. ›Es ist alles so übersteigert, so übertrieben, so fern der Wirklichkeit. Dieses ganze Wochenende *muß* Ihnen einfach einen Dämpfer versetzen.‹

›Ein Dämpfer ist das beste, was passieren kann‹, erwiderte

sie. ›Sie wissen doch – um meine Obsession, was Sie betrifft, aufzubrechen, meine ‚erotische Übertragung', wie Sie es gern nennen. Das kann für unsere Therapie nur nützlich sein.‹

Ich wandt und krümmte mich weiter. ›Außerdem nimmt in meinem Alter die Potenz ab.‹

›Seymour‹, tadelte sie mich, ›Sie überraschen mich. Sie haben es immer noch nicht verstanden, daß Potenz oder Geschlechtsverkehr ohne Belang sind. Was ich will, ist, daß Sie mit mir zusammen sind und mich festhalten – als Mensch, als Frau. Nicht als Patientin. Außerdem, Seymour...‹, und an dieser Stelle hielt sie sich den halb fertigen Pullover vors Gesicht, linste kokett darüber hinweg und sagte: ›Außerdem werde ich mit Ihnen bumsen, wie Sie es noch nie erlebt haben!‹

Und dann war die Zeit abgelaufen. Der vierundzwanzigste Monat kam, und ich hatte keine andere Wahl, als dem Teufel seinen Tribut zu zahlen. Wenn ich kniff, würden die Konsequenzen katastrophal sein, das wußte ich. Wenn ich andererseits mein Wort hielt? Nun, vielleicht hatte sie recht, vielleicht würde es die Obsession tatsächlich aufbrechen. Vielleicht würden ohne die erotische Übertragung ihre Energien freigesetzt, so daß sie besser mit ihrem Mann zurechtkam. Sie würde ihren Glauben an die Therapie bewahren. Ich würde in wenigen Jahren in Pension gehen, und sie würde sich andere Therapeuten suchen. Vielleicht konnte ein Wochenende in San Francisco mit Belle ja ein Akt höchster therapeutischer Überraschung werden.

Was, Ernest? Meine Gegenübertragung? Drehte sich natürlich wie wild im Kreis. Ich versuchte, meine Entscheidung dadurch nicht beeinflussen zu lassen. Ich handelte nicht aufgrund meiner Gegenübertragung – ich war überzeugt davon, daß ich keine andere vernünftige Wahl hatte. Und ich bin immer noch überzeugt davon, selbst im Lichte dessen, was geschehen ist. Aber ich gebe zu, daß die ganze Sache mich ziemlich faszinierte. Da war ich, ein alter Mann, kurz vor dem Ende, dessen Sehkraft nachläßt, dessen Geschlechtsleben so gut wie vorüber ist – meine Frau, die ein Talent dafür hat, irgendwelche Dinge aufzugeben, hat den Sex vor langer Zeit aufgegeben. Und was Belles Wirkung auf mich betrifft? Ich will es nicht leugnen: Ich himmelte sie an. Und als sie mir sagte, sie wolle mich bumsen, wie ich noch nie in meinem Leben gebumst worden sei, spürte ich, wie in meinen eingerosteten Geschlechtsapparat wieder Leben einkehrte. Aber eines möchte ich Ihnen sagen – Ihnen und dem Kassettenrekorder –, und ich möchte es mit so viel Nachdruck wie nur möglich sagen: *Das ist nicht der Grund, warum ich es getan habe!* Für Sie oder das Ethikkomitee mag das nicht wichtig sein, aber für mich ist es lebenswichtig. Ich habe meinen Eid Belle gegenüber nicht gebrochen. Ich habe meinen Eid keinem Patienten gegenüber gebrochen. Ich habe niemals meine Bedürfnisse über ihre gestellt.

Was den Rest der Geschichte betrifft, den kennen Sie wohl. Steht alles da in den Unterlagen. Belle und ich haben uns am Samstagmorgen zum Frühstück bei Mama's in North Beach getroffen und sind bis Einbruch der Dunkelheit am Sonntag geblieben. Wir hatten beschlossen, unseren Gatten zu sagen, daß ich fürs Wochenende eine Marathonsitzung für meine Patienten angesetzt hätte. Ich veranstalte solche Sitzungen etwa zweimal im Jahr für zehn bis zwölf meiner Patienten. Während ihres ersten Therapiejahrs hatte Belle an einem solchen Wochenende teilgenommen.

Machen Sie jemals solche Gruppen, Ernest? Nein? Nun, lassen Sie sich gesagt sein, daß sie sehr wirkungsvoll sind... beschleunigen die Therapie wie verrückt. Sie müßten eigentlich darüber Bescheid wissen. Wenn wir uns wiedersehen – und ich bin sicher, daß wir das tun, unter anderen Umständen –, werde ich Ihnen von diesen Sitzungen erzählen, ich mache sie jetzt seit fünfunddreißig Jahren.

Aber zurück zu dem Wochenende. Es ist nicht fair, Sie so weit zu bringen und nicht an dem Höhepunkt teilnehmen zu lassen. Mal sehen, was kann ich Ihnen erzählen? Was *will* ich Ihnen erzählen? Ich habe versucht, meine Würde zu wahren, der Therapeut zu bleiben, aber das ging nicht lange gut – dafür hat Belle gesorgt. Kurz nachdem wir uns im Fairmont angemeldet hatten, kam sie zu mir, und sehr bald waren wir Mann und Frau, und alles, alles, was Belle vorhergesagt hatte, trat ein.

Ich will Sie nicht belügen, Ernest. Ich habe jeden Augenblick unseres Wochenendes genossen, von dem wir den größten Teil im Bett verbrachten. Ich hatte Sorge, daß all meine Rohre nach so vielen Jahren des Nichtstuns eingerostet waren. Aber Belle war eine meisterliche Klempnerin, und mit ein bißchen Rattern und Klirren kam alles wieder in Gang.

Drei Jahre lang hatte ich Belle dafür getadelt, in einer Illusion zu leben und hatte ihr meine Wirklichkeit aufgezwungen. Nun war ich für ein Wochenende in ihre Welt eingetreten und stellte fest, daß das Leben in dem magischen Königreich so schlecht nicht war. Sie war mein Jungbrunnen. Mit jeder Stunde wurde ich jünger und stärker. Ich konnte besser laufen, zog den Bauch ein, wirkte größer. Ernest, ich sage Ihnen, ich hätte am liebsten laut gejubelt. Und Belle bemerkte es. ›Genau das hast du gebraucht, Seymour. Und das ist alles, was ich jemals von dir wollte – gehalten werden und halten, Liebe schenken. Ist dir klar, daß dies das erste Mal in meinem Leben ist, daß ich Liebe geschenkt habe? Ist das so schrecklich?‹

Sie weinte viel. Neben allen anderen Röhren waren auch meine Tränenkanäle durchgepustet worden, und ich weinte ebenfalls. Sie gab mir an diesem Wochenende so viel. Ich hatte meine ganze berufliche Laufbahn damit verbracht, zu geben, und das war das erste Mal, daß ich etwas zurückbekam, wirklich etwas zurückbekam. Es ist so, als hätte sie mich für all die anderen Patienten, mit denen ich je gearbeitet habe, beschenkt.

Aber dann holte uns das wirkliche Leben wieder ein. Das Wochenende war vorbei. Belle und ich nahmen unsere Sitzungen wieder auf, zweimal wöchentlich. Ich hatte nie damit gerechnet, diese Wette zu verlieren; daher hatte ich keinen Notfallplan für die Therapie nach dem Wochenende. Ich versuchte weiterzumachen wie bisher, aber nach ein oder zwei Sitzungen begriff ich, daß ich ein Problem hatte. Ein großes Problem. Für Menschen, die miteinander intim gewesen sind, ist es fast unmöglich, zu einer formellen Beziehung zurückzukehren. Trotz meiner Bemühungen war ein Tonfall liebevoller Verspieltheit an die Stelle ernsthafter Therapiearbeit getreten. Manchmal bestand Belle darauf, auf meinem Schoß zu sitzen. Und dann setzte sie ihre Hände ein, umarmte mich, streichelte, betastete mich. Ich versuchte, sie abzuwehren, ich versuchte, eine ernsthafte Arbeitsethik aufrechtzuerhalten, aber, sehen wir den Dingen ins Gesicht, es war keine Therapie mehr.

Ich zog die Bremse und erklärte feierlich, daß wir zwei Möglichkeiten hätten: entweder wir versuchten, zu ernsthafter Arbeit zurückzukehren, was bedeutete, daß wir zu einer nichtkörperlichen und traditionelleren Beziehung zurückfanden, oder wir hörten auf, so zu tun, als machten wir eine Therapie, und versuchten, eine rein gesellschaftliche Beziehung aufzubauen. Und ›gesellschaftlich‹ bedeutete nicht geschlechtlich: Ich wollte das Problem nicht noch verschärfen. Ich habe überdies klargestellt, daß ich, da wir keine Therapie mehr machten, kein Geld mehr von ihr nehmen würde.

Keine dieser Alternativen war für Belle akzeptabel. Eine Rückkehr zu der Formalität einer Therapie schien eine Farce zu sein. Ist nicht gerade die Therapiebeziehung diejenige Beziehung, in der man keine Spielchen spielt? Und was die Einstellung der Zahlungen betraf, das war unmöglich. Ihr Mann hatte sich zu Hause ein Büro eingerichtet und verbrachte den größten Teil seiner Zeit dort. Wie sollte sie ihm erklären, wohin sie regelmäßig zweimal die Woche für eine Stunde verschwand, wenn sie nicht regelmäßig Schecks für die Therapie ausstellte?

Belle kritisierte mich für meine engstirnige Definition von Therapie. ›Unsere Zusammenkünfte – intim, spielerisch, zärtlich, bei denen wir uns manchmal auf deinem Sofa lieben, gut und wirklich lieben –, *sind* Therapie. Und zwar eine gute Therapie. Warum begreifst du das nicht, Seymour?‹ fragte sie. ›Ist nicht eine effektive Therapie eine gute Therapie? Hast du unsere Entscheidung bezüglich der ‚einen wichtigen Frage in der Therapie' vergessen? *Funktioniert es?* Und funktioniert meine Therapie nicht? Komme ich nicht weiterhin gut klar? Ich bin nach wie vor clean. Keine Symptome. Ich schließe meine Universitätskurse erfolgreich ab. Beginne ein neues Leben. Du hast mich verändert, Seymour, und um diese Veränderung zu stabilisieren, brauchst du lediglich zwei Stunden die Woche in meiner Nähe zu verbringen; das ist alles, was du tun mußt.‹

Belle war ein cleveres Mädchen, tatsächlich. Und sie wurde immer cleverer. Ich konnte kein Argument dafür finden, daß ein solches Arrangement keine gute Therapie sei.

Trotzdem wußte ich, daß es so war. Ich genoß es zu sehr. Langsam, viel zu langsam, dämmerte mir, daß ich in ernsten Schwierigkeiten steckte. Jeder, der uns zwei zusammen sah, würde zu dem Schluß kommen, daß ich ihre Übertragungsgefühle ausbeutete und diese Patientin zu meinem eigenen Vergnügen mißbrauchte. Oder daß ich ein hochdotierter, seniler Gigolo war!

Ich wußte nicht, was ich tun sollte. Es lag auf der Hand, daß ich mich mit niemand anderem beraten konnte – ich wußte, welchen Rat man mir geben würde, und ich war nicht bereit, in den sauren Apfel zu beißen. Ebensowenig konnte ich sie an einen anderen Therapeuten verweisen – sie wollte nicht. Aber um ehrlich zu sein, ich habe sie diesbezüglich auch nicht allzusehr gedrängt. Das macht mir heute Sorgen. Habe ich richtig gehandelt? Ich hatte dann ein paar schlaflose Nächte, in denen ich mir vorstellte, wie sie einem anderen Therapeuten alles über mich erzählen würde. Sie wissen ja, wie Therapeuten untereinander über die Mätzchen früherer Therapeuten tratschen – und ein paar saftige Gerüchte über Seymour Trotter kämen vielen da gerade recht.

Trotzdem war ich auf die Wucht des Sturms, als er schließlich losbrach, nicht vorbereitet. Als ich eines Abends heimkam, fand ich das Haus dunkel vor; meine Frau war nicht da, und an der Haustür klebten vier Fotos von mir und Belle: Eins zeigte uns, wie wir uns am Empfang des Fairmont Hotels anmeldeten, ein anderes, wie wir, unsere Koffer in der Hand, gemeinsam unser Zimmer betraten; das dritte war eine Nahaufnahme des Anmeldeformulars im Hotel – Belle hatte bar bezahlt und uns als Dr. und Mrs. Seymour eingetragen. Auf dem vierten Foto standen wir engumschlungen auf dem Ausguck der Golden Gate Bridge.

In der Küche fand ich dann zwei Briefe auf dem Tisch: einen von Belles Mann an meine Frau, in dem er feststellte, daß sie sich vielleicht für die vier beiliegenden Fotos interessieren würde. Er sagte, er hätte einen ähnlichen Brief an das Staatliche Amt für Medizinische Ethik geschickt; sein Schreiben endete mit einer unangenehmen Drohung, daß, falls ich Belle jemals wiedersähe, ein Gerichtsprozeß die geringste Sorge sein werde, mit der die Familie Trotter sich dann konfrontiert sähe. Der zweite Brief war von meiner Frau – kurz und prägnant. Sie schrieb, ich könne mir die Mühe sparen, irgend etwas zu erklären. Was ich zu sagen hätte, solle ich mit ihrem Anwalt besprechen. Sie gab mir vierundzwanzig Stunden Zeit, meine Sachen zu packen und das Haus zu verlassen.

Also Ernest, damit wären wir jetzt in der Gegenwart. Was kann ich Ihnen sonst noch erzählen?

Wie er an die Bilder gekommen ist? Er muß einen Privatdetektiv engagiert haben, um uns zu beschatten. Welche Ironie – daß ihr Mann sich erst dann dazu entschloß, Belle zu verlassen, als deren Zustand sich stabilisiert hatte! Aber wer weiß? Vielleicht hatte er schon lange Zeit nach einem Fluchtweg gesucht. Vielleicht war er einfach müde.

Ich habe Belle nie wiedergesehen. Alles, was ich weiß, sind Gerüchte, die ich von einem alten Freund im Pacific Redwood Hospital habe – und es sind keine guten Gerüchte. Ihr Mann hat sich scheiden lassen und sich schließlich mit dem Familienvermögen ins Ausland abgesetzt. Er hatte Belle schon seit Monaten im Verdacht gehabt, weil er ein paar Kondome in ihrer Handtasche entdeckt hatte. Das war natürlich eine weitere Ironie des Schicksals: Nur weil die Therapie ihren lebensgefährlichen Selbstzerstörungstrieb zügelte, war sie überhaupt bereit, bei ihren Affären Kondome zu benutzen.

Nach meinen letzten Informationen ist Belles Zustand furchtbar – wieder beim Nullpunkt angelangt. Die ganzen alten Geschichten fingen wieder an: zwei Einweisungen wegen Selbstmordversuchen – einer mit dem Messer, einer mit einer schweren Überdosis. Sie wird sich umbringen. Ich weiß es. Anscheinend hat sie drei neue Therapeuten ausprobiert und alle nacheinander gefeuert. Jede weitere Therapie lehnt sie ab, und jetzt ist sie wieder bei harten Drogen.

Und wissen Sie, was das Schlimmste ist? Ich weiß, daß ich ihr helfen könnte, selbst heute noch. Ich bin mir dessen sicher, aber man hat mir per Gerichtsverfügung und unter Androhung schwerster Bestrafung verboten, mich mit ihr zu treffen oder mit ihr zu sprechen. Ich habe mehrere telefonische Nachrichten von ihr erhalten, aber mein Anwalt hat mich gewarnt; ich sei in großer Gefahr, und wenn ich nicht ins Gefängnis kommen wolle, dürfe ich ihr auf keinen Fall antworten. Er hat Kontakt zu Belle aufgenommen und sie davon in Kenntnis gesetzt, daß es mir per Gerichtsverfügung verboten sei, mit ihr in Verbindung zu treten. Schließlich hörten ihre Anrufe auf.

Was ich jetzt tun werde? Wegen Belle, meinen Sie? Es ist hart. Es bringt mich um, daß ich auf ihre Anrufe nicht reagieren kann, aber ich habe etwas gegen Gefängnisse. Ich weiß, daß ich in einem zehnminütigen Gespräch so viel für sie tun könnte. Selbst heute noch. Unter uns gesagt – schalten Sie den Rekorder aus, Ernest. Ich bin mir nicht sicher, ob ich in der Lage sein werde, sie einfach ihrem Schicksal zu überlassen. Nicht sicher, ob ich damit leben könnte.

Also, Ernest, das war's. Das Ende meiner Geschichte. *Finis*. Lassen Sie sich gesagt sein, das ist nicht die Art und Weise, wie ich meine Karriere beenden wollte. Belle ist die Hauptfigur in dieser Tragödie, aber auch für mich ist die Situation eine Katastrophe. Ihre Anwälte drängen sie, Schadenersatz zu verlangen – sich alles zu holen, was sie kriegen kann. Das wird das reinste Gemetzel – der Mißbrauchsprozeß wird in zwei Monaten stattfinden.

Niedergeschlagen! Natürlich bin ich niedergeschlagen. Wer wäre das nicht? Ich nenne es eine angemessene Depression: Ich bin ein elender, trauriger, alter Mann. Entmutigt, einsam, voller Selbstzweifel; ich beende mein Leben in Schande.

Nein, Ernest, keine medikamentös behandelbare Depression. Nicht diese Art von Depression. Ohne physiologische Symptome: weder psychomotorische noch Schlaflosigkeit oder Gewichtsverlust – nichts von alledem. Danke für das Angebot.

Nein, auch nicht selbstmordgefährdet, obwohl ich zugebe, daß ich mich zur Dunkelheit hingezogen fühle. Aber ich bin ein zäher Bursche. Ich krieche in den Keller und lecke meine Wunden.

Ja, sehr allein. Meine Frau und ich haben viele Jahre lang

im gleichen Trott verbracht. Ich habe immer für meine Arbeit gelebt; meine Ehe hat immer am Rande meines Lebens stattgefunden. Meine Frau pflegte zu sagen, daß ich mein ganzes Bedürfnis nach Nähe bei meinen Patienten befriedige. Und sie hatte recht. Aber das ist nicht der Grund, warum sie gegangen ist. Meine Ataxie schreitet schnell voran, und ich glaube, daß ihr die Aussicht, rund um die Uhr Krankenschwester zu spielen, nicht sonderlich gefallen hat. Ich vermute, da kam ihr diese Sache gerade recht. Ich kann ihr keinen Vorwurf machen.

Nein, ich brauche keinen Therapeuten. Ich bin nicht klinisch depressiv. Danke der Nachfrage, Ernest, ich wäre ein streitsüchtiger Patient. Bisher lecke ich, wie gesagt, meine Wunden, und ich bin ein ziemlich guter Lecker.

Ich habe nichts dagegen, wenn Sie mich anrufen, sollten Sie noch Fragen haben. Ihr Angebot rührt mich. Aber machen Sie sich keine Gedanken, Ernest. Ich bin ein zäher Hurensohn. Ich komme schon klar.«

Und mit diesen Worten sammelte Seymour Trotter seine Stöcke ein und schwankte aus dem Raum. Ernest, der immer noch saß, lauschte dem schwächer werdenden Klopfen nach.

Als Ernest einige Wochen später anrief, schlug Dr. Trotter abermals sämtliche Hilfsangebote aus. Binnen Minuten lenkte er das Gespräch auf Ernests Zukunft und verlieh wiederum seiner starken Überzeugung Ausdruck, daß Ernest, wie gut er auch als Psychopharmakologe sein mochte, seine wahre Berufung verfehle: Er sei ein geborener Therapeut und sei es sich selber schuldig, sein Schicksal zu erfüllen. Er lud Ernest ein, die Angelegenheit beim Mittagessen weiter zu erörtern, aber Ernest lehnte ab.

»Wie gedankenlos von mir«, hatte Dr. Trotter ohne eine Spur von Ironie geantwortet. »Verzeihen Sie. Da gebe ich Ihnen Ratschläge wegen eines Karriereumschwungs und bitte Sie gleichzeitig, diese Karriere zu gefährden, indem Sie sich in der Öffentlichkeit mit mir zeigen.«

»Nein, Seymour«, sagte Ernest. Er nannte ihn zum ersten Mal beim Vornamen. »Daran liegt es nicht. Die Wahrheit ist, und es ist mir peinlich, Ihnen das zu sagen –, daß ich bereits als Sachverständiger für Ihren Zivilprozeß wegen Mißbrauch verpflichtet worden bin.«

»Das braucht Ihnen nicht peinlich zu sein, Ernest. Es ist Ihre Pflicht, auszusagen. Ich an Ihrer Stelle würde dasselbe tun, genau dasselbe. Unser Berufsstand ist verletzlich, von allen Seiten bedroht. Es ist unsere Pflicht, ihn zu schützen und einen gewissen Standard zu wahren. Selbst wenn Sie sonst nichts glauben, was mich betrifft, glauben Sie, daß diese Arbeit mir viel bedeutet. Ich habe ihr mein ganzes Leben gewidmet. Das ist der Grund, warum ich Ihnen meine Geschichte so detailliert erzählt habe – Sie sollten wissen, daß es nicht die Geschichte eines Verrats ist. Ich habe in gutem Glauben gehandelt. Ich weiß, es klingt absurd, trotzdem glaube ich selbst in diesem Augenblick, daß ich das Richtige getan habe. Manchmal bringt uns das Schicksal in Situationen, in denen das Richtige das Falsche ist. Ich habe weder mein Fach noch irgendeinen Patienten je verraten.«

Ernest sagte tatsächlich bei der Zivilverhandlung aus. Seymours Anwalt, der sein fortgeschrittenes Alter, seine verringerte Urteilskraft und sein Gebrechen ins Feld führte, versuchte eine neuartige, verzweifelte Verteidigungsmethode: Er behauptete, daß Seymour, nicht Belle, das Opfer gewesen sei. Aber der Fall war hoffnungslos, und Belle bekam zwei Millionen Dollar zugesprochen – die Höchstsumme, für die Seymour versichert war. Ihre Anwälte hätten mehr verlangt, aber das schien wenig Sinn zu haben, da Seymours Taschen nach seiner Scheidung und der Begleichung der Gerichtskosten leer waren. Das war das Ende der öffentlichen

Geschichte Seymour Trotters. Kurz nach der Verhandlung verließ er still und leise die Stadt, und man hörte nie wieder von ihm, abgesehen von einem Brief (ohne Adresse des Absenders), den Ernest ein Jahr später erhielt.

Ernest hatte nur einige Minuten Zeit, bevor sein erster Patient kam. Aber er konnte nicht widerstehen, sich noch einmal das letzte Lebenszeichen Seymour Trotters anzuschauen.

Lieber Ernest,

Sie allein haben in jenen Tagen der Hexenjagd, in denen alles mit dem Finger auf mich zeigte, Sorge um mein Wohlergehen bekundet. Ich danke Ihnen – es hat mir große Kraft gegeben. Mir geht's gut. Verschollen und nicht geneigt, mich finden zu lassen. Ich schulde Ihnen viel – gewiß diesen Brief und dieses Bild von Belle und mir. Das ist übrigens ihr Haus im Hintergrund: Belle ist zu einer hübschen Stange Geld gelangt.

Seymour

Wie er es so viele Male zuvor getan hatte, starrte Ernest das verblichene Foto an. Auf einem mit Palmen übersäten Rasen saß Seymour in einem Rollstuhl. Belle stand hinter ihm, verloren und ausgezehrt, die Fäuste um die Griffe des Rollstuhls geballt. Sie hielt den Blick gesenkt. Hinter ihr stand ein elegantes Haus im Kolonialstil, und dahinter sah man das glitzernde, milchig grüne Wasser eines tropischen Meeres. Seymour lächelte – ein breites, vertrotteltes, schiefes Lächeln. Mit einer Hand hielt er sich am Rollstuhl fest; mit der anderen hob er seinen Gehstock triumphierend gen Himmel.

Wie immer, wenn er das Foto betrachtete, fühlte Ernest sich unwohl. Er schaute genauer hin, versuchte, in das Foto hineinzukriechen, versuchte, irgendeinen Hinweis zu finden, eine definitive Antwort auf die Frage nach dem wirklichen Schicksal von Seymour und Belle. Der Schlüssel, dachte er, war in Belles Augen zu finden. Sie wirkten melancholisch, fast mutlos. Warum? Sie hatte bekommen, was sie wollte, oder nicht? Er rückte näher an Belle heran und versuchte, ihren Blick aufzufangen. Aber sie schaute immer weg.

1

Dreimal die Woche hatte Justin Astrid während der vergangenen fünf Jahre seinen Tag mit einem Besuch bei Dr. Ernest Lash begonnen. Sein heutiger Besuch war anfangs genauso verlaufen wie jede andere der vorangegangenen siebenhundert Therapiesitzungen: Um zehn vor acht ging er die hübsch gestrichene Außentreppe des viktorianischen Hauses auf der Sacramento Street hinauf, dann durch den Hausflur, von dort aus in den zweiten Stock und schließlich in Ernests schwach beleuchtetes Wartezimmer, das von dem satten, feuchten Aroma italienischen Röstkaffees durchzogen wurde. Justin atmete den Duft tief ein, goß etwas Kaffee in einen japanischen, mit einer handgemalten Persimone verzierten Becher, setzte sich dann auf das steife, grüne Ledersofa und schlug den Sportteil des *San Francisco Chronicle* auf.

Aber Justin konnte dem Artikel über das gestrige Baseballspiel nicht folgen. Nicht heute. Etwas Gewaltiges war geschehen – etwas, das seine Gedanken in Anspruch nahm. Er faltete die Zeitung zusammen und starrte auf Ernests Tür.

Um acht Uhr legte Ernest Seymour Trotters Akte in den Aktenschrank, warf einen schnellen Blick auf Justins Karte, räumte den Schreibtisch auf, legte die Zeitung in eine Schublade, rückte seine Kaffeetasse außer Sichtweite. Danach stand er auf und sah sich noch einmal prüfend um, bevor er die Tür öffnete. Nichts wies darauf hin, daß der Raum bewohnt war. Gut.

Er öffnete die Tür, und einen Augenblick lang sahen die beiden Männer einander an. Heiler und Patient. Justin, der seinen *Chronicle* in der Hand hielt; Ernest, dessen Zeitung tief im Schreibtisch verborgen lag. Justin in seinem dunkelblauen Anzug mit der gestreiften Seidenkrawatte. Ernest in marineblauem Blazer und geblümter Krawatte. Beide hatten fünfzehn Pfund Übergewicht: Bei Justin zeigte sich das Fleisch an Kinn und Wangen, bei Ernest wölbte sich der Bauch über den Gürtel. Justins Schnurrbart kräuselte sich nach oben, reckte sich nach seinen Nasenlöchern. Ernests manikürter Bart war sein adrettestes Merkmal. Justins Gesicht war beweglich und nervös, seine Augen unruhig. Ernest trug eine Brille mit großen Gläsern; sein ruhiger Blick wurde nur selten von einem Wimpernschlag unterbrochen.

»Ich habe meine Frau verlassen«, sagte Justin, nachdem er Platz genommen hatte. »Gestern abend. Bin einfach ausgezogen. Ich habe die Nacht bei Laura verbracht.« Er sprach diese ersten Worte ruhig und leidenschaftslos aus, hielt dann inne und sah Ernest an.

»Einfach so?« fragte Ernest gelassen. Ohne mit der Wimper zu zucken.

»Einfach so.« Justin lächelte. »Wenn ich weiß, was zu tun ist, verschwende ich keine Zeit.«

Während der letzten Monate hatte sich ein leiser Humor in ihre Gespräche eingeschlichen. Für gewöhnlich hieß Ernest eine solche Entwicklung willkommen. Sein Supervisor, Marshal Streider, hatte gesagt, es sei häufig ein günstiges Zeichen, wenn während der Therapie humorvolle Bemerkungen fielen.

Aber Ernests Kommentar »Einfach so?« war keine gutmütige Randbemerkung. Justins Feststellung beunruhigte ihn.

Und sie ärgerte ihn! Er behandelte Justin jetzt seit fünf Jahren – fünf Jahre lang hatte er ihn immer wieder in den Hintern getreten, um ihm dabei zu helfen, von seiner Frau loszukommen! Und heute informierte Justin ihn ganz beiläufig darüber, daß er es getan hatte.

Ernest dachte an ihre allererste Sitzung zurück, an Justins erste Worte damals: »Ich brauche Hilfe, um aus meiner Ehe herauszukommen!« Monatelang hatte Ernest die Situation aufs sorgfältigste untersucht. Schließlich war er zu dem Schluß gekommen: Justin *sollte* aus seiner Ehe herauskommen – es war eine der schlimmsten Ehen, mit denen Ernest je zu tun gehabt hatte. Und während der nächsten fünf Jahre hatte Ernest jeden psychotherapeutischen Kunstgriff angewandt, den er kannte, um Justin zu diesem Schritt zu bewegen. Und jeder einzelne Versuch war gescheitert.

Ernest war ein hartnäckiger Therapeut. Niemand hatte ihm je den Vorwurf gemacht, er würde sich nicht genug Mühe geben. Die meisten seiner Kollegen hielten ihn für zu aktiv, zu ehrgeizig in seiner Therapie. Sein Supervisor ermahnte ihn ständig: »Brrr, Cowboy, immer langsam mit den jungen Pferden! Sie müssen den Boden bereiten. Sie können die Menschen nicht dazu *zwingen*, sich zu ändern.« Aber irgendwann mußte sogar Ernest die Hoffnung aufgeben. Obwohl er nie aufhörte, Justin zu mögen und nie aufhörte, auf bessere Verhältnisse für ihn zu hoffen, wuchs nach und nach seine Überzeugung, daß Justin seine Frau nie verlassen würde, daß er unbeweglich war und tief verwurzelt, daß er lebenslänglich in einer qualvollen Ehe festsaß.

Daraufhin steckte Ernest Justin einfachere Ziele: das Beste aus einer schlechten Ehe zu machen, bei der Arbeit autonom zu werden, bessere soziale Fähigkeiten zu entwickeln. Das konnte Ernest genausogut wie jeder andere Therapeut. Aber es war langweilig. Die Therapie wurde immer vorhersehbarer; niemals geschah etwas Unerwartetes. Ernest mußte sich gewaltsam wach halten. Er sprach auch nicht länger mit seinem Supervisor über Justin. Er malte sich aus, wie er bei Justin die Frage anschnitt, ob er mit einem anderen Therapeuten nicht glücklicher wäre.

Und heute kam Justin ganz lässig in seine Sprechstunde geschlendert und verkündete, daß er seine Frau verlassen habe!

Ernest putzte seine Brillengläser mit einem Kleenex, das er zuvor aus der Schachtel gerissen hatte.

»Erzählen Sie mir davon, Justin.« Schlechte Technik! Er wußte es sofort. Er setzte seine Brille wieder auf und notierte sich auf seinem Block: »Fehler – nach Information gefragt – Gegenübertragung?«

Später, bei der Supervision, würde er diese Notizen mit Marshal durchgehen. Aber er wußte selbst, daß es idiotisch von ihm war, nach Informationen zu fischen. Warum sollte *er* Justin zum Weitersprechen überreden müssen? Er hätte seiner Neugier nicht nachgeben dürfen. *Undiszipliniert* – genauso hatte Marshal ihn vor einigen Wochen genannt. »Lernen Sie abzuwarten«, würde Marshal sagen. »Es müßte für Justin wichtiger sein, Ihnen davon zu erzählen, als für Sie, davon zu hören. Und wenn er sich dafür entscheidet, es Ihnen *nicht* zu sagen, dann sollten Sie sich auf die Frage konzentrieren, warum er zu Ihnen kommt, Sie bezahlt und Ihnen dennoch Informationen vorenthält.«

Ernest wußte, daß Marshal recht hatte. Trotzdem scherte er sich nicht um technische Korrektheit – das war keine gewöhnliche Sitzung. Justin war aus seinem Schlaf erwacht und hatte seine Frau verlassen! Ernest betrachtete seinen Patienten; bildete er es sich nur ein, oder wirkte Justin heute kraftvoller? Kein unterwürfig gesenkter Kopf, keine herabhängenden Schultern, kein Gezappel auf dem Sessel, um seine Unterwäsche zurechtzuzupfen, kein Zögern, keine Entschuldigung, weil er seine Zeitung neben dem Sessel auf den Boden geworfen hatte.

»Nun, ich wünschte, ich könnte Ihnen mehr erzählen – es war alles so einfach. Als flöge ich mit Autopilot. Ich habe es einfach getan. Ich bin einfach gegangen!« Justin schwieg.

Wieder konnte Ernest es nicht erwarten. »Erzählen Sie mir mehr, Justin.«

»Es hat mit Laura zu tun, meiner jungen Freundin.«

Justin sprach selten von Laura, aber wenn er es tat, war sie immer einfach »meine junge Freundin«. Ernest fand das irritierend. Aber er ließ sich nichts anmerken und schwieg weiter.

»Sie wissen, daß ich mich häufig mit ihr treffe – vielleicht habe ich das Ihnen gegenüber ein wenig heruntergespielt. Keine Ahnung, warum ich das vor Ihnen verborgen habe. Aber ich habe sie fast täglich getroffen, zum Mittagessen oder für einen Spaziergang, oder wir sind in ihre Wohnung gegangen, um dort mal kurz in die Federn zu springen. Ich habe einfach immer mehr das Gefühl gehabt, daß ich zu ihr gehöre, bei ihr zu Hause bin. Und gestern sagte Laura dann ganz sachlich: ›Es wird Zeit, daß du bei mir einziehst, Justin.‹ Und wissen Sie was«, fuhr Justin fort, während er die Schnurrbarthaare zur Seite strich, die in seinen Nasenlöchern kitzelten, »ich dachte, sie hat recht, es *ist* Zeit.«

Laura sagt ihm, er soll seine Frau verlassen, und er verläßt seine Frau. Einen Augenblick lang dachte Ernest an einen Essay, den er einmal über das Paarungsverhalten des Korallenriffisches gelesen hatte. Anscheinend können die Meeresbiologen die dominanten weiblichen und männlichen Fische mühelos identifizieren: Sie behalten einfach das Weibchen im Auge und beobachten, wie es die Schwimmuster der meisten männlichen Fische durcheinanderbringt, mit Ausnahme derjenigen der dominanten Männchen. Die Macht des schönen Weibchens, sei es Fisch oder Mensch! Ehrfurchtgebietend! Laura, die kaum die High-School hinter sich hatte, hatte Justin einfach gesagt, es sei Zeit, seine Frau zu verlassen, und er hatte gehorcht. Wohingegen er, Ernest Lash, ein begabter, ein hochbegabter Therapeut, fünf Jahre auf den Versuch verschwendet hatte, Justin aus seiner Ehe herauszuhebeln.

»Und dann«, fuhr Justin fort, »hat Carol es mir gestern abend zu Hause leichtgemacht, indem sie sich so abscheulich benommen hat, wie sie es immer tut, und an mir rumgenörgelt hat, weil ich nie *da* wäre. ›Selbst wenn du da bist, bist du abwesend‹, hat sie gesagt. ›Zieh deinen Stuhl näher an den Tisch! Warum bist du immer so weit weg? Sprich mit uns! Sieh uns an! Wann hast du das letzte Mal unaufgefordet das Wort an mich oder die Kinder gerichtet? Wo bist du? Dein Körper ist hier – aber wo bist du! Ich weiß nicht einmal, warum du dir die Mühe machst, deinen Körper nach Hause zu bringen.‹

Und dann, Ernest, war es mir plötzlich klar: Carol hat recht. Sie hat recht. *Warum mache ich mir die Mühe?* Ich sagte es mir in Gedanken noch einmal vor: *Warum mache ich mir die Mühe?* Und dann habe ich, einfach so, laut gesagt: ›Carol, du hast recht. In diesem wie in allen anderen Punkten hast du recht! Ich weiß nicht, *warum* ich mir die Mühe mache, nach Hause zu kommen. Du hast absolut recht.‹

Und dann bin ich, ohne ein weiteres Wort, nach oben gegangen, habe soviel wie möglich in den erstbesten Koffer gepackt, den ich fand, und bin aus dem Haus. Ich wollte mehr mitnehmen, zurückkehren, um mir noch einen Koffer zu holen. Sie kennen Carol ja – sie wird alles, was ich zurücklasse, zerfetzen und verbrennen. Ich wollte mir noch meinen Computer holen; auf den geht sie bestimmt mit einem Hammer los. Aber ich wußte, daß es jetzt oder nie hieß. Geh ins Haus zurück, sagte ich mir, und du bist verloren. Ich kenne mich. Ich kenne Carol. Ich habe nicht nach links und nicht nach rechts gesehen. Ich bin einfach weiter geradeaus, und kurz bevor ich die Haustür schloß, habe ich mich noch einmal umgedreht und gerufen – ich wußte ja nicht, wo Carol und die

Kinder waren: ›Ich rufe euch an.‹ Und dann habe ich gemacht, daß ich wegkam!«

Justin hatte sich auf seinem Sessel vorgebeugt. Er holte tief Luft, lehnte sich erschöpft zurück und sagte: »Und mehr gibt es da nicht zu erzählen.«

»Und das war gestern abend?«

Justin nickte. »Ich bin direkt zu Laura gegangen, und wir haben einander die ganze Nacht in den Armen gehalten. Mein Gott, es war schwer, mich heute morgen aus ihren Armen zu lösen. Ich kann es kaum beschreiben, es war so schwer.«

»Versuchen Sie's«, drängte Ernest.

»Nun ja, als ich mich von Laura löste, sah ich plötzlich das Bild einer Amöbe vor mir, die sich teilt – etwas, woran ich seit dem Biologieunterricht auf der High-School nicht mehr gedacht habe. Wir waren wie die beiden Hälften der Amöbe, die sich Stück um Stück teilten, bis wir nur noch durch eine einzige, dünne Faser verbunden waren. Und dann, *zack* – ein schmerzliches Zack –, und wir waren getrennt. Ich stand auf, zog mich an, sah auf die Uhr und dachte: ›Nur noch vierzehn Stunden, bis ich wieder im Bett und mit Laura vereint bin.‹ Und dann bin ich hierhergekommen.«

»Diese Szene mit Carol gestern abend, Sie haben sie seit Jahren gefürchtet. Und trotzdem scheinen Sie bester Laune zu sein.«

»Wie gesagt, Laura und ich passen zusammen, gehören zusammen. Sie ist ein Engel – im Himmel eigens für mich gemacht. Heute nachmittag gehen wir auf Wohnungssuche. Sie hat ein kleines Apartment auf dem Russian Hill. Mit toller Aussicht auf die Bay Bridge. Aber zu klein für uns.«

Im Himmel gemacht! Ernest mußte würgen.

»Wenn Laura doch nur ein paar Jahre eher aufgetaucht wäre!« fuhr Justin fort. »Wir haben darüber gesprochen, wieviel Miete wir uns leisten können. Auf dem Weg hierher habe ich mal ausgerechnet, wieviel ich für Therapiestunden ausgegeben habe. Dreimal die Woche, fünf Jahre lang – wieviel macht das? Siebzig-, achtzigtausend Dollar? Nehmen Sie es nicht persönlich, Ernest, aber ich kann einfach nicht anders, als mich zu fragen, was passiert wäre, wenn Laura vor fünf Jahren aufgetaucht wäre. Vielleicht hätte ich Carol dann verlassen. Und auch die Therapie beendet. Vielleicht würde ich jetzt mit achtzigtausend Dollar in der Tasche nach einer Wohnung suchen!«

Ernest spürte, wie ihm die Röte ins Gesicht schoß. Justins Worte hallten in seinen Gedanken wider. *Achtzigtausend Dollar! Nehmen Sie es nicht persönlich!*

Aber Ernest ließ sich nichts anmerken. Er blinzelte auch nicht und versuchte nicht, sich zu verteidigen. Oder darauf hinzuweisen, daß Laura vor fünf Jahren etwa vierzehn gewesen sein mußte und Justin sich nicht mal hatte den Arsch abwischen können, ohne Carol um Erlaubnis zu fragen, daß er es nicht mal bis Mittag durchgehalten hatte, ohne seinen Therapeuten anzurufen, daß er ohne Anleitung seiner Frau nicht einmal in der Lage gewesen war, ein Essen aus einer Speisekarte auszuwählen oder sich morgens anzuziehen, wenn sie ihm nicht die Kleider herausgelegt hatte. Und außerdem war es das Geld seiner Frau, von dem die Rechnungen bezahlt wurden, nicht seins – Carol verdiente dreimal soviel wie er. Wenn er nicht fünf Jahre Therapie gemacht hätte, hätte er achtzigtausend Dollar in der Tasche gehabt! Scheiße auch, vor fünf Jahren hätte Justin nicht einmal gewußt, in welche Tasche er sie hätte stecken sollen!

Aber Ernest sagte nichts von alledem. Er war stolz auf seine Zurückhaltung, ein deutliches Zeichen für seine Reife als Therapeut. Statt dessen fragte er unschuldig: »Ist Ihre Hochstimmung völlig ungetrübt?«

»Wie meinen Sie das?«

»Ich meine, das ist doch ein gewaltiges Ereignis. Es muß doch sehr vielschichtige Gefühle bei Ihnen auslösen.«

Aber Justin gab Ernest nicht, was er wollte. Er steuerte nur wenig freiwillig bei, wirkte distanziert und mißtrauisch. Schließlich begriff Ernest, daß er sich nicht auf *Inhalte*, sondern auf den *Prozeß* konzentrieren mußte – das heißt auf die *Beziehung* zwischen Patient und Therapeut.

Der *Prozeß* ist das magische Amulett des Therapeuten und in Zeiten der Teilnahmslosigkeit immer wirkungsvoll. Er ist das mächtigste Geschäftsgeheimnis des Therapeuten, ist die Prozedur, die das Gespräch mit einem Therapeuten grundlegend von dem Gespräch mit einem engen Freund unterscheidet und effektiver macht als dieses. Daß er gelernt hatte, sich auf den Prozeß zu konzentrieren – darauf, was zwischen Patient und Therapeut vorging –, war das wertvollste Resultat seiner Supervision durch Marshal, und es war wiederum die wertvollste Lektion, die er den jungen Ärzten unter seiner Supervision mit auf den Weg gab. Im Laufe der Jahre hatte er ganz allmählich begriffen, daß der *Prozeß* nicht nur ein Amulett war, das man in schwierigen Zeiten benutzte; er war der eigentliche Kern der Therapie. Eine der nützlichsten Trainingsübungen, die Marshal ihm gestellt hatte, bestand darin, sich bei jeder Sitzung mindestens dreimal auf den Prozeß zu konzentrieren.

»Justin«, meinte Ernest nun, »wollen wir uns einmal anschauen, was heute zwischen uns beiden vorgeht?«

»Wie? Was meinen Sie mit ›vorgeht‹?«

Noch mehr Widerstand. Justin stellte sich dumm. Aber, so dachte Ernest, vielleicht war Rebellion, selbst passive Rebellion, keine so schlechte Sache. Er besann sich Dutzender Stunden, in denen sie an Justins entnervender Unterwürfigkeit gearbeitet hatten – Sitzungen, die sie auf Justins Neigung verwandt hatten, sich für alles zu entschuldigen und um nichts zu bitten, sich nicht einmal über die Morgensonne zu beklagen, die ihm in die Augen schien, oder zu fragen, ob er nicht die Jalousien herunterlassen könnte. Vor *diesem* Hintergrund hätte Ernest Justin Beifall klatschen sollen, hätte ihn unterstützen sollen, dafür, daß er eine feste Meinung vertrat. Seine heutige Aufgabe bestand darin, ihm zu helfen, diesem Widerstand offenen Ausdruck zu verleihen.

»Ich meine, mit welchen Gefühlen sprechen Sie heute mit mir? Etwas ist anders. Meinen Sie nicht auch?«

»Welche Gefühle haben *Sie*?« fragte Justin.

Huch, noch eine für Justin ganz untypische Reaktion. Eine Unabhängigkeitserklärung. *Freu dich,* dachte Ernest. *Denk an Gepettos Jubel, als Pinocchio das erste Mal ohne Marionetten tanzte.*

»Die Frage ist berechtigt, Justin. Nun, ich komme mir auf Abstand gehalten, ausgeschlossen vor, als sei Ihnen etwas Wichtiges widerfahren – nein, das ist nicht richtig. Lassen Sie es mich so ausdrücken: Als hätten *Sie etwas Wichtiges in Gang gesetzt* und wollten es jetzt von mir fernhalten, als wollten Sie gar nicht hier sein; als wollten Sie mich ausschließen.«

Justin nickte anerkennend. »Das ist korrekt, Ernest. *Wirklich* korrekt. Ja, so empfinde ich in der Tat. Ich *halte* mich von Ihnen fern. Ich möchte mich weiterhin gut fühlen. Ich möchte nicht runtergeholt werden.«

»Und ich hole Sie runter? Sie meinen, ich versuche, es Ihnen wegzunehmen?«

»Sie haben es schon versucht«, sagte Justin und sah Ernest dabei untypischerweise direkt in die Augen.

Ernest zog fragend die Brauen hoch.

»Nun, haben Sie nicht genau das getan, als Sie mich fragten, ob meine Hochstimmung ungetrübt sei?«

Ernest hielt den Atem an. Wouw! Eine echte Herausforderung von Justin. Vielleicht hatte er doch etwas aus der Therapie gelernt! Jetzt stellte *Ernest* sich dumm. »Wie meinen Sie das?«

»*Natürlich* habe ich nicht nur gute Gefühle – ich empfinde

alles mögliche, weil ich Carol und meine Familie für immer verlassen habe. Wissen Sie das denn nicht? Sie *müssen* es wissen. Ich habe gerade alles aufgegeben: mein Zuhause, meinen Toshiba-Laptop, meine Kinder, meine Kleider, mein Fahrrad, meine Racketballschläger, meine Krawatten, meinen Mitsubishi-Fernseher, meine Videobänder, meine CDs. Sie kennen doch Carol – sie wird mir nichts geben, sie wird alles zerstören, was ich besitze. Auuu...« Justin schnitt eine Grimasse, verschränkte die Arme vor der Brust und krümmte sich, als hätte er soeben einen Schlag in den Magen bekommen. »Da sitzt der Schmerz – ich kann ihn berühren –, Sie sehen, wie nahe er ist. Aber heute, einen Tag lang, möchte ich vergessen, wenigstens ein paar Stunden lang. Und Sie wollen mir das nicht erlauben. Sie scheinen sich nicht einmal darüber zu freuen, daß ich Carol endlich verlassen habe.«

Ernest war sprachlos. Hatte er so viel verraten? Was würde Marshal an seiner Stelle tun? Teufel auch, Marshal würde gar nicht an seiner Stelle *sein*!

»Tun Sie's?« wiederholte Justin.

»Ob ich was tue?« Wie ein benommener Boxer umklammerte Ernest seinen Gegner, während sein Kopf langsam klar wurde.

»Ob Sie sich darüber freuen, was ich getan habe?«

»Sie denken«, zog Ernest sich aus der Affäre, während er sich gleichzeitig alle Mühe gab, seine Stimme in den Griff zu bekommen, »Sie denken, ich freue mich nicht über Ihren Fortschritt?«

»Sie benehmen sich jedenfalls nicht so«, antwortete Justin.

»Und was ist mit *Ihnen*?« Ernest wich abermals aus. »*Freuen* Sie sich denn?«

Justin gab nach und thematisierte Ernests Ablenkungsmanöver nicht weiter. Genug war genug. Er brauchte Ernest, und so trat er den Rückzug an: »Ob ich erfreut bin? Ja. Und verängstigt. Und entschlossen. Und schwankend. Alles gleichzeitig. Die Hauptsache ist jetzt, nie mehr zurückzukehren. Ich habe mich befreit, und das Wichtige ist jetzt, daß ich mich fernhalte, daß ich mich für immer von ihr fernhalte.«

Bis zum Ende der Stunde versuchte Ernest sein Verhalten wiedergutzumachen, indem er seinen Patienten unterstützte und ermahnte: »Bleiben Sie standhaft... Denken Sie immer daran, wie sehr Sie sich danach gesehnt haben, einen solchen Schritt zu tun... Sie haben in Ihrem besten Interesse gehandelt... Das ist vielleicht das Wichtigste, was Sie je getan haben.«

»Soll ich noch einmal zurück, um die Sache mit Carol zu besprechen? Meinen Sie nicht, daß ich ihr das nach neun Jahren schuldig bin?«

»Spielen wir die Sache einmal durch«, schlug Ernest vor. »Was würde passieren, wenn Sie jetzt zurückgingen, um zu reden?«

»Die Hölle bricht los. Sie wissen, wozu sie fähig ist. Was sie mir antun kann. Sich selbst.«

Daran mußte er Ernest nicht erinnern. Ein Zwischenfall, den Justin ihm vor einem Jahr beschrieben hatte, war ihm lebhaft im Gedächtnis geblieben. Einige von Carols Partnern aus der Kanzlei wurden zum Sonntagsbrunch erwartet, und frühmorgens fuhren Justin, Carol und die beiden Kinder zum Einkaufen. Justin, der die ganze Kocherei besorgte, wollte geräucherten Fisch, Bagels und Rührei mit Zwiebeln und Lachs servieren. Zu vulgär, meinte Carol. Sie wollte nichts davon hören, obwohl Justin sie daran erinnerte, daß die Hälfte ihrer Partner Juden waren. Justin beschloß, darauf zu bestehen, und lenkte den Wagen auf den Feinkostladen zu. »Nein, das wirst du nicht tun, du Hurensohn«, rief Carol und riß das Steuerrad herum, um den Wagen in die andere Richtung zu wenden. Der Kampf im laufenden Verkehr endete damit, daß sie den Wagen in ein parkendes Motorrad fuhr.

Carol war eine Wildkatze, eine Wölfin, eine Wahnsinnige, die ihre Umgebung mit ihrer Irrationalität tyrannisierte. Ernest erinnerte sich an ein anderes Abenteuer mit dem Auto, das Justin erst vor einigen Wochen beschrieben hatte. Sie waren an einem warmen Sommerabend mit dem Wagen unterwegs gewesen, als sie und Justin sich über die Auswahl eines Kinofilms gestritten hatten – sie war für *Die Hexen von Eastwick*, er für *Terminator II*. Sie hob die Stimme, aber Justin, den Ernest in dieser Woche ermutigt hatte, sich zu behaupten, weigerte sich, nachzugeben. Schließlich öffnete sie die Autotür, wiederum im fließenden Verkehr, und sagte: »Du erbärmlicher Scheißer, ich bleibe keinen Augenblick länger bei dir.« Justin wollte sie festhalten, aber sie bohrte ihm die Fingernägel in den Unterarm und riß ihm, während sie aus dem Wagen sprang, vier tiefe, rote Furchen ins Fleisch.

Auf der Straße – der Wagen war mit ungefähr fünfzehn Meilen die Stunde gefahren – taumelte Carol drei oder vier Schritte weiter und prallte dann gegen den Kofferraum eines geparkten Wagens. Justin hielt an und lief zu ihr hin, wobei er sich durch die Menschenmenge zwängen mußte, die sich bereits versammelt hatte. Sie lag auf der Straße, benommen, aber heiter – mit zerrissenen Strümpfen, blutigen Knien, Abschürfungen an Händen, Ellbogen und Wangen und einem offenkundig gebrochenen Handgelenk. Der Rest des Abends war ein Alptraum: der Krankenwagen, die Notaufnahme, das demütigende Verhör durch die Polizei und das medizinische Personal.

Justin war schwer erschüttert. Ihm wurde klar, daß er Carol nicht einmal mit Ernests Hilfe gewachsen war. Kein Einsatz war zu hoch für sie. Der Sprung aus dem fahrenden Wagen war das Ereignis, das Justin endgültig gebrochen hatte. Er konnte ihr keinen Widerstand entgegensetzen, und er konnte sie auch nicht verlassen. Sie war eine Tyrannin, aber er brauchte die Tyrannei. Schon eine einzige Nacht fern von ihr machte ihm angst. Wann immer Ernest ihn gebeten hatte, sich – als Gedankenexperiment – vorzustellen, er würde seine Ehe beenden, befiel Justin größte Furcht. Es schien ihm undenkbar, das Band zu zerreißen, das ihn an Carol fesselte. Bis Laura – neunzehn, schön, einfallsreich, verwegen, ohne Angst vor Tyranninnen, des Wegs gekommen war.

»Was meinen Sie?« wiederholte Justin. »Soll ich mich wie ein Mann benehmen und versuchen, mit Carol darüber zu reden?«

Ernest dachte über seine Alternativen nach. Justin brauchte eine dominante Frau: Tauschte er lediglich die eine gegen die andere ein? Würde seine neue Beziehung in einigen Jahren seiner alten ähneln? Dennoch, die Sache mit Carol war festgefahren. Vielleicht würde sich Justin, wenn er erst einmal von Carol befreit worden war, wenigstens für kurze Zeit der therapeutischen Arbeit öffnen.

»Ich brauche jetzt wirklich einen Rat.«

Wie allen Therapeuten war es Ernest verhaßt, direkte Ratschläge zu geben – es war eine Situation, in der man nicht gewinnen konnte: Wenn es funktionierte, hatte man den Patienten infantilisiert; wenn es danebenging, stand man wie ein Trottel da. Aber in diesem Fall hatte er keine Wahl.

»Justin, ich halte es nicht für klug, wenn Sie sich gerade jetzt mit ihr treffen würden. Geben Sie ihr Gelegenheit, sich zu fassen. Oder versuchen Sie, in Anwesenheit eines Therapeuten mit ihr zu reden. Ich würde mich selbst zur Verfügung stellen oder, was ich noch besser fände, Ihnen den Namen eines Paartherapeuten nennen. Ich meine nicht die, die Sie bereits aufgesucht haben – ich weiß, daß die Ihnen nicht geholfen haben. Irgendeinen anderen.«

Ernest wußte, daß sein Rat nicht angenommen werden würde: Carol hatte jede Paartherapie sabotiert. Aber der konkrete Rat, den er gab, war hier nicht das Thema. Was an dieser Stelle zählte, war der *Prozeß*: die Beziehung hinter den Worten, die Tatsache, daß er Justin Unterstützung anbot, seine Buße dafür, daß er sich zuvor aus der Affäre gezogen hatte, sein Bemühen, die Stunde wieder zu etwas Förderlichem zu machen.

»Und wenn Sie sich bedrängt fühlen und vor unserer nächsten Sitzung reden müssen, rufen Sie mich an«, fügte Ernest hinzu. Gute Technik. Justin schien beruhigt. Ernest fand seine Gelassenheit wieder. Er hatte die Stunde gerettet. Er wußte, sein Supervisor würde seine Technik gutheißen. Aber er selbst konnte sie nicht gutheißen. Er fühlte sich beschmutzt. Vergiftet. Er war nicht aufrichtig zu Justin gewesen. Sie waren nicht *reell* zueinander gewesen. Und das war es, was er an Seymour Trotter schätzte. Man mochte über ihn sagen, was man wollte – und es war weiß Gott eine Menge gesagt worden –, aber Seymour verstand sich darauf, *reell* zu sein. Er wußte immer noch, welche Antwort Seymour auf seine Frage nach der Technik gegeben hatte: *»Meine Technik ist der Verzicht auf Technik. Meine Technik besteht darin, die Wahrheit zu sagen.«*

Am Ende der Stunde ereignete sich etwas Ungewöhnliches. Ernest hatte jeden seiner Patienten bei jeder Sitzung stets mit Bedacht körperlich berührt. Er und Justin trennten sich gewöhnlich mit einem Händedruck. Aber nicht an diesem Tag: Ernest öffnete die Tür und nickte Justin, als dieser verschwand, düster zu.

2

Es war Mitternacht, und Justin Astrid war noch keine vier Stunden aus dem Haus, als Carol Astrid begann, ihn aus dem Rest ihres Lebens zu schneiden. Sie begann ihr Werk auf dem Fußboden des Kleiderkabinetts mit Justins Schnürbändern und einer Zickzackschere und beendete es vier Stunden später auf dem Dachboden, wo sie das große, rote R aus Justins Tennispullover von der Roosevelt High School herausschnitt. Auf dem Weg dort hinauf hatte sie sich Zimmer für Zimmer vorgenommen und systematisch seine Kleidung, seine Flanellaken, seine pelzgefütterten Pantoffeln, seine hinter Glas aufbewahrte Käfersammlung, seine High-School- und Collegediplome und seine Bibliothek mit Pornovideos zerstört. Seine Fotos vom Sommercamp, auf denen er und ein weiterer Betreuer mit ihrer Gruppe achtjähriger Camper posierten, von der High-School-Tennismannschaft, vom Abschlußball, auf denen er mit seiner pferdegesichtigen Tanzpartnerin zu sehen war – sie alle wurden zerfetzt. Dann nahm sie sich ihr Hochzeitsalbum vor. Mit Hilfe eines rasierklingenscharfen Messers, das ihr Sohn für den Modellflugzeugbau benutzte, hatte sie schon bald alle Spuren von Justins Anwesenheit in St. Marks, der episkopalen Lieblingskirche für elegante Hochzeiten in Chicago ausgelöscht.

Und da sie gerade dabei war, schnitt sie auch die Gesichter ihrer Schwiegereltern aus den Hochzeitsfotos. Wenn sie und ihre Versprechungen nicht gewesen wären, ihre leeren Versprechungen von dem ganz großen Geld, hätte sie Justin wahrscheinlich nie geheiratet. Da müßten schon Weihnachten und Ostern auf den gleichen Tag fallen, bevor die beiden ihre Enkelkinder wiedersahen. Und ihr Bruder Jeb auch. Was hatte sein Foto immer noch hier zu suchen? Sie zerfetzte es. Sie hatte keine Verwendung für ihn. Und all die Bilder von Justins Verwandten: wie sie fett und grinsend ihre Gläser hoben, um idiotische Toasts auszubringen, ihre monströsen Kinder vor die Kamera stellten oder zum Tanzboden hinüberlatschten. Zur Hölle mit ihnen allen! Bald schwelte jede Erinnerung von Justin und dessen Familie im Kamin. Jetzt hatte sich ihre Hochzeit ebenso in Asche verwandelt wie ihre Ehe.

Alles, was in dem Album übrigblieb, waren einige Bilder von ihr selbst, ihrer Mutter und einer Handvoll Freunden, zu denen auch ihre Kolleginnen aus der Kanzlei gehörten, Norma und Heather, die sie am nächsten Morgen telefonisch um Hilfe bitten würde. Sie starrte das Foto ihrer Mutter an und sehnte sich verzweifelt nach deren Hilfe. Aber ihre Mutter war tot, lag seit fünfzehn Jahren im Grab. Und sie war schon lange davor nicht mehr da gewesen. Während ihr Brustkrebs langsam alle Winkel ihres Körpers zerfraß, war ihre Mutter in panischem Entsetzen erstarrt gewesen; jahrelang hatte Carol die Mutterrolle bei ihrer Mutter übernommen. Carol riß die Seiten mit den Bildern, die sie behalten wollte, heraus, riß das Album auseinander und warf es ebenfalls ins Feuer. Einen Augenblick später besann sie sich eines besseren – die Albumdeckel aus weißem Plastik würden vielleicht giftige Gase abgeben, die ihren achtjährigen Zwillingen schaden konnten. Sie zog das Album aus dem Feuer und trug es in die Garage. Später würde sie es mit dem anderen Müll zusammenpacken und Justin übergeben.

Als nächstes kam Justins Schreibtisch an die Reihe. Sie hatte Glück: Der Monat war zu Ende, und Justin, der als amtlich zugelassener Wirtschaftsprüfer für die Schuhgeschäftkette seines Vaters tätig war, hatte sich Arbeit mit nach Hause genommen. All seine Unterlagen, soweit es sich um Papier handelte – Rechnungsbücher und Lohnquittungen – fielen schnell der Schere zum Opfer. Die wichtigeren Dinge befanden sich aber, wie Carol wußte, auf dem Laptop. Ihr erster Impuls war, mit dem Hammer darauf loszugehen, aber dann besann sie sich anders – für einen 5000-Dollar-Computer hatte sie durchaus Verwendung. Die Dateien zu löschen war das Mittel der Wahl. Sie versuchte, sich Zugriff auf die gespeicherten Daten zu verschaffen, aber Justin hatte sie gesperrt. Paranoider Mistkerl! Sie würde sich später darum kümmern. In der Zwischenzeit schloß sie den Computer in ihrer Zederntruhe ein und machte sich im Geiste eine Notiz, alle Schlösser im Haus auswechseln zu lassen.

Kurz vor Sonnenaufgang fiel sie ins Bett, nachdem sie zum dritten Mal nach ihren Zwillingen gesehen hatte. Die Betten der beiden quollen über von Puppen und Stofftieren. Tiefes, friedliches Atmen. Ein so unschuldiger, sanfter Schlaf. O Gott, wie sie sie beneidete. Sie selbst schlief unruhig, drei Stunden, bis ein schmerzender Kiefer sie weckte. Sie hatte im Schlaf mit den Zähnen geknirscht. Sie legte sich die Hände vors Gesicht, während sie langsam den Kiefer öffnete und wieder schloß, und konnte das knirschende Geräusch hören.

Sie blickte auf Justins leere Hälfte des Bettes und murmelte: »Du Hurensohn. Du bist meine Zähne nicht wert!« Dann setzte sie sich auf, schlang die Arme um die Knie und fragte sich, wo er wohl sein mochte. Die Tränen, die ihr über die Wangen rollten und auf ihr Nachthemd tropften, erschreckten sie. Sie tupfte sie ab und betrachtete ihre glänzenden Fingerspitzen. Carol war eine Frau von außerordentlicher Energie und schnellen, entschlossenen Taten. Die Innenschau hatte ihr nie Erleichterung gebracht, und Menschen wie Justin, bei denen das anders war, hielt sie für Hasenfüße.

Aber es gab nichts mehr zu tun: Sie hatte alles zerstört, was von Justin übriggeblieben war, und jetzt fühlte sie sich so schwer, daß sie sich kaum noch bewegen konnte. Aber sie konnte immer noch atmen, erinnerte sich einiger Atemübungen eines Yogakurses und holte tief Luft, von der sie die Hälfte dann langsam wieder ausstieß. Dann atmete sie die Hälfte der restlichen Luft aus und die Hälfte davon und wiederum die Hälfte von dem. Es half. Sie versuchte es mit einer anderen Übung, die ihr Yogalehrer vorgeschlagen hatte. Sie betrachtete ihren Geist als eine Bühne und nahm selbst im Publikum Platz, um leidenschaftslos die Parade ihrer Gedanken zu beobachten. Nichts kam – nur eine Abfolge schmerzlicher und unvollständiger Gefühle. Aber wie sollte sie diese voneinander trennen und begreifen? Alles schien miteinander verflochten zu sein.

Ein Bild schwebte heran – das Gesicht eines Mannes, den sie haßte, eines Mannes, dessen Verrat sie fürs Leben gezeichnet hatte: das des Dr. Ralph Cooke, des Psychiaters, den sie während ihrer Collegezeit aufgesucht hatte. Ein rosafarbenes Gesicht so rund wie der Vollmond, und darüber schütteres, blondes Haar. Sie hatte ihn in ihrem zweiten Studienjahr wegen Rusty konsultiert, mit dem sie seit ihrem vierzehnten Lebensjahr ging. Rusty war ihr erster Freund gewesen und hatte ihr vier Jahre lang gute Dienste geleistet – ihr all die Peinlichkeiten erspart, die es bedeutete, nach festen Freunden, einem Partner für den Abschlußball und später nach einem Partner für Sex suchen zu müssen. Sie war Rusty an die Brown University gefolgt, hatte sich für jeden seiner Kurse ebenfalls eingeschrieben und mauschelte sich in einen Schlafsaal, der von seinem nicht allzuweit entfernt lag. Aber vielleicht hatte sie sich zu sehr an ihn geklammert, denn schließlich war Rusty ihr abtrünnig geworden und hatte sich einer schönen französisch-vietnamesischen Studentin zugewandt.

Carol erlitt bisher unbekannte Schmerzen. Zuerst betrieb sie Nabelschau: weinte jede Nacht, weigerte sich zu essen, schwänzte Kurse, nahm Speed. Später brach der Zorn aus ihr heraus: Sie verwüstete Rustys Zimmer, schlitzte seine Fahrradreifen auf, verfolgte und schikanierte seine neue Freundin. Einmal folgte sie den beiden in eine Bar und übergoß ihn mit einem Krug Bier.

Zuerst war Dr. Cooke hilfreich. Nachdem er ihr Vertrauen gewonnen hatte, half er ihr, ihren Verlust zu betrauern. Ihr Schmerz sitze so tief, erklärte er, weil der Verlust Rustys die große Wunde ihres Lebens aufriß – daß ihr Vater sie verlassen hatte. Ihr Vater gehörte zu den »Woodstock-Vermißten«; als sie acht war, ging er zum Woodstock-Konzert und kehrte nie mehr zurück. Zuerst schickte er noch Urlaubskarten – aus Vancouver, Sri Lanka und San Francisco –, aber dann beendete er selbst diese Verbindung. Sie erinnerte sich noch, wie ihre Mutter seine Bilder und Kleider zerrissen und verbrannt hatte. Danach war er von ihrer Mutter nie wieder erwähnt worden.

Dr. Cooke beharrte darauf, daß die Gewalt, mit der der Verlust Rustys Carol traf, sich aus der Familienflucht ihres Vaters speise. Carol leistete Widerstand und behauptete, keine positiven Erinnerungen an ihren Vater zu haben. Vielleicht keine *bewußten* Erinnerungen, erwiderte Dr. Cooke, aber könnte es nicht eine Unmenge vergessener Kindheitsepisoden gegeben haben? Und was war mit dem Vater ihrer Wünsche und Träume – dem liebevollen, helfenden, schützenden Vater, den sie nie gehabt hatte? Sie trauerte auch um diesen Vater, und Rustys Abkehr von ihr öffnete auch die Gruft zu diesem Schmerz.

Dr. Cooke tröstete sie auch, indem er ihr half, die Dinge aus einer anderen Perspektive zu betrachten – den Verlust Rustys vor dem Hintergrund ihres gesamten Lebensplans zu relativieren: Sie war erst neunzehn, die Erinnerungen an Rusty würden verblassen. In ein paar Monaten würde sie kaum noch an ihn denken; in einigen Jahren würde sie sich nur noch vage eines netten, jungen Burschens namens Rusty entsinnen. Es würden andere Männer kommen.

Tatsächlich war schon ein anderer Mann unterwegs; während er sprach, rückte Dr. Cooke hinterlistig seinen Sessel näher an den ihren heran. Er versicherte Carol, daß sie eine attraktive, eine *sehr* attraktive Frau sei, hielt ihre Hand, wenn sie weinte, nahm sie am Ende der Sitzung fest in die Arme und versicherte ihr, daß eine so schöne Frau wie sie keine Schwierigkeiten haben würde, andere Männer an sich zu binden. Er spreche für sich selbst, sagte er und erklärte ihr, daß er sich zu ihr hingezogen fühle.

Körperlicher Trost ging schon bald in sexuellen Trost über, der ihr auf dem traurigen, abgetretenen Keschan angeboten wurde, der ihre beiden Sessel voneinander trennte. Danach folgten die Sitzungen einem festgelegten Ritual: Einige Minuten Besprechung ihrer Erlebnisse in der vorangegangenen Woche, mitleidiges »Ts, ts« von Dr. Cooke (sie nannte ihn nie beim Vornamen), dann eine Erkundung ihrer Symptome – zwanghafte Beschäftigung mit Rusty, Schlaflosigkeit, Anorexie, Konzentrationsschwäche – und schließlich eine Wiederholung seiner Deutung, daß ihre katastrophale Reaktion auf Rusty seine Kraft aus dem Verlassenwerden der Familie durch den Vater bezog.

Er war geschickt. Carol wurde ruhiger, hatte das Gefühl, daß jemand für sie da war, war dankbar. Und dann, etwa nach der Hälfte jeder Sitzung, ging Dr. Cooke von Worten zu Taten über. Das geschah bisweilen im Zusammenhang mit Carols sexuellen Phantasien: Er sagte dann, daß es wichtig sei, einige dieser Phantasien Wahrheit werden zu lassen; oder, wenn Carols Zorn auf die Männer zur Sprache gekommen war, sagte er, seine Aufgabe bestehe darin, zu beweisen, daß nicht alle Männer Mistkerle seien; oder wenn Carol davon sprach, daß sie sich häßlich vorkomme und einem Mann bestimmt nicht attraktiv erscheinen könne, sagte er, daß er persönlich diese Hypothese widerlegen könne, daß Carol für ihn geradezu atemberaubend attraktiv sei. Manchmal kam es auch dazu, nachdem Carol geweint hatte, und er sagte: »Na, na, es ist gut, seine Gefühle rauszulassen, aber Sie brauchen jemanden, der Sie in den Arm nimmt.«

Ganz gleich, welcher Aufhänger es war: Der Rest der Sitzung verlief stets nach dem gleichen Muster. Er ließ sich von seinem Sessel auf den ausgefransten Perserteppich gleiten und bedeutete ihr mit einem Wink seines Zeigefingers, ihm zu folgen. Nachdem er sie einige Minuten im Arm gehalten und gestreichelt hatte, streckte er die Hände aus, hielt ihr zwei Kondome unterschiedlicher Farbe hin und forderte sie auf, zu wählen. Vielleicht erlaubte ihm das – er ließ sie ja immerhin wählen – die Rationalisierung, sie habe die Kontrolle über das Ganze. Carol pflegte dann das Kondom auszupacken und über sein schon bereites Glied zu streifen, das dieselbe Farbe hatte wie seine blankgescheuerten, rosafarbenen Wangen. Dr. Cooke nahm immer eine passive Position ein, legte sich auf den Rücken und erlaubte Carol, sich über ihn zu stülpen und so Tempo und Tiefe ihres sexuellen Tanzes zu bestimmen. Vielleicht diente auch dies dazu, die Illusion zu nähren, daß sie das Kommando hatte.

Waren diese Sitzungen nützlich? Carol glaubte schon. Fünf Monate lang hatte sie jede Woche Dr. Cookes Sprechzimmer mit dem Gefühl verlassen, daß jemand Anteil an ihr nahm. Und genau wie Dr. Cooke es vorhergesehen hatte, verblaßten die Gedanken an Rusty tatsächlich; ein Gefühl der Ruhe kehrte zurück, und sie begann wieder, ihre Kurse zu besuchen. Alles schien gut zu sein, bis Dr. Cooke sie eines Tages nach etwa zwanzig solcher Sitzungen für geheilt erklärte. Seine Arbeit sei getan, sagte er ihr, und es sei an der Zeit, die Behandlung zu beenden.

Die Therapie zu beenden! Dieses erneute Verlassenwerden stieß sie wieder dorthin zurück, wo sie vorher gewesen war. Sie hatte zwar ihre Beziehung als nichts Dauerhaftes angesehen, aber doch keinen Augenblick lang damit gerechnet, daß er sie auf solche Weise fallen ließ. Sie rief Dr. Cooke täglich an. Zuerst verhielt er sich freundlich und sanft, aber dann wurde sein Ton von Anruf zu Anruf schärfer und ungeduldiger. Er wies sie darauf hin, daß die Studentenversicherung nur für Kurztherapien aufkäme, und legte ihr nahe, ihn nicht länger anzurufen. Carol war davon überzeugt, daß er eine andere Patientin gefunden hatte, die er mit sexueller Bestätigung behandeln konnte. Es war also alles eine Lüge gewesen: seine Sorge, seine Anteilnahme an ihr, seine Behauptung, er fände sie attraktiv. Es war alles Manipulation gewesen, hatte nur seiner Befriedigung gedient und nicht ihrem Wohl. Sie wußte nicht länger, was sie glauben und wem sie vertrauen konnte.

Die nächsten Wochen waren ein Alptraum. Sie hegte ein verzweifeltes Verlangen nach Dr. Cooke und wartete draußen vor seiner Praxis in der Hoffnung auf einen Blick von ihm, auf ein Fünkchen seiner Aufmerksamkeit. Abend um Abend verbrachte sie damit, seine Nummer zu wählen oder sich abzumühen, ihn durch den schmiedeeisernen Zaun seines riesigen Hauses auf der Prospect Street einmal zu Gesicht zu bekommen. Noch heute, beinahe zwanzig Jahre danach, konnte sie den Abdruck der gewundenen, kalten Eisenstäbe auf ihren Wangen spüren, während sie seine Silhouette beobachtete und die Gestalten seiner Familie, wie sie sich von Zimmer zu Zimmer bewegten. Schon bald verwandelte sich ihr Schmerz in Zorn und in Rachedurst. Dr. Cooke hatte sie vergewaltigt – es war eine nicht gewalttätige Vergewaltigung gewesen, aber trotzdem eine Vergewaltigung. Sie wandte sich an eine Lehrassistentin um Hilfe, die ihr riet, die Sache fallen zu lassen. »Sie haben nichts in der Hand«, sagte sie, »niemand wird Sie ernst nehmen. Und selbst wenn, denken Sie nur an die Demütigung – die Vergewaltigung beschreiben zu müssen, vor allem Ihren Anteil daran und warum Sie freiwillig Woche um Woche zurückgekehrt sind, um sich weiter vergewaltigen zu lassen.« Das lag jetzt fünfzehn Jahre zurück. Danach hatte Carol beschlossen, Rechtsanwältin zu werden.

In ihrem letzten Collegejahr tat Carol sich in Politikwissenschaft hervor, und ihr Professor fand sich bereit, ihr ein 1-A-Empfehlungsschreiben für die juristische Fakultät zu geben – machte aber überaus deutlich, daß er dafür ihr sexuelles Entgegenkommen erwartete. Carol konnte ihren Zorn kaum bezähmen. Als sie feststellte, daß sie wieder einmal in einen Zustand der Hilflosigkeit und Depression abglitt, suchte sie Hilfe bei Dr. Zweizung, einem Psychologen mit Privatpraxis. Während der ersten beiden Sitzungen zeigte Dr. Zweizung sich hilfreich, aber dann nahm er bedrohliche Ähnlichkeit mit Dr. Cooke an, rückte seinen Sessel näher an den ihren und bestand darauf, darüber zu reden, wie überaus attraktiv sie doch sei. Diesmal wußte Carol, was sie zu tun hatte; sie schrie aus Leibeskräften: »Du Dreckspimmel!« und stolzierte augenblicklich aus dem Sprechzimmer. Das war das letzte Mal, daß Carol je um Hilfe bat.

Sie schüttelte heftig den Kopf, als wolle sie die Bilder vertreiben. Warum jetzt an diese Mistkerle denken! Vor allem an Ralph Cooke, diesen kleinen Scheißer? Weil sie versuchte, Ordnung in den Filz ihrer Gefühle zu bringen? Ralph Cooke hatte ihr eine gute Sache mit auf den Weg gegeben – eine Merkhilfe zur Identifizierung ihrer Gefühle. Sie mußte von den vier elementaren Gefühlen schlecht, wütend, froh und traurig ausgehen. Das hatte ihr mehr als einmal geholfen.

Sie stopfte sich ein Kissen in den Rücken und konzentrierte sich. »Froh« konnte gleich ausscheiden. Es war lange her, seit sie Freude gekannt hatte. Sie wandte sich den drei anderen zu. »Wütend« – das war einfach; was wütend hieß, wußte sie: Wut war das Gefühl, in dem sie lebte. Sie ballte die Hände zu Fäusten und spürte klar und deutlich, wie der Zorn sie durchflutete. Einfach. Natürlich. Sie streckte die Hand aus, hämmerte auf Justins Kissen und zischte: »Ficker, Ficker, Ficker! Wo hast du Arschloch die Nacht verbracht?«

Und Carol kannte auch die Bedeutung des Wortes »traurig«. Nicht gut, nicht lebhaft, aber als verschwommenen, schattenhaften Gefährten. Heute erkannte sie seine frühere Anwesenheit in seiner gegenwärtigen Abwesenheit. Monatelang hatte sie die Morgenstunden gehaßt: Ihr Ächzen beim Aufwachen, wenn sie an die Termine des Tages dachte, ihre Entnervtheit, ihr flaues Gefühl im Magen, ihre steifen Glieder. Wenn das das »traurige« Gefühl war, war es heute verschwunden; heute morgen fühlte sie sich anders – voller Energie, voller Elan. Und voller Wut!

»Schlecht«? Über das »Schlechte« wußte Carol nicht viel. Justin sagte häufig »schlecht« und zeigte auf seine Brust, wo er den bedrückenden Druck von Schuld und Angst verspürte. Aber mit dem »schlechten« Gefühl hatte sie wenig Erfahrung – und wenig Geduld mit Menschen wie Justin, die darüber jammerten.

Es war immer noch dunkel im Zimmer. Carol stolperte auf dem Weg ins Badezimmer über einen weichen Haufen. Ein Druck auf den Lichtschalter, und ihr fiel das Kleidermassaker vom vergangenen Abend wieder ein. Einzelne Fetzen von Justins Krawatten und Hosenbeinen lagen auf dem Boden des Schlafzimmers verstreut. Sie schob ihren Zeh in ein Häufchen zerschnittener Hosen und beförderte es mit einem Tritt in die Luft. Das tat gut. Aber die Krawatten – wie dumm, daß sie sie zerfetzt hatte. Justin besaß fünf Krawatten, die ihm besonders teuer waren – seine Kunstsammlung nannte er sie – und getrennt von den anderen in einem Wildlederfutteral hingen, das sie ihm einmal zum Geburtstag geschenkt hatte. Er trug selten eine Krawatte aus seiner Kunstsammlung, nur zu ganz besonderen Anlässen, so daß sie Jahre überdauert hatten. Zwei der Krawatten hatte er sich schon vor ihrer Hochzeit gekauft, vor neun Jahren. Gestern nacht hatte Carol alle seine Alltagskrawatten zerstört und sich dann über die Kunstsammlung hergemacht. Aber nachdem sie zwei davon aufgeschlitzt hatte, hielt sie inne und betrachtete nachdenklich Justins Lieblingskrawatte: ein exquisites, japanisches Design, das um eine kühne, waldgrüne, aus Schichten aufgebaute, prachtvolle Blüte arrangiert war. Das ist doch dumm, dachte sie. Sie mußte doch etwas anderes mit diesen Krawatten tun können, etwas für ihn Schmerzhafteres, etwas Durchschlagenderes. Dann schloß sie sie und die beiden anderen unzerstörten Krawatten oben mit dem Computer wieder in die Zedernholztruhe ein.

Sie rief Norma und Heather an und bat sie, an diesem Abend zu einer Krisensitzung zu kommen. Obwohl die drei Frauen keinen regelmäßigen Umgang pflegten – Carol hatte keine engen Freundinnen –, betrachteten sie sich als ständigen Krisenstab und trafen sich häufig bei Notfällen. Gewöhnlich ging es dann um einen Fall von Geschlechterdiskriminierung in der Anwaltssozietät Kaplan, Jarndyce and Tuttle, der sie alle seit acht Jahren angehörten.

Norma und Heather kamen nach dem Abendessen. Die drei Frauen setzten sich im Wohnzimmer mit seinen freiliegenden Deckenbalken und den Neandertalersesseln zusammen, die aus massiven Blöcken von Redwood gemacht und mit dicken Tierfellen bedeckt waren. Carol machte mit Eukalyptus- und Kiefernholz Feuer im Kamin und forderte Norma und Heather auf, sich Wein oder Bier aus dem Kühlschrank zu holen. Carol war so erregt, daß sie sich Bier auf den Ärmel sprühte, als sie ihre Dose öffnete. Heather, im siebten Monat schwanger, sprang auf, lief in die Küche, kehrte mit einem Lappen zurück und wischte Carol den Arm ab. Carol setzte sich neben das Feuer, um ihren Pullover zu trocknen, und beschrieb in allen Einzelheiten Justins Exodus.

»Carol, es ist ein Segen. Betrachte es als ein *mitzvah*«, sagte Norma, während sie sich ein Glas Weißwein einschenkte. Die zierliche, energische Norma trug ihr schwarzes Haar in einer Ponyfrisur, die ein kleines, perfekt proportioniertes Gesicht umrahmte. Obwohl ihre Vorfahren streng irisch-katholisch waren – ihr Vater war ein irischer Cop aus South Boston gewesen –, hatte sie von ihrem Exmann jiddische Ausdrücke für jede Lebenslage übernommen. »Er war, seit wir dich kennen, ein Mühlstein um deinen Hals.«

Heather, eine Schwedin mit langem Gesicht und gewaltigem Busen, die während ihrer Schwangerschaft mehr als vierzig Pfund zugenommen hatte, pflichtete ihr bei: »Das stimmt, Carol. Er ist weg. Du bist frei. Das Haus gehört dir. Das ist nicht der Augenblick zum Verzweifeln; das ist der Augenblick, die Schlösser auswechseln zu lassen. Paß auf deinen Ärmel auf, Carol! Es riecht schon nach versengter Wolle.«

Carol rückte vom Feuer weg und ließ sich in einen der fellbedeckten Sessel sinken.

Norma nahm einen großen Schluck Wein. »*L'chaim*, Carol. Auf die Befreiung. Ich weiß, daß du jetzt ziemlich aufgewühlt bist, aber vergiß nicht, *daß es genau das ist, was du wolltest.* In all den Jahren, die ich dich jetzt kenne, kann ich mich nicht daran erinnern, je ein positives Wort über Justin oder deine Ehe gehört zu haben – nicht ein einziges.«

Schweigen von Carol, die die Schuhe abgestreift hatte und jetzt mit hochgezogenen Beinen, die Arme um die Knie geschlungen, dasaß. Sie war eine dünne Frau mit langem, anmutigem Hals und dichten, kurzen, schwarzen Locken, ausgeprägtem Kiefer und Wangenknochen und Augen, die wie glühende Kohlen flammten. Sie trug eine enganliegende, schwarze Levis und einen übergroßen, mit Kettenstich bestickten Pullover mit einer riesigen Kapuze.

Norma und Heather suchten nach dem richtigen Tonfall. Stockend sprachen sie weiter und sahen einander ab und zu hilfesuchend an.

»Carol«, sagte Norma, während sie sich vorbeugte und Carol den Nacken massierte, »betrachte es doch einmal so: Du bist von der Pest geheilt worden. Halleluja!«

Aber Carol schrak vor Normas Berührung zurück und preßte ihre Knie noch fester an sich. »Ja, ja. Das weiß ich. Das weiß ich doch alles. Aber es hilft mir nicht. Ich weiß, wie Justin ist. Ich weiß, daß ich neun Jahre meines Lebens an ihn verschwendet habe. Aber ich werde ihm das nicht durchgehen lassen.«

»*Was* wirst du ihm nicht durchgehen lassen?« fragte Heather. »Vergiß nicht, daß du willst, daß er wegbleibt. Du *willst* ihn nicht zurückhaben. Es ist *gut*, was dir da passiert ist.«

»Darum geht es nicht«, sagte Carol.

»Du bist gerade ein Geschwür losgeworden. Willst du den Eiter wiederhaben? Laß die Finger davon«, sagte Norma.

»Darum geht es auch nicht«, sagte Carol.

»Worum geht es *dann*?« fragte Norma.

»Es geht um Rache!«

Heather und Norma überschlugen sich. »Was?! Den Zeitaufwand ist er nicht wert! Er ist weg. Soll er bleiben, wo der Pfeffer wächst. Du darfst ihm nicht erlauben, weiter dein Leben zu beherrschen.«

Genau in dem Augenblick meldete sich Jimmy, einer von Carols Zwillingen. Sie stand auf, um nach ihm zu sehen, und murmelte: »Ich liebe meine Kinder, aber wenn ich daran denke, daß ich in den nächsten zehn Jahren rund um die Uhr parat stehen muß... lieber Gott!«

Norma und Heather fühlten sich in Carols Abwesenheit unwohl. Am besten vermieden sie wohl alles, was zu sehr nach Verschwörung klang. Norma legte ein kleines Eukalyptusscheit auf das Feuer, und bis zu Carols Rückkehr beobachteten sie gemeinsam, wie er verschmorte. Carol nahm augenblicklich den Faden wieder auf: »Natürlich kann er bleiben, wo der Pfeffer wächst. Ihr versteht immer noch nicht, worum es geht. Ich bin froh, daß er weg ist – ich würde ihn für nichts auf der Welt zurücknehmen. Aber er soll dafür zahlen, daß er mich so verlassen hat.«

Heather kannte Carol seit dem Jurastudium und war an ihre antagonistische Art gewöhnt. »Versuchen wir, das zu verstehen«, sagte sie. »Ich möchte begreifen, worum es dir geht. Bist du wütend, weil Justin gegangen ist? Oder macht dich die Vorstellung wütend, daß er gehen konnte?«

Bevor Carol antworten konnte, fügte Norma hinzu: »Wahrscheinlicher ist doch, daß du auf dich selber wütend bist, weil du ihn nicht rausgeworfen hast!«

Carol schüttelte den Kopf. »Norma, du kennst die Antwort darauf. Er hat jahrelang versucht, mich so zu provozieren, daß ich ihn rauswerfe, weil er zu schwach war, mich zu verlassen, zu schwach, mit der Schuld zu leben, die Familie zerrissen zu haben. Ich wollte ihm nicht den Gefallen tun, ihn rauszuwerfen.«

»Also«, fragte Norma, »willst du damit sagen, daß du die Ehe nur aufrechterhalten hast, um ihn zu bestrafen?«

Carol schüttelte gereizt den Kopf. »Ich habe mir vor langer, langer Zeit geschworen, daß mich kein Mann jemals wieder sitzenlassen würde. *Ich* würde ihn wissen lassen, wann er gehen kann. Das entscheide ich! Justin ist nicht weggegangen – dazu hat er nicht den Mumm: Er wurde von irgend jemandem weggeschleppt oder weggekarrt. Und ich will herausfinden, wer sie war. Vor einem Monat hat mir meine Sekretärin erzählt, sie hätte ihn im Yank Sing gesehen, mit einer sehr jungen Frau, ungefähr achtzehn Jahre alt, ganz guter Dinge, und sie hätten zusammen Dim Sum gegessen. Wißt ihr, was mich daran am meisten genervt hat? Die Dim Sum! Ich liebe Dim Sum, aber mit mir ist er nicht einmal Dim Sum essen gegangen. Bei mir wird der Bastard schon von Glutamat krank und kriegt Kopfschmerzen, wenn er auch nur eine Landkarte von China sieht.«

»Hast du ihn nach der Frau gefragt?« fragte Heather.

»Natürlich habe ich ihn gefragt! Was denkst du denn? Daß ich es ignorieren würde? Er hat gelogen. Er hat behauptet, sie sei eine Klientin. Am nächsten Abend habe ich die Rechnung beglichen, indem ich mir irgendeinen Typen in der Bar des Sheraton aufgegabelt habe. Dann habe ich nicht weiter an die Dim-Sum-Frau gedacht. Aber ich werde rausfinden, wer sie ist. Ich kann es mir denken. Wahrscheinlich jemand, der für ihn arbeitet. Ein Habenichts. Jemand, der dumm oder kurzsichtig genug ist, um seinen mageren Schwanz anzuhimmeln! Er hätte nicht den Nerv, sich an eine richtige Frau heranzuwagen. Ich werde sie finden.«

»Weißt du, Carol«, sagte Heather, »Justin hat dir deine juristische Karriere ruiniert – wie viele Male habe ich dich das sagen hören? Daß seine Angst davor, allein zu Hause zu sein, deine ganze Karriere sabotiert habe. Erinnerst du dich an das Angebot von Chipman, Bremer and Robey, das du ablehnen mußtest?«

»Ob ich mich daran erinnere? Natürlich erinnere ich mich! Er *hat* meine Karriere ruiniert! Ihr zwei wißt Bescheid über die Angebote, die ich nach meinem Abschluß hatte. Ich hätte alles mögliche tun können. Dieser Vorschlag war ein Traumangebot, aber ich *mußte* ihn ablehnen. Ich hätte einen verdammten Babysitter für ihn einstellen sollen. Und dann kamen die Zwillinge, und die waren die Nägel im Sarg meiner Karriere. Wenn ich vor zehn Jahren zu C, B and R gegangen wäre, wäre ich da jetzt Partnerin. Nehmt doch nur Marsha, diese dämliche Kuh – sie hat es getan. Glaubt ihr, ich hätte es nicht bis zur Partnerin gebracht? Verdammt, ja, ich hätte es mittlerweile geschafft.«

»Aber«, sagte Heather, »genau darum geht es mir! Seine Schwäche hat dein Leben beherrscht. Wenn du deine Zeit und Energie auf Rache verschwendest, wird er dich weiter beherrschen.«

»Stimmt«, warf Norma ein. »Jetzt hast du eine zweite Chance. Greif einfach zu!«

»Einfach zugreifen«, fuhr Carol sie an. »Leicht gesagt. Aber nicht ganz so leicht getan. Er hat mir neun Jahre genommen! Ich war dumm genug, mich von seinen Zukunftsversprechungen einlullen zu lassen. Als wir geheiratet haben, war sein Vater krank und drauf und dran, ihm seine Ladenkette zu überschreiben – ein Wert von Millionen. Jetzt sind neun Jahre ins Land gegangen, und sein gottverdammter Vater ist gesünder denn je! Ist bisher nicht mal in den Ruhestand getreten. Und Justin arbeitet immer noch für ein Taschengeld als Daddys Buchhalter. Überlegt mal, was ich jetzt kriege, wenn Daddy ins Gras beißt? Nach all den Jahren des Wartens? Als eine Ex-Schwiegertochter? Nichts! Absolut nichts.

›Greif einfach zu‹, sagst du. Man ›greift nicht einfach zu‹, nachdem man neun Jahre in den Wind geschrieben hat.« Carol warf wütend ein Kissen auf den Boden, stand auf und begann, hinter Norma und Heather auf und ab zu gehen. »Ich habe ihm alles gegeben, ihn eingekleidet – diesen hilflosen Bastard –, er konnte sich nicht mal seine Unterwäsche oder seine Socken allein kaufen! Ich habe ihn bemuttert, war ihm eine Ehefrau, habe mich für ihn aufgeopfert. Und andere Männer für ihn fahrenlassen. Es macht mich ganz krank, wenn ich daran denke, welche Männer ich hätte haben können. Und jetzt kommt so eine Blondine daher, wackelt mit dem Hintern, und er dackelt einfach hinterher und ist auf und davon.«

»Weißt du das mit Sicherheit?« fragte Heather und drehte ihren Stuhl zu Carol herum. »Ich meine, das mit der Frau. Hat er irgend etwas in dieser Richtung gesagt?«

»Jede Wette darauf. Ich kenne diesen Trottel. Denkst du, er hätte es jemals aus eigenem Antrieb geschafft, auszuziehen? Ich gehe jede Wette ein: Tausend zu fünfhundert, daß er schon bei einer eingezogen ist – gestern abend.«

Aber keiner wollte ihre Wette halten. Carol pflegte ihre Wetten zu gewinnen. Und wenn sie verlor, war es die Sache nicht wert – sie war eine schlechte Verliererin.

»Weißt du«, sagte Norma und drehte ihren Stuhl ebenfalls um, »als mein erster Mann mich verließ, hatte ich sechs Monate lang einen Depri. Den hätte ich immer noch, wäre da nicht die Therapie gewesen. Ich bin zu einem Psychiater gegangen, Dr. Seth Pande in San Francisco, einem Analytiker. Er hat Wunder gewirkt bei mir, und dann habe ich Shelly kennengelernt. Wir verstanden uns großartig, vor allem im Bett, aber Shelly hatte ein Spielproblem, und ich bat ihn, mit Dr. Pande an dieser Sache zu arbeiten, bevor wir heiraten würden. Pande war phantastisch. Hat Shelly total umgemodelt. Früher setzte er seinen ganzen Lohn auf alles, was sich bewegte: Pferde, Windhunde, Fußball. Jetzt gibt er sich mit einem kleinen Pokerspiel unter Freunden zufrieden. Shelly schwört auf Pande. Ich geb dir seine Nummer.«

»Nein! Lieber Gott, nein! Ein Psycho ist das letzte, was ich brauche«, sagte Carol, während sie aufstand und weiter auf und ab lief. »Ich weiß, du versuchst mir zu helfen, Norma – ihr beide – aber glaubt mir, das ist keine Hilfe! Und eine Therapie ist auch keine Hilfe. Außerdem, inwieweit hat er dir und Shelly überhaupt geholfen? Du mußt deine Geschichte bis zu Ende erzählen – wie viele Male hast du uns erzählt, daß Shelly ein Mühlstein um deinen Hals sei? Daß er soviel spielt wie eh und je? Daß du ein separates Bankkonto unterhalten mußt, das er nicht plündern kann?« Jedes Mal, wenn Norma Shelly pries, verlor Carol die Geduld. Sie wußte ziemlich viel über Shellys Charakter – und über seine sexuellen Tugenden: *Er* war es gewesen, mit dem sie die Dim-Sum-Rechnung beglichen hatte. Aber sie konnte ein Geheimnis für sich behalten.

»Ich gebe zu, es war keine dauerhafte Heilung«, sagte Norma, »aber Pande hat geholfen. Shelly ist jahrelang klargekommen. Erst als man ihn von seinem Job beurlaubt hat, sind einige der alten Angewohnheiten wieder hochgekommen. Das kommt schon wieder in Ordnung, sobald er wieder anfängt zu arbeiten. Aber warum hast du denn so einen Pick auf die Therapeuten?«

»Eines Tages werde ich euch mal die Scheißliste meiner Therapeuten herunterbeten. Eins habe ich jedenfalls aus meiner Erfahrung mit denen gelernt: Man darf seine Wut nicht runterschlucken. Glaubt mir, den Fehler werde ich nicht noch einmal machen.«

Carol setzte sich und sah Norma an. »Als Melvin dich verließ, hast du ihn vielleicht immer noch geliebt – vielleicht warst du durcheinander oder wolltest ihn zurückhaben, oder vielleicht war deine Selbstachtung beim Teufel. Vielleicht hat dein Psycho dir damals geholfen. Aber das ist *deine* Geschichte. Ich stehe woanders. Ich bin nicht durcheinander. Justin hat mir fast zehn Jahre gestohlen, mein bestes Jahrzehnt – das Jahrzehnt, in dem ich es beruflich zu etwas hätte bringen können. Er hat uns die Zwillinge angedreht, sich von mir aushalten lassen, Tag und Nacht über seinen armseligen Buchhalterjob bei seinem Daddy gejammert, eine Tonne von unserem Geld – meinem Geld – für seinen verdammten Psycho ausgegeben. Könnt ihr euch das vorstellen? Drei-, manchmal viermal die Woche? Und jetzt geht er einfach auf und davon. Sagt mir, übertreibe ich da vielleicht?«

»Nun«, erwiderte Heather, »vielleicht kann man es auch auf andere Weise sehen...«

»Glaubt mir«, unterbrach Carol sie. »Ich bin nicht verwirrt. Ich liebe ihn nicht, das ist so sicher wie das Amen in der Kirche. Und ich will ihn nicht zurück. Nein, das stimmt nicht. Ich *will* ihn zurück, damit ich den Scheißkerl rauswerfen kann! Ich weiß genau, wo ich stehe und was ich will. Ich will ihm *weh tun* – und dem blonden Flittchen auch, wenn ich es finde. Wollt ihr mir helfen? Sagt mir, wie ich ihm weh tun kann. Wirklich weh tun.«

Norma hob eine alte Puppe auf, die neben der Holztruhe lag (Alice und Jimmy, Carols Zwillinge, die jetzt acht Jahre alt waren, waren den meisten ihrer Puppen entwachsen) und setzte sie auf den Kaminsims. Dann sagte sie: »Hat jemand Nadeln da?«

»Jetzt hast du's begriffen«, sagte Carol.

Stundenlang zerbrachen sie sich den Kopf. Der erste Gedanke war Geld – das altmodische Heilmittel: Laß ihn zahlen. Sorg dafür, daß er sich für den Rest seines Lebens verschuldet, reiß seinen Arsch aus diesem BMW und den italienischen Anzügen und Krawatten. Ruinier ihn – manipulier seine Geschäftskonten und sorg dafür, daß sein Vater wegen Steuerhinterziehung vor den Kadi kommt, kündige seine Auto- und seine Krankenversicherung.

»Kündige seine Krankenversicherung. Hm, das wäre interessant. Die Versicherung bezahlt zwar ohnehin nur dreißig Prozent von dem Honorar seines Psychos, aber es wäre immerhin etwas. Was gäbe ich nicht darum, seinen Besuchen bei dem Kerl ein Ende zu machen. Das würde ihn zur Verzweiflung treiben. Da ginge ihm der Arsch auf Grundeis! Er sagt immer, Lash sei sein bester Freund – ich möchte mal sehen, wie gut dieser Freund noch ist, wenn Justin sein Honorar nicht mehr bezahlen kann!«

Aber das waren starke Worte und nichts dahinter: Sie waren ja alle drei Profis. Sie kannten sich aus. Sie wußten, daß Geld eher ein Problem sein würde als ein Instrument der Rache. Schließlich fiel es Heather zu, einer Scheidungsanwältin, Carol sachte daran zu erinnern, daß sie ein wesentlich höheres Einkommen bezog als Justin und daß eine Scheidung in Kalifornien für sie zweifellos darauf hinauslaufen würde, *ihm* Alimente zu zahlen. Und sie persönlich hätte natürlich keinerlei Anspruch auf die Millionen, die er eines Tages erben würde. Jeder Plan, den sie ausheckten, um Justin finanziell zu ruinieren, würde nur dazu führen, daß Carol noch mehr Geld für ihn ausspucken durfte. Das war die traurige Wahrheit.

»Weißt du, Carol«, sagte Norma, »es trifft nicht allein dich; möglicherweise stehe ich schon bald vor demselben Problem. Ich will euch gegenüber ehrlich sein, was Shelly betrifft. Es ist jetzt sechs Monate her, seit er seinen Job verloren hat: Ich habe tatsächlich das Gefühl, daß er mir wie ein Mühlstein um den Hals hängt. Schlimm genug, daß er sich nicht die Beine ausreißt, um einen neuen Job zu finden, aber ihr habt recht: Er spielt tatsächlich wieder – ständig verschwindet Geld. Er preßt mich aus wie eine Zitrone. Und jedesmal, wenn ich ihn damit konfrontiere, kommt er mir mit einer aalglatten Erklärung. Gott weiß, was alles fehlt; ich traue mich nicht, eine Bestandsaufnahme unserer Sachen zu machen. Ich wünschte, ich könnte ihm ein Ultimatum stellen: Such dir einen Job und hör auf zu spielen – oder diese Ehe ist Vergangenheit. Das sollte ich tun. Aber ich kann es einfach nicht. Lieber Gott, ich wünschte, er würde endlich mit sich selbst ins reine kommen.«

»Vielleicht«, sagte Heather, »liegt es daran, daß du den Burschen magst. Das ist kein Geheimnis – er ist amüsant, er ist schön. Du sagst, er sei ein toller Liebhaber. Alle sagen, er sähe aus wie Sean Connery, nur jünger.«

»Das will ich nicht leugnen. Er ist klasse im Bett. Der größte! Aber teuer. Trotzdem wäre eine Scheidung noch teurer. Die würde richtig ins Geld gehen: Ich schätze, ich müßte ihm mehr Alimente zahlen, als er fürs Pokerspiel aus dem Fenster wirft. Und es besteht die große Gefahr – letzten Monat gab es da einen Präzedensfall in Sonoma County –, daß meine Partnerschaft in der Firma – und deine auch, Carol – als ein sehr kostbarer, gemeinsamer Vermögenswert angesehen würde.«

»Du bist in einer anderen Situation, Norma. Du *hast* wenigstens etwas von deiner Ehe. Du magst deinen Mann wenigstens. Was mich betrifft, ich gebe eher meinen Job auf und ziehe in einen anderen Staat, als daß ich diesem Arschloch Alimente zahle.«

»Dein Zuhause aufgeben, San Francisco aufgeben, uns aufgeben – mich und Heather – und dann eine Praxis in Boise in Idaho eröffnen, über einer Reinigung?« sagte Norma. »Klasse Idee! Das wird ihm eine Lehre sein!«

Carol warf wütend eine Handvoll Holzspäne ins Feuer und beobachtete, wie die Flammen aufloderten.

»Jetzt fühle ich mich noch schlechter«, sagte sie. »Dieser Abend macht alles nur noch schlimmer. Ihr versteht mich einfach nicht – ihr habt keinen Schimmer, wie ernst ich es meine.

Vor allem du nicht, Heather, du redest in aller Seelenruhe von den Spitzfindigkeiten des Scheidungsgesetzes, während ich den ganzen Tag über bezahlte Killer nachgedacht habe. Davon gibt es jede Menge. Und wieviel kosten sie? Zwanzig-, fünfundzwanzigtausend? Die habe ich. Diese Summe habe ich im Ausland, ohne daß man das Geld zu mir zurückverfolgen könnte! Einen besseren Verwendungszweck kann ich mir gar nicht vorstellen. Ob ich ihn gerne tot sehen möchte? Darauf könnt ihr wetten!«

Heather und Norma schwiegen. Sie mieden jeden Blickkontakt miteinander und mit Carol, die ihnen aufmerksam ins Gesicht sah. »Schockiere ich euch?«

Ihre Freundinnen schüttelten den Kopf. Sie taten so, als wären sie nicht erschüttert, aber insgeheim machten sie sich langsam Sorgen. Für Heather war es schließlich zuviel; sie stand auf, reckte sich, ging für ein paar Minuten in die Küche und kehrte mit einer Dose Burgunderkirscheis und drei Löffeln zurück. Nachdem die anderen das Angebot abgelehnt hatten, machte sie sich allein über die Eiscreme her, indem sie methodisch die Kirschen herauspickte.

Norma ging in die Küche, um noch mehr Wein zu holen, schützte Frohsinn vor und hob ihr Glas. »Auf deinen Killer! Daran hätte ich denken sollen, als Williams gegen meine Partnerschaft stimmte.«

»Oder wenn nicht Mord«, fuhr Norma fort, »wie wäre es dann mit einer schweren Tracht Prügel? Ich habe da einen sizilianischen Klienten, der ein Sonderangebot im Programm hat: Mißhandlung mit Schneeketten für fünftausend.«

»Schneeketten für fünftausend? Klingt vielversprechend. Vertraust du dem Typen?« fragte Carol.

Norma fing Heathers strengen Blick auf.

»Was ist los?« fragte Carol. »Was habt ihr?«

»Wir dürfen uns nicht aus der Fassung bringen lassen«, sagte Heather. »Norma, ich glaube, du hilfst uns nicht weiter, wenn du Carols Zorn anfachst, selbst wenn es nur Witze sind. Falls es ein Witz sein sollte. Carol, denk an das Timing. Alles Ungesetzliche – *alles* –, was Justin während der nächsten paar Monate zustößt, wird auf alle Fälle mit dir in Zusammenhang gebracht werden. Automatisch. Deine Motive, dein Jähzorn...«

»Mein was?«

»Nun, drücken wir es mal so aus«, fuhr Heather fort, »dein Hang zu impulsivem Benehmen läßt dich...«

Carol riß den Kopf herum und wandte den Blick ab.

»Carol, seien wir mal objektiv. Dir gehen leicht die Sicherungen durch: Du weißt es, wir wissen es, es ist öffentlich bekannt. Justins Anwalt hätte keine Probleme, das vor Gericht zu demonstrieren.«

Carol antwortete nicht. Heather sprach weiter: »Was ich sagen wollte, ist, daß du dich in einer sehr exponierten Position befindest, und wenn es zu irgendwelchen Tätlichkeiten kommt, wäre es sehr leicht möglich, daß man dich von der Anwaltsliste streicht.«

Wieder trat Schweigen ein. Die unteren Holzscheite des Feuers brachen zusammen, und die übrigen fielen lautstark kreuz und quer durcheinander. Niemand stand auf, um das Feuer zu schüren oder Holz nachzulegen.

Norma hielt ein wenig lahm die Puppe in die Höhe. »Hat jemand Zahnstocher? Unverfängliche, ganz legale Zahnstocher?«

»Kennt jemand irgendein gutes Buch zum Thema Rache?« fragte Carol. »Ein Do-it-yourself-Buch?«

Kopfschütteln auf Seiten Heathers und Normas. »Na ja«, sagte Carol, »einen Markt dafür gäbe es bestimmt. Vielleicht sollte ich eins schreiben – mit persönlich erprobten Rezepten.«

»Auf diese Weise könntest du das Honorar für den Killer als Geschäftsausgabe abschreiben«, meinte Norma.

»Ich habe mal eine Biographie über D. H. Lawrence gelesen«, sagte Heather, »und ich erinnere mich vage an irgendeine makabere Geschichte über seine Witwe Frieda, die seinen letzten Wünschen trotzte, ihn einäschern ließ und dann seine Asche in einen Zementblock rührte.«

Carol nickte anerkennend. »Der Freigeist Lawrence für alle Ewigkeit in Zement gefangen. *Chapeau*, Frieda! *Das* nenne ich Rache! Kreative Rache!«

Heather warf einen Blick auf ihre Armbanduhr. »Kommen wir zum praktischen Teil, Carol; es gibt ungefährliche und legale Möglichkeiten, Justin zu bestrafen. Was liegt ihm am Herzen? Was ist ihm wichtig? *Da* sollten wir anfangen.«

»Nicht allzuviel«, sagte Carol. »Das ist ja das Problem bei ihm. Oh, seine Behaglichkeit, seine Kleider – er liebt seine Garderobe. Aber ich brauche euch nicht, um seinen Kleiderschrank zu zerfetzen. Darum habe ich mich bereits gekümmert, aber ich glaube nicht, daß ihm das viel ausmachen wird. Er wird einfach von meinem Geld und mit einer neuen Frau einkaufen gehen, die nach ihrem Geschmack eine neue Garderobe für ihn aussuchen wird.

Was liegt ihm sonst noch am Herzen? Vielleicht sein BMW. Die Kinder nicht – denen gegenüber ist er unglaublich gleichgültig. Wenn ich ihm das Besuchsrecht verweigere, würde ich ihm noch einen Gefallen tun. Natürlich werde ich sie gegen ihn aufhetzen – das versteht sich von selbst. Wahrscheinlich wird er es nicht einmal merken. Ich könnte mir auch irgendwelche Anschuldigungen von wegen sexuellem Mißbrauch aus den Fingern saugen, aber die Kinder sind zu alt für eine Gehirnwäsche. Außerdem könnte er sich dann unmöglich noch um sie kümmern und mich entlasten.«

»Was noch?« fragte Norma. »Irgend etwas muß es doch geben.«

»Nicht viel! Wir reden hier von einem Egozentriker allerersten Ranges. Oh, da wäre sein Racketball – zwei-, dreimal die

Woche. Ich hatte die Idee, seine Schläger anzusägen, aber er bewahrt sie im Fitneßcenter auf. Vielleicht hat er dort ja auch die Frau kennengelernt, vielleicht ist sie eine der Aerobic-Kursleiterinnen. Und trotz all des Sports ist er immer noch fett wie ein Schwein. Ich denke, es ist das Bier – o ja, er liebt sein Bier.«

»Menschen?« fragte Norma. »Es muß doch Menschen geben!«

»Etwa fünfzig Prozent seiner Konversation besteht darin, rumzusitzen und zu jammern – wie heißt noch der jiddische Ausdruck, den du dafür benutzt, Norma?«

»Kvetch!«

»Ja, rumsitzen und über seinen Mangel an Freunden kvetchen. Er hat keine engen Freunde, abgesehen von diesem Dim-Sum-Mädchen natürlich. Um an ihn heranzukommen, wäre sie der sicherste Tip.«

»Wenn sie so schlimm ist, wie du denkst«, meinte Heather, »wäre es vielleicht das Beste, gar nichts zu tun; laß die beiden ruhig aufeinander los. Sie werden sich ihre eigene persönliche Hölle schaffen.«

»Du kapierst immer noch nicht, Heather. Ich möchte nicht nur, daß er sich elend fühlt: Das ist keine Rache. *Er soll wissen, daß es mein Werk ist!«*

»Also«, sagte Norma, »über den ersten Schritt sind wir uns einig: Herausfinden, wer sie ist.«

Carol nickte. »Richtig! Und als nächstes werde ich eine Möglichkeit finden, über sie an ihn heranzukommen. Beiß den Kopf ab, und der Schwanz wird sterben. Heather, hast du einen guten Privatdetektiv, den du schon in Scheidungsfällen eingesetzt hast?«

»Das ist leicht beantwortet: Bat Thomas. Er ist große Klasse – er wird Justin beschatten und sie binnen vierundzwanzig Stunden identifiziert haben.«

»Und Bat ist obendrein ein Leckerbissen«, fügte Norma

hinzu. »Vielleicht bietet er dir ein klein wenig sexuelle Bestätigung – ohne Zuzahlung.«

»Vierundzwanzig Stunden?« antwortete Carol. »Er bekäme den Namen in einer Stunde raus, wenn er gut genug wäre, die Couch von Justins Psycho anzuzapfen. Wahrscheinlich redet Justin die ganze Zeit über sie.«

»Justins Psychiater. Justins Psychiater«, sagte Norma. »Wißt ihr, es ist doch komisch, daß wir Justins Psychiater bisher so völlig vernachlässigt haben. Was hast du gesagt, seit wann geht Justin zu ihm?«

»Seit fünf Jahren!«

»Fünf Jahre dreimal die Woche«, fuhr Norma fort. »Mal sehen... abzüglich der Ferien, das wären etwa hundertvierzig Stunden im Jahr – mal fünf, das wären dann siebenhundert Stunden insgesamt.«

»Siebenhundert Stunden!« rief Heather. »Worüber um Himmels willen haben die sich bloß siebenhundert Stunden lang unterhalten?«

»Ich kann mir jedenfalls denken«, sagte Norma, »worüber sie in letzter Zeit gesprochen haben.«

In den letzten Minuten hatte Carol sich in ihrem Bemühen, ihren Ärger auf Heather und Norma zu verbergen, so tief in die Kapuze ihres Pullovers zurückgezogen, daß nur noch ihre Augen sichtbar waren. Wie so oft zuvor fühlte sie sich einsamer denn je. Das war keine Überraschung – viele Male waren Freunde einen Teil des Weges mit ihr gegangen, viele Male hatten sie Loyalität versprochen; aber am Ende hatten sie sie immer mißverstanden.

Es war die Erwähnung von Justins Psychiater, die ihre Aufmerksamkeit erregte. Nun streckte sie langsam wie eine Schildkröte den Kopf aus ihrem Panzer. »Wie meinst du das? Worüber *haben* sie gesprochen?«

»Über den großen Exodus natürlich. Worüber sonst?« sagte Norma. »Das scheint dich zu überraschen, Carol.«

»Nein! Ich meine ja. Ich weiß, daß Justin mit seinem Psychiater über mich gesprochen haben *muß*. Komisch, daß ich es fertigbringe, so etwas zu verdrängen. Vielleicht muß ich es verdrängen. Ein schauriger Gedanke, ständig abgehört zu werden, zu wissen, daß Justin jedes Gespräch mit mir seinem Psychiater meldet. Aber natürlich! Natürlich! Die beiden haben jeden Schritt dieser Sache gemeinsam geplant. Natürlich! Ich habe euch schon einmal gesagt, daß Justin es nie aus eigenem Antrieb fertiggebracht hätte, zu gehen.«

»Hat er dir je erzählt, worüber er mit ihm spricht?« fragte Norma.

»Nie! Lash hat ihm den Rat gegeben, mir gegenüber zu schweigen, meinte, ich sei zu beherrschend und er brauche seine private Zuflucht, zu der ich keinen Eintritt hätte. Ich habe schon vor langer Zeit aufgehört, ihn danach zu fragen. Aber wißt ihr, es gab mal eine Zeit, vor zwei oder drei Jahren, als er ziemlich schlecht auf seinen Psychiater zu sprechen war. Lash sei auf dem Holzweg, schimpfte er damals, weil er ihn zu einer ehelichen Trennung dränge. Eigentlich dachte ich, ich weiß nicht warum – vielleicht weil Justin so offensichtlich eine Niete war –, Lash sei auf meiner Seite und versuche, Justin etwas zu demonstrieren: daß er nämlich, wenn er sich erst von mir getrennt hätte, begreifen würde, wieviel er in Wirklichkeit von mir bekommt. Aber jetzt sehe ich das alles ganz anders. Scheiße, ich habe jahrelang einen Maulwurf im Haus gehabt!«

»Fünf Jahre lang«, sagte Heather. »Das ist eine lange Zeit. Ich kenne keine Menschenseele, die so lange Therapie gemacht hätte. Warum fünf Jahre?«

»Du weißt nicht viel von der Therapieindustrie«, erwiderte Carol. »Einige dieser Psychos lassen dich bis in alle Ewigkeit antreten. Und, o ja, ich habe euch nicht erzählt, daß die fünf Jahre sich nur auf *diesen* Psycho beziehen. Davor hat es noch andere gegeben. Justin hatte immer Probleme: Er war unentschlossen, zwanghaft, mußte alles zwanzigmal nachprüfen. Dann war er tablettenabhängig – konnte nicht ohne schlafen, nicht ohne fliegen, keinen Wirtschaftsprüfer treffen.«

»Immer noch?« fragte Heather.

»Er ist von Tablettensucht auf Psychiatersucht umgestiegen. Lash ist sein Schnuller. Er kann gar nicht genug von ihm kriegen. Trotz der drei Sitzungen wöchentlich steht er die Woche nicht durch, ohne Lash anzurufen. Jemand kritisiert ihn bei der Arbeit, und fünf Minuten später jammert er seinem Psychiater am Telefon die Ohren voll. Widerlich.«

»Es ist auch widerlich«, sagte Heather, »wenn diese Art Abhängigkeit medizinisch ausgebeutet wird. Tolle Sache für das Bankkonto des Psychiaters. Welche Motivation hat der Mann, einem Patienten zu helfen, auf eigenen Füßen zu stehen? Irgendein Ansatz für ein Kunstfehlerverfahren?«

»Heather, du hörst mir nicht zu. Ich habe dir doch erklärt, daß die Industrie fünf Jahre für normal hält. Einige Analysen dauern acht, neun Jahre, und das bei vier, fünf Sitzungen die Woche. Und außerdem: Hast du jemals versucht, einen von diesen Typen dazu zu bewegen, gegen einen anderen auszusagen? Das ist doch eine geschlossene Gesellschaft.«

»Weißt du«, sagte Norma, »ich glaube, wir kommen langsam vorwärts.« Sie nahm eine zweite Puppe, setzte sie neben die andere auf den Kaminsims und schlang einen Faden um beide. »Sie sind siamesische Zwillinge. Kriegen wir den einen, kriegen wir den anderen. Treffen wir den Doc, treffen wir Justin.«

»Nicht ganz«, sagte Carol, deren langer Hals nun vollkommen aus ihrer Kapuze aufgetaucht war.

Ihre Stimme klang stählern und ungeduldig. »Lash zu treffen, nützt uns allein gar nichts. Es könnte die beiden einander nur noch näher bringen. Nein, das eigentliche Ziel ist die Beziehung: Wenn ich *die* zerstöre, komme ich an Justin heran.«

»Hast du Lash eigentlich mal kennengelernt, Carol?« fragte Heather.

»Nein. Laut Justin wollte er mich gerne für ein paar Sitzungen zu zweit dabeihaben, aber mein Bedarf an Psychiatern ist gedeckt. Aber einmal, vor ungefähr einem Jahr, hat meine Neugier gesiegt, und ich bin in einen seiner Vorträge gegangen. Arroganter Gimpel. Ich erinnere mich noch, wie ich gedacht habe, dem würde ich gern mal eine Bombe unterm Sofa hochgehen lassen oder ihm mit der Faust mitten in sein selbstgefälliges Gesicht schlagen. Da wären einige Rechnungen beglichen worden. Alte und neue.«

Während Heather und Norma improvisierten, wie man einen Psychiater zu Fall bringen könnte, wurde Carol ganz still. Sie blickte ins Feuer und dachte an Dr. Ernest Lash, und ihre Wangen glitzerten und spiegelten die Flammen der Eukalyptuskohlen wider. Und dann war es soweit. Eine Tür in ihrem Kopf öffnete sich; eine Idee, eine umwerfende Idee stürmte hinein. Carol wußte genau, was sie zu tun hatte! Sie stand auf, nahm die Puppen vom Kaminsims und warf sie ins Feuer. Der zarte Zwirn, der sie aneinanderband, flackerte kurz auf und verwandelte sich dann in einen Faden weißen Glühens, bevor er zu Asche zerfiel. Den Puppen entströmte Qualm, dann wurden sie dunkel vor Hitze und gingen schon bald in Flammen auf. Carol schürte die Asche und verkündete dann: »Vielen Dank, meine Freunde. Ich weiß jetzt, was ich zu tun habe. Mal sehen, wie Justin zurechtkommt, wenn sein Psycho nicht mehr im Geschäft ist. Konferenz vertagt, meine Damen.«

Heather und Norma rührten sich nicht vom Fleck.

»Glaubt mir«, sagte Carol, während sie den Ofenschirm verschob, »es ist besser, wenn ihr nicht mehr wißt. Wenn ihr nichts wißt, braucht ihr auch nie einen Meineid zu leisten.«

3

Mit einem Blick auf das Poster an der Tür schritt Ernest in die Buchhandlung Printer Inc. in Palo Alto.

> **DR. ERNEST LASH**
> *außerordentl. klin. Prof. der Psychiatrie,*
> *Univ. of California San Francisco*
> spricht über sein neues Buch:
>
> TRAUER: TATSACHEN, TRENDS UND TRUGSCHLÜSSE,
> 19. FEBR., 20.00 – 21.00 UHR
> mit anschließender Buchsignierung

Ernest betrachtete die Liste mit den Vortragenden der vergangenen Woche. Beeindruckend! Er befand sich in guter Gesellschaft: Alice Walker, Amy Tan, James Hillman, David Lodge. *David Lodge* – aus England? Wie hatten sie denn *den* geködert?

Während er hineinschlenderte, fragte Ernest sich, ob die anderen Kunden in ihm den Sprecher des Abends erkannten. Er machte sich mit Susan, der Besitzerin, bekannt und nahm ihr Angebot einer Tasse Kaffee aus dem Café der Buchhandlung an. Auf dem Weg zum Lesesaal hielt Ernest bei den Neuerscheinungen Ausschau nach seinen Lieblingsautoren. In den meisten Buchhandlungen wurden die Vortragsredner für ihre Mühe mit einem Buch belohnt. Ah, ein neues Buch von Paul Auster!

Binnen Minuten holte ihn sein Buchhandlungsblues ein. Bücher überall; auf großen Schautischen buhlten sie um Aufmerksamkeit, stellten schamlos ihre schillernd grünen und magentaroten Umschläge zur Schau, türmten sich auf dem

Fußboden, wo sie geduldig darauf warteten, ins Regal gepackt zu werden, quollen über Tische, klatschten zu Boden. Vor der gegenüberliegenden Wand erwarteten große Stapel durchgefallener Bücher trostlos die Rücksendung zu ihrem Schöpfer. Neben ihnen standen ungeöffnete Kartons mit strahlend jungen Bänden, die voller Eifer ihrem Auftritt im Sonnenlicht entgegensahen.

Ernests Herz flog seinem eigenen Baby entgegen. Welche Chance hatte es in diesem Ozean von Büchern, eine zarte, kleine Seele, die um ihr Leben schwamm?

Er trat in den Lesesaal, in dem fünfzehn Reihen Metallklappstühle standen. Hier wurde sein Buch *Trauer: Tatsachen, Trends und Trugschlüsse* augenfällig zur Schau gestellt; mehrere Stapel, insgesamt vielleicht sechzig Bücher, warteten neben dem Podium darauf, signiert und verkauft zu werden. Schön. Schön. Aber was war mit der Zukunft seines Buches? Was war in zwei oder drei Monaten? Vielleicht ein oder zwei Ausgaben, die in der Abteilung für Psychologie unauffällig unter *L* eingeordnet waren, oder in der Abteilung für Selbstbedienung? Und in sechs Monaten? Verschwunden! »Verfügbar nur über Sonderbestellung; sollte in drei bis vier Wochen eintreffen.«

Ernest verstand, daß kein Laden Platz genug hatte, um alle Bücher auszustellen, nicht einmal die ganz bedeutenden. Zumindest verstand er das, soweit es sich auf die Bücher anderer Autoren bezog. Aber doch nicht *sein* Buch – nicht das Buch, an dem er drei Jahre lang gearbeitet hatte, nicht seine exquisit gefeilten Sätze und die Eleganz, mit der er den Leser bei der Hand nahm und ihn sachte durch einige der dunkelsten Bereiche des Lebens führte. Nächstes Jahr, in zehn Jahren würde es Witwer und Witwen geben, jede Menge, die sein Buch brauchten. Die Wahrheiten, die er niedergeschrieben hatte, würden dann genauso tiefschürfend und frisch sein wie heute.

»Verwechsle nicht Wert und Dauerhaftigkeit – das ist der Weg zum Nihilismus«, murmelte Ernest, während er versuchte, seinen Blues abzuschütteln. Er beschwor seine vertrauten Katechismen: »Alles schwindet«, rief er sich ins Gedächtnis. »Das ist das Wesen der Erfahrung. Nichts ist von Dauer. Dauerhaftigkeit ist eine Illusion, und eines Tages wird das Sonnensystem in Trümmern liegen.« Ah, ja, so fühlte er sich schon besser! Und noch besser wurde es, als er sich auf Sisyphos besann: Ein Buch geht unter? Nun denn, schreib ein neues! Und dann noch eins und noch eins.

Obwohl noch eine Viertelstunde Zeit war, füllten sich die Reihen bereits. Ernest setzte sich ganz nach hinten, um seine Notizen noch einmal zu überfliegen und zu überprüfen, ob er sie nach seiner Lesung in Berkeley in der vergangenen Woche wieder in die richtige Reihenfolge gebracht hatte. Eine Frau, die sich einen Becher Kaffee mitgebracht hatte, setzte sich in die gleiche Reihe, ließ aber einige Plätze zwischen ihnen frei. Irgendeine Macht ließ Ernest aufblicken, und als er es tat, bemerkte er, daß sie ihn ansah.

Er musterte sie kurz, und was er sah, gefiel ihm: eine hübsche Frau mit großen Augen, etwa vierzig Jahre alt, mit langem, blondem Haar, schweren, silbernen Ohrgehängen, einer silbernen Schlangenkette, schwarzen Netzstrümpfen und einem flammend orangefarbenem Angorapullover, der sich tapfer mühte, imposante Brüste in Schach zu halten. Diese Brüste! Ernests Puls beschleunigte sich; er mußte den Blick von diesen Brüsten losreißen.

Sie sah ihn unverwandt an. Ernest dachte selten an Ruth, seine Frau, die vor sechs Jahren bei einem Autounfall ums Leben gekommen war, aber er erinnerte sich mit Dankbarkeit eines Geschenkes, das sie ihm gemacht hatte. Es war in ihrer ersten Zeit miteinander gewesen, bevor sie aufgehört hatten, einander zu berühren und zu lieben, da hatte Ruth ihm das elementarste Geheimnis der Frau enthüllt: Wie man einen Mann fing. »Das ist so einfach«, hatte sie gesagt. »Man braucht einem Mann lediglich in die Augen zu schauen und seinen Blick ein paar Sekunden länger festzuhalten als üblich. Das ist alles!« Ruths Geheimnis hatte sich als zutreffend erwiesen: Wieder und wieder hatte er festgestellt, daß Frauen auf diese Weise mit ihm anzubändeln versuchten. Diese Frau bestand den Test. Er blickte abermals auf. Sie sah immer noch zu ihm herüber. Es gab keinen Zweifel – diese Frau hatte es auf ihn abgesehen. Und das zu einem ausgesprochen günstigen Zeitpunkt: Seine Beziehung zur aktuellen Lebensabschnittsgefährtin war in Auflösung begriffen, und Ernest war notstandsmäßig geil. Ganz kribbelig zog er den Bauch ein und erwiderte kühn ihren Blick.

»Dr. Lash?« Sie beugte sich zu ihm und hielt ihm die Hand entgegen. Er ergriff sie.

»Mein Name ist Nan Swensen.« Sie hielt seine Hand zwei oder drei Sekunden länger als erwartet fest.

»Ernest Lash.« Ernest versuchte, seiner Stimme einen festen Ton zu geben. Sein Herz hämmerte. Er liebte die Balz, den sexuellen Beutezug, haßte aber das erste Stadium – das Ritual, das Risiko. Wie sehr er Nan Swensen um ihre Haltung beneidete: ihre absolute Sicherheit, ihr Selbstbewußtsein. Was für ein Glück solche Frauen haben, dachte er. Sie brauchten lediglich ihre Schönheit für sich sprechen zu lassen.

»Ich weiß, wer *Sie* sind«, sagte sie. »Die Frage ist, wissen Sie auch, wer *ich* bin?«

»Sollte ich?«

»Es trifft mich hart, wenn Sie es nicht wissen.«

Ernest war verwirrt. Er sah sie von Kopf bis Fuß an und versuchte dabei, seinen Blick nicht auf ihrem Busen verweilen zu lassen.

»Ich glaube, ich muß Sie mir etwas genauer und länger anschauen – später.« Er lächelte und warf einen bedeutungsvollen Blick auf das inzwischen zahlreicher gewordene Publikum, das schon bald seine Aufmerksamkeit beanspruchen würde.

»Vielleicht hilft Ihnen der Name Nan *Carlin* weiter.«

»Nan Carlin! Nan Carlin! Natürlich!« Ernest drückte ihr aufgeregt die Schulter, wodurch ihre Hand in Bewegung geriet und sie sich ihren Kaffee über Handtasche und Rock schüttete. Er sprang auf, lief auf der Suche nach einer Serviette verlegen durch den Raum und kehrte zu guter Letzt mit einem Stoß Papierhandtücher zurück.

Während sie den Kaffee von ihrem Rock abtupfte, ging Ernest im Geiste seine Erinnerungen an Nan Carlin durch. Sie war eine seiner allerersten Patienten gewesen, vor zehn Jahren, ganz zu Anfang seiner Zeit als Assistenzarzt. Der Ausbildungsleiter, Dr. Molay, ein fanatischer Anhänger der Gruppentherapie, hatte darauf bestanden, daß alle Assistenzärzte während ihres ersten Jahres eine Gruppentherapie leiteten. Nan Carlin hatte zu seiner Gruppe gehört. Obwohl es Jahre zurücklag, erinnerte er sich ganz deutlich. Nan war damals ziemlich dick gewesen – deshalb hatte er sie auch nicht wiedererkannt. Außerdem hatte er sie als schüchternes Wesen in Erinnerung, das dazu neigte, sich selbst vor den anderen herunterzumachen – alles andere als diese selbstsichere Frau, die ihm nun gegenübersaß. Wenn er sich recht erinnerte, befand sich Nans Ehe damals gerade in Auflösung – ja, das war es. Ihr Mann hatte ihr mitgeteilt, daß er sie verlassen würde, weil sie zu fett geworden sei. Er warf ihr vor, ihr Ehegelübde gebrochen zu haben, und behauptete, sie verweigere ihm absichtlich Respekt und Gehorsam, indem sie ein abstoßendes Äußeres annehme.

»Ob ich mich erinnere?« antwortete Ernest. »Ich erinnere mich daran, wie schüchtern Sie in der Gruppe waren, wie lange es gedauert hat, bis Sie überhaupt ein Wort herausbrachten. Und dann erinnere ich mich daran, wie Sie sich veränderten, wie wütend Sie auf einen der Männer wurden – Saul, glaube ich. Sie haben ihn beschuldigt – und das aus gutem Grund –, sich hinter seinem Bart zu verstecken und Bomben in die Runde zu werfen.«

Nan lächelte und nickte energisch. »Ich erinnere mich auch an diese Gruppe: Jay, Mort, Bea, Germana, Irinia, Claudia. Ich war nur zwei oder drei Monate in der Gruppe, bevor ich an die Ostküste versetzt wurde, aber ich glaube, sie hat mir das Leben gerettet. Diese Ehe war dabei, mich zu zerstören.«

»Was für eine Freude, zu sehen, daß es Ihnen bessergeht. Und daß die Gruppe dabei eine Rolle gespielt hat. Nan, Sie sehen wunderbar aus. Kann das wirklich schon zehn Jahre her sein? Also ehrlich, und das ist kein Therapeutengeschwafel« – war *Geschwafel* nicht eins Ihrer Lieblingsworte? – »Sie sehen selbstbewußter aus, jünger, attraktiver. Fühlen Sie sich auch so?«

Sie nickte und berührte seine Hand, als sie antwortete. »Es geht mir sehr gut. Single, gesund, schlank.«

»Ich erinnere mich, daß Sie immer gegen die Pfunde kämpften!«

»Diese Schlacht ist gewonnen. Ich bin wirklich eine neue Frau.«

»Wie haben Sie das gemacht? Vielleicht sollte ich Ihre Methode übernehmen.«

Ernest kniff sich in eine Bauchfalte.

»Das haben Sie nicht nötig. Da haben es die Männer ja besser. Ihnen steht ein bißchen Übergewicht ganz gut – sie werden sogar mit Ausdrücken wie *kräftig* und *stämmig* belohnt. Aber meine Methode? Wenn Sie's unbedingt wissen wollen, ich hatte die Hilfe eines guten Arztes!«

Diese Nachricht entmutigte Ernest. »Sie waren die ganze Zeit über in Therapie?«

»Nein, ich bin Ihnen treu geblieben, meinem ersten und einzigen Psycho!« Sie tätschelte spielerisch seine Hand. »Ich rede über einen richtigen Arzt, einen plastischen Chirurgen, der mir eine neue Nase gemeißelt und seinen Fettabsaugezauberstab über mein Bäuchlein geschwenkt hat.«

Der Raum hatte sich gefüllt, und Ernest lauschte der Einführung, die mit den vertrauten Worten: »Lassen Sie uns jetzt gemeinsam Dr. Ernest Lash willkommen heißen« endete.

Bevor er sich erhob, beugte Ernest sich vor, umfaßte Nans Schulter und flüsterte: »Wirklich schön, Sie wiederzusehen. Lassen Sie uns später noch mal miteinander reden.«

Auf dem Weg zum Podium schwirrte ihm der Kopf. Nan war schön. Absolut atemberaubend. Und sie gehörte ihm, wenn er wollte. Keine Frau hatte sich ihm jemals deutlicher angeboten. Es ging nur noch darum, daß nächste Bett zu finden – oder die nächste Couch.

Couch. Ja, genau! Und da lag das Problem, rief Ernest sich ins Gedächtnis: Mochte es zehn Jahre her sein oder nicht, sie ist jedenfalls eine Patientin und damit tabu. Nein, sie *ist* keine Patientin – sie *war* eine, dachte er, eine von acht in einer Gruppentherapie, die sich über einige Wochen erstreckte. *Abgesehen von einem Vorgespräch für die Gruppentherapie, glaube ich nicht, daß ich sie jemals in einer Einzelsitzung betreut habe.*

Welchen Unterschied macht das? Patient ist Patient.

Für immer? Nach zehn Jahren? Früher oder später wird der Patient endlich erwachsen mit all den dazugehörigen Privilegien.

Ernest riß sich aus seinen Gedanken und richtete seine Aufmerksamkeit auf das Publikum.

»Warum? Meine Damen und Herren, warum ein Buch über Trauer schreiben? Sehen Sie sich die Abteilung für Trauer und Verlust in dieser Buchhandlung an. Die Regale biegen sich unter den Bänden. Warum also noch ein Buch?«

Selbst während er sprach, setzte er die innere Debatte fort. *Sie sagt, es sei ihr nie besser gegangen. Sie ist keine psychiatri-*

sche Patientin. Sie hat seit neun Jahren keine Therapie mehr gemacht! Es ist perfekt. Warum nicht, um Himmels willen? Zwei Erwachsene, die dasselbe wollen!

»Als psychologisches Leiden nimmt die Trauer einen einzigartigen Platz ein. Zunächst einmal ist sie universell. Niemand in unserem Alter...«

Ernest lächelte und stellte mit vielen Leuten im Publikum Blickkontakt her; das konnte er. Er bemerkte Nan in der letzten Reihe, wie sie nickte und lächelte. Neben Nan saß eine ernste, attraktive Frau mit kurzen, schwarzen Locken, die ihn aufmerksam zu beobachten schien. War das eine weitere Frau, die es auf ihn abgesehen hatte? Er hielt ihrem Blick gerade eine Sekunde lang stand. Sie sah hastig fort.

»Niemand in unserem Alter«, fuhr Ernest fort, »entkommt der Trauer. Es ist *das* universelle Leiden.«

Nein, das ist das Problem, rief Ernest sich ins Gedächtnis: *Nan und ich sind nicht einfach zwei Erwachsene, die dasselbe wollen. Ich weiß zuviel über sie. Weil sie mir zu viel anvertraut hat, verspürt sie eine ungewöhnliche Bindung an mich. Ich erinnere mich, daß ihr Vater starb, als sie noch ein Teenager war – ich habe die Rolle ihres Vaters übernommen. Ich würde sie verraten, wenn ich mich auf eine sexuelle Beziehung mit ihr einließe.*

»Es ist vielfach bemerkt worden, daß es einfacher ist, Medizinstudenten das Thema Trauer näherzubringen als andere psychiatrische Syndrome. Medizinstudenten verstehen es. Von allen psychiatrischen Zuständen hat die Trauer die größte Ähnlichkeit mit anderen medizinischen Leiden, zum Beispiel mit ansteckenden Krankheiten oder einem physikalischen Trauma. Kein anderes psychiatrisches Leiden hat einen derart präzis definierbaren Anfang, einen speziellen, identifizierbaren Grund, einen einigermaßen vorhersehbaren Verlauf, eine wirksame, zeitlich begrenzte Behandlung und einen wohldefinierten, speziellen Endpunkt.«

Nein, argumentierte Ernest mit sich selbst, *nach zehn Jahren sind alle Möglichkeiten offen. Vielleicht hat sie mich einmal väterlich betrachtet. Na und? Das war damals, jetzt ist jetzt. Sie erlebt mich als intelligenten, sensiblen Mann. Man braucht sie nur anzusehen: Sie saugt meine Worte förmlich auf. Sie fühlt sich unglaublich zu mir hingezogen. Sehen wir den Dingen ins Auge. Ich bin sensibel. Ich habe Tiefgang. Wie oft lernt eine alleinstehende Frau ihres Alters, irgendeines Alters, einen Mann wie mich kennen?*

»Aber, meine Damen und Herren, die Tatsache, daß es Medizinstudenten oder Ärzte oder Psychotherapeuten nach einfachen, unkomplizierten Diagnose- und Behandlungsmöglichkeiten für Trauerpatienten verlangt, diese Tatsache allein macht die Trauer nicht zu einer einfachen, unkomplizierten Angelegenheit. Der Versuch, die Trauer mit Hilfe eines Krankheitsmodells zu begreifen, bedeutet, genau den Faktor auszublenden, der das Menschlichste an uns ist. Der Verlust eines Menschen ist nicht wie eine bakterielle Invasion, nicht wie ein physikalisches Trauma; psychischer Schmerz ist kein Analogon somatischer Fehlfunktion; der Geist ist nicht der Körper. Das Ausmaß oder die Qualität der Qual, die wir leiden, bestimmt sich nicht (oder nicht nur) nach der Natur des Traumas, sondern nach dem *Sinn* des Traumas. Der *Sinn* macht exakt den Unterschied zwischen Leib und Seele aus.«

Ernest kam langsam in Fahrt. Er überflog die Gesichter in seinem Publikum, um sich ihrer Aufmerksamkeit zu versichern. *Weißt du noch*, führte Ernest sein Selbstgespräch fort, *wie sehr sie die Scheidung fürchtete – wegen ihrer früheren Erfahrungen mit Männern, die sie sexuell benutzt haben und dann einfach ihrer Wege gegangen sind? Weißt du noch, wie leer sie sich fühlte? Wenn ich heute nacht mit ihr nach Hause ginge, würde ich ihr genau dasselbe antun – ich wäre nur einer in einer langen Reihe von Männern, die sie ausbeuten!*

»Lassen Sie mich Ihnen anhand eines Beispiels aus meiner Forschung erklären, warum ›Sinn‹ so wichtig ist. Denken Sie einmal über folgendes nach: zwei Witwen, die jüngst ihren Mann verloren haben. Beide waren vierzig Jahre lang verheiratet. Die eine hat viel Leid durchgemacht, nach und nach aber ihr Leben wieder in den Griff bekommen und Phasen der Gleichmut, ja, bisweilen sogar großer Freude erlebt. Der anderen erging es viel schlimmer: ein Jahr nach dem Tod ihres Gatten steckte sie in einer tiefen Depression, war phasenweise selbstmordgefährdet und benötigte permanente psychiatrische Betreuung. Wie können wir die unterschiedliche Reaktion auf die gleiche Situation erklären? Es ist wirklich rätselhaft. Nun möchte ich Ihnen einen Hinweis geben.

Obwohl diese beiden Frauen einander in vieler Hinsicht ähnelten, unterschieden sie sich in einem bedeutsamen Aspekt: in der Natur ihrer Ehen. Die eine Frau hatte eine turbulente, konfliktreiche Ehe durchlebt, die andere eine liebevolle, auf gegenseitigem Respekt beruhende Beziehung. Meine Frage an Sie ist nun folgende: Welche der beiden Frauen hat nun wie auf den Verlust ihres Gatten reagiert?

Während Ernest auf eine Antwort aus dem Publikum wartete, fing er abermals Nans Blick auf und dachte: *Woher will ich wissen, daß sie sich leer fühlen würde? Oder ausgebeutet? Vielleicht wäre sie ja auch dankbar? Vielleicht würde unsere Beziehung irgendwohin führen? Vielleicht ist sie genauso scharf auf Sex, wie ich es bin! Habe ich denn niemals dienstfrei? Muß ich vierundzwanzig Stunden am Tag ein Analytiker sein? Wenn ich mir wegen der Nuancen einer jeden einzelnen Tat Gedanken mache, wegen jeder Beziehung, kann ich das Bumsen ganz abschreiben!*

Frauen, große Titten, bumsen … du bist widerlich – haderte er mit sich selbst. *Hast du denn nichts Wichtigeres zu tun? Nichts Erhabeneres, worüber nachzudenken sich lohnte?*

»Ja, genau!« sagte Ernest zu einer Frau in der dritten Reihe, die eine Antwort gegeben hatte. »Sie haben recht: Die Frau mit der konfliktreichen Beziehung ist schlechter mit dem Tod ihres Mannes fertiggeworden. Sehr gut. Ich wette, Sie haben mein Buch bereits gelesen – oder vielleicht brauchen Sie es auch gar nicht mehr zu lesen.« Bewunderndes Lächeln von Seiten des Publikums. Ernest sog das Lächeln auf und fuhr fort. »Aber widerspricht das nicht dem gesunden Menschenverstand? Man könnte doch denken, daß die Witwe, die vierzig Jahre lang in einer zutiefst befriedigenden, liebevollen Beziehung gelebt hat, weniger gut mit ihrer Trauer zurechtkommen würde. Hat sie denn nicht den größeren Verlust erlitten?

Aber wie Sie ganz richtig andeuten, ist häufig das Gegenteil der Fall. Dafür gibt es mehrere Erklärungen. Ich denke, im Grunde geht es ums Bedauern. Denken Sie nur an die Qualen der Witwe, die in ihrem tiefsten Inneren das Gefühl hat, vierzig Jahre lang mit dem falschen Mann verheiratet gewesen zu sein. Ihre Trauer gilt also nicht – oder nicht *nur* – ihrem Mann. Sie trauert um ihr eigenes Leben.«

Ernest, tadelte er sich, *es gibt Millionen, Billionen Frauen auf der Welt. Wahrscheinlich gibt es allein im Publikum ein Dutzend, die dich liebend gern mit in ihr Bett nähmen, wenn du den Mumm hättest, sie anzusprechen. Halte dich lediglich von Patienten fern! Halte dich von Patienten fern!*

Aber sie ist keine Patientin. Sie ist eine freie Frau.

Sie hat dich unrealistisch gesehen, und das tut sie immer noch. Du hast ihr geholfen; sie hat dir vertraut. Die Übertragung war stark. Und du versuchst, diese Übertragung auszubeuten!

Zehn Jahre! Die Übertragung ist unsterblich? Wo steht das geschrieben?

Sieh sie dir doch an! Sie ist hinreißend. Sie himmelt dich an. Wann hat eine Frau wie sie dich jemals aus einer Ansammlung von Menschen herausgepickt und dich derart angemacht? Sieh dich doch an. Sieh dir deinen Bierbauch an.

Noch ein paar Pfund mehr, und du kannst deinen Hosenschlitz nicht mehr sehen. Du willst einen Beweis? Da hast du deinen Beweis!

Ernest Aufmerksamkeit war derart gebrochen, daß ihm langsam schwindlig wurde. Die Zweiteilung war ein vertrautes Gefühl für ihn. Auf der einen Seite echte Anteilnahme an Patienten, Studenten, seinem Publikum. Und gleichzeitig echte Anteilnahme an den wirklichen Fragen der Existenz: Wachstum, Bedauern, Leben, Tod, Sinn. Auf der anderen Seite sein Schatten: Egoismus und Fleischeslust. Oh, er war sehr geschickt darin, seinen Patienten zu helfen, ihren eigenen Schatten zurückzuerobern, ihnen Kraft zu geben, Energie, Lebenskraft, kreativen Elan. Er kannte all die Worte; er liebte Nietzsches Erklärung, wonach der mächtigste Baum tiefe Wurzeln schlagen müsse, tief in die Dunkelheit, tief in das Böse.

Trotzdem hatten diese schönen Worte nur wenig Bedeutung für ihn. Ernest haßte seine dunkle Seite, haßte die Macht, die sie über ihn hatte. Er haßte Knechtschaft, haßte es, von animalischen Instinkten getrieben zu werden, haßte es, Sklave einer alten Programmierung zu sein. Und der heutige Tag war das vollkommene Beispiel: Wie ein Gockel auf dem Mist hatte er sich aufgeführt, und dann seine primitive Lust auf Verführung und Eroberung – wenn das keine Fossilien aus dem ersten Morgengrauen der menschlichen Stammesgeschichte waren! Und seine Leidenschaft für die Brust, für das Kneten und das Saugen. Jämmerlich! Ein Relikt aus dem Kinderzimmer!

Ernest ballte die Faust und grub die Nägel in seine Handfläche, grub sie fest hinein. *Paß auf! Du hast hier hundert Leute sitzen! Gib ihnen, was du kannst.*

»Und dann wäre da noch etwas über die konfliktreiche eheliche Beziehung zu sagen: Der Tod manifestiert sie für alle Zeit als das, was sie war. Sie wird auf ewig konfliktreich sein, auf ewig unausgestanden, unbefriedigend. Denken Sie nur an die Schuldgefühle! Denken Sie an die vielen Stunden, in denen sich der trauernde Witwer oder die trauernde Witwe sagt: ›*Hätte ich doch nur...*‹ Ich glaube, das ist einer der Gründe, warum die Trauer nach einem plötzlichen Tod, zum Beispiel nach einem Autounfall, so überaus schwierig ist. In diesen Fällen hatten Mann und Frau keine Zeit, einander Lebewohl zu sagen, keine Zeit zur Vorbereitung – zu viele unausgestandene Angelegenheiten, zu viele ungelöste Konflikte.«

Ernest war jetzt in Fahrt, und sein Publikum lauschte aufmerksam. Er blickte Nan nicht mehr an.

»Lassen Sie mich noch einen letzten Punkt anschneiden, bevor wir zu Ihren Fragen kommen. Denken Sie einen Augenblick darüber nach, wie die Leute, die von Berufs wegen mit geistiger Gesundheit befaßt sind, den Prozeß des Gattenverlusts beurteilen. Was ist erfolgreiche Trauer? Wann ist sie vorbei? Nach einem Jahr? Zwei Jahren? Der gesunde Menschenverstand sagt uns, daß die Trauerarbeit vorbei ist, wenn der Trauernde sich soweit von dem toten Gatten gelöst hat, daß er wieder ein funktionell ungestörtes Leben aufnehmen kann. Aber die Sache ist vielschichtiger! Bei weitem vielschichtiger!

Eines der interessantesten Ergebnisse meiner Forschungsarbeit besteht darin, daß ein beträchtlicher Anteil der hinterbliebenen Gatten – vielleicht fünfundzwanzig Prozent – nicht nur einfach sein Leben wieder aufnimmt oder zu seinem vorherigen Funktionsniveau zurückkehrt, sondern daß er vielmehr eine beträchtliche Weiterentwicklung seiner Persönlichkeit erfährt.«

Diesen Teil liebte Ernest besonders; das Publikum fand ihn immer besonders bedeutungsschwer.

»*Weiterentwicklung der Persönlichkeit* ist vielleicht nicht der passendste Ausdruck. Ich weiß nur nicht, wie ich es sonst nennen soll – vielleicht wäre *erhöhtes existenzielles Bewußtsein* besser. Ich weiß nur, daß ein bestimmter Anteil von

Witwen, und gelegentlich auch Witwern, lernt, das Leben auf eine ganz andere Weise anzugehen. Sie entwickeln eine neue Wertschätzung für die Kostbarkeit des Lebens. Und einen neuen Kanon an Prioritäten. Wie man das beschreiben könnte? Man könnte sagen, sie lernen, das Nichtige als nichtig zu betrachten. Sie lernen, nein zu sagen zu den Dingen, die sie nicht tun wollen, sich demjenigen Aspekt des Lebens zu widmen, der für sie von Bedeutung ist: der Liebe zu engen Freunden und Verwandten. Sie lernen auch, aus ihren eigenen kreativen Quellen zu schöpfen, den Wandel der Jahreszeiten zu erleben und die natürliche Schönheit um sie herum. Was vielleicht das Wichtigste von allem ist, sie gewinnen ein deutliches Bewußtsein für ihre eigene Endlichkeit und lernen infolgedessen, in der unmittelbaren Gegenwart zu leben, statt das Leben auf irgendwelche Augenblicke in der Zukunft zu verschieben: das Wochenende, die Sommerferien, den Ruhestand. Das alles beschreibe ich in größerer Ausführlichkeit in meinem Buch, und dort spekuliere ich auch über die Gründe und die Voraussetzungen dieses existenziellen Bewußtseins.

So, nun zu den Fragen.« Ernest genoß es, auf Fragen zu kontern: »Wie lange haben Sie an dem Buch gearbeitet?« »Sind die Fallgeschichten der Realität entnommen und, wenn ja, wie sieht es mit der Vertraulichkeit aus?« »Ihr nächstes Buch?« »Die Nützlichkeit einer Therapie im Trauerfall?« Fragen nach einer Therapie wurden immer von jemandem gestellt, der sich mitten in der persönlichen Trauerarbeit befand, und Ernest achtete sorgfältigst darauf, diese Fragen zartfühlend zu behandeln. So wies er darauf hin, daß die Trauer durch sich selbst begrenzt sei – trauernde Menschen werden sich größtenteils mit oder ohne Therapie irgendwann wieder besser fühlen –, und daß es keinen Beweis dafür gebe, daß sich der Durchschnittstrauernde, der sich einer Therapie unterzogen hat, am Ende eines Jahres besser fühlen würde als derjenige, der dies nicht getan hat. Damit er sich aber nicht den Anschein gab, die Therapie zu bagatellisieren, beeilte Ernest sich, hinzuzufügen, daß es durchaus Beweise dafür gebe, daß die Therapie das erste Jahr möglicherweise weniger schmerzlich mache. Unleugbare Beweise gebe es dagegen für die Effektivität der Therapie mit Trauernden, die unter intensiven Schuldgefühlen oder Zorn litten.

Die Fragen waren allesamt Routine und wurden mit vornehmer Zurückhaltung geäußert – nichts Geringeres hatte er vom Publikum hier in Palo Alto erwartet –, ganz anders als die streitsüchtigen, irritierenden Fragen einer Berkeley-Zuhörerschaft. Ernest warf einen Blick auf seine Armbanduhr und signalisierte seiner Gastgeberin, daß er fertig war, schloß seinen Ordner mit den Notizen und setzte sich. Nach einer formellen Dankesbekundung seitens der Besitzerin der Buchhandlung gab es soliden Applaus. Ein Schwarm von Buchkäufern umringte Ernest. Er lächelte huldvoll, während er jedes einzelne Buch signierte. Vielleicht war es Einbildung, aber es schien ihm, als sähen ihn mehrere attraktive Frauen interessiert an, um dann seinen Blick ein oder zwei Sekunden länger als nötig festzuhalten. Er reagierte nicht: Nan Carlin wartete auf ihn.

Langsam zerstreute sich die Menge. Endlich war er frei, um wieder zu ihr zu stoßen. Wie sollte er in dieser Sache vorgehen? Ein Cappuccino im Buchhandlungscafe? Ein weniger öffentlicher Ort? Oder vielleicht einfach ein paar Minuten Konversation in der Buchhandlung und die ganze vertrackte Angelegenheit dann fallenlassen? Was tun? Ernests Herz begann von neuem zu hämmern. Er sah sich um. Wo war sie?

Ernest schloß seine Aktentasche und eilte suchenden Blicks durch die Buchhandlung. Keine Spur von Nan. Er schob den Kopf noch einmal durch die Tür des Lesesaals, um einen letzten Blick hineinzuwerfen. Vollkommen leer. Abgesehen von einer Frau, die reglos auf dem Stuhl hockte, auf dem zuvor

Nan gesessen hatte – die ernste, schlanke Frau mit den kurzen, schwarzen Locken. Sie hatte zornige, durchdringende Augen. Dennoch versuchte Ernest abermals, ihren Blick aufzufangen. Und wieder wich sie ihm aus.

4

Die Absage eines Patienten im letzten Augenblick verhalf Dr. Marshal Streider zu einer freien Stunde vor seinem wöchentlichen Supervisionstermin mit Ernest Lash. Die Absage selbst betrachtete er mit gemischten Gefühlen. Die Tiefe des Widerstands dieses Patienten beunruhigte ihn: Keinen Augenblick lang kaufte er ihm die dürftige Ausrede einer Geschäftsreise ab, obwohl ihm die freie Zeit gerade recht kam. Finanziell war es kein Unterschied: Er würde dem Patienten die Stunde natürlich ungeachtet der Entschuldigung in Rechnung stellen.

Nachdem er einige fällige telefonische Rückrufe getätigt und Briefe beantwortet hatte, trat Marshal auf seine kleine Terrasse hinaus, um die vier Bonsais zu gießen, die auf einem Holzregal vor seinem Fenster standen: eine Serissa mit wunderbar zarten, freiliegenden Wurzeln (ein sehr gewissenhafter Gärtner hatte das Bäumchen mit freigelegten Wurzeln auf einen Stein gepflanzt und vier Jahre später dann den Stein sorgfältig unter den Wurzeln weggehauen), eine knorrige Mädchenkiefer, eine neunstämmige Ahorngruppe und ein Wacholder. Shirley, seine Frau, hatte ihm am vergangenen Sonntag geholfen, den Wacholder zu trimmen, und jetzt wirkte der Baum wie verwandelt, wie ein Vierjähriger nach seinem ersten richtigen Haarschnitt; sie hatten sämtliche Triebe auf der Unterseite der beiden einander gegenüberliegenden Hauptzweige weggeschnitten, einen einsam nach vorne wachsenden Zweig amputiert und den Baum auf die beschwingte Form eines schiefwinkligen Dreiecks zurechtgestutzt.

Dann gönnte Marshal sich eine seiner großen Freuden: Er wandte sich den Tabellen mit den Aktienkursen im *Wall Street Journal* zu und zog die zwei kreditkartengroßen Gegenstände aus der Brieftasche, die es ihm erlaubten, seine Profite zu errechnen: ein Vergrößerungslineal, um das Kleingedruckte der Marktpreise zu lesen, und einen solarbetriebenen Rechner. Ruhiger Markt gestern, keine größeren Kursveränderungen außer bei den Werten der Silicon Valley Bank – des größten Anteils seines Aktienbestandes, gekauft dank eines guten Tips von einem ehemaligen Patienten –, die um ein Achtel Dollar gestiegen waren; bei fünfzehnhundert Aktien belief sich das auf beinahe siebzehnhundert Dollar. Er blickte von den Aktientabellen auf und lächelte. Das Leben war gut.

Dann griff er nach der jüngsten Ausgabe von *The American Journal of Psychoanalysis,* warf einen flüchtigen Blick auf das Inhaltsverzeichnis, schlug das Magazin aber schnell wieder zu. Siebzehnhundert Dollar! Allmächtiger, warum hatte er nicht mehr gekauft? Marshal lehnte sich in seinem ledernen Drehstuhl zurück und ließ den Blick über die Ausstattung seines Sprechzimmers gleiten: die Drucke von Hundertwasser und Chagall, die Sammlung der Weingläser aus dem achtzehnten Jahrhundert mit ihren zarten, gedrehten Stielen, die in einer auf Hochglanz polierten Rosenholzvitrine funkelten. Ganz besonders aber genoß er seine drei herrlichen Glasskulpturen von Musler. Er stand auf, um sie mit einem alten Federstaubwedel abzustauben, den schon sein Vater einst benutzt hatte, um die Regale in seiner winzigen Lebensmittelhandlung Ecke 5. und R-Street in Washington abzustauben.

Nachdem er die erdbebensicheren Sockel der Glasskulpturen überprüft hatte, ließ er liebevoll die Finger über sein Lieblingswerk gleiten: den »Goldenen Rand der Zeit«, eine glänzende, hauchdünne Orangenschale, deren Ränder der futuristischen Skyline einer Großstadt ähnelten. Seit ihrem Kauf vor zwölf Jahren war kaum ein Tag verstrichen, ohne daß er sie liebevoll berührt hätte; ihre vollkommenen Umrisse und ihre außergewöhnliche Kühle waren wunderbar beruhigend. Mehr als einmal war er versucht gewesen – natürlich war es bei der Versuchung geblieben –, einen unglücklichen Patienten zu ermutigen, die Skulpturen zu streicheln und ihr kühles, linderndes Mysterium in sich aufzunehmen.

Gott sei Dank hatte er sich über die Wünsche seiner Frau hinweggesetzt und die drei Stücke gekauft: Es waren seine besten Stücke. Und möglicherweise seine letzten dieses Künstlers. Muslers Preise waren derart in die Höhe geschnellt, daß ein weiteres Stück ihn die Einnahmen von sechs Monaten kosten würde. Vielleicht ergab sich doch noch eine Gelegenheit, wenn er wie im letzten Jahr mit seinen Standard & Prov Futures an der Börse abermals voll im Trend lag – aber sein bester Ratgeber war ja so rücksichtslos gewesen, die Therapie zu beenden. Oder vielleicht, wenn seine beiden Kinder das College und die Universität abgeschlossen hatten, aber das würde noch mindestens fünf Jahre dauern.

Drei Minuten nach elf. Ernest Lash kam wie gewöhnlich zu spät. Marshal hatte Ernest während der vergangenen zwei Jahre als Supervisor betreut, und obwohl Ernest zehn Prozent weniger zahlte als ein Patient, hatte Marshal sich fast immer auf seine wöchentliche Stunde gefreut. Ernest war eine erfrischende Abwechslung im Tagesablauf, der ansonsten von klinischen Fällen geprägt wurde – ein Schüler, wie er sein sollte: ein Suchender, intelligent, empfänglich für neue Ideen. Ein Schüler mit einer gewaltigen Neugier – und einer noch gewaltigeren Unwissenheit im Bereich der Psychotherapie.

Ernest war für eine Supervision mit seinen achtunddreißig Jahren zwar schon ziemlich alt, aber das betrachtete Marshal eher als Stärke denn als Schwäche. Ernest hatte sich in seiner nun auch schon zehn Jahre zurückliegenden Zeit als psychiatrischer Assistenzarzt standhaft geweigert, irgend etwas über Psychotherapie zu lernen. Statt dessen war er dem Sirenenruf der biologischen Psychiatrie gefolgt und hatte sich auf die pharmakologische Behandlung geistiger Erkrankungen konzentriert. Nach seinem Abschluß hatte er sich dann entschlossen, die nächsten Jahre der Laborforschung im Fachbereich der Molekularbiologie zu widmen.

In dieser Hinsicht war Ernest kein Einzelfall. Der größte Teil seiner Mitstreiter hatte dieselbe Position bezogen. Vor zehn Jahren hatte die Psychiatrie scheinbar vor einem größeren Durchbruch in der Erkenntnis der biochemischen Ursachen der Geisteskrankheiten gestanden: In der Psychopharmakologie, bei neuen bildgebenden Verfahren zur Erforschung des Gehirns in anatomischer und funktionaler Hinsicht, in der Psychogenetik und der alsbald erwarteten Identifizierung und Lokalisierung spezieller Gene für alle wichtigen Geisteskrankheiten im Chromosomensatz des menschlichen Genoms.

Aber Marshal hatte sich von diesen neuen Entwicklungen nicht aus dem Gleichgewicht bringen lassen. Mit dreiundsechzig war er lange genug Psychiater gewesen, um mehrere solcher positivistischer Perioden miterlebt zu haben. Er erinnerte sich an Welle um Welle ekstatischen Optimismus (und darauf folgender Enttäuschung), die die Einführung der Psychochirurgie, von Thorazin, Mepobramat, Reserpin, Pacatal, LSD, Tofranil, Lithium, Ecstasy, Betablockern, Zanax und Prozac umgaben – und war nicht überrascht, als ein Teil des molekularbiologischen Sturms und Drangs zu schwinden begann, weil viele hochfliegende Forschungsthesen nicht erhärtet werden konnten und die Wissenschaftler nach und nach eingestehen mußten, daß sie vielleicht doch noch nicht das defekte Chromosom hinter jedem defekten Gedanken lokalisiert hatten. Letzte Woche hatte Marshal an einem von der Universität finanzierten Seminar teilgenommen, bei dem führende Wissenschaftler dem Dalai Lama die Quintessenz ihrer Arbeit präsentiert hatten. Obwohl er selbst kein Verfechter nichtmaterialistischer Weltanschauungen war, hatte ihn doch die Reaktion des Dalai Lama amüsiert, als die Wissenschaftler ihm neue Photos von einzelnen Atomen zeigten und ihrer Gewißheit Ausdruck verliehen, daß nichts außerhalb der Materie existiere. »Und was ist mit der Zeit?« hatte der Dalai Lama liebenswürdig gefragt. »Hat man diese Moleküle schon gesehen? Und, bitte, zeigen Sie mir doch die Photos vom Ich, vom bleibenden Gefühl des Ichs?«

Seine mehrjährige Forschungsarbeit auf dem Gebiet der Psychogenetik hatte Ernest schließlich alle Illusionen über die Forschung als solche als auch über die Universitätspolitik geraubt, und er hatte eine private Praxis eröffnet. Zwei Jahre lang praktizierte er als reiner Psychopharmakologe, widmete jedem Patienten zwanzig Minuten und verteilte Medikamente an alle. Nach und nach, und dabei war Seymour Trotter im Spiel gewesen, hatte Ernest erkannt, wie begrenzt, ja vulgär es war, alle Patienten mit Tabletten zu behandeln, und verlagerte den Schwerpunkt seiner Tätigkeit allmählich und unter Verzicht auf vierzig Prozent seines Einkommens auf die Psychotherapie.

Es war Ernest also hoch anzurechnen, fand Marshal, daß er sich in eine fachmännische psychotherapeutische Supervision begab. Marshal schauderte immer bei dem Gedanken an all die Psychiater da draußen – und auch an all die Psychologen, Sozialarbeiter und -berater –, die ohne ordentliche analytische Ausbildung Patienten therapierten.

Wie immer kam Ernest genau fünf Minuten zu spät in die Sprechstunde gestürzt, schenkte sich eine Tasse Kaffee ein, ließ sich in Marshals weißen, italienischen Ledersessel fallen und stöberte in seiner Aktentasche nach seinen Sitzungsnotizen.

Marshal erkundigte sich inzwischen nicht mehr nach dem

Grund für Ernests Verspätungen. Seit Monaten hatte er erfolglos danach gefragt. Einmal war Marshal sogar losgegangen und hatte die Zeit gemessen, die für den Fußweg von einem Block zwischen seiner Praxis und der von Ernest nötig war. Vier Minuten! Da Ernests Elf-Uhr-Termin um elf Uhr fünfzig endete, blieb Ernest, selbst mit einer Toilettenpause, ohne weiteres Zeit genug, um um zwölf Uhr bei ihm zu sein. Aber unweigerlich stellte sich ihm irgendein Hindernis in den Weg: Ein Patient blieb zu lange, ein Telefonanruf verlangte seine Aufmerksamkeit, oder er vergaß seine Notizen und mußte noch einmal in seine Praxis zurücklaufen. Irgend etwas war es immer.

Und dieses Etwas war offensichtlich Widerstand. Eine Menge Geld für fünfzig Minuten zu zahlen und dann systematisch zehn Prozent dieses Geldes und dieser Zeit ungenutzt zu lassen, dachte Marshal, ist eindeutig ein klarer Beweis für Zwiespältigkeit.

Für gewöhnlich hätte Marshal darauf bestanden, diese Verspätungen genauestens zu erkunden. Aber Ernest war kein Patient. Nicht direkt. Supervision lag im Niemandsland zwischen Therapie und Ausbildung. Bisweilen mußte ein guter Supervisor sich über das Fallmaterial hinaustasten und tief in die unbewußten Motivationen und Konflikte des Lernenden eindringen. Aber ohne einen besonderen Therapievertrag gab es gewisse Grenzen, über die der Supervisor nicht hinausgehen konnte. Also ließ Marshal die Angelegenheit fallen, obwohl er ihre fünfzigminütige Supervision grundsätzlich absolut pünktlich beendete – fast auf die Sekunde pünktlich.

»Gibt viel zu bereden«, begann Ernest. »Ich weiß nicht recht, wo ich anfangen soll. Ich möchte heute etwas Außergewöhnliches mit Ihnen besprechen. Keine neue Entwicklungen bei den beiden langjährigen Patienten, die wir verfolgen – hatte gerade alltägliche Sitzungen mit Jonathan und Wendy; die beiden kommen gut klar.

Ich möchte eine Sitzung mit Justin beschreiben, in der eine Menge Gegenübertragungsmaterial hochkam. Und dann möchte ich noch über eine Begegnung mit einer ehemaligen Patientin sprechen, die ich gestern abend bei einer Lesung in der Buchhandlung getroffen habe.«

»Das Buch verkauft sich immer noch gut?«

»Die Buchhandlungen stellen es immer noch aus. All meine Freunde lesen es. Und ich habe ein paar gute Kritiken bekommen – eine ist diese Woche im AMA-Rundschreiben erschienen.«

»Wunderbar! Es ist ein wichtiges Buch. Ich werde es auch meiner älteren Schwester schicken, die vergangenen Sommer ihren Mann verloren hat.«

Ernest wollte schon sagen, daß er das Buch gern mit einer kleinen persönlichen Bemerkung signieren würde. Aber die Worte blieben ihm in der Kehle stecken. Es schien anmaßend, etwas Derartiges zu Marshal zu sagen.

»Okay, zurück zu unserer Arbeit... Justin... Justin...« Marshal blätterte seine Notizen durch. »Justin? Helfen Sie meinem Gedächtnis auf die Sprünge. War das nicht Ihr langjähriger Zwangsneurotiker? Der mit den vielen Eheproblemen?«

»Ja. Über den haben wir lange nicht mehr gesprochen. Aber Sie erinnern sich gewiß, daß wir seine Behandlung über einige Monate hinweg genau verfolgt haben.«

»Ich wußte gar nicht, daß er immer noch zu Ihnen kommt. Ich hab's vergessen – was war noch der Grund, warum wir aufgehört haben, ihn in der Supervision zu verfolgen?«

»Nun, um ehrlich zu sein, der wirkliche Grund war wohl der, daß ich das Interesse an ihm verloren hatte. Ich glaubte, er würde nicht mehr viel weiterkommen. Wir haben in Wirklichkeit gar keine Therapie mehr gemacht... Es war eher eine Art Stabilisierung. Trotzdem kommt er immer noch dreimal die Woche zu mir.«

»Eine Art Stabilisierung – dreimal die Woche? Ziemlich viel Stabilisierung.« Marshal lehnte sich in seinem Sessel zurück und blickte zur Decke, wie er es gewöhnlich tat, wenn er genau zuhörte.

»Nun, das macht mir auch zu schaffen. Es ist zwar nicht der Grund, warum ich heute mit Ihnen über ihn reden will, aber vielleicht ist es nur gut, daß wir auch auf diesen Punkt zu sprechen kommen. Es will mir einfach nicht gelingen, seine Stundenzahl zu verringern – er ist dreimal die Woche bei mir, und dazu kommen dann noch ein oder zwei Telefongespräche!«

»Ernest, haben Sie eine Warteliste?«

»Eine kurze. Genaugenommen besteht sie aus nur einem Patienten. Warum?« Aber Ernest wußte genau, worauf Marshal hinauswollte, und bewunderte seine Fähigkeit, harte Fragen mit perfekter Zielgenauigkeit zu stellen. Verdammt, der Mann hatte was drauf!

»Nun, worum es mir geht, ist folgendes: Viele Therapeuten sehen sich derart von offenen Stunden bedroht, daß sie unbewußt ihre Patienten in Abhängigkeit halten.«

»Da stehe ich drüber – ich habe wiederholt mit Justin darüber gesprochen, unsere Stunden zu verringern. Wenn ich einen Patienten nur um meines Portemonnaies willen in der Therapie behielte, würde ich nachts nicht besonders gut schlafen können.«

Marshal nickte leicht, was hieß, daß er für den Augenblick mit Ernests Antwort zufrieden war. »Vor einigen Minuten sagten Sie, Sie *hätten* nicht geglaubt, daß er weiterkommen würde. Vergangenheit. Und nun ist etwas passiert, daß Ihre Meinung diesbezüglich geändert hat?«

Marshal hörte genau zu – absolutes Gedächtnis. Ernest sah ihn bewundernd an: rotblondes Haar, wachsame dunkle Augen, makellose Haut, der Körper eines Mannes, der zwanzig Jahre jünger war. Marshals Äußeres war wie seine Persönlichkeit: kein Fett, kein Abfall, solide Muskeln. Er hatte früher als Linebacker im Football-Team der Universität von Rochester gespielt. Seine kräftigen, muskulösen Bizepse und seine sommersprossigen Unterarme füllten die Ärmel seines Jacketts vollkommen aus – ein Felsblock! Und auch fachlich war er ein Felsblock: keine Umwege, kein Zweifel, immer zuversichtlich, immer des richtigen Weges gewiß. Einige andere ausbildende Analytiker hatten ebenfalls eine Aura der Sicherheit – eine Sicherheit, die ihnen orthodoxes Denken und Rechtgläubigkeit eingetragen hatten –, aber keiner war wie Marshal, keiner sprach mit solch wohlinformierter, flexibler Autorität. Marshals Sicherheit entsprang einer anderen Quelle, einer instinktiven Gewißheit des Körpers und des Geistes, der jeden Zweifel zerstreute, die ihn unausweichlich mit einem unmittelbaren und durchdringenden Bewußtsein für die größeren Fragen ausstattete. Seit ihrer ersten Begegnung vor zehn Jahren, als Ernest Marshals Vortrag über analytische Psychotherapie gehört hatte, hatte er Marshal als Vorbild betrachtet.

»Sie haben recht. Um Sie auf den neuesten Stand zu bringen, muß ich ein wenig in die Vergangenheit zurückkehren«, sagte Ernest. »Sie erinnern sich vielleicht daran, daß Justin mich von Anfang an ausdrücklich darum gebeten hat, ihm zu helfen, seine Frau zu verlassen. Sie fanden, daß ich mich übermäßig engagierte, daß Justins Scheidung mir zur Mission geriete, daß ich mir die Sache zu sehr zu eigen machte. Das war der Zeitpunkt, an dem Sie mich als ›therapeutisch unbeherrscht‹ bezeichneten, erinnern Sie sich?«

Natürlich erinnerte Marshal sich. Er nickte lächelnd.

»Nun, Sie hatten recht. Meine Bemühungen zielten in die falsche Richtung. Nichts von dem, was ich tat, um Justin dabei zu helfen, seine Frau zu verlassen, hat irgend etwas bewirkt. Wann auch immer er drauf und dran war, sie zu verlassen, wann auch immer seine Frau vorschlug, daß sie vielleicht über eine Trennung nachdenken sollten, geriet er in Panik. Ich war mehr als einmal kurz davor, ihn ins Krankenhaus einzuweisen.«

»Und seine Frau?« Marshal nahm ein unbeschriebenes Blatt Papier zur Hand und begann, sich Notizen zu machen. »Entschuldigung, Ernest, ich habe meine alten Notizen nicht griffbereit.«

»Was ist mit seiner Frau?« fragte Ernest.

»Haben Sie die beiden jemals als Paar getroffen? Wie war sie? Macht sie ebenfalls eine Therapie?«

»Ich habe sie nie kennengelernt! Weiß nicht mal, wie sie aussieht, aber ich sehe sie als Dämon. Sie wollte nicht mit mir reden, sagte, es handele sich um Justins Pathologie, nicht ihre. Eine Einzeltherapie wollte sie auch nicht machen – aus demselben Grund, vermute ich. Nein, da war noch etwas anderes... Ich erinnere mich daran, daß Justin mir erzählt hat, sie hasse Psychiater – hat in jüngeren Jahren zwei oder drei konsultiert, und jeder hat sie am Ende gebumst oder versucht, sie zu bumsen. Wie Sie wissen, habe ich mehrere mißbrauchte Patienten behandelt, und niemand empfindet angesichts solch gewissenlosen Verrats größeren Zorn als ich. Trotzdem, wenn es derselben Frau zwei- oder dreimal passiert ist... Ich weiß nicht – vielleicht sollten wir uns über *ihre* unbewußten Motivationen Gedanken machen.«

»Ernest«, sagte Marshal und schüttelte nachdrücklich den Kopf, »Sie werden das nur dies einzige Mal von mir hören: Hier haben wir den einzigen Fall, in dem unbewußte Motivationen irrelevant sind! Wenn es zu sexuellen Begegnungen zwischen Patient und Therapeut kommt, sollten wir die Dynamik vergessen und nur das Verhalten betrachten. Therapeuten, die sexuelle Beziehungen mit ihren Patienten aufnehmen, sind ohne Ausnahme verantwortungslos und zerstörerisch. Es gibt keine Entschuldigung für sie – sie sollten ihres Berufes enthoben werden! Vielleicht haben einige Patienten sexuelle Konflikte, vielleicht wollen sie Männer verführen – oder Frauen –, die eine Autoritätsposition bekleiden, vielleicht sind sie sexuell zwanghaft, aber deshalb machen sie schließlich eine Therapie. Und wenn der Therapeut das nicht begreift und damit nicht umgehen kann, dann sollte er sich einen anderen Beruf suchen. Ich habe Ihnen erzählt«, fuhr Marshal fort, »daß ich im Staatlichen Komitee für Medizinische Ethik sitze. Nun, ich bin gestern abend die Fälle für die monatliche Sitzung – nächste Woche in Sacramento – durchgegangen. Darüber wollte ich übrigens mit Ihnen reden. Ich möchte Sie für eine Amtsperiode im Komitee nominieren. Meine dreijährige Amtszeit läuft nächsten Monat ab, und ich glaube, Sie würden Ihre Sache außergewöhnlich gut machen. Ich erinnere mich noch an die Position, die Sie im Fall Seymour Trotter vor einigen Jahren eingenommen haben. Ihre Haltung hat Mut und Integrität gezeigt; alle anderen waren so eingeschüchtert von dem widerlichen alten Bastard, daß sie nicht gegen ihn aussagen wollten. Sie haben dem Berufsstand einen großen Dienst erwiesen. Aber was ich sagen wollte«, fuhr Marshal fort, »war, daß sexueller Mißbrauch zwischen Therapeut und Patient langsam epidemisch wird. In den Zeitungen wird fast täglich von einem neuen Skandal berichtet. Ein Freund hat mir einen Artikel aus dem *Boston Globe* zugeschickt, in dem über sechzehn Psychiater berichtet wird, die in den letzten Jahren wegen sexuellen Mißbrauchs angeklagt wurden, darunter einige wohlbekannte Gestalten: der ehemalige Vorsitzende von Tufts und einer der leitenden Ausbildungsanalytiker des Boston Institute. Und dann ist da natürlich noch der Fall Jules Masserman – der wie Trotter ein ehemaliger Präsident der American Psychiatric Association ist. Können Sie sich vorstellen, was er getan hat? Er hat Patienten Sodium-Pentothal verabreicht und dann Geschlechtsverkehr mit ihnen gehabt, während sie bewußtlos waren. Es ist unvorstellbar!«

»Ja, das war der Fall, der mich am meisten erschüttert hat«, sagte Ernest. »Während meines Praktikums haben meine Zimmergenossen mich oft damit aufgezogen, daß ich das ganze Jahr damit zubringen würde, meine Füße einzuweichen – ich hatte furchtbar eingewachsene Zehnägel – und Masserman zu lesen: Seine *Prinzipien dynamischer Psychiatrie* waren das beste Lehrbuch, das ich je gelesen habe!«

»Ich weiß, ich weiß«, sagte Marshal, »all die gefallenen Idole. Und es wird noch schlimmer! Ich verstehe nicht, was da los ist. Gestern abend habe ich die Anklagen gegen acht Therapeuten gelesen – schockierende, widerliche Sachen. Können Sie sich einen Therapeuten vorstellen, der bei jeder Sitzung, zweimal die Woche, mit seiner Patientin schläft – und ihr die Sitzung in Rechnung stellt –, und das *acht* Jahre lang? Oder ein Kinderpsychiater, der in einem Motel mit einer fünfzehnjährigen Patientin erwischt wird? Er war von oben bis unten mit Schokoladensirup eingerieben, und seine Patientin leckte ihn ab! Widerlich! Und dann war da noch ein voyeuristisches Vergehen – ein Therapeut, der Persönlichkeitsspaltungen behandelte und seine Patienten unter Hypnose dazu gebracht hat, primitivere Persönlichkeiten anzunehmen und vor ihm zu masturbieren. Verteidigt hat sich der Therapeut damit, daß er seine Patienten nie angerührt habe – und mit der Behauptung, es sei die richtige Behandlungsmethode gewesen, diesen Persönlichkeiten zuerst in einer sicheren Umgebung freien Ausdruck zu geben und sie dann allmählich im wirklichen Leben zu erproben und zu integrieren.«

»Und er hat sich einen Orgasmus nach dem anderen gegönnt, während er ihnen beim Masturbieren zusah«, fügte Ernest hinzu und warf einen Blick auf seine Armbanduhr.

»Sie sehen auf Ihre Uhr, Ernest. Können Sie das in Worte fassen?«

»Nun ja, die Zeit läuft. Ich wollte eigentlich auf das Material über Justin zu sprechen kommen.«

»Mit anderen Worten, diese Diskussion mag ja interessant sein, sie ist aber nicht der Grund, weshalb Sie hier sind. Sie möchten also nicht Ihre Supervisionszeit und Ihr Geld darauf verschwenden?«

Ernest zuckte die Achseln.

»So ungefähr?«

Ernest nickte.

»Warum sagen Sie das dann nicht? Es ist Ihre Zeit; Sie bezahlen dafür!«

»Richtig, Marshal, es ist die alte Geschichte: Man will gefallen. Ich habe immer noch zuviel Ehrfurcht vor Ihnen.«

»Etwas weniger Ehrfurcht und etwas mehr Direktheit würde dieser Supervision guttun.«

Wie ein Felsbrocken, dachte Ernest. Ein Berg. Diese kleinen Wortwechsel, die für gewöhnlich gar nichts mit der offiziellen Aufgabe, Patienten zu besprechen, zu tun hatten, waren häufig die wertvollsten Lehren, die er von Marshal erhielt. Ernest hoffte, daß er früher oder später Marshals geistige Härte verinnerlichen würde. Er hatte sich auch Marshals drakonische Einstellung bezüglich sexueller Beziehungen zwischen Patient und Therapeut gemerkt; ursprünglich wollte er über sein Dilemma mit Nan Carlin bei seiner Lesung in der Buchhandlung sprechen. Jetzt war er sich dessen nicht mehr so sicher.

Ernest wandte sich wieder Justin zu. »Nun, je mehr ich mit Justin gearbeitet habe, um so stärker wurde meine Überzeugung, daß jeder in der Stunde erzielte Fortschritt zu Hause angesichts seiner Beziehung zu seiner Frau Carol – ein absoluter Drachen – sofort zunichte gemacht wurde.«

»Ja, jetzt kommt es mir langsam wieder. War das nicht die Halbverrückte, die sich aus dem Auto geworfen hat, um ihn davon abzuhalten, Bagels und Lachs zu kaufen?«

Ernest nickte. »Carol, wie sie leibt und lebt! Das gemeinste, härteste Weib, das mir je, wenn auch nur indirekt, begegnet ist, und ich hoffe, daß ich sie nie von Angesicht zu Angesicht kennenlernen werde. Was Justin betrifft, zwei oder drei Jahre lang habe ich gute traditionelle Arbeit mit ihm gemacht: eine gute therapeutische Allianz, klare Deutungen seiner Dynamik, die richtige professionelle Distanz. Trotzdem bekam ich den Burschen nicht von der Stelle. Ich versuchte alles, schnitt all die richtigen Fragen an: Warum hatte er Carol geheiratet? Was brachte es ihm, in dieser Beziehung zu bleiben? Warum hatte er Kinder gewollt? Aber nichts von dem, worüber wir sprachen, wurde je in Verhalten umgesetzt.

Mir wurde klar, daß unsere üblichen Vermutungen – daß ein ausreichendes Angebot an Deutungen bei einem Minimum an Einsicht zu guter Letzt zu äußerer Veränderung führen – nicht die Antwort waren. Ich habe jahrelang gedeutet, aber Justin litt, wie es mir schien, unter einer totalen Lähmung des Willens. Sie erinnern sich vielleicht daran, daß ich mich in Folge meiner Arbeit mit Justin voller Faszination mit dem Begriff des Willens befaßt habe und alles zu lesen begann, was ich darüber finden konnte: William James, Rollo May, Hannah Arendt, Allen Wheelis, Leslie Farber, Silvano Arieti. Es ist jetzt wohl ungefähr zwei Jahre her, daß ich einen Vortrag über die Lähmung des Willens gehalten habe.«

»Ja, ich erinnere mich an diesen Vortrag – Sie haben Ihre Sache gut gemacht, Ernest. Ich denke nach wie vor, daß Sie das veröffentlichen sollten.«

»Vielen Dank. Ich habe, was die Vollendung dieses Aufsatzes betrifft, selbst eine kleine Willenslähmung. Im Augenblick hab ich ihn hinter zwei anderen Projekten zurückgestellt. Sie erinnern sich vielleicht, daß ich in der großen Runde zu dem Schluß gekommen bin, daß Therapeuten, wenn die Einsicht den Willen nicht befeuert, eine andere Möglichkeit finden müssen, um ihn zu mobilisieren. Ich habe es mit Ermahnung versucht: Auf die eine oder andere Weise begann ich, ihm ins Ohr zu flüstern: ›Sie müssen es versuchen.‹ Weiß Gott, ich habe Alan Wheelis Bemerkung, daß einige Patienten ihren Hintern von der Couch schwingen und sich an die Arbeit machen müssen, wirklich und wahrhaftig verstanden.

Ich habe es mit visioneller Imagination versucht«, fuhr Ernest fort, »und Justin gedrängt, sich in die Zukunft zu projizieren – sich in zehn, zwanzig Jahren zu sehen – und sich vorzustellen, sich seine Reue und sein Bedauern darüber vorzustellen, was er mit seinem Leben angefangen hatte. Es hat nichts genutzt.

Schließlich war ich wie ein Sekundant, habe Ratschläge gegeben, ihn trainiert, ihm geholfen, Erklärungen einzustudieren, die ihn aus seiner Ehe befreien sollten. Aber ich habe ein Leichtgewicht trainiert, und seine Frau war ein Schwergewicht der Zerstörerklasse. Nichts hat funktioniert. Ich schätze, der letzte Strohhalm war das Ding mit der Wanderung. Habe ich Ihnen davon mal erzählt?«

»Sprechen Sie weiter; ich unterbreche Sie, wenn nötig.«

»Nun, vor etwa vier Jahren fand Justin, daß es eine tolle Sache wäre, wenn die Familie eine Bergwanderung machen würde – er hat Zwillinge, einen Jungen und ein Mädchen, die jetzt acht oder neun Jahre alt sind. Ich habe ihn dazu ermutigt. Ich war froh über alles, das nach Eigeninitiative roch. Er hatte immer Schuldgefühle, weil er nicht genug Zeit mit seinen Kindern verbrachte. Ich habe ihm nahegelegt, über eine Möglichkeit nachzudenken, wie er das ändern könne, und er fand, eine Wanderung könne eine Übung in guter Vaterschaft sein. Ich war begeistert und habe ihm das auch gesagt. Aber Carol war nicht begeistert! Sie weigerte sich, mitzugehen – ohne einen bestimmten Grund, aus reiner Perversität –, und sie untersagte den Kindern, mit Justin zu gehen. Sie wollte nicht, daß sie im Wald schlafen – sie hat krankhafte Angst vor allem, was Sie sich nur denken können. Insekten, Schlangen, Skorpione. Außerdem hat sie Probleme, allein zu Hause zu sein, was merkwürdig ist, da es ihr nicht weiter schwerfällt, allein auf Geschäftsreise zu gehen – sie ist Anwältin, ein harter Brocken als Gegner vor Gericht. Und Justin hält es auch nicht allein zu Hause aus. Eine folie à deux.

Auf mein vehementes Drängen hin hat Justin natürlich darauf bestanden, daß er zelten gehen würde, und zwar mit oder ohne ihre Erlaubnis. Diesmal ist er keinen Millimeter zurückgewichen! *Ganz recht, mein Junge, so ist's recht,* flüsterte ich. *Jetzt kommen wir weiter.* Sie hat einen Mordskrach geschlagen, sie hat geschmeichelt, sie hat gefeilscht, sie hat versprochen, daß sie, wenn sie in diesem Jahr alle nach Yosemite führen und im Ahwanee-Hotel abstiegen, nächstes Jahr mit ihnen zelten gehen würde. ›*Gehen Sie keinen faulen Handel ein*‹, habe ich ihn instruiert, ›*lassen Sie sich nicht erweichen.*‹

»Und was ist passiert?«

»Justin hat sich durchgesetzt. Sie hat klein beigegeben und ihre Schwester zu sich nach Hause eingeladen, während Justin und die Kinder zelten gehen wollten. Aber dann ... wurde es unheimlich ... merkwürdige Dinge geschahen. Justin machte sich, geblendet von seinem Triumph, Sorgen, daß seine Kondition für ein solches Unternehmen nicht ausreichen würde. Zuerst wäre es notwendig, abzunehmen – er setzte sich zwanzig Pfund als Ziel – und dann seinen Rücken zu stärken. Also begann er zu trainieren, hauptsächlich indem er die vierzig Stockwerke zu seinem Büro zu Fuß bewältigte. Einmal endete das Treppensteigen mit akuter Atemnot, daraufhin ließ er sich bei seinem Arzt gründlich durchchecken.«

»Die Untersuchung fiel natürlich negativ aus«, sagte Marshal. »Ich erinnere mich nicht an diese Geschichte, aber ich denke, den Rest kann ich mir vorstellen. Ihr Patient machte sich schließlich krankhafte Sorgen wegen des Campingausflugs, konnte nicht abnehmen und entwickelte die feste Überzeugung, daß sein Rücken der Sache nicht gewachsen sei und er sich nicht um seine Kinder würde kümmern können. Zu guter Letzt bekam er dann ausgewachsene Panikattacken und vergaß seine Wanderung. Die Familie fuhr ins Ahwanee-Hotel, und alle fragten sich, wie sein idiotischer Psychiater nur jemals auf einen so hirnrissigen Plan hatte verfallen können.«

»Ins Disneyland-Hotel.«

»Ernest, das ist eine sehr, sehr alte Geschichte. Und ein sehr, sehr alter Irrtum! Sie können sich darauf verlassen, daß dieses Szenario eintritt, wann immer der Therapeut die Symptome des Familiensystems mit den Symptomen des Individuums verwechselt. Also, das war der Zeitpunkt, an dem Sie aufgaben?«

Ernest nickte. »Damals habe ich dann auf Stabilisierung umgeschaltet. Ich bin davon ausgegangen, daß er für ewig in seiner Therapie, seiner Ehe, seinem Leben festsitzen würde. Damals habe ich auch aufgehört, in unserer Supervision über ihn zu sprechen.«

»Aber jetzt ist eine bedeutende, neue Entwicklung eingetreten?«

»Ja. Gestern kam er zu mir und erzählte mir beinahe lässig, daß er Carol verlassen habe und zu einer viel jüngeren Frau gezogen sei – einer Frau, die er bisher mir gegenüber kaum erwähnt hatte. Dreimal die Woche kommt er zu mir, und er *vergißt*, über sie zu reden.«

»Oh – ho, das ist interessant! Und?«

»Nun, es war eine schlechte Stunde. Den größten Teil der Sitzung über fühlte ich mich auf diffuse Weise verärgert.«

»Gehen Sie die Stunde schnell mit mir durch, Ernest.«

Ernest erstattete ausführlich Bericht über die Ereignisse der Sitzung, und Marshal steuerte direkt auf die Gegenübertragung zu – die emotionale Reaktion des Therapeuten auf den Patienten.

»Ernest, konzentrieren wir uns zuerst auf Ihren Ärger über Justin. Versuchen Sie, die Stunde noch einmal zu durchleben. Als Ihr Patient Ihnen sagt, er habe seine Frau verlassen, was wird da bei Ihnen in Gang gesetzt? Sie können einfach eine

Minute lang frei assoziieren. Versuchen Sie nicht, vernünftig zu sein, bleiben Sie locker!«

Ernest stürzte sich hinein. »Nun, es war, als bagatellisiere er unsere Jahre guter Zusammenarbeit, als verhöhne er sie sogar. Ich habe mit diesem Burschen jahrelang wie irre gearbeitet – ich habe mir den Arsch aufgerissen. Jahrelang hing er wie ein Albatros um meinen Hals... Das ist jetzt ins unreine gesprochen, Marshal.«

»Fahren Sie fort. Es *sollte* auch ins unreine gesprochen sein.«

Ernest forschte in seinen Gefühlen. Davon gab es viele, aber welche wagte er mit Marshal zu teilen? Er war nicht bei Marshal in Therapie. Und er wollte Marshals Respekt als Kollegen – und seine Empfehlungen und seine Bürgschaft für das analytische Institut. Aber er wollte auch, daß die Supervision Supervision war.

»Nun, ich war stocksauer – stocksauer, weil er mir die achtzigtausend Dollar vorgehalten hat, stocksauer, daß er sich einfach aus dieser Ehe davonmachte, ohne es mit mir zu diskutieren. Er wußte, wieviel ich in seine Versuche, sie zu verlassen, investiert hatte. Nicht einmal ein Anruf bei mir! Und, das möchte ich noch sagen, dieser Bursche hat mich wegen unglaublich trivialer Dinge angerufen. Außerdem hatte er die andere Frau vor mir versteckt, und das hat mich ebenfalls sauer gemacht. Außerdem war ich sauer darüber, daß sie, daß irgendeine Frau, einfach mit dem Finger zu winken oder mit ihrer kleinen Möse zu zucken brauchte, und schon war er in der Lage, zu tun, wozu ich ihn über vier Jahre hinweg nicht bringen konnte.«

»Und die Tatsache, daß er seine Frau nun wirklich verlassen hat – wie sieht es mit Ihren Gefühlen diesbezüglich aus?«

»Nun, er hat es getan! Und das ist gut. Ganz gleich, *wie* er es getan hat, es ist gut. Aber er hat es nicht auf die richtige Art und Weise getan. Warum, zum Teufel, konnte er es nicht richtig machen? Marshal, das ist verrückt – primitives Zeug. Ich fühle mich wirklich unwohl dabei, das in Worte zu fassen.«

Marshal beugte sich vor und legte Ernest eine Hand auf den Arm, eine sehr uncharakteristische Geste bei ihm. »Vertrauen Sie mir, Ernest. Es ist nicht leicht. Sie machen es großartig, versuchen Sie, so weiterzumachen.«

Ernest fühlte sich ermutigt. Er fand es interessant, dieses seltsame Paradoxon von Therapie und Supervision zu erfahren: Je illegaler, schändlicher, dunkler, häßlicher die Sachen waren, die man enthüllte, um so mehr wurde man belohnt! Aber seine Assoziationen kamen jetzt nur noch stockend: »Mal sehen, ich muß jetzt tiefer graben. Ich fand es schrecklich, daß Justin sich an seinem Schwengel hatte rumführen lassen. Ich hatte Besseres für ihn erhofft, erhofft, er könne diesen Drachen auf die richtige Art und Weise verlassen. Diese Frau, seine Frau, Carol ... die geht mir unter die Haut.«

»Versuchen Sie, frei zu assoziieren, was sie betrifft, nur ein, zwei Minuten lang«, forderte Marshal ihn auf. Sein beruhigendes »nur für ein oder zwei Minuten« war eins von Marshals wenigen Zugeständnissen an die Tatsache, daß es sich um eine Supervision und nicht um eine Therapie handelte. Ein klares und knappes zeitliches Limit setzte der Selbstenthüllung Grenzen und gab Ernest insgesamt größere Sicherheit.

»Carol? ... mieses Stück ... Gorgonenhaupt ... eine egoistische, halb wahnsinnige, boshafte Frau ... scharfe Zähne ... Augenschlitze ... das personifizierte Böse ... die abscheulichste Frau, die ich je kennengelernt habe ...«

»Sie haben sie also doch kennengelernt?«

»Ich meine, die abscheulichste Frau, die ich *nie* kennengelernt habe. Ich kenne sie nur über Justin. Aber nach mehreren hundert Stunden kenne ich sie ziemlich gut.«

»Was meinten Sie, als Sie sagten, er hätte es nicht auf die *richtige* Art getan. Was ist die richtige Art?«

Ernest wand sich. Er sah aus dem Fenster und mied Marshals Blick.

»Nun, ich kann Ihnen sagen, welches die *falsche* Art ist: Die falsche Art ist es, von dem Bett einer Frau in das Bett der nächsten zu wechseln. Mal sehen... Wenn ich einen Wunsch für Justin gehabt hätte, welcher wäre das gewesen? Daß er einmal, nur ein einziges Mal ein *Mensch* gewesen wäre! Und daß er Carol wie ein *Mensch* verlassen hätte! Daß er zu dem Schluß kam, daß dies die falsche Entscheidung war, die falsche Art, das eine Leben zu verbringen, das den Menschen gegeben ist, daß er einfach ausgezogen wäre – sich seiner eigenen Isolation gestellt hätte, mit sich ins reine gekommen wäre, mit der Frage, wer er ist, als Person, als erwachsener Mensch, als ein eigenständiges menschliches Wesen. Was er getan hat, ist jämmerlich: Er hat seine Verantwortung abgestreift, sich in eine Trance fallenlassen und schwelgt in seiner Verliebtheit in ein hübsches, junges Gesicht – ›ein Engel – im Himmel eigens für mich gemacht‹, hat er es ausgedrückt. Selbst wenn es für eine Weile funktioniert, wird es ihm nichts bringen, wird er nicht die kleinste, gottverdammte Lehre daraus ziehen!

Nun, das war's, Marshal! Nicht besonders hübsch! Und ich bin nicht stolz darauf! Aber wenn Sie ein primitives Gefühl wollen, da haben Sie es. Jede Menge davon – und es liegt offen zutage. Das meiste kann ich selbst durchschauen!« Ernest seufzte, lehnte sich erschöpft zurück und wartete auf Marshals Antwort.

»Wie Sie wissen, hat jemand mal gesagt, daß das Ziel der Therapie darin besteht, zum eigenen Vater und zur eigenen Mutter zu werden. Ich denke, wir können etwas Analoges über die Supervision sagen. Das Ziel ist, Ihr eigener Supervisor zu werden. Sooo... werfen wir mal einen Blick auf das, was Sie in sich selbst sehen.«

Bevor er einen Blick auf sein Inneres warf, warf Ernest

einen Blick auf Marshal und dachte: *»Meine eigene Mutter und mein eigener Vater sein, mein eigener Supervisor sein* – Gott sei's geklagt, der Mann ist gut.«

»Nun, das Offensichtlichste ist die Tiefe meiner Gefühle. Mein Interesse an der Sache ist übertrieben, soviel steht fest. Und dieses verrückte Gefühl des Zorns, des Eigentumsrechtes – des *wie kann er es wagen*, diese Entscheidung zu treffen, ohne sich zuvor mit mir zu beraten.«

»Richtig!« Marshal nickte nachdrücklich. »Jetzt stellen Sie neben diesen Zorn Ihr Ziel, seine Abhängigkeit von Ihnen und auch seine Stundenzahl zu verringern.«

»Ich weiß, ich weiß. Der Widerspruch ist eklatant. Ich will, daß er seine Bindung an mich durchbricht, trotzdem werde ich wütend, wenn er unabhängig von mir handelt. Es ist ein gesundes Zeichen, wenn er auf seine Privatsphäre beharrt, selbst wenn er diese Frau dazu vor mir versteckt.«

»Nicht nur ein gesundes Zeichen«, sagte Marshal, »sondern ein Zeichen dafür, daß Sie eine gute Therapie gemacht haben. Eine verdammt gute Therapie! Wenn Sie mit einem abhängigen Patienten arbeiten, ist Ihr Lohn Rebellion, nicht Dankbarkeit. Freuen Sie sich darüber.«

Ernest war gerührt. Er saß schweigend da und hielt die Tränen zurück, während er voller Dankbarkeit verdaute, was Marshal ihm gegeben hatte, war nicht daran gewöhnt, von anderen Stärkung zu erfahren.

»Was sehen Sie«, fuhr Marshal fort, »in Ihren Bemerkungen über die richtige Art und Weise, wie Justin seine Frau hätte verlassen sollen?«

»Meine Arroganz! Es gibt nur einen Weg: *meinen!* Aber das Gefühl ist sehr stark – ich spüre es selbst jetzt noch. Ich bin enttäuscht von Justin. Ich habe mir etwas Besseres für ihn gewünscht. Ich weiß, ich klinge wie ein anspruchsvoller Vater!«

»Sie nehmen eine starke Position ein, so extrem, daß Sie

selbst nicht daran glauben. Warum so stark, Ernest? Woher kommt die Triebkraft? Was ist mit den Ansprüchen, die Sie an sich selbst stellen?«

»Aber er ist wirklich von einer Abhängigkeit in die andere gegangen, von der Ehefrau – Teufel-Mutter – zur Engel-Mutter. Und die Schwärmerei und die Verliebtheit, diese ›Engel-aus-dem-Himmel‹-Geschichte – er geht auf Wolken ... alles nur, um sich nicht seiner eigenen Isolation zu stellen. Und es ist diese Angst vor Isolation, die ihn all die Jahre in dieser tödlichen Ehe festgehalten hat. Ich muß ihm helfen, das zu begreifen.«

»Aber so stark, Ernest? So fordernd? Theoretisch, denke ich, haben Sie recht, aber welcher eine Scheidung anstrebende Patient könnte diesem Standard jemals gerecht werden? Sie verlangen den existentiellen Helden. Wunderbar für Romane, aber, wenn ich so auf die Jahre meiner Praxis zurückblicke, erinnere ich mich nicht an einen einzigen Patienten, der seinen Gatten oder seine Gattin auf diese noble Art und Weise verlassen hätte. Also, lassen Sie mich noch einmal fragen: Woher kommt all dieses Triebkraft? Wie sieht es mit ähnlichen Themen in Ihrem eigenen Leben aus? Ich weiß, daß Ihre Frau vor einigen Jahren bei einem Autounfall ums Leben kam. Aber sonst weiß ich nicht viel über Ihr Leben mit Frauen. Haben Sie wieder geheiratet? Haben Sie eine Scheidung hinter sich?«

Ernest schüttelte den Kopf, und Marshal fuhr fort: »Lassen Sie es mich wissen, wenn ich zu tief in Sie eindringe, wenn wir die Grenze zwischen Therapie und Supervision überschreiten.«

»Nein, Sie sind auf der richtigen Spur. Ich habe nie wieder geheiratet. Meine Frau Ruth ist seit sechs Jahren tot. Aber die Wahrheit ist, daß unsere Ehe schon lange davor zu Ende war. Wir haben getrennt, aber im selben Haus gelebt, sind nur der Bequemlichkeit halber zusammengeblieben. Ich hatte große Probleme, Ruth zu verlassen, obwohl ich schon sehr früh wußte – wir wußten es beide –, daß wir nicht zueinander paßten.«

»Sooo«, behaarte Marshal, »gehen wir noch mal zurück zu Justin und Ihrer Gegenübertragung...«

»Da habe ich offensichtlich einiges an Arbeit vor mir, und ich muß aufhören, Justin zu bitten, diese Arbeit für mich zu tun.« Ernest blickte zu der kunstvollen, vergoldeten Louis-XIV-Uhr auf Marshals Kaminsims, nur um abermals daran erinnert zu werden, daß sie ausschließlich dekorativen Zwecken diente. Er warf einen Blick auf seine Armbanduhr: »Noch fünf Minuten – ich möchte auf eine andere Sache zu sprechen kommen.«

»Sie haben eine Lesung erwähnt und eine Begegnung mit einer ehemaligen Patientin.«

»Nun, zuerst etwas anderes. Die ganze Angelegenheit, ob ich Justin gegenüber meinen Ärger hätte zugeben sollen, als er mich darauf ansprach. Als er mich beschuldigte, ihn von seiner Wolke der Verliebtheit herunterholen zu wollen, hatte er absolut recht – er hat die Wirklichkeit korrekt gedeutet. Ich glaube, daß ich, indem *ich seine zutreffenden Wahrnehmungen nicht bestätigt habe*, Antitherapie gemacht habe.«

Marshal schüttelte streng den Kopf. »Denken Sie darüber nach, Ernest: Was hätten Sie denn sagen sollen?«

»Nun, eine Möglichkeit wäre es gewesen, Justin einfach die Wahrheit zu sagen – mehr oder weniger das, was ich Ihnen heute gesagt habe.« So hätte Seymour Trotter sich verhalten. Aber das erwähnte Ernest natürlich nicht.

»Wie? Was meinen Sie damit?«

»Daß ich unwissentlich besitzergreifend geworden sei; daß ich ihn möglicherweise verwirrt habe, indem ich ihn entmutigt habe, sich von der Therapie unabhängig zu machen; und auch daß ich vielleicht zugelassen hätte, daß einige meiner persönlichen Themen meine Sicht getrübt hätten.«

Marshal hatte zur Decke aufgeblickt und sah plötzlich Ernest an, weil er erwartete, ein Lächeln auf dessen Gesicht vorzufinden. Aber es gab kein Lächeln.

»Meinen Sie das im Ernst, Ernest?«

»Warum nicht?«

»Sehen Sie denn nicht, daß Sie sich da viel zu sehr engagieren? Wer hat denn je gesagt, der Sinn der Therapie bestehe darin, in jeder Hinsicht aufrichtig zu sein? *Der Sinn der Therapie, ihr einziger Sinn, besteht darin, immer im Interesse des Patienten zu handeln.* Wenn Therapeuten strukturelle Leitlinien verwerfen und statt dessen beschließen, ihre eigene Sache zu machen, und dabei wohl oder übel zu improvisieren, die ganze Zeit aufrichtig zu sein, nun, stellen Sie sich das doch nur vor – die Therapie würde zum Chaos werden. Stellen Sie sich einen General vor, der am Vorabend der Schlacht mit langem Gesicht zwischen seinen Soldaten herumläuft. Stellen Sie sich vor, einer schwer zerrütteten Patientin zu sagen, daß ihr, ganz gleich, wie sehr sie sich bemüht, noch weitere zwanzig Jahre Therapie bevorstehen, weitere fünfzehn Einweisungen, ein weiteres Dutzend aufgeschnittener Handgelenke oder Überdosen. Stellen Sie sich vor, Sie würden Ihrem Patienten sagen, Sie seien müde, Sie hätten Blähungen oder Hunger, keine Lust mehr zuzuhören oder könnten es einfach kaum mehr erwarten, endlich aufs Basketballfeld hinauszukommen. Dreimal die Woche spiele ich mittags Basketball, und die letzten ein, zwei Stunden vorher überfallen mich Phantasien von Sprungwürfen und Dribbelkunststückchen. Soll ich meinen Patienten diese Dinge erzählen?«

»Natürlich nicht!« beantwortete Marshal seine eigene Frage. »Ich behalte diese Phantasien für mich. Und wenn sie mir in die Quere kommen, dann analysiere ich meine eigene Gegenübertragung, oder ich mache genau das, was Sie jetzt machen – und sehr gut machen, möchte ich hinzufügen: Ich arbeite mit einem Supervisor.«

Marshal sah auf seine Armbanduhr. »Entschuldigen Sie, daß ich so lange geredet habe. Die Zeit wird knapp, und das ist zum Teil meine Schuld, weil ich über das Ethik-Komitee gesprochen habe. Nächste Woche will ich Ihnen Einzelheiten über Ihre Tätigkeit im Komitee erzählen. Aber jetzt, Ernest, nehmen Sie sich doch bitte zwei Minuten Zeit, um über die Begegnung mit Ihrer ehemaligen Patientin zu reden. Ich weiß, das stand für heute auf Ihrem Plan.«

Ernest machte sich daran, seine Notizen in seine Aktentasche zu packen. »Oh, es war nichts Dramatisches, aber die Situation war interessant – die Art von Geschichte, die bei einer Studiengruppe im Institut eine gute Diskussionsgrundlage liefern könnte. Zu Beginn des Abends machte mir eine sehr attraktive Frau deutliche Avancen, und ein oder zwei Augenblicke lang bin ich darauf eingegangen und habe den Flirt erwidert. Dann erzählte sie mir, daß sie in einer Gruppe vor ungefähr zehn Jahren, in meinem ersten Praktikumsjahr, kurz, ganz kurz, meine Patientin gewesen sei und daß die Therapie erfolgreich gewesen sei.

»Und?« fragte Marshal.

»Dann lud sie mich ein, mich später auf einen Kaffee im Buchhandlungscafé zu treffen.«

»Und was haben Sie getan?«

»Ich habe mich natürlich entschuldigt. Ich habe gesagt, ich hätte schon eine Verabredung für den Abend.«

»Hm ... ja, ich sehe, was Sie meinen. Das *ist* eine interessante Situation. Einige Therapeuten, ja sogar Analytiker, hätten sich kurz auf einen Kaffee mit ihr zusammengesetzt. Einige würden vielleicht sagen, daß Sie, da Sie sie nur in einer Kurztherapie und in einer Gruppe betreut haben, zu streng gewesen seien. Aber«, Marshal erhob sich, um das Ende der Stunde anzudeuten, »ich stimme mit Ihnen überein, Ernest. Sie haben sich richtig verhalten. Ich hätte genau dasselbe getan.«

5

Da ihm bis zu seinem nächsten Patiententermin noch fünfundvierzig Minuten Zeit blieben, machte Ernest einen langen Spaziergang die Fillmore hinunter in Richtung Japantown. Die Supervisionssitzung hatte ihn in vieler Hinsicht aus dem Gleichgewicht gebracht, vor allem Marshals Einladung – oder eher seine Verfügung –, dem Staatlichen Komitee für Medizinische Ethik beizutreten.

Marshal hatte ihm quasi befohlen, der Polizeitruppe des Berufsstands beizutreten. Und wenn er Analytiker werden wollte, durfte er es sich mit Marshal nicht verderben. Aber warum drängte Marshal so sehr darauf? Er mußte doch wissen, daß diese Rolle nichts für ihn war. Je mehr er darüber nachdachte, desto nervöser wurde er. Das war kein unschuldiger Vorschlag. Gewiß übermittelte Marshal ihm eine Art hämischer, verschlüsselter Botschaft. Vielleicht: »Jetzt sehen Sie mal selbst, wie ein unbeherrschter Psychiater endet.«

Immer mit der Ruhe, bausch es nicht zu sehr auf, sagte Ernest sich. Vielleicht waren Marshals Motive durch und durch positiv – wahrscheinlich war die Mitwirkung bei diesem Komitee förderlich für die Aufnahme eines Kandidaten ins Analytische Institut. Dennoch gefiel Ernest der Gedanke nicht. Seinem Wesen entsprach es, jemanden nach menschlichen Begriffen zu verstehen, nicht ihn zu verdammen. Er hatte bisher nur ein einziges Mal als Polizist fungiert – im Falle Seymour Trotter –, und obwohl sein Verhalten damals nach außen hin untadelig gewesen war, hatte er beschlossen, nie wieder über einen anderen zu Gericht zu sitzen.

Ernest warf einen Blick auf seine Armbanduhr: Nur noch achtzehn Minuten bis zum ersten seiner vier Nachmittagstermine. Er kaufte in einem Lebensmittelladen auf der Divisadero zwei knackige Fuji-Äpfel und aß sie auf dem Rückweg zu seiner Praxis. Mittags nur Apfel oder Möhren als Imbiß, das war seine jüngste einer langen Reihe von Strategien zur Gewichtsabnahme, die allesamt ausgesprochen erfolglos geblieben waren. Am Abend war Ernest so ausgehungert, daß er zum Dinner das Mehrfache dessen verschlang, was er normalerweise zu Mittag gegessen hätte.

Die einfache Wahrheit: Ernest war ein Vielfraß. Er konsumierte bei weitem zuviel an Eßbarem und würde niemals abnehmen, indem er nur die Nahrungsaufnahme zwischen den Tagesmahlzeiten anders verteilte. Nach Marshals Theorie (die Ernest insgeheim für analytischen Bockmist hielt) bemutterte er seine Patienten in der Therapie zu sehr, ließ sich so aussaugen, daß er sich nachher überfraß, nur um seine Leere zu füllen. In der Supervision hatte Marshal ihn wiederholt gedrängt, weniger zu geben und weniger zu sagen und sich auf höchstens drei oder vier Deutungen je Stunde zu beschränken.

Nach einem verstohlenen Blick in die Runde – ein schrecklicher Gedanke, daß ein Patient ihn essen sähe –, dachte er weiter über die Supervisionsstunde nach. »Der General, der am Vorabend der Schlacht mit langem Gesicht und händeringend zwischen seinen Soldaten herumläuft!« Klang gut. Alles, was Marshal mit seinem zuversichtlichen Bostoner Akzent sagte, klang gut.

Aber was hatte er in Wirklichkeit gesagt? Daß Ernest sich verbergen solle, daß er mit allen Zweifeln oder Unsicherheiten hinterm Berg halten solle. Und was das Händeringen des Generals betraf – was für eine Analogie war das denn? Was, zum Teufel, hatte das Schlachtfeld mit ihm und Justin zu tun? War da ein Krieg im Gange? War er General? Justin Soldat? Nichts als Wortgeklingel!

Das waren gefährliche Gedanken. Noch nie zuvor hatte Ernest sich gestattet, Marshal so kritisch zu sehen. Er erreichte seine Praxis und nahm sich zur Vorbereitung auf seinen nächsten Patienten kurz dessen Notizen vor. Ketzerische Gedanken bezüglich Marshal würden warten müssen. Eine von Ernests wichtigsten Therapieregeln war die, jedem Patienten seine volle Aufmerksamkeit zu schenken.

Diese Regel zitierte er häufig, wenn Patienten sich darüber beklagten, daß sie viel mehr an ihn dächten, als er an sie, daß er nur ein Freund war, den man für eine Stunde mietete. Im allgemeinen antwortete er dann, daß er während der Therapiestunde tatsächlich ganz und absolut bei ihnen sei. Ja, natürlich dachten sie mehr an ihn als er an sie. Wie hätte es auch anders sein können? Er hatte viele Patienten, sie hatten nur einen Therapeuten. War es für den Lehrer mit vielen Schülern etwas anderes oder für die Eltern mit vielen Kindern? Häufig fühlte Ernest sich versucht, Patienten von einer persönlichen Erfahrung zu erzählen: daß er nämlich, als er eine Therapie gemacht hatte, dieselben Gefühle für *seinen* Therapeuten gehegt habe, aber das war genau die Art von Enthüllung, die ihm bei Marshal die schwerste Kritik eintrug.

»Um Himmels willen, Ernest«, sagte er bei solchen Gelegenheiten. »Sparen Sie sich etwas für Ihre Freunde auf. Ihre Patienten sind berufliche Klienten, *nicht* Ihre Freunde.« Aber in jüngster Zeit begann Ernest, die Diskrepanz zwischen der beruflichen und der persönlichen Gestalt eines Menschen ernsthafter zu hinterfragen.

Ist es so abwegig, daß Therapeuten bei allen Begegnungen mit ihren Patienten ehrlich sind, authentisch sind? Ernest dachte an eine Bandaufnahme, die er kürzlich gehört hatte; der Dalai-Lama sprach zu einem Publikum buddhistischer Lehrer. Jemand aus dem Publikum hatte ihn gefragt, wie man als Lehrer damit umgehen solle, wenn man durch seine Tätigkeit wie ausgelaugt sei, und ob es ratsam sei, durch geregelte dienstfreie Zeiten Abhilfe zu schaffen. Der Dalai-Lama hatte gekichert und gesagt: »Der Buddha *dienstfrei*? Jesus Christus *dienstfrei*?«

Noch am selben Abend sprach Ernest mit seinem alten Freund Paul über diese Gedanken. Paul und Ernest kannten einander seit der sechsten Klasse, und ihre Freundschaft hatte sich im Laufe ihres Medizinstudiums und ihrer Zeit als Assistenzärzte am Johns Hopkins gefestigt, während derer sie zusammen ein kleines Haus am Mount Vernon Place in Baltimore bewohnt hatten.

In den letzten Jahren hatte ihre Freundschaft größtenteils vom Telefon gelebt, da der einsiedlerisch veranlagte Paul auf einem acht Hektar großen, bewaldeten Grundstück in den Ausläufern der Sierra hauste, drei Autostunden von San Francisco entfernt. Sie trafen sich einen Abend im Monat, manchmal auf halbem Wege, sonst abwechselnd an ihren Wohnorten. In diesem Monat war Paul an der Reihe, nach San Francisco zu kommen, und sie trafen sich zu einem frühen Abendessen. Paul blieb grundsätzlich nicht mehr über Nacht; er war immer schon ein Misanthrop gewesen, mit fortschreitendem Alter hatte sich das verstärkt, und in jüngster Zeit hatte er eine starke Abneigung dagegen entwickelt, irgendwo anders als in seinem eigenen Bett zu schlafen. Ernests Deutungen, die auf homosexuelle Panik abzielten, oder seine Seitenhiebe, warum er nicht seine geliebte Schmusedecke und seine Matratze in den Wagen packe, ließen Paul kalt.

Daß Paul es mehr und mehr zufrieden war, nur noch innere Reisen zu machen, war für Ernest, der seinen Reisegefährten früherer Jahre vermißte, ein steter Quell des Ärgers. Obwohl Paul ungemein viel von Psychotherapie verstand – er hatte einmal ein Jahr als Kandidat im Jungianischen Institut in Zürich verbracht –, schränkte seine Vorliebe fürs ländliche Leben seinen Zustrom an langfristigen Psychotherapiepatienten ein.

Er verdiente sich seinen Lebensunterhalt in erster Linie als Psychopharmakologe in einer ländlichen psychiatrischen Praxis. Aber seine wahre Leidenschaft war die Bildhauerei. Mit

Metall und Glas verlieh er seinen tiefsten psychischen und existentiellen Sorgen materielle Gestalt. Ernests Lieblingsstück war eines, das Paul ihm gewidmet hatte: eine massive, irdene Schale mit einer kleinen Messingfigur darin, die einen großen Felsbrocken umfangen hielt und gleichzeitig fragend über den Rand spähte. Paul nannte die Arbeit: Sisyphus genießt die Aussicht.

Sie aßen im Grazie, einem kleinen Restaurant in North Beach. Ernest ging direkt von der Sprechstunde aus hin, ganz manierlich gekleidet, in hellgrauem Anzug mit schwarzgrün karierter Weste. Pauls Aufmachung – Cowboystiefel, kariertes Westernhemd und eine schmale Schleife, die von einem großen Türkis zusammengehalten wurde – biß sich mit seinem spitz zulaufenden Professorenbärtchen und seiner dickglasigen Nickelbrille. Er wirkte wie eine Kreuzung zwischen Spinoza und Roy Rogers.

Ernest bestellte sich eine ordentliche Portion, während Paul, seines Zeichens Vegetarier, den Unmut des italienischen Kellners herausforderte, indem er all seine Angebote ablehnte und nur Salat und gegrillte, marinierte Zucchini bestellte. Ernest verschwendete keine Zeit, sondern setzte Paul gleich über seine Erlebnisse der vergangenen Woche ins Bild. Während er seine *focaccia* in Olivenöl tunkte, beschrieb er seine Begegnung mit Nan Carlin und beklagte sich dann lang und breit darüber, daß er bei drei Frauen, die er in dieser Woche angesprochen hatte, abgeblitzt sei.

»Da sitzt du, scharf wie Nachbars Lumpi«, sagte Paul, spähte durch seine dicken Brillengläser und pickte in seinem Radicchiosalat herum, »und was hast du zu berichten? Eine schöne Frau macht dir Avancen, und wegen irgendeiner blödsinnigen Ausrede, von wegen du hättest sie vor zwanzig Jahren mal gesehen ...«

»Nicht sie ›gesehen‹, Paul; ich war ihr Therapeut. Und es war vor zehn Jahren.«

»Also schön, vor zehn Jahren. Weil sie vor zehn Jahren einige Sitzungen in deiner Gruppe mitgemacht hat – vor einer gottverdammten halben Generation also –, kannst du jetzt keine andere Beziehung mit ihr haben. Sie lechzt wahrscheinlich nach Sex, und du hättest ihr nichts Besseres bieten können als deinen Schwanz.«

»Komm schon, Paul, sei mal ernst… Ober! Noch etwas *focaccia*, Olivenöl und Chianti bitte.«

»Ich *bin* ernst«, fuhr Paul fort. »Weißt du, warum du nie zum Bumsen kommst? Ambivalenz. Ein Ozean, ein großer Ozean ambivalenter Gefühle. Jedesmal ist es ein anderer Grund. Bei Myrma hattest du Angst, sie würde sich in dich verlieben und dauerhaften Schaden nehmen. Bei Wie-hieß-sie-noch-gleich letzten Monat hattest du Angst, sie kriegt raus, daß du dich nur für ihre großen Möpse interessierst, und würde sich benutzt fühlen. Bei Marcie hattest du Angst, ein kleines Betthüpferl mit dir würde ihre Ehe zerstören. Der Text variiert, aber die Musik ist immer dieselbe: Die Lady bewundert dich, du verhältst dich nobel, du bumst sie nicht, die Lady respektiert dich noch mehr, und dann geht sie daheim mit ihrem Vibrator ins Bett.«

»Ich kann es nicht einfach ausknipsen. Ich kann nicht tagsüber ein Vorbild an Verantwortungsbewußtsein sein und mich nachts an einer Massenvergewaltigung beteiligen.«

»Massenvergewaltigung? Wie du redest! Du kannst dir nicht vorstellen, daß es jede Menge Frauen gibt, die genauso an einer beiläufigen sexuellen Erleichterung interessiert sind wie wir. Ich sage nur, daß du dich in eine Ecke heiliger Geilheit hineinmanövriert hast. Du übernimmst für jede Frau so viel ›therapeutische‹ Verantwortung, daß du ihr nicht mehr geben willst, was sie vielleicht wirklich will.«

Pauls Argument traf ins Schwarze. Auf merkwürdige Art und Weise war es das Gegenstück zu dem, was Marshal schon seit Jahren sagte: Reißen Sie nicht jedermanns persönliche

Verantwortung an sich. Streben Sie nicht danach, die universale Brust zu sein. Wenn Sie wollen, daß Menschen wachsen, helfen Sie ihnen zu lernen, ihre eigene Mutter und ihr eigener Vater zu werden. Trotz Pauls misanthropischer Grillenhaftigkeit waren seine Einblicke ausnahmslos treffend und kreativ.

»Paul, du scheinst mir auch nicht gerade der große Linderer der Nöte sexuell vernachlässigter Pilgerinnen zu sein.«

»Aber du hörst mich auch nicht jammern. Ich bin nicht einer, der an seinem Schwengel herumgeführt wird. Nicht mehr – und ich vermisse es nicht. Das Altern hat durchaus seine Vorteile. Ich habe gerade eine Ode an die ›Ruhe der Geschlechtsdrüsen‹ fertiggestellt.«

»Hilfe! ›Ruhe der Geschlechtsdrüsen!‹ Ich sehe es direkt vor mir, als Inschrift auf dem Tympanon deines Mausoleums.«

»*Tympanon?* Gutes Wort, Ernest.« Paul notierte es sich auf seiner Serviette und stopfte diese dann in die Tasche seines karierten Flanellhemdes. Er hatte begonnen, zu seinen Skulpturen auch Gedichte zu schreiben und sammelte eindrucksvolle Wörter. »Aber ich bin nicht tot, nur ruhig. Friedlich. Ich bin auch nicht derjenige, der vor Dingen wegläuft, die ihm in den Schoß geworfen werden. Die Frau in der Buchhandlung, die Sex mit einem Psychiater will? Schick sie zu mir. Ich garantiere dir, ich suche nicht nach Vorwänden, warum ich sie nicht flachlegen sollte. Sag ihr, sie kann mit einem Mann rechnen, der sowohl erleuchtet als auch erigiert ist.«

»Ich meinte es übrigens ernst, daß ich dich mal Irene vorstellen könnte. Schicke Frau, die ich über eine Kontaktanzeige kennengelernt habe. Bist du wirklich interessiert?«

»Nur solange sie dankbar ist für das, was sie bekommt, nicht in meinem Haus herumschnüffelt und am selben Abend wieder zurückfährt. Sie kann auspressen, was sie will, solange es kein Orangensaft am Morgen ist.«

Ernest blickte von seiner Minestrone auf, um mit Paul zu lachen. Aber da war kein Lachen, auch kein Lächeln. Nur

Pauls vergrößerte Augen, die durch seine dicke Brille blickten. »Paul, langsam wird es Zeit, wirklich etwas zu unternehmen – deine Misanthropie erreicht anscheinend das Endstadium. Noch ein Jahr, und du wirst in eine Berghöhle ziehen mit einem Bild des heiligen Hieronymus an der Wand.«

»Du meinst den heiligen Antonius. Der heilige Hieronymus lebte in der Wüste und verkehrte mit Bettlern. Ich verabscheue Bettler. Und was hast du gegen Höhlen?«

»Nicht viel. Insekten, Kälte, Feuchtigkeit, Dunkelheit, Enge – oh, zum Teufel, das ist ein zu großes Projekt für heute abend, vor allem angesichts mangelnder Kooperation des Kranken.«

Niedergebeugt durch die Last von Ernests Entree näherte sich der Kellner. »Lassen Sie mich raten, wer was bekommt. Das *osso bucco* mit *fagioline* und *gnocchi al pesto* als Beilage ist für Sie?« fragte er und stellte den Teller spielerisch vor Paul hin. »Und Sie«, meinte er an Ernest gewandt, »Sie werden dieses kalte, trockene Gemüse einfach köstlich finden.«

Ernest lachte. »Zuviel Zucchini – die kann ich unmöglich alle essen!« Er vertauschte die Teller und machte sich über den seinen her. »Ich will mich ernsthaft über meinen Patienten Justin mit dir unterhalten«, sagte er zwischen zwei Bissen, »und über die Ratschläge, die ich von Marshal bekomme. Das regt mich wirklich auf, Paul. Auf der einen Seite scheint Marshal zu wissen, was er tut – ich meine, schließlich gibt es ja einen Kanon bewährter Erkenntnisse in unserem Geschäft. Die Wissenschaft der Psychotherapie ist fast hundert Jahre alt...«

»Wissenschaft? Machst du Witze? Scheiße, ungefähr so wissenschaftlich wie die Alchemie. Vielleicht weniger!«

»Okay. Die Kunst der Therapie...« Ernest bemerkte Pauls Stirnrunzeln und versuchte, sich zu korrigieren. »Oh, du weißt schon, was ich meine – das Fachgebiet, die Tätigkeit –, also: seit hundert Jahren hat es doch eine Menge kluger Leute auf diesem Gebiet gegeben. Freud war ja intellektuell keine Niete – mit dem können es nicht viele aufnehmen. Und all diese Analytiker, die jahrzehntelang Tausende, Zehntausende von Stunden darauf verwandt haben, ihren Patienten zuzuhören. Das ist Marshals Punkt: Daß es der Gipfel der Arroganz wäre, wenn ich ignorieren wollte, was diese Leute zusammengetragen haben, wenn ich mir einfach alles neu ausdenken wollte, es mir ausdenken wollte, während ich mit den Patienten arbeite.«

Paul schüttelte den Kopf. »Glaub bloß nicht diesen Quatsch, daß aus Zuhören unausweichlich Erkenntnis folgt. Es gibt ja schließlich undiszipliniertes Zuhören, die Verfestigung von Irrtümern, selektive Unaufmerksamkeit, sich selbst erfüllende Prophezeiungen, unbewußte Beeinflussung des Patienten dahingehend, daß er einem sagt, was man hören will. Willst du mal etwas Interessantes tun? Dann geh in die Bibliothek und laß dir einen Text über die Hydrotherapie aus dem neunzehnten Jahrhundert geben – keinen historischen Überblick, sondern einen Originaltext. Ich habe Texte von tausend Seiten Länge gesehen mit den präzisesten Anweisungen – du weißt schon, Wassertemperatur, Eintauchtiefe, Strahlstärke, korrekte Abfolge von Heiß und Kalt – und alles für jede erdenkliche Diagnose abgestuft. Sehr beeindruckend, sehr quantitativ, sehr wissenschaftlich – aber es hat nicht den geringsten, nicht den allergeringsten Wirklichkeitsbezug. Also kann mich die ›Tradition‹ nicht beeindrucken, und dich sollte sie auch nicht beeindrucken. Neulich hat irgendein Enneagramm-Experte meine Kritik mit der Behauptung beantwortet, das Enneagramm habe seine Wurzeln in alten, heiligen Sufitexten. Als ob das bedeutete, es müsse ernstgenommen werden. In Wirklichkeit bedeutete es wahrscheinlich nur – und er war mir für diese Aufklärung keineswegs dankbar –, daß ein paar Kameltreiber vor langer, langer Zeit bei einem Männergespräch auf Haufen getrockneten Kameldungs saßen, mit ihren Kamelpeitschen im Sand gestochert und Persönlichkeitsdiagramme gezeichnet haben.«

»Seltsam – ich frage mich, warum er dir dafür nicht dankbar war«, sagte Ernest, während er den letzten Rest Pestosoße mit einem Brocken *focaccia* auftunkte.

Paul fuhr fort. »Ich weiß, was du denkst – Misanthropie im Endstadium, vor allem, wenn es um Experten geht. Habe ich dir von meinem Neujahrsvorsatz erzählt? Jeden Tag einem Experten ans Bein zu pinkeln! Dieses Sich-in-Pose-setzen der Experten, das ist doch alles eine Scharade. Die Wahrheit ist, daß wir oft nicht wissen, was zum Teufel wir tun. Warum nicht echt sein, warum nichts zugeben, warum nicht im Umgang mit deinen Patienten ein menschliches Wesen sein?«

»Habe ich dir je von meiner Analyse in Zürich erzählt?« fuhr Paul fort. »Ich war bei Dr. Feifer, so einem alten Herrn, der ein enger Mitarbeiter Jungs gewesen war. Erzähl mir noch was über Selbstenthüllung von Therapeuten! Dieser Typ erzählte mir *seine* Träume, vor allem, wenn es bei einem Traum um mich ging oder auch nur im entferntesten um irgendein Thema, das auch nur im entferntesten für meine Therapie relevant war. Hast du Jungs *Erinnerungen, Träume, Gedanken* gelesen?«

Ernest nickte. »Ja, bizarres Buch. Und unehrlich.«

»Unehrlich? Unehrlich inwiefern? Setz das für nächsten Monat auf die Tagesordnung. Aber, für den Augenblick, erinnerst du dich an seine Bemerkungen über den verletzten Heiler?«

»Daß nur der verletzte Heiler wahrhaft heilen kann?«

»Der alte Knabe ist noch weitergegangen. Er sagte, die ideale therapeutische Situation sei dann gegeben, wenn der Patient das perfekte Pflaster für die Wunde des Therapeuten mitbrächte.«

»Der *Patient* versorgt die Wunde des Therapeuten?« fragte Ernest.

»Genau! Denk nur, welche Implikationen das hat! Es haut einem den Hocker unterm Arsch weg! Und was du auch sonst von Jung halten magst, Gott weiß, daß er kein Dummkopf war. Nicht in Freuds Liga, aber nahe dran. Hm, viele Leute aus Jungs frühem Zirkel nahmen diese Idee ziemlich wörtlich und arbeiteten an ihren eigenen Themen, wenn sie in der Therapie hochkamen. Mein Analytiker hat mir also nicht nur von seinen Träumen erzählt; er ist bei seinen Deutungen dieser Themen an einiges sehr persönliches Material herangegangen, einschließlich seiner homosexuellen Sehnsucht nach mir. In dem Augenblick wäre ich fast aus seinem Sprechzimmer gerannt. Später habe ich dann rausgefunden, daß er sich gar nicht für meinen behaarten Arsch interessierte – er war vollauf damit beschäftigt, zwei seiner weiblichen Patienten zu vögeln.«

»Hat er sicher vom Doyen gelernt«, sagte Ernest.

»Zweifellos. Der gute alte Jung hatte keine Gewissensbisse, seine Patientinnen flachzulegen. Diese frühen Analytiker waren absolute Raubtiere, fast jeder einzelne von ihnen. Otto Rank hat Anaïs Nin gevögelt, Jung hat Sabina Spielrein gevögelt und Toni Wolff, und Ernest Jones hat alle gevögelt und mußte mindestens zwei Städte deswegen verlassen. Und Ferenczi hatte natürlich auch Probleme, die Finger von seinen Patienten zu lassen. So ziemlich der einzige, der es nicht gemacht hat, war Freud selbst.«

»Wahrscheinlich weil er zu beschäftigt war, es Minna zu besorgen, seiner Schwägerin.«

»Nein, das glaube ich nicht«, erwiderte Paul. »Dafür gibt es keine Beweise. Ich denke, Freud hat ein vorzeitiges Eintreffen der Ruhe der Geschlechtsdrüsen erlebt.«

»Du hast offensichtlich genauso starke Gefühle wie ich, wenn es darum geht, sich über Patientinnen herzumachen. Wie kommt es also, daß du mir vor ein paar Minuten auf die Pelle gerückt bist, als ich dir von der Expatientin erzählte, die ich in der Buchhandlung getroffen habe?«

»Weißt du, woran diese Szene mich erinnert hat? An meinen orthodoxen Onkel Morris, der so koscher lebte, daß er in einem nicht koscheren Sandwichladen nicht einmal ein Käsesandwich aß; er fürchtete, es könne mit einem Messer geschnitten worden sein, mit dem zuvor ein Schinkensandwich geschnitten worden war. Es gibt Verantwortungsbewußtsein, und es gibt Fanatismus, der sich als Verantwortungsbewußtsein ausgibt. Teufel auch, ich erinnere mich an die gemeinsamen Stunden mit den Schwesternschülerinnen im Hopkins: Entweder hast du zugesehen, daß du da schleunigst wieder weg und zurück zu deinem Roman kamst, oder du hast dir die fadeste von allen ausgesucht. Erinnerst du dich noch an Mathilda Shore – wir nannten sie ›Shore, das Neutrum‹? Ausgerechnet die mußte es sein! Und dieses Prachtweib, das dich verfolgt hat? Du hast sie gemieden wie die Pest. Wie hieß sie noch gleich?«

»Betsy. Sie sah teuflisch zerbrechlich aus, und, was wichtiger war, ihr Freund war Polizist.«

»Siehst du, das meinte ich! Zerbrechlichkeit, Freund – Ernest, das sind *ihre* Probleme, nicht deine. Wer hat dich zum lorbeerbekränzten Welttherapeuten ernannt? Aber ich will meine Erzählung über diesen Dr. Feifer beenden. Bei mehreren Gelegenheiten tauschte er den Platz mit mir.«

»Er tauschte den Platz?«

»Buchstäblich. Manchmal stand er mitten in der Stunde auf und schlug vor, daß ich auf seinem Sessel Platz nehmen sollte und er auf meinem. Dann fing er manchmal an, über seine persönlichen Schwierigkeiten mit dem Problem zu reden, das ich angeschnitten hatte. Oder er offenbarte eine starke Gegenübertragung und arbeitete gleich an Ort und Stelle daran.«

»Ist das Teil des Jungianischen Kanons?«

»In gewisser Weise, ja. Ich habe gehört, daß Jung in Zusammenarbeit mit einem merkwürdigen Typen namens Otto Gross da einige Experimente angestellt hat.«

»Gibt's darüber was Schriftliches?«

»Weiß ich nicht. Ich weiß aber, daß Ferenczi und Jung davon sprachen, mit ihren Patienten die Plätze zu tauschen, und damit experimentierten. Ich bin mir nicht sicher, wer es von wem hatte.«

»Also, was hat dein Analytiker dir offenbart? Nenn mir ein Beispiel.«

»Das Beispiel, an das ich mich am besten erinnere, hängt damit zusammen, daß ich Jude bin. Er war zwar persönlich nicht antisemitisch eingestellt, aber sein Vater war ein Schweizer Nazi-Sympathisant gewesen, und er trug eine Menge Schamgefühle deswegen mit sich rum. Er erzählte mir, daß das der Hauptgrund für ihn gewesen sei, eine Jüdin zur Frau zu nehmen.«

»Und wie hat sich das auf deine Analyse ausgewirkt?«

»Na, sieh mich doch an! Ist dir jemals jemand begegnet, der besser integriert war?«

»Echt. Noch ein paar Jahre mit ihm, und der Eingang zu deiner Höhle wäre bereits zugemauert! Im Ernst, Paul, was hat es bewirkt?«

»Du weißt doch, wie schwierig solche Zuschreibungen sind. Meine beste Auslegung ist, daß seine Offenbarungen der Sache an sich nie geschadet haben. Im allgemeinen hat es geholfen. Es hat mich befreit, es hat mir ermöglicht, ihm zu vertrauen. Du erinnerst dich sicher, daß ich in Baltimore bei drei oder vier unterkühlten Analytikern war – kalt wie die Fische, sage ich dir – und nie eine zweite Sitzung bei ihnen gemacht habe.«

»Ich war viel braver als du. Olivia Smithers war die erste Analytikerin, zu der ich ging, und ich bin ihr etwa sechshundert Stunden lang treu geblieben. Sie war auch Lehranalytikerin, daher dachte ich, sie müßte wohl wissen, was sie tut, und wenn ich es nicht kapierte, dann sei das mein Problem. Großer Fehler. Ich wünschte, ich könnte diese sechshundert

Stunden zurückbekommen. Sie hat nichts von sich mit mir geteilt. Wir haben zusammen nicht einen einzigen ehrlichen Augenblick gehabt.«

»Nun, ich möchte nicht, daß du dir falsche Vorstellungen machst, was meine Beziehung zu Feifer betrifft. Sich à la Suisse zu offenbaren, heißt nicht zwangsläufig, daß man dabei ehrlich ist. Außerdem hat er sich nicht wirklich an *mich* gewandt. Seine Selbstenthüllungen kamen sporadisch. Er sah mich nicht an, saß ungefähr drei Meter von mir entfernt, und dann klappte er plötzlich auf, wie ein Schachtelteufel, und erzählte mir, wie sehr er sich wünschte, seinen Vater zu enthaupten oder seine Schwester zu ficken. Im nächsten Augenblick klappte er dann wieder zu und war wieder ganz der Alte, steif und arrogant.«

»Mich interessiert nur die dauerhafte Echtheit einer Beziehung«, sagte Ernest. »Denk an diese Sitzung mit Justin, von der ich dir erzählt habe. Er *muß* einfach bemerkt haben, daß ich verärgert über ihn war, daß ich mich kleinlich benahm. Sieh dir nur die paradoxe Situation an, in die ich ihn gebracht habe: Zuerst erkläre ich ihm, der Zweck meiner Therapie läge darin, seine Verhaltensweise anderen gegenüber zu verbessern. Zweitens versuche ich, eine authentische Beziehung zu ihm aufzubauen. Drittens kommt eine Situation auf, in der er – ganz zutreffend – einen problematischen Aspekt unserer Beziehung wahrnimmt. Jetzt frage ich dich, wenn ich seine zutreffende Auffassung leugne, wie sonst soll man das nennen, wenn nicht Antitherapie?«

»Himmel, Ernest, meinst du nicht, du kaust da ein winziges Ereignis in der Geschichte der Menschheit sehr lange wieder? Weißt du, wie viele Patienten ich heute gehabt habe? Zweiundzwanzig! Und das, obwohl ich früh Schluß gemacht habe, um hierherzukommen. Gib diesem Burschen ein bißchen Prozac und triff dich alle zwei Wochen für fünfzehn Minuten mit ihm. Meinst du wirklich, es ginge ihm dann schlechter?«

»Verdammt, vergiß es, Paul, das haben wir alles schon diskutiert. Laß es uns dieses eine Mal auf meine Weise durchspielen.«

»Na schön, dann tu es. Mach das Experiment; tausch mit deinen Patienten während der Sitzung den Platz und sei ein totaler Wahrheitsfanatiker. Fang morgen damit an. Du sagst, du hast ihn dreimal die Woche da. Du möchtest ihn von dir entwöhnen, ihm seine Ideale, was dich betrifft, nehmen, also zeig ihm einige deiner Schwächen. Welche Risiken könnte das haben?«

»Wahrscheinlich weniger Risiken für Justin, abgesehen davon, daß er nach so vielen Jahren von einem radikalen Wechsel der Technik verwirrt wäre. Idealisierung ist zäh. Der Schuß könnte sogar nach hinten losgehen – wie ich Justin kenne, würde er mich nur noch mehr idealisieren, weil ich so ehrlich bin.«

»So? Dann müßtest du seine Aufmerksamkeit *darauf* lenken.«

»Du hast recht, Paul. Die Wahrheit ist, daß das wirkliche Risiko nicht dem Patienten droht, sondern *mir*. Wie kann ich mich von Marshal supervisieren lassen und etwas tun, das seiner Meinung so zuwider läuft? Und einen Supervisor kann ich ganz bestimmt nicht belügen. Stell dir nur vor, hundertsechzig Dollar die Stunde zu zahlen, um zu lügen.«

»Vielleicht bist du in professioneller Hinsicht erwachsen geworden. Vielleicht ist die Zeit gekommen, gar nicht mehr zu Marshal zu gehen. Vielleicht würde er da sogar zustimmen. Du hast deine Lehrzeit abgeleistet.«

»Ha! In der Welt der Analyse habe ich nicht einmal angefangen. Ich brauche eine volle Ausbildungsanalyse, vielleicht vier oder fünf Jahre, jahrelange Kurse, Jahre intensiver Supervision meiner Ausbildungsfälle.«

»Nun, dann wäre ja für den Rest deines Lebens bestens gesorgt«, antwortete Paul. »Das ist der Modus operandi der

Rechtgläubigkeit. Sie ertränken ein blühendes, gefährliches junges Gehirn jahrelang im Mist der Doktrin, bis es vor die Hunde geht. Dann, wenn der letzte Löwenzahnflaum der Kreativität davongeweht ist, graduieren sie den frisch Initiierten und verlassen sich ganz auf seine Vernarrtheit in die immerwährende Erhaltung des heiligen Buchs. So funktioniert das doch, nicht wahr? Jede Herausforderung durch einen Auszubildenden wird als Widerstand gedeutet, nicht wahr?«

»Etwas in der Art. Klar, Marshal würde jedes Experimentieren als Sich-gehen-lassen deuten, wie er es ausdrückt, als meine therapeutische Unbeherrschtheit.«

Paul machte dem Kellner ein Zeichen und bestellte einen Espresso. »Es gibt ja eine lange Geschichte von Therapeuten, die mit Selbstenthüllungen experimentieren. Ich lese gerade die kürzlich erschienenen klinischen Tagebücher von Ferenczi*. Faszinierend. Von Freuds innerem Zirkel hatte nur Ferenczi den Mut, wirksamere Behandlungsmethoden zu entwickeln. Der alte Herr war selbst zu sehr mit der Theorie beschäftigt und damit, seine Schule zu hegen und zu pflegen, um den Ergebnissen seiner Behandlung viel Aufmerksamkeit zu zollen. Außerdem glaube ich, daß er zu zynisch war, zu sehr von der Unerbittlichkeit der menschlichen Verzweiflung überzeugt, um zu erwarten, daß irgendeine Form psychologischer Behandlung eine echte Veränderung bewirken könnte. Also hat Freud Ferenczi toleriert, ihn in gewisser Weise geliebt, sofern er überhaupt jemanden lieben konnte – er hat Ferenczi in Urlaub mitgenommen und ihn analysiert, während sie zusammen spazierengingen. Aber wann immer Ferenczi mit seinen Experimenten zu weit ging, wann immer seine Maßnahmen drohten, die Psychoanalyse in Mißkredit

* *Ohne Sympathie keine Heilung: Das klinische Tagebuch von 1932.* Hrsg. von Judith Dupont. Frankfurt am Main: Fischer 1988.

zu bringen, bezog er Prügel von Freud. In einem Brief wirft er Ferenczi sogar vor, in seine dritte Pubertät einzutreten.«

»Aber hat Ferenczi diesen Tadel nicht verdient? Schlief er nicht mit seinen Patientinnen?«

»Ich bin mir da nicht so sicher. Es ist möglich, aber ich glaube, er verfolgte dasselbe Ziel wie du: einen Weg der Humanisierung des therapeutischen Procederes. Lies das Buch. Vor allem interessant, was er ›doppelte‹ oder ›gegenseitige‹ Analyse nannte: Eine Stunde lang analysiert er den Patienten, und in der nächsten Stunde analysiert der Patient ihn. Ich leihe dir das Buch – sobald du die anderen vierzehn zurückgegeben hast. Und alle Versäumnisgebühren entrichtest.«

»Danke, Paul. Aber ich habe es bereits. Es liegt auf meinem Nachttisch. Aber daß du mir das Buch leihen wolltest ... Ich bin gerührt, vor allem aber verblüfft.«

Seit zwanzig Jahren empfahlen Paul und Ernest einander Bücher, in der Hauptsache Romane, aber auch Sachbücher. Pauls Spezialgebiet waren zeitgenössische Romane, insbesondere die, die vom New Yorker Establishment übersehen oder verworfen worden waren, während Ernest seine Freude darin fand, Paul mit toten, größtenteils vergessenen Schriftstellern wie Joseph Roth, Stefan Zweig oder Bruno Schulz zu überraschen. Aber Bücher zu verleihen kam nicht in Frage. Paul teilte nicht gern – nicht einmal beim Essen, wo er stets Ernests Wunsch, die Vorspeisen zu teilen, durchkreuzte. Die Wände von Pauls Haus standen voller Bücher, in denen er regelmäßig blätterte, um auf angenehme Weise mit einem jeden die alte Freundschaft zu erneuern. Auch Ernest verlieh nicht gern Bücher. Selbst vergängliche Schmöker las er mit dem Bleistift in der Hand und unterstrich Teile, die ihn rührten oder nachdenklich machten, um sie möglicherweise in seinen eigenen Schriften zu verwenden. Paul fahndete nach interessanten poetischen Wörtern und Bildern, Ernest nach Ideen.

Als er an diesem Abend nach Hause kam, verwandte Ernest eine Stunde darauf, Ferenczis Tagebuch zu überfliegen. Er machte sich auch Gedanken über Seymour Trotters Bemerkungen bezüglich der Aufrichtigkeit in der Therapie. Seymour hatte gesagt, wir müßten den Patienten zeigen, daß wir alle nur mit Wasser kochen und daß um so mehr unserem Beispiel folgen werden, je offener, je echter *wir* werden. Trotz Trotters schändlichem Ende als Therapeut spürte Ernest, daß er eine Art Zauberer gewesen war.

Was, wenn er Trotters Vorschlag folgte? Sich einen Patienten gegenüber total offenbarte? Bevor der Abend zu Ende war, traf Ernest eine tollkühne Entscheidung: Er würde ein Experiment durchführen, und zwar mit einer radikal egalitären Therapie. Er würde sich ganz und gar offenbaren und dabei nur ein Ziel kennen: eine authentische Beziehung mit diesem Patienten aufzubauen und voraussetzen, daß die Beziehung, *die Beziehung an sich,* heilen würde. Keine historische Rekonstruktion, keine Deutungen der Vergangenheit, keine Streifzüge in die psychosexuelle Entwicklung. Er würde sich auf nichts anderes konzentrieren, als auf das, was sich zwischen ihm und dem Patienten abspielte. Und er würde das Experiment augenblicklich beginnen.

Aber wer sollte das Versuchskaninchen sein? Nicht einer seiner derzeitigen Patienten; der Übergang von der alten zur neuen Methode würde peinlich sein. Besser, viel besser, einen neuen Anfang mit einem neuen Patienten zu wagen.

Er nahm seinen Terminkalender zur Hand und warf einen Blick auf den Plan für den folgenden Tag. Für zehn Uhr war eine neue Patientin angemeldet – eine Carolyn Leftman. Er wußte nicht mehr über sie, als daß sie sich ohne die Empfehlung Dritter für ihn entschieden hatte – nach seinem Vortrag in der Buchhandlung Printer's Inc. in Palo Alto. »Nun, wer Sie auch sein mögen, Carolyn Leftman, Ihnen steht eine einzigartige therapeutische Erfahrung ins Haus«, sagte er und knipste das Licht aus.

6

Um neun Uhr fünfundvierzig betrat Carol Ernests Praxisräume und begab sich gemäß den Anweisungen, die sie bei ihrer telefonischen Terminabsprache erhalten hatte, unaufgefordert ins Wartezimmer. Wie die meisten seiner Kollegen beschäftigte Ernest keine Praxishelferin. Carol war bewußt etwas zu früh gekommen, damit sie ein paar Minuten Zeit hatte, sich zu sammeln, ihre selbsterfundene Krankengeschichte noch einmal durchzugehen und sich in ihre Rolle einzufühlen. Sie setzte sich auf dasselbe grüne Ledersofa, das Justin gewöhnlich benutzte. Erst vor zwei Stunden war Justin beschwingten Schritts die Treppe hinaufgelaufen und hatte eben jenes Kissen zerknittert, auf dem Carol nun saß.

Sie schenkte sich etwas Kaffee ein, nippte langsam daran und holte dann mehrmals tief Luft, um Ernests Vorzimmer auf sich wirken zu lassen. *Hier also*, dachte sie, während sie den Blick durch den Raum wandern ließ, *hier also, in diesem Kriegskabinett, haben dieser abscheuliche Kerl und mein Mann so lange Zeit ihre Pläne gegen mich geschmiedet.*

Sie betrachtete die Möbel. Gräßlich! Der schäbige gewebte Wandbehang, die verschlissenen Sessel, die Amateurfotos von San Francisco, einschließlich der obligatorischen Ansicht eines viktorianischen Hauses auf dem Alamo Square. Gott verschone mich vor weiteren Heimatbildern irgendwelcher Psychiater, dachte Carol. Sie schauderte bei der Erinnerung an Dr. Cookes Praxis in Providence, an den abgetretenen Perserteppich, auf dem sie gelegen und die Fotos an der Wand angestarrt hatte – verblaßte Sonnenuntergänge in Truro –, während ihr Arzt mit seinen eisigen Händen ihren Hintern umfaßt hielt und mit freudlosem, gedämpftem Grunzen die sexuelle Bestätigung in sie hineinstieß, die sie seiner Meinung nach dringend benötigte.

Sie hatte mehr als eine Stunde auf ihre Garderobe verwandt. Da sie sinnlich, aber gleichzeitig hilfsbedürftig und verletzlich erscheinen wollte, hatte sie zuerst eine Seidenhose zugunsten eines langen, gemusterten Rocks verworfen, eine durchsichtige Satinbluse zugunsten eines magentaroten Kaschmirpullovers. Zu guter Letzt hatte sie sich für einen kurzen, schwarzen Rock entschieden, einen engen, gerippten Pullover, ebenfalls in Schwarz, und eine schlichte gedrehte Goldkette. Darunter trug sie einen brandneuen Spitzen-BH, der ihre Brüste kräftig polsterte und kühn emporhob. Sie hatte ihn eigens zu diesem Anlaß gekauft. Nicht umsonst hatte sie in der Buchhandlung Ernests Zusammentreffen mit Nan genau beobachtet. Nur ein blinder Narr hätte sein pubertäres Interesse an Brüsten übersehen können. Dieser widerliche Kerl – mit seinen bebenden, sabbernden Lippen. Er hatte sich praktisch hinuntergebeugt und zu saugen begonnen. Und schlimmer noch, er war so selbstherrlich, so vollauf mit sich selbst beschäftigt, daß es ihm wahrscheinlich niemals auch nur in den Sinn kam, daß Frauen seine Lüsternheit bemerken könnten. Da Ernest nicht groß war, trug sie flache Schuhe. Sie hatte schwarze Netzstrümpfe in Erwägung gezogen, diesen Gedanken aber wieder verworfen. Das hatte noch Zeit.

Ernest trat ins Wartezimmer und hielt ihr die Hand hin. »Carolyn Leftman? Ich bin Ernest Lash.«

»Guten Tag, Doktor«, sagte Carol und schüttelte ihm die Hand.

»Bitte kommen Sie doch herein, Carolyn«, sagte Ernest und bedeutete ihr, in dem Sessel gegenüber seinem Platz zu nehmen. »Da wir hier in Kalifornien sind, nennen meine Patientin und ich einander beim Vornamen. ›Ernest‹ und ›Carolyn‹, einverstanden?«

»Ich werde versuchen, mich daran zu gewöhnen, Doktor. Es dauert vielleicht eine Weile.« Sie folgte ihm in die Praxis und nahm mit einem schnellen Blick ihre Umgebung in sich auf. Zwei billige Ledersessel, die in einem Neunzig-Grad-Winkel zueinander standen, so daß sowohl der Arzt als auch der Patient den Kopf eine Spur drehen mußten, wenn sie einander ansehen wollten. Auf dem Fußboden lag ein abgetretener, unechter Keschan. Und an einer Wand stand die obligatorische Couch – gut! –, über der eine Reihe eingerahmter Diplome hingen. Der Abfalleimer war voll; zerdrückte Papiertücher mit Fettflecken waren zu sehen – kamen wahrscheinlich direkt von Burger King. Vor Ernests desolatem Schreibtisch, auf dem sich Bücher und Papiere türmten und über dem ein gewaltiger Computermonitor aufragte, stand ein ramponierter, urinfarbener mexikanischer Wandschirm aus Sperrholz und zerfranstem Tauwerk. Keine Spur wie auch immer gearteter ästhetischer Sensibilität. Und auch nicht die geringste Spur einer ordnenden Frauenhand. Gut!

Der Sessel vermittelte einen steifen, abweisenden Eindruck. Zuerst weigerte sie sich, ihr ganzes Gewicht in das Polster sinken zu lassen, und stützte sich mit den Armen ab. Justins Sessel. Wie viele Stunden – Stunden, für die sie bezahlt hatte – hatte Justin in diesem Sessel verbracht und sie verletzt? Sie zitterte bei dem Gedanken, daß er und dieses Arschloch in diesem Sprechzimmer saßen und ihre dicken Köpfe zusammensteckten, um gegen sie zu intrigieren.

Im Ton größter Dankbarkeit sagte sie: »Es ist sehr freundlich von Ihnen, daß Sie mir so schnell einen Termin gegeben haben. Ich hatte das Gefühl, mit meinem Latein am Ende zu sein.«

»Sie hörten sich an, als ob sie unter starkem Druck ständen. Am besten fangen wir also gleich an«, sagte Ernest und nahm seinen Notizblock zur Hand. »Erzählen Sie mir alles, was ich wissen muß. Aus unserem kurzen Gespräch weiß ich nur, daß Ihr Mann Krebs hat und daß Sie mich anriefen, nachdem Sie in einer Buchhandlung meinen Vortrag gehört hatten.«

»Ja. Und dann habe ich Ihr Buch gelesen. Ich war sehr beeindruckt. Von vielen Dingen: Ihrem Mitgefühl, Ihrer Einfühlsamkeit, Ihrer Intelligenz. Ich hatte nie viel übrig für Therapie im allgemeinen und die Therapeuten im besonderen. Mit einer Ausnahme. Aber als ich Sie sprechen hörte, hatte ich das starke Gefühl, daß Sie und nur Sie mir vielleicht helfen können.«

O Gott, dachte Ernest, das ist nun die Patientin, die ich für eine absolut aufrichtige Therapie ausgewählt habe, für eine kompromißlos ehrliche Beziehung, und jetzt starten wir gleich in der ersten Minute mit der größten Unehrlichkeit. Er erinnerte sich nur allzu gut an seinen Kampf mit seinem Schatten an jenem Abend in der Buchhandlung. Aber was konnte er Carolyn sagen? Gewiß nicht die Wahrheit! Daß er zwischen seinem Schwanz und seinem Gehirn hin- und hergeschlittert war, zwischen seinem Verlangen nach Nan und seinem Bemühen um sein Thema und sein Publikum. Nein! Disziplin! Disziplin! Und augenblicklich stellte Ernest eine Reihe von Leitlinien für seine wahrheitsverpflichtete Therapie auf. Das erste Prinzip: *Offenbare dich nur so weit, wie es dem Patienten nützt.*

Dementsprechend gab Ernest eine ehrliche, aber wohlbedachte Antwort: »Es gibt da verschiedene Dinge, die ich darauf erwidern möchte, Carolyn. Natürlich freue ich mich über Ihre Komplimente. Aber andererseits ist mir nicht recht wohl dabei, daß Sie glauben, *nur* ich könne Ihnen helfen. Da ich auch Autor bin und im Blickpunkt der Öffentlichkeit stehe, neigen die Leute dazu, mir mehr Klugheit und therapeutische Sachkunde zuzuschreiben, als ich besitze.

Carolyn«, fuhr er fort, »ich sage das, weil ich – falls wir feststellen sollten, daß wir aus irgendeinem Grund nicht vernünftig miteinander arbeiten können – Sie wissen lassen möchte, daß es in diesem Bezirk viele Therapeuten gibt, die genauso kompetent sind wie ich. Lassen Sie mich jedoch hinzufügen, daß ich mein Bestes tun werde, um Ihren Erwartungen gerecht zu werden.«

Ein warmes Gefühl bemächtigte sich Ernests. Er war zufrieden mit sich. Nicht schlecht. Gar nicht schlecht.

Carol schenkte ihm ein strahlendes Dankeslächeln. Es gibt doch nichts Schlimmeres, dachte sie, als falsche Bescheidenheit zu heucheln. Selbstgefälliger Bastard! Und wenn er weiter in jedem zweiten Satz »Carolyn« sagt, werde ich mich gleich übergeben.

»Gut, Carolyn, dann fangen wir einmal von vorn an. Zuerst einige grundlegende Informationen über Sie selbst: Alter, Familie, Lebensumstände, berufliche Situation.«

Carolyn hatte sich für einen Mittelweg zwischen Täuschung und Wahrheit entschieden. Damit sie sich nicht in Lügen verstrickte, wollte sie sich, was ihr Leben betraf, so eng wie möglich an die Wahrheit halten und die Tatsachen nur so weit verfälschen, wie es nötig war, damit Ernest nicht herausfand, daß sie Justins Frau war. Zuerst hatte sie den Namen Caroline benutzen wollen, aber der erschien ihr dann doch zu fremdartig, so daß sie sich für Carolyn entschied und hoffte, daß er sich genügend von Carol unterschied. Die Täuschung fiel ihr leicht. Sie warf abermals einen Seitenblick auf die Couch. Sie würde nicht lange brauchen, dachte sie – vielleicht nur zwei oder drei Stunden.

Sie erzählte dem ahnungslosen Ernest ihre sorgfältig einstudierte Geschichte. Sie hatte sich gut vorbereitet. Zu Hause war eine neue Telefonleitung gelegt worden, damit Ernest nicht bemerkte, daß sie dieselbe Nummer hatte wie Justin. Sie bezahlte bar, um sich die Mühe zu ersparen, ein Konto unter ihrem Mädchennamen Leftman zu eröffnen. Und sie hatte sich eine Lebensgeschichte zurechtgelegt, die der Wahrheit so nahe wie möglich kam, ohne Ernests Argwohn zu wecken. Sie sei fünfunddreißig, erzählte sie Ernest. Anwältin, Mutter einer achtjährigen Tochter und seit neun Jahren unglücklich mit einem Mann verheiratet, der sich vor einigen Monaten einer radikalen Operation wegen Prostatakrebses unterzogen habe. Der Krebs sei wieder aufgelebt, und man habe ihren Mann dann einer Orchiektomie unterzogen sowie hormonell und chemotherapeutisch behandelt. Sie hatte eigentlich noch hinzufügen wollen, die Hormone und die chirurgische Entfernung seiner Hoden hätten ihn impotent gemacht, so daß sie jetzt sexuell völlig unbefriedigt sei. Aber nun schien ihr das doch etwas zuviel auf einmal zu sein. Es hatte keine Eile. Alles zu seiner Zeit.

Statt dessen hatte sie beschlossen, sich bei diesem ersten Gespräch auf ihre Verzweiflung und ihr Gefühl, in der Falle zu sitzen, zu konzentrieren. Ihre Ehe, erklärte sie Ernest, sei nie befriedigend gewesen, und sie habe ernsthaft an Trennung gedacht, als bei ihm der Krebs diagnostiziert wurde. Sobald die Diagnose feststand, sei ihr Mann in tiefe Verzweiflung verfallen. Der Gedanke zu sterben, mache ihm furchtbare Angst, und sie habe es nicht fertiggebracht, das Thema Trennung anzuschneiden. Und dann war der Krebs, nur wenige Monate später, wieder aufgeflammt. Die Prognosen waren schlecht. Ihr Mann flehte sie an, ihn nicht allein sterben zu lassen. Sie hatte sich einverstanden erklärt und saß nun für den Rest seines Lebens in der Falle. Er hatte darauf bestanden, daß sie vom Mittelwesten nach San Francisco zogen, damit sie in der Nähe des Krebszentrums der University of California wären. Also hatte sie vor einigen Monaten all ihren Freunden in Chicago Lebewohl gesagt, ihre juristische Karriere aufgegeben und war nach San Francisco gezogen.

Ernest hörte genau zu. Ihn verblüffte die Ähnlichkeit ihrer Geschichte mit der einer Witwe, die er vor einigen Jahren behandelt hatte, einer Lehrerin, die drauf und dran gewesen war, die Scheidung zu verlangen, als ihr Ehemann ebenfalls Prostatakrebs bekam. Daraufhin hatte sie ihm versprochen, ihn nicht allein sterben zu lassen. Aber das Grauenvolle daran war, daß er neun Jahre gebraucht hatte, um zu sterben! Neun Jahre, in denen sie ihn gepflegt hatte, während der Krebs sich langsam in seinem Körper ausbreitete. Grauenvoll! Und nach seinem Tod war sie von Zorn und Bedauern überwältigt worden. Sie hatte die besten Jahre ihres Lebens für einen Mann weggeworfen, den sie nicht mochte. Hielt das Schicksal etwas Ähnliches für Carolyn parat? Ernest konnte ihr ihre Nöte nachfühlen.

Er versuchte, sich in ihre Situation zu versetzen. Er spürte seinen Widerwillen. Wie ein Sprung in einen kalten Pool. Was für eine furchtbare Falle!

»Jetzt erzählen Sie mir, was das bei Ihnen ausgelöst hat.«

Carol spulte ihre Symptome herunter: Schlaflosigkeit, Angst, Einsamkeit, Weinkrämpfe, ein Gefühl der Sinnlosigkeit, was ihr Leben betraf. Sie hatte niemanden, mit dem sie reden konnte. Ihr Mann kam dafür ganz gewiß nicht in Frage – sie hatten in der Vergangenheit nie miteinander geredet, und jetzt klaffte mehr denn je ein tiefer Abgrund zwischen ihnen. Nur eins half – Marihuana, und seit ihrem Umzug nach San Francisco rauchte sie zwei oder drei Joints am Tag. Sie seufzte tief und verfiel in Schweigen.

Ernest sah Carolyn genau an. Eine attraktive, traurige Frau mit dünnen Lippen, die sich an den Mundwinkeln zu einer bitteren Grimasse verzerrten; große, tränenfeuchte, kuhbraune Augen; kurzes, gelocktes, schwarzes Haar; langer, anmutiger Hals, enger Rippenpullover, der sich über strammen, schönen Brüsten mit vorwitzigen Brustwarzen dehnte; ein enger Rock; ein kurzes Aufblitzen des schwarzen Slips, wenn sie langsam ihre schlanken Beine übereinanderschlug. In einer privaten Situation hätte Ernest seine Chancen bei dieser Frau sorgfältig abgeklopft, aber heute war er unempfänglich für ihre sexuellen Reize. Während seiner Ausbildung zum Mediziner hatte er es gelernt, wie mit einem Schalter jede sexuelle Erregung auszuknipsen, ja sogar jedes sexuelle Interesse, sobald er mit Patientinnen arbeitete.

Was konnte er für Carolyn tun? fragte er sich. War das hier überhaupt ein psychiatrisches Problem? Vielleicht war sie lediglich ein unschuldiges Opfer, das zufällig zur falschen Zeit am falschen Ort war. In einem früheren Zeitalter hätte sie zweifellos ihren Priester um Rat gefragt.

Und vielleicht war priesterlicher Trost genau das, was er ihr anbieten sollte. Aus der zweitausendjährigen therapeutischen Arbeit der Kirche ließ sich gewiß etwas lernen. Ernest hatte sich stets für die Ausbildung der Priester interessiert. Wie gut waren sie wirklich, wenn es darum ging, Trost zu spenden? Wo erlernten sie ihre Technik? Seine Neugier hatte Ernest einmal dazu veranlaßt, in der Bibliothek nach Literatur über katholische Beichtstuhlberatung zu suchen. Er hatte nichts gefunden. Ein andermal hatte er in einem lokalen Priesterseminar nachgefragt und erfahren, daß der Lehrplan keine explizite psychologische Ausbildung vorsah. Einmal, bei dem Besuch einer verlassenen Kathedrale in Shanghai, stahl Ernest sich in den Beichtstuhl, wo er dreißig Minuten lang auf dem Platz des Priesters saß, die katholische Luft einatmete und wieder und wieder murmelte: »Dir wird vergeben. Mein Kind, dir wird vergeben!« Voller Neid war er dann aus dem Beichtstuhl getreten. Welch machtvolle göttliche Waffen gegen die Verzweiflung den Priestern zu Gebote standen; im Gegensatz dazu erschien ihm sein eigenes weltliches Rüstzeug der Deutungen und kreatürlichen Tröstungen wahrhaft armselig.

Eine Witwe, die er durch die Trauerarbeit begleitet hatte und die immer noch gelegentlich zu ihm kam, bezeichnete seine Rolle einmal als die eines mitfühlenden Zeugen. Vielleicht, dachte Ernest, ist das Mitgefühl eines Zeugen alles, was ich Carolyn Leftman zu bieten habe. Aber vielleicht auch nicht! Vielleicht gibt es hier ein paar Ansatzpunkte für echte Arbeit.

Ernest formulierte im stillen eine Checkliste des zu erkundenden Terrains. An erster Stelle gehörten natürlich die

Gründe für die schlechte Beziehung zu ihrem Mann, bevor dieser an Krebs erkrankte. Warum zehn Jahre mit einem Menschen zusammenbleiben, den man nicht liebt? Ernest dachte über seine eigene lieblose Ehe nach. Wenn Ruth nicht in ihrem Auto zerquetscht worden wäre, wäre er dann in der Lage gewesen, den Bruch zu vollziehen? Vielleicht nicht. Trotzdem, wenn Carolyns Ehe so schlecht war, warum gab es dann keine Versuche einer Paartherapie? Und sollte er ihre Einschätzung ihrer Ehe als Tatsache akzeptieren? Vielleicht bestand immer noch die Chance, die Beziehung zu retten. Warum zog man wegen einer Krebsbehandlung nach San Francisco? Die allermeisten Patienten gingen nur für kurze Zeit zur Behandlung ins Krebszentrum und kehrten dann nach Hause zurück. Warum verzichtete sie so lammfromm auf ihre Karriere und ihre Freunde?

»Sie haben schon seit langer Zeit das Gefühl, in der Falle zu sitzen, Carolyn, zuerst in puncto Ehe, jetzt in puncto Ehe *und* Moral«, meinte Ernest. »Oder in puncto Ehe *kontra* Moral.«

Carol versuchte, mit verzückter Zustimmung zu nicken. *Oh, wie brillant*, dachte sie. *Soll ich jetzt einen Kniefall machen?*

»Nun, Sie sollten mich noch etwas genauer ins Bild setzen, mir alles über sich selbst erzählen, alles, von dem Sie glauben, ich sollte es wissen, damit wir diese schwierige Situation in Ihrem Leben begreifen können.«

Wir, dachte Carol, *hm, interessant. Diese Typen sind ja derart raffiniert. Sie ziehen sich so geschickt aus der Affäre. Die Sitzung dauert gerade mal eine Viertelstunde, und schon heißt es »wir«, heißt es »erzählen Sie mir alles«; schon scheinen »wir« übereingekommen zu sein, daß die Lösung darin besteht, meine »schwierige Situation« zu begreifen. Und er muß alles wissen, alles. Er hat es nicht eilig. Warum sollte er auch, bei hundertfünfzig Dollar die Stunde? Und das sind hundertfünfzig Dollar Gewinn – es gehen keine fünfzig Prozent für laufende Geschäftskosten davon ab, keine Gerichtsgehilfen, kein Konferenzraum, keine Bürobibliothek, keine Anwaltslehrlinge, nicht mal eine Sekretärin.*

Nachdem sie ihre Aufmerksamkeit hastig wieder Ernest zugewandt hatte, begann Carol mit der Darstellung ihrer persönlichen Geschichte. Wenn sie sich möglichst dicht an der Wahrheit hielt, blieb sie auf der sicheren Seite. Innerhalb gewisser Grenzen. Justin, überlegte sie, war zu sehr mit sich selbst beschäftigt, als daß er viel über die Einzelheiten des Lebens seiner Frau geredet hätte. Je weniger Lügen sie auftischte, um so überzeugender würde sie sein. Daher verlagerte sie lediglich den Ort ihrer Ausbildung von der Brown and Standford Law School zum Radcliffe and Chicago Law und sagte Ernest ansonsten, was ihre Jugend betraf, die Wahrheit, sprach von einer frustrierten und verbitterten Mutter, die an der Grundschule unterrichtet hatte und nie darüber hinweggekommen war, daß ihr Mann sie verlassen hatte.

Erinnerungen an ihren Vater? Er ging, als sie acht war. Ihrer Mutter zufolge war er im Alter von fünfunddreißig Jahren verrückt geworden, einem schmutzigen Blumenkind verfallen, ließ alles liegen und stehen, folgte einige Jahre lang den Grateful Dead und verbrachte die nächsten fünfzehn Jahre im Drogenrausch in einer Kommune in San Francisco. Einige Jahre lang schickte er ihr Geburtstagskarten (ohne Antwortadresse) und dann... nichts mehr. Bis zur Beerdigung ihrer Mutter. Da tauchte er plötzlich auf, gekleidet, als hätte er gerade einen Zeitsprung getan, in fadenscheiniger Haight-Ashbury-Tracht mit verrottenden Sandalen, verblichenen, in Fetzen hängenden Jeans und einem Batikhemd. Er behauptete, daß nur die Gegenwart seiner Frau ihn in all den Jahren gehindert habe, seiner natürlichen Vaterrolle nachzukommen. Carol wünschte sich sehnlichst einen Vater – und brauchte dringend einen –, begann aber an seinem Urteil zu zweifeln, als er ihr während des Gottesdienstes auf dem Friedhof ins

Ohr flüsterte, sie solle unverzüglich all ihre Wut auf ihre Mutter herauslassen.

Jedwede ihr noch verbliebene Illusion bezüglich der Rückkehr ihres Vaters löste sich am folgenden Tag in Luft auf, als er den Raum mit dem Gestank seiner selbstgerollten Zigaretten füllte, sich sein verlaustes Haar kratzte und ihr stotternd einen geschäftlichen Vorschlag unterbreitete, der darin bestand, daß sie ihm ihr kleines Erbe überlassen solle, damit er es in einen Laden auf der Haight Street investieren konnte. Als sie ablehnte, konterte er mit der Behauptung, daß das Haus ihrer Mutter »im Prinzip« ihm gehöre – nach »menschlichem Ermessen«, wenn schon nicht nach »juristischem« –, da er schließlich vor fünfundzwanzig Jahren die Anzahlung geleistet habe. Selbstverständlich hatte sie ihm daraufhin nahegelegt, zu gehen (ihre Worte, die sie Ernest nicht wiederholte, waren gewesen: »Verzisch dich, du Arsch«). Sie hatte das große Glück gehabt, nie wieder von ihm zu hören.

»Sie haben also Ihren Vater und Ihre Mutter zur gleichen Zeit verloren?«

Carol nickte tapfer.

»Geschwister?«

»Einen Bruder; drei Jahre älter.«

»Sein Name?«

»Jeb.«

»Wo lebt er?«

»In New York oder in New Jersey, ich bin mir nicht sicher. Irgendwo an der Ostküste jedenfalls.«

»Er hat keinen Kontakt zu Ihnen?«

»Das möchte ich ihm auch nicht geraten haben!«

Carols Antwort klang so scharf und verbittert, daß Ernest unwillkürlich zusammenzuckte.

»Warum wollen Sie ihm das nicht ›geraten haben‹?« fragte er.

»Jeb hat mit neunzehn geheiratet und ist mit einundzwanzig zur Marine gegangen. Mit einunddreißig hat er seine beiden kleinen Töchter sexuell belästigt. Ich habe der Verhandlung beigewohnt. Er ist mit einer dreijährigen Gefängnisstrafe und einer unehrenhaften Entlassung davongekommen. Das Gericht hat ihm die Verfügung auferlegt, sich tausend Meilen von Chicago entfernt zu halten, weil dort seine Töchter leben.«

»Mal sehen.« Ernest warf einen Blick auf seine Notizen und rechnete, »er ist drei Jahre älter ... Sie müssen achtundzwanzig gewesen sein ... das alles ist also vor zehn Jahren passiert. Sie haben ihn seit seiner Verurteilung zu dieser Gefängnisstrafe nicht wiedergesehen?«

»Drei Jahre Gefängnis sind eine kurze Zeit. Von mir hat er eine längere Strafe bekommen.«

»Wie lang?«

»Lebenslänglich!«

Es überlief Ernest kalt. »Lebenslänglich ist eine lange Strafe.«

»Für ein Kapitalverbrechen?«

»Was ist mit der Zeit *vor* der Straftat? Waren Sie damals schon sehr zornig auf Ihren Bruder?«

»Seine Töchter waren acht und zehn, als er sie mißbrauchte.«

»Nein, nein, ich meine, ob Sie *vor* der Straftat wütend auf ihn waren.«

»Seine Töchter waren *acht* und *zehn*, als er sie mißbrauchte«, wiederholte Carol mit zusammengebissenen Zähnen.

Wau! Da war Ernest auf eine Tretmine geraten. Er wußte, daß er eine »wilde« Sitzung abhielt – eine, die er Marshal niemals würde beschreiben können. Er konnte dessen Kritik genau vorhersehen: »Was, zum Teufel, soll das, daß Sie sie mit Fragen wegen ihres Bruders bestürmen, bevor Sie überhaupt eine anständige, systematische Vorgeschichte aufgenommen haben? Sie haben ja nicht einmal ihre Ehe bearbeitet, den manifesten Grund, warum sie Sie aufgesucht hat.« Ja, er konnte Marshals Worte hören: »Natürlich ist da etwas. Aber, um Himmels willen, können Sie nicht abwarten? Speichern Sie's ab; kommen Sie zur richtigen Zeit darauf zurück. Sie sind schon wieder unbeherrscht.«

Aber Ernest wußte, daß er Marshal aus seinen Gedanken verbannen mußte. Sein Entschluß, mit Carolyn absolut offen und ehrlich zu sein, verlangte Spontaneität seinerseits, machte es unumgänglich, daß er mit ihr teilte, *was* er fühlte und *wann* er es fühlte. Keine Taktik, keine Hinhaltemanöver bei dieser Patientin! Heute hieß die Marschrichtung: »Sei du selbst und gib dich selbst.«

Außerdem faszinierte Ernest die Plötzlichkeit von Carolyns Wut – so unmittelbar, so real. Anfangs hatte er Probleme gehabt, an sie heranzukommen: Sie schien so kühl, so sachlich. Jetzt hatte das Ganze mehr Saft: Sie war lebendig geworden; ihr Gesicht und ihre Worte waren in Einklang. Um diese Frau zu erreichen, mußte er dafür sorgen, daß sie bei sich selbst blieb. Er beschloß, seiner Intuition zu vertrauen und da anzusetzen, wo die Emotion war.

»Sie sind wütend, Carolyn, und nicht nur auf Jeb, sondern auch auf mich.«

Na, du Trottel – endlich hast du mal was kapiert, dachte Carol. *Himmel, du bist ja noch schlimmer, als ich gedacht habe. Kein Wunder, daß du nie einen zweiten Gedanken an die Frage verschwendet hast, was ihr beide, du und Justin, mir angetan habt. Du zuckst ja nicht mal mit der Wimper, wenn man dir von einer Achtjährigen erzählt, die von ihrem Vater vergewaltigt wurde!*

»Es tut mir leid, Carolyn, daß ich mich so weit auf ein so heikles Gebiet vorgewagt habe. Vielleicht habe ich da etwas vorgegriffen. Also lassen Sie mich es offen sagen: Wenn Jeb so barbarisch sein konnte, seinen eigenen kleinen Töchtern etwas Derartiges anzutun, was hätte er da seiner jüngeren Schwester antun können?«

»Worauf wollen Sie hinaus...?« Carolyn senkte den Kopf; ihr wurde plötzlich flau.

»Ist Ihnen nicht wohl... ein Schluck Wasser?«

Carol schüttelte den Kopf und faßte sich schnell wieder. »Tut mir leid, mir war etwas flau. Ich weiß nicht, warum.«

»Was vermuten Sie denn?«

»Keine Ahnung.«

»Wenden Sie sich nicht von dem Gefühl ab, Carolyn. Bleiben Sie noch einen Augenblick dabei. Es geschah, als ich Sie nach Jeb und Ihnen fragte. Ich dachte an Sie als Zwölfjährige und daran, wie Ihr Leben mit einem derart veranlagten älteren Bruder gewesen sein muß.«

»Ich war an einigen Gerichtsverfahren, in denen es um Kindesmißbrauch ging, als Anwältin beteiligt. Es waren die brutalsten Verhandlungen, die ich je miterlebt habe. Es ist eine brutale Erfahrung für alle Beteiligten. Ich nehme an, ich bin bei dem Gedanken erbleicht, das alles selbst durchmachen zu müssen. Ich bin mir nicht sicher, ob Sie mich in diese Richtung lenken wollten. Wenn ja, muß ich Ihnen gleich sagen, daß ich mich an kein spezielles Trauma erinnern kann, das mit Jeb zu tun hätte. Ich erinnere mich lediglich an das normale Maß der Streitigkeiten zwischen Bruder und Schwester. Aber es stimmt auch, daß ich nur sehr wenige Erinnerungen an meine frühe Kindheit habe.«

»Nein, nein – es tut mir leid, Carolyn, ich habe mich nicht klar ausgedrückt. Ich dachte nicht an irgendein größeres Kindheitstrauma und den darauf folgenden posttraumatischen Streß. Nicht im mindesten, obwohl ich mit Ihnen übereinstimme, daß diese Denkungsart heute sehr in Mode ist. Was ich im Sinn hatte, war weniger dramatisch, aber dafür hinterhältiger und näher am Hier und Jetzt. Wie es für Sie gewesen sein mag, mit einem lieblosen Bruder – vielleicht sogar mit einem Bruder, der zum Mißbrauch neigte – aufgewachsen zu sein, einen beträchtlichen Teil jeden Tages mit ihm verbracht zu haben?«

»Ja, ja, ich sehe den Unterschied.«

Ernest warf einen Blick auf die Uhr. Verdammt, dachte er, nur noch sieben Minuten. Dabei gibt es soviel zu tun! Ich *muß* anfangen, mich mit ihrer Ehe zu beschäftigen.

Obwohl Ernests Blick auf die Uhr sehr unauffällig gewesen war, fing Carol ihn dennoch auf. Ihre erste Reaktion verwirrte sie. Sie fühlte sich gekränkt. Aber das verging schnell, und sie dachte: *Sieh ihn dir an – den hinterlistigen, gierigen Bastard – sich auszurechnen, wie viele Minuten es noch dauert, bis er mich vor die Tür setzen und den Zähler für die nächsten hundertfünfzig Dollar in Gang setzen kann.*

Ernests Uhr stand tief verborgen in einem Bücherregal, wo der Patient sie nicht sehen konnte. Ganz im Gegensatz dazu stellte Marshal seine Uhr deutlich sichtbar auf den kleinen Tisch zwischen sich und den Patienten. »Ich bin nur ehrlich«, sagte Marshal. »Es ist allgemein bekannt, daß die Patienten für fünfzig Minuten meiner Zeit bezahlen. Warum sollte ich also ein Geheimnis aus der Uhr machen? Wenn Sie die Uhr verstecken, leisten Sie damit nur der Illusion Vorschub, Sie und der Patient unterhielten eine persönliche und nicht eine berufliche Beziehung.« Typisch Marshal: solide, unwiderlegbar. Trotzdem, Ernest hielt seine Uhr versteckt.

Er versuchte, die restlichen Minuten Carolyns Mann zu widmen: »Mich beeindruckt, daß Sie von allen Männern, die Sie erwähnten, den männlichen Schlüsselfiguren in Ihrem Leben, schwer enttäuscht worden sind, und ich weiß, ›Enttäuschung‹ ist da als Begriff zu lau: Ihr Vater, Ihr Bruder und, natürlich, Ihr Mann. Aber über Ihren Mann weiß ich im Grunde noch gar nicht viel.«

Carol ignorierte Ernests Aufforderung. Sie hatte ihre eigene Tagesordnung.

»Wenn wir über Männer in meinem Leben reden, die mich enttäuscht haben, sollte ich wohl auch eine wichtige Ausnahme erwähnen. Als ich noch in Radcliffe studierte, befand ich mich in einer gefährlichen psychischen Verfassung. Es ist mir noch nie so schlecht gegangen: auf mich allein gestellt, depressiv, fühlte ich mich unzulänglich und häßlich. Und dann kam der Tropfen, der das Faß zum Überlaufen brachte: Mein Freund Rusty, mit dem ich seit der Junior-High-School befreundet war, gab mir den Laufpaß. Da bin ich wirklich abgerutscht, Alkohol, Drogen, die Überlegung, das College zu verlassen, vielleicht sogar Selbstmord zu begehen. Dann suchte ich einen Therapeuten auf, Dr. Ralph Cooke, der mir das Leben rettete. Er war außerordentlich freundlich, sanft und hilfreich.«

»Wie lange haben Sie ihn konsultiert?«

»Als Therapeuten? Ungefähr anderthalb Jahre.«

»Da ist noch mehr, Carolyn?«

»Es widerstrebt mir ein wenig, darauf einzugehen. Ich schätze diesen Mann sehr und möchte nicht, daß sie das Ganze mißverstehen.« Carol griff nach einem Kleenex und verdrückte eine Träne.

»Ja?«

»Nun ... ich fühle mich nicht besonders wohl, darüber zu sprechen ... ich fürchte, daß Sie ihn verurteilen werden. Ich hätte niemals seinen Namen erwähnen dürfen. Ich weiß, eine Therapie ist vertraulich. Aber ... aber ...«

»Höre ich da eine Frage an mich heraus, Carolyn?« Ernest wollte unverzüglich klarstellen, daß er ein Therapeut war, den sie fragen konnte und der alle Fragen beantworten würde.

Verdammt, dachte Carol, die sich verärgert in ihrem Sessel wand. *»Carolyn, Carolyn, Carolyn.« In jedem gottverdammten Satz muß er »Carolyn« sagen!*

Sie fuhr fort: »Eine Frage ... hm, ja. Mehr als eine. Erstens, ist dieses Gespräch absolut vertraulich? Sie werden mit niemandem darüber reden? Und zweitens, werden Sie ihn verurteilen oder in irgendwelche Klischeevorstellungen pressen?«

»Vertraulich? Natürlich. Verlassen Sie sich auf mich.«

Mich auf dich verlassen? dachte Carol. *Ja, genauso, wie ich mich auf Ralph Cooke verlassen konnte.*

»Meine Aufgabe hier ist es, zu verstehen, nicht zu urteilen. Ich werde mein Bestes tun, und ich verspreche, diesbezüglich offen zu Ihnen zu sein. Ich werde jede Ihrer Fragen beantworten«, sagte Ernest, der seinen Entschluß zur Wahrheit nun fest in das Gewebe dieser ersten Sitzung einarbeitete.

»Nun, ich werde es einfach so sagen, wie es war. Dr. Cooke und ich wurden ein Liebespaar. Nachdem ich einige Sitzungen mit ihm gehabt hatte, begann er, mich von Zeit zu Zeit in den Arm zu nehmen, um mich zu trösten, und dann ist es einfach passiert – auf dem herrlichen Perserteppich in seinem Sprechzimmer. Es war das beste, was mir je passiert ist. Ich weiß nicht, wie ich darüber reden soll; ich kann nur sagen, es hat mir das Leben gerettet. Ich bin jede Woche zu ihm gegangen, und wir haben uns jede Woche geliebt, und all der Schmerz und all das Elend verschwanden einfach dadurch. Schließlich fand er, daß ich keine weitere Therapie mehr nötig hatte, aber wir haben noch ein ganzes Jahr lang miteinander geschlafen. Mit seiner Hilfe habe ich das College geschafft und konnte mein Jurastudium aufnehmen. An der besten juristischen Fakultät: University of Chicago Law.«

»Ihre Beziehung endete, als Sie dort Ihr Jurastudium aufnahmen?«

»Im Prinzip, ja. Aber ich bin noch einige Male, wenn ich ihn brauchte, nach Providence geflogen, und er war jedesmal für mich da und hat mir den Trost gegeben, den ich brauchte.«

»Er spielt immer noch eine Rolle in Ihrem Leben?«

»Er ist tot. Jung gestorben, ungefähr drei Jahre, nachdem ich mit dem Jurastudium fertig war. Ich glaube, ich habe nie aufgehört, nach ihm zu suchen. Ich habe meinen

Mann, Wayne, kurz danach kennengelernt und beschlossen, ihn zu heiraten. Ein übereilter Entschluß. Und ein schlechter Entschluß. Vielleicht wollte ich Ralph so sehr, daß ich mir einbildete, ihn in meinem Mann zu sehen.«

Carol zog sich nach ein paar Kleenex heraus, bis Ernests Schachtel leer war. Jetzt brauchte sie keine Tränen mehr vorzutäuschen; sie flossen aus eigenem Antrieb. Ernest nahm eine neue Schachtel Papiertaschentücher aus seiner Schreibtischschublade, riß die Plastikhülle ab und setzte den Papierstrom in Gang, indem er das erste Tuch herauszog. Er reichte es Carol. Ihre Tränen setzten sie selbst in Erstaunen: Ihre Lügen verwandelten sich in ein tragisches und romantisches Bild ihres eigenen Lebens. Wie großartig, von diesem allesgebenden, prachtvollen Mann geliebt zu werden; und wie schrecklich, wie unerträglich – an dieser Stelle weinte Carol noch heftiger –, ihn nie wieder gesehen zu haben, ihn für immer verloren zu haben! Als Carols Schluchzen verebbte, steckte sie das Kleenex weg und sah Ernest erwartungsvoll an.

»Jetzt habe ich es ausgesprochen. Sie verurteilen ihn nicht? Sie sagten, Sie würden mir die Wahrheit sagen.«

Ernest steckte in einer Zwickmühle. Die Wahrheit war, daß er wenig Nachsicht mit diesem verstorbenen Dr. Cooke hatte. Hastig wog er seine Alternativen ab. Vergiß nicht, rief er sich ins Gedächtnis: absolute Ehrlichkeit. Aber er sträubte sich. Absolute Ehrlichkeit wäre in diesem Fall nicht das beste für seine Patientin gewesen.

Der Fall Seymour Trotter war seine erste Begegnung mit sexuellem Mißbrauch seitens eines Therapeuten gewesen. In den nachfolgenden acht Jahren hatte er mit mehreren Patientinnen gearbeitet, die eine sexuelle Beziehung zu früheren Therapeuten hinter sich hatten, und in jedem Falle war das Ergebnis für die Patientin verheerend gewesen. Und wer vermochte wirklich zu sagen, wie die Sache für Belle ausgegangen war – trotz Seymours Foto, trotz seines triumphierend gen Himmel erhobenen Arms? Natürlich war da das Geld, das ihr bei der Verhandlung zugesprochen wurde, aber was noch? Seymours Verfall war progressiv. Nach ein oder zwei Jahren hatte sie wahrscheinlich vor dem Problem gestanden, ihn für den Rest seines Lebens rund um die Uhr versorgen zu müssen. Nein, man konnte auf keinen Fall sagen, daß die Sache auf lange Sicht für Belle gut ausgegangen war. Genausowenig wie für irgendeine andere Patientin, von der er je gehört hatte. Und trotzdem sagte Carol hier und heute, sie und ihr Therapeut hätten eine andauernde sexuelle Beziehung gehabt und diese Beziehung habe ihr das Leben gerettet. Ernest war sprachlos.

Sein erster Impuls war es, Carolyns Behauptung anzuzweifeln: Vielleicht war die Übertragung auf diesen Dr. Cooke so stark, daß sie die Wahrheit vor sich selbst verbarg. Schließlich stand außer Frage, daß Carolyn nicht unparteiisch war. Hier saß sie nun fünfzehn Jahre später und vergoß immer noch heiße Tränen um ihn. Außerdem war sie infolge ihrer Begegnung mit Dr. Cooke eine schlechte Ehe eingegangen, die sie seither quälte.

Vorsicht, ermahnte Ernest sich, keine voreiligen Schlüsse. Nimm einen moralisierenden, selbstgerechten Standpunkt ein, und du wirst deine Patientin verlieren. Sei offen; versuche, dich in Carolyn hineinzuversetzen. Und vor allem, kein schlechtes Wort über Dr. Cooke, nicht jetzt. Das hatte er von Marshal gelernt. Die meisten Patientinnen fühlten sich dem Therapeuten, der sie mißbraucht hatte, zutiefst verbunden und benötigen Zeit, um sich von ihren noch vorhandenen Gefühlen freizumachen. Es war nicht ungewöhnlich, daß sie mehrere Therapeuten probierten, bevor sie einen fanden, mit dem sie arbeiten konnten.

»Also, Ihr Vater, Ihr Bruder und Ihr Mann haben Sie am Ende alle entweder im Stich gelassen, Sie verraten oder die Falle um Sie herum zuschnappen lassen. Und der eine Mann, an dem Ihnen wirklich gelegen war, starb. Manchmal weckt der Tod eines Menschen die gleichen Gefühle, als hätte auch er einen im Stich gelassen.« Ernest war angewidert von sich selbst, von diesem Therapiegeschwätz, aber unter den gegebenen Umständen war es das Beste, was er tun konnte.

»Ich glaube nicht, daß Dr. Cooke besonders glücklich darüber war, zu sterben.«

Carol bedauerte ihre Worte sofort. *Vorsicht!* rief sie sich zur Ordnung. *Du willst diesen Mann verführen, du willst ihn reinlegen, warum, zum Teufel, gehst du also plötzlich hoch wie eine Rakete und verteidigst diesen wunderbaren Dr. Cooke, der nichts anderes ist als eine Ausgeburt deiner Phantasie?*

»Tut mir leid, Dr. Lash... ich meine, Ernest. Ich weiß, Sie haben es nicht so gemeint. Ich nehme an, ich vermisse Rolf im Augenblick sehr. Ich fühle mich ziemlich allein.«

»Das weiß ich, Carolyn. Deshalb ist auch eine gewisse Nähe zwischen uns beiden so wichtig.«

Ernest bemerkte, daß Carolyns Augen sich weiteten. *Vorsicht!* ermahnte er sich, *sie könnte diese Bemerkung als einen Annäherungsversuch betrachten.* In sachlicherem Tonfall fuhr er fort: »Und genau das ist der Grund, weshalb Therapeut und Patient allen Dingen nachspüren müssen, die ihrer Beziehung im Weg stehen – wie zum Beispiel Ihre Wut auf mich vor einigen Minuten.« *Gut, gut, viel besser,* dachte er.

»Sie sagten, Sie wollten mich an Ihren Gedanken teilhaben lassen. Ich habe vermutlich geargwöhnt, Sie könnten eine vorgefaßte Meinung von ihm oder von mir haben.«

»Ist das eine Frage, Carolyn?« Ernest spielte auf Zeit.

Gütiger Gott! Muß ich es denn erst mit großen Lettern buchstabieren? dachte Carol. »Hatten Sie eine vorgefaßte Meinung? Was halten Sie davon?«

»Von Ralf?« Noch ein Hinhaltemanöver.

Carol nickte und stöhnte innerlich.

Ernest warf jede Vorsicht über Bord und sagte die Wahrheit. Größtenteils. »Ich gebe zu, daß das, was Sie mir erzählt haben, mich aus dem Gleichgewicht bringt. Und ich nehme an, ich habe tatsächlich gewisse Vorbehalte. Aber ich arbeite daran – ich möchte Ihrer Erfahrung gegenüber absolut offen bleiben. Ich will Ihnen auch sagen, warum diese Sache mir zu schaffen macht«, fuhr Ernest fort. »Sie erzählen mir, daß er Ihnen enorm geholfen hat, und ich glaube Ihnen. Warum sollten Sie auch zu mir kommen, mir eine Menge Geld bezahlen und mir nicht die Wahrheit sagen? Also zweifle ich nicht an Ihren Worten. Aber was soll ich mit meinen eigenen Erfahrungen machen – ganz zu schweigen von der umfangreichen Fachliteratur zu diesem Thema –, die allesamt ganz andere Schlußfolgerungen nahelegen: daß nämlich sexuelle Kontakte zwischen Patientinnen und Therapeuten für die Patientinnen unausweichlich schädlich sind – und nicht nur für die Patientin, sondern letzten Endes auch für den Therapeuten.«

Auf dieses Argument hatte Carol sich gut vorbereitet. »Wissen Sie, Dr. Lash … Entschuldigung, Ernest – ich kriege das schon noch hin; ich bin nur nicht daran gewöhnt, daß Psychiater reale Menschen mit Vornamen sind. Für gewöhnlich verstecken sie sich hinter ihren Titeln. Für gewöhnlich zeigen sie ihre Menschlichkeit nicht so offen, wie Sie es tun. Was wollte ich noch gleich sagen … ach ja, ich habe mir, bevor ich Sie aufgesucht habe, die Freiheit genommen, in der Bibliothek Ihre Bibliographie nachzuschlagen – eine alte Gewohnheit, die mit meinem Job zusammenhängt: die Referenzen von Ärzten zu überprüfen, die vor Gericht als Sachverständige aussagen.«

»Und?«

»Und ich habe herausgefunden, daß Sie eine sehr gute naturwissenschaftliche Ausbildung haben und daß Sie eine Anzahl von Berichten über Ihre psychopharmakologischen Forschungsarbeiten veröffentlicht haben.«

»Und?«

»Nun, wäre es nicht möglich, daß Sie gerade Ihre wissenschaftlichen Maßstäbe vernachlässigen? Denken Sie doch nur an die Daten, anhand derer Sie Rückschlüsse auf Ralf gezogen haben. Sehen Sie sich Ihr Beweismaterial an – eine völlig unkontrollierte Stichprobe. Seien Sie ehrlich: Würde das wissenschaftlichen Ansprüchen genügen? Natürlich besteht Ihre Auswahl an Patientinnen, die sexuelle Beziehungen zu ihren Therapeuten hatten, aus traumatisierten oder unzufriedenen Frauen – aber das liegt daran, daß *es diejenigen sind, die Hilfe benötigen.* Die anderen – zufriedene Patientinnen wie ich – kommen für gewöhnlich nicht zu Ihnen, und Sie können gar nicht wissen, wie groß deren Anteil ist. Mit anderen Worten, Sie kennen nur den Zähler, nur die Patientinnen, die nach einem solchen Fall therapeutische Hilfe suchen. Sie kennen aber den Nenner nicht – die Gesamtanzahl der Patientinnen, die mit ihren Therapeuten sexuelle Kontakte hatten, oder die Anzahl derer, denen dadurch geholfen wurde, oder die Anzahl derer, für die die Erfahrung bedeutungslos war.«

Nicht schlecht, dachte Ernest. *Diese Frau möchte ich im Gerichtssaal nicht gegen mich haben.*

»Verstehen Sie, was ich meine, Ernest? Ist es möglich, daß ich recht habe? Seien Sie ehrlich. Sind Sie vor mir jemals jemandem begegnet, dem eine solche Beziehung keinen Schaden zugefügt hätte?«

Seine Gedanken wanderten abermals zu Belle, Seymour Trotters Patientin. *Paßte Belle in die Kategorie jener, denen geholfen worden war?* Abermals huschte das verblaßte Bild von Seymour und Belle durch seine Gedanken. *Diese traurigen Augen. Aber vielleicht war sie so besser dran. Wer weiß, vielleicht waren sie am Ende beide besser dran? Oder zumindest vorübergehend. Nein, wer könnte in diesem Falle überhaupt etwas mit Sicherheit sagen, und erst recht nicht, wie die beiden am Ende zueinander standen?* Jahrelang hatte Ernest sich gefragt, wann sie wohl das erste Mal den Entschluß gefaßt hatten, sich zusammen auf eine Insel zurückzuziehen. Hatte Seymour schließlich doch noch beschlossen, sie zu retten? Oder hatten sie beide diesen Plan schon viel früher gefaßt? Vielleicht von Anfang an?

Nein, das waren keine Gedanken, die er mitteilen konnte. Ernest schob Seymour und Belle entschlossen beiseite und schüttelte in Antwort auf Carolyns Frage sachte den Kopf. »Nein, das habe ich nicht, Carolyn. Ich habe nie eine Patientin gehabt, der eine solche Beziehung keinen Schaden zugefügt hätte. Aber nichtsdestoweniger sind Ihre Bemerkungen durchaus gerechtfertigt. Sie werden mir helfen, keine voreiligen Schlüsse zu ziehen.« Ernest warf einen langen Blick auf seine Armbanduhr. »Wir haben unsere Zeit bereits überzogen, aber es stehen immer noch einige Fragen im Raum.«

»Natürlich.« Carols Miene hellte sich auf. Ein weiteres hoffnungsvolles Zeichen. *Zuerst bittet er mich, ihm Fragen zu stellen. Kein angesehener Psychiater tut so etwas. Er deutet sogar an, daß er persönliche Fragen, die sein Leben betreffen, beantworten wird – das werde ich beim nächsten Mal abklopfen. Und jetzt bricht er die Regeln, indem er die Sitzung weit über die fünfzig Minuten ausdehnt.*

Sie hatte die APA-Richtlinien für Psychiater gelesen, in denen es um die Frage ging, wie man sich vor Anklagen wegen sexuellen Mißbrauchs schützen konnte: Man halte an allen Grenzen fest, meide schlüpfriges Terrain, nenne seine Patienten nicht beim Vornamen, man beginne und beende jede Sitzung pünktlich. In jedem einzelnen Mißbrauchsdelikt, bei dem sie als Anwältin aufgetreten war, hatte es damit begonnen, daß der Therapeut die fünfzig Minuten überschritt. *Aha,* dachte sie, *ein kleiner Ausrutscher hier, ein kleiner Fehltritt da, und wer weiß, wo wir nach einigen wenigen Sitzungen sein werden?*

»Erstens wüßte ich gern, ob irgend etwas in der heutigen

Sitzung Ihnen ein Gefühl des Unbehagens vermittelt hat. Was ist mit den starken Gefühlen, als wir vorhin über Jed sprachen?«

»Nicht Jed – *Jeb.*«

»Entschuldigung. Jeb. Ihnen war einen Augenblick lang flau, als wir von ihm sprachen.«

»Ich fühle mich immer noch ein wenig zitterig, aber nicht schlecht. Ich denke, Sie sind da auf etwas Wichtiges gestoßen.«

»In Ordnung. Zweitens würde ich gern genauer wissen, wie wir zueinander stehen. Sie haben heute hart gearbeitet, Sie sind einige große Risiken eingegangen, haben wichtige Teile Ihrer selbst offenbart. Sie haben mir sehr viel Vertrauen entgegengebracht, und ich weiß das zu schätzen. Glauben Sie, daß wir miteinander arbeiten können? Welche Gefühle haben Sie, was mich betrifft? Wie kommt es Ihnen selbst vor, mir so viel von sich offenbart zu haben?«

»Ich habe ein gutes Gefühl dabei, mit Ihnen zu arbeiten. Ein wirklich gutes Gefühl, Ernest. Sie sind sympathisch und flexibel. Sie machen es einem leicht, zu reden, und Sie haben eine beeindruckende Fähigkeit, sich auf die wunden Stellen zu konzentrieren – Stellen, von denen ich bislang selbst nichts wußte. Ich habe das Gefühl, ich bin bei Ihnen in sehr guten Armen. Und hier ist Ihr Honorar.« Sie reichte ihm drei Fünfzigdollarscheine. »Ich habe noch keine neue Bankverbindung hier, und da ist es bequemer, alles in bar zu bezahlen.«

›In guten Armen‹, überlegte Ernest, als er sie zur Tür geleitete. *Heißt es nicht eigentlich »In guten Händen«?*

An der Tür drehte Carol sich noch einmal um. Mit feuchten Augen sagte sie: »Ich danke Ihnen. Sie sind ein Gottesgeschenk!« Dann beugte sie sich vor, nahm den überraschten Ernest zwei oder drei Sekunden lang ganz sachte in die Arme und verließ den Raum.

Während Carol die Treppe hinunterstieg, schlug eine Welle

der Traurigkeit über ihr zusammen. Unerwünschte Bilder aus lange vergangener Zeit durchfluteten sie: sie und Jeb bei einer Kissenschlacht; wie sie schreiend auf dem Bett ihrer Eltern herumtobten; ihr Vater, der ihre Bücher trug, als er sie zur Schule brachte; der Sarg ihrer Mutter, der in die Erde eingelassen wurde; Rustys jungenhaftes Gesicht, das sie angrinste, als er ihre Bücher aus dem Schließfach in der High-School holte; die verheerende Rückkehr ihres Vaters in ihr Leben; der traurige, abgetretene Perserteppich in Dr. Cookes Sprechzimmer. Sie schloß fest die Augen, um all diese Bilder zu vertreiben. Dann dachte sie an Justin, der vielleicht in eben diesem Augenblick an einem anderen Ort der Stadt Hand in Hand mit seiner neuen Flamme herumspazierte. Vielleicht war er ganz in der Nähe. Als sie aus dem Vordereingang des viktorianischen Hauses trat, blickte sie zu beiden Seiten die Sacramento Street entlang. Keine Spur von Justin. Aber ein junger, attraktiver Mann mit langem blondem Haar, Jogginghosen, einem rosafarbenen Hemd und einem elfenbeinfarbenen Pullover, lief an ihr vorbei und sprang, immer zwei Stufen gleichzeitig, die Treppe hinauf. *Wahrscheinlich der nächste Dumme, der zu Lash will,* dachte sie. Sie wandte sich zum Gehen, drehte sich dann aber doch noch einmal um, um zu Ernests Praxisfenster aufzublicken. *Gott verdammt,* dachte sie, *dieser Hurensohn versucht wirklich, mir zu helfen!*

Oben saß Ernest an seinem Schreibtisch und machte sich Notizen zu der Sitzung mit Carolyn. Der durchdringende Zitrusduft ihres Parfüms lag noch lange in der Luft.

7

Nach Ernests Supervisionsstunde lehnte sich Marshal Streider in seinem Sessel zurück und dachte über Siegeszigarren nach. Vor zwanzig Jahren hatte er Dr. Roy Grinker, einen bedeutenden Analytiker aus Chicago, sein Jahr auf Freuds Couch beschreiben hören. Das war in den Zwanzigern gewesen, in jenen Tagen, da das Ansehen eines Analytikers eine Pilgerfahrt auf die Couch des Meisters erforderte – für einige Wochen, oder, wenn man dem Traum nachhing, eine ganz große Nummer in der Psychoanalyse zu werden, ein ganzes Jahr. Grinker zufolge hatte Freud niemals seinen Triumph über eine eigene, treffende Deutung verborgen. Und wenn Freud glaubte, ihm sei eine monumentale Deutung gelungen, öffnete er sein Kistchen mit billigen Zigarren, bot seinem Patienten eine davon an und schlug vor, zusammen eine »Sieges«-Zigarre zu rauchen. Marshal belächelte Freuds liebenswerten, naiven Umgang mit der Übertragung. Wenn er noch geraucht hätte, würde er sich nach der Supervision mit Ernest zur Feier des Tages eine Zigarre angezündet haben.

Sein junger Schützling hatte sich während der vergangenen Monate recht ordentlich gemacht, aber die Sitzung heute war ein Meilenstein gewesen. Ernest in das Komitee für medizinische Ethik zu bringen, war nichts Geringeres als eine Inspiration. Marshal dachte häufig, daß Ernests Ego völlig löcherig sei: Er war hochtrabend und impulsiv. Ungebärdige Teile seines sexuellen Es wucherten aus den merkwürdigsten Winkeln seiner Persönlichkeit hervor. Aber das Schlimmste von allem war das leere Stroh seiner jugendlichen Bilderstürmerei: Ernest hatte viel zu wenig Respekt vor Disziplin, vor legitimer Autorität, vor Fachwissen, das profilierte Analytiker mit schärferem Verstand, als er ihn besaß, im Laufe von Jahrzehnten erarbeitet hatten.

Und welche bessere Methode gibt es, dachte Marshal, *Ernest von dieser Bilderstürmerei zu befreien, als ihn in das Komitee zu berufen? Brillant!* Es waren Anlässe wie dieser, bei denen Marshal sich nach Beobachtern sehnte, nach einem Publikum, das das Kunstwerk, das er geschaffen hatte, zu schätzen wußte. Jeder kannte die herkömmlichen Gründe, warum sich ein Analytiker selbst einer kompletten Analyse unterziehen mußte. Aber es gab einen bisher nicht gebührend beachteten Aspekt in der Persönlichkeit eines voll ausgereiften Therapeuten, über den Marshal früher oder später (seine Liste noch zu schreibender Aufsätze war immer weiter gewachsen) eine Arbeit zu verfassen gedachte: die Fähigkeit, mit jedem Jahr kreativer zu werden, Jahrzehnt um Jahrzehnt, und das ohne jedes Publikum. Welche anderen Künstler wären fähig, sich ein ganzes Leben einer Kunst zu widmen, die niemals von anderen gewürdigt wird? Man stelle sich nur vor, Cellini erschüfe einen Silberkelch von durchscheinender Schönheit und sperrte ihn in eine Gruft. Oder Musler drehe sein Glas zu einem Meisterwerk der Anmut, um es dann in der Abgeschiedenheit seines Studios zu zerschmettern. Grauenvoll! Man braucht Jahrzehnte des Wachstums, um in der Lage zu sein, ohne Zuschauer seine Kreativität zu entfalten. Und das gilt auch für das Leben, überlegte Marshal. *Es gibt nichts Schlimmeres, als ein unbeachtetes Leben zu leben.* Wieder und wieder hatte er im Laufe seiner analytischen Arbeit den außergewöhnlichen Durst seiner Patienten nach seiner Aufmerksamkeit bemerkt – in der Tat war das Bedürfnis nach einem Publikum ein wesentlicher, unbesungener Faktor der Therapie. Er hatte seine Trauerpatienten (und in dieser Hinsicht stimmte er mit Ernests Beobachtungen vollkommen überein) oft in tiefe Verzweiflung verfallen sehen, weil sie ihr Publikum verloren hatten: ihr Leben wurde nicht mehr beobachtet, nicht mehr beachtet (es sei denn, sie waren glückliche Anhänger einer Gottheit, die genug Muße hatte, um jeden einzelnen ihrer Schritte genauestens zu verfolgen).

Halt! dachte Marshal. Stimmt es denn wirklich, daß der analytische Künstler einsam schafft? Sind die Patienten nicht sein Publikum? Nein, in dieser Hinsicht zählen sie nicht. Patienten sind niemals in ausreichendem Maße frei von Eigeninteresse. Selbst die elegantesten, kreativsten Äußerungen des Analytikers sind an sie verschwendet! Und wie gierig sie sind! Man sehe sich nur an, wie sie das Mark aus jeder Deutung saugen, ohne auch nur einen einzigen bewundernden Blick für deren Schönheit als Ganzes übrig zu haben. Und wie steht es mit Studenten oder jungen Therapeuten in der Supervision? Sind die kein Publikum? Nur selten ist ein Student scharfsinnig genug, um die Kunstfertigkeit eines Analytikers zu würdigen. Für gewöhnlich geht die Deutung über seinen Horizont; später, in seiner eigenen klinischen Praxis, vielleicht Monate, ja sogar Jahre nach der Supervision, wird irgend etwas eine Saite in seinem Gedächtnis anreißen, und plötzlich wird er, wie vom Blitz getroffen, die Raffinesse und Größe der Kunst seines Lehrers erfassen und mit offenem Mund bestaunen.

Auf Ernest würde das jedenfalls zutreffen. Die Zeit würde kommen, da er zu Verständnis und Dankbarkeit gelangte. Indem er ihn jetzt zwang, sich mit dem Aggressor zu identifizieren, ersparte er ihm mindestens ein Jahr seiner Lehranalyse.

Nicht daß er es eilig gehabt hätte, Ernest aus der Supervision zu entlassen. Marshal wollte ihn noch lange bei sich haben.

Am Abend, nach den fünf Sitzungen dieses Nachmittags, eilte Marshal nach Hause, fand aber das Haus leer und einen Zettel von Shirley, seiner Frau, vor, die ihm mitteilte, das Abendessen stehe im Kühlschrank und sie werde gegen sieben von der Blumenausstellung zurück sein. Wie immer hatte sie ihm ein Ikebana-Arrangement hinterlassen: eine lange, röhrenförmige Keramikschale mit einem Nest aus grauen, eckigen, kahlen, nach unten gerichteten Spindelstrauchzweigen. An einem Ende des Nestes ragten zwei langstielige weiße Lilien auf, die voneinander abgewandt waren.

Verdammt noch eins, dachte er und schob das Blumenarrangement bis ans Ende des Tisches und beinahe darüber hinaus. *Ich habe heute acht Sitzungen und eine Supervisions-*

stunde hinter mich gebracht – vierzehnhundert Dollar –, und sie kann mir nicht einmal das Abendessen hinstellen, weil sie nur an diese beschissenen Blumenarrangements denkt. Marshals Ärger verflog jedoch, sobald er die Plastikbehälter im Kühlschrank geöffnet hatte: Gazpacho mit einem wahnsinnigen Aroma, ein fröhlich bunter Salat »Niçoise«, angemacht mit gepfeffertem, gedörrtem Thunfisch und einer Mango, grünen Trauben und ein Papayasalat in einer Passionsfruchtsoße. An den Gazpachotopf hatte Shirley einen Zettel geheftet: »Heureka! Endlich – ein negatives Kalorienrezept: Je mehr du ißt, um so dünner wirst du. Nur zwei Teller bitte – damit du mir ja nicht verschwindest.« Marshal lächelte. Aber nur eine Sekunde lang. Er erinnerte sich vage an einen anderen Scherz zum Thema »Verschwinden«, den Shirley erst vor einigen Tagen gemacht hatte.

Während des Essens schlug Marshal den Finanzteil der Nachmittagsausgabe des *Examiners* auf. Der Dow Jones war um zwanzig Punkte gestiegen. Natürlich hatte der *Examiner* nur die Notierungen vom Nachmittag, und in letzter Zeit war der Markt gegen Ende des Tages immer in wilde Bewegung geraten. Aber egal: Er gönnte sich das Vergnügen, die Kurse zweimal täglich zu verfolgen, und würde sich die Notierungen zum Börsenschluß morgen früh im *Chronicle* ansehen. Mit angehaltenem Atem tippte er hastig den Kursgewinn jeder seiner Aktien in den Taschenrechner ein und überschlug die Profite des Tages. Elfhundert Dollar – und es könnte noch mehr werden, bis der Markt schloß. Ein warmer Strom der Zufriedenheit schlug über ihm zusammen, und er aß den ersten Löffel des dickflüssigen, dunkelroten Gazpacho, der vor kleinen, glänzenden, grünen und weißen Zwiebel-, Gurken- und Zucchiniwürfeln nur so strotzte. Vierzehnhundert Dollar Umsatz in der Praxis und elfhundert Dollar aus Aktienprofiten. Es war ein guter Tag gewesen.

Nach der Sportseite und einem schnellen Blick auf die internationalen Nachrichten zog sich Marshal eilig ein anderes Hemd an und stürmte hinaus in den Abend. Seine Leidenschaft für körperliche Ertüchtigung kam beinahe seiner Liebe zum Profit gleich. Er spielte montags, mittwochs und freitags während seiner Mittagspause Basketball. Am Wochenende fuhr er Rad und spielte Tennis oder Rackettball. Dienstags und donnerstags versuchte er, wenigstens etwas Zeit für Aerobic abzuzwacken. Aber heute abend um acht hatte er eine Versammlung im Golden Gate Psychoanalytic Institute, und so war er früh genug aufgebrochen, um den Weg dorthin zu einem flotten, dreißigminütigen Spaziergang zu nutzen.

Mit jedem kraftvollen Schritt wuchs Marshals Erregung, während er an die Versammlung des vor ihm liegenden Abends dachte. Es würde eine außerordentliche Sitzung werden, daran bestand kein Zweifel. Es würde ein überaus dramatisches Schauspiel werden. Es würde Blut fließen. Oh, das Blut – ja, das war das Erregende daran. Nie zuvor hatte er den Reiz des Grauens so deutlich wahrgenommen. Die volksfestartige Atmosphäre bei den öffentlichen Hinrichtungen vergangener Zeiten, die Hausierer, die Spielzeuggalgen feilboten, das Vibrieren der Erregung, wenn die Trommeln grollten und der Verurteilte die Stufen zum Schafott hinaufschlurfte. Die Erhängungen, die Enthauptungen, die Verbrennungen, die Vierteilungen.

Je großartiger das Leben, das ausgelöscht wurde, desto größer die Verlockung. Die Erregung während der Schreckensherrschaft der Französischen Revolution mußte ganz außergewöhnlich gewesen sein, in einer Zeit, da adelige Köpfe rollten und dunkelrotes Blut aus königlichen Rümpfen spritzte. Und dann die Erregung über die geheiligten letzten Worte. Wenn die Grenze zwischen Sein und Nichtsein immer näher rückte, sprachen sogar Freidenker mit gedämpfter Stimme, lauschten, mühten sich, die letzten Silben der Sterbenden zu verstehen – als wäre in genau jenem Augenblick, da das Leben dem Menschen entwunden wurde und der Leib seine Verwandlung in ein Stück Fleisch begann, eine Enthüllung zu erwarten, ein Hinweis auf die großen Mysterien. Das erinnerte Marshal an das lawinenartig angewachsene Interesse an sogenannten Schwellenerfahrungen. Jeder wußte, daß das alles reine Scharlatanerie war, aber der Wahnsinn hielt sich bereits seit zwanzig Jahren und verkaufte Millionen Bücher. Gott! dachte Marshal, all das Geld, das mit diesem Quatsch verdient wurde!

Nicht daß heute abend ein Königsmord auf der Tagesordnung des Institutes gestanden hätte. Aber doch das Zweitbeste: Exkommunizierung und Verbannung. Verhandelt wurde gegen Seth Pande, Gründungsmitglied des Instituts und führender Lehranalytiker. Seit Seymour Trotters Exkommunikation vor vielen Jahren – weil er eine Patientin gebumst hatte –, hatte es nichts Derartiges mehr gegeben.

Marshal wußte, daß seine persönliche Position in der Sache heikel war und daß er heute abend mit größter Vorsicht zu Werke gehen mußte. Es war gemeinhin bekannt, daß Seth Pande ihn vor fünfzehn Jahren ausgebildet und Marshal sowohl in persönlicher als auch in beruflicher Hinsicht enorm geholfen hatte.

Aber Seths Stern war im Sinken begriffen; er war über siebzig und hatte sich vor drei Jahren einer großen Lungenkrebsoperation unterziehen müssen. Seth, dem seit jeher ein Hang zur Selbstherrlichkeit zu eigen gewesen war, hatte es als sein Privileg betrachtet, alle Regeln der Technik und Moral mißachten zu dürfen. Und von den letzten Anforderungen des Konformismus war er nun durch seine Krankheit und seine Konfrontation mit dem Tod befreit worden. Seine extrem antianalytische Einstellung zur Psychotherapie und sein haarsträubendes persönliches Benehmen wurden für seine psychoanalytischen Kollegen immer peinlicher und ärgerlicher. Aber er war immer noch eine Größe: Sein Charisma war so überwältigend, daß die Medien ihn zu allen möglichen aktuellen Themen um Stellungnahmen ersuchten – zum Einfluß der Gewalt im Fernsehen auf Kinder, zur städtischen Gleichgültigkeit gegenüber den Obdachlosen, zur öffentlichen Einstellung gegenüber Bettlern, zur Schußwaffenkontrolle, zu den sexuellen Verfehlungen der Politiker. Zu jedem dieser Themen hatte Seth einen nachrichtenwürdigen, häufig skandalös-respektlosen Kommentar auf Lager. Im Laufe der letzten Monate war das Ganze zu weit gegangen, und der gegenwärtige Präsident des Instituts, John Weldon, und Pandes alte Feinde unter den Analytikern hatten endlich die Courage aufgebracht, ihn zur Rede zu stellen.

Marshal dachte über seine Strategie nach: In letzter Zeit war Seth derart über die Stränge geschlagen und in der sexuellen und finanziellen Ausbeutung seiner Patienten derart schamlos geworden, daß es einem institutspolitischen Selbstmord gleichgekommen wäre, ihn jetzt noch zu unterstützen. Marshal wußte, daß seine Stimme gehört werden mußte. John Weldon rechnete fest mit seiner Unterstützung. Es würde nicht einfach sein. Obwohl Seth ein Mann war, der am Rande des Grabes stand, hatte er immer noch seine Verbündeten. Viele seiner gegenwärtigen und früheren Analysanden würden anwesend sein. Vierzig Jahre lang war er die führende geistige Kraft des Instituts gewesen. Er und Seymour Trotter waren die einzigen noch lebenden Gründungsmitglieder des Instituts – das heißt, falls Seymour noch lebte. Seit Jahren war Seymour nicht mehr gesichtet worden – gedankt sei Gott! Der Schaden, den dieser Mann dem Ruf ihres Berufsstands zugefügt hatte! Seth dagegen war eine aktuelle Bedrohung und würde nach seinen zahlreichen jeweils dreijährigen Amtsperioden als Institutspräsident förmlich mit dem Brecheisen von der Macht getrennt werden müssen.

Marshal fragte sich, ob Seth wohl ohne das Institut existieren konnte. Er mußte sich sehr damit identifizieren. Ein Ausschluß würde für Seth einer Todesstrafe gleichkommen. Sein Pech! Daran hätte Seth denken sollen, bevor er den guten Namen der Psychoanalyse in Mißkredit brachte. Es gab keine andere Möglichkeit: Marshal mußte sein Votum gegen Seth abgeben. Aber andererseits war Seth sein ehemaliger Analytiker. Wie sollte er den Eindruck vermeiden, ein skrupelloser Vatermörder zu sein? Heikel. Sehr heikel.

Marshals Zukunftsaussichten im Institut waren hervorragend. Daß er letztendlich die Führung übernehmen würde, war so sicher, daß seine einzige Sorge der Frage galt, wie er diesen Zustand so schnell als möglich herbeiführen konnte. Er war eines der wenigen Schlüsselmitglieder, die während der siebziger Jahre zum Institut gestoßen waren, als die Psychoanalyse schlechten Zeiten entgegenzusehen schien und die Zahl der Bewerber merklich abflaute. In den Achtzigern und Neunzigern war das Pendel zurückgeschwungen, und es hatte ein neuer Ansturm auf das sieben- bis achtjährige Kandidatenprogramm gegeben. Daher gab es im Institut im wesentlichen eine zweigipfelige Altersverteilung: da war zum einen die alte Garde, die inzwischen auch schon betagten Gelehrten, die sich unter der Führung von John Weldon gegen Seth zusammengeschlossen hatten, und eine Anzahl von Novizen, einige davon Marshals Analysanden, die erst in den letzten zwei oder drei Jahren als vollwertige Mitglieder aufgenommen worden waren.

In seiner eigenen Altersklasse hatte Marshal wenig Konkurrenz: Zwei seiner vielversprechendsten Kollegen waren koronaren Herzleiden erlegen und eines vorzeitigen Todes gestorben. Tatsächlich war es der Tod dieser beiden Männer, der Marshal zu seinen hektischen Aerobicversuchen antrieb. Konkurrenz drohte Marshal allein von Bert Kantrell, Ted Rollins und Dalton Salz.

Bert, ein netter Kerl, dem aber jegliches politisches Fingerspitzengefühl abging, hatte sich durch seine tiefe Verstrickung in nichtanalytische Projekte kompromittiert, vor allem durch seine unterstützende Therapiearbeit mit Aidspatienten. Ted war durch und durch unfähig: seine Ausbildungsanalyse hatte elf Jahre gedauert, und jeder wußte, daß er einzig wegen der Erschöpfung und des Mitleids der Analytiker zu guter Letzt seinen Abschluß bekommen hatte. Dalton hatte sich in letzter Zeit derart für Themen des Umweltschutzes engagiert, daß kein Analytiker ihn noch ernst nahm. Als Dalton seinen idiotischen Vortrag über die Analyse archaischer, umweltzerstörerischer Phantasien hielt – des Sinnes, daß wir Mutter Erde vergewaltigten und gegen die Wände unseres planetarischen Heims pinkelten –, war John Weldons erster Kommentar: »Ist das Ihr Ernst oder nehmen Sie uns auf den Arm?« Dalton hielt an seinem Standpunkt fest und publizierte die Arbeit zu guter Letzt – nachdem wirklich jede analystische Zeitschrift abgelehnt hatte – in einem Jungianischen Organ. Marshal wußte, daß er nur eines zu tun brauchte: abwarten und keine Fehler machen. Diese drei Clowns versauten sich ihre Chancen auch ohne seine Hilfe.

Aber Marshals Ehrgeiz ging weit über die Präsidentschaft des Golden Gate Analytic Institute hinaus. Dieses Amt würde ihm als Sprungbrett für eine nationale Führungsrolle dienen, vielleicht sogar in den Vorsitz der International Psychoanalytic Association führen. Die Zeit war reif: Es hatte nie einen Präsidenten der IPA gegeben, der seinen Abschluß an einem Institut im Westen der Vereinigten Staaten gemacht hatte.

Aber die Sache hatte einen Haken: Marshal brauchte Publikationen. Es mangelte ihm nicht an Ideen. Einer seiner gegenwärtigen Fälle, ein Borderline-Patient mit einem eineiigen Zwilling, der schizoid war, aber keine Borderline-Merkmale aufwies, schrie förmlich nach einer Veröffentlichung. Ja, Marshal wußte, daß seine Ideen im Übermaß strömten. Das

Problem waren seine Fähigkeiten als Autor: Seine unbeholfenen Worte und Sätze blieben weit hinter seinen Ideen zurück.

Und an dieser Stelle kam Ernest ins Spiel. Ernest hatte sich in letzter Zeit häufig als Ärgernis erwiesen – seine Unreife, seine Impulsivität, sein jünglinghaftes Beharren darauf, daß der Therapeut authentisch sein und sich selbst in die Therapie mit einbringen solle, hätte die Geduld eines jeden Supervisors auf eine harte Probe gestellt. Aber Marshal hatte gute Gründe, sich in Geduld zu fassen: Ernest verfügte über ein außerordentliches literarisches Talent. Schöne Sätze erschienen wie von Zauberhand auf dem Bildschirm seines Computers, wenn er anscheinend mühelos die Tastatur bearbeitete. Marshals Ideen und Ernests Formulierungskünste würden eine unschlagbare Kombination ergeben. Er brauchte Ernest nur so weit zurückzuhalten, daß das Institut ihn akzeptierte. Ernest zu einer gemeinsamen Arbeit an Zeitschriftenartikeln und sogar Bücherprojekten zu bewegen, würde kein Problem darstellen. Marshal hatte die Saat bereits gesetzt, indem er seine Darstellung der Schwierigkeiten, die Ernest überwinden mußte, um im Institut aufgenommen zu werden, systematisch übertrieben hatte und immer wieder darauf hinwies, wie wichtig Marshals Fürsprache in dieser Sache war. Ernest würde ihm auf Jahre hinaus dankbar sein. Außerdem war Ernest Marshals Meinung nach so ehrgeizig, daß er sich auf die Gelegenheit einer Zusammenarbeit mit ihm geradezu stürzen würde.

Als Marshal sich dem Gebäude näherte, atmete er mehrmals die kalte Luft tief ein, um sich einen klaren Kopf zu verschaffen. Er mußte heute abend unbedingt seine fünf Sinne beisammenhaben; ein Machtkampf war unausweichlich.

John Weldon, ein hochgewachsener, imposanter Mann von Mitte Sechzig mit rötlicher Gesichtsfarbe, bereits schütterem weißem Haar und einem langen, faltigen Hals, aus dem ein beachtlicher Adamsapfel herausragte, stand bereits auf dem Podium des mit Büchern gesäumten Raumes, der gleichzeitig als Bibliothek und als Konferenzsaal fungierte. Marshal warf einen Blick auf die in großer Zahl erschienenen Zuschauer und konnte sich auf kein einziges Institutsmitglied besinnen, das gefehlt hätte. Außer Seth Pande natürlich, der von einem Unterausschuß ausführlich befragt und eigens gebeten worden war, an dieser Versammlung nicht teilzunehmen.

Neben den eigentlichen Mitgliedern waren drei in der analytischen Ausbildung befindliche Kandidaten anwesend, Analysanden von Seth, die den Antrag gestellt hatten, teilnehmen zu dürfen. Das war ein Präzedenzfall. Und es stand viel auf dem Spiel für sie: Wenn Seth ausgestoßen oder verbannt wurde oder auch nur seinen Status als Lehranalytiker verlor, würde man ihnen die Jahre der analytischen Arbeit mit ihm nicht anrechnen, so daß sie gezwungen wären, bei einem anderen Lehranalytiker ganz von vorn anzufangen. Alle drei hatten klargemacht, daß sie sich vielleicht weigern würden, den Analytiker zu wechseln, selbst wenn dies bedeutete, daß sie von ihrer Kandidatur zurücktreten mußten. Es war sogar die Gründung eines abgespaltenen Instituts im Gespräch. Angesichts dieser Erwägungen hatte sich das leitende Komitee in der Hoffnung, die drei würden einsehen, wie deplaziert ihre Loyalität zu Seth war, zu dem außerordentlichen und höchst kontroversen Schritt entschlossen, sie als nicht stimmberechtigte Teilnehmer zu dieser Versammlung zuzulassen.

Sobald Marshal in der zweiten Reihe Platz nahm, schlug John Weldon, als hätte er nur auf Marshals Eintreten gewartet, mit seinem kleinen, lackierten Hämmerchen auf sein Pult und bat die Versammelten um Ruhe.

»Sie alle«, sagte er, »sind über den Zweck dieser außerordentlichen Sitzung informiert worden. Die schmerzliche Aufgabe, der wir uns heute abend gegenübersehen, besteht darin, ernste, sehr ernste Anschuldigungen gegen Seth Pande, eines unserer ehrwürdigsten Mitglieder, zu untersuchen und festzustellen, ob und, wenn ja, welche Schritte das Institut unternehmen sollte. Sie alle wurden brieflich davon in Kenntnis gesetzt, daß der eigens für diesen Fall gebildete Unterausschuß jeder einzelnen dieser Anschuldigungen mit großer Sorgfalt nachgegangen ist, und ich halte es für ratsam, daß wir uns direkt den Ergebnissen dieser Untersuchung zuwenden.«

»Dr. Weldon, noch ein Wort zum Verfahren!« Das war Terry Fuller, ein ungestümer junger Analytiker, der erst vor einem Jahr zugelassen worden war. Er war von Seth analysiert worden.

»Der Vorsitzende erteilt Dr. Fuller das Wort.« Weldon richtete seine Bemerkungen an Perry Wheeler, einen Siebzigjährigen, halbtauben Analytiker, der dem Institut als Schriftführer diente und sich hektisch Notizen machte.

»Ist es korrekt, daß wir diese ›Anschuldigungen‹ in Abwesenheit Seth Pandes diskutieren? Eine Verhandlung *in absentia* ist nicht nur moralisch unhaltbar, sie verstößt auch gegen die Statuten des Instituts.«

»Ich habe mit Dr. Pande gesprochen, und wir sind übereingekommen, daß es für alle Betroffenen das beste wäre, wenn er heute abend nicht teilnähme.«

»Einspruch! *Sie*, nicht wir, hielten es für das beste so, John.« Seth Pandes kraftvolle Stimme dröhnte durch den Saal. Er stand in der Tür, ließ seinen Blick über das Publikum schweifen, nahm sich dann einen Stuhl aus der hinteren Reihe und trug ihn nach vorn. Auf dem Weg dorthin klopfte er Terry Fuller voller Zuneigung auf die Schulter und fuhr fort: »Ich sagte, ich wolle über die Angelegenheit nachdenken und würde Sie meine Entscheidung wissen lassen. Und meine Entscheidung ist, wie Sie sehen, gefallen: Ich werde hier sein, am Busen meiner mich liebenden Brüder und geschätzten Kollegen.«

Seths einen Meter neunzig messende Gestalt war durch

den Krebs gebeugt, aber er war immer noch ein imposanter Mann mit glänzend weißem Haar, bronzefarbenem Teint, einer schönen, gebogenen Nase und einem hochherrschaftlichen Kinn. Er entstammte einem königlichen Geschlecht und war in seiner Jugend am Königshof von Kipoche, einer Provinz im Nordosten Indiens, erzogen worden. Als sein Vater zum indischen Repräsentanten bei den Vereinten Nationen ernannt wurde, siedelte Seth in die USA um und setzte seine Ausbildung in Exeter und Harvard fort.

Heilige Scheiße, dachte Marshal. *Nichts wie weg, wenn die großen Hunde an den Futternapf wollen.* Er zog den Kopf ein und tauchte so weit wie möglich in seinem Kragen unter.

John Weldons Gesicht lief purpurn an, aber seine Stimme blieb ruhig. »Ich bedaure Ihre Entscheidung, Seth, und ich glaube aufrichtig, daß Sie Grund haben werden, diese Entscheidung gleichfalls zu bedauern. Ich wollte Sie lediglich vor sich selbst schützen. Es könnte demütigend für Sie sein, sich die öffentliche Diskussion Ihres professionellen – und nichtprofessionellen – Verhaltens anzuhören.«

»Ich habe nichts zu verbergen. Ich war immer stolz auf meine Arbeit.« Seth warf einen Blick auf das Publikum und fuhr fort: »Wenn Sie Beweise brauchen, John, möchte ich vorschlagen, daß Sie sich einmal umsehen. Die Anwesenheit von dreien meiner Analysanden sowie mindestens einem halben Dutzend meiner ehemaligen Analysanden zeugt für die Qualität meiner Arbeit; jeder einzelne von ihnen ist kreativ, integriert und eine Zierde seines oder«, an dieser Stelle verbeugte er sich tief und elegant vor Karen Jaye, einer der Analytikerinnen, »ihres Standes«.

Marshal zuckte zusammen. *Seth würde es ihnen so schwer wie möglich machen. O mein Gott!* Bei seiner Musterung der Anwesenden hatte Seth einen Moment lang seinen Blick festgehalten. Marshal schaute in eine andere Richtung, nur um festzustellen, daß dort Weldons Blick auf ihn wartete. Er schloß die Augen, kniff den Hintern zusammen und machte sich noch kleiner.

Seth sprach weiter. »Was mich wirklich demütigen würde, John, und an dieser Stelle mag meine Meinung von Ihrer abweichen, wäre eine ungerechtfertigte Anklage, eine Verleumdung womöglich, gegen die ich mich nicht zu verteidigen versuche. Also, kommen wir zur Sache. Wie lauten die Anschuldigungen? Wer sind meine Ankläger? Lassen Sie uns einen nach dem anderen anhören.«

»Der Brief, den jeder von Ihnen, und das schließt auch Sie ein, Seth, vom Ausbildungsausschuß bekommen hat«, erwiderte John Weldon, »führt sämtliche Punkte auf. Ich werde sie verlesen. Fangen wir an mit dem Vorwurf der Schwarzarbeit, dem Tausch von Analysestunden gegen persönliche Dienstleistungen.«

»Ich habe das Recht, zu erfahren«, forderte Seth, »wer welche Anschuldigung vorgebracht hat.«

Marshal zuckte zusammen. *Meine Zeit ist gekommen*, dachte er. Er war es, der Weldon auf Seths Praxis des Tauschhandels aufmerksam gemacht hatte. Ihm blieb nichts anderes übrig, als aufzustehen und mit all der Direktheit und dem Selbstbewußtsein zu sprechen, die er aufbringen konnte.

»Ich übernehme die Verantwortung für die Beschwerde wegen des Tauschhandels. Vor einigen Monaten konsultierte mich ein neuer Patient, ein Finanzberater, und in unserem Gespräch über Honorare schlug er einen Austausch von Dienstleistungen vor. Da unsere Stundenhonorare dieselben seien, sagte er: ›Warum tut nicht einfach jeder von uns das, was er kann, ohne daß dabei steuerpflichtige Honorare hin und her gehen?‹ Ich habe natürlich abgelehnt und erklärt, warum ein solches Arrangement – auf mehreren Ebenen – die Therapie sabotieren würde. Er bezichtigte mich der Kleingeistigkeit und der Unbeweglichkeit und nannte mir zwei Leute, einen seiner Partner und einen Klienten, einen jungen Architekten, die solche Tauschgeschäfte mit Seth Pande, dem ehemaligen Präsidenten des Psychoanalytischen Instituts, vereinbart hätten.«

»Ich werde auf diesen Punkt, was die Sache selbst betrifft, gleich eingehen, Marshal. Aber zunächst einmal kann man natürlich nicht umhin, sich zu fragen, warum ein Kollege, ein Freund, und erst recht ein ehemaliger Analysand, nicht auf den Gedanken gekommen ist, zu allererst mit mir zu sprechen, die Frage direkt mit mir selbst zu erörtern!«

»Wo steht geschrieben«, entgegnete Marshal, »daß der erschöpfend analysierte Analysand seinen ehemaligen Analytiker für alle Zeit mit kindlicher Parteilichkeit behandeln muß? Ich habe von Ihnen gelernt, daß das Ziel der Behandlung und der Aufarbeitung der Übertragung darin besteht, dem Analysanden zu helfen, seine Eltern zu verlassen und Autonomie und Integrität zu entwickeln.«

Seth lächelte breit, wie ein Vater strahlen mochte, wenn sein Kind ihn zum ersten Mal schachmatt setzte. »Bravo, Marshal und touché. Sie haben Ihre Lektionen gut gelernt, und ich bin stolz auf Ihre Darbietung. Aber dennoch, ich frage mich, ob da nicht trotz all unseres Schrubbens, trotz unseres fünfjährigen psychoanalytischen Wienerns und Polierens, nicht immer noch Spuren von Sophisterei übriggeblieben sind?«

»Sophisterei?« Marshal stellte sich stur. Als Footballspieler am College hatten seine kraftvollen, wirbelnden Beine Männer von dem Doppelten seiner Körpergröße gnadenlos zurückgetrieben. Wenn er erst einmal einen Gegner aufs Korn genommen hatte, gab er nicht auf.

»Ich sehe da keine Sophisterei. Soll ich denn vielleicht meinem analytischen Vater zuliebe meine Überzeugung verraten – eine Überzeugung, die sicherlich jeder der hier Anwesenden teilt: daß es falsch ist, Analysesitzungen im Tausch – also schwarz – gegen persönliche Dienstleistungen zu verrechnen? Es ist illegal und unmoralisch. Und es wird durch die Steuergesetze dieses Landes ausdrücklich untersagt. Ein Kunstfehler ist es überdies: Es bringt das ganze System von Übertragung und Gegenübertragung durcheinander. Zusätzliche Dimensionen gewinnt dieser Fehler noch, wenn die Dienste, die der Analytiker als Gegenleistung erhält, persönlicher Art sind. Wenn es sich zum Beispiel um eine Finanzberatung handelt, der Patient also die intimsten Details der finanziellen Situation des Analytikers kennen muß. Oder wenn es um den Entwurf eines neuen Hauses geht – Ihr Haus hat meines Wissens der Architekt gebaut, den Sie therapiert haben. Der Patient mußte zu diesem Zweck doch in die privatesten Einzelheiten der häuslichen und familiären Gewohnheiten und Vorlieben seines Analytikers eingeweiht werden. Und jetzt versuchen Sie lediglich, Ihre eigenen Fehler mit Angriffen auf meinen Charakter zu vernebeln.«

Zufrieden mit sich selbst nahm Marshal wieder Platz. Er widerstand der Versuchung, einen Blick in die Runde zu werfen. Das war auch nicht nötig: das bewundernde Raunen war nicht zu überhören. Er hatte sich jetzt endgültig als ein Mann erwiesen, mit dem zu rechnen war. Und er kannte Seth gut genug, um voraussagen zu können, was jetzt passieren würde. Wann immer Seth sich angegriffen fühlte, konnte man sich seines Gegenangriffs sicher sein, und den trug er stets auf eine Art und Weise vor, die ihn unweigerlich in noch größere Schwierigkeiten brachte. Es war überflüssig, die destruktive Wirkung von Seths Verfahren genau zu erklären. Er würde das mit seinen Ausführungen schon selbst besorgen.

»Genug«, sagte John Weldon und schlug mit den Hammer auf den Tisch. »Dieser Punkt sollte uns zu wichtig sein, um ihn mit einer persönlichen Auseinandersetzung zu verquicken. Bleiben wir also bei der Sache. Wir sollten die Vorwürfe Punkt für Punkt durchgehen und sachlich diskutieren.«

»Schwarze Tauschgeschäfte«, sagte Seth, der Weldons Einwurf völlig ignorierte, »ist lediglich ein häßlicher Ausdruck, mit dem unterstellt wird, ein Akt der analytischen Zuwendung und Liebe sei etwas ganz anderes, etwas Böses.«

»Wie können Sie schwarze Tauschgeschäfte rechtfertigen, Seth?« fragte Olive Smith, eine ältere Analytikerin, die vor allem ihrer hochadeligen analytischen Herkunft wegen berühmt war: Sie war vor fünfundvierzig Jahren von Frieda Fromm-Reichmann analysiert worden, die sich ihrerseits einer Analyse bei Freud unterzogen hatte. Außerdem hatte sie einst eine kurzlebige Freundschaft und ein Briefwechsel mit Anna Freud verbunden, und sie kannte einige der Enkel Freuds. »Es steht doch außer Zweifel, daß lupenreine Rahmenbedingungen, vor allem was das Honorar anbelangt, eine unabdingbare Voraussetzung des analytischen Prozesses sind.«

»Wenn Sie sagen, daß analytische Zuwendung und Liebe schwarze Tauschgeschäfte rechtfertigten, ist das doch sicher nicht Ihr Ernst«, sagte Hervey Green, ein rundlicher, blasierter Analytiker, der die Gelegenheit zu einem peinlichen Kommentar selten ungenutzt ließ. »Stellen Sie sich einmal vor, Sie hätten Prostituierte als Klienten. Wie würde Ihr Tauschsystem dann funktionieren?«

»Ein schlitzohriger und origineller Kommentar, Harvey«, gab Seth zurück. »Die Schlitzohrigkeit, die überrascht bei Ihnen natürlich nicht. Aber die Originalität, die Schlauheit Ihrer Frage, die ist in der Tat überraschend. Was natürlich nichts daran ändert, daß sie uns in keiner Weise weiterbringt. Wie ich sehe, hat die Sophisterei hier im Golden Gate Institute schon sehr weit um sich gegriffen.« Bei diesen Worten drehte Seth sich zu Marshal um und wandte seinen Blick dann wieder Harvey zu. »Sagen Sie uns doch, Harvey, wie viele Prostituierte haben Sie in letzter Zeit denn so analysiert? Und die anderen Anwesenden?« Seth ließ den Blick seiner dunklen Augen durch den Saal schweifen. »Wie viele

Prostituierte halten einer eingehenden analytischen Beschäftigung mit sich selbst stand und bleiben dennoch Prostituierte?

Werden Sie erwachsen, Harvey!« fuhr Seth fort. Offensichtlich genoß er die Auseinandersetzung. »Sie bestätigen mir etwas, über das ich im *International Journal* geschrieben habe, daß wir alten Analytiker – wie nennt ihr Juden das offiziell? *Alte Gockel!* – uns regelmäßig, sagen wir alle zehn Jahre oder so, einer Analyse unterziehen sollten, um unsere andauernde Tauglichkeit zur Ausübung unseres Berufes überprüfen zu lassen. Wir könnten dann als Kontrollfälle für die Kandidaten dienen. Das wäre eine Möglichkeit, unsere Mumifizierung zu vermeiden. Etwas in der Art scheint diese Organisation dringend nötig zu haben.«

»Ruhe!« rief Weldon und holte wieder mit dem Hammer aus. »Lassen Sie uns zur Tagesordnung zurückkehren. Als Präsident bestehe ich darauf...«

»Schwarze Tauschgeschäfte!« fuhr Seth fort, der inzwischen dem Podium den Rücken gekehrt hatte und sich direkt an die Institutsmitglieder wandte. »Schwarze Tauschgeschäfte! Welch ein Verbrechen! Ein Kapitalverbrechen! Ein junger Architekt in schwierigster Lage, ein Magersüchtiger, den ich bereits drei Jahre behandelt und so weit gebracht hatte, daß er unmittelbar vor einem größeren Durchbruch stand, verlor plötzlich seine Stelle, als seine Firma von einer anderen Gesellschaft übernommen wurde. Er wird zwei Jahre brauchen, bis er ein eigenes Geschäft aufgebaut hat. In der Zwischenzeit verfügt er praktisch über kein eigenes Einkommen. Was ist nun die angemessene analytische Maßnahme? Ihn im Stich zu lassen? Ihn ein paar tausend Dollar Schulden machen zu lassen – eine Alternative, die für ihn grundsätzlich nicht akzeptabel war? Ich hatte unterdessen aus gesundheitlichen Gründen ins Auge gefaßt, mein Haus durch einen Anbau zu erweitern, in dem auch ein

Sprech- und ein Wartezimmer eingerichtet werden sollte. Ich brauchte einen Architekten. Er brauchte einen Auftrag.

Die Lösung – die angemessene, die moralische Lösung nach meinem Urteil, das ich weder vor dieser noch vor irgendeiner anderen Versammlung zu rechtfertigen habe – lag auf der Hand. Der Patient entwarf meinen Anbau. Dadurch war das Problem des Analysehonorars erledigt, und durch das Vertrauen, das ich ihm erwies, ergab sich ein positiver therapeutischer Effekt. Ich habe vor, diesen Fall zu veröffentlichen: Der Entwurf meines Hauses – des innersten Gemaches des Vaters – wies ihm den Weg bis in die tiefsten Schichten archaischer Erinnerungen an und Phantasien über seinen Vater, Schichten, die konservativen Techniken nicht zugänglich sind. Benötige ich Ihre Erlaubnis, um meine Patienten kreativ zu behandeln? Habe ich sie jemals benötigt?«

Mit dramatischer Geste ließ Seth abermals seinen Blick über die Anwesenden gleiten und auch einige Sekunden lang auf Marshal verweilen.

Nur John Weldon wagte zu antworten: »Grenzen! Grenzen! Seth, haben Sie denn alle bewährte Technik hinter sich gelassen? Den Patienten Ihr Haus inspizieren und entwerfen zu lassen! Sie mögen das kreativ nennen. Aber ich sage Ihnen, und ich weiß, daß mir darin alle beipflichten werden, *es ist jedenfalls keine Analyse!*«

»›Bewährte Technik!‹ ›Keine Analyse!‹« Seth äffte John Weldon nach und wiederholte dessen Worte mit hoher Fistelstimme. »Was soll das krämerhafte Geflenne? Glauben Sie, unsere Techniken sind auf den Tafeln Moses eingraviert? Die Techniken werden von visionären Analytikern geprägt: Ferenczi, Rank, Reich, Sullivan, Searles. Ja, und von Seth Pande!«

»Der Status eines selbsternannten Visionärs«, warf Morris Fender ein, ein kahler, zwergenhafter Mann mit vorstehenden Augen und gewaltiger Brille, aber praktisch ohne Hals, »ist ein schlaues, ein diabolisches Mittel, um eine Vielzahl von Sünden zu verbergen und zu rationalisieren. Ich bin zutiefst besorgt über Ihr Verhalten, Seth. Es untergräbt den guten Ruf der Analyse in der Öffentlichkeit, und mir schaudert, ehrlich gesagt, bei dem Gedanken daran, daß Sie junge Analytiker ausbilden. Denken Sie nur an Ihre Veröffentlichungen – etwa Ihre Ausführungen in der *London Literary Review*!«

Morris zog einige Zeitungsseiten aus der Tasche und entfaltete sie raschelnd. »Hier«, sagte er und wedelte mit dem Blatt aus der Zeitung, »das ist aus Ihrer Besprechung der Korrespondenz zwischen Freud und Ferenczi. Sie verkünden darin öffentlich, daß Sie Ihren Patienten sagen, Sie liebten sie. Daß Sie sie innig umarmten und intime Details Ihres Lebens mit ihnen besprächen: Ihre bevorstehende Scheidung, Ihre Krebserkrankung. Sie laden sie zu sich nach Hause zum Tee ein, Sie sprechen mit ihnen über Ihre sexuellen Vorlieben. Nun, Ihre sexuellen Vorlieben sind Ihre Sache – und welcher Natur sie sind, steht hier nicht zur Diskussion –, aber warum muß das gesamte lesende Publikum, warum müssen auch Ihre Analysanden von Ihrer Bisexualität wissen? Wollen Sie das auch leugnen?« Wieder wedelte Morris mit den Zeitungen. »Es sind Ihre eigenen Worte.«

»Natürlich sind es meine eigenen Worte. Steht der Vorwurf des Plagiats etwa auch auf der Liste?« Seth hielt den Brief der Untersuchungskommission hoch und tat, als suche er darin angestrengt nach diesem Punkt: »Plagiat, Plagiat – ach, so viele andere Kapitalverbrechen, so viele andere Spielarten der Lasterhaftigkeit, aber kein Plagiat. Das hat man mir wenigstens erspart. Ja, natürlich sind das meine eigenen Worte. Und ich stehe zu ihnen. Gibt es eine intimere Beziehung als die zwischen Analytiker und Analysand?«

Marshal lauschte erwartungsvoll. *Gut gemacht, Morris,* dachte er. *Die sicherste Methode, ihn anzustacheln. Das erste Mal, daß du etwas Intelligentes fertiggebracht hast!* Seths

Raketentriebwerke rauchten bereits; er war drauf und dran, sich in den Orbit der Selbstzerstörung zu katapultieren.

»Ja«, fuhr Seth fort. Sein ihm noch verbliebener Lungenflügel hatte zu kämpfen, und seine Stimme klang heiser. »Ich stehe zu meinem Wort, daß meine Patienten meine engsten Freunde sind. Aber das gilt für Sie alle. Auch für Sie, Morris. Meine Patienten und ich verbringen vier Stunden pro Woche mit den denkbar persönlichsten Gesprächen. Sagen Sie mir, wer von Ihnen hat einen Freund, von dem er das behaupten könnte? Ich will es Ihnen sagen: *Niemand, niemand von Ihnen* – und bestimmt nicht Sie, Morris. Wir alle wissen, wie eine normale amerikanische Männerfreundschaft aussieht. Vielleicht treffen sich einige von Ihnen – einige wenige – einmal in der Woche mit einem Freund zum Mittagessen und verbringen dann zwischen Bestellung und Nahrungsaufnahme dreißig Minuten im persönlichen Gespräch.

Wollen Sie leugnen«, Seths Stimme füllte jetzt den Saal aus, »daß die therapeutische Sitzung ihrem ganzen Entwurf nach ein Tempel der Ehrlichkeit ist? Wenn Ihre Patienten diejenigen Menschen sind, zu denen Sie die intimsten Beziehungen unterhalten, *dann bringen Sie auch den Mut auf, Ihre Scheinheiligkeit abzulegen und es ihnen zu sagen*! Und was soll es schon ausmachen, wenn sie Details Ihres persönlichen Lebens kennen? Meine Selbstoffenbarung hat kein einziges Mal den analytischen Prozeß gestört. Ganz im Gegenteil, sie beschleunigt ihn. Mag sein, daß mir Geschwindigkeit erst wegen meiner Krankheit wichtig geworden ist. Ich bedauere, daß ich so lange gebraucht habe, bis ich auf diese Dinge gestoßen bin. Meine jetzigen Analysanden, die hier im Saal sind, werden Ihnen die Geschwindigkeit, mit der wir vorankommen, bestätigen. Fragen Sie sie! Ich bin inzwischen davon überzeugt, daß keine Lehranalyse länger dauern muß als drei Jahre. Was zögern Sie also? Lassen Sie sie sprechen!«

Marshal erhob sich. »Ich erhebe Einspruch! Es ist unangemessen und unbeherrscht«, – da war es wieder, sein Lieblingswort! – »Ihre Analysanden in irgendeiner Weise in diese beklagenswerte Diskussion zu verstricken. Es ist schon ein Zeichen mangelnden Urteilsvermögens, das überhaupt in Erwägung zu ziehen. Ihre Analysanden sind in doppelter Weise voreingenommen: durch die Übertragung und durch ihr Eigeninteresse. Wie sollten sie Ihre Angaben zur Geschwindigkeit, mit der sie vorankommen – zu Ihrer Hauruckanalyse – nicht bestätigen? Natürlich werden sie entzückt sein von der Vorstellung einer kurzen, nur dreijährigen Lehranalyse. Welcher Kandidat wäre das nicht? Aber würden wir dadurch nicht gerade den wichtigsten Punkt aus den Augen verlieren: Ihre Krankheit und deren Einfluß auf Ihre Ansichten und Ihre Arbeit? Wie Sie selbst nahegelegt haben, Seth, hat Ihre Krankheit Sie dazu bewogen, die Arbeit mit Ihren Patienten möglichst rasch zum Abschluß zu bringen. Hier ist niemand, der dafür kein Verständnis hätte und Ihnen das nicht nachfühlen könnte. Ihre Krankheit ändert Ihren Blickwinkel in vielerlei Hinsicht, in vielerlei vollkommen verständlicher Weise, so wie die Dinge nun einmal liegen.

Aber das bedeutet nicht«, fuhr Marshal mit wachsendem Selbstvertrauen fort, »daß Ihre neuen Blickwinkel, geboren aus dem Zwang Ihrer persönlichen Umstände, den Auszubildenden als neue psychoanalytische Doktrin präsentiert werden sollten. So leid es mir tut, Seth, bleibt mir doch nichts anderes übrig, als dem Ausbildungskomitee darin beizupflichten, daß es an der Zeit ist, Ihren Status als Lehranalytiker und Ihre Befähigung, in dieser Funktion weiter tätig zu sein, in Frage zu stellen. Eine psychoanalytische Organisation kann es sich kaum leisten, die mit der Frage der Ablösung und Nachfolge verknüpften Probleme einfach zu ignorieren. Wenn nicht einmal wir Analytiker dazu in der Lage sind, wie können wir dann erwarten, daß andere Organisationen, die unsere Hilfe in Anspruch nehmen – Körperschaften, Regierungen –, den schwierigen Prozeß der Übertragung von Verantwortung und Macht auf die nächste Generation bewältigen?«

»Ebensowenig«, donnerte Seth, »können wir den schamlosen Versuch der Machtergreifung durch jene hinnehmen, die zu mittelmäßig sind, als daß sie die Macht verdient hätten!«

»Ruhe!« John Weldon schlug mit dem Hammer auf den Tisch. »Lassen Sie uns zur Sache zurückkehren. Die Untersuchungskommission hat uns auf Ihre öffentlichen und veröffentlichten Kommentare aufmerksam gemacht, in denen Sie einige Lehrmeinungen – tragende Säulen der psychoanalytischen Theorie – angreifen und hämisch verwerfen. In Ihrem jüngsten Interview in *Vanity Fair* machen Sie sich zum Beispiel über den Ödipuskomplex lustig und tun ihn als ›jüdischen Irrtum‹ ab – um dem noch hinzuzufügen, daß es nur einer von vielen in den elementaren Lehrschriften der Psychoanalyse sei ...«

»Natürlich« – Seths Gegenangriff kam jetzt ohne jeden Versuch von Witz oder Humor – *»natürlich ist es ein jüdischer Irrtum*: der Irrtum, die kleine wienerisch-jüdische Dreipersonenfamilie zur Universalfamilie schlechthin zu stilisieren und dann zu versuchen, für die ganze Welt das Problem zu lösen, das die schuldgeplagten Juden für sich selbst nicht lösen können!«

Jetzt geriet der ganze Saal in Aufruhr, und mehrere Analytiker versuchten gleichzeitig, zu Wort zu kommen. »Antisemitisch«, sagte einer. Andere Kommentare lauteten: »Patienten massieren«, »Sex mit Patienten«, »Selbstvergötterung«, »Keine Analyse – soll er doch in Gottes Namen tun, was immer er will, nur darf es nicht Analyse heißen.«

Seth übertönte sie alle. »Natürlich, John, habe ich das alles gesagt und geschrieben. Und ich stehe dazu. Und jeder weiß doch in seiner tiefsten Seele, daß ich recht habe. Freuds kleine jüdische Ghettofamilie steht für eine winzige Minderheit der Menschheit. Schauen Sie sich doch einmal die Welt an, aus der ich komme. Jeder jüdischen Familie auf Erden stehen Tausende von muslimischen Familien gegenüber. Die Psychoanalyse weiß nichts über diese Familien, von diesen Patienten. Weiß nichts von der ganz anderen und überwältigenden Rolle, die der Vater darin spielt. Von dem tiefen, unbewußten Verlangen nach dem Vater, nach dem Wiederfinden des Trostes und der Sicherheit, die vom Vater ausgehen. Nach einer Verschmelzung mit dem Vater.«

»Ja«, sagte Morris und schlug eine Zeitschrift auf, »hier haben wir es in einem Leserbrief an die *Contemporary Psychoanalysis*. Sie erläutern darin die Deutung, die Sie einem jungen Bisexuellen zu seinem Verlangen gegeben haben – ich zitiere – ›bei dem es sich um das universale Verlangen handelt, zur ultimativen Sinekure der Welt zurückzukehren – zum Analschoß des Vaters.‹ Sie bezeichnen das mit Ihrer üblichen Bescheidenheit als« – an dieser Stelle las Morris wieder vor – »›eine fruchtbare Deutung, die bisher durch die rassische Voreingenommenheit der Psychoanalyse völlig verdeckt worden ist.‹«

»Genau! Und dieser Artikel, den ich erst vor wenigen Jahren veröffentlicht habe, wurde vor sechs Jahren geschrieben. Aber mir geht er noch nicht weit genug. Es ist eine universale Deutung; sie bildet inzwischen das Zentrum meiner Arbeit mit *all* meinen Patienten. Die Psychoanalyse ist keine Veranstaltung des jüdischen Sprengels. Sie muß die Wahrheiten des Ostens ebenso kennen und einbeziehen wie die des Westens. Was das anbelangt, haben Sie alle noch sehr viel zu lernen, und ich hege ernste Zweifel, sowohl was Ihren Wunsch als auch was Ihre Fähigkeit anbelangt, sich neue Ideen anzueignen.«

Es war Louise Saint Clare, eine silbergraue, vornehme Analytikerin, die als erste einen Antrag formulierte. Sie wandte sich direkt an den Vorsitzenden. »Ich denke, ich habe genug gehört, Mr. President, um zu der Überzeugung zu gelangen, daß sich Dr. Pande zu weit vom Korpus der psychoanalytischen Lehre entfernt hat, um noch die Verantwortung für die Ausbildung junger Analytiker übernehmen zu können. Ich beantrage, ihm den Status eines Lehranalytikers abzuerkennen!«

Marshal hob die Hand: »Ich unterstütze den Antrag.«

Seth stand immer noch da und starrte drohend in die Versammlung. »*Sie* wollen *mir* etwas aberkennen? Aber ich habe von der jüdischen Analytikermafia auch nichts anderes erwartet.«

»Jüdische Mafia?« fragte Louise Saint Clare. »Mein Gemeindepriester wird erstaunt sein, das zu hören.«

»Juden, Christen, wo liegt da der Unterschied – eine jüdisch-christliche Mafia eben. Und Sie glauben, Sie können *mir* etwas aberkennen. Gut, ich werde *Ihnen* etwas aberkennen. Ich habe dieses Institut geschaffen. Ich *bin* dieses Institut. Und wo ich hingehe – und glauben Sie mir, ich werde gehen –, *dort* wird das Institut *sein*.« Mit diesen Worten schob Seth seinen Stuhl beiseite, nahm Hut und Mantel und schritt geräuschvoll hinaus.

Rick Chapton brach als erster das Schweigen nach Seth Pandes Abgang. Rick würde natürlich als einer von Seths ehemaligen Analysanden die Folgen von dessen Degradierung besonders scharf zu spüren bekommen. Obwohl seine Ausbildung abgeschlossen und er Vollmitglied des Instituts war, blieb für Rick wie für die meisten von ihnen allen das Ansehen seines ausbildenden Analytikers eine Frage des Stolzes.

»Ich habe einige ernste Bedenken, was den Geist und die Angemessenheit der Vorgänge von heute abend anbelangt. Vor allem bin ich nicht der Meinung, daß Seths letzte Äußerungen von irgendwelchem Belang sind. Sie beweisen gar nichts. Er ist ein kranker und stolzer Mann, und wir alle wissen, daß er unter Druck – und es bleibt zu vermuten, daß er heute abend absichtlich unter Druck gesetzt wurde – seit jeher aggressiv und arrogant reagiert.«

Rick hielt kurz inne, um auf ein kleines Zettelchen zu schauen, und fuhr dann fort: »Für mich sieht es so aus, als hätten sich viele von Ihnen heute abend in einen Rausch der Selbstgerechtigkeit hineingesteigert und Seths theoretische Position verurteilt. Aber ich muß mich doch fragen, ob hier wirklich der *Inhalt* von Dr. Pandes Deutungen zur Diskussion stand oder nicht vielmehr sein Stil und seine Präsenz in der Öffentlichkeit! Ist es möglich, daß sich viele von Ihnen von seiner Brillanz, von seinen Beiträgen zu unserem Fach, von seinen literarischen Fähigkeiten und vor allem von seinen Ambitionen bedroht sehen? Sind die anderen Mitglieder des Instituts nicht vielleicht eifersüchtig auf Seths Allgegenwärtigkeit in Zeitschriften, in Presse und Fernsehen? Können wir einen solchen Einzelgänger tolerieren? Können wir jemanden tolerieren, der die Orthodoxie auf etwa die gleiche Weise herausfordert, wie Sandor Ferenczi vor fünfundsiebzig Jahren die analytische Doktrin herausgefordert hat? Ich behaupte, daß sich die Kontroverse heute abend gar nicht am *Inhalt* von Seth Pandes analytischen Deutungen entzündet hat und nicht gegen diesen Inhalt gerichtet war. Die Diskussion über seine patrozentrische Theorie ist ein Ablenkungsmanöver, ein klassisches Beispiel für Verdrängung. Nein, wir haben es hier mit einer Vendetta zu tun, einem persönlichen Angriff – und zwar einem ausgesprochen unwürdigen. Ich behaupte, daß die wirklichen Motive, die hier am Werke waren, Eifersucht, Festhalten an der Orthodoxie, Furcht vor dem Vater und Furcht vor jeder Änderung heißen.«

Marshal übernahm es, Rick zu antworten. Er kannte ihn gut, weil er einen seiner analytischen Fälle drei Jahre lang in

Supervision gehabt hatte. »Rick, ich schätze Ihre Courage, Ihre Loyalität und Ihre Entschlossenheit, Ihren Standpunkt unerschrocken zu vertreten, aber in der Sache kann ich Ihnen nicht beipflichten. Mir geht es sehr wohl um den Inhalt von Seth Pandes Deutungen. Er hat sich so weit von der analytischen Theorie entfernt, daß es unsere Pflicht ist, uns von ihm zu distanzieren. Machen Sie sich doch einmal klar, was der Inhalt seiner Deutung ist: das Verlangen, mit dem Vater zu verschmelzen, in den Analschoß des Vaters zurückzukehren. Ich bitte Sie!«

»Marshal«, konterte Rick, »Sie nehmen sich da eine einzige, ganz aus ihrem Zusammenhang gerissene Deutung vor. Wie viele von Ihnen sind nicht schon zu merkwürdigen Deutungen gelangt, die – isoliert betrachtet – dümmlich oder unvertretbar erscheinen müßten?«

»Das mag sein. Aber bei Seth liegen die Dinge anders. Er hat in Vorträgen und Schriften sowohl für die Fachwelt als auch für das allgemeine Publikum vielfach klargestellt, daß er dieses Motiv für ein entscheidendes Moment in der Analyse jedes männlichen Patienten hält. Und er hat heute abend noch einmal betont, daß es sich dabei keineswegs um eine singuläre Gelegenheitsdeutung handelt. Eine ›universale Deutung‹ hat er es genannt. Und er rühmt sich, mit dieser gefährlichen Deutung all seine männlichen Patienten therapiert zu haben!«

»Hört, hört.« Marshal erhielt Unterstützung durch einen ganzen Chor von Stimmen.

»›Gefährlich‹, Marshal?« meinte Rick tadelnd. »Ist das nicht eine Übertreibung?«

»Wenn überhaupt, dann eher eine Untertreibung.« Marshals Stimme wurde fester. Er war nun klar als ein kraftvoller Sprecher des Instituts hervorgetreten. »Stellen Sie vielleicht die zentrale Rolle oder die Macht der Deutung in Frage? Haben Sie eine Vorstellung, welchen Schaden diese Deutung angerichtet haben könnte? Jeder erwachsene Mann, der ein gewisses Verlangen nach einem abgeschiedenen Aufenthaltsort hegt, der gelegentlich die Geborgenheit eines sicheren Hortes sucht, wo er zärtlich umsorgt wird, wird mit der Deutung konfrontiert, daß sein eigentliches Verlangen darin bestünde, durch den After seines Vaters zurück in dessen Analschoß zu kriechen. Denken Sie doch mal an die dadurch – also durch ärztliches Handeln! – hervorgerufenen Schuldgefühle und Ängste vor homosexueller Regression.«

»Ich pflichte Ihnen vollkommen bei«, fügte John Weldon hinzu. »Das Ausbildungskomitee hat einstimmig die Empfehlung verabschiedet, Seth Pande den Status als Lehranalytiker abzuerkennen. Nur Seth Pandes ernste Erkrankung und seine früheren Verdienste um dieses Institut haben den Ausschuß davon Abstand nehmen lassen, ihn von der Mitgliedschaft ganz auszuschließen. Die Vollversammlung muß nun entscheiden, ob sie die Empfehlung der Ausbildungskommission annimmt.«

»Ich beantrage, die Abstimmung jetzt durchzuführen«, sagte Olive Smith.

Marshal unterstützte den Antrag, und ohne Rick Chaptons Nein-Stimme wäre die Wahl einstimmig entschieden worden. Mian Khan, ein pakistanischer Analytiker, der oft mit Seth zusammenarbeitete, und vier von Seths früheren Analysanden enthielten sich der Stimme.

Die drei nicht stimmberechtigten, weil zur Zeit noch bei Seth in Ausbildung befindlichen Analysanden sprachen sich leise ab, und einer von ihnen sagte dann, daß sie noch Zeit bräuchten, um ihre Entscheidungen für die Zukunft zu fällen, sie aber jedenfalls als Gruppe über den Tenor der Sitzung bestürzt seien. Dann verließen sie die Versammlung.

»Ich bin mehr als bestürzt«, sagte Rick, raffte mit einigem Gepolter seine Sachen zusammen und stand auf. »Der ganze Vorgang ist ein Skandal – die reinste Heuchelei.« An der Tür angelangt setzte er hinzu: »Ich bin mit Nietzsche der Meinung, daß die einzige echte Wahrheit die gelebte Wahrheit ist!«

»Was soll das in diesem Zusammenhang bedeuten?« fragte John Weldon, der ein weiteres Mal mit seinem Hammer für Ruhe sorgen mußte.

»Glaubt diese Organisation tatsächlich mit Marshal Streider, daß Seth Pande mit seiner Form der Vaterverschmelzungs-Deutung seinen männlichen Patienten ernsthaften Schaden zugefügt hat?«

»Ich glaube, für das Institut zu sprechen«, erwiderte John Weldon, »wenn ich sage, daß kein verantwortungsbewußter Analytiker bestreiten würde, daß Seth einer Anzahl seiner Patienten bedauerlichen Schaden zugefügt hat.«

Rick, der immer noch in der Tür stand, sagte: »In diesem Falle hat das Nietzsche-Diktum für Sie eine sehr einfache Bedeutung. Wenn diese Organisation tatsächlich und ernsthaft glaubt, daß Seths Patienten furchtbarer Schaden zugefügt wurde, und wenn diese Organisation noch über einen Rest von Anstand verfügt, dann steht Ihnen wohl nur ein einziger Weg offen – das heißt, wenn Sie überhaupt willens sind, auf moralisch und legal verantwortliche Weise zu handeln.«

»Und welcher ist das?« fragte Weldon.

»Der Rückruf!«

»Rückruf? Was soll das heißen?«

»Wenn«, erwiderte Rick, »General Motors und Toyota den Anstand und den Mut haben, fehlerhaft konstruierte Autos zurückzurufen, Autos mit irgendeiner Funktionsstörung, die den Benutzern ernsthaft Schaden zufügen können, dann ist *Ihr* Weg jedenfalls klar vorgegeben.«

»Sie meinen ...?«

»Sie wissen genau, was ich meine.« Rick stampfte hinaus und ließ es sich nicht nehmen, die Tür kräftig hinter sich zuzuschlagen.

Seths drei ehemalige Analysanden und Mian Khan verließen die Versammlung unmittelbar nach Rick. An der Tür stieß Terry Fuller noch eine Warnung aus: »Nehmen Sie dies sehr ernst, meine Herren. Es besteht die konkrete Gefahr einer irreversiblen Spaltung.«

John Weldon benötigte keinen besonderen Hinweis, um diesen Exitus ernst zu nehmen. Das letzte, was er während *seiner* Präsidentschaft wollte, war eine Spaltung und die Bildung eines psychoanalytischen Splitterinstituts. Der Fall war viele Male in anderen Städten eingetreten: In New York gab es heute drei Institute nach Abspaltungen erst der Gefolgsleute Karen Horneys und später derjenigen der sullivanianischen Interpersonalisten. Ebenso hatte es Chicago getroffen, Los Angeles und die Washington-Baltimore-Schule. London hätte man vielleicht sogar gewünscht, daß es so gekommen wäre, da sich dort jahrzehntelang drei Fraktionen – die Gefolgsleute Melanie Kleins sowie Anna Freuds und eine »mittlere Schule« (die Vertreter der Lehre von der Objektbeziehung, Schüler Fairbairns und Winnicotts) – in einem unerbittlichen Grabenkrieg gegenüberstanden und doch nicht voneinander loskamen.

Das Golden Gate Analytic Institute hatte fünfzig Jahre lang mit sich selbst in Frieden gelebt – vielleicht, weil seine aggressiven Energien wirkungsvoll auf gut sichtbare äußere Gegner gelenkt worden waren: ein vitales Jungianisches Institut und eine Abfolge von alternativen Therapiemethoden – Transpersonalisten, Reichianer, Anhänger der Wiedergeburtstheorie, des holotrophischen Atmens, der Homöopathie, des Rolfing –, die wie von Zauberhand in nicht enden wollender Folge den dampfenden Quellen und heißen Teichen von Marin County entsprangen. Außerdem wußte John, daß es immer irgendwelche interessierten Journalisten gab, die einer Story über die Spaltung eines psychoanalytischen Instituts nicht widerstehen konnten. Das Spektakel, daß eine Gruppe gut durchanalysierter Analytiker nicht miteinander auskommen konnte, daß sie in Imponiergehabe verfielen, um die Macht rangen, sich in Gezänk über Nichtigkeiten verwickelten und schließlich beleidigt auseinandergingen, bot Stoff für eine wunderschöne literarische Groteske. John wollte der Nachwelt nicht als der Mann in Erinnerung bleiben, der über die Zertrümmerung des Instituts präsidiert hatte.

»Ein Rückruf?« rief Morris. »So etwas hat es noch nie gegeben.«

»Verzweifelte Zeiten erfordern verzweifelte Maßnahmen«, murmelte Olive Smith.

Marshals Blick ruhte aufmerksam auf John Weldons Gesicht. Als er ein leichtes Nicken als Antwort auf Olives Bemerkung wahrnahm, griff er den Faden auf.

»Wenn wir Ricks Herausforderung nicht annehmen – und ich bin mir sicher, daß sie in kürzester Zeit der allgemeinen Öffentlichkeit bekannt sein wird –, dann stehen unsere Chancen, diesen Bruch zu kitten, sehr schlecht.«

»Aber ein *Rückruf*«, sagte Morris Fender, »wegen einer falschen Deutung?«

»Das ist eine ernste Angelegenheit, die nicht bagatellisiert werden darf, Morris«, sagte Marshal. »Gibt es irgendein Analyseinstrument, das machtvoller wäre als die Deutung? Und stimmen wir nicht darin überein, daß Seths Formulierung sowohl falsch als auch gefährlich ist?«

»Sie ist gefährlich, *weil* sie falsch ist«, warf Morris ein.

»Nein«, sagte Marshal; »Sie könnte auch falsch sein, aber unwirksam – falsch, weil sie dem Patienten nicht weiterhilft. Aber hier handelt es sich um etwas, das falsch ist *und* gefährlich. Überlegen Sie doch mal! Jeder seiner männlichen Patienten, der auch nur den geringsten Trost sucht, auch nur den geringfügigsten menschlichen Kontakt, wird zu der Überzeugung gebracht, daß er ein primitives Verlangen verspürt, durch den After seines Vaters zurück in die Geborgenheit von dessen Gedärmschoß zu kriechen. Es ist beispiellos, aber ich glaube, es wäre richtig, Schritte zu unternehmen, um seine ehemaligen Patienten zu schützen.«

Ein schneller Blick versicherte Marshal, daß John seinen Standpunkt nicht nur unterstützte, sondern auch schätzte.

»Analschoß! Woher kommt dieser Schwachsinn, diese Ketzerei, diese... diese... diese *Mishugas*?« sagte Jacob, ein Analytiker von grimmigem Äußeren mit Hängebacken, grauen Koteletten und grauen Augenbrauen.

»Aus seiner eigenen Analyse wie er mir sagte, bei Allen Janeway«, erklärte Morris.

»Und Allen ist inzwischen drei Jahre tot. Ich habe Allen ja nie über den Weg getraut. Ich hatte keine Beweise, aber sein Frauenhaß, seine merkwürdigen Krawatten, seine schwulen Freunde, die Tatsache, daß er sich im Castro eine Wohnung gekauft hat, daß sich sein ganzes Leben um die Oper drehte...«

»Lassen Sie uns nicht abschweifen, Jacob«, unterbrach John Weldon ihn. »Zur Debatte stehen im Augenblick nicht Allen Janeways sexuelle Vorlieben. Und auch nicht Seths. Wir müssen in diesem Punkt sehr umsichtig sein. Im heutigen Klima wäre es eine politische Katastrophe, wenn man zu dem Schluß käme, wir würden einen der unseren maßregeln oder gar ausschließen, weil er schwul wäre.«

»Oder weil *sie* lesbisch wäre«, sagte Olive.

John pflichtete ihr mit einem ungeduldigen Nicken bei und fuhr fort: »Nein, was das anbelangt, geht es nur um das sexuelle Fehlverhalten mit Patienten, das Seth nachgesagt wird – darüber haben wir heute abend noch nicht diskutiert. Wir haben durch zwei Therapeuten, bei denen zwei von Seths ehemaligen Patientinnen in Behandlung sind, von diesem sexuellen Mißbrauch erfahren. Aber keine dieser Patientinnen ist bisher bereit, ihn vor Gericht anzuklagen. Eine Patientin ist nicht überzeugt, daß ihr dauerhafter Schaden zugefügt worden sei; die andere meint zwar, daß durch diese Sache ein heimtückisches und destruktives Doppelspiel in ihre Ehe Einzug gehalten habe, aber entweder aus irgendeiner perversen Übertragungsloyalität zu Seth oder weil sie nicht willens ist, mit der Sache an die Öffentlichkeit zu gehen, lehnt sie ebenfalls eine Klage ab. Ich stimme mit Marshal überein: Wir sollten jetzt bei einem Punkt bleiben, und zwar bei dem, daß er unter der Ägide der Psychoanalyse unzutreffende, nichtanalytische und gefährliche Deutungen erstellt hat.«

»Aber es ergeben sich eine Reihe von Problemen«, sagte Bert Kantrell, der zu derselben analytischen Generation gehörte wie Marshal und ein möglicher Konkurrent war. »Denken Sie nur an die Frage der Vertraulichkeit. Seth könnte uns wegen Verleumdung belangen. Und wie steht es mit dem Thema Kunstfehler? Wenn Seth von einem seiner ehemaligen Patienten wegen eines Kunstfehlers belangt wird, was sollte dann noch die übrigen Patienten davon abhalten, sich ebenfalls über die Kasse unseres Instituts oder sogar des nationalen Instituts herzumachen? Immerhin könnten sie ohne weiteres behaupten, daß wir Seth protegiert hätten, daß wir ihn in eine wichtige Ausbildungsposition befördert hätten. Wir haben es da mit einem Hornissennest zu tun; es wäre besser, die Hände davon zu lassen.«

Es war ein Vergnügen für Marshal, seine Konkurrenz so schwach und unentschlossen zu sehen. Um den Kontrast noch zu betonen, setzte er im Brustton der Überzeugung zu einer Erwiderung an. *»Au contraire,* Bert. Wir sind *sehr viel* verwundbarer, wenn wir *nichts* unternehmen. Das, was Sie als Grund dafür anführen, *nichts* zu unternehmen, ist in Wirklichkeit gerade der Grund, warum wir etwas unternehmen *müssen,* und zwar schnell. Wir müssen uns von Seth trennen und alles in unserer Macht Stehende tun, um die Schäden zu beheben. Ich sehe schon, wie Rick Chapton – zur Hölle mit ihm – eine Klage gegen uns anstrengt – oder uns wenigstens einen Reporter der *Times* auf den Hals hetzt – wenn wir

Seth maßregeln und dann nichts unternehmen, um seinen Patienten zu helfen.«

»Marshal hat recht«, sagte Olive, die oft als das moralische Gewissen des Instituts fungierte. »Wenn wir glauben, und das tun wir ja, daß unsere Behandlung wirksam ist und die falsche Anwendung der Psychoanalyse – die wilde Analyse – auf einschneidende Weise schädlich, dann haben wir keine andere Wahl, als dazu zu stehen und Seths ehemalige Patienten in eine Heiltherapie zu übernehmen.«

»Leichter gesagt als getan«, wandte Jacob ein. »Keine Macht auf Erden wird Seth dazu bringen, uns die Namen seiner ehemaligen Patienten mitzuteilen.«

»Das wird auch nicht nötig sein«, sagte Marshal. »Wir sollten, wie mir scheint, am besten einen öffentlichen Aufruf an alle seine Patienten aus den letzten Jahren in der Presse lancieren oder zumindest an alle männlichen davon.« Mit einem Lächeln fügte Marshal hinzu: »Wenn wir einmal davon ausgehen wollen, daß er die Patientinnen anders behandelt hat.«

Das Publikum quittierte Marshals Bemerkung mit einem Lächeln. Zwar machten die Gerüchte von Seths sexuellen Eskapaden mit weiblichen Patienten schon seit Jahren im Institut die Runde, aber es war doch eine große Erleichterung, daß die Dinge einmal offen ausgesprochen wurden.

»Sind wir uns dann einig«, sagte John Weldon und schlug mit seinem Hammer auf den Tisch, »daß wir Seths Patienten eine Heiltherapie anbieten sollten?«

»Ich stelle den Antrag, so zu verfahren«, sagte Harvey.

Nach einer einstimmigen Wahlentscheidung wandte sich Weldon an Marshal: »Wären Sie einverstanden, die Verantwortung für diese Maßnahme zu übernehmen? Es würde reichen, wenn Sie sich mit dem Führungsausschuß über Ihre konkreten Pläne kurz ins Benehmen setzten.«

»Ja, natürlich, John«, sagte Marshal, der seine Freude und seine Verwunderung darüber, wie hoch sein Stern an diesem

Abend gestiegen war, kaum noch für sich zu behalten vermochte. »Ich werde außerdem unser Vorgehen in allen Punkten mit der International Analytic Association abstimmen. Ich muß deren Sekretär, Ray Wellington, ohnehin in dieser Woche wegen einer anderen Sache sprechen.«

8

Halb fünf Uhr morgens. Tiburon lag im Dunkeln – bis auf ein einziges, hell erleuchtetes Haus hoch auf einem Felsvorsprung, das auf die Bucht von San Francisco hinausging. Die Lichter der gewaltigen Golden Gate Bridge wurden von milchigem Nebel gedämpft, aber die feinen Lichtpunkte der Skyline schimmerten in der Ferne über der Stadt. Acht müde Männer saßen über einen Tisch gebeugt und scherten sich nicht um Brücke, Nebel oder Skyline; sie hatten nur Augen für die Karten, die sie gerade erhalten hatten.

Len, robust, rotgesichtig und mit breiten Zocker-Hosenträgern über Brust und Bauch, erklärte: »Letzte Runde.« Das bedeutete »Dealer's Choice«, Spiel nach Wahl des Gebers, und Len sagte »Seven-Card High-Low« an: die beiden ersten Karten verdeckt, vier Karten offen und die letzte wieder verdeckt. Der Pott geht je zur Hälfte an die beiden Gewinner, den mit der höchsten Hand für Hoch und den mit der niedrigsten für Tief.

Shelly, der Mann von Carols Kollegin Norma, der große Verlierer dieses Abends (und überhaupt jeden Abends der vergangenen fünf Monate), griff begierig nach seinen ersten Karten. Er war ein gutaussehender, kräftiger Mann mit seelenvollen Augen, unbezähmbarem Optimismus und Rückenproblemen. Bevor er seine beiden ersten Karten ansah, stand er auf und rückte das Eispäckchen zurecht, das um seine Taille geschnürt war. In jüngeren Jahren war er Tennisprofi gewesen, und selbst heute noch spielte er trotz einiger Bandscheibenvorfälle immer noch fast jeden Tag.

Er nahm die beiden übereinanderliegenden Karten auf. Karo-As! Nicht schlecht. Langsam hob er die zweite Karte unter der ersten hervor. Karo-Zwei. Karo-As und Karo-Zwei! So ziemlich die besten verdeckten Karten, die man bekommen konnte. War das möglich, nachdem er einen ganzen Abend so miserable Karten gehabt hatte? Er legte sie wieder vor sich hin, konnte aber einige Sekunden später der Versuchung nicht widerstehen, sie noch einmal anzusehen. Shelly bemerkte nicht, daß die anderen Spieler ihn beobachteten – dieser zweite, liebevolle Blick war eine von Shellys vielen verräterischen Gesten, winzigen, unachtsamen Verhaltensweisen, mit denen er sein Blatt verriet.

Die nächsten beiden, offen gegebenen Karten waren genauso gut: zweimal Karo, eine Fünf und eine Vier. Barmherziger Gott! Ein Blatt, das nach Millionen roch. Es fehlte nicht viel, und Shelly hätte aus voller Kehle gesungen: »Zip-a-dee-doo-dah, zip-a-dee-ay, was für ein Tag, ich bin dabei.« Karo-Eins, Zwei, Vier und Fünf – für so ein Blatt konnte man sterben! Endlich hatte sein Glück sich gewendet. Er hatte gewußt, daß es passieren mußte, wenn er nur dranblieb. Und Gott weiß, drangeblieben war er.

Drei Karten standen noch aus, und ihm fehlte nur noch ein beliebiges Karo für einen Flush mit hohem As oder Karo-Drei für einen Straight Flush – damit würde er die Hälfte des Potts gewinnen, um die mit hoher Hand gespielt wurde. Und jede niedrige Karte – eine Drei, eine Sechs oder sogar eine Sieben – würde ihm die für die niedrigste Hand anstehende Hälfte des Potts einbringen. Wenn er beide bekam, ein Karo *und* eine niedrige Karte, konnte er *beide* Hälften gewinnen – den ganzen Pott. Dieses Blatt würde ihm wieder auf die Beine helfen, aber immer noch nicht ganz auf die Haben-Seite bringen; er stand mit zwölftausend in der Kreide. Für gewöhnlich, bei den seltenen Gelegenheiten, da er ein anständiges Blatt auf der Hand hielt, paßten die meisten seiner Mitspieler schon sehr früh. Pech! Oder vielleicht mehr? Da spielten auch seine verräterischen Gesten eine verderbliche Rolle – die anderen Spieler stiegen in Scharen aus, wenn sie seine Erregung spürten, sein lautloses Zählen der Einsätze, die gesteigerte Aufmerksamkeit, mit der er seine Karten vor ihren Blicken hütete, seine schnelleren Meldungen bei den Wetteinsätzen, die Art, wie er den Blick von demjenigen abwandte, der gerade mit Setzen an der Reihe war, um ihn zu einem höheren Gebot zu ermutigen, seine mitleiderregenden Versuche, die anderen zu täuschen, indem er so tat, als halte er bei den auf dem Tisch liegenden Karten nach hohen Blättern Ausschau, während er in Wirklichkeit auf Tief spielen wollte.

Aber diesmal paßte niemand! Alle schienen von ihren Blättern fasziniert zu sein (das war nicht ungewöhnlich in der letzten Runde – sie alle spielten so gern, daß sie das letzte Spiel unweigerlich in die Länge zogen). Das würde einen sagenhaften Pott ergeben.

Um möglichst hohe Einsätze auf den Tisch zu bekommen, setzte Shelly bereits ab der dritten Karte. Auf die vierte Karte setzte er einen Hunderter (in der ersten Runde war der Einsatz auf fünfundzwanzig Dollar begrenzt, in den nächsten Runden auf hundert und in den beiden letzten auf zweihundert) und zuckte zusammen, als Len das Gebot erhöhte. Len hatte nicht viel auf dem Tisch liegen: zwei Pik, eine Zwei und einen König. Das Beste, worauf Len hoffen konnte, war eine Pik-Flöte mit dem König hoch. (Das Pik-As lag offen vor Harry.)

Bitte, mach weiter so, Len, betete Shelly. *Bitte, erhöhe gleich weiter. Gott schenke dir deinen Flush mit König hoch.* Shellys Herz schlug schneller. Er würde ein verdammtes Vermögen gewinnen. Gott, es war schön, lebendig zu sein! Gott, wie liebte er das Pokerspiel!

Shellys fünfte Karte war enttäuschend, ein nutzloser Herzbube. Trotzdem, es standen noch zwei Karten aus. Es wurde langsam Zeit, auszuloten, was sich aus seinem Blatt machen ließ. Hastig blickte er über den Tisch und versuchte seine Chancen abzuschätzen. Vier Karos hatte er, drei weitere lagen offen bei seinen Mitspielern auf dem Tisch. Das hieß, daß sieben von den dreizehn Karos gegeben waren. Blieben noch sechs. Gute Aussichten also, den Flush zusammenzubekommen. Und dann gab es ja noch die tiefe Hand. Bisher lagen kaum niedrige Karten auf dem Tisch – es mußten noch viele, viele im Deck liegen, und er hatte noch zwei Karten zu bekommen.

Shelly brummte der Kopf – zu kompliziert das alles, um es genau auszurechnen, aber seine Chancen waren phantastisch. Alles sprach für ihn. Wozu dann noch die Wahrscheinlichkeit genau berechnen – er würde jedenfalls voll auf sein Blatt einsteigen. Bei sieben Spielern, die setzten, würde er dreieinhalb Dollar für jeden Dollar zurückbekommen, den er riskierte. Und dazu hatte er nicht geringe Aussichten, den ganzen Pott zu gewinnen – das würde sieben zu eins bedeuten.

Seine nächste Karte war das Herz-As. Shelly fuhr der Schrecken in die Glieder. Mit einem Paar Assen konnte er nicht viel anfangen. Die ersten Befürchtungen bemächtigten sich seiner. Alles hing jetzt von der letzten Karte ab. Immerhin waren in der letzten Runde nur ein Karo und zwei niedrige Karten gegeben worden; seine Chancen standen also immer noch phantastisch. Er setzte das Maximum: zweihundert. Sowohl Len als auch Bill erhöhten. Das Limit waren drei Erhöhungen pro Runde, und als Shelly wieder an der Reihe war, erhöhte er seinerseits, womit das Limit erreicht war. Die sechs anderen hielten. Shelly betrachtete die Blätter. Nirgends war viel zu sehen. Nur zwei kleine Zwillinge auf dem ganzen Tisch. Worauf zur Hölle setzten sie alle? Standen da irgendwelche bösen, kleinen Überraschungen bevor?

Wieder versuchte Shelly verstohlen, den Pott abzuschätzen. Gigantisch! Wahrscheinlich über siebentausend, und eine dicke Runde stand noch bevor.

Die siebte und letzte Karte wurde verdeckt gegeben. Shelly nahm seine drei verdeckten Karten auf, mischte sie durch und schob sie dann langsam auseinander. Das hatte er bei seinem Vater tausendmal so gesehen. Kreuz-As! Scheiße! Die mieseste Karte, die er bekommen konnte. Mit vier kleinen Karos hatte er angefangen, und jetzt saß er auf seinem Drilling von Assen. Das war nichts – schlimmer als nichts, weil er wahrscheinlich nicht gewinnen konnte und das Blatt trotzdem zu gut war, um zu passen. Sein Blatt war ein wahrer Fluch! Er saß in der Falle: Jetzt mußte er dabeibleiben! Er schob. Len, Arnie und Willy setzten, erhöhten, erwiderten mit Erhöhung und erhöhten abermals. Ted und Harry stiegen aus. Er mußte achthundert bringen, um zu halten. Sollte er sie ausspucken? Fünf Spieler waren noch dabei. Keine Chance zu gewinnen. Unvorstellbar, daß keiner von ihnen drei Asse würde schlagen können.

Und dennoch ... dennoch ... kein Hinweis auf hohe Hände bei dem, was auf dem Tisch lag. Es könnte ja sein, es könnte ja vielleicht sein, dachte Shelly, daß die anderen vier alle auf die tiefe Hand spielten. Len hatte einen Dreier-Zwilling; vielleicht versuchte er, zwei Paare oder einen Drilling von Dreien durchzukriegen. Das war seine Spezialität. Nein! Wach auf, du Träumer! Spar dir deine achthundert. Völlig aussichtslos, mit drei Assen gewinnen zu wollen – es mußten bessere Blätter da sein, verborgen, ein Flush, ein Straight. Es war nicht anders möglich. Worauf, zum Teufel, sollten sie sonst setzen? Wieviel war im Pott? Mindestens zwölftausend, vielleicht mehr. Er könnte als Sieger zu Norma heimkehren.

Und wenn er jetzt paßte – nur damit sich herausstellte, daß seine drei Asse gewonnen hätten –, großer Gott, dieses nervliche Versagen würde er sich nie verzeihen. Davon würde er sich nicht mehr erholen. Verflucht noch mal! Verflucht! Er hatte gar keine Wahl. Er hatte schon zu viel in den Pott gesteckt, um sich jetzt noch einen Rückzieher leisten zu können. Shelly spuckte die achthundert aus.

Das Ende kam schnell und war gnädig. Len legte einen Flush mit König hoch auf den Tisch, und damit waren Shellys drei Asse sofort erledigt. Aber auch Lens Flush reichte nicht für den Sieg: Arnie hatte ein Full House, von dem in seinen offenen Karten nichts zu sehen war – er konnte es also erst mit der letzten Karte beisammengehabt haben. Scheiße! Shelly begriff, daß er auch verloren hätte, wenn er seinen Karo-Flush zusammenbekommen hätte. Und auch die tiefe Hand hätte er nicht einmal mit seiner erhofften Drei oder Vier gewonnen – denn Bill hatte *das* Wahnsinnsblatt für Tief: Fünf, Vier, Drei, Zwei, As. Einen Augenblick lang hätte Shelly am liebsten losgeheult, aber statt dessen zeigte er sein breitestes Grinsen und sagte: »Wenn *der* Spaß keine zweitausend Dollar wert war!«

Alle zählten ihre Chips und rechneten mit Len ab. Sie spielten abwechselnd alle zwei Wochen bei einem von ihnen zu Hause. Der Gastgeber hielt die Bank und stellte am Ende des Abends sämtliche Konten glatt. Shelly stand mit vierzehntausenddreihundert in der Kreide. Er schrieb einen Scheck aus und erklärte bedauernd, daß er ihn einige Tage vordatieren müsse. Len zog ein gewaltiges Bündel Hunderter aus der Tasche und sagte: »Vergiß es, Shelly, ich erledige das. Bring den Scheck zum nächsten Spiel mit.« So standen die Dinge in ihrer Spielrunde. Das gegenseitige Vertrauen war so groß, daß die Jungs oft sagten, wenn sie mal wegen einer Flut oder eines Erdbebens verhindert wären, würden sie per Telefon Poker spielen.

»Kein Problem, es ist weiter nichts«, erwiderte Shelly lässig. »Ich hab bloß die falschen Schecks dabei und muß das zugehörige Konto erst wieder auffüllen.«

Aber Shelly hatte sehr wohl ein Problem. Ein großes Problem. Viertausend Dollar auf seinem Bankkonto, und vierzehntausend Dollar war er schuldig. Und wenn Norma jemals von seinen Verlusten erfuhr, war seine Ehe zu Ende. Das hier konnte durchaus sein letztes Pokerspiel gewesen sein.

Vielleicht spaziere ich das letzte Mal durch Lens Haus, dachte er auf dem Weg hinaus. *Vielleicht spaziere ich überhaupt das letzte Mal durch das Haus eines der Jungs.* Mit Tränen in den Augen nahm er die alten Karussellpferde auf den Treppenabsätzen wahr, den Glanz des riesigen, polierten Eßtisches aus Koa-Holz und die fast zwei mal zwei Meter große Sandsteinplatte mit den Abdrücken prähistorischer, für alle Zeiten erstarrter Fische.

Vor sieben Stunden hatte der Abend an jenem Tisch mit einem Festmahl aus heißem Corned beef, Zunge und Pastrami-Sandwiches begonnen, die Len durchgeschnitten, übereinandergestapelt und mit halbierten grünen Gurken und einem Kraut-Kartoffelsalat mit Sauerrahm umlegt hatte –, alles einige Stunden zuvor eigens von Delikatessen-Carnegie in New York eingeflogen. Len aß und bewirtete großzügig. Und dann schwitzte er das meiste davon auf dem Stairmaster und dem Laufband seines gut ausgestatteten Fitneßraumes wieder runter.

Shelly kam in den Salon und gesellte sich zu den anderen, die gerade ein altes Gemälde bewunderten, das Len kurz zuvor bei einer Auktion in London erstanden hatte. Shelly, der nicht wußte, von wem das Bild stammte, und Angst hatte, seine Unwissenheit zu zeigen, bewahrte Schweigen. Kunst war nur eines der Themen, bei denen Shelly sich ausgeschlossen fühlte; es gab noch andere: Wein (einige aus der Runde hatten Weinkeller, die einem Restaurant Ehre gemacht hätten, und reisten häufig gemeinsam zu Weinauktionen), Oper, Ballett, Kreuzfahrten, Pariser Drei-Sterne-Restaurants, Wettlimits in Kasinos. Alles zu kostspielig für Shellys Verhältnisse.

Er warf einen eindringlichen Blick auf jeden einzelnen seiner Mitspieler, als wolle er sich die Männer unauslöschlich einprägen. Er wußte, daß dies die guten alten Zeiten waren und daß er irgendwann in der Zukunft – vielleicht nach einem Schlaganfall, wenn er an einem Herbsttag auf dem Rasen eines Pflegeheims saß, getrocknete Blätter im Wind gaukelten, eine verblaßte Karodecke auf dem Schoß –, daß er an einem solchen Tag möglicherweise den Wunsch verspüren würde, jedes einzelne dieser freundlichen Gesichter vor seinem inneren Auge heraufzubeschwören.

Da war Jim, der Eiserne Herzog oder Fels von Gibraltar, wie sie ihn häufig nannten. Jim hatte gigantische Hände und ein mächtiges Kinn. Bei Gott, ein harter Bursche. Niemand brachte Jim mit einem Bluff dazu auszusteigen, niemals.

Und Vince: gewaltig. Oder jedenfalls *manchmal.* Manchmal auch nicht. Vince pflegte eine Jojo-Beziehung mit den Pritikin-Zentren für Gesundheit und Gewichtsreduzierung: Entweder besuchte er gerade eins, oder er hatte gerade eine Kur dort hinter sich. Dann war er schlank und rank – und brachte kalorienreduzierten Pfirsichsaft, frische Äpfel und fettfreie Kekse mit. Meist richtete er, wenn das Spiel bei ihm zu Hause stattfand, üppige Buffets aus, aber nach einem Aufenthalt in einem Pritikin-Zentrum sahen die Jungs dem Essen, das er servierte, während der ersten Monate mit Schrecken entgegen: Gebackene Tortilla-Chips, rohe Karotten und Pilze, chinesischen Hühnersalat ohne Sesamöl. Wer vernünftig war, aß etwas, bevor er kam. Sie alle schätzten schwere Kost – je fettiger, desto besser.

Als nächstes dachte Shelly über Dave nach, einen erkahlenden, bärtigen Psychiater mit schlechten Augen, der unweigerlich aus der Haut fuhr, wenn der Gastgeber kein Deck Karten mit Riesenbildern bereithielt. Dann stürmte er aus dem Haus und donnerte mit seinem leuchtend roten, zerbeulten Honda Civic zum nächsten Kaufhaus – kein einfaches Unterfangen, da einige der Jungs weit draußen in irgendwelchen Vororten lebten. Daves festes Beharren auf den richtigen Karten war ein Quell großer Erheiterung. Er war ein so schlechter Spieler, der sich mit verräterischen Gesten förmlich bei jeder Gelegenheit verriet, daß ohnehin die Meinung vorherrschte, er sei besser dran, wenn er seine Karten erst gar nicht zu sehen bekam. Und das Komischste war, daß Dave sich allen Ernstes für einen guten Pokerspieler hielt! Und merkwürdigerweise hatte Dave gewöhnlich am Ende die Nase mit vorn. Das war das große Rätsel des Dienstagabends: *Warum, zum Teufel, verlor Dave in diesem Spiel nicht sein letztes Hemd?*

Es war ein endloser Quell der Belustigung, daß ein Psychiater so viel weniger Gespür für sich selbst hatte als alle anderen am Tisch. Zumindest war das in der Vergangenheit so gewesen. Dave machte sich langsam. Nicht mehr dieser hochmütige, intellektuelle, pharisäische Dünnschiß. Keine zehnsilbigen Wörter mehr. Was hatte es da noch alles gegeben? Das »prä-ultimative Blatt« und die »duplizitive Strategie«. Und statt »Schlag« oder »Schlaganfall« sprach er von einem »zerebrovaskulären Ereignis«. Und das Essen, das er aufzutischen pflegte – Sushi, Melonen-Kebab, kalte Früchtesuppe, eine eingelegte Zucchini. Schlimmer als bei Vince. Niemand rührte einen Bissen an, und es dauerte ein ganzes Jahr, bis Dave das wenigstens merkte – aber auch erst, nachdem er ein paar anonyme Faxe mit Rezepten für Brownies und Käsekuchen erhalten hatte.

Hat sich inzwischen fein rausgemacht, dachte Shelly, *benimmt sich wie ein Mensch aus Fleisch und Blut. Wir hätten ihm für unsere Dienste ein Honorar abverlangen sollen.* Nicht nur einer hatte ihn unter seine Fittiche genommen. Arnie hatte ihm einen fünfprozentigen Anteil an einem seiner Rennpferde verkauft, ihn zu Trainingsritten und Rennen mitgenommen, ihm beigebracht, das Rennprogramm zu lesen und Pferde an Hand ihrer Trainingsleistungen einzuschätzen. Harry ging mit Dave zum Basketball. Beim ersten Spiel, das sie sahen, konnte Dave die defensiven Position eines *point guard* nicht von der eines *free safety* oder *shortstop* unterscheiden. Wo hatte er seine ersten vierzig Lebensjahre verbracht? Mittlerweile fuhr Dave einen burgunderfarbenen Alfa, teilte sich eine Jahreskarate für Basketball mit Ted und eine für Hockey mit Len, wettete mit dem Rest der Bande bei Arnies Buchmacher in Vegas und hätte beinahe tausend Dollar ausgespuckt, um mit Vince und Harry zu einem Konzert der Streisand in Las Vegas zu gehen.

Gerade trat Arnie mit seinem idiotischen Sherlock-Holmes-Hut durch die Tür. Er trug am Spieltisch immer einen Hut, und wenn er gewann, trug er denselben Hut so lange weiter, bis sein Glück ihn im Stich ließ. Dann kaufte er sich einen neuen. Dieser gottverdammte Sherlock-Holmes-Hut hatte ihm ungefähr vierzigtausend eingetragen. Arnie nahm eine zweieinhalbstündige Anfahrt in seinem Porsche – einer Sonderanfertigung – in Kauf, um mit den anderen zu pokern. Vor einigen Jahren hatte er ein Jahr lang in L. A. gelebt, um seine Mobiltelefongesellschaft dort vor Ort zu managen, und war während dieses Jahres regelmäßig mit dem Flugzeug gekommen – wegen seines Zahnarztes und der Pokerrunde. Als eine kleine Geste der Anerkennung hatten sie damals ein paarmal den Preis für sein Flugticket aus dem Pott abgezweigt. Manchmal spielte auch Jack, sein Zahnarzt, mit – bis er zuviel verlor. Jack war ein furchtbar schlechter Spieler, aber immer unglaublich gut angezogen. Len hatte einmal an einem mit Metallfäden bestickten Westernhemd, das Jack zum Pokern trug, einen Narren gefressen und schloß eine schriftliche Nebenwette ab: zweihundert Dollar gegen das Hemd. Jack verlor mit einer Dame hoch gegen Lens Straight Flush. Len ließ ihm das Hemd für den Heimweg, kam es aber am nächsten Morgen abholen. Das war Jacks letztes Spiel. Und ungefähr ein Jahr lang erschien Len zu jedem Spiel in Jacks Hemd.

Selbst zu seinen besten Zeiten hatte Shelly mit Abstand am wenigsten Geld von allen gehabt. Größenordnung ein Zehntel. Oder noch weniger. Und mit dem Crash im Silicon Valley waren seine besten Zeiten Vergangenheit; er war jetzt arbeitslos, seit Digilog Microsystem vor fünf Monaten Pleite gemacht hatte. Zuerst war er den Headhuntern hinterhergehechelt und hatte jeden Tag die in Frage kommenden Annoncen studiert. Norma stellte zweihundertfünfzig Dollar die Stunde für ihre juristischen Dienste in Rechnung. Das war wunderbar für die Familienfinanzen, führte aber dazu, daß Shelly sich schämte, einen Job für nur zwanzig oder fünfundzwanzig Dollar die Stunde anzunehmen. Er stellte derart hohe Anforderungen, daß die Headhunter ihn schließlich fallenließen, und allmählich gewöhnte er sich an den Gedanken, sich von seiner Frau aushalten zu lassen.

Nein, Shelly war das Geldverdienen nicht in die Wiege gelegt. Ein Familienerbe. Sein Vater hatte jahrelang gearbeitet und jeden Pfennig gehütet, um zweimal ein kleines Vermögen zusammenzusparen, als Shelly noch ein Kind war. Und hatte es beide Male in den Sand gesetzt. Das erste Mal hatte er in ein japanisches Restaurant investiert, in Washington, D.C., das zwei Wochen vor Pearl Harbor eröffnete. Mit dem zweiten erwarb er zehn Jahre später eine Edsel-Einzelhandelsvertretung.

Shelly hatte die Familientradition aufrechterhalten. Er war All-American-Spieler im College-Tennis gewesen, hatte in drei Jahren Pro-Satellite-Tour aber nur drei Matches gewonnen. Er war ein hübscher Kerl, er spielte brillant, die Zuschauer mochten ihn, er schaffte immer den ersten Break – aber er konnte seine Gegner einfach nicht bezwingen. Vielleicht war er einfach zu nett. Vielleicht hatte ihm auch nur das entscheidende Quentchen Glück gefehlt. Als er sich aus dem Profizirkus zurückzog, investierte er sein bescheidenes Erbe in einen Tennisclub nahe Santa Cruz – einen Monat, bevor das Erdbeben von 1989 das ganze Tal verschlang. Er bekam eine kleine Entschädigung von der Versicherung, von der er den größten Teil in Aktien von Pan-Am-Airlines investierte – unmittelbar vor deren Pleite; einen Teil des Geldes verlor er mit wertlosen Beteiligungen an Michael Milkens Maklerfirma, und den Rest investierte er in die San-Jose-Nets aus der amerikanischen Volleyball-Liga.

Vielleicht lag darin einer der Reize, die das Spiel für Shelly hatte. Die Männer, mit denen er spielte, wußten genau, was sie taten. Sie wußten, wie man Geld machte. Vielleicht würde ja etwas davon auf ihn abfärben.

Von ihnen allen hatte Willy mit Abstand am meisten Geld. Der Verkauf seiner noch jungen Firma für Finanzsoftware im Privatkundenbereich an Microsoft hatte ihm etwa vierzig Millionen eingebracht. Das wußte Shelly nur aus der Zeitung; keiner von ihnen sprach jemals offen über solche Dinge. Ihm gefiel, wie Willy sein Geld genoß. Ohne jeden Skrupel: Er lebte, um zu genießen. Keine Schuldgefühle. Keine Scham. Willy beherrschte die griechische Sprache in Wort und Schrift – seine Familie war aus Griechenland eingewandert. Er hatte ein Faible für den griechischen Schriftsteller Kazansakis und versuchte, es Zorba gleichzutun, einem von Kazansakis Romanhelden, dessen Lebensziel darin bestand, dem Tod »nichts als eine ausgebrannte Ruine« zu hinterlassen.

Für Willy mußte immer etwas los sein. Sobald er in einem Spiel paßte, stürzte er ins Nebenzimmer, um im Fernsehen kurz in irgendein Spiel hineinzuschauen – Basketball, Football, Baseball – , auf dessen Ausgang er einen Batzen Geld gewettet hatte. Einmal mietete er für einen ganzen Tag eine Abenteuerranch in Santa Cruz – so eine Anlage, auf der größere Gesellschaften ganze Schlachten nachspielen können, mit Waffen für Farbgeschosse. Shelly lächelte, als er daran dachte, wie er auf der Ranch eintraf und als erstes ein Duell geboten bekam. Willy mit Fliegerbrille und einem Kampfpilotenhelm aus dem ersten Weltkrieg und Vince standen, beide mit Pistolen in der Hand, Rücken an Rücken und entfernten sich dann zehn Schritte voneinander. Len, der Schiedsrichter, trug Jacks Hemd und hatte ein Bündel Hundertdollarscheine in der Hand: Wetteinsätze. Sie waren total irre – sie wetteten auf alles.

Shelly folgte Willy nach draußen, wo schon die Motoren der Wagen – Porsche, Bentley, Jaguar – hochgejagt wurden. Alle warteten darauf, daß Len die massiven Eisentore öffnete. Willy drehte sich um und legte Shelly einen Arm um die Schultern; Berührungsängste gab es bei ihnen nicht. »Wie geht's denn so, Shelly? Macht die Jobsuche Fortschritte?«

»Comme ci, comme ca.«

»Halt die Ohren steif«, sagte Willy. »Das Blatt wendet sich. Ich habe so das Gefühl, daß es mit dem Valley bald wieder aufwärts gehen wird. Laß uns zusammen Mittag essen.« Die beiden Männer waren im Laufe der Jahre gute Freunde geworden. Willy spielte mit Leidenschaft Tennis, und Shelly gab ihm häufig ein paar Tips. Außerdem fungierte er seit Jahren als inoffizieller Coach für Willys Kinder; eines davon spielte inzwischen im Team von Stanford.

»Wunderbar! Nächste Woche?«

»Nein, die Woche danach. Die nächsten zwei Wochen bin ich ziemlich viel auf Achse, aber Ende des Monats habe ich Zeit. Ich hab meinen Terminkalender im Büro; ich ruf dich morgen von dort an. Ich möchte etwas mit dir besprechen. Wir sehen uns dann beim nächsten Spiel.«

Keine Antwort von Shelly.

»In Ordnung?«

Shelly nickte. »In Ordnung, Willy.«

»Bis dahin, Shelly, bis dahin, Shelly.« Bis dahin, Shelly. »Bis dahin, Shelly.« Während die schweren Wagen nacheinander davonrollten, wurden zahlreiche Rufe laut. Shelly krümmte sich innerlich vor Schmerzen, während die Gefährten in der Nacht verschwanden. Oh, wie sehr er sie vermissen würde. Bei Gott, er liebte sie alle!

Shelly fuhr in tiefem Kummer nach Hause. *Vierzehn Mille zu verlieren. Verdammt – da gehört schon einiges dazu, um vierzehn Mille zu verlieren.* Aber es ging nicht um das Geld. Die vierzehn Tausend scherten Shelly nicht weiter. Woran ihm lag, waren seine Kameraden und das Spiel. Aber er konnte auf keinen Fall weiterspielen. Auf gar keinen Fall! Das Rechenexempel war einfach: Er hatte kein Geld mehr. *Ich muß einen Job finden. Wenn nicht im Softwaregeschäft, dann muß ich mir ein anderes Gebiet suchen – vielleicht wieder Yachten verkaufen in Monterey. Pfui Teufel. Ob ich das bringe? Wochenlang rumsitzen und auf die ein oder zwei Verkäufe pro Monat warten – das reicht, um mich wieder zu den Pferdewetten zu bringen.* Shelly mußte immer unter Dampf stehen.

In den vergangenen sechs Monaten hatte er viel Geld beim Pokern verloren. Vielleicht vierzig-, fünfzigtausend Dollar – er hatte sich davor gefürchtet, genau mitzurechnen. Und es gab keine Möglichkeit, an weiteres Geld heranzukommen. Normas Gehalt ging auf ein separates Bankkonto. Er hatte alles verpfändet. Und sich von allen etwas geborgt. Außer natürlich von den Jungs seiner Pokerrunde. Das wäre schlechter Stil gewesen. Blieb nur noch eins, was er zu Geld machen konnte – tausend Aktien der Imperial Valley Bank im Wert von ungefähr fünfzehn Mille. Das Problem war, die Aktien flüssig zu machen, ohne daß Norma etwas davon erfuhr. Auf die eine oder andere Weise würde sie's rauskriegen. Ihm waren die Ausreden ausgegangen. Und ihr ging die Geduld aus. Es war nur noch eine Frage der Zeit.

Vierzehn Mille? Dieses verfluchte letzte Blatt. Das Spiel

lief vor seinem inneren Auge wieder und wieder ab. Er war sich nicht sicher, ob er seine Karten richtig gespielt hatte: Wenn man die Chance hat, muß man aufs Ganze gehen... Wer die Nerven verliert, ist geliefert. Es waren die Karten. Er wußte, daß sie sich bald wenden würden. So funktionierte das eben. Er besaß die nötige Weitsicht. Er wußte, was er tat. Er hatte schon als Teenager ständig und leidenschaftlich gespielt und sich während seiner ganzen High-School-Zeit als Buchmacher beim Baseball betätigt. Und zwar ziemlich erfolgreich.

Mit vierzehn Jahren hatte er gelesen – wo, wußte er nicht mehr –, daß die Chancen, daß drei beliebig benannte Spieler an einem Spieltag einen gemeinsamen Durchschnitt von sechs Treffern erreichten, ungefähr zwanzig zu eins standen. Also bot er neun oder zehn zu eins dagegen und hatte jede Menge Kunden. Tag für Tag glaubten die Armleuchter, daß Spieler vom Format eines Mantle, Musial, Berra, Pesky, Bench, Carew, Banks, McQuinn, Rose und Kaline einfach sechs Treffer pro Mann schaffen *mußten.* Armleuchter! Sie kapierten es einfach nicht.

Vielleicht war *er* jetzt derjenige, der es nicht kapierte. Vielleicht war *er* hier der Armleuchter und hatte nichts in dieser Spielrunde zu suchen. Nicht genug Geld, nicht genug Nerven, nicht gut genug als Spieler. Aber Shelly konnte einfach nicht glauben, daß er so schlecht war. Nachdem er sich fünfzehn Jahre beim Poker gut gehalten hatte, sollte er sich jetzt plötzlich in einen schlechten Spieler verwandelt haben? Das paßte einfach nicht. Aber vielleicht gab es irgendwelche Kleinigkeiten, die er anders machte als früher. Vielleicht beeinflußte seine Pechsträhne bei den Karten sein Spiel.

Seine schlimmste Sünde während der ganzen Pechsträhne, das wußte er, war Ungeduld: der Versuch, mit mittelmäßigen Blättern etwas zu erzwingen. Ja, zweifellos. Es lag an den Karten. Und ohne Frage würden sie sich wenden. Nur eine Frage der Zeit. Es konnte in jedem Spiel passieren – wahrscheinlich beim nächsten Spiel –, und dann konnte ihn eine phantastische Glückssträhne davontragen. Er spielte dieses Spiel jetzt seit fünfzehn Jahren, und früher oder später glichen sich die Dinge immer aus. Nur eine Frage der Zeit. Aber Zeit – genau die hatte Shelly nun nicht mehr.

Ein leichter Regen setzte ein. Sein Fenster beschlug. Shelly stellte Scheibenwischer und Defroster ein, bremste, um seine drei Dollar an der Mautstelle der Golden Gate Bridge zu zahlen, und fuhr die Lombard Street hinunter. Zukunftsplanung war nicht gerade seine Spezialität, aber je länger er darüber nachdachte, begriff selbst er, wieviel auf dem Spiel stand: seine Mitgliedschaft in der Pokerrunde, sein Stolz, seine Selbstachtung als Spieler. Ganz zu schweigen von seiner Ehe – die stand ebenfalls auf dem Spiel!

Norma wußte von seiner Spielleidenschaft. Vor ihrer Hochzeit vor acht Jahren hatte sie eine lange Unterredung mit seiner ersten Frau gehabt – die ihn sechs Jahre zuvor verlassen hatte, nachdem auf einer Bahamakreuzfahrt bei einem Marathonspiel vier Buben das Ende ihrer gesamten Ersparnisse gewesen waren.

Shelly liebte Norma wirklich und meinte es wahrhaft ernst mit dem Gelübde, das er geleistet hatte: mit dem Spielen ganz und gar aufzuhören, den Anonymen Spielern beizutreten, ihr seine Gehaltsschecks auszuhändigen und sie alles Finanzielle regeln zu lassen. Und dann hatte Shelly in einer Demonstration guten Willens sogar den Vorschlag gemacht, mit einem Therapeuten ihrer Wahl an seinem Problem zu arbeiten. Norma hatte einen Psychiater ausgewählt, den sie selbst einige Jahre zuvor einmal aufgesucht hatte. Er ließ sich von dem Psycho – einem ziemlichen Trottel – ein paar Monate lang behandeln. Hinausgeworfenes Geld; nichts von dem, was sie besprochen hatten, war ihm im Gedächtnis geblieben. Aber es war eine gute Investition gewesen – es besiegelte sein Abkommen mit Norma und bewies ihr, daß er sein Gelübde ernst nahm.

Und weitestgehend hatte Shelly sein Gelübde gehalten. Er gab das Spielen auf – bis auf die Pokerrunde. Keine Wetten mehr beim Football oder beim Basketball; er sagte Sonny und Lenny Lebewohl, seinen langjährigen Buchmachern, und es gab auch keine Fahrten mehr nach Vegas oder Reno. Er kündigte seine Abonnements der *Sporting Life* und des *Card Player.* Das einzige Sportereignis, bei dem er wettete, waren die U.S. Open; die Form der Tennisprofis verstand er einzuschätzen. Aber er verlor trotzdem einen ganzen Batzen, als er auf McEnroe gegen Sampras setzte.

Und bis Digilog vor sechs Monaten Pleite machte, lieferte er Norma auch getreulich seine Gehaltsschecks ab. Sie wußte natürlich von dem Pokerspiel und erteilte ihm dafür einen Sonderdispens. Sie lebte in dem Glauben, es handelte sich um ein Fünf- und Zehn-Dollarspiel, und streckte ihm bisweilen sogar bereitwillig ein paar Hunderter vor – Norma konnte sich durchaus für den Gedanken erwärmen, daß ihr Mann Umgang mit einigen der wohlhabendsten und einflußreichsten Geschäftsleute Nordkaliforniens pflegte. Außerdem konsultierte der eine oder andere seiner Spielkameraden sie in juristischen Angelegenheiten.

Aber es gab zwei Dinge, von denen Norma nichts wußte. Das erste waren die Einsätze. Was das betraf, war die ganze Runde sehr diskret – kein Bargeld auf den Tisch, nur die Chips, die sie stets »quarters« (fünfundzwanzig Dollar) nannten, »halfbucks« (fünfzig Dollar) und »bucks« (hundert Dollar). Manchmal beobachteten die Kinder des jeweiligen Gastgebers das Spiel für ein paar Runden und hatten natürlich nicht die leiseste Ahnung von den wirklichen Einsätzen. Gelegentlich, wenn Norma einen der Spieler oder ihre Frauen in Gesellschaft traf – bei Hochzeiten, Konfirmationen, *bar mitzvahs* –, wappnete Shelly sich innerlich dagegen, daß sie etwas über seine Verluste oder das Ausmaß des Risikos erfahren könnte. Aber seine Kameraden, die guten Seelen, kannten ihren Text: Niemand verplapperte sich jemals. Es war eine ungeschriebene Regel, die niemand je erwähnte, die aber jeder kannte. Das andere, wovon Norma nichts wußte, war sein Pokerkonto. Zwischen seinen beiden Ehen hatte Shelly Ersparnisse von sechzigtausend Dollar angesammelt. Er war ein erstklassiger Softwareverkäufer gewesen. Vierundzwanzigtausend Dollar hatte er mit in die Ehe gebracht, aber die restlichen vierzigtausend waren sein Pokerfonds, und den hielt er vor Norma auf einem Bankkonto bei Wells Fargo verborgen. Er hatte geglaubt, diese Vierzigtausend würden bis ans Ende aller Tage reichen, würden ihn über jede Pechsträhne hinwegretten. Und das hatten sie auch. Fünfzehn Jahre lang. Bis zu dieser Pechsträhne – die ihm der Teufel höchstpersönlich geschickt haben mußte!

Die Einsätze hatten sich nach und nach erhöht. Er widersetzte sich diesen Erhöhungen unauffällig, hätte sich aber geschämt, großes Aufhebens deswegen zu machen. Damit das Spiel einen gewissen Kitzel hatte, brauchte jeder hohe Einsätze. Verluste müssen ein wenig weh tun. Das Problem war, daß die anderen zuviel Geld hatten: Was für ihn hohe Einsätze waren, waren für sie kleine Fische. Was konnte er tun? Sich der Demütigung aussetzen, sagen zu müssen: »Tut mir leid, meine Lieben, ich habe nicht genug Geld, um mit euch Karten zu spielen. Ich habe zu wenig Mumm, bin zu arm und ein zu großer Versager, um mit euch mithalten zu können?« Das würde er niemals über die Lippen bringen.

Aber jetzt war sein Pokerfonds völlig aufgezehrt, alles bis auf viertausend. Gott sei Dank hatte Norma nie von den vierzig Mille erfahren. Sonst wäre sie schon lange über alle Berge. Norma haßte das Glücksspiel, weil ihr Vater das Haus der Familie an der Börse verspekuliert hatte: Er spielte nicht Poker (er war Diakon in der Kirche, steif wie ein Stockfisch), aber ob Börse oder Poker – das lief auf dasselbe hinaus. Die Börse, so hatte Shelly immer gedacht, war etwas für Weichlinge, denen zum Poker der Mumm fehlte!

Shelly versuchte sich zu konzentrieren; er brauchte zehn Mille, und zwar schnell: Er hatte den Scheck vordatiert, aber nur vier Tage. Was er tun mußte, war klar: Er mußte irgendwo Geld auftreiben, das Norma in den nächsten zwei Wochen nicht vermissen würde. Shelly *wußte,* er *wußte* es einfach, wie er in seinem bisherigen Leben nur wenige Dinge gewußt hatte, daß die Karten sich wenden würden, wenn er nur den Einsatz für das nächste Spiel aufbringen konnte; er würde ein Schweinegeld gewinnen, und alles würde sich wieder zum Guten wenden.

Als Shelly um halb sechs zu Hause eintraf, hatte er seinen Entschluß gefaßt. Die beste Lösung, die *einzige* Lösung bestand darin, einen Teil seiner Aktien der Imperial Bank zu verkaufen. Vor etwa drei Jahren hatte Willy die Imperial Bank gekauft und Shelly den Tip gegeben, daß dies eine todsichere Anlage sei. Willy glaubte, daß sich der Kurswert binnen zweier Jahre mindestens verdoppeln würde. Also kaufte Shelly von den zwanzigtausend Dollar, seinem Notgroschen, den er in die Ehe mitgebracht hatte, tausend Aktien, und gab bei Norma mit dem Insidertip und dem Geld an, daß er und Willy an der Sache verdienen würden.

Shelly blieb seinen Ruf treu, zur falschen Zeit am falschen Platz zu sein: diesmal war es der Spareinlagen-Kredit-Skandal. Willys Bank erlitt schweren Schaden. Die Aktien fielen von zwanzig Dollar auf elf. Jetzt waren sie wieder auf fünfzehn hochgeklettert. Shelly nahm den Verlust gelassen hin, Willy hatte ja ebenfalls einen hübschen Batzen verloren. Trotzdem fragte er sich, warum er trotz seiner engen Beziehungen zu den alten Knaben nicht einmal, nicht ein einziges Mal Kapital aus ihrer Freundschaft schlagen konnte. Alles, was er anfaßte, wurde zu Scheiße.

Er blieb bis sechs Uhr wach, damit er Earl anrufen konnte, seinen Broker, und gab ihm Verkaufsorder zu Marktpreisen. Zuerst wollte er nur sechshundertfünfzig Anteile verkaufen – das hätte ihm netto genau die zehntausend eingebracht, die ihm zur Begleichung seiner Schulden fehlten. Aber am Telefon entschied er sich spontan dafür, die ganzen tausend Anteile zu verkaufen, so daß er neben den zehntausend für die Schulden noch weitere fünftausend als Startkapital für ein letztes Spiel hätte.

»Wollen Sie zur Bestätigung des Verkaufs zurückgerufen werden, Shelly?« fragte Earl mit seiner quieksenden Stimme.

»Ja, ich werde den ganzen Tag zu Hause sein. Geben Sie mir die genaue Summe durch. Ach, und noch etwas, machen Sie ein bißchen Dampf und schicken Sie mir den Scheck nicht. Das ist wichtig – halten Sie ihn für mich fest, ich komme dann später vorbei und hole ihn mir ab.«

Da waren keine Probleme zu erwarten, dachte Shelly. In zwei Wochen, nach dem nächsten Spiel, würde er die Anteile mit seinem Gewinn zurückkaufen, und Norma würde nie etwas davon erfahren. Seine gute Laune kehrte zurück. Leise pfiff er ein paar Takte von »zip-a-dee-doo-dah« vor sich hin und ging zu Bett. Norma, die einen leichten Schlaf hatte, schlief wie gewöhnlich in Pokernächten im Gästezimmer. Er las noch ein wenig im *Tennis Pro Magazine,* um etwas ruhiger zu werden, stellte dann die Telefonklingel ab, nahm sich Ohrstöpsel, damit er es nicht hörte, wenn Norma sich für die Arbeit fertigmachte, und knipste das Licht aus. Mit ein wenig Glück würde er bis Mittag schlafen.

Es war fast ein Uhr mittags, als er in die Küche stolperte und Kaffee aufsetzte. Kaum hatte er die Telefonklingel wieder angestellt, klingelte es auch. Es war Carol, Normas Freundin, die in derselben Kanzlei als Anwältin tätig war.

»Hallo Carol, suchst du Norma? Die ist schon lange weg.

Sie ist nicht im Büro? Hör mal, Carol, ich freue mich, daß ich dich am Apparat habe. Ich habe gehört, daß Justin auf und davon ist. Norma sagte, du seist ziemlich durcheinander. Was für ein Idiot, eine Klassefrau wie dich sitzen zu lassen. Er konnte dir nie das Wasser reichen. Tut mir leid, daß ich dich nie angerufen hab, um zu reden. Aber das Angebot gilt. Mittagessen? Ein Drink? Ein bißchen Knuddeln?« Seit dem Nachmittag, an dem Carol ihn zu einer schnellen Rachenummer aufgelesen hatte, hatte Shelly heiße Phantasien von einer Wiederholung.

»Vielen Dank, Shelly«, sagte Carol mit Stahl in der Stimme, »aber ich kann nicht länger mit dir plaudern; dies ist ein beruflicher Anruf.«

»Wie meinst du das? Ich habe dir doch gesagt, daß Norma nicht hier ist.«

»Shelly, du bist es, den ich angerufen habe, nicht Norma. Norma hat mich als Anwältin engagiert, damit ich sie in dieser Sache vertrete. Die Situation ist natürlich peinlich, wenn man an unser kleines Zwischenspiel denkt, aber Norma hat mich darum gebeten, und ich konnte unmöglich ablehnen.

Aber jetzt zur Sache«, fuhr Carol mit ihrer scharfen, professionellen Stimme fort. »Meine Klientin hat mich gebeten, die Scheidung zu beantragen, und ich gebe Ihnen hiermit die Anweisung, bis sieben Uhr heute abend das Haus zu verlassen, und zwar komplett. Sie wünscht keinen weiteren direkten Kontakt mit Ihnen. Es ist Ihnen untersagt, mit ihr zu sprechen, Mr. Merryman. Ich habe ihr den Rat gegeben, alle notwendigen Transaktionen zwischen Ihnen und ihr über mich als Anwältin Ihrer Frau laufen zu lassen.«

»Hör auf mit diesem Juristenscheiß, Carol. Wenn ich ein Weib erst mal im Bett hatte, lasse ich mich nicht mehr von ihrem hochtrabenden Gequatsche einschüchtern! Schlichtes Englisch bitte schön. Was ist denn los, verdammt noch mal?«

»Mr. Merryman, meine Klientin hat mich angewiesen, Ihre

Aufmerksamkeit auf Ihren Faxapparat zu lenken. Die Antwort auf all Ihre Fragen wird dann offenbar werden. Selbst Ihnen. Vergessen Sie nicht, wir haben eine gerichtliche Verfügung: sieben Uhr heute abend.

Ach ja, noch etwas, Mr. Merryman. Wenn dieser Anwältin eine kurze, persönliche Bemerkung gestattet ist: Sie sind ein Stück Scheiße. Werden Sie endlich erwachsen!« Und mit diesen Worten ließ Carol den Hörer auf die Gabel krachen.

Einen Augenblick lang klingelte es Shelly in den Ohren. Er rannte zum Faxapparat. Dort lag zu seinem Entsetzen eine Kopie seiner Aktientransaktion vom frühen Morgen zusammen mit einem Schreiben, daß Shelly sich den Scheck am nächsten Tag abholen könne. Und darunter lag etwas noch Fataleres: eine Kopie des Abschlusses von Shellys geheimem Pokerfonds bei Wells Fargo. Und daran klebte ein gelbes Mitteilungszettelchen mit einer schroffen Notiz von Norma: »Du willst nicht, daß ich das sehe? Dann gib dir mehr Mühe, deine Spuren zu verwischen! Wir sind Geschichte.«

Shelly rief seinen Broker an. »He, Earl, was war los, verdammt noch mal? Ich habe dich gebeten, *mich* wegen der Bestätigung anzurufen. Ein schöner Freund bist du mir!«

»Mach mal halblang, du Trottel«, sagte Earl. »Du hast um einen Bestätigungsanruf zu Hause gebeten. Wir haben um sieben Uhr fünfzehn verkauft. Meine Sekretärin hat um sieben Uhr dreißig angerufen. Deine Frau ist an den Apparat gegangen, und meine Sekretärin hat ihr die Sache durchgegeben. Sie hat uns gebeten, ihr die Bestätigung ins Büro zu faxen. Meine Sekretärin hätte wissen sollen, daß sie deiner Frau nichts sagen darf? Wenn du dir bitte ins Gedächtnis rufen würdest, daß die Wertpapiere auf einem gemeinschaftlichen Konto lagen? Wir sollten den Verkauf vor ihr geheimhalten? Ich soll wegen deiner lausigen Fünfzehntausend meine Lizenz verlieren?«

Shelly legte auf. Ihm schwirrte der Kopf. Er versuchte, sich klarzumachen, was passiert war. Er hätte niemals um einen Bestätigungsanruf bitten dürfen. Und diese gottverdammten Ohrstöpsel. Als Norma von dem Aktienverkauf erfuhr, mußte sie seine gesamten Papiere durchsucht haben und dabei auf sein Konto bei Wells Fargo gestoßen sein. Und jetzt wußte sie alles. Es war vorbei.

Shelly las noch einmal Normas Fax, schrie dann: »Scheiße, Scheiße, Scheiße!« und riß es in Fetzen. Er ging wieder in die Küche, wärmte seinen Kaffee auf und nahm sich den *Chronicle* vom Morgen vor. Zeit für die Kleinanzeigen. Nur daß er jetzt nicht nur einen Job brauchte, sondern auch eine möblierte Wohnung. Dann aber blieb sein Blick an einer merkwürdigen Schlagzeile auf der ersten Seite des Lokalteils hängen.

PLATZ DA, FORD, TOYOTA, CHEVROLET!
PRODUKTRÜCKRUF JETZT AUCH IN DER PSYCHOTHERAPIE!

Shelly las weiter.

> Das Golden Gate Psychoanalytic Institute hat sich offensichtlich an den großen Autoherstellern ein Beispiel genommen und mit einer heute veröffentlichten Aufforderung (siehe Seite D2) eine Rückrufaktion gestartet. In einer turbulenten Sitzung am 24. Oktober ist Dr. Seth Pande, einer der Stars des Instituts, »wegen unprofessionellen Verhaltens« gemaßregelt und seiner Aufgaben entbunden worden.

Seth Pande! Seth Pande! *He,* dachte Shelly, *ist das nicht der Psycho, zu dem Norma mich vor unserer Hochzeit geschickt hat?* Shelly las weiter:

Dr. Marshal Streider, der Sprecher des Instituts, wollte sich nicht näher äußern, sondern sagte lediglich, die Mitglieder glaubten, Dr. Pandes Patienten hätten vielleicht nicht die beste Behandlung erfahren, die die Psychoanalyse zu bieten habe; möglicherweise hätten sie als Ergebnis ihrer analytischen Arbeit mit Dr. Pande Schaden erlitten. Dr. Pandes Patienten wird nun eine kostenlose »psychoanalytische Rundumerneuerung« angeboten! Lag es an der Benzinpumpe? fragte der Berichterstatter dieser Zeitung. Dr. Streider wollte dazu keinen Kommentar geben.

Die Aktion beweise die Entschlossenheit des Psychoanalytischen Institutes, höchste Maßstäbe an die Versorgung seiner Patienten anzulegen, an die Verantwortlichkeit des Berufsstandes und an die eigene Vertrauenswürdigkeit.

Das mag durchaus so sein. Aber wirft diese Entwicklung nicht weitere Fragen auf, die an die Vermessenheit der Gesamtunternehmung Psychotherapie rühren? Wie lange noch werden Therapeuten so tun können, als hätten sie den einzelnen, ganzen Gruppen oder gar Organisationen Rat und Hilfe zu bieten, wenn es wieder einmal – denken Sie an den skandalösen Fall Seymour Trotter vor einigen Jahren – handfeste Beweise für ihre Unfähigkeit gibt, mit sich selbst fertig zu werden?

Auch mit Dr. Pande haben wir uns in Verbindung gesetzt. Sein Kommentar lautete (überraschenderweise): »Da müssen Sie mit meinem Anwalt reden.«

Shelly schlug Seite D2 auf, um die offizielle Aufforderung zu lesen.

RÜCKRUF AN PSYCHIATRISCHE PATIENTEN

Das Golden Gate Psychoanalytic Institute bittet hiermit alle männlichen Patienten, die nach 1984 bei Dr. Seth Pande in Behandlung waren, die Nummer 415-555-2441 anzurufen, um eine psychologische Kontrolluntersuchung und ggf. – soweit nötig – eine psychiatrische Heilbehandlung zu vereinbaren. Möglicherweise hat Pandes Behandlung in wesentlichen Teilen nicht den Richtlinien der Psychoanalyse entsprochen und schlimmstenfalls Gesundheitsschäden zur Folge gehabt. Alle angebotenen Maßnahmen werden für die Patienten unentgeltlich sein.

Binnen Sekunden hatte Shelly die Sekretärin des Analytic Institute am Apparat.

»Ja, Mr. Merryman, Sie haben das Recht auf eine kostenlose Therapie bei einem unserer Mitglieder; mehr noch, Sie werden dazu ermutigt, diese Gelegenheit zu nutzen. Unsere Therapeuten bieten ihre Dienstleistungen turnusmäßig an. Sie sind der erste Anrufer. Vielleicht darf ich Ihnen einen Termin bei Dr. Marshal Streider anbieten, einem unserer erfahrensten Analytiker? Am Freitag um neun Uhr in der California Street 2313.«

»Könnten Sie mir sagen, was genau eigentlich dahintersteckt? Die Sache macht mich doch etwas nervös. Ich möchte nicht in Panik geraten.«

»Ich kann Ihnen nicht allzuviel sagen. Dr. Streider wird Sie ins Bild setzen, aber das Institut hat das Gefühl, daß einige von Dr. Pandes Deutungen bei einigen Patienten vielleicht nicht besonders hilfreich waren.«

»Wenn ich also ein bestimmtes Symptom hätte – sagen wir eine Sucht –, behaupten Sie, er hätte die Sache bei mir vielleicht noch schlimmer gemacht.«

»Hm... etwas in der Art. Wir behaupten nicht, daß Dr. Pande Ihnen *absichtlich* Schaden zugefügt hätte. Das Institut hat offiziell nur erklärt, daß es seine Methoden weitgehend ablehnt.«

»In Ordnung, neun Uhr am Freitag morgen geht klar. Aber wissen Sie, ich neige sehr zu Panikattacken. Die Sache regt mich doch sehr auf, und ich möchte nicht in der Notaufnahme enden; es wäre mir eine große Erleichterung – eine lebensrettende Erleichterung –, wenn ich schriftlich hätte, was Sie mir gerade erklärt haben, einschließlich der Uhrzeit und der Adresse für meinen Termin. Wie war noch der Name des Therapeuten? Sehen Sie, was ich meine? Ich verliere schon jetzt den Boden unter den Füßen. Ich glaube, ich brauche das Schreiben sofort. Können Sie es mir gleich rüberfaxen?«

»Gern, Mr. Merryman.«

Shelly ging an den Apparat und wartete. Endlich war mal *irgend etwas* gut gelaufen. Er kritzelte hastig ein paar Zeilen auf ein Blatt Papier:

Norma,

lies das! Ein Rätsel ist gelöst! Erinnerst du dich noch an deinen Therapeuten, diesen Dr. Pande? Und wie ich auf ihn gekommen bin? Und wie sehr ich mich einer Therapie widersetzt habe? Und daß ich mich ihm auf deine Bitte hin anvertraut habe? Diese Sache hat mir und dir und uns viel Kummer bereitet. Ich habe versucht, es richtig zu machen. Kein Wunder, daß die Therapie nicht geholfen hat! Jetzt wissen wir auch, warum nicht. Ich werde abermals versuchen, alles richtig zu machen – ich werde mich einer Generalüberholung unterziehen. Ganz bestimmt! Was es auch kostet. Wie lang es auch dauert. Steh die Sache mit mir durch. Bitte!

Dein dich liebender Ehemann.

Anschließend faxte Shelly seinen Brief zusammen mit dem Zeitungsartikel und dem Schreiben der Sekretärin des Analytic Institutes an Norma. Eine halbe Stunde später klapperte das Faxgerät von neuem los, und eine Nachricht von Norma kam zum Vorschein.

Shelly,

bin bereit zu reden, treffe dich um sechs.

Norma.

Shelly widmete sich wieder seinem Kaffee, klappte die Kleinanzeigen zusammen und machte sich über die Sportseite her.

»Zip-a-deh-doo-dah, zip-a-dee-ay.«

9

Marshal warf einen Blick auf seinen Terminkalender. Sein nächster Patient, Peter Macondo, ein mexikanischer Geschäftsmann mit Wohnort in der Schweiz, kam zu seiner achten und letzten Sitzung. Mr. Macondo, der für einen Monat in San Francisco weilte, hatte telefonisch um Kurztherapie wegen einer Familienkrise gebeten. Bis vor zwei oder drei Jahren hatte Marshal nur Langzeitfälle zur Analyse angenommen, aber die Zeiten hatten sich geändert. Jetzt hatte er wie jeder andere Therapeut in der Stadt freie Stunden und war nur allzu gern bereit, Mr. Macondo einen Monat lang zweimal wöchentlich zu empfangen.

Es war eine Freude gewesen, mit Mr. Macondo zu arbeiten, und der Mann hatte die Therapie gut genutzt. Außerordentlich gut. Darüber hinaus zahlte er bar auf den Tisch des Hauses. Am Ende der ersten Sitzung reichte er Marshal zweihundert Dollarscheine und sagte: »Ich ziehe es vor, das Leben mit Bargeld zu vereinfachen. Und es wird Sie vielleicht interessieren, daß ich in den USA keine Einkommensteuer bezahle und in der Schweiz keine medizinischen Unkosten von der Steuer absetze.«

Mit diesen Worten wandte er sich Richtung Tür.

Marshal wußte genau, was in einem solchen Fall zu tun war. Es wäre ein unerhörter Fehler, eine Therapie unter dem Schatten einer unehrlichen Absprache zu beginnen, selbst wenn es sich dabei um eine so weitverbreitete Angelegenheit wie die Unterschlagung von steuerpflichtigem Einkommen ging. Obwohl Marshal Entschlossenheit zu zeigen wünschte, sprach er mit freundlicher Stimme. Peter Macondo war ein freundlicher Mann mit einer Ausstrahlung unschuldiger Vornehmheit.

»Mr. Macondo, ich muß Ihnen zwei Dinge erklären. Zuerst möchte ich feststellen, daß ich grundsätzlich jedwedes Einkommen angebe. Das gehört sich so. Ich werde Ihnen am Ende eines jeden Monats eine Quittung ausstellen. Zweitens haben Sie mir zuviel bezahlt. Mein Honorar beträgt nur einhundertfünfundsiebzig Dollar. Ich will gleich sehen, ob ich das Wechselgeld habe.« Er griff in seinen Schreibtisch.

Mr. Macondo, der bereits eine Hand auf den Türknopf gelegt hatte, drehte sich um und hob abwehrend die andere Hand. »Bitte, Dr. Streider, in Zürich beträgt das Honorar zweihundert Dollar. Und die Schweizer Therapeuten sind weniger qualifiziert als Sie. Weit weniger. Ich bitte Sie, erweisen Sie mir die Freundlichkeit, Ihnen dasselbe Honorar zahlen zu dürfen. Ich fühle mich dann wohler, was meine Arbeit mit Ihnen erleichtern würde. Also, dann bis Donnerstag.«

Marshal sah, die Hand immer noch in der Tasche, seinem scheidenden Patienten nach. Viele Patienten hatten seine Honorare als zu hoch erachtet, aber nie zuvor war Marshal einem begegnet, der beteuerte, sie seien zu niedrig. *Hm, na gut,* dachte er, *Europäer. Und langfristige Übertragungskomplika-*

tionen können nicht auftreten; es handelt sich schließlich bloß um eine Kurztherapie.

Marshal hielt nicht nur wenig von der Kurztherapie – er verachtete sie nachgerade. Eine problemorientierte, auf Linderung der Symptome abgestellte Therapie... die Zielvorstellung zufriedener Kunde... zum Teufel damit! Was für Marshal und die meisten Analytiker zählte, war die *Tiefe* der Veränderung. Tiefe war alles. Psychoanalytiker überall auf der Welt wußten: Je tiefer die Erkundung, desto effektiver die Therapie. »Dringen Sie tief ein«, – konnte Marshal die Stimme von Bob McCullum hören, seinem eigenen Supervisor – »dringen Sie tief ein in die ältesten Schichten des Bewußtseins, in primitive Gefühle, archaische Phantasien; dringen Sie vor bis in die frühesten Schichten des Gedächtnisses; dann und nur dann werden Sie in der Lage sein, die Neurose komplett zu entwurzeln und eine analytische Heilung herbeizuführen.«

Aber die Tiefentherapie verlor langsam an Boden: Die barbarischen Horden der Nützlichkeit waren allgegenwärtig. Aufmarschiert unter den brandneuen Bannern des Gesundheitsmanagements verdunkelten die Bataillone der Kurzzeittherapie die Landschaft und bestürmten die Tore der Analyseinstitute, der letzten bewaffneten Enklaven der Weisheit, der Wahrheit und der Vernunft in der Psychotherapie. Der Feind war bereits so nahe, daß Marshal seine vielen Gesichter sehen konnte: Biofeedback und Muskelentspannung gegen krankhafte Angstzustände; Implosion oder Desensibilisierung gegen Phobien; Medikamente gegen Depressionen und zwangsneurotische Erkrankungen; kognitive Gruppentherapie gegen Eßstörungen; Selbstbehauptungstraining für die Schüchternen; Gruppentherapie; Zwerchfellatmen für Panikpatienten mit sozialem Vermeidungsverhalten; Einmal-Hypnose zum Abgewöhnen des Rauchens; und dann all die verfluchten »Zwölf-Punkte«-Gruppen für alles andere!

Der ökonomische Moloch der Regulierten (medizinischen) Versorgung* hatte in vielen Teilen des Landes die medizinischen Verteidigungslinien überwunden. Therapeuten in den bereits eroberten Staaten waren, wenn sie im Geschäft bleiben wollten, gezwungen, sich dem Eroberer zu beugen, der ihnen einen Bruchteil ihrer gewohnten Honorare zahlte und ihnen Patienten für fünf oder vielleicht sechs Sitzungen zuwies, wo in Wirklichkeit fünfzig oder sechzig vonnöten gewesen wären.

Wenn ein Therapeut dann die magere, ihm zugewiesene Ration aufgezehrt hatte, begann die Scharade erst richtig: Es blieb ihm nichts anderes übrig, als den zuständigen Sachbearbeiter um zusätzliche Sitzungen zur Fortsetzung der Behandlung anzuflehen. Und er mußte seinen Antrag natürlich mit Bergen von getürktem, zeitraubendem Papierkram dokumentieren, in dem er zur Lüge gezwungen war, in dem er das Selbstmordrisiko des Patienten übertrieb, seinen Drogenmißbrauch oder seine Neigung zur Gewalttätigkeit; das waren die einzigen Zauberworte, die die Aufmerksamkeit der Gesundheitsplaner erregten – nicht daß den Verwaltungsleuten die Patienten am Herzen gelegen hätten – nein, sie wurden lediglich durch die Drohung eines künftigen Prozesses eingeschüchtert.

Daher wurde den Therapeuten nicht nur befohlen, ihre Patienten in unmöglich kurzer Zeitspanne zu behandeln, sie mußten sich überdies der zusätzlichen und demütigenden Pflicht unterwerfen, die Sachbearbeiter zu beschwichtigen und versöhnlich zu stimmen – häufig ungezogene junge Verwaltungs-

* Managed care, ein System der Krankenversicherung, das die Wahlfreiheit von Patient und Arzt im Hinblick auf die versicherten Leistungen mehr oder weniger einschränkt und von vielen Versicherungen angeboten wird. Beiträge und Eigenleistungsbetrag der Versicherten liegen meist deutlich unter dem Niveau der herkömmlichen amerikanischen Krankenversicherungen.

beamte, die nur über die rudimentärsten Kenntnisse auf diesem Gebiet verfügten. Neulich erst hatte Viktor Young, ein angesehener Kollege, ein Schreiben von seinem siebenundzwanzigjährigen Sachbearbeiter bekommen, in dem ihm vier weitere Sitzungen für die Behandlung eines schwer schizoiden Patienten gewährt wurden. An den Rand gekritzelt fand er die kryptische, idiotische Anweisung des Sachbearbeiters: »Durchbrechen Sie die Verleugnung!«

Aber der Angriff galt nicht nur der Würde der Psychiater, sondern auch ihrer Geldbörse. Einer von Marshals Kollegen hatte der Psychiatrie den Rücken gekehrt und war mit dreiundvierzig Jahren als Assistenzarzt der Radiologie zurück in ein Krankenhaus gegangen. Andere, die bei ihren Investitionen eine gute Hand gehabt hatten, zogen einen frühen Ruhestand in Erwägung. Marshal hatte keine Warteliste mehr und akzeptierte dankbar Patienten, die er in der Vergangenheit weiterempfohlen hätte. Er machte sich häufig Sorgen um die Zukunft – seine und die des Berufsstandes.

Für gewöhnlich hatte Marshal das Gefühl, in einer Kurzzeittherapie bestenfalls eine leichte Linderung der Symptome erreichen zu können, die den Patienten mit etwas Glück bis zum nächsten Finanzjahr über Wasser halten mochte, in dem dann dessen Sachbearbeiter ihm vielleicht einige weitere Sitzungen gewährte. Aber Peter Macondo war eine verblüffende Ausnahme gewesen. Noch vor vier Wochen hatte er deutliche Symptome gezeigt: Schuldgefühle, schwere Angstzustände, Schlaflosigkeit und gastritische Probleme. Und jetzt war er buchstäblich frei von Symptomen. Kaum je hatte Marshal einen Patienten gehabt, dem er in so kurzer Zeit geholfen hatte.

Änderte das Marshals Meinung bezüglich der Effektivität der Kurzzeittherapie? Keinesfalls! Die Erklärung für Peter Macondos bemerkenswerten Erfolg war einfach und klar: Mr. Macondo hatte keine signifikanten neurotischen Probleme. Er war ein ungewöhnlich einfallsreiches, wohlintegriertes Individuum, dessen Symptome von überwiegend situationsbedingtem Streß verursacht wurden.

Mr. Macondo war ein höchst erfolgreicher Geschäftsmann, der, so glaubte Marshal, mit den typischen Problemen der Superreichen geschlagen war. Nach einer einige Jahre zurückliegenden Scheidung dachte er nun über die Ehe mit Adriana nach, einer schönen, jüngeren Frau. Obwohl er Adriana sehr liebte, machte sein Zögern ihn handlungsunfähig – er hatte zu viele alptraumhafte Scheidungen miterlebt, in die wohlhabende Geschäftsmänner und schmückende Ehefrauen verwickelt waren. Er hatte das Gefühl, nur eine einzige Alternative zu haben – eine abscheuliche, peinliche Alternative –, nämlich auf einem Ehevertrag zu bestehen. Aber wie sollte er Adriana diesen Vertrag präsentieren, ohne ihre Liebe zu vergiften? Das war das Hauptproblem, das ihn zu einer Therapie veranlaßt hatte.

Ein weiteres Problem stellten die beiden Kinder Peters dar. Unter dem starken Einfluß Evelyns, seiner wütenden Exfrau, widersetzten die Kinder sich halsstarrig dieser neuen Ehe und weigerten sich, Adriana auch nur kennenzulernen. Peter und Evelyn waren auf dem College unzertrennlich gewesen und hatten einen Tag nach ihrem Abschluß geheiratet. Aber der Glanz der Ehe war schnell stumpf geworden, und binnen weniger Jahre war Evelyn schwerem Alkoholismus anheimgefallen. Peter hatte die Familie heldenhaft aufrechterhalten, dafür gesorgt, daß seine Kinder eine gute katholische Erziehung erhielten und dann, nachdem sie die High- School hinter sich hatten, die Scheidung eingereicht. Aber die Jahre, in denen sie inmitten verbitterter Konflikte großgeworden waren, hatten von den Kindern ihren Tribut gefordert. Rückblickend wußte Peter, daß er besser daran getan hätte, wenn er sich schon früher hätte scheiden lassen und um das Sorgerecht für die Kinder gekämpft hätte.

Die Kinder, die jetzt Anfang Zwanzig waren, bezichtigten Adriana offen, es nur auf das Familienvermögen abgesehen zu haben. Und sie scheuten auch nicht davor zurück, ihrem Groll ihrem Vater gegenüber Luft zu machen. Obwohl Peter für jeden von ihnen drei Millionen Dollar in einem Treuhandvermögen angelegt hatte, beteuerten sie beharrlich, er habe ihnen Unrecht getan. Zur Untermauerung ihrer Behauptung verwiesen sie auf einen jüngst in der *London Financial Times* erschienenen Artikel, in dem ein höchst ertragreiches Zweihundert-Millionen-Pfund-Unternehmen Macondos beschrieben wurde.

Er wurde von widerstreitenden Gefühlen gelähmt. Da er von Natur aus ein großzügiger Mensch war, wünschte er sich nichts mehr, als seinen Besitz mit seinen Kindern zu teilen – sie waren der einzige Grund, warum er Eigentum anhäufte. Andererseits hatte das Geld sich in einen Fluch verwandelt. Beide Kinder waren vom College abgegangen, waren aus der Kirche ausgetreten und ließen sich ohne berufliche Interessen ziellos treiben, ohne Ehrgeiz, ohne eine Vorstellung von der Zukunft und ohne jedes Rüstzeug moralischer Wertmaßstäbe. Und zu allem Überfluß betrieb sein Sohn schweren Drogenmißbrauch.

Peter Macondo versank in Nihilismus. Wofür hatte er die letzten zwanzig Jahre eigentlich gearbeitet? Seine Religiosität hatte an Tiefe verloren, seine Kinder stellten nicht länger ein wichtiges Projekt für die Zukunft dar, und selbst seine philanthropischen Unternehmungen erschienen ihm langsam bedeutungslos. Er hatte mehreren Universitäten in seinem Geburtsland Mexiko Geld gespendet, fühlte sich aber ohnmächtig angesichts der Armut, der politischen Korruption, der drastischen Bevölkerungsexplosion in Mexiko City, der Umweltkatastrophe. Bei seinem letzten Besuch in Mexiko City mußte er eine Stoffmaske tragen, weil er die Luft nicht einatmen konnte. Was konnten seine wenigen Millionen da ausrichten?

Marshal hegte keinen Zweifel daran, daß er der perfekte Therapeut für Peter Macondo war. Er war es gewohnt, mit ultrareichen Patienten und ihren Kindern zu arbeiten, und verstand deren Probleme. Er hatte verschiedentlich vor Unternehmern und philanthropischen Vereinen Vorträge zum Thema gehalten und träumte davon, eines Tages ein Buch darüber zu schreiben. Aber dieses Buch – für das er bereits einen Titel hatte: *Überfluß: Der Fluch der herrschenden Klasse* – dieses Buch blieb, wie alle anderen seiner Buchideen, ein Traum. Es schien unmöglich, bei einer gutgehenden Praxis noch Zeit abzuzweigen, um ein Buch zu schreiben. Wie hatten die großen Theoretiker – Jung, Freud, Rank, Fromm, May, Horney – das nur geschafft?

Marshal benutzte zur Therapie Peter Macondos eine Anzahl schneller problembezogener Techniken, und zu seiner großen Freude funktionierte eine jede davon perfekt. Er normalisierte das Dilemma seines Patienten und linderte seine Schuldgefühle, indem er ihn über die weite Verbreitung gleichgelagerter Probleme unter den Superreichen aufklärte. Er entspannte Peters Beziehung zu seinen Kindern, indem er ihm half, sich stärker in deren Erfahrungswelt hineinzufühlen, vor allem in ihre Verstrickung in den fortgesetzten Kampf ihrer Eltern untereinander. Er legte ihm nahe, daß die beste Möglichkeit, seine Beziehung zu seinen Kinder zu verbessern, darin bestehe, seine Beziehung zu seiner Exfrau zu verbessern. Nach und nach etablierte er wieder eine respektvollere Beziehung zu ihr, und nach der vierten Therapiestunde lud Dr. Macondo seine Exfrau zu einem Lunch ein, bei dem die beiden sich zum ersten Mal seit Jahren unterhielten, ohne daß ihr Gespräch in einen Streit ausartete.

Wiederum auf Marshals Vorschlag hin drängte Peter seine Exfrau, genauso wie er anzuerkennen, daß sie zwar nicht länger miteinander leben konnten, daß sie einander aber viele Jahre lang geliebt hatten und die Realität dieser vergangenen

Liebe nach wie vor existierte: Es war wichtig, sie in Ehren zu halten, statt sie zu zerstören. Peter erbot sich, auf Marshals Vorschlag hin, ihr die zwanzigtausend Dollar für einen einmonatigen Aufenthalt im Betty-Ford-Alcohol-Rehabilitation-Center zu geben. Obwohl sie eine extrem großzügige Scheidungsabfindung erhalten hatte und sich mühelos eine Therapie hätte leisten können, hatte sie sich einer Behandlung immer widersetzt. Aber Peters liebevolle Geste rührte sie sehr, und zu seiner Überraschung nahm sie sein Angebot an.

Sobald Peter und seine Exfrau sich besser zu verstehen begannen, erfuhr auch seine Beziehung zu den Kindern einen Aufschwung. Mit Marshals Hilfe erstellte er einen Plan für einen weiteren Fünf-Millionen-Dollar-Trust für jedes Kind, der im Laufe der nächsten zehn Jahre zugeteilt werden sollte, und zwar, nachdem spezielle Ziele erreicht worden waren: Collegeabschluß, Heirat, zwei Jahre Berufsbewährung in einem etablierten gemeinnützigen Unternehmen und Vorstandsarbeit in gemeinschaftsorientierten Projekten. Dieser großzügige, aber streng strukturierte Trust wirkte wahre Wunder, was die Kinder betraf, und in bemerkenswert kurzer Zeit erfuhr ihr Verhalten ihrem Vater gegenüber eine drastische Veränderung.

Marshal widmete zwei seiner Sitzungen Dr. Macondos Neigung zu Schuldübernahme. Er haßte es, irgend jemanden zu enttäuschen, und obwohl er dazu tendierte, die ungezählten brillanten Investitionsentscheidungen, die er für seine Investoren getroffen hatte, zu bagatellisieren – bei denen es sich übrigens um eine vertrauensvolle Gruppe von Bankiers aus der Schweiz und aus Schottland handelte –, erinnerte er sich lebhaft jeder einzelnen seiner schlechten Entscheidungen und wurde in Marshals Sprechstunde geradezu traurig, als er die Gesichter seiner wenigen enttäuschten Klienten heraufbeschwor.

Marshal und Dr. Macondo verwandten die fünfte Sitzung auf eine einzige Investition. Etwa ein Jahr zuvor war sein Vater, ein angesehener Professor der Wirtschaftswissenschaften an der Universität Mexiko, zu einer dreifachen Bypassoperation von Mexiko nach Boston geflogen.

Nach der Operation bat der Chirurg, Dr. Black, dem Mr. Macondo ungemein dankbar war, um eine Spende für das Forschungszentrum von Harvard. Mr. Macondo stimmte nicht nur bereitwillig zu, sondern verlieh auch dem Wunsch Ausdruck, darüber hinaus Dr. Black persönlich ein Geschenk zu machen. Dr. Black lehnte ab und erklärte, daß das Chirurgenhonorar von zehntausend Dollar ihm angemessen erscheine. In einem Gespräch erwähnte Mr. Macondo jedoch beiläufig, daß er erwarte, beträchtlichen Gewinn an einer großen Investition zu erzielen, die er am Tag zuvor in mexikanischen Peso-Optionen getätigt hatte. Dr. Black tat es ihm sofort nach, nur um in der folgenden Woche siebzig Prozent seines Geldes zu verlieren, als Luis Colosio, der Präsidentschaftskandidat, ermordet wurde.

Mr. Macondo war voller Schuldgefühle wegen Dr. Black. Marshal gab sich größte Mühe, ihn auf die Realitäten zu verweisen, und erinnerte seinen Patienten daran, daß er im guten Glauben gehandelt habe, daß er ebenso schwere Verluste erlitten habe, daß Dr. Blacks Entscheidung für die Investition völlig unabhängig gewesen sei. Aber Mr. Macondo suchte immer weiter nach einer Möglichkeit, die Sache wieder in Ordnung zu bringen. Im Anschluß an die Sitzung und gegen Marshals Protest schickte er Dr. Black impulsiv einen persönlichen Scheck über dreißigtausend Dollar, den Betrag, den dieser bei der Investition verloren hatte.

Aber Dr. Black schickte den Scheck, was ihm sehr zur Ehre gereichte, dankend, aber mit einer knappen Erinnerung daran zurück, daß er erwachsen sei und durchaus fähig, mit Rückschlägen umzugehen. Außerdem, so fügt Dr. Black hinzu, habe er die Verluste dazu nutzen können, etwas Geld unterzubringen, das er bei Zuckertermingeschäften verdient habe. Zu guter Letzt beruhigte Mr. Macondo sein Gewissen mit einer weiteren Spende von dreißigtausend Dollar für das Forschungsprogramm in Harvard.

Marshal fand die Arbeit mit Mr. Macondo geradezu elektrisierend. Kein einziger seiner bisherigen Patienten hatte in dieser Stratosphäre der Finanzwelt geschwebt. Es war ein erregendes Gefühl, aus einer vertrauten Sphäre heraus einen Blick auf großen Reichtum werfen zu dürfen und Anteil zu haben an Entscheidungen, bei denen es um die Ausgabe von einer Million hier, einer Million dort ging. Unwillkürlich lief ihm das Wasser im Mund zusammen, als Peter von seiner Großzügigkeit gegenüber dem Arzt seines Vaters berichtete. Immer häufiger hing er Tagträumen nach, in denen sein dankbarer Patient Geld in seine Richtung fließen ließ. Aber jedes Mal wischte Marshal diese Phantasievorstellungen hastig beiseite; die Erinnerung an Seth Pandes Exkommunizierung wegen standesrechtlicher Verfehlungen stand ihm noch allzu lebhaft vor Augen. Man durfte von keinem Patienten beträchtliche Geschenke annehmen, aber schon gar nicht von einem Patienten, der krankhaft großzügig und übergewissenhaft war. Jedes Ethikkomitee und gewiß jedes Ethikkomitee, in dem *er* Mitglied war, würde einen Therapeuten für die Ausbeutung eines solchen Patienten in Grund und Boden verdammen.

Die größte Herausforderung in der Therapie Mr. Macondos war seine irrationale Angst davor, den Ehevertrag mit seiner Verlobten zu diskutieren. Marshal wählte eine systematische und disziplinierte Herangehensweise. Zuerst half er bei der Ausarbeitung der Bedingungen des Ehevertrages: eine Fixsumme von einer Million Dollar, die entsprechend der Dauer der Ehe ansteigen und sich nach zehn Jahren in den Anspruch auf ein Drittel seines gesamten Vermögens verwandeln würde. Dann gingen er und sein Patient die Diskussion mehrmals mit Rollenspielen durch. Aber dennoch hatte Mr. Macondo Zweifel, ob er Adriana mit der Sache konfrontieren dürfe. Zu guter Letzt erbot sich Marshal, ihm bei dem Gespräch zur Seite zu stehen, und bat ihn, Adriana zu einer Sitzung zu dritt mitzubringen.

Als die beiden einige Tage später kamen, fürchtete Marshal, einen Fehler gemacht zu haben: Noch nie hatte er Mr. Macondo derart erregt gesehen – er konnte kaum in seinem Sessel sitzen bleiben. Adriana hingegen war der Inbegriff von Anmut und Gelassenheit. Als Mr. Macondo die Sitzung mit einer qualvoll unbeholfenen Bemerkung über Konflikte zwischen seinen Wünschen in bezug auf seine Ehe und den Ansprüchen seiner Familie auf seinen Besitz eröffnete, unterbrach sie ihn sofort und bemerkte, daß sie der Meinung sei, ein Ehevertrag sei nicht nur angemessen, sondern wünschenswert.

Sie sagte, sie könne Peters Sorgen sehr gut verstehen. In der Tat teile sie viele seiner Sorgen. Erst neulich habe ihr Vater, der ziemlich krank war, mit ihr darüber gesprochen, daß es klug sei, wenn sie ihren eigenen Besitz nicht in das Ehevermögen mit einbringen würde. Auch wenn ihr Aktienbesitz im Vergleich zu dem Peters sehr bescheiden war, würde sie eines Tages ein weit größeres Vermögen ihr eigen nennen können – ihr Vater war ein wichtiger Aktionär einer großen kalifornischen Kinokette.

Die Angelegenheit wurde auf der Stelle geklärt. Peter erklärte ihr nervös seine Bedingungen, und Adriana nahm seine Vorschläge begeistert an, mit der zusätzlichen Klausel, daß ihre persönlichen Besitztümer weiterhin auf ihren eigenen Namen liefen. Marshal bemerkte mit Mißvergnügen, daß sein Patient die Summe, über die sie zuvor gesprochen hatten, verdoppelt hatte, wahrscheinlich aus Dankbarkeit für Adriana, die ihm die Dinge so leicht gemacht hatte. *Unheilbare Großzügigkeit,* dachte Marshal. *Aber es gibt wohl schlimmere*

Krankheiten. Als das Paar ging, drehte Peter sich noch einmal um, umfaßte Marshals Hand und sagte: »Ich werde nie vergessen, was Sie heute für mich getan haben.«

Marshal öffnete die Tür seines Sprechzimmers und bat Mr. Macondo einzutreten. Peter trug eine luxuriöse, weiche, kastanienfarbene Kaschmirjacke, passend zu dem seidigen, braunen Haar, das ihm elegant über die Augen fiel und wieder und wieder zurückgestrichen werden mußte.

Marshal widmete ihre letzte Sitzung der neuerlichen Betrachtung und Konsolidierung ihrer Erfolge. Mr. Macondo bedauerte das Ende ihrer gemeinsamen Arbeit und betonte, wie unermeßlich tief er seiner Meinung nach in Marshals Schuld stand.

»Dr. Streider, mein Leben lang habe ich Psychiatern beträchtliche Summen für Behandlungen bezahlt, die mir gewöhnlich wenig oder gar nichts eingebracht haben. Bei Ihnen habe ich die gegenteilige Erfahrung gemacht: Sie haben mir etwas von unschätzbarem Wert gegeben, und ich gebe Ihnen meinerseits praktisch nichts dafür. In diesen wenigen Sitzungen haben Sie mein Leben verändert. Und wie lohne ich Ihnen das? Mit sechzehnhundert Dollar? Wenn ich mir die Mühe machen will, kann ich das mit Futures in einer Viertelstunde verdienen.«

Er sprach immer schneller und schneller. »Sie kennen mich gut, Dr. Streider, gut genug, um zu begreifen, daß diese Unbilligkeit mir nicht gut zu Gesicht steht. Sie ist ein Ärgernis für mich: Sie wird mir immer quersitzen. Wir können das nicht ignorieren, denn – wer weiß? – es würde einen Teil des Erfolgs unserer Arbeit vielleicht sogar auslöschen. Ich möchte, ich *bestehe darauf,* daß wir unsere Rechnung begleichen.

Sie wissen nun«, fuhr er fort, »daß ich mich nicht gut auf direkte zwischenmenschliche Kommunikation verstehe. Und ich verstehe mich auch nicht gut auf das Vatersein. Oder auf das Gespräch mit Frauen. Aber es gibt eines, was ich hervorragend kann, nämlich Geld machen. Sie würden mir eine große Ehre erweisen, wenn Sie mir erlaubten, Ihnen einen Teil meiner neuen Investitionen zu schenken.«

Marshal errötete. Er fühlte sich flau, überwältigt von einem Zusammenstoß von Gier und Anstand. Aber er biß die Zähne zusammen, tat das Rechte und schlug eine Chance, wie man sie nur einmal im Leben bekommt, aus: »Mr. Macondo, Ihr Angebot rührt mich, aber es kommt absolut nicht in Frage. Ich fürchte, in meiner Berufssparte gilt es als unethisch, von Patienten Geldgeschenke anzunehmen oder überhaupt irgendein Geschenk. Ein Thema, über das wir in der Therapie nie gesprochen haben, ist Ihr Unbehagen, wenn es darum geht, Hilfe anzunehmen. Vielleicht sollte das, falls wir in Zukunft noch einmal miteinander arbeiten, auch auf der Tagesordnung stehen. Für den Augenblick bleibt mir nur noch die Zeit, Sie einfach daran zu erinnern, daß ich ein faires Honorar für meine Dienste festgelegt habe und Sie es bezahlt haben. Ich vertrete dieselbe Position wie der Chirurg Ihres Vaters, und ich versichere Ihnen, daß Sie bei mir keinerlei Schulden haben.«

»Dr. Black? Was für ein Vergleich. Dr. Black hat für die Arbeit einiger weniger Stunden zehntausend Dollar in Rechnung gestellt. Und dreißig Minuten nach der Operation hat er mir eine Million für einen Harvard-Lehrstuhl für Herzgefäßchirurgen abgeknöpft.«

Marshal schüttelte nachdenklich den Kopf. »Mr. Macondo, ich bewundere Ihre Großzügigkeit; sie ist eine wunderbare Eigenschaft. Und ich würde Ihr Angebot liebend gern annehmen. Der Gedanke an finanzielle Sicherheit gefällt mir genausogut wie jedem anderen auch – mehr als den meisten Menschen, da ich mich nach ein wenig freier Zeit zum Schreiben sehne; es gibt da einige Projekte im Bereich analytischer Theorie, die geradezu danach schreien, bearbeitet zu werden. Aber ich kann Ihr Angebot nicht annehmen. Es würde gegen den Moralkodex meiner Profession verstoßen.«

»Ein anderer Vorschlag«, konterte Mr. Macondo schnell: »kein Geldgeschenk. Bitte erlauben Sie mir, ein Futures-Konto für Sie zu eröffnen und einen Monat lang zu verwalten. Wir werden täglich miteinander beraten, und ich weise Sie in die Kunst ein, wie man im Tageshandel mit Devisen-Futures Geld macht. Dann nehme ich meine ursprüngliche Investition zurück und überlasse Ihnen den Profit.«

Nun war dieser Vorschlag, diese Möglichkeit, Insiderwissen auf diesem Gebiet zu erwerben, für Marshal außerordentlich reizvoll. Es war so schmerzlich, abzulehnen, daß seine Augen sich mit Tränen füllten. Aber er nahm seine ganze Entschlossenheit zusammen und schüttelte noch heftiger den Kopf. »Mr. Macondo, wenn wir uns in einer anderen ... ehm ... Situation befänden ... würde ich Ihr Angebot gern annehmen. Ihre Großzügigkeit rührt mich, und ich würde sehr gern einige kaufmännische Techniken von Ihnen erlernen. Aber es ist unmöglich. Außerdem habe ich vergessen, noch etwas anderes zu erwähnen. Da war noch etwas anderes, nämlich die Freude, Ihre Fortschritte mitzuerleben. Das war außerordentlich befriedigend für mich.«

Mr. Macondo ließ sich hilflos in seinen Sessel zurücksinken, die Augen erfüllt von Bewunderung für Marshals Professionalität und Integrität. Er hob die Hände, als wolle er sagen: »Ich kapituliere; ich habe alles versucht.« Die Stunde war zu Ende. Die beiden Männer schüttelten sich ein letztes Mal die Hand. Auf dem Weg zur Tür schien Mr. Macondo ganz in Gedanken verloren zu sein. Plötzlich blieb er stehen und drehte sich um.

»Eine letzte Bitte. Die können Sie mir nicht abschlagen. Bitte seien Sie morgen mittag mein Gast. Oder am Freitag. Ich kehre am Sonntag nach Zürich zurück.«

Marshal zögerte.

Mr. Macondo fügte schnell hinzu: »Ich weiß, es gibt Regeln, nach denen man den gesellschaftlichen Umgang mit Patienten vermeiden sollte, aber mit diesem letzten Händeschütteln vor einer Minute sind wir nicht länger Arzt und Patient. Dank Ihrer großen Verdienste habe ich meine Krankheit überwunden, und wir sind jetzt einfach beide wieder Mitbürger.«

Marshal dachte über die Einladung nach. Er mochte Mr. Macondo, und seine Insidergeschichten über die Anhäufung von Reichtum gefielen ihm. Was konnte es schaden? Dies war keine Verletzung des Berufsethos.

Mr. Macondo, der Marshals Zögern sah, fügte hinzu: »Obwohl ich von Zeit zu Zeit geschäftlich in San Francisco zu tun haben werde – gewiß zweimal im Jahr wegen Vorstandssitzungen, um meine Kinder zu besuchen oder Adrianas Vater und ihre Schwestern –, werden wir doch auf zwei verschiedenen Kontinenten wohnen. Es gibt doch gewiß keine Regel, nach der ein Mittagessen nach der Therapie verboten ist.«

Marshal griff nach seinem Terminkalender. »Um ein Uhr am Freitag?«

»Bestens. Im Pacific Union Club. Kennen Sie den?«

»Ich habe von ihm gehört. Aber ich bin nie dort gewesen.«

»Oben auf Nob Hill. Neben dem Fermont. Hinterm Haus ist ein Parkplatz. Sie brauchen nur meinen Namen zu erwähnen. Also, bis Freitag.«

Am Freitagmorgen bekam Marshal ein Fax: die Kopie eines Faxes, das Mr. Macondo von der Universität in Mexiko erhalten hatte.

Sehr geehrter Mr. Macondo,

wir sind hocherfreut über Ihr großzügiges Geschenk zur Einrichtung der alljährlichen Marshal-Streider-

Vorlesungsreihe: »Geistige Gesundheit im dritten Jahrtausend.« Wir werden natürlich, Ihrem Vorschlag folgend, Dr. Streider bitten, sich dem dreiköpfigen Komitee zur jährlichen Auswahl der Sprecher anzuschließen. Der Präsident der Universität, Raoul Mendendez, wird ihn in Kürze kontaktieren. Präsident Mendendez hat mich gebeten, Ihnen seine persönlichen Grüße auszurichten; er hat übrigens zufällig Anfang der Woche mit Ihrem Vater zu Mittag gegessen.

Für diese und Ihre vielen anderen Spenden zur Unterstützung von Forschung und Ausbildung in Mexiko stehen wir in Ihrer Schuld. Es ist schmerzlich, sich die Situation dieser Universität ohne die fördernde Kraft Ihrer Person und einer kleinen Gruppe ähnlich gesinnter, visionärer Wohltäter vorzustellen.

Mit freundlichen Grüßen,
Raoul Gomez
Rektor der Universität von Mexiko

Peter Macondos Begleitschreiben lautete:

Ich sage niemals nein. Hier ist ein Geschenk, das nicht einmal Sie zurückweisen können! Bis morgen.

Marshal las das Fax zweimal und sehr langsam, während er versuchte, sich über seine Gefühle klar zu werden. Die Marshal Streider gewidmete Vorlesungsreihe – ein Denkmal, das unbegrenzte Zeit überdauern würde. Wer wäre da nicht erfreut? Die perfekte Versicherungspolice in Sachen Selbstachtung. Noch in vielen Jahren konnte er, wann immer er sich niedergeschlagen fühlte, an die für ihn gestiftete Vorlesungsreihe denken. Oder für einen Vortrag selbst nach Mexiko City fliegen, um dann, widerstrebend, die Hand zu heben, sich langsam umzudrehen und bescheiden den Applaus seines dankbaren Publikums entgegenzunehmen.

Aber es war ein bittersüßes Geschenk, ein schwacher Trost dafür, daß er sich die größte finanzielle Chance seines Lebens durch die Finger hatte schlüpfen lassen. Wann würde er je wieder einen superreichen Patienten haben, der sich nichts sehnlicher wünschte, als ihn zu einem reichen Mann zu machen? Mr. Macondos Angebot eines Geschenkes – »einen Teil seiner Investitionen« –, Marshal fragte sich, wieviel das wohl gewesen wäre. Fünfzigtausend? Hunderttausend? Gott, wieviel das in seinem Leben verändern würde! Und er hätte die Summe schnell vermehren können. Selbst seine eigene Investitionsstrategie – mit einem Computerprogramm den Markt zu simulieren und entsprechend Fidelity Spezialfonds zu kaufen und abzustoßen – hatte ihm in den vergangenen zwei Jahren einen Reingewinn von jeweils sechzehn Prozent eingetragen. Mit Mr. Macondos Angebot, im Devisenmarkt zu spekulieren, ließe sich das wahrscheinlich verdoppeln oder gar verdreifachen. Marshal wußte, daß er ein armseliger Außenseiter war – jedes Informationsbröckchen, das ihm über den Weg lief, kam unausweichlich zu spät. Hier hatte ihm jemand zum ersten Mal in seinem Leben die Chance angeboten, zum Insider zu werden.

Ja, als Insider konnte er sich für sein ganzes Leben gesundstoßen. Er brauchte nicht viel. Alles, was er wirklich wollte, war ein wenig freie Zeit, damit er drei oder vier Nachmittage in der Woche forschen und schreiben konnte. Und das Geld!

Und doch hatte er all das ausgeschlagen. Verdammt! Verdammt! Verdammt! Aber welche Wahl hatte er? Wollte er den Weg gehen, den Seth Pande gegangen war? Oder Seymour Trotter? Er wußte, daß er das Richtige getan hatte.

Als er am Freitag auf die massive Marmortür des Pacific Union Club zustrebte, erfüllte Marshal ein Gefühl der Erregung, ja beinahe Ehrfurcht. Jahrelang hatte er sich von solch sagenumwobenen Orten wie dem P. U. Club, dem Burlinggame Club und dem Bohemian Grove ausgeschlossen gefühlt. Jetzt öffneten sich die Türen für ihn. Er blieb auf der Schwelle stehen, holte Atem und schritt dann in die tiefste Höhle der Insider.

Es war das Ende einer Reise, die 1924 auf dem überfüllten, übelriechenden Zwischendeck eines Überseedampfers begonnen hatte, der seine Eltern, damals selbst noch Kinder, von Southampton nach Ellis Island brachte. Nein, nein, die Reise hatte schon davor begonnen, in Prussina, einem Shtetl in der Nähe der polnisch-russischen Grenze, einem Fleckchen aus klapprigen Holzhäusern mit Böden von gestampftem Lehm. In einem dieser Häuser hatte sein Vater als Kind geschlafen, in einem kleinen, warmen Eckchen oben auf dem großen, aus Tonziegeln gebauten Ofen, der einen Großteil des Gemeinschaftsraumes ausfüllte.

Wie waren sie von Prussina nach Southampton gekommen? fragte Marshal sich. Über Land? Per Schiff? Diese Frage hatte er ihnen nie gestellt. Und jetzt war es zu spät. Seine Mutter und sein Vater waren zu Staub zerfallen, Seite an Seite, beigesetzt vor langer Zeit in dem hohen Gras des Friedhofes in Anacostia direkt vor den Toren von Washington, D.C. Es gab nur noch einen Überlebenden dieser langen Reise, der das vielleicht noch wußte – Label, der Bruder seiner Mutter, der seine letzten Jahre auf der langen, hölzernen Veranda eines nach Urin stinkenden und mit rosafarbenen Stuckwänden geschmückten Pflegeheims in Miami Beach auf einem Schaukelstuhl fristete. Es wurde langsam Zeit, Label anzurufen.

Die zentrale Rotunde, ein formvollendetes Achteck, war ringsum mit stattlichen Sofas aus mahagonifarbenem Leder bestückt und wurde in dreißig Metern Höhe von einem prachtvollen Dach aus durchscheinendem Glas mit einem Saum aus zarten floralen Mustern überwölbt. Der Clubmanager – in Smoking und Lackschuhen – begrüßte Marshal mit großer Unterwürfigkeit, nickte, als er den Namen Macondo hörte, und führte ihn in den Salon. Dort saß – am fernen Ende des Raumes – vor einem gewaltigen Kamin Peter Macondo.

Der Salon war gewaltig – halb Prusinna hätte wahrscheinlich unter der hohen Decke Platz gefunden, die von abwechselnd glänzendem Eichenholz und scharlachroten, liliengemusterten Satinpaneelen verkleideten Wänden gestützt wurde. Und überall Leder – Marshal zählte hastig zwölf breite Sofas und dreißig schwere Sessel. In einigen der Sessel saßen verhutzelte, grauhaarige, nadelgestreifte Männer mit Zeitungen. Marshal mußte genau hinsehen, um festzustellen, ob sie noch atmeten. Zwölf Armleuchter an einer Wand – das bedeutete achtundvierzig im ganzen Raum, ein jeder davon mit drei Reihen Glühbirnen, fünf Birnen innen, sieben in der Mitte, neun außen, das machte einundzwanzig pro Leuchter, also insgesamt... Marshal vergaß die Multiplikation, als er das Paar etwa ein Meter hoher metallener Buchstützen auf einem der Kamine entdeckte. Nachbildungen der »Gefesselten Sklaven« von Michelangelo. Mitten im Raum stand ein stabiler Tisch, auf dem sich Zeitungen, vor allem Finanzblätter, aus aller Welt stapelten. In einem Glaskasten an einer der Wände war eine riesige Porzellanschale aus dem späten achtzehnten Jahrhundert ausgestellt, mit einem Schild, es handele sich um ein Stück aus Ching-te Cheng und sei von einem Mitglied gespendet worden. Die Malerei auf der Schale stellte Episoden aus dem Roman »Der Traum von der roten Kammer« dar.

Echt. Ja, echt, dachte Marshal, als er auf Peter zuging, der auf einem Sofa saß und leutselig mit einem anderen Mitglied plauderte – einem hochgewachsenen, stattlichen Mann, der ein rotkariertes Jackett trug, ein pinkfarbenes Hemd und eine leuchtende, geblümte, breite Krawatte. Marshal hatte noch nie jemanden gesehen, der sich so anzog – nie jemanden gesehen, der Kleidungsstücke anziehen *konnte,* die so schockierend schlecht zusammenpaßten, und dabei die Eleganz und die Würde besaß, nicht lächerlich zu wirken.

»Ah, Marshal«, sagte Peter, »schön, Sie zu sehen. Ich möchte Ihnen Roscoe Richardson vorstellen. Roscoes Vater war der beste Bürgermeister, den San Francisco je hatte. Roscoe, Dr. Marshal Streider, San Franciscos führender Psychoanalytiker. Es geht das Gerücht, Roscoe, daß man Dr. Streider gerade erst die Ehre erwiesen hat, eine universitäre Vortragsreihe nach ihm zu benennen.«

Nach einem kurzen Austausch von Freundlichkeiten führte Peter Marshal in den Speiseraum, drehte sich aber noch einmal zu einer letzten Bemerkung um.

»Roscoe, ich glaube *nicht,* daß der Markt für ein Mainframe-System aufnahmefähig ist, aber ich bin der Sache gegenüber auch nicht absolut abgeneigt; wenn Cisco wirklich beschließt, zu investieren, wäre ich möglicherweise auch interessiert. Überzeugen Sie mich, und ich werde meine eigenen Investoren überzeugen. Bitte schicken Sie die Pläne nach Zürich, ich werde mich dann Montag damit beschäftigen, wenn ich ins Büro zurückkomme.«

»Guter Mann«, sagte Peter, als sie gemeinsam weggingen. »Unsere Väter haben sich gekannt. Und er ist ein großartiger Golfer. Hat sein Haus direkt am Cypress Point. Interessante Investitionsmöglichkeit, aber Ihnen würde ich das nicht empfehlen: Die Startphase zieht sich meist so furchtbar lang hin. Übrigens, ich hoffe, ich bin nicht zu anmaßend, wenn ich Sie Marshal nenne.«

»Nein, natürlich nicht. Wir stehen nicht länger in einer beruflichen Beziehung.«

»Sie sagen, Sie seien noch nie zuvor im Club gewesen?«

»Nein«, sagte Marshal. »Daran vorbeigegangen. Ihn bewundert. Gehört nicht zu den Weidegründen der medizinischen Zunft. Ich weiß fast nichts über den Club. Wie sieht zum Beispiel das Mitgliederprofil aus? Überwiegend Geschäftsleute?«

»Größtenteils altes Geld aus San Francisco. Konservativ. Die meisten sind Coupon-Schnippler, bewahren ererbtes Vermögen. Roscoe macht da eine Ausnahme – deshalb gefällt er mir. Hat mit einundsiebzig immer noch hochfliegende Pläne. Mal sehen… und sonst? Nur Männer, die meisten Anglos, *political incorrect* – ich habe das erste Mal vor zehn Jahren Einwände erhoben, aber die Dinge bewegen sich in dieser Gegend langsam, vor allem nach dem Mittagessen. Verstehen Sie, was ich meine?« Peter deutete verhalten auf Stühle, auf denen zwei in Tweed gekleidete Achtzigjährige schnarchten, wobei sie sich immer noch an ihre Ausgaben der *London Financial Times* klammerten, als gälte es ihr Leben.

Als sie den Speiseraum erreichten, sprach Peter den Manager an: »Emil, wir wären dann soweit. Besteht vielleicht eine Chance, daß wir heute den wunderbaren *salmon en croute* bekommen? *Il est toujours délicieux.*«

»Ich glaube, ich kann den Küchenchef überreden, eigens für Sie welchen zuzubereiten, Mr. Macondo.«

»Emil, ich erinnere mich, wie wunderbar der Lachs im Circle Union Interalliée in Paris war.« Dann setzte Peter im Flüsterton an Emil gewandt hinzu: »Erzählen Sie mein Geheimnis nur keinem Franzosen, aber mir ist die Zubereitung hier lieber.«

Peter plauderte noch weiter angeregt mit Emil. Marshal bekam nichts von dem Gespräch mit, weil ihn die Pracht des Speisesaals aus dem Gleichgewicht brachte, nicht zuletzt eine gewaltige Porzellanschale, die die Mutter aller japanischen Blumenarrangements enthielt – prachtvolle Orchideen der Gattung Cymbidium, die sich wie eine Kaskade über einen rotblättrigen Ahornzweig ergossen. Wenn meine Frau das nur sehen könnte, dachte Marshal. Die haben hier irgend jemanden gewaltig viel für dieses Arrangement bezahlt – das wäre vielleicht eine Möglichkeit, wie sie ihr kleines Hobby in etwas Nützliches verwandeln könnte.

»Peter«, sagte Marshal, nachdem Emil sie zu ihrem Tisch geleitet hatte, »Sie sind so selten in San Francisco. Unterhalten Sie permanent eine aktive Mitgliedschaft in diesem Club so wie in Zürich und Paris?«

»Nein, nein, nein«, sagte Peter und lächelte über Marshals Naivität. »Auf diese Weise würde der Lunch hier fünftausend Dollar das Sandwich kosten. All diese Clubs – der Circolo dell' Unione in Mailand, das Atheneum in London, der Cosmos Club in Washington, der Circle Union Interalliée in Paris, der Pacific Union in San Francisco, der Baur au Lac in Zürich – sind locker miteinander verknüpft. Die Mitgliedschaft in einem bietet einem Privilegien in allen anderen. So habe ich übrigens Emil kennengelernt: Er hat früher im Circle Union Interalliée in Paris gearbeitet.« Peter nahm seine Speisekarte auf. »So, Marshal, fangen wir mit einem Drink an?«

»Für mich nur etwas Wasser, Calistoga.«

Peter bestellte einen Dubonnet und Soda und hob, als die Getränke kamen, sein Glas. »Auf Sie und auf die Marshal-Streider-Vortragsreihe.«

Marshal errötete. Der Club hatte ihn derart überwältigt, daß er ganz vergessen hatte, Peter zu danken.

»Peter, die von Ihnen gestiftete Vortragsreihe – was für eine Ehre. Ich wollte Ihnen gleich als erstes danken, aber mein letzter Patient geht mir einfach nicht aus dem Kopf.«

»Ihr letzter Patient? Das überrascht mich. Irgendwie hatte ich das Gefühl, daß die Patienten, wenn sie wieder gehen, dem Therapeuten erst wieder in den Sinn kommen, wenn sie sich zu ihrer nächsten Stunde einfinden.«

»So wäre es auch am besten. Aber – und das ist ein Geschäftsgeheimnis – selbst die diszipliniertesten Analytiker tragen ihre Patienten mit sich herum und führen zwischen den Sitzungen stumme Gespräche mit ihnen.«

»Und das ohne zusätzliches Honorar!«

»Ah, das stimmt leider. Nur Anwälte können Zeit zum Nachdenken in Rechnung stellen.«

»Interessant, interessant! Sie sprechen da vielleicht für alle Therapeuten, Marshal, aber ich habe die Vermutung, daß Sie vor allem für sich selbst sprechen. Ich habe mich oft gefragt, warum ich von anderen Therapeuten so wenig hatte. Vielleicht liegt es daran, daß Sie Ihrer Arbeit mit größerer Hingabe nachgehen – vielleicht bedeuten Ihre Patienten Ihnen mehr.«

Der *salmon en croute* kam, aber Peter ignorierte ihn, während er Marshal erzählte, daß auch Adriana mit ihren früheren Therapeuten überaus unzufrieden gewesen sei.

»Tatsächlich«, fuhr er fort, »ist das einer von zwei Punkten, über die ich heute mit Ihnen sprechen wollte, Marshal. Adriana würde sehr gern für ein paar Sitzungen mit Ihnen arbeiten: Es gibt da einiges in ihrer Beziehung zu ihrem Vater, das sie gerne bereinigen würde, vor allem jetzt, da er möglicherweise nicht mehr lange zu leben hat.«

Marshal, ein genauer Beobachter von Klassenunterschieden, wußte schon seit langem, daß die Oberklasse bewußt den Augenblick hinauszögerte, da sie den ersten Bissen einer Speise nahm; tatsächlich konnte man sagen, daß, je älter der Reichtum, desto länger der erste Bissen auf sich warten ließ. Marshal tat sein Bestes, genauso lange zu warten wie Peter. Auch er ignorierte den Lachs, nippte an seinem Calistoga, lauschte aufmerksam, nickte und versicherte Peter, daß er Adriana mit Freuden zu einer Kurzzeittherapie annehmen werde.

Schließlich konnte Marshal es nicht länger aushalten. Er griff zu. Er war froh, daß er Peters Empfehlung bezüglich des Lachses gefolgt war. Er *war* köstlich. Die zarte, gebutterte Kruste knisterte und zerging ihm auf der Zunge; der Lachs brauchte nicht gekaut zu werden – schon der leichteste

Druck der Zunge gegen den Gaumen, und die mit Rosmarin gewürzten Bröckchen teilten sich, um auf einem Bett aus warmer, cremiger Butter seine Kehle hinunterzugleiten. Zum Teufel mit den Cholesterinwerten, dachte Marshal geradezu boshaft.

Peter warf zum ersten Mal einen Blick auf sein Essen, fast als sei er überrascht, es dort zu sehen. Er nahm einen herzhaften Bissen, legte dann die Gabel weg und begann von neuem zu sprechen.

»Gut. Adriana braucht Sie. Ich bin sehr erleichtert. Sie wird Sie heute nachmittag anrufen. Hier ist ihre Karte. Falls sie Sie nicht erreichen kann, wäre sie dankbar, wenn Sie sie anrufen würden, damit Sie für nächste Woche einen Termin abmachen können. Wann immer Sie Zeit haben: Sie wird ihre übrigen Termine entsprechend einrichten. Außerdem – und ich habe das mit Adriana geklärt –, möchte ich gern für Adrianas Stunden bezahlen, Marshal. Hier ist das Honorar für fünf Sitzungen.«

Er reichte Marshal einen Umschlag mit zehn einhundert Dollarscheinen. »Ich kann Ihnen gar nicht sagen, wie dankbar ich bin, daß Sie mit Adriana arbeiten wollen. Und das vergrößert natürlich meinen Wunsch, meine Schuld Ihnen gegenüber zurückzuzahlen.«

Marshals Interesse war geweckt. Er hatte angenommen, daß die Vortragsreihe ein Zeichen dafür sei, daß sein Schicksalsfensterchen sich auf ewig geschlossen habe. Aber das Schicksal hatte, so schien es, beschlossen, ihn noch einmal in Versuchung zu führen. Aber er wußte, daß seine Professionalität die Oberhand behalten würde: »Sie haben vorhin von zwei Themen gesprochen, die Sie mit mir besprechen wollten. Das eine betraf die Therapie für Adriana. Ist Ihr fortgesetztes Gefühl, mir noch etwas schuldig zu sein, der zweite Punkt?«

Peter nickte.

»Peter, Sie müssen, Sie müssen diesen Gedanken überwinden. Sonst – und das ist eine ernsthafte Drohung –, muß ich Ihnen nahelegen, daß Sie Ihre Reise drei oder vier Jahre aufschieben, damit wir dieses Problem in der Analyse klären können. Lassen Sie es mich wiederholen: *Sie sind mir nichts schuldig.* Sie haben meine Dienste in Anspruch genommen. Ich habe ein angemessenes Honorar in Rechnung gestellt. Dieses Honorar haben Sie bezahlt. Sie haben sogar mehr als mein Honorar bezahlt. Wissen Sie noch? Und dann waren Sie so freundlich und so großzügig, eine Vortragsreihe unter meinem Namen zu stiften. Es hat nie eine offene Schuld *gegeben.* Und selbst wenn es so wäre, haben Sie sie mit Ihrem Geschenk beglichen. Und mehr als beglichen: *Ich* fühle mich *Ihnen* verpflichtet!«

»Marshal, Sie haben mich gelehrt, aufrichtig mit mir selbst zu sein und meine Gefühle offen auszudrücken. Also werde ich jetzt genau das tun. Haben Sie ein paar Minuten Geduld mit mir. Hören Sie mich nur an. Fünf Minuten. In Ordnung?«

»Fünf Minuten. Und dann werden wir das Thema für immer begraben. Einverstanden?«

Peter nickte. Mit einem Lächeln nahm Marshal seine Armbanduhr ab und legte sie zwischen sich und Peter.

Peter griff nach Marshals Uhr, betrachtete sie einen Augenblick lang mit großer Aufmerksamkeit, legte sie dann wieder auf den Tisch und begann zu sprechen. »Erstens: Ich möchte eine Sache klären. Ich käme mir wie ein Betrüger vor, wenn ich Sie in dem Glauben ließe, die Spende an die Universität sei tatsächlich ein Geschenk an Sie. Die Wahrheit ist, daß ich der Universität fast jedes Jahr in bescheidenem Umfang eine Spende zukommen lasse. Vor vier Jahren habe ich eben den Lehrstuhl im Bereich Wirtschaftswissenschaften gestiftet, den mein Vater innehatte. Ich hätte die Spende also ohnehin gemacht. Der einzige Unterschied besteht darin, daß ich das Geld für Ihre Vortragsreihe bestimmt habe.

Zweitens: Ich verstehe Ihre Gefühle bezüglich Geldgeschenken vollkommen, und ich respektiere sie. Ich möchte Ihnen jedoch einen Vorschlag machen, den Sie vielleicht annehmbar finden werden. Wieviel Zeit habe ich noch?«

»Drei Minuten, und die Zeit läuft«, grinste Marshal.

»Ich habe Ihnen nicht viel über meine Geschäftstätigkeit erzählt. Es handelt sich überwiegend um den Kauf und Verkauf von Firmen. Mein Spezialgebiet ist die Preiskalkulation von Firmen. Ich war in dieser Funktion einige Jahre lang für Citicorp tätig, bevor ich mich selbständig machte. Ich schätze, daß ich im Laufe der Jahre mit dem Erwerb von über zweihundert Firmen zu tun hatte.

Letztens bin ich auf eine holländische Firma gestoßen, die so erstaunlich unter Preis angeboten wurde und ein so gewaltiges Profitpotential hat, daß ich sie für mich selbst gekauft habe – vielleicht bin ich egoistisch, aber meine neue Partnerschaft steht noch nicht ganz. Wir bringen zweihundertfünfzig Millionen auf. Die Gelegenheit, diese Firma zu kaufen, besteht nur kurze Zeit, und, ich will ehrlich sein, sie ist zu gut, um sie mit jemandem zu teilen.«

Ohne es zu wollen, war Marshal fasziniert. »Und?«

»Einen Augenblick noch, alles der Reihe nach. Diese Firma ist weltweit der zweitgrößte Hersteller von Fahrradhelmen, mit einem Marktanteil von vierzehn Prozent. Der Verkauf lief ganz gut im letzten Jahr – dreiundzwanzig Millionen Stück –, aber ich bin mir sicher, daß ich diese Zahl in zwei Jahren vervierfachen kann. Aus folgendem Grund: Der größte Marktanteil – sechsundzwanzig Prozent – entfällt auf die Solvag, eine finnische Gesellschaft, und wie es der Zufall will, hält mein Konsortium die Aktienmehrheit bei der Solvag. Und ich verfüge über die Kapitalmehrheit des Konsortiums. Solvags wichtigstes Produkt sind aber Motorradhelme, und dieser Produktzweig ist um vieles profitabler als die Fahrradhelmproduktion. Ich habe vor, Solvag durch

Verschmelzung mit einem österreichischen Motorradhelmhersteller, dem ich ein Angebot gemacht habe, aufzupeppen. Wenn es dazu kommt, wird Solvag die Fahrradhelmproduktion einstellen und die gesamte Produktionskapazität zur Herstellung von Motorradhelmen nutzen. Bis dahin habe ich auch die Produktionskapazität bei Rucksen ausgebaut, so daß diese Gesellschaft bereitsteht, die von Solvag hinterlassene Lücke zu besetzen. Verstehen Sie, wie wunderbar das alles passen wird?«

Marshal nickte. Natürlich verstand er das. Eine wunderbare Geschichte aus der Sicht eines Insiders. Und er begriff auch die Vergeblichkeit seiner jämmerlichen Versuche, mit nichts als den wertlosen Krumen an Information, die für die Outsider abfielen, die Entwicklung am Aktienmarkt einzuschätzen und sich ein Vermögen zusammenzuspekulieren.

»Nun also zu meinem Vorschlag.« Peter blickte auf die Uhr. »Ich brauche noch ein paar Minuten länger. Hören Sie es sich wenigstens ganz an.« Aber Marshal dachte schon lange nicht mehr an das Fünf-Minuten-Limit.

»Ich habe den Erwerb von Rucksen mit geliehenen Geldern finanziert und brauche nur neun Millionen selbst aufzubringen. Ich plane, mit Rucksen in ungefähr zweiundzwanzig Monaten an die Börse zu gehen und kann aus sehr guten Gründen mit einer Verfünffachung des Kaufpreises rechnen. Solvags Rückzug aus dem Bereich Fahrradhelme wird Rucksen vom einzigen mächtigen Konkurrenten befreien – davon weiß natürlich niemand außer mir, Sie müssen es also vertraulich behandeln. Darüber hinaus verfüge ich über Informationen – die Quelle kann ich nicht nennen, nicht einmal Ihnen –, daß in nächster Zukunft in drei europäischen Ländern für Kinder die gesetzliche Helmpflicht beim Radfahren eingeführt werden soll.

Ich schlage Ihnen vor, sich an der Investition mit, sagen wir, einem Prozent zu beteiligen – nein, einen Augenblick noch, bevor Sie ablehnen: Es ist *kein* Geschenk, und ich bin nicht mehr Ihr Patient. Es handelt sich um eine Investition auf Treu und Glauben. Sie geben mir einen Scheck und werden damit Anteilseigner. Unter einem Vorbehalt allerdings, und was diesen Punkt betrifft, bitte ich Sie, mir etwas entgegenzukommen: Ich möchte mich nicht noch einmal in der gleichen Situation wiederfinden wie mit Dr. Black. Sie wissen doch noch, welchen Kummer mir diese Sache gemacht hat?

Also«, fuhr Peter jetzt etwas zuversichtlicher fort, denn er spürte Marshals wachsendes Interesse, »hören Sie sich meine Lösung an. Um *meiner* seelischen Gesundheit willen möchte ich, daß die ganze Sache für *Sie* frei von jedem Risiko ist. Ich werde Ihren Anteil jederzeit zurückkaufen, falls Sie sich mit der Investition nicht mehr recht wohl fühlen, und zwar zu Ihrem Einkaufspreis. Am besten gebe ich Ihnen einen Schuldschein, für den ich persönlich hafte – vollkommen abgesichert und auszahlbar jederzeit auf Verlangen –, über einen Betrag, der einhundert Prozent Ihrer Investition entspricht, zuzüglich zehn Prozent Zinsen pro Jahr. Aber Sie müssen *mir* versprechen, daß Sie diesen Schein auch benutzen werden, wenn unvorhergesehene Ereignisse eintreten – wer weiß schon, welche? ... Präsidentenmord, ein tödlicher Unfall, der mir zustoßen könnte, oder irgend etwas anderes, von dem Sie den Eindruck haben, daß es Sie einem Risiko aussetzt. Mit anderen Worten, Sie verpflichten sich, den Schein im Falle eines Falles tatsächlich zu benutzen.«

Peter lehnte sich zurück, nahm Marshals Uhr vom Tisch und gab sie ihm zurück. »Siebeneinhalb Minuten. Das war's.«

Marshals Denkmaschinerie lief auf Hochtouren. Und endlich einmal war kein Sand im Getriebe. *Neunzigtausend Dollar,* dachte er. *Ich mache dabei, sagen wir, siebenhundert Prozent – das wäre ein Gewinn von mehr als sechshunderttausend Dollar. Wie könnte ich, wie könnte irgend jemand das ablehnen? Wenn ich das Ganze dann mit zwölfprozen-*

tiger Verzinsung anlege, dann bedeuten das zweiundsiebzigtausend Dollar pro Jahr, solange ich lebe. Peter hat recht. Er ist kein Patient mehr. Es ist kein Übertragungsgeschenk – ich bringe ja Geld auf, es ist eine Investition. Und soll es doch ohne jedes Risiko sein! Das ist eine Privatsache. Standesrechtlich ohne Fehl und Tadel. Sauber. Absolut sauber.

Marshal ließ von seinen Gedanken ab. Es war an der Zeit zu handeln. »Peter, in meiner Praxis habe ich nur einen Teil von Ihnen kennengelernt. Inzwischen kenne ich Sie besser. Ich weiß jetzt, warum Sie stets so erfolgreich sind. Sie setzen sich ein Ziel und verfolgen es dann – verfolgen es mit einer Beharrlichkeit und Intelligenz, wie ich es selten erlebt habe... und auch mit Eleganz.« Marshal streckte die Hände aus. »Ich nehme Ihr Angebot an. Mit Dankbarkeit.«

Der Rest des Geschäftes war schnell erledigt. Peter bot Marshal eine Teilhabe an der Gesellschaft für jeden beliebigen Betrag bis zu einem Prozent des Gesamtpreises an. Marshal entschloß sich, da er nun schon einmal so weit war, mit beiden Händen zuzugreifen und das Maximum von Neunzigtausend zu investieren. Er würde das Geld durch den Verkauf seiner Wells-Fargo-Aktien und seiner Bestände bei Fidelity flüssig machen und innerhalb von fünf Tagen an Peters Züricher Bank kabeln. Peter würde den Kauf von Rucksen in acht Tagen abwickeln und mußte nach niederländischem Recht alle Anteilseigner eintragen lassen. Aber noch bevor er nach Zürich zurückkehrte, wollte er einen abgesicherten Schuldschein ausstellen und in Marshals Praxis hinterlassen.

Am gleichen Nachmittag – Marshal hatte gerade seinen letzten Patienten verabschiedet – erschien ein pickelübersäter, halbwüchsiger Fahrradkurier in Jeansjacke, mit magentafarbenen, fluoreszierenden Armbinden und der obligatorischen, verkehrt herum aufgesetzten Baseballmütze der San Francisco Giants und händigte Marshal einen braunen Umschlag mit einem notariell beurkundeten Brief aus, in dem alle Aspekte der Transaktion schriftlich festgehalten waren. In einem zweiten Schreiben, das von Marshal zu unterzeichnen war, verpflichtete dieser sich, die volle Zurückzahlung seiner Investition zu verlangen, falls aus irgendeinem Grund der Wert von Rucksen unter den Kaufpreis absinken sollte. Außerdem lag noch eine Notiz von Peter bei: »Um Ihren Seelenfrieden vollkommen zu machen, werden Sie am Mittwoch über meinen Anwalt einen abgesicherten Schuldschein erhalten. Viel Spaß mit dem kleinen Andenken an die Unterzeichnung unserer Partnerschaft.«

Marshal griff noch einmal in den Umschlag und zog eine Schachtel des Juweliers Shreve hervor. Er öffnete sie, pfiff durch die Zähne und legte sich seine erste juwelenbesetzte Rolex-Armbanduhr an.

10

An einem Dienstagabend kurz vor sechs Uhr rief die Schwester von Eva Galsworth, einer seiner Patientinnen, bei Ernest an.

»Eva hat mich gebeten, Sie anzurufen und einfach zu sagen: ›Die Zeit ist gekommen.‹«

Ernest hinterließ seinem für zehn nach sechs erwarteten Patienten auf einem Zettel, den er an die Tür seiner Praxis klebte, eine Entschuldigung und begab sich in aller Eile zu Eva, einer einundfünfzigjährigen Frau mit fortgeschrittenem Eierstockkrebs. Eva unterrichtete kreatives Schreiben und war eine anmutige Frau von großer Würde. Ernest stellte sich oft und mit Vergnügen vor, wie es gewesen wäre, sein Leben gemeinsam mit Eva zu verbringen, wäre sie jünger gewesen und hätten sie einander unter anderen Umständen kennengelernt. Er fand sie schön, bewunderte sie zutiefst und staunte über ihre Hingabe an das Leben. Während der vergangenen anderthalb Jahre hatte er sich rückhaltlos der Aufgabe gewidmet, den Schmerz ihres Sterbens zu lindern.

Bei vielen seiner Patienten führte Ernest das Konzept des Bedauerns in seine Therapie ein. Er bat die Patienten, sich anzusehen, welches frühere Verhalten sie bedauerten, und drängte sie, zukünftiges Bedauern zu vermeiden. »Das Ziel«, sagte er, »besteht darin, so zu leben, daß Sie heute in fünf Jahren nicht voller Bedauern auf diese fünf Jahre zurückblicken werden.«

Zwar schlug Ernests Strategie des »antizipierten Bedauerns« gelegentlich nicht an, aber im allgemeinen erwies sie sich als tragfähig. Aber kein Patient nahm sie je ernster als Eva, die sich, wie sie es ausdrückte, ganz dem Ziel widmete, »das Mark aus den Knochen des Lebens zu saugen«. Eva packte unglaublich viel in die zwei Jahre, die ihrer Diagnose folgten: Sie beendete eine freudlose Ehe, hatte stürmische Affären mit zwei Männern, die sie schon lange begehrte, machte eine Safari in Kenia mit, vollendete zwei Kurzgeschichten und reiste im Land herum, um ihre drei Kinder und einige ihrer liebsten ehemaligen Studenten zu besuchen.

Während all dieser Veränderungen arbeiteten Ernest und sie eng und gut zusammen. Eva betrachtete Ernests Sprechstunde als sicheren Hafen, einen Ort, an den sie mit all ihren Ängsten vor dem Sterben kommen konnte, all den makabren Gefühlen, die sie Freunden gegenüber nicht auszudrücken wagte. Ernest versprach ihr, sich allem Kommenden mit ihr gemeinsam zu stellen, vor nichts zurückzuschrecken, sie nicht als Patientin zu behandeln, sondern als Mitreisende und Mitleidende.

Und Ernest hielt Wort. Er gewöhnte sich an, die letzte Stunde des Tages für Eva zu reservieren, weil er am Ende der Sitzung mit ihr häufig von Ängsten geradezu überflutet wurde – Ängste vor Evas Tod und auch vor seinem eigenen. Wieder und wieder erinnerte er sie daran, daß sie nicht ganz allein in ihrem Sterben war, daß er und sie beide vor dem Grauen der Endgültigkeit standen, daß er sie begleiten würde, so weit das menschenmöglich war.

Als Eva ihn bat, ihr zu versprechen, daß er bei ihr sein würde, wenn sie starb, gab Ernest sein Wort. Sie war in den vergangenen zwei Monaten zu krank gewesen, um in seine Sprechstunde zu kommen, aber Ernest hielt telefonisch Kontakt und machte gelegentlich Hausbesuche, für die er keine Rechnung schrieb.

Evas Schwester begrüßte Ernest und führte ihn in Evas Schlafzimmer.

Der Tumor hatte inzwischen Evas Leber infiltriert und ihr eine schwere Gelbsucht aufgebürdet; sie rang nach Luft und schwitzte so heftig, daß das durchnäßte Haar ihr am Kopf klebte. Sie nickte und bat ihre Schwester zwischen zwei Atemzügen im Flüsterton zu gehen. »Ich möchte noch eine private Sitzung mit meinem Doktor.«

Ernest setzte sich neben sie. »Können Sie sprechen?«

»Zu spät. Keine Worte mehr. Halten Sie mich einfach fest.«

Ernest nahm Evas Hand, aber sie schüttelte den Kopf. »Nein, bitte, halten Sie mich einfach fest«, flüsterte sie.

Ernest setzte sich aufs Bett und beugte sich über sie, um sie festzuhalten, aber das erwies sich im Sitzen als unmöglich. Es blieb ihm nichts anderes übrig, als sich neben sie aufs Bett zu legen und sie in die Arme zu nehmen. Er behielt sein Jackett und seine Schuhe an und beäugte nervös die Tür, erfüllt von der Sorge, irgend jemand könnte ins Zimmer kommen und die Situation mißverstehen. Zuerst war ihm das Ganze sehr peinlich, und er war dankbar für all den Stoff zwischen ihnen – Laken, Steppdecke, Tagesdecke, Anzugjacke. Eva zog ihn an sich. Allmählich ließ seine Anspannung nach. Er entspannte sich, zog sein Jackett aus, schlug die Decke zurück und drückte Eva fester an sich. Sie erwiderte den Druck. Einen Augenblick lang verspürte er ein unwillkommenes, warmes Prickeln, die Andeutung sexueller Erregung, die er voller Zorn auf sich selbst wieder vertreiben konnte, um sich dann ganz der Aufgabe zu widmen, Eva liebevoll zu umfangen. Nach einigen Minuten fragte er: »Ist das besser so, Eva?«

Keine Antwort. Evas Atem ging schwer.

Ernest sprang vom Bett, beugte sich über sie und rief ihren Namen.

Immer noch keine Antwort. Evas Schwester, die seinen Ruf gehört hatte, stürzte ins Zimmer. Ernest griff nach Evas Handgelenk, konnte aber keinen Puls fühlen. Er legte ihr die Hand auf die Brust, schob sachte ihre schwere Brust beiseite und tastete nach dem Puls der Herzspitze. Er fand ihn fädig und völlig unregelmäßig. »Kammerflimmern, es steht schlecht«, verkündete er.

Ein paar Stunden wachten sie zu zweit an ihrem Bett und lauschten auf Evas schweren, unregelmäßigen Atem. Cheyne-Stokes-Atmung, dachte Ernest und staunte gleichzeitig darüber, daß der Fachausdruck aus dem verborgenen, unbewußten Detritus seines dritten Studienjahres am medizinischen Institut an die Oberfläche getrieben war. Evas Augen zuckten von Zeit zu Zeit, blieben aber geschlossen. Ständig bildete sich trockener Speichelschaum auf ihren Lippen, und Ernest wischte ihn alle paar Minuten mit einem Kleenex ab.

»Das ist ein Zeichen für ein Lungenödem«, erklärte Ernest. »Weil ihr Herz versagt, sammelt sich Flüssigkeit in ihren Lungen.«

Evas Schwester nickte und wirkte erleichtert. Interessant, dachte Ernest, wie diese wissenschaftlichen Rituale – das Benennen und Erklären von Phänomenen – Angst lindern. Ich gebe ihrer Atmungsweise also einen Namen? Ich erkläre also, daß die Schwäche der rechten Herzkammer zu einem Flüssigkeitsstau im rechten Vorhof und dann in der Lunge führt?

Na und? Ich habe nichts zu bieten! Ich habe dem Ungeheuer lediglich einen Namen gegeben. Aber ich fühle mich besser, ihre Schwester fühlt sich besser, und wenn die arme Eva bei Bewußtsein wäre, würde sie sich wahrscheinlich auch besser fühlen.

Ernest hielt Evas Hand, während ihre Atemzüge immer flacher und unregelmäßiger wurden und etwa nach einer Stunde ganz aufhörten. Ernest konnte keinen Puls mehr fühlen. »Sie ist tot.«

Er und Evas Schwester saßen schweigend ein paar Minuten lang da und begannen dann, Pläne zu machen. Sie erstellten eine Liste von notwendigen Telefonanrufen – bei den Kindern, Freunden, der Zeitung, dem Beerdigungsinstitut. Nach einer Weile erhob Ernest sich, um zu gehen, während die Schwester sich anschickte, Evas Körper zu waschen. Sie sprachen kurz darüber, wie sie sie ankleiden sollten. Sie würde eingeäschert werden, erklärte ihm ihre Schwester, und sie glaubte, das Beerdigungsinstitut werde irgendeine Art von Leichenhemd zur Verfügung stellen. Ernest pflichtete ihr bei, obwohl er nicht die leiseste Ahnung von diesen Dingen hatte.

Ich weiß überhaupt nur sehr wenig von alledem, sagte Ernest auf dem Heimweg. Trotz seiner langjährigen medizinischen Erfahrung und den Obduktionen während der Ausbildung war er, wie so viele Ärzte, noch nie zuvor wirklich im Augenblick des Todes anwesend gewesen. Er blieb ruhig und sachlich; obwohl Eva ihm fehlen würde, war ihr Tod barmherzig leicht vonstatten gegangen. Er wußte, daß er alles getan hatte, was in seinen Kräften stand, aber er spürte während der ganzen, sehr unruhigen Nacht weiterhin den Druck ihres Körpers an seiner Brust.

Kurz vor fünf Uhr morgens erwachte er und klammerte sich noch an die Überreste eines kraftvollen Traumes. Er tat genau das, was er seinen Patienten zu tun empfahl, wenn sie einen beunruhigenden Traum gehabt hatten: Er blieb reglos im Bett liegen und erinnerte sich noch einmal an den Traum, bevor er auch nur die Augen aufschlug. Dann griff er nach einem Bleistift und einem Notizblock neben seinem Bett und schrieb den Traum auf.

Ich ging mit meinen Eltern und meinem Bruder durch ein Einkaufszentrum, und wir beschlossen, ins obere Stockwerk zu gehen. Ich fand mich allein in einem Aufzug wieder. Es war eine lange, lange Fahrt. Als ich ausstieg, war ich am Meeresufer. Aber ich konnte meine Familie nicht finden. Ich suchte und suchte nach ihr. Obwohl es eine hübsche Landschaft war... Meeresufer steht für Paradies... befiel mich langsam eine durchdringende Angst. Dann begann ich, mir ein Nachthemd überzustreifen, auf dem das niedliche, lächelnde Gesicht von Smokey, dem Bär, abgebildet war. Dieses Gesicht wurde heller, leuchtete schließlich... schon bald wurde das Gesicht zu dem eigentlichen Zentrum meines Traumes – als würde die ganze Energie des Traumes in dieses niedliche, grinsende, kleine Bärengesicht überführt.

Je länger Ernest darüber nachdachte, um so wichtiger erschien ihm dieser Traum. Außerstande, wieder einzuschlafen, zog er sich an und ging um sechs Uhr in die Praxis, um den Traum in den Computer einzugeben. Er war wie geschaffen für das Kapitel über Träume in dem neuen Buch, an dem er schrieb: *»Todesangst und Psychotherapie«*. Oder vielleicht *»Psychotherapie, Tod und Angst«*. Ernest konnte sich bezüglich des Titels nicht entscheiden.

An dem Traum war nichts Rätselhaftes. Die Ereignisse des vergangenen Abends machten die Bedeutung kristallklar. Evas Tod hatte ihn zu einer Konfrontation mit seinem eigenen Tod gezwungen (im Traum repräsentiert durch die alles durchdringende Angst, durch seine Trennung von der Familie und seine lange Fahrt mit dem Aufzug zu einem himmlischen Meeresufer). Wie ärgerlich, dachte Ernest, daß sein eigenes Traummännchen das Märchen vom Aufstieg ins Paradies für bare Münze nahm. Aber was konnte er daran ändern? Das Traummännchen war sein eigener Herr, gebildet in der Morgendämmerung des Bewußtseins und offensichtlich eher durch den Mainstream geprägt als durch eigenes Wollen.

Die Macht des Traumes lag in dem Nachthemd mit dem leuchtenden Emblem für Smokey, den Bären. Ernest wußte, daß das Symbol seinen Ursprung in dem Gespräch darüber hatte, wie sie Eva in Vorbereitung auf die Einäscherung kleiden sollten – Smokey, der Bär, der die Einäscherung repräsentierte! Unheimlich, aber aufschlußreich.

Je mehr Ernest darüber nachdachte, um so nützlicher erschien ihm dieser Traum für die Ausbildung von Psychotherapeuten. Zum einen illustrierte er ein Argument Freuds, nachdem eine primäre Funktion des Traums in der Erhaltung des Schlafs bestehe. In diesem Falle wird ein erschreckender Gedanke – die Einäscherung – in etwas Wohlwollenderes und Angenehmeres transformiert: die liebenswerte, kluge Gestalt von Smokey, dem Bären. Aber der Traum war nur teilweise erfolgreich: Obwohl er ihm ermöglichte, weiterzuschlafen, war doch genug Todesangst eingesickert, um ihn ganz mit Furcht zu durchtränken.

Ernest schrieb zwei Stunden lang, bis Justin zu seinem Termin kam. Er genoß es, in den frühen Morgenstunden zu schreiben, auch wenn das bedeutete, daß er bis zum frühen Abend erschöpft war.

»Tut mir leid wegen Montag«, sagte Justin, der direkt auf seinen Sessel zuging und den Blickkontakt mit Ernest mied. »Ich kann gar nicht glauben, daß ich das getan habe. Gegen zehn Uhr, als ich pfeifend und ziemlich gutgelaunt auf dem Weg zum Büro war, traf es mich plötzlich wie ein Schlag: *Ich hatte meine Stunde bei Ihnen vergessen.* Was kann ich sagen? Ich habe keine Entschuldigungen. Überhaupt keine. Ich habe es schlicht und einfach vergessen. Es ist noch nie zuvor passiert. Werden Sie mir die Stunde trotzdem berechnen?«

»Nun...« Ernest zögerte. Es war ihm verhaßt, einem Patienten eine versäumte Stunde in Rechnung zu stellen, selbst wenn es sich, wie in diesem Fall, offensichtlich um Widerstand handelte. »Nun, Justin, angesichts der Tatsache, daß das in all den Jahren unserer Zusammenarbeit zum erstenmal passiert ist... hm, Justin, warum sagen wir nicht, daß ich Ihnen von heute an versäumte Stunden in Rechnung stellen werde, es sei denn, Sie geben mir mindestens vierundzwanzig Stunden vorher Bescheid.«

Ernest mochte kaum seinen Ohren trauen. Hatte er das wirklich gesagt? Wie konnte er Justin die Stunde *nicht* in Rechnung stellen? Er fürchtete schon seine nächste Supervisionssitzung. Marshal würde ihm deswegen ganz schön aufs Dach steigen! Marshal akzeptierte keine Entschuldigung – Autounfall, Krankheit, Hagelschlag, plötzliche Überschwemmungen, gebrochene Beine. Er würde seinen Patienten eine Rechnung schreiben, auch wenn sie für eine Sitzung die Beerdigung ihrer eigenen Mutter versäumen müßten.

Er konnte schon jetzt Marshals Stimme hören: »Sind Sie in diesem Geschäft, um ein netter Kerl zu sein, Ernest? Ist das der Sinn der Sache? Daß Ihre Patienten eines Tages zu irgend jemandem sagen werden: ›Ernest Lash ist ein netter Kerl‹? Oder haben Sie immer noch Schuldgefühle, weil Sie sich über Justin geärgert haben, nachdem er seine Frau verlassen hat, ohne es Ihnen vorher zu sagen? Was ist das für ein grillenhafter, inkonsequenter Rahmen, den Sie da für die Therapie abstecken?«

Nun, jetzt ließ es sich nicht mehr ändern.

»Gehen wir der Sache doch ein wenig auf den Grund, Justin. Es geht nicht nur darum, daß Sie den Termin am Montag versäumt haben; da steckt mehr dahinter. Zu unserer letzten Sitzung kamen Sie ein paar Minuten zu spät, außerdem hatten wir während der letzten zwei Sitzungen mehrere Phasen des Schweigens, lange Phasen. Was meinen Sie, geht da vor?«

»Nun ja«, sagte Justin mit untypischer Direktheit, »heute wird es kein Schweigen geben. Ich möchte etwas Wichtiges mit Ihnen besprechen: Ich habe beschlossen, in mein Haus einzubrechen.«

Justin, so bemerkte Ernest, sprach anders als sonst: In seiner Stimme schwang mehr Direktheit und weniger Unterwürfigkeit mit. Einem Gespräch über ihre Beziehung zueinander wich er jedoch weiterhin aus. Ernest würde später darauf zurückkommen – für den Augenblick hatten Justins Worte eine brennende Neugierde in ihm geweckt. »Wie meinen Sie das, *einbrechen*?«

»Nun, Laura findet, ich solle mir nehmen, was mir gehört – nicht mehr und nicht weniger. Im Augenblick habe ich nur die Sachen, die ich an dem Abend, als ich ging, in meinen Koffer gestopft habe. Ich habe eine große Garderobe. In puncto Kleider habe ich mir immer einiges gegönnt – Gott, die schönen Krawatten, die ich zu Hause habe; es bricht mir schier das Herz. Laura meint, es sei dumm loszugehen und sich alle möglichen neuen Sachen zu kaufen, wo ich doch schon so viel habe – außerdem brauchen wir das Geld für ungefähr zwanzig andere Dinge, angefangen bei Essen und Miete. Laura meint, ich solle einfach in mein eigenes Haus hineinmarschieren und mir nehmen, was mir gehört.«

»Ein großer Schritt. Wie sehen denn Ihre Gefühle diesbezüglich aus?«

»Nun, ich denke, Laura hat recht. Sie ist so jung und unverdorben – und unanalysiert –, daß sie eine Menge Schotter einfach beiseite wischt und ihren Blick sofort auf das Wesentliche richtet.«

»Und Carol? Ihre Reaktion?«

»Hm, ich habe sie zweimal angerufen – und mit ihr darüber gesprochen, daß ich die Kinder sehen will und mir meine Sachen holen möchte. Einen Teil der Lohnabrechnungen für den nächsten Monat habe ich zu Hause auf meinem PC – mein Vater bringt mich um. Ich habe ihr von den Daten auf dem PC nichts erzählt – sie würde sie zerstören.« Justin verfiel in Schweigen.

»Und?« Ernest spürte wieder einen Teil des Ärgers in sich aufsteigen, den er Justin gegenüber in der vergangenen Woche bemerkt hatte. Nach fünf Jahren Behandlung sollte er es nicht nötig haben, so verdammt hart arbeiten zu müssen, um jedes Byte an Information aus dem Mann herauszuholen.

»Nun, Carol war Carol. Bevor ich irgend etwas sagen konnte, fragte sie, wann ich nach Hause zurückkehren würde. Als ich antwortete, ich käme überhaupt nicht zurück, nannte sie mich ein beschissenes Arschloch und legte auf.«

»Carol war Carol, sagen Sie.«

»Wissen Sie, es ist komisch. Sie hilft mir, indem sie genauso ekelhaft ist wie immer. Nachdem sie mich angeschrien und aufgelegt hatte, ging es mir besser. Jedesmal wenn ich sie ins Telefon kreischen höre, werde ich mir sicherer, daß ich das Richtige getan habe. Ich denke mehr und mehr, was für ein Idiot ich doch gewesen bin, neun Jahre meines Lebens an diese Ehe zu vergeuden.«

»Ja, Justin, ich höre Ihr Bedauern, aber was jetzt zählt, ist, daß Sie, wenn Sie heute in zehn Jahren zurückblicken, nicht von ähnlichem Bedauern gequält werden. Und sehen Sie nur, was für einen Anfang Sie gemacht haben! Wie wunderbar, daß Sie diese Frau verlassen haben. Wie wunderbar, daß Sie den Mut zu einem solchen Schritt hatten.«

»Ja, Doc, das haben Sie schon immer gesagt: ›Vermeiden Sie zukünftiges Bedauern‹, ›Vermeiden Sie zukünftiges Bedauern‹. Ich habe es mir im Schlaf vorgesagt. Aber wirklich gehört habe ich es bisher nicht.«

»Nun, Justin, drücken wir's mal so aus, Sie waren noch nicht bereit, es zu hören. Und jetzt sind Sie bereit, es zu hören *und* danach zu handeln.«

»Wie wunderbar«, sagte Justin, »daß Laura mir gerade zu diesem Zeitpunkt begegnet ist. Ich kann Ihnen gar nicht sagen, was für ein Unterschied es ist, mit einer Frau zusammen zu sein, die mich wirklich *mag,* die mich bewundert, die auf meiner Seite steht.«

Obwohl Ernest sich darüber ärgerte, daß Justin ständig Laura heraufbeschwor, hatte er sich doch gut unter Kontrolle – die Supervisionssitzung mit Marshal hatte wirklich geholfen. Ernest wußte, daß ihm nichts anderes übrigblieb, als sich mit Laura zu verbünden. Trotzdem wollte er nicht, daß Justin sich ihr völlig fügte. Schließlich hatte er sich seine Macht gerade erst von Carol zurückgeholt, und es würde ihm gut tun, wenn er sie für eine Weile selbst in Händen hielt.

»Es *ist* wunderbar, daß Laura in Ihr Leben getreten ist, Justin, aber ich möchte nicht, daß Sie Ihr Licht in dieser Angelegenheit unter den Scheffel stellen – *Sie* haben den Schritt getan, es waren *Ihre* Füße, auf denen Sie aus Carols Leben hinausmarschiert sind. Aber vor einigen Minuten sprachen Sie vom ›Einbrechen‹?«

»Nun ja, ich habe mir Lauras Rat zu Herzen genommen und bin gestern zum Haus rübergefahren, um meinen Besitz abzuholen.«

Justin bemerkte Ernests Überraschung und fügte hinzu: »Keine Sorge – ich habe nicht völlig den Verstand verloren. Ich habe zuerst angerufen, um sicher zu gehen, daß Carol zur Arbeit gegangen war. Also, können Sie sich vorstellen, daß Carol mich aus meinem eigenen Haus ausgesperrt hat? Das Miststück hat die Schlösser auswechseln lassen. Die ganze Nacht haben Laura und ich darüber gesprochen, was wir jetzt machen sollen. Sie findet, ich sollte mir eine Brechstange aus einem von Dads Läden besorgen und wieder hingehen, die Tür aufbrechen und mir einfach nehmen, was mir gehört. Je länger ich darüber nachdenke, um so mehr finde ich, daß sie recht hat.«

»Viele ausgesperrte Ehemänner haben solche Dinge getan«, sagte Ernest voller Erstaunen über Justins neu entdeckte Kraft. Er stellte sich einen Augenblick lang Justin in schwarzer Lederjacke und Skimaske vor, das Brecheisen in der Hand, wie er Carols neue Hausschlösser aufstemmte. Herrlich! Ernest mochte Laura immer mehr. Trotzdem behielt sein Verstand die Oberhand: Er sollte sich besser bedeckt halten, denn er würde dieses Gespräch später Marshal beschreiben müssen. »Aber was ist mit den juristischen Konsequenzen? Haben Sie die Möglichkeit in Betracht gezogen, sich mit einem Anwalt zu besprechen?«

»Laura ist gegen jegliche Verzögerung: Mit der Suche nach einem Anwalt würde ich Carol lediglich mehr Zeit geben, meine Sachen zu stehlen und zu zerstören. Außerdem ist ihre Boshaftigkeit im Gerichtssaal wohlbekannt – ich hätte es wohl schwer, in dieser Stadt einen Anwalt zu finden, der bereit wäre, es mit ihr aufzunehmen. Wissen Sie, diese Entscheidung, mir meine Sachen zurückzuholen, ist nicht einfach eine Laune: Laura und mir geht langsam das Geld aus. Ich habe kein Geld, irgend etwas zu bezahlen – und ich fürchte, das betrifft auch Ihre Rechnung!«

»Dann müssen Sie erst recht professionelle juristische Hilfe suchen. Sie haben mir erzählt, daß Carol viel mehr verdiene als Sie – in Kalifornien bedeutet das, daß Ihnen finanzielle Unterstützung von Ihrer Gattin zusteht.«

»Sie machen Witze! Können Sie sich Carol vorstellen, wie sie mir Unterhalt zahlt?«

»Sie ist wie alle anderen auch; sie muß sich den Gesetzen dieses Landes unterwerfen.«

»Carol wird mir niemals Alimente zahlen. Sie würde die Sache bis vors Oberste Gericht bringen, sie würde das Geld durch die Toilette spülen, sie würde eher ins Gefängnis gehen, als mir etwas zu bezahlen.«

»Schön, sie geht ins Gefängnis, Justin, und Sie spazieren hinein, holen sich Ihre Sachen, Ihre Kinder und Ihr Haus zurück. Begreifen Sie nicht, wie unrealistisch Sie diese Frau sehen? Hören Sie doch nur, was Sie reden! Hören Sie, was Sie sagen: Carol hat übernatürliche Kräfte! Carol schüchtert die Menschen derart ein, daß kein Anwalt in Kalifornien es wagen würde, sich ihr entgegenzustellen! Carol steht über dem Gesetz! Justin, wir sprechen über Ihre Frau, nicht über Gott! Nicht über Al Capone!«

»Sie kennen sie nicht, so wie ich sie kenne – nach all diesen Jahren Therapie kennen Sie sie immer noch nicht wirklich. Und meine Familie ist nicht viel besser. Wenn die mir einen fairen Lohn zahlen würden, hätte ich keine Probleme. Ich weiß, ich weiß, Sie drängen mich schon seit Jahren dazu, einen realistischen Lohn zu fordern. Ich hätte das schon vor langer Zeit tun sollen. Aber im Augenblick ist nicht der richtige Zeitpunkt – meine Leute sind wegen dieser ganzen Geschichte ziemlich angekotzt von mir.«

»Angekotzt? Wie kommt's?« fragte Ernest. »Sagten Sie nicht, sie haßten Carol?«

»Nichts wäre ihnen lieber, als wenn sie ihnen nie wieder vor die Augen träte. Aber sie hat sie am Haken: Sie erpreßt sie mit den Kindern. Seit ich gegangen bin, hat sie ihnen nicht mehr gestattet, ihre Enkelkinder zu sehen – sie dürfen nicht einmal mit ihnen telefonieren. Und wenn sie mir jetzt helfen und mich auch noch ermutigen, können sie ihren Enkelkindern für immer Lebewohl sagen. Meine Eltern haben das große Fracksausen – und bringen nicht den Mut auf, irgend etwas zu tun, um mir zu helfen.«

Während der restlichen Sitzung redeten Justin und Ernest über die Zukunft ihrer Therapie. Die Tatsache, daß er eine Sitzung versäumt hatte und zu einer anderen zu spät gekommen war, spiegelte offenkundig ein abflauendes Interesse an der Behandlung wider, bemerkte Ernest. Justin gab ihm recht und machte auch klar, daß er sich eine Therapie nicht länger leisten könne. Ernest sprach sich dagegen aus, die Therapie inmitten eines solchen Umbruchs abzubrechen, und bot Justin an, seine Zahlungen aufzuschieben, bis er seine Finanzen geregelt habe. Aber Justin stellte sein neu erworbenes Selbstbewußtsein zur Schau und widersprach ihm, da er nicht vorhersehen könne, ob seine Finanzen sich im Laufe der nächsten Jahre überhaupt würden regeln lassen – nicht, bis seine Eltern starben. Und Laura fand (und er stimmte mit ihr überein), daß es keine gute Idee sei, ihr neues Leben mit großen Schulden zu beginnen.

Aber es ging nicht nur ums Geld. Justin erklärte Ernest, daß er der Therapie nicht länger bedurfte. Seine Gespräche mit Laura gäben ihm all die Hilfe, die er benötige. Das gefiel Ernest zwar nicht, aber der Gedanke an Marshals Worte, nach denen Justins Rebellion ein Zeichen für echten Fortschritt sei, beruhigte ihn etwas. Er akzeptierte Justins Entscheidung, die Therapie zu beenden, sprach sich aber doch sachte dagegen aus, so plötzlich aufzuhören. Justin war hartnäckig, fand sich aber bereit, zu zwei weiteren Sitzungen zu kommen.

Die meisten Therapeuten machen zwischen ihren Patienten eine zehnminütige Pause und vergeben ihre Termine im Stundenrhythmus. Nicht so Ernest – er war dafür viel zu undiszipliniert und fing häufig mit Verspätung an oder überzog die fünfzig Minuten. Seit der Eröffnung der Praxis hatte er stets fünfzehn- oder zwanzigminütige Pausen zwischen den Sitzungen bevorzugt und seinen Patienten etwas merkwürdige Termine gegeben: neun Uhr zehn, elf Uhr zwanzig, vierzehn Uhr fünfzig. Natürlich hielt Ernest diese unorthodoxe Praxis vor Marshal geheim, der seine Unfähigkeit, Grenzen zu wahren, kritisiert hätte.

Im allgemeinen benutzte Ernest die freie Zeit, um sich auf der Karteikarte des Patienten Notizen zu machen oder Ideen für sein jeweils aktuelles Buchprojekt in ein Heft zu kritzeln. Aber als Justin ging, machte er sich keine Notizen. Ernest saß einfach still da und überdachte Justins Entschluß, die Therapie zu beenden. Es war ein unvollständiges Ende. Obwohl Ernest wußte, daß er Justin geholfen hatte, hatte er ihn nicht weit genug gebracht. Und es war natürlich ärgerlich, daß Justin die komplette Besserung seines Zustands Laura zuschrieb. Aber irgendwie spielte das für Ernest nicht länger eine so große Rolle. Seine Supervision hatte ihm geholfen, diese Gefühle abzuschwächen. Das mußte er Marshal unbedingt sagen. So augenscheinlich selbstbewußte Menschen wie Marshal bekamen im allgemeinen nur wenig Streicheleinheiten – die meisten Leute denken, sie bräuchten etwas Derartiges gar nicht. Aber Ernest vermutete, daß sein Supervisor für ein wenig Feedback durchaus dankbar war.

Obwohl er den Wunsch hegte, Justin noch ein Stückchen weiter zu begleiten, war Ernest nicht unzufrieden mit der Beendigung der Therapie. Fünf Jahre waren genug. Er war nicht dafür geschaffen, chronisch bedürftige Patienten festzuhalten. Er war ein Abenteurer, und wenn ein Patient den Appetit verlor, sich weiter auf neues, unerkundetes Terrain vorzuwagen, verlor Ernest das Interesse an ihm. Und Justin war nie ein großer Erkunder gewesen. Ja, es stimmte, daß Justin zu guter Letzt die Ketten gesprengt und sich aus dieser grauenhaften Ehe befreit hatte. Aber Ernest glaubte nicht, daß das wirklich Justins Verdienst war – das war nicht Justin, sondern ein neues Wesen: Justin-Laura. Wenn Laura von der Bildfläche verschwand, was sie gewiß irgendwann tun würde, vermutete Ernest, daß Justin wieder genau derselbe alte Justin sein würde, der er immer gewesen war.

11

Am folgenden Nachmittag machte sich Ernest hastig einige Notizen, bevor Carolyn Leftman zu ihrer zweiten Sitzung erschien. Es war ein langer Tag gewesen, aber Ernest war nicht müde: Wenn er gute Therapie machte, belebte ihn das stets, und bisher war er zufrieden mit seinem Tag.

Zumindest mit vier von fünf seiner Patientenstunden war er zufrieden. Der fünfte Patient, Brad, nutzte die Zeit wie immer, um ihm einen detaillierten und langweiligen Bericht über seine Aktivitäten in der vergangenen Woche zu geben. Viele solcher Patienten schienen anlagebedingt außerstande, einen Nutzen aus der Therapie zu ziehen. Nachdem jeder Versuch, Brad zu tieferen Ebenen zu geleiten, gescheitert war, wies Ernest ihn wieder und wieder darauf hin, daß ein anderer Therapiezugang, vielleicht ein verhaltensorientierter, Brad bessere Dienste im Kampf gegen seine chronische Angst und sein lähmendes Zaudern leisten könnte. Aber jedesmal, wenn er sich anschickte, die Worte auszusprechen, bemerkte Brad unaufgefordert, wie enorm hilfreich seine Therapie für ihn sei, daß seine Panikattacken abgeklungen seien und wie sehr er die Arbeit mit Ernest schätze.

Ernest gab sich nicht mehr damit zufrieden, Brads Angst in Grenzen zu halten. Er hatte mit Brad die Geduld verloren, genauso wie er mit Justin die Geduld verloren hatte. Ernests Kriterien für gute therapeutische Arbeit hatten sich geändert: Jetzt war er nur noch zufrieden, wenn seine Patienten sich enthüllten, wenn sie Risiken eingingen, neues Territorium eroberten und vor allem anderen bereit waren, sich auf das Zwischenmenschliche zu konzentrieren – den Raum zwischen Patient und Therapeut zu erkunden.

Bei ihrer letzten Supervisionssitzung hatte Marshal Ernest für seine Chuzpe gescholten, zu glauben, eine Konzentration auf das Zwischenmenschliche sei besonders originell; seit acht Jahrzehnten hatten Analytiker sich mikroskopisch auf die Übertragung konzentriert, auf die irrationalen Gefühle des Patienten gegenüber dem Therapeuten.

Aber Ernest ließ sich davon nicht beeindrucken und machte halsstarrig weiterhin Notizen für einen Zeitschriftenartikel über therapeutische Beziehungen mit dem Titel *Das Zwischenmenschliche – Plädoyer für Authentizität in der Therapie.* Gegen Marshals Überzeugung war er der Meinung, etwas Neues in die Therapie einzubringen, indem er sich nicht auf die Übertragung konzentrierte – die unwirkliche, verzerrte Beziehung –, sondern auf die *authentische, reale* Beziehung zwischen ihm und dem Patienten.

Ernests noch in der Entwicklung begriffenes Verfahren verlangte, daß er Patienten gegenüber mehr von sich selbst enthüllte, daß er und der Patient sich auf ihre reale Beziehung konzentrierten – auf das *Wir* in der therapeutischen Praxis. Er hatte lange geglaubt, die Arbeit der Therapie bestehe aus Verständnis und dem Entfernen jedweder Hindernisse, die diese Beziehung einschränkten. Ernests Experiment der radikalen Selbstenthüllung im Falle Carolyn Leftmans war lediglich der nächste logische Schritt in der Entwicklung seines neuen Therapiezugangs.

Ernest war nicht nur erfreut über seine Arbeit an diesem Tag, er hatte auch einen besonderen Bonus bekommen: Seine Patienten hatten ihm zwei erschreckende Träume beschrieben, die er mit ihrer Erlaubnis vielleicht in seinem Buch über Todesangst benutzen konnte. Ihm blieben immer noch fünf Minuten, bevor Carolyn kam, und er wandte sich seinem Computer zu, um die Träume einzutippen.

Das erste war nur ein Fetzen eines Traumes:

Ich kam zu einem Termin in Ihre Praxis. Sie waren nicht da. Ich sah mich um und entdeckte Ihren Strohhut auf dem Hutständer – er war über und über mit Spinnweben bedeckt. Eine bedrückende Woge großer Traurigkeit überflutete mich.

Madeline, die Träumerin, hatte Brustkrebs und gerade erfahren, daß der Krebs sich auf ihr Rückgrat ausgedehnt hatte. In Madelines Traum verlagerte sich die Zielscheibe des Todes: Nicht *sie* ist diejenige, die sich mit Tod und Verfall konfrontiert sieht, sondern der Therapeut, der verschwunden ist und lediglich seinen mit Spinnweben überzogenen Hut zurückgelassen hat. Der Traum, so dachte Ernest, mochte aber auch ihr Gefühl von Weltverlust widerspiegeln: Wenn ihr Bewußtsein verantwortlich ist für die Form, die Gestalt und die Bedeutung jeder »objektiven« Realität, dann würde das Auslöschen ihres Bewußtseins zum Verschwinden aller Dinge führen.

Ernest war es gewohnt, mit sterbenden Patienten zu arbeiten. Aber dieses spezielle Bild – sein geliebter Panamahut eingesponnen in Spinnweben – jagte ihm einen Schauder über den Rücken.

Matt, ein vierundsechzigjähriger Arzt, steuerte den anderen Traum bei.

Ich wanderte an der Küste bei Big Sur über ein hohes Kliff und kam an einen kleinen Fluß, der in den Pazifik mündete. Als ich näher kam, sah ich voll Erstaunen, daß der Fluß vom Ozean wegfloß, daß er rückwärts floß. Dann sah ich einen alten, gebeugten Mann, der meinem Vater ähnelte, allein und gebrochen vor einer Höhle am Flußufer stehen. Ich konnte nicht näher an ihn heran, da kein Weg nach unten führte, daher folgte ich dem Fluß weiter landeinwärts. Später stieß ich auf einen weiteren Mann, der noch gebückter ging als der erste, vielleicht mein Großvater. Ich fand auch keinen Weg, um zu ihm zu gelangen, und wachte schließlich unruhig und unzufrieden auf.

Matts größte Furcht galt nicht dem Tod an sich, sondern dem Sterben in Einsamkeit. Sein Vater, ein chronischer Alkoholiker, war wenige Monate zuvor gestorben, und obwohl sie eine lange, konfliktreiche Beziehung zueinander gehabt hatten, konnte Matt sich nicht verzeihen, daß er seinen Vater hatte allein sterben lassen. Er fürchtete, daß es auch sein Geschick sein würde, allein und heimatlos zu sterben, so wie es allen Männern in seiner Familie ergangen war. Oft, wenn ihn mitten in der Nacht diese Angst überkam, beruhigte Matt sich, indem er sich an das Bett seines achtjährigen Sohnes setzte und auf dessen Atem lauschte. Er fühlte sich zu einer Phantasie hingezogen, in der er weit vom Ufer entfernt im Ozean schwamm, begleitet von seinen beiden Kindern, die ihm liebevoll halfen, für immer unter die Wellen zu tauchen. Aber da er weder seinem Vater noch seinem Großvater im Tode beigestanden hatte, fragte er sich, ob er solche Kinder verdiente.

Ein Fluß, der rückwärts floß! Der Fluß, auf dem Kiefernzapfen und braune, spröde Eichenblätter trieben und der *hügelaufwärts* floß, weg vom Meer. Ein Fluß, der rückwärts floß in das goldene Zeitalter der Kindheit, zur Wiedervereinigung mit der Urfamilie. Was für eine außerordentliche Visualisierung für die rückwärts gewandte Zeit, für die Sehnsucht nach einer Flucht vor dem Schicksal des Alters und der Schwäche! Ernest bewunderte in all seinen Patienten den schlummernden Künstler; häufig hätte er am liebsten den Hut gezogen in Verehrung des unbewußten Traumschöpfers, der Nacht für Nacht, Jahr für Jahr Meisterwerke der Illusion hervorbrachte.

Im Wartezimmer, nur durch die Wand von Ernest getrennt, machte Carol sich ebenfalls Notizen: Notizen über ihre erste Therapiesitzung mit Ernest. Sie hielt inne und las ihre Aufzeichnung noch einmal durch:

ERSTE SITZUNG
12. Februar 1995

Dr. Lash – ungehörig zwanglos. Aufdringlich. Bestand gegen meinen Willen darauf, daß ich ihn Ernest nenne... berührte mich innerhalb der ersten dreißig Sekunden – meinen Ellbogen, als ich den Raum betrat... ganz sachte – berührte mich abermals, meine Hand, als er mir ein Papiertuch reichte... nahm Fallgeschichte meiner vordringlichen Probleme und meine Familiengeschichte auf... drang in der ersten Sitzung mit Nachdruck in mich, was unterdrückte Erinnerung an sexuellen Mißbrauch betrifft! Zu viel, zu schnell – ich fühlte mich überwältigt und verwirrt! Enthüllte mir gegenüber seine persönlichen Gefühle... sagt mir, es sei wichtig, daß wir einander sehr nahekommen... fordert mich auf, ihm persönliche Fragen zu stellen... verspricht, sich ganz zu offenbaren... drückt Billigung meiner Affäre mit Dr. Cooke aus... hat die Stunde um zehn Minuten überzogen... bestand darauf, mich zum Abschied zu umarmen.

Sie war zufrieden. *Diese Notizen werden sehr nützlich sein,* dachte sie. *Ich weiß noch nicht, inwiefern. Aber eines Tages wird irgend jemand – Justin, mein Kunstfehleranwalt, das Staatliche Komitee für Ethik – sie überaus interessant finden.* Carol klappte ihr Notizbuch zu. Sie mußte sich auf ihre Sitzung mit Ernest konzentrieren. Nach den Ereignissen der vergangenen vierundzwanzig Stunden funktionierte ihr Verstand nicht allzu gut.

Als sie gestern nach Hause gekommen war, klebte ein Notizzettel von Justin an der Haustür: »*Ich bin noch mal zurückgekommen, um meine Sachen zu holen.*« Die Hintertür war aufgestemmt worden, und er hatte alles mitgenommen, was sie noch nicht zerstört hatte: seine Racketballschläger, Kleidung, Toilettengegenstände, Schuhe, Bücher und daneben einige Dinge aus ihrem gemeinsamen Besitz – Bücher, den Fotoapparat, das Fernglas, den tragbaren CD-Spieler, den größten Teil ihrer CD-Sammlung und mehrere Töpfe, Pfannen und Gläser. Er hatte sogar ihre Zederntruhe aufgestemmt und seinen Computer mitgenommen.

In einem Wutanfall hatte Carol Justins Eltern angerufen, um ihnen zu sagen, daß sie beabsichtige, Justin hinter Gitter zu bringen, und daß sie sie in der Zelle nebenan unterbringen würde, wenn sie ihrem verbrecherischen Sohn in irgendeiner Weise beistanden. Die Telefongespräche mit Norma und Heather waren keineswegs hilfreich gewesen – sie hatten die Dinge genaugenommen noch schlimmer gemacht. Norma war mit ihrer eigenen ehelichen Krise beschäftigt, und Heather hatte sie auf ihre ärgerliche, sanfte Art daran erinnert, daß Justin ein Recht auf seine eigenen Sachen hatte. Man könne keine Anzeige wegen Einbruchs erstatten – es war sein eigenes Haus, und sie hatte juristisch gesehen kein Recht, die Schlösser auswechseln zu lassen oder zu versuchen, ihn ohne Gerichtsbeschluß auf irgendeine andere Weise auszusperren.

Carol wußte, daß Heather recht hatte. Sie hatte keinen Gerichtserlaß erwirkt, der es Justin verboten hätte, das Grundstück zu betreten, da sie nie – nicht in ihren kühnsten Träumen – geglaubt hätte, daß er zu so etwas fähig sein könnte.

Als seien die verschwundenen Dinge nicht schon schlimm genug, stellte sie am Morgen beim Anziehen fest, daß aus ihren gesamten Slips der Schritt fein säuberlich herausgeschnitten worden war. Und damit auch keinerlei Zweifel darüber aufkommen konnte, wie es dazu gekommen war, hatte Justin in jeder Hose ein kleines Stück von einer der Krawatten zurückgelassen, die sie aufgeschlitzt und wieder in seinen Schrank geworfen hatte.

Carol war wie betäubt. Das war nicht Justin. Nicht der Justin, den sie kannte. Nein, das konnte Justin auf keinen Fall alleine getan haben. Dazu hatte er nicht den Mumm. Und auch nicht die Phantasie. Es gab nur eine Möglichkeit, wie das passiert sein konnte ... nur einen einzigen Menschen, der das eingefädelt haben konnte: Ernest Lash! Sie blickte auf, und da stand er leibhaftig vor ihr – nickte ihr mit seinem feisten Kopf zu und lud sie in sein Sprechzimmer ein! *Was auch immer dazu erforderlich ist, du Hurensohn,* beschloß Carol, *wie lange es auch dauern mag, was ich auch tun muß, ich werde dich um Kopf und Kragen bringen.*

»Also«, sagte Ernest, nachdem sie beide Platz genommen hatten, »was scheint Ihnen heute besonders wichtig zu sein?«

»So viele Dinge. Ich brauche einen Augenblick Zeit, um mich zu sammeln. Ich bin mir nicht ganz darüber im klaren, warum ich so erregt bin.«

»Ja, ich sehe an Ihrem Gesicht, daß Sie heute sehr aufgewühlt sind.«

Oh, brillant, brillant, du Arschloch, dachte Carol.

»Aber es fällt mir sehr schwer, das zu durchschauen, Carolyn«, fuhr Ernest fort. »Vielleicht sind Sie ein wenig verwirrt. Ein wenig traurig.«

»Ralph, mein verstorbener Therapeut, pflegte zu sagen, daß es vier grundlegende Gefühle gebe ...«

»Ja«, unterbrach Ernest sie schnell, »schlecht, traurig, wütend und froh. *Bad, sad, mad and glad.* Das ist ein guter Merkspruch.«

Guter Merkspruch? Dieses ganze Fach ist wirklich geistig ausgesprochen aufregend. Es reicht fast, wenn man einsilbige Worte lallen kann, dachte Carol. *Ihr Scheißer seid doch alle gleich!* »Ich schätze, es war ein wenig von allem, Ernest.«

»Wie das, Carolyn?«

»Nun, ›wütend‹ über die schlimmen Einschnitte in meinem Leben – über einige der Dinge, die wir beim letzten Mal besprochen haben: meinen Bruder, vor allem meinen Vater – und ›schlecht‹ – ängstlich –, wenn ich an die Falle denke, in der ich jetzt sitze, während ich darauf warte, daß mein Mann stirbt. Und ›traurig‹ … Ich schätze, ›traurig‹ bin ich, wenn ich an die Jahre denke, die ich an eine schlechte Ehe verschwendet habe.«

»Und froh?«

»Das ist einfach – ›froh‹ bin ich, wenn ich an Sie denke und daran, was für ein Glück ich hatte, Sie zu finden. Der Gedanke an Sie und daran, daß ich Sie heute sehen würde, war das, was mich in dieser Woche aufrechterhalten hat.«

»Können Sie dazu noch mehr sagen?«

Carol nahm ihre Handtasche vom Schoß, stellte sie auf den Fußboden und schlug anmutig ihre langen Beine übereinander. »Ich fürchte, Sie bringen mich zum Erröten.« Sie hielt demütig inne und dachte: *Perfekt! Aber langsam, immer schön langsam, Carol.* »Die Wahrheit ist, ich hatte die ganze Woche lang Tagträume über Sie. Erotische Tagträume. Aber Sie sind es wahrscheinlich gewöhnt, daß Ihre weiblichen Patienten Sie attraktiv finden.«

Der Gedanke, daß Carolyn sich Tagträumen, wahrscheinlich Masturbationsphantasien, hingab, in deren Mittelpunkt er stand, brachte Ernest durcheinander. Er überlegte, wie er antworten solle – wie er *ehrlich* antworten sollte.

»*Sind* Sie daran gewöhnt, Ernest? Sie sagten, ich dürfe Ihnen Fragen stellen.«

»Carolyn, etwas an Ihrer Frage ist mir unangenehm, und ich versuche herauszufinden, warum. Ich denke, es liegt daran, daß Ihre Bemerkung voraussetzt, daß hier zwischen uns etwas Standardisiertes passiert – etwas Berechenbares.«

»Ich bin mir nicht sicher, ob ich Sie verstehe.«

»Nun, ich betrachte Sie als einzigartig. Und Ihre Lebenssituation ist einzigartig. Und diese Begegnung zwischen Ihnen und mir ist einzigartig. Daher scheint eine Frage nach dem, was *immer* geschieht, irgendwie daneben zu liegen.«

Carol kniff verträumt die Augen zusammen.

Ernest kostete seine eigenen Worte aus. *Was für eine großartige Antwort! Ich muß versuchen, sie mir zu merken – sie paßt wunderbar in meinen Artikel über das Zwischenmenschliche.* Ernest war sich jedoch bewußt, daß er die Sitzung auf ein abstraktes, unpersönliches Territorium gelenkt hatte, und er beeilte sich, dies zu korrigieren. »Aber, Carolyn, ich entferne mich von Ihrer eigentlichen Frage... die da lautete?«

»Die da lautete, welche Gefühle der Umstand, daß ich Sie attraktiv finde, in Ihnen weckt«, erwiderte Carol. »Ich habe in der letzten Woche so viel Zeit damit verbracht, an Sie zu denken... Daran, wie es vielleicht gewesen wäre, wenn wir uns zufällig – vielleicht bei einer Ihrer Lesungen – als Mann und Frau begegnet wären statt als Therapeut und Klientin. Ich weiß, ich sollte darüber reden, aber es fällt mir schwer... es ist peinlich... vielleicht finden Sie es – ich meine *mich* – abstoßend. Ich komme *mir* abstoßend vor.«

Sehr, sehr gut, dachte Carol. *Verdammt, ich mache das wirklich gut!*

»Nun, Carolyn, ich habe Ihnen ehrliche Antworten versprochen. Und die Wahrheit ist, daß ich es sehr angenehm finde, zu hören, daß eine Frau – eine sehr attraktive Frau, könnte ich hinzufügen – mich attraktiv findet. Wie die meisten anderen Menschen hege auch ich beständig Zweifel an meiner körperlichen Attraktivität.«

Ernest hielt inne. *Mein Herz rast. Ich habe noch nie zuvor etwas so Persönliches zu einem Patienten gesagt. Es hat mir gefallen, ihr zu sagen, daß sie attraktiv sei – hat mich beflügelt. Wahrscheinlich ein Fehler. Zu verführerisch. Andererseits betrachtet sie sich als abstoßend. Sie weiß nicht, wie gut sie aussieht. Warum soll ich ihr nicht ein wenig Bestätigung geben, eine realistische Einschätzung, was ihr Äußeres betrifft?*

Carol ihrerseits war in Hochstimmung – zum ersten Mal seit Wochen. *Eine sehr attraktive Frau. Bingo! Ich erinnere mich daran, daß Ralph Cooke dieselben Worte benutzt hat. Das war sein erster Schritt. Und es waren genau dieselben Worte, die auch dieser ekelhafte Dr. Zweizung benutzt hat. Gott sei Dank hatte ich genug Verstand, ihn einen Abschaum zu nennen und aus seinem Sprechzimmer zu marschieren. Aber wahrscheinlich treiben sie es mit anderen Opfern immer noch. Wenn ich nur klug genug gewesen wäre, mir Beweise zu verschaffen, um diesen beiden Bastarden das Handwerk zu legen. Jetzt kann ich das wieder gutmachen. Wenn ich doch nur einen Kassettenrekorder in der Handtasche hätte. Nächstes Mal! Ich habe einfach nicht geglaubt, daß er schon so schnell lüstern würde.*

»Aber«, fuhr Ernest fort, »um ganz ehrlich zu Ihnen zu sein, ich nehme Ihre Worte nicht allzu persönlich. Es mag zwar ein wenig von mir dabei mitschwingen, aber Sie reagieren viel weniger auf mich als auf meine Rolle.«

Carol war betroffen. »Wie meinen Sie das?«

»Nun, versuchen wir das Ganze mal von außen zu betrachten. Sehen Sie sich die jüngsten Ereignisse einmal leidenschaftslos an. Es sind Ihnen einige furchtbare Dinge widerfahren; alles hat sich in Ihnen aufgestaut. Sie haben nur wenig nach draußen gelassen. Sie hatten katastrophale Beziehungen zu den wichtigen Männern in Ihrem Leben, zu einem nach dem anderen – Ihrem Vater, Ihrem Bruder, Ihrem Mann und ... Rusty, so hieß er doch, nicht wahr? Ihr Freund von der High-School. Und der eine Mann, bei dem Sie sich gut fühlten, Ihr ehemaliger Therapeut, hat Sie im Stich gelassen, indem er starb.

Und dann kommen Sie zu mir und gehen zum erstenmal ein Risiko ein und teilen mir das alles mit. In Anbetracht dieser Tatsachen, Carolyn, ist es da wirklich überraschend, daß Sie starke Gefühle für mich entwickeln? Ich glaube nicht. Das meine ich, wenn ich sage, es sei die Rolle, nicht meine Person. Und diese starken Gefühle für Dr. Cooke? Es ist nicht überraschend, daß ich einige dieser Gefühle erbe – ich meine, daß sie auf mich übertragen werden.«

»Was Ihr letzte Bemerkung betrifft, Ernest, bin ich Ihrer Meinung. Ich beginne tatsächlich, dieselben Gefühle für Sie zu entwickeln, die ich für Dr. Cooke hegte.«

Ein kurzes Schweigen. Carol sah Ernest an. Marshal hätte den längeren Atem bewiesen und gewartet, bis sie von neuem zu sprechen begann. Nicht so Ernest.

»Wir haben den Punkt ›froh‹ besprochen«, sagte Ernest, »und ich weiß Ihre Ehrlichkeit diesbezüglich zu schätzen. Könnten wir nun einen Blick auf die drei anderen Gefühle werfen? Mal sehen, Sie sagten, Sie seien ›wütend‹ über Situationen in Ihrer Vergangenheit – vor allem auf die Männer in Ihrem Leben; es ginge Ihnen ›schlecht‹ in bezug auf die Falle, in der Sie, was Ihren Ehemann betrifft, sitzen; und Sie seien ›traurig‹, weil... weil... helfen Sie meinem Gedächtnis auf die Sprünge, Carolyn.«

Carol errötete. Sie hatte ihre eigene Geschichte vergessen. »Ich habe selbst vergessen, was ich gesagt habe – ich bin zu erregt, um mich besonders gut konzentrieren zu können.« *So geht das nicht,* dachte sie. *Ich muß in meiner Rolle bleiben. Es gibt nur eine Möglichkeit, solche Ausrutscher zu vermeiden – ich muß absolut ehrlich sein, was mich selbst betrifft – außer natürlich in Sachen Justin.*

»Oh, ich erinnere mich wieder«, sagte Ernest: »Sie sind ›traurig‹ wegen des angesammelten Bedauerns in Ihrem Leben – ›den verschwendeten Jahren‹, wie Sie es, glaube ich, ausdrückten. Wissen Sie, Carolyn, diese Gedächtnisstütze ›mad, sad, glad and bad‹ vereinfacht natürlich sehr. Sie sind offensichtlich eine intelligente Frau, und ich möchte Ihre Intelligenz nicht beleidigen. Aber trotzdem *war* der Spruch heute nützlich. Die Themen, die Sie mit diesen vier Gefühlen assoziieren, sind das absolute Herzstück – gehen wir ihnen einmal näher auf den Grund.«

Carol nickte. Sie war enttäuscht, daß sie so schnell von seinen Bemerkungen über ihre Attraktivität weggekommen waren. *Geduld,* ermahnte sie sich. *Denk an Ralph Cooke. Das ist ihr modus operandi. Zuerst gewinnen sie dein Vertrauen; als nächstes machen sie dich völlig abhängig und sich selbst absolut unentbehrlich. Und erst dann tun sie den nächsten Schritt. Es gibt keine Möglichkeit, diese Scharade zu vermeiden. Gib ihm ein paar Wochen Zeit. Wir müssen die Sache in seinem Tempo angehen.*

»Womit sollen wir anfangen?« fragte Ernest.

»Traurig«, sagte Carolyn, »traurig, wenn ich an all die Jahre denke, die ich mit meinem Mann verbracht habe, den ich nicht ausstehen kann.«

»Neun Jahre«, sagte Ernest, »ein beträchtlicher Teil Ihres Lebens.«

»Ich wünschte, ich könnte ihn zurückbekommen.«

»Carolyn, versuchen Sie herauszufinden, warum Sie neun Jahre verschenkt haben.«

»Ich habe mit anderen Therapeuten ausgiebig in der Vergangenheit herumgestochert. Das hat nie geholfen. Lenken uns die Ausflüge in die Vergangenheit nicht von meiner gegenwärtigen Situation, meinem Dilemma, ab?«

»Gute Frage, Carolyn. Vertrauen Sie mir, ich bin kein Stocherer. Nichtsdestoweniger ist die Vergangenheit Teil Ihres gegenwärtigen Bewußtseins – sie bildet die Brille, durch die Sie die Gegenwart erfahren. Ich muß Sie erst genau kennenlernen, ich muß sehen, was Sie sehen. Außerdem möchte ich herausfinden, auf welche Weise Sie in der Vergangenheit Entscheidungen getroffen haben, damit wir Ihnen helfen können, in der Zukunft zu besseren Entscheidungen zu finden.«

Carol nickte. »Ich verstehe.«

»Also, erzählen Sie mir von Ihrer Ehe. Wie ist es passiert, daß Sie beschlossen haben, einen Mann zu heiraten, den Sie verabscheuen, und dann neun Jahre bei ihm bleiben?«

Carol befolgte ihren Plan, sich möglichst dicht an der Wahrheit zu halten und gab Ernest einen ehrlichen Bericht über ihre Ehe, wobei sie nur jene geographischen und faktischen Details änderte, die möglicherweise Ernests Argwohn erregen konnten.

»Ich habe Wayne vor meinem Abschluß am juristischen Institut kennengelernt. Ich arbeitete als Assistentin in einer Kanzlei in Evanston, und man übertrug mir die Vertretung der Firma von Waynes Vater, einer höchst erfolgreichen Kette von Schuhgeschäften. Ich verbrachte viel Zeit mit Wayne – er sah gut aus, war sanft, einfühlsam, nachdenklich, und es sah so aus, als würde er in ein oder zwei Jahren die Fünf-Millionen-Dollar-Firma seines Vaters übernehmen. Ich hatte kein Geld – gar keins – und war gewaltige Studentendarlehen schuldig. Ich traf sehr schnell die Entscheidung zu heiraten. Es war eine sehr dumme Entscheidung.«

»Wie das?«

»Nach einigen Monaten Ehe sah ich Waynes Eigenschaften langsam realistischer. Was ich für Sanftheit gehalten hatte, war nicht Freundlichkeit, sondern Feigheit. Seine Nachdenklichkeit verwandelte sich in eine monströse Entscheidungsunfähigkeit. Seine Hingabe war nichts als jämmerliche Abhängigkeit. Und sein Reichtum zerfiel in Asche, als das Schuhgeschäft seines Vaters drei Jahre später Pleite machte.«

»Und das gute Aussehen?«

»Mit einem gutaussehenden, mittellosen Tölpel kann man sich vielleicht eine Tasse Cappuccino kaufen, mehr aber auch nicht. Es war in jeder Hinsicht eine schlechte Entscheidung – eine lebenszerstörende Entscheidung.«

»Was wissen Sie darüber, warum Sie diese Entscheidung getroffen haben?«

»Nun, ich weiß, was sie nach sich gezogen hat. Ich habe Ihnen erzählt, daß Rusty, mein High-School-Schatz, mich ohne Erklärung in meinem zweiten Collegejahr einfach sitzenließ. Während meines Jurastudiums war ich ständig mit Michael zusammen. Wir waren ein Traumteam; Michael war der Zweitbeste in meinem Jahrgang...«

»Wieso machte Sie das zu einem Traumteam?« unterbrach sie Ernest. »Waren Sie ebenfalls eine gute Studentin?«

»Hm, wir hatten eine strahlende Zukunft vor uns. Er war der Zweitbeste des Jahrgangs, und ich war die Beste. Aber am Ende ließ Michael mich sitzen, um die strohköpfige Tochter des Seniorpartners von New Yorks größter Anwaltssozietät zu heiraten. Und dann war da während meines Sommerpraktikums am Bezirksgericht Ed, ein einflußreicher Assistent des Bezirksrichters, der mir fast jeden Nachmittag auf seiner Bürocouch Nachhilfestunden gab – nackt. Aber in der Öffentlichkeit wollte er sich nicht mit mir sehen lassen, und als der Sommer vorbei war, reagierte er weder auf meine Briefe noch auf Anrufe. Ich war anderthalb Jahre lang keinem Mann mehr in die Nähe gekommen, als ich Wayne kennenlernte. Ich schätze, ihn zu heiraten, war eine Reaktion auf meine Enttäuschungen.«

»Was mir auffällt, ist die lange Reihe von Männern, die Sie verraten oder im Stich gelassen haben: Ihr Vater, Jed...«

»Jeb. Es ist ein *B.*« *B, B, B, du Trottel,* dachte Carol. Sie zwang sich zu einem freundlichen Lächeln: »Denken Sie immer an *B* für Bruder – eine zweisilbige Merkhilfe. Oder für Betrüger oder Blödmann oder Beschäler.«

»Entschuldigung, Carolyn. *Jeb,* Dr. Cooke und Rusty, und dann fügen wir heute noch Michael und Ed hinzu. Das ist eine ganz nette Liste! Ich schätze, als Wayne daherkam, müssen Sie erleichtert gewesen sein, jemanden zu finden, der Ihnen sicher und verläßlich erschien.«

»Es bestand keine Gefahr, daß Wayne mich verließ – er klammerte sich derart an mich, daß er kaum ohne mich aufs Klo gehen konnte.«

»Vielleicht hatte dieses ›Klammern‹ damals einen gewissen

Reiz für Sie. Und diese Reihe männlicher Versager? Ist es eine ununterbrochene Reihe? Ich habe keine Ausnahmen von Ihnen gehört, nichts von irgendwelchen Männern, die gut für Sie gewesen wären und gut zu Ihnen.«

»Da war nur Ralph Cooke.« Carol beeilte sich, in die Sicherheit des Betrugs zurückzukehren. Vor einigen Sekunden hatte Ernest, als er die Liste der Männer zusammenstellte, die sie verraten hatten, schmerzliche Gefühle in ihr wachgerufen, genau wie bei der letzten Sitzung. Ihr war klar, daß sie auf der Hut sein mußte. Sie hatte nie eine Ahnung davon gehabt, wie verführerisch Therapie sein konnte. Und wie trügerisch.

»Und er ist Ihnen weggestorben«, sagte Ernest.

»Und jetzt sind Sie da. Werden Sie gut zu mir sein?«

Bevor Ernest etwas antworten konnte, lächelte Carol und stellte eine weitere Frage: »Und wie ist es um *Ihre* Gesundheit bestellt?«

Ernest lächelte. »Um meine Gesundheit steht es bestens, Carolyn. Ich habe die Absicht, sehr lange auf diesem Planeten zu weilen.«

»Und meine andere Frage?«

Ernest sah Carol fragend an.

»Werden Sie gut zu mir sein?«

Ernest zögerte und wählte seine Worte dann mit Bedacht: »Ja, ich werde versuchen, so hilfreich wie nur möglich zu sein. Darauf können Sie sich verlassen. Wissen Sie, ich denke an Ihre Bemerkung, daß Sie Jahrgangsbeste am juristischen Institut waren. Ich mußte das fast aus Ihnen herauspressen. Jahrgangserste am juristischen Institut der Universität von Chicago – das ist keine geringe Leistung, Carolyn. Sind Sie stolz darauf?«

Carol zuckte die Achseln.

»Carolyn, tun Sie mir einen Gefallen. Bitte, erzählen Sie es mir noch einmal: Wie haben Sie am juristischen Institut der Universität von Chicago abgeschnitten?«

»Ganz gut.«

»Wie gut?«

Stille, dann sagte Carol mit leiser Stimme: »Ich war die Beste in meinem Jahrgang.«

»Noch einmal. Wie gut?« Ernest legte eine Hand ans Ohr, um anzudeuten, daß er sie kaum verstehen konnte.

»Die Beste in meinem Jahrgang«, sagte Carol laut. Und fügte hinzu: »Und Redakteurin der juristischen Zeitschrift. Und niemand sonst, Michael eingeschlossen, kam auch nur annähernd an mich heran.« Und dann brach sie in Tränen aus.

Ernest reichte ihr ein Kleenex, wartete, bis das Zucken ihrer Schultern sich gelegt hatte, und fragte dann sanft: »Können Sie einige dieser Tränen in Worte fassen?«

»Wissen Sie, haben Sie überhaupt eine *Vorstellung,* welche Möglichkeiten mir offenstanden? Ich hätte alles tun können – ich hatte ein Dutzend guter Angebote –, ich hätte mir meine Kanzlei aussuchen können. Ich hätte sogar internationales Recht machen können, da ich ein gutes Angebot des Generalanwalts der Staatlichen Behörde für internationale Entwicklung hatte. Ich hätte einen sehr einflußreichen Posten in der Regierung bekleiden können. Und wenn ich zu einer angesehenen Wall-Street-Kanzlei gegangen wäre, würde ich jetzt fünfhunderttausend Dollar im Jahr verdienen. Sehen Sie sich an, was statt dessen aus mir geworden ist: Ich mache Familienrecht, Testamente, Steuersachen – und verdiene ein Taschengeld. Ich habe alles vertan.«

»Für Wayne?«

»Für Wayne und auch für Mary, die zehn Monate nach unserer Hochzeit zur Welt gekommen ist. Ich liebe sie sehr, aber sie war ein Teil der Falle.«

»Erzählen Sie mir mehr über die Falle.«

»Was ich wirklich wollte, war internationales Recht, aber wie kann man international tätig werden, wenn man ein kleines Kind und einen Mann hat, der zu unreif ist, um auch nur einen anständigen Hausmann abzugeben – einen Mann, der ausflippt, wenn er auch nur eine einzige Nacht allein ist, der nicht entscheiden kann, was er morgens anziehen soll, ohne sich zuvor mit mir zu besprechen? Also habe ich mich mit weniger zufriedengegeben, habe meine Chancen ausgeschlagen und das Angebot einer kleineren Kanzlei angenommen, um in Evanston zu bleiben, damit Wayne dem väterlichen Hauptquartier nahe sein konnte.«

»Wie lange ist es jetzt her, daß Sie sich Ihres Fehlers bewußt geworden sind, daß Sie wissen, worauf Sie sich da eingelassen haben?«

»Schwer zu sagen. Ich hatte schon in den ersten Jahren so meinen Verdacht, aber dann war da ein Zwischenfall – das große Campingdebakel –, der selbst den Schatten eines Zweifels tilgte. Das war vor ungefähr fünf Jahren.«

»Erzählen Sie mir davon.«

»Nun, Wayne fand, die Familie solle sich an Amerikas liebstem Hobby ergötzen: einem Campingausflug. Ich wäre als Teenager einmal beinahe an einem Bienenstich gestorben – ein anaphylaktischer Schock –, und ich reagiere extrem empfindlich auf den Giftsumach; daher kam Camping für mich auf keinen Fall in Frage. Ich schlug ein Dutzend anderer Reisen vor: Kanufahrten, Schnorchelexkursionen, auf Binnenwasserwegen nach Alaska, einen Segeltörn in den Gewässern um die San-Juan-Inseln, in der Karibik oder in Maine – ich bin eine gute Seglerin. Aber Wayne kam zu dem Schluß, seine ganze Männlichkeit stehe auf dem Spiel, und nichts anderes als ein Campingausflug könne ihn rehabilitieren.«

»Aber wie konnte er von Ihnen erwarten, daß Sie mit Ihrer Allergie Campen gehen? Hat er erwartet, daß Sie Ihr Leben aufs Spiel setzen?«

»Er sah nur, daß ich versuchte, ihn zu beherrschen. Wir haben erbitterte Schlachten ausgefochten. Ich habe ihm gesagt, daß ich auf gar keinen Fall mitgehen würde, und dann bestand er darauf, ohne mich zu fahren, nur mit Mary. Ich hatte keine Probleme, ihn mit dem Rucksack losziehen zu lassen, und drängte ihn, mit ein paar Freunden zu gehen – aber er hatte keine Freunde. Es war mir nicht wohl dabei, daß er Mary mitnehmen wollte – sie war erst vier. Er war so unbeholfen, so feige, daß ich um ihre Sicherheit fürchtete. Ich glaube, er wollte Mary mehr zu seinem Schutz mitnehmen als umgekehrt. Aber er wich keinen Millimeter zurück. Zu guter Letzt hatte er mich zermürbt, und ich erklärte mich einverstanden.

Und dann wurde die Sache langsam bizarr«, fuhr Carol fort. »Zuerst kam er zu dem Schluß, er müsse sich in Form bringen und zehn Pfund abnehmen – dreißig Pfund wären der Sache wohl nähergekommen. Das ist übrigens die Antwort auf Ihre Frage bezüglich des guten Aussehens: Kurz nach unserer Hochzeit ging er gewaltig auseinander. Nun zog er jeden Tag ins Fitneßcenter, um Gewichte zu stemmen und Gewicht zu verlieren, was er auch tat, aber dann verrenkte er sich das Kreuz und nahm wieder zu. Er war so nervös, daß er häufig hyperventilierte. Einmal mußte ich ein Dinner mir zu Ehren – ich war gleichberechtigte Partnerin in unserer Kanzlei geworden – verlassen, um ihn in die Notaufnahme zu bringen. Soviel also zu dem Campingausflug. Damals ist mir das ganze grauenhafte Ausmaß meines Fehlers erstmals voll bewußt geworden.«

»Puh, was für eine Geschichte, Carolyn.« Ernest war verblüfft über die Ähnlichkeiten zwischen diesem Bericht und Justins Geschichte über sein Campingfiasko mit seiner Ehefrau und den Zwillingen. Faszinierend, zwei so ähnliche Geschichten zu hören – aber aus ganz unterschiedlichen Perspektiven.

»Aber erzählen Sie mir, als Ihnen Ihr Fehler bewußt wurde – mal sehen, wie lange liegt dieser Campingausflug jetzt zurück? Sie sagen, Ihre Tochter war vier?«

»Es ist jetzt etwa fünf Jahre her.« Alle paar Minuten mußte

Carol sich sehr zusammenreißen; obwohl sie Ernest verachtete, stellte sie fest, daß seine Fragen sie fesselten. *Erstaunlich,* dachte sie, *welchen Zauber der therapeutische Prozeß entwickelt. Sie kriegen dich in ein oder zwei Stunden an den Haken, und wenn sie dich erst mal haben, können sie tun, was sie wollen – sie können dich jeden Tag kommen lassen, dir berechnen, was ihnen gefällt, dich auf ihrem Läufer ficken und dir dafür sogar noch Geld abknöpfen. Vielleicht ist es zu gefährlich, wenn ich mich ehrlich darstelle. Aber ich habe keine andere Wahl – wenn ich eine Persönlichkeit erfände, würde ich wieder und wieder über meine eigenen Lügen stolpern. Der Typ ist ein Arschloch, aber er ist kein Dummkopf. Nein, ich muß mich selbst spielen. Aber Vorsicht. Vorsicht.*

»Also, Carolyn, vor fünf Jahren wurde Ihnen Ihr Fehler bewußt – aber Sie sind trotzdem in der Ehe geblieben! Vielleicht gab es auch positivere Aspekte Ihrer Ehe, die Sie bisher nicht erwähnt haben.«

»Nein, es war eine schreckliche Ehe. Ich liebte Wayne nicht. Ich respektierte ihn nicht. Und er mich auch nicht. Ich bekam nichts von ihm.« Carol tupfte sich die Augen ab. »Was mich in der Ehe hielt? Allmächtiger, keine Ahnung! Gewohnheit, Angst, meine Tochter – obwohl Wayne nie eine besondere Bindung an sie entwickelt hat – ich bin mir nicht sicher... der Krebs und mein Versprechen Wayne gegenüber... keine Alternative, wo ich sonst hätte hingehen können – ich hatte keine anderen Angebote.«

»Angebote? Von Männern meinen Sie?«

»Nein, keine Angebote von Männern, das steht fest, und bitte, Ernest, lassen Sie uns heute darüber reden – ich muß etwas wegen meiner sexuellen Gefühle unternehmen – ich verhungere, ich bin völlig verzweifelt in diesem Bereich. Aber das habe ich gerade nicht gemeint – ich meinte, keine interessanten beruflichen Angebote. Nicht wie diese goldenen Angebote, die ich hatte, als ich noch jung war.«

»Ja, diese goldenen Angebote. Wissen Sie, ich denke immer noch an Ihre Tränen vor einigen Minuten, als wir darüber sprachen, daß Sie Jahrgangsbeste waren und daß Sie damals unbegrenzte Karrieremöglichkeiten vor sich hatten ...«

Carol wappnete sich. *Er versucht das Thema wieder anzuschneiden,* dachte sie. *Wenn sie erst mal die verletzliche Stelle finden, bohren sie da immer weiter.*

»Da steckt sehr viel Schmerz«, fuhr Ernest fort, »in der Frage, was Sie aus Ihrem Leben hätten machen können. Ich denke an diese wundervollen Verse von Whittier: ›Kein traurigeres Wort wurde je vernommen als dies: Was hätte gewesen sein können?‹«

O nein, dachte Carol. *Verschon mich damit. Jetzt sind wir also bei der Dichtung angelangt. Er zieht sämtliche Register. Als nächstes wird er seine alte Gitarre stimmen.*

»Und«, sprach Ernest weiter, »Sie haben all diese Möglichkeiten für ein Leben mit Wayne aufgegeben. Ein schlechter Handel – kein Wunder, daß Sie versuchen, nicht darüber nachzudenken ... Sehen Sie den Schmerz, der hochkommt, wenn wir das Thema direkt anschneiden? Ich denke, das ist der Grund, warum Sie Wayne nicht verlassen haben – es hätte diesem Gefühl den Stempel der Realität aufgesetzt. Sie hätten nicht länger leugnen können, daß Sie soviel, Ihre ganze Zukunft, für so wenig aufgegeben haben.«

Ohne es zu wollen, schauderte Carol. Ernests Deutung schmeckte nach Wahrheit. *Gott verdammt noch mal, laß mich in Ruhe, ja? Wer hat dich gebeten, päpstliche Bemerkungen über mein Leben zu machen?*

»Vielleicht haben Sie recht. Aber das ist vorbei; wie könnte mir das jetzt noch helfen? Genau das meinte ich mit Herumstöbern in der Vergangenheit. Was vergangen ist, ist vergangen.«

»Ist es das wirklich, Carolyn? Ich glaube nicht. Ich glaube nicht, daß es nur darum geht, daß Sie in der Vergangenheit eine schlechte Entscheidung getroffen haben: Ich glaube, Sie treffen immer noch schlechte Entscheidungen. In der Gegenwart, in Ihrem Leben heute.«

»Welche Wahl habe ich denn? Einen sterbenden Mann im Stich zu lassen?«

»So betrachtet, erscheint es einem ziemlich kraß, ich weiß. Aber das ist die Art, wie schlechte Entscheidungen zustande kommen – indem man sich davon überzeugt, daß man keine andere Wahl hat. Vielleicht sollte das eines unserer Ziele sein.«

»Wie meinen Sie das?«

»Ihnen zu helfen, zu begreifen, daß es vielleicht noch andere mögliche Alternativen gibt, eine größere Auswahl an Entscheidungen.«

»Nein, Ernest, es läuft immer wieder auf dasselbe hinaus. Es gibt nur zwei Alternativen: entweder ich verlasse Wayne, oder ich bleibe bei ihm. Stimmt's?«

Carol fand langsam ihre Fassung wieder: Dieser erfundene Wayne war weit entfernt von Justin. Trotzdem enthüllte die Art, wie Ernest ihr dabei zu helfen versuchte, ihn zu verlassen, seine Methoden der Gehirnwäsche, mit denen er Justin dazu gebracht hatte, sie zu verlassen.

»Nein, keineswegs. Sie gehen jetzt von einer Vielzahl von Voraussetzungen aus, die nicht zwangsläufig zutreffend sein müssen. Zum Beispiel, daß Sie und Wayne immer Verachtung füreinander empfinden werden. Sie haben die Möglichkeit außer acht gelassen, daß Menschen sich ändern können. Die Konfrontation mit dem Tod ist ein großartiger Katalysator für Veränderungen – für ihn, möglicherweise auch für Sie. Vielleicht würde eine Paartherapie helfen – Sie erwähnten, daß Sie das noch nicht versucht haben. Vielleicht liegt doch noch irgendwo ein wenig Liebe begraben, die Sie oder er neu entdecken könnten. Immerhin haben Sie neun Jahre lang miteinander gelebt und ein Kind großgezogen. Was wäre das für ein

Gefühl für Sie, wenn Sie ihn verließen oder wenn er stürbe und Sie wüßten, daß Sie sich vielleicht mehr Mühe hätten geben können, um Ihre Ehe erträglicher zu machen? Ich bin mir sicher, Sie wären besser dran, wenn Sie dann das Gefühl hätten, nichts unversucht gelassen zu haben.

Und eine andere Möglichkeit, wie man die Sache betrachten kann«, fuhr Ernest fort, »besteht darin, Ihre Ansicht zu hinterfragen, ob es wirklich eine gute Sache wäre, wenn Sie ihn bis ans Ende seines Lebens begleiten. Ist das zwangsläufig so? Die Frage stellt sich.«

»Es ist besser für ihn, als alleine zu sterben.«

»Wirklich?« fragte Ernest. »Ist es gut für Wayne, in Anwesenheit eines Menschen zu sterben, der ihn verachtet? Und eine weitere Möglichkeit, die Sie nicht ganz außer acht lassen sollten, ist die, daß eine Scheidung nicht notwendigerweise gleichbedeutend mit dem Verlassen Ihres Mannes sein muß. Ist es nicht möglich, sich ein Szenario vorzustellen, in dem Sie sich ein anderes Leben aufbauen, vielleicht sogar mit einem anderen Mann, ohne Wayne deshalb zu verlassen? Sie wären möglicherweise sogar in der Lage, ihm mehr zu geben, wenn Sie nicht mehr das Gefühl hätten, daß er ein Teil der Falle ist, in der Sie stecken. Sie sehen, es gibt alle möglichen Alternativen.«

Carol nickte und wünschte sich, er würde aufhören. Ernest sah aus, als könne er noch ewig weitersprechen. Sie warf einen Blick auf die Uhr.

»Sie sehen auf die Uhr, Carolyn. Können Sie das in Worte fassen?« Ernest lächelte leicht, als er sich an die Supervisionssitzung erinnerte, in der Marshal ihn mit genau denselben Worten konfrontiert hatte.

»Nun, unsere Zeit ist beinahe um«, sagte Carol und wischte sich über die Augen, »und es gibt noch andere Dinge, über die ich heute gerne reden möchte.«

Es bekümmerte Ernest, daß er so bestimmend gewesen war,

daß seine Patientin ihre eigene Tagesordnung nicht hatte abarbeiten können. Er reagierte schnell. »Vor einigen Minuten erwähnten Sie den sexuellen Druck, unter dem Sie derzeit stehen, Carolyn. Ist das eines der Themen, das Sie noch anschneiden wollten?«

»Es ist die Hauptsache. Ich bin ganz außer mir vor Frustration – ich bin mir sicher, daß das die Wurzel all meiner Angst ist. Unser Geschlechtsleben war auch früher nicht besonders, aber seit Wayne seine Prostataoperation hatte, ist er impotent. Ich habe gehört, daß das nicht ungewöhnlich ist nach einer solchen Operation.« Carol hatte ihre Hausaufgaben gemacht.

Ernest nickte. Und wartete.

»Also, Ernest... Sind Sie sicher, daß es in Ordnung geht, wenn ich Sie Ernest nenne?«

»Wenn ich Sie Carolyn nenne, müssen Sie mich Ernest nennen.«

»Also schön, *Ernest.* Also, Ernest, was soll ich tun? Jede Menge sexuelle Energie und kein Ziel, auf das ich sie richten könnte.«

»Erzählen Sie mir von sich und Wayne. Auch wenn er impotent ist, gibt es doch immer noch gewisse Möglichkeiten, wie Sie und er zusammen sein können.«

»Wenn Sie mit »zusammen sein‹ an irgendeine Möglichkeit denken, wie er mich befriedigen könnte, vergessen Sie's. Das ist kein Ansatzpunkt. Unser Sexualleben war schon lange vor der Operation zu Ende. Das war einer der Gründe, warum ich ihn verlassen wollte. Jetzt stößt mich jeder körperliche Kontakt mit ihm ab. Und er selbst könnte nicht desinteressierter sein. Er fand mich nie attraktiv – meinte, ich sei zu dünn, zu knochig. Jetzt sagt er mir, ich soll mich von jemand anderem bumsen lassen.«

»Und?« fragte Ernest.

»Nun, ich weiß nicht, was ich machen soll und wie ich es

machen soll. Oder wo ich hingehen soll. Ich bin in einer fremden Stadt. Ich kenne niemanden. Ich habe nicht die Absicht, in eine Bar zu gehen, um mich anmachen zu lassen. Es ist ein Dschungel da draußen. Gefährlich. Ich bin mir sicher, Sie würden mir recht geben, daß ich als allerletztes den nächsten Mißbrauch durch einen Mann gebrauchen kann.«

»Soviel steht fest, Carolyn.«

»Sind Sie ledig, Ernest? Geschieden? Auf dem Umschlag Ihres Buches wird keine Ehefrau erwähnt.«

Ernest holte tief Luft. Er hatte noch nie mit einem Patienten über den Tod seiner Frau gesprochen. Jetzt wurde seine Entscheidung, sich ganz zu öffnen, auf die Probe gestellt. »Meine Frau ist vor sechs Jahren bei einem Autounfall ums Leben gekommen.«

»Oh, das tut mir leid. Das muß hart gewesen sein.«

Ernest nickte. »Ja ... das war es.«

Unehrlich. Unehrlich, dachte er. *Obwohl es die Wahrheit ist, daß Ruth vor sechs Jahren ums Leben kam, ist es auch wahr, daß meine Ehe ohnehin nicht gehalten hätte. Aber muß sie das wissen? Halte dich an das, was dem Patienten nützlich ist.*

»Sie kämpfen sich jetzt also auch als Single durchs Leben?« fragte Carol.

Jetzt saß Ernest in der Klemme. Diese Frau war unberechenbar. Er hatte für seine Jungfernfahrt in den Gewässern totaler Selbstenthüllung nicht mit derart rauhem Seegang gerechnet und fühlte sich stark versucht, die ruhigere See analytischer Neutralität anzusteuern. Er kannte diesen Kurs genau: Es wäre sehr einfach zu sagen: »Ich wüßte gern, warum Sie diese Fragen stellen‹, oder »Ich frage mich, wie Ihre Phantasien über mich in der Welt der Singles aussehen mögen.« Aber solcherart falsche Neutralität, solche Unaufrichtigkeit war genau das, was zu vermeiden Ernest sich geschworen hatte.

Was tun? Es hätte ihn nicht überrascht, wenn sie sich als nächstes danach erkundigt hätte, wie er es anstellte, sich mit einer Frau zu verabreden. Einen Augenblick lang stellte er sich Carolyn in einigen Monaten oder Jahren vor, wie sie einem anderen Therapeuten von Dr. Ernest Lashs Therapieansatz berichtete: »O ja, Dr. Lash hat häufig seine persönlichen Probleme und seine Techniken im Umgang mit alleinstehenden Frauen mit mir besprochen.«

Ja, je länger Ernest darüber nachdachte, desto klarer wurde ihm, daß hierin eines der Hauptprobleme therapeutischer Selbstoffenbarung lag. *Der Patient genießt Vertraulichkeit, aber der Therapeut nicht!* Und es war unmöglich von einem Therapeuten diese Vertraulichkeit zu verlangen: Wenn seine Patienten irgendwann eine Therapie bei einem anderen Therapeuten machen, mußten sie jede Freiheit haben, über alles zu sprechen, einschließlich der Mätzchen ihrer ehemaligen Therapeuten. Und obwohl man darauf vertrauen kann, daß Therapeuten die Enthüllungen ihrer Patienten vertraulich behandeln, plaudern sie gern untereinander über die Grillen von Kollegen.

Vor einigen Wochen empfahl er zum Beispiel die Ehefrau eines seiner Patienten an einen anderen Therapeuten, einen Freund namens Dave. Jüngst hatte derselbe Patient ihn um eine andere Empfehlung für seine Frau gebeten; sie hatte die Therapie mit Dave beendet, weil dieser die Angewohnheit hatte, *an ihr zu riechen,* um ihre Stimmung zu ermitteln! Für gewöhnlich wäre Ernest entsetzt über dieses Verhalten gewesen und hätte ihm nie wieder einen Patienten geschickt. Aber Dave war ein so guter Freund, daß Ernest ihn fragte, was geschehen sei. Dave erklärte, die Patientin habe die Therapie aus Zorn beendet, weil er sich geweigert habe, ihr Valium zu verschreiben, das sie heimlich seit Jahren nahm. »Und was war das mit dem Riechen?« Dave war zuerst verwirrt, aber nach einigen Minuten fiel ihm schließlich eine Gelegenheit ganz zu

Anfang der Therapie ein, bei der er ihr ein beiläufiges Kompliment zu einem neuen, besonders schweren Parfüm gemacht hatte.

Ernest fügte seinen Regeln zur Selbstoffenbarung einen weiteren Punkt hinzu: *Enthülle dich bis zu dem Grad, der deinem Patienten hilfreich sein wird; aber wenn du deinen Job behalten willst, achte darauf, wie deine Selbstoffenbarung in den Ohren anderer Therapeuten klingen wird.*

»Sie kämpfen also auch in der Welt der Singles«, wiederholte Carol.

»Ich bin Single, aber ich kämpfe nicht«, erwiderte Ernest. »Zumindest nicht im Augenblick.« Ernest bemühte sich um ein gewinnendes, aber lässiges Lächeln.

»Ich wünschte, Sie würden mir mehr darüber erzählen, wie *Sie* mit dem Single-Dasein in San Francisco umgehen.«

Ernest zögerte. Es gibt einen Unterschied zwischen Spontanität und Impulsivität, rief er sich ins Gedächtnis. Er durfte *nolens volens* nicht auf jede Frage antworten. »Carolyn, ich möchte gern mehr darüber von Ihnen hören, warum Sie diese Frage stellen. Ich habe Ihnen einige Versprechen gegeben: Ihnen so gut zu helfen, wie ich kann – das vor allem – und im Dienste dieses Ziels so ehrlich wie nur möglich zu sein. Lassen Sie mich jetzt also vom Standpunkt meines ersten Ziels – Ihnen zu helfen – versuchen, Ihre Frage zu verstehen: Sagen Sie mir, was wollen Sie wirklich von mir wissen? Und warum?«

Nicht schlecht, dachte Ernest, *nicht schlecht.* Transparent sein heißt nicht, sich zum Sklaven aller Launen und Neugierden des Patienten zu machen. Ernest schrieb sich seine Antwort auf Carolyns Frage auf; das war zu gut, um es sich durch die Lappen gehen zu lassen – er konnte es in einem Zeitschriftenartikel verwenden.

Carol war auf seine Frage gefaßt und hatte diesen Teil des Gesprächs bereits stillschweigend geprobt. »Ich würde mich viel besser verstanden fühlen, wenn ich wüßte, daß Sie sich mit ähnlichen Dingen herumschlagen wie ich. Vor allem, wenn Sie diese Probleme erfolgreich gelöst haben. Ich würde Sie dann mehr als einen Menschen erleben, der mir in gewisser Weise ähnlich ist.«

»Das ergibt keinen Sinn, Carolyn. Aber es muß noch mehr hinter Ihrer Frage stecken, da ich bereits sagte, daß ich mit meinem Single-Dasein zurechtkomme – und gut zurechtkomme.«

»Ich hoffte, Sie könnten mir vielleicht direkt Ratschläge geben – mich in die richtige Richtung weisen. Ich fühle mich wirklich gelähmt – um ehrlich zu sein, bin ich gleichzeitig geil und total verängstigt.«

Ernest sah auf seine Armbanduhr. »Wissen Sie, Carolyn, unsere Zeit ist zu Ende. Ich habe einen Vorschlag. Arbeiten Sie doch bis zu unserer nächsten Sitzung eine Reihe von Möglichkeiten aus, wie Sie Männer kennenlernen können, und dann werden wir uns die Vor- und Nachteile jeder Strategie ansehen. Ich fühle mich sehr unwohl dabei, Ihnen konkrete Ratschläge zu geben oder, wie Sie es ausdrücken, ›Sie in die richtige Richtung zu weisen‹. Glauben Sie mir: Diese Art direkter Ratschläge erweist sich nur selten als hilfreich für den Patienten. Was gut für mich oder irgend jemand sonst ist, mag für Sie keineswegs das Richtige sein.«

Carol fühlte sich betrogen und war wütend. *Du selbstgefälliger, aufgeblasener Bastard,* dachte sie. *Ich werde diese Stunde nicht ohne einen definitiven Fortschritt beenden.* »Ernest, es wird ziemlich hart für mich, wenn ich noch eine ganze Woche warten muß. Könnten wir vielleicht einen früheren Termin vereinbaren; ich muß Sie häufiger sehen. Denken Sie daran, ich bin ein guter, bar zahlender Kunde.« Sie öffnete ihre Geldbörse und zählte hundertfünfzig Dollar ab.

Carols Bemerkung über Geld brachte Ernest aus dem Gleichgewicht. Das Wort *Kunde* erschien ihm besonders häßlich: Er befaßte sich nur höchst ungern mit den kommerziellen Seiten der Psychotherapie. »Oh … ah … Carolyn, das ist nicht notwendig … Ich weiß, daß Sie nach der ersten Sitzung in bar bezahlt haben, aber von jetzt an würde ich Ihnen eigentlich lieber am Ende jeden Monats eine Rechnung schicken. Übrigens ziehe ich einen Scheck Bargeld vor – das ist einfacher für meine primitiven Methoden der Buchhaltung. Ich weiß, ein Scheck ist unbequemer, weil Sie sicher nicht wollen, daß Wayne davon erfährt, daß Sie zu mir kommen, aber wie wäre es mit einem Barscheck?«

Ernest schlug seinen Terminkalender auf. Die einzig verfügbare Stunde war der jüngst freigewordene Termin von Justin um acht Uhr morgens, den Ernest sich fürs Schreiben reservieren wollte. »Lassen Sie uns telefonieren, Carolyn. Ich stehe im Augenblick ziemlich unter Zeitdruck. Warten Sie ein oder zwei Tage, und wenn Sie immer noch das Gefühl haben, daß Sie mich dringend vor nächster Woche sehen müssen, rufen Sie mich an, ich schaufele etwas Zeit frei. Hier ist meine Karte; hinterlassen Sie eine Nachricht auf meinem Anrufbeantworter, und ich rufe Sie zurück und gebe Ihnen einen Termin.«

»Es ist schwierig, wenn Sie anrufen. Ich arbeite immer noch nicht, und mein Mann ist ständig zu Hause …«

»Ach ja. Hier, ich schreibe Ihnen meine Privatnummer auf die Karte. Im allgemeinen können Sie mich zwischen neun und elf Uhr abends erreichen.« Im Gegensatz zu vielen seiner Kollegen hatte Ernest keine Bedenken, seine Privatnummer preiszugeben. Je einfacher es für einen nervösen Patienten war, ihn zu erreichen, desto unwahrscheinlicher war es, daß er tatsächlich anrief; das hatte Ernest schon vor langer Zeit gelernt.

Als sie im Begriff stand, das Sprechzimmer zu verlassen, spielte Carol die letzte Karte ihres Blattes aus. Sie drehte sich zu Ernest um und umarmte ihn, ein wenig länger und ein wenig fester als beim letzten Mal. Als sie spürte, wie sein Körper sich straffte, bemerkte sie: »Vielen Dank, Ernest. Ich brauchte diese Umarmung, wenn ich noch eine ganze Woche überstehen soll. Ich sehne mich so sehr nach Berührung, daß ich es kaum noch ertragen kann.«

Als sie die Treppe hinunterging, fragte Carol sich: *Bilde ich es mir ein, oder schluckt mein Täubchen langsam den Köder? Hat ihn diese Umarmung ein klein wenig angemacht?* Sie war schon halb unten, als der Jogger im elfenbeinfarbenen Trainingsanzug heraufgeflogen kam und sie beinahe umgerannt hätte. Er hielt sie am Arm fest, um ihr das Gleichgewicht wiederzugeben, lüftete dann seine weiße Skippermütze und bedachte Carol mit einem strahlenden Lächeln. »He, so sieht man sich wieder. Tut mir leid, daß ich Sie fast umgerannt hätte. Ich heiße Jess. Wir scheinen denselben Psychiater zu haben. Danke, daß Sie ihn ein bißchen länger festgehalten haben; sonst würde er die halbe Sitzung lang meine Verspätung interpretieren. Ist er heute gut in Form?«

Carol starrte seinen Mund an. Noch nie hatte sie so perfekte weiße Zähne gesehen. »Gut in Form? Ja, er ist gut in Form. Sie werden schon sehen. Oh, ich heiße Carol.« Sie drehte sich um, um Jess nachzusehen, wie er den Rest der Treppe hinauflief, immer zwei Stufen gleichzeitig. *Knackige Arschbacken!*

12

Am Donnerstag morgen klappte Shelly kurz vor neun sein Rennblättchen zu und tippte in Marshal Streiders Wartezimmer ungeduldig mit dem Fuß auf den Boden. Sobald er mit Dr. Streider fertig war, lag ein guter Tag vor ihm. Zuerst eine Tennispartie mit Willy und den Kindern, die über die Osterferien zu Hause waren. Willys Kinder spielten jetzt so gut, daß er nicht so sehr das Gefühl hatte, ihnen Trainerstunden zu geben – es waren eher anregende Doppel, die sie spielten. Dann Mittagessen in Willys Club: ein paar gegrillte Langustinen mit Butter und Anis oder vielleicht weiche Krabbensushi. Und dann zum sechsten Rennen mit Willy nach Bay Meadows. Ting-a-ling, Willys und Arnies Pferd, lief im Santa-Clara-Rennen. (Ting-a-ling hieß Shellys Lieblingsspiel beim Poker: ein Fünfkarten-Stud, bei dem man zum Schluß für zweihundertfünfzig Dollar eine sechste Karte kaufen konnte.)

Shelly hatte nicht viel übrig für Psychiater. Aber Streider war er durchaus wohlgesonnen. Obwohl er ihn noch nicht persönlich kannte, hatte Streider ihm bereits gute Dienste geleistet. Als Norma – die ihn trotz allem liebte – am Abend, nachdem sie seine Faxe erhalten hatte, nach Hause gekommen war, war sie so dankbar gewesen, ihre Ehe nicht beenden zu müssen, daß sie Shelly in die Arme gefallen war und ihn ins Schlafzimmer gezogen hatte. Sie hatten einander wieder einen Eid geleistet: Shelly wollte die Therapie dazu nutzen, seine Spielgewohnheiten zu überwinden, und Norma wollte Shelly gelegentlich einen Tag Ruhe vor ihren unersättlichen sexuellen Forderungen gönnen.

Jetzt, dachte Shelly, *brauche ich nur noch bei diesem Dr. Streider alles über mich ergehen zu lassen, und ich bin aus dem Schneider. Aber vielleicht geht's noch besser. Vielleicht könnte ich – da ich ohnehin die Zeit investieren muß – vielleicht könnte ich auch echten Nutzen aus diesem Burschen ziehen.*

Die Tür öffnete sich. Marshal stellte sich vor, reichte ihm die Hand und bat ihn einzutreten. Shelly begrub sein Rennblättchen in seiner Zeitung, betrat das Sprechzimmer und begann die Inneneinrichtung abzuschätzen.

»Eine ganz schöne Glassammlung haben Sie da, Doc!« Shelly zeigte auf die Musler-Stücke. »Dieser große, orangefarbene Kerl gefällt mir. Was dagegen, wenn ich ihn anfasse?«

Shelly war bereits aufgestanden und strich auf Marshals

einladende Geste hin über den »Goldenen Rand der Zeit«. »Kühl. Sehr beruhigend. Ich wette, Sie haben Patienten, die den da gerne mit nach Hause nehmen würden. Und dieser gezackte Rand – wissen Sie, er hat einige Ähnlichkeit mit der Skyline von Manhattan! Und diese Gläser da? Alt, wie?«

»Sehr alt, Mr. Merriman. Etwa zweihundertfünfzig Jahre. Gefallen sie Ihnen?«

»Hm, ich mag alten Wein. Was alte Gläser betrifft, weiß ich nicht so recht. Wertvoll, wie?«

»Schwer zu sagen. Es gibt keinen großen Markt für antike Sherrygläser. Nun, Mr. Merriman...« Marshal nahm seine offizielle, dem Eröffnen einer Therapiestunde gewidmete Stimme an, »bitte, nehmen Sie doch Platz und lassen Sie uns beginnen.«

Shelly liebkoste ein letztes Mal die orangefarbene Kugel und setzte sich in seinen Sessel.

»Ich weiß nur wenig über Sie, abgesehen davon, daß Sie früher ein Patient von Dr. Pande waren und daß Sie der Sekretärin des Instituts erklärt haben, daß Sie dringend einen Termin benötigen.«

»Na ja, man liest ja auch nicht jeden Tag in der Zeitung, daß man einen Versager zum Therapeuten hatte. Was wird ihm zur Last gelegt? Was hat er mit mir gemacht?«

Marshal nahm die Sitzung fester in die Hand: »Warum fangen wir nicht damit an, daß Sie mir ein wenig von sich erzählen und über die Gründe, warum Sie die Behandlung bei Dr. Pande aufgenommen haben.«

»Halt, halt, Doc. Da möchte ich doch erst Genaueres wissen. General Motors gibt auch nicht die Meldung raus, daß mit einem Wagentyp etwas Ernstes nicht stimmt, und läßt die Besitzer dann raten, was es ist, oder? Sie sagen einem, daß es die Zündung ist oder die Benzinpumpe oder das Automatikgetriebe. Warum fangen wir nicht damit an, daß Sie mir über die Mängel von Dr. Pandes Therapie berichten?«

Marshal, der einen Augenblick lang verblüfft war, fand sein Gleichgewicht schnell wieder. Das ist kein gewöhnlicher Patient, sagte er sich: Das war ein Testfall – die erste Rückrufbehandlung in der Geschichte der Psychiatrie. Wenn Flexibilität vonnöten war, konnte er flexibel sein. Selbst in seinen Football-Tage war er stets stolz auf seine Fähigkeit gewesen, den Gegner zu durchschauen. Respektiere Mr. Merrimans Bedürfnis nach Information, beschloß er. Gib ihm, was er wissen muß ... und nicht mehr.

»In Ordnung, Mr. Merriman. Das Psychoanalytische Institut ist zu dem Schluß gekommen, daß Dr. Pande häufig zu Deutungen gelangt ist, die idiosynkratisch und gänzlich unbegründet waren.«

»Was war das?«

»Entschuldigung, ich meine, daß er Patienten wilde und häufig besorgniserregende Erklärungen für ihr Verhalten gegeben hat.«

»Ich verstehe Sie noch immer nicht. Was für ein Verhalten meinen Sie? Geben Sie mir ein Beispiel.«

»Nun, beispielsweise daß alle Männer nach einer Art homosexueller Vereinigung mit ihrem Vater streben.«

»Was?«

»Nun ja, sie mögen den Wunsch haben, in den Körper ihres Vaters einzudringen und mit ihm zu verschmelzen.«

»Ach ja? Mit dem *Körper* ihres Vaters? Was sonst noch?«

»Und daß dieser Wunsch ihrem Wohlbehagen und ihrer Freundschaft mit anderen Männern entgegenstehen könnte. Klingelt da etwas bei Ihnen, wenn Sie nun an Ihre Arbeit mit Dr. Pande zurückdenken?«

»Ja. Ja. Es klingelt. Langsam kommt es mir wieder. Die Sache ist viele Jahre her, und ich habe einiges vergessen. Aber stimmt es, daß wir niemals wirklich etwas vergessen? Alles ist da oben gelagert, alles, was uns je passiert ist?«

»Genau«, nickte Marshal. »Wir sagen, daß es im *Unterbe-*

wußtsein ist. Erzählen Sie mir jetzt, was Sie noch von Ihrer Therapie wissen.«

»Genau das – diesen Quatsch, von wegen ich wollte es mit meinem Vater tun.«

»Und Ihre Beziehungen zu anderen Männern? Gab es da Probleme?«

»Große Probleme.« Shelly tappte immer noch im dunkeln, aber langsam machte er die Umrisse eines möglichen Zugangs aus. »Große, sehr große Probleme! Ich suche zum Beispiel nach einem Job, seit meine Firma vor ein paar Monaten Pleite gemacht hat, und jedes Mal, wenn ich zu einem Vorstellungsgespräch gehe – fast immer sitzen mir dann Männer gegenüber –, vermassele ich die Sache auf die eine oder andere Weise.«

»Was passiert bei diesen Vorstellungsgesprächen?«

»Ich versaue es einfach. Ich bin aufgeregt. Ich glaube, es muß dieses unbewußte Zeug mit meinem Vater sein.«

»Wie aufgeregt?«

»Richtig aufgeregt. Wie nennen Sie das? Sie wissen schon – Panik. Beschleunigter Atem und das alles.«

Shelly sah zu, wie Marshal sich einige Notizen machte, und kam zu dem Schluß, daß er die Sache genau richtig anpackte. »Ja, Panik – das ist der beste Ausdruck dafür. Kriege keine Luft mehr. Schwitze wie der Teufel. Die Leute, bei denen ich mich vorstelle, sehen mich an, als wäre ich verrückt, sie denken sich wahrscheinlich: ›Und dieser Typ soll unsere Produkte verkaufen?‹«

Marshal notierte sich auch das.

»Ja, die zeigen mir dann ziemlich schnell die Tür. Ich bin so nervös, daß sie auch nervös werden. Ich war ziemlich lange arbeitslos. Und da ist noch etwas, Doc, ich hab da ein Pokerspiel laufen – ich spiele seit fünfzehn Jahren mit denselben Männer. Ein freundschaftliches Spiel, aber die Einsätze sind hoch genug, um ganz schön was zu verlieren ... Das ist doch vertraulich, oder? Ich meine, selbst wenn Sie irgendwann mal meine Frau kennenlernen würden, bleibt die Sache doch unter uns, oder? Sie sind zur Geheimhaltung verpflichtet?«

»Natürlich. Alles, was Sie sagen, bleibt hier in diesem Raum. Diese Notizen sind nur für meine eigenen Zwecke.«

»Das ist gut. Ich möchte nicht, daß meine Frau von meinen Verlusten erfährt – meine Ehe steht bereits auf ziemlich wackeligen Füßen. Ich *habe* einiges verloren, und wenn ich jetzt darüber nachdenke, haben meine Verluste ungefähr zu der Zeit begonnen, als ich zu Dr. Pande ging. Seit meiner Therapie habe ich meine Fähigkeiten eingebüßt – ich habe Angst im Umgang mit Männern, genau wie wir es vorhin besprochen haben. Wissen Sie, vor der Therapie war ich ein guter Spieler, besser als der Durchschnitt – nach der Therapie war ich plötzlich total verkrampft – angespannt – habe mein Blatt verraten ... jedes Spiel verloren. Pokern Sie, Doc?«

Marshal schüttelte den Kopf. »Wir haben viel Arbeit vor uns. Vielleicht sollten wir ein wenig darüber reden, warum Sie damals überhaupt zu Dr. Pande gegangen sind.«

»Einen Moment. Lassen Sie mich erst ausreden, Doc. Was ich sagen wollte, war, daß es beim Poker nicht um Glück geht: Beim Poker geht es um die Nerven. Fünfundsiebzig Prozent des Pokerspiels sind reine Psychologie – wie man mit seinen Gefühlen umgeht, wie man blufft, wie man auf Bluffs reagiert, die Signale, die man aussendet – unbeabsichtigt –, wenn man ein gutes beziehungsweise ein schlechtes Blatt bekommt.«

»Ja, ich verstehe, worum es Ihnen geht, Mr. Merriman. Wenn Sie sich in Gesellschaft Ihrer Mitspieler nicht wohl fühlen, ist Ihr Mißerfolg vorprogrammiert.«

»Ein ›Mißerfolg‹ bei dem Spiel bedeutet, daß ich meinen Arsch verliere. Echtes Geld.«

»Also, wenden wir uns der Frage zu, warum Sie überhaupt zu Dr. Pande gegangen sind. Mal sehen ... In welchem Jahr war das?«

»Also, wie ich das sehe, haben dieser Dr. Pande und seine falschen Deutungen mich am Ende durch das Pokerspiel und die Tatsache, daß ich keinen Job mehr finden konnte, eine Menge Geld gekostet – sehr, sehr viel Geld.«

»Ja, ich verstehe. Aber erzählen Sie mir doch, warum Sie seinerzeit Dr. Pande konsultiert haben.«

Gerade als Marshal langsam entsetzt aufging, in welche Richtung sich die Sitzung entwickelte, ließ Shelly plötzlich los. Er hatte erfahren, was er wissen mußte. Nicht umsonst war er seit neun Jahren mit einer Staranwältin in Sachen Schadensersatzklagen verheiratet. Von diesem Punkt an, überlegte er, hatte er nichts zu verlieren und alles zu gewinnen, wenn er sich kooperativ verhielt. Er würde vor Gericht sehr viel besser dastehen, wenn er bewies, daß er absolut offen für konventionelle psychotherapeutische Methoden war. Daher beantwortete er von nun an sämtliche Fragen Marshals mit großer Ehrlichkeit und Gründlichkeit – außer den Fragen natürlich, die auf seine Behandlung bei Dr. Pande abzielten, von der Shelly absolut gar nichts im Gedächtnis geblieben war.

Als Marshal nach seinen Eltern fragte, tauchte Shelly tief in die Vergangenheit ein: Er sprach von der Unerschütterlichkeit, mit der seine Mutter seine Talente und seine Schönheit glorifiziert hatte, eine Unerschütterlichkeit, die in krassem Gegensatz zu ihrer ständigen Enttäuschung angesichts der vielen Pläne und vielen Fehlschläge seines Vaters stand. Ungeachtet der mütterlichen Hingabe war Shelly davon überzeugt, daß sein Vater die Hauptfigur in seinem Leben gewesen war.

Ja, je mehr er darüber nachdachte, um so mehr verstörten ihn, so erzählte er Marshal, Dr. Pandes Deutungen, was seinen Vater betraf. Trotz der Verantwortungslosigkeit seines Vaters fühlte er sich auf einer tiefen Ebene mit ihm verbunden. In jungen Jahren hatte er seinen Dad verehrt. Er fand es wunderbar, ihn mit seinen Freunden zusammen zu sehen, wie sie Poker spielten und zu den Rennen fuhren – zum Mammoth in New York, nach Hialeah und Pimlico, wenn sie in Miami Beach Ferien machten. Sein Dad wettete in jeder Sportart – auf Greyhounds, Jai Alai, Football-Pools, Basketball –, und er spielte jedes Spiel: Poker, Binokel, Herz, Backgammon. Zu Shellys schönsten Kindheitserinnerungen zählte es, auf Dads Schoß zu sitzen und seine Binokelblätter aufzunehmen und zu sortieren. Seine Einführung in das Reich der Erwachsenen vollzog sich, als sein Vater ihm erlaubte, an dem Spiel teilzunehmen. Shelly zuckte innerlich zusammen, als er sich daran erinnerte, wie er mit sechzehn Jahren frech um eine Erhöhung der Binokeleinsätze gebeten hatte.

Ja, Shelly gab Marshal recht, daß seine Identifikation mit seinem Vater sehr tief und sehr weitreichend gewesen war. Er hatte die Stimme seines Vaters und sang häufig all die Johnnie-Ray-Songs, die sein Vater früher gesungen hatte. Er benutzte dieselbe Rasiercreme und das After Shave, das sein Vater benutzt hatte. Auch er putzte sich mit Backpulver die Zähne und würde es nie, niemals versäumen, seine morgendliche Dusche mit ein paar Sekunden kalten Wassers zu beenden. Er mochte seine Kartoffeln gern kross und bat, genau wie sein Dad, im Restaurant häufig den Kellner, die Kartoffeln wieder in die Küche zu tragen und sie *anbrennen* zu lassen!

Als Marshal sich nach dem Tod seines Vaters erkundigte, schossen Shelly die Tränen in die Augen, während er davon sprach, wie sein Vater mit achtundfünfzig inmitten seiner Kumpane einem Herzschlag erlegen war, und zwar genau in dem Augenblick, als er bei einer Tiefseeangelpartie nahe Key West einen Fisch aus dem Wasser gezogen hatte. Shelly erzählte Marshal sogar davon, wie sehr er sich dafür schämte, daß er sich bei der Beerdigung seines Vaters mit dem letzten Fisch beschäftigt hatte, den dieser gefangen hatte. Hatte er ihn eingeholt? Wie groß war er? Die Freunde hatten immer einen riesigen Wettfonds für den größten Fang, und vielleicht kam da etwas Bares auf seinen Dad zu – oder auf dessen Erben. Möglicherweise würde er die Angelfreunde seines Vaters nie wiedersehen, und er fühlte sich ernstlich versucht, diese Frage bei der Beerdigung anzuschneiden. Lediglich ein Gefühl der Scham hatte ihn daran gehindert.

Seit dem Tod seines Vaters dachte Shelly auf die eine oder andere Weise täglich an ihn. Wenn er sich morgens anzog und im Spiegel betrachtete, bemerkte er seine gewölbten Wadenmuskeln, seinen mageren Hintern. Mit seinen neununddreißig Jahren wurde er seinem Vater immer ähnlicher.

Als das Ende der Stunde nahte, vereinbarten Marshal und Shelly, da die Sache schließlich von Dritten finanziert wurde, daß sie sich bald zu einer weiteren Sitzung treffen sollten. Marshal hatte mehrere Stunden offen – er hatte noch keinen Ersatz für Peter Macondo gefunden – und gab Shelly drei Termine für die folgende Woche.

13

»Also, dieser Analytiker hat zwei Patienten, die zufällig enge Freunde sind... Hörst du mir zu?« fragte Paul seinen Freund Ernest, der ganz damit beschäftigt war, einen geschmorten, süß-sauren Kabeljau mit Hilfe seiner Stäbchen von der Gräte zu lösen. Ernest hatte eine Lesung in Sacramento, und Paul war mit dem Wagen gekommen, um sich mit ihm zu treffen. Sie saßen an einem Ecktisch im China-Bistro, einem großen Restaurant, in dem auf einer Chrom- und Glasinsel in der Mitte des Raumes geröstete und karamelisierte Enten und Hühner zur Schau gestellt waren. Ernest trug seine Lesungsuniform: einen zweireihigen, blauen Blazer über einem Rollkragenpullover aus weißem Kaschmir.

»Natürlich höre ich zu. Glaubst du, ich könnte nicht gleichzeitig essen und zuhören? Zwei enge Freunde sind bei demselben Analytiker in Behandlung und ...«

»Und eines Tages, nach einer Tennispartie«, fuhr Paul fort, »tauschen sie ihre Informationen über ihren Analytiker aus. Verärgert über seine Pose heiterer Allwissenheit, hecken sie einen Streich aus: Die beiden Freunde kommen überein, ihm denselben Traum zu erzählen. Am folgenden Tag erzählt einer dem Analytiker den Traum um acht Uhr morgens, der andere um elf Uhr. Der Analytiker bleibt ungerührt wie immer und ruft: ›Ist das nicht bemerkenswert? Das ist jetzt das *dritte* Mal, daß ich heute diesen Traum höre!«‹

»Gute Story«, sagte Ernest, der schallend lachte und beinahe an seinem Fisch erstickte, »aber was soll das Ganze eigentlich?«

»Nun, zum einen geht es um die Tatsache, daß es nicht nur die Therapeuten sind, die sich bedeckt halten. Es sind auch schon viele Patienten auf der Couch beim Lügen erwischt worden. Habe ich dir von dem Patienten erzählt, den ich vor einigen Jahren behandelt habe? Er war gleichzeitig bei zwei Therapeuten, ohne dem einen vom anderen zu erzählen?«

»Sein Motiv?«

»Oh, eine Art triumphaler Rachsucht. Er verglich ihre Kommentare und machte sich im stillen darüber lustig, daß beide mit großer Überzeugung zu vollkommen gegensätzlichen, gleichermaßen absurden Deutungen kamen.«

»Ein schöner Triumph!« sagte Ernest. »Weißt du noch, wie der alte Professor Whitehorn so etwas genannt hätte?«

»Einen Pyrrhussieg!«

»Pyrrhus«, sagte Ernest, »war sein Lieblingswort. Wir hörten es jedesmal, wenn er von Patienten sprach, die in der Psychotherapie Widerstand leisteten! Aber weißt du«, fuhr Ernest fort, »dein Patient, der bei zwei Therapeuten war – erinnerst du dich an unsere Zeit im Hopkins, als wir denselben Patienten zwei verschiedenen Supervisoren präsentierten und

Witze darüber machten, daß sie in keinem Punkt zu denselben Schlußfolgerungen gelangten? Das ist im Grunde nichts anderes. Mich fasziniert deine Geschichte über beide Therapeuten.« Ernest legte seine Stäbchen zur Seite. »Ich frage mich – könnte so etwas auch mir passieren? Ich glaube nicht. Ich bin mir ziemlich sicher, daß ich es weiß, wenn ein Patient offen mit mir ist. Anfangs gibt es da immer einige Zweifel, aber dann kommt ein Augenblick, an dem unzweifelhaft feststeht, daß wir ein aufrichtiges Miteinander haben.«

»Ein aufrichtiges Miteinander – klingt gut, Ernest, aber was heißt das? Ich kann dir gar nicht sagen, wie oft ich einen Patienten ein oder zwei Jahre lang behandelt habe, und dann passiert irgend etwas, oder ich erfahre etwas, das mich zwingt, alles, was ich über den Patienten weiß, grundlegend zu überdenken. Manchmal macht ein Patient jahrelang Einzeltherapie mit mir, und dann bringe ich ihn in eine Gruppentherapie und kann nur staunen, was ich da sehe. Ist das derselbe Mensch? All diese Teile seiner Persönlichkeit, die er mir nicht gezeigt hat!

Einmal habe ich drei Jahre lang«, fuhr Paul fort, »mit einer Patientin gearbeitet, einer sehr intelligenten Frau um die Dreißig, die – ohne daß ich sie in irgendeiner Weise dazu gedrängt hätte – plötzlich und ganz spontan Erinnerungen an einen Inzest mit ihrem Vater durchlebte. Nun, wir haben ungefähr ein Jahr lang an dieser Sache gearbeitet, und ich war davon überzeugt, daß wir, um mit deinen Worten zu sprechen, ein aufrichtiges Miteinander hätten. Ich hielt ihre Hand, während die Erinnerungen wieder hochkamen, weil sie so schrecklich waren, ich begleitete sie durch einige ziemlich haarige Szenen in der Familie, nachdem sie versucht hatte, ihren Vater mit der Sache zu konfrontieren. Jetzt beginnt sie plötzlich – vielleicht infolge der jüngst entbrannten Medienschlacht zum Thema –, an all diesen frühen Erinnerungen zu zweifeln.

Ich sage dir, mir dreht sich der Kopf. Ich habe keine Ahnung, was Wahrheit ist und was Fiktion. Außerdem fängt sie an, mich zu kritisieren, weil ich so leichtgläubig war. Letzte Woche träumte sie, sie sei im Haus ihrer Eltern und ein Good-Will-Truck fährt vor und fängt an, die Fundamente ihres Elternhauses einzureißen. Warum lächelst du?«

»Und jetzt dürfen wir dreimal raten, wer der Truck ist?«

»Genau. Da gibt es nichts zu deuten. Als ich nach ihren Assoziationen fragte, sagte sie scherzhaft, daß der Traum folgenden Namen trage: Die Helfende Hand Schlägt Wieder Zu. Die Botschaft des Traumes ist also, daß ich in dem Glauben, ihr zu helfen, die Fundamente ihres Hauses und ihrer Familie erschüttere.«

»Wie undankbar von ihr.«

»Richtig. Und ich war dumm genug, einen Versuch der Verteidigung zu unternehmen. Als ich sie darauf hinwies, daß es *ihre* Erinnerungen gewesen seien, die ich analysierte, nannte sie mich naiv, weil ich alles geglaubt habe, was sie sagte.

Und weißt du das«, fuhr Paul fort, »vielleicht hat sie recht. Vielleicht sind wir zu leichtgläubig. Wir sind so daran gewöhnt, von Patienten dafür bezahlt zu werden, daß wir uns ihre Wahrheiten anhören, daß wir die Möglichkeit der Lüge kaum in Betracht ziehen. Ich habe von einigen jüngeren Forschungsarbeiten gehört, wonach sich Psychiater ebenso wie FBI-Agenten besonders dumm anstellen, wenn es gilt, einen Lügner zu entlarven. Und die Inzestkontroverse wird noch bizarrer ... Hörst du zu, Ernest?«

»Sprich weiter. Du sagtest, die Inzestkontroverse würde bizarr ...«

»Stimmt. Sie wird erst richtig bizarr, wenn du in die Welt satanischen Ritualmißbrauchs eintrittst. Ich habe diesen Monat Stationsdienst im Kreiskrankenhaus. Sechs der zwanzig Patienten auf der Station behaupten, Opfer rituellen Mißbrauchs geworden zu sein. Du wirst nicht glauben, was in diesen Therapiegruppen los ist: Diese sechs Patienten beschreiben ihren satanischen Ritualmißbrauch – einschließlich Menschenopfer und Kannibalismus – mit solcher Lebendigkeit und Eindringlichkeit, daß niemand es wagt, irgendwelche Zweifel zu äußern. Und zwar einschließlich des Personals! Wenn die Gruppentherapeuten solche Berichte zu hinterfragen wagten, würden sie von den Gruppen gesteinigt – jedenfalls wäre es mit effektiver Arbeit dann vorbei. Um die Wahrheit zu sagen, mehrere Angestellte glauben diesen Berichten sogar. Soviel zum Thema Irrenanstalt.«

Ernest nickte, während er mit einer geschickten Handbewegung seinen Fisch umdrehte und sich über die andere Seite hermachte.

»Dasselbe Problem haben wir mit dem Krankheitsbild der multiplen Persönlichkeit«, fuhr Paul fort. »Ich kenne Therapeuten, wirklich gute Therapeuten, die über zweihundert solcher Fälle berichtet haben, und ich kenne andere gute Therapeuten, die seit dreißig Jahren in der Praxis sind und immer noch behaupten, ihnen sei noch nie ein einziger solcher Fall untergekommen.«

»Du kennst doch Hegels Kommentar«, erwiderte Ernest: »›Die Eule der Minvera beginnt erst mit der einbrechenden Dämmerung ihren Flug.‹ Vielleicht werden wir die Wahrheit über diese Epidemie erst erfahren, wenn sie vorüber ist und wir die Sache objektiver betrachten können. Ich pflichte dir in puncto Inzesterfahrung und multiple Persönlichkeiten bei. Aber vergessen wir die mal für einen Augenblick und betrachten wir deinen alltäglichen, ambulanten Therapiepatienten. Ich glaube, daß ein guter Therapeut erkennen kann, ob sein Patient die Wahrheit spricht.«

»Bei Soziopathen?«

»Nein, nein, nein, du weißt, was ich meine – deine alltäglichen Therapiepatienten. Wann hast du schon jemals einen Soziopathen in der Therapie – einen, der für seine Therapie bezahlt und nicht auf gerichtliche Weisung bei dir auftaucht? Ich habe dir doch von dieser neuen Patientin erzählt, dem Gegenstand meines großen Experiments mit absoluter Offenheit? Nun, während unserer zweiten Sitzung vergangene Woche habe ich sie für eine Weile nicht recht durchschaut... Wir waren einander so fern... als wären wir nicht im selben Raum. Und dann erzählte sie mir, daß sie die Beste in ihrem Kurs am juristischen Institut gewesen sei. Anschließend brach sie plötzlich in Tränen aus und wechselte in einen Zustand ausgesuchter Ehrlichkeit über. Sie sprach über die Dinge, die sie außerordentlich bedauert... darüber, daß sie ihre Karrierechancen in den Wind geschrieben und es statt dessen vorgezogen hat, eine Ehe einzugehen, die sich schon bald als unerträglich für sie erwies. Und weißt du, genau dasselbe, dieselbe Art von Durchbruch zur Wahrheit ist während der ersten Sitzung passiert, als sie über ihren Bruder und einen Mißbrauch – oder einen möglichen Mißbrauch – sprach, als sie noch jung war.

Ich war im Herzen wirklich bei ihr... du weißt schon, wir waren uns wirklich nahe. Wir waren uns auf eine solche Weise nahe, daß in Zukunft jede Unehrlichkeit zwischen uns ausgeschlossen ist. Tatsächlich hat sie gleich nach diesem Punkt in der letzten Sitzung angefangen, die Wahrheit unglaublich nahe an sich ran zu lassen... Sie hat begonnen, sich auf bemerkenswert freimütige Art auszudrücken... Sie sprach über sexuelle Frustration... Darüber, daß sie den Verstand verliert, wenn sie nicht endlich jemand bumst.«

»Hm, ich sehe, ihr zwei habt eine Menge gemeinsam.«

»Ja, ja. Ich arbeite dran. Paul, laß endlich diese Sojabohnen in Frieden. Trainierst du vielleicht für die Olympiade der Hungerkünstler? Hier, versuch mal diese Jakobsmuscheln. Warum muß ich beim Essen immer für zwei arbeiten? Und sieh dir diesen Heilbutt an – er ist einfach phantastisch.«

»Nein, danke, ich habe meine Dosis Quecksilber schon. Ich kaue doch immer Thermometer.«

»Sehr komisch. Himmel, was für eine Woche! Meine Patientin Eva ist vor einigen Tagen gestorben. Du erinnerst dich an Eva – ich habe dir von ihr erzählt – die Ehefrau oder Mutter, die ich gern gehabt hätte? Eierstockkrebs. Hat Schreibkurse gegeben. Eine großartige Frau.«

»Das ist die Frau, die den Traum hatte, in dem ihr Vater sagte: ›Bleib nicht zu Hause und iß Hühnersuppe wie ich – geh, geh nach Afrika.«‹

»O ja, das hatte ich ganz vergessen. Ja, das war Eva, allerdings. Ich werde sie sehr vermissen. Dieser Todesfall macht mir zu schaffen.«

»Ich begreife einfach nicht, wie du so mit Krebspatienten arbeiten kannst. Wie hältst du das aus, Ernest? Gehst du zu ihrer Beerdigung?«

»Nein. Da ziehe ich die Grenze. Ich muß mich schützen – ich brauche einen Puffer. Und ich beschränke die Anzahl sterbender Patienten, mit denen ich arbeite. Im Augenblick behandele ich eine Patientin, die als Sozialarbeiterin in der Krebsklinik arbeitet und es *nur* mit Krebspatienten zu tun hat – den ganzen Tag lang –, und laß dir gesagt sein, dieser Frau geht es dreckig.«

»Es ist ein Beruf mit hohem Risiko, Ernest. Kennst du die Selbstmordraten bei Onkologen? So hoch wie bei den Psychiatern! Du mußt schon eine masochistische Veranlagung haben, um dabei zu bleiben.«

»Es ist nicht alles nur negativ«, entgegnete Ernest. »Man kann auch davon profitieren. Wenn man mit sterbenden Patienten arbeitet und gleichzeitig selbst in Therapie ist, kommt man mit verschiedenen Teilen seines Wesens in Kontakt, man ordnet seine Prioritäten neu, trivialisiert das Triviale – ich weiß, daß ich nach den Therapiestunden für gewöhnlich ein besseres Gefühl habe, was mich selbst und mein Leben betrifft. Diese Sozialarbeiterin hatte eine erfolgreiche fünfjährige Analyse hinter sich, aber nachdem sie mit sterbenden Patienten gearbeitet hatte, kamen alle möglichen neuen Dinge ans Licht. Ihre Träume zum Beispiel waren erfüllt von Todesangst.

Sie hat da letzte Woche ein irres Ding erlebt, nachdem einer ihrer Lieblingspatienten gestorben war. Sie träumte, sie habe an einer Komiteesitzung unter meiner Leitung teilgenommen. Sie mußte mir einige Aktenordner bringen und zu diesem Zweck an einem großen, offenen Fenster vorbeigehen, das bis zum Boden hinunterreichte. Sie war wütend, daß mir das Risiko, das sie eingehen mußte, offenbar völlig gleichgültig war. Dann kam ein Unwetter auf, und ich übernahm das Kommando in der Gruppe und führte alle Mann eine Treppe mit Metallstufen hinauf, wie eine Feuerleiter. Sie stiegen alle hinauf, aber die Treppe endete ziellos an der Decke – es ging nicht mehr weiter –, und alle mußten wieder runter.«

»Mit anderen Worten«, erwiderte Paul, »niemand außer dir wird in der Lage sein, sie zu schützen oder sie aus dieser Krankheit zum Tod zu führen.«

»Genau. Aber worauf ich hinauswollte, ist folgendes: In den fünf Jahren ihrer Analyse ist das Thema ihrer Sterblichkeit nicht einmal angeschnitten worden.«

»Das passiert bei meinen Therapiepatienten auch so gut wie nie.«

»Du mußt dich damit beschäftigen. Es brodelt immer unter der Oberfläche.«

»Also, was ist mit dir, Ernest, wo du mit all diesem onkologischen Material konfrontiert wirst? Neue Dinge kommen ans Licht – heißt das, da wartet noch mehr Therapie auf dich?«

»Das ist der Grund, warum ich das Buch über Todesangst schreibe. Erinnerst du dich, daß Hemingway immer sagte, sein Therapeut sei eine Corona?«

»Corona – die Zigarre?«

»Die Schreibmaschine. Vor deiner Zeit. Und neben meiner Schreiberei bekomme ich von *dir* eine gute Therapie.«

»In Ordnung, und das ist meine Rechnung für den Abend.« Paul deutete auf den Ober, daß sie zahlen wollten, und schickte ihn dann mit einer knappen Geste zu Ernest. Er warf einen Blick auf seine Armbanduhr. »Du mußt in zwanzig Minuten in der Buchhandlung sein. Erzähl mir kurz von deinem Selbstenthüllungsexperiment mit dieser neuen Patientin. Wie ist sie denn so?«

»Eine seltsame Frau. Hochintelligent, tüchtig und trotzdem merkwürdig naiv. Schlechte Ehe – ich würde sie gern zu dem Punkt bringen, daß sie da herausfindet. Sie wollte sich schon vor einigen Jahren scheiden lassen, aber dann bekam ihr Mann Prostatakrebs, und jetzt hat sie das Gefühl, für die ihm noch verbleibenden Jahre an ihn gebunden zu sein. Ihre einzige erfolgreiche frühere Therapie hat sie bei einem Psychiater an der Ostküste gemacht. Und – hör gut zu, Paul –, sie hatte eine langjährige sexuelle Affäre mit diesem Burschen! Er ist vor einigen Jahren gestorben. Und das Verrückteste: Sie besteht darauf, daß es ihr geholfen hat – sie schwört auf diesen Mann. So was passiert mir das erste Mal. Ich habe noch nie eine Patientin gehabt, die behauptet, Sex mit einem Therapeuten habe ihr geholfen. Und du?«

»Geholfen? Der Sex hat dem Therapeuten gegen dicke Eier geholfen! Aber für die Patientin ist es immer eine ganz schlechte Sache!«

»Wie kannst du ›immer‹ sagen? Vor einer Minute noch habe ich dir von einem Fall erzählt, in dem es hilfreich war. Wir wollen nicht zulassen, daß irgendwelche Fakten der wissenschaftlichen Wahrheit im Wege stehen!«

»Stimmt, Ernest. Ich korrigiere mich. Laß mich versuchen, objektiv zu sein. Mal sehen, laß mich nachdenken. Ich erinnere mich an diesen Fall, mit dem du vor einigen Jahren als sachverständiger Zeuge zu tun hattest – Seymour Trotter, nicht wahr? Er behauptete, es habe seiner Patientin geholfen – es sei die einzige Möglichkeit gewesen, wie er sie erfolgreich behandeln konnte. Aber dieser Typ war derart narzißtisch, daß man ihm kaum über den Weg trauen konnte. Ich habe vor Jahren einmal mit einer Patientin gearbeitet, die einige Male mit ihrem alternden Therapeuten geschlafen hatte, nachdem seine Frau gestorben war. Einen ›Barmherzigkeitsfick‹ nannte sie es. Behauptet, es habe ihr weder besonders geschadet noch geholfen – aber wenn überhaupt habe es eher positiv als negativ gewirkt.

Natürlich«, fuhr Paul fort, »hat es viele Therapeuten gegeben, die eine Beziehung zu einer Patientin aufgenommen und sie dann geheiratet haben. Die mußt du nicht mitzählen. Darüber habe ich übrigens nie irgendwelche Daten zu Gesicht bekommen. Wer weiß etwas über das Schicksal dieser Ehen – vielleicht funktionieren sie besser als gedacht. Die Wahrheit ist, wir haben keine Daten. Wir wissen nur von denen, die eine solche Beziehung beschädigt hat. Mit anderen Worten, wir kennen nur den Nenner, aber nicht den Zähler.«

»Seltsam«, sagte Ernest, »das ist genau das Argument – Wort für Wort –, das meine Patientin mir präsentiert hat.«

»Nun ja, es liegt doch auf der Hand: Wir kennen die Schadensfälle, aber nicht die Gesamtmenge, aus der sie stammen. Vielleicht gibt es Patientinnen da draußen, die von einer solchen Beziehung profitiert haben, und wir haben nie etwas von ihnen gehört! Die Gründe für ihr Schweigen kann man sich leicht vorstellen. Erstens ist es nicht die Art Erlebnis, von dem man öffentlich redet. Zweitens hat es ihnen vielleicht geholfen, und wir hören nur deshalb nichts mehr von ihnen, weil sie keine Therapie mehr brauchen. Drittens, wenn es eine gute Erfahrung war, dann würden sie versuchen, ihren Therapeuten mit ihrem Schweigen zu schützen.

Also, Ernest, das ist die Antwort auf deine Frage nach wissenschaftlicher Arbeit. Das war nun meine Huldigung an die Wissenschaft. Aber für mich ist die Frage vom Sex zwischen Therapeut und Patientin eine moralische; und die Wissenschaft wird mir nie beweisen, daß etwas Unmoralisches moralisch sein soll. Ich glaube, Sex mit Patienten ist nicht Therapie oder Liebe – es ist Ausbeutung, die Verletzung des Vertrauens, das einem entgegengebracht wird. Aber ich weiß nicht, was ich mit deiner Stichprobe von einer Patientin anfangen soll, die das anders sieht – es gibt keinen Grund, warum diese Patientin dich belügen sollte!«

Ernest bezahlte die Rechnung. Als sie das Restaurant verließen, um den kurzen Weg bis zur Buchhandlung zu gehen, fragte Paul: »Also... erzähl mir mehr über das Experiment. Wieviel gibst du von dir preis?«

»Ich betrete da Neuland, aber es läuft nicht so, wie ich gehofft hatte. Es ist nicht das, was ich im Sinn hatte.«

»Warum nicht?«

»Nun, ich habe an eine menschlichere, existentiellere Art der Enthüllung gedacht. Ich dachte, ich würde über meine augenblicklichen Gefühle mit ihr sprechen, über unsere Beziehung, über meine eigenen Ängste, die fundamentalen Sorgen, die sie und ich miteinander teilen. Aber sie stellt keinerlei tiefgehende oder bedeutungsvolle Fragen an mich; statt dessen will sie lauter nichtiges Zeug von mir wissen: über meine Ehe, meine Rendezvous-Strategien.«

»Was antwortest du ihr?«

»Ich habe große Mühe, da den richtigen Weg zu finden. Ich versuche noch, den Unterschied zwischen authentischer Antwort und Befriedigung anzüglich-lüsterner Neugierde dingfest zu machen.«

»Was will sie von dir?«

»Erleichterung. Sie steckt in einer elenden Lebenssituation fest, fixiert sich aber auf ihre sexuelle Frustration. Sie ist ausgesprochen scharf auf Sex. Und sie hat es sich angewöhnt, mich nach jeder Sitzung zu umarmen.«

»Zu umarmen? Und du läßt das durchgehen?«

»Warum nicht? Ich experimentiere mit einer umfassenden

Beziehung. In deiner Eremitenklause verlierst du vielleicht die Tatsache aus den Augen, daß sich in der wirklichen Welt die Menschen andauernd berühren. Es ist keine sexuelle Umarmung. Den Unterschied kenne ich.«

»Und ich kenne dich. Vorsicht, Ernest.«

»Paul, da kann ich dich beruhigen. Erinnerst du dich an den Absatz in *Erinnerungen, Träume, Gedanken,* in dem Jung sagt, der Therapeut müsse für jeden einzelnen Patienten eine neue Therapiesprache erfinden? Je mehr ich über seine Worte nachdenke, um so inspirierter erscheinen sie mir. Ich denke, es ist das Interessanteste, was Jung je zum Thema Psychotherapie gesagt hat. Allerdings glaube ich nicht, daß er weit genug gegangen ist. Er hat nicht begriffen, daß nicht die Erfindung einer neuen Sprache oder gar einer neuen Therapie für jeden Patienten das Entscheidende ist, sondern das *Erfinden* selbst! Mit anderen Worten, wichtig ist der Prozeß. Das ist etwas, das ich von dem alten Seymour Trotter gelernt habe.«

»Toller Lehrer«, versetzte Paul. »Sieh nur, wo er geendet ist.«

Auf einem wunderschönen Strand in der Karibik, fühlte Ernest sich versucht zu sagen, aber statt dessen bemerkte er: »Das eine oder andere hat er durchaus gewußt. Aber bei dieser Patientin – es wird mir leichter fallen, über sie zu sprechen, wenn ich ihr einen Namen gebe; nennen wir sie also Mary –, bei Mary nehme ich das alles sehr ernst. Ich habe mir vorgenommen, absolut aufrichtig zu ihr zu sein, und bisher erscheint mir das Ergebnis ziemlich gut. Und die Umarmung ist lediglich ein Teil davon – keine große Sache. Sie ist eine Frau, der es an Berührung mangelt, und Berührung ist lediglich ein Symbol für Zuwendung. Glaub mir, meine Umarmung steht für die liebevolle Zuwendung, nicht für Lust.«

»Aber ich glaube dir ja, Ernest. Ich glaube, genau das bedeutet die Umarmung *für dich.* Aber für *sie*? Was bedeutet sie ihr?«

»Als Antwort möchte ich dir von einem Gespräch erzählen über die Natur der therapeutischen Bindung, das ich letzte Woche gehört habe. Der Sprecher beschrieb einen wunderbaren Traum einer seiner Patientinnen, die sich im Endstadium der Therapie befand. Die Patientin träumte, sie und ihr Therapeut nähmen gemeinsam an einer Konferenz in einem Hotel teil. Irgendwann schlug der Therapeut vor, sie solle sich ein Zimmer neben seinem nehmen, damit sie miteinander schlafen könnten. Sie ging zum Empfang und arrangierte es. Ein wenig später ändert der Therapeut dann seine Meinung und sagt, es sei doch keine so gute Idee gewesen. Daraufhin geht sie also wieder zum Empfang, um die Änderung rückgängig zu machen. Aber es ist zu spät. Es sind bereits all ihre Sachen in das neue Zimmer gebracht worden. Dann stellt sich heraus, daß das neue Zimmer viel hübscher ist als das alte – größer, höher, bessere Aussicht. Und numerologisch gesehen ist die Zimmernummer, neun zwei neun, ebenfalls günstiger.«

»Hübsch. Hübsch. Ich verstehe, worauf das hinausläuft«, sagte Paul. »Mit der Hoffnung auf sexuelle Vereinigung gehen für die Patienten einige wichtige positive Veränderungen einher – das bessere Zimmer. Als sich die Hoffnung auf Sex schließlich als reine Illusion erweist, sind die Veränderungen irreversibel – sie kann sie nicht mehr rückgängig machen, genausowenig, wie sie ihr altes Hotelzimmer wiederbekommen konnte.«

»Genau. Das ist also meine Antwort. Das ist der Schlüssel zu meiner Strategie bei Mary.«

Sie schlenderten ein paar Sekunden lang schweigend nebeneinander her, dann sagte Paul: »Als ich in Harvard Medizin studierte, hat Elvin Semrad – ein wunderbarer Lehrer – einmal etwas ganz Ähnliches gesagt... daß es für manche Patienten von Vorteil, ja sogar notwendig sei, eine gewisse sexuelle Spannung in der Beziehung zu erleben. Trotzdem, für dich ist das eine riskante Strategie, Ernest. Ich hoffe, du hältst einen ausreichenden Sicherheitsabstand ein. Ist sie attraktiv?«

»Sehr! Nicht unbedingt mein Stil, aber keine Frage, eine gutaussehende Frau.«

»Ist es möglich, daß du sie mißverstehst? Ist es möglich, daß sie dir Avancen macht? Daß sie einfach einen Therapeuten sucht, der sie liebt, genau wie der letzte es getan hat?«

»Das will sie durchaus. Aber ich werde es für die Therapie nutzen. Vertrau mir. Und was mich betrifft, ist die Umarmung asexuell. Onkelhaft.«

Sie blieben vor dem Tower Bookstore stehen. »Nun, da wären wir«, sagte Ernest.

»Wir sind früh dran. Ernest, ich möchte dich noch etwas fragen, bevor du reingehst. Sag mir die Wahrheit: Genießt du diese onkelhaften Umarmungen mit Mary?«

Ernest zögerte.

»Die Wahrheit, Ernest.«

»Ja, ich genieße es, sie zu umarmen. Ich mag diese Dame sehr. Sie benutzt so ein unglaubliches Parfüm. Wenn es mir nicht gefiele, würde ich es nicht tun!«

»Ach ja? Das ist eine interessante Bemerkung. Ich dachte, diese onkelhafte Umarmung sei für die Patientin bestimmt.«

»Ist sie auch. Aber wenn ich sie nicht genießen würde, würde sie es spüren, und die Geste würde ihre ganze Authentizität verlieren.«

»Was für ein Mumpitz!«

»Paul, wir reden hier von einer schnellen, freundschaftlichen Umarmung. Ich werde schon damit fertig.«

»Nun ja, sieh zu, daß du den Hosenschlitz zuläßt. Ansonsten wird deine Dienstzeit beim Staatlichen Komitee für Medizinische Ethik kurz sein. Wann trifft sich das Komitee übrigens? Wir könnten wieder zusammen zu Abend essen.«

»Morgen in zwei Wochen. Ich höre, es soll da ein neues kambodschanisches Restaurant geben.«

»Ich bin dran mit Aussuchen. Vertrau mir, ich habe etwas ganz Köstliches für dich in petto – eine große, makrobiotische Überraschung!«

14

Am folgenden Abend rief Carol Ernest zu Hause an und sagte, sie sei in Panik und brauche eine Krisensitzung. Ernest sprach ausführlich mit ihr, gab ihr einen Termin für den nächsten Morgen und erbot sich, einer Nachtapotheke telefonisch ein Rezept für ein Beruhigungsmittel durchzugeben.

Während sie im Wartezimmer saß, las Carol sich noch einmal ihre Notizen von der letzten Sitzung durch.

... nannte mich eine attraktive, sehr attraktive Frau ... gab mir seine Privatnummer, forderte mich auf, ihn daheim anzurufen ... hat mich gründlich über mein Sexualleben ausgehorcht ... enthüllt sein persönliches Leben, den Tod seiner Frau, Rendezvous, die Welt der Singles ... umarmte mich am Ende der Sitzung – länger als beim letzten Mal ... sagt, es gefällt ihm, daß ich sexuelle Phantasien über ihn habe, überzieht die Stunde um zehn Minuten ... ziert sich, als er mein Geld entgegennimmt.

Die Sache macht gute Fortschritte, dachte Carol. Nachdem sie eine Mikrocassette in ihren Miniaturrekorder geschoben hatte, ließ sie diesen in eine locker geknüpfte Strohhandtasche gleiten, die sie eigens für diesen Zweck erworben hatte. Als sie in Ernests Sprechzimmer trat, war sie erregt von dem Wissen, daß die Falle gestellt war, daß jedes Wort, jede Unregelmäßigkeit eingefangen werden würde.

Als Ernest feststellte, daß die Aufgeregtheit vom vergangenen Abend abgeklungen war, widmete er sich dem Versuch, ihre Panikattacke vom letzten Abend zu verstehen. Er und seine Patientin, das wurde schnell klar, waren völlig verschiedener Auffassung. Ernest glaubte, Carolyns Angst sei von der vorangegangenen Sitzung hervorgerufen worden. Sie dagegen behauptete, schier zu explodieren vor sexueller Anspannung und unbefriedigtem Verlangen, und sie setzte ihre Versuche fort, ihm mit neugierigen Fragen nach möglichen sexuellen Ventilen zuzusetzen.

Als Ernest sich systematischer nach Carols Geschlechtsleben erkundigte, bekam er mehr zu hören, als ihm lieb war. Sie beschrieb mit graphischer Genauigkeit unzählige Masturbationsphantasien, in denen er eine herausragende Rolle spielte. Ohne eine Spur von Gehemmtheit enthüllte sie, was sie in Gedanken erregt hatte: wie sie, während sie sein Hemd aufknöpfte, vor seinem Sessel im Sprechzimmer niederkniete, ihm die Hose herunterzog und ihn in den Mund nahm. Sie hatte den Gedanken ausgekostet, ihn wieder und wieder bis kurz vor einen Orgasmus zu bringen und dann aufzuhören und abzuwarten, bis er wieder weich geworden war, um von neuem zu beginnen. Das genügte, wie sie sagte, für gewöhnlich, um sie beim Masturbieren zum Orgasmus zu bringen. Wenn nicht, setzte sie die Phantasie fort, indem sie ihn über den Fußboden schleifte und sich vorstellte, wie er ihren Rock hob und ihr hastig den Slip abstreifte und in sie eindrang. Ernest hörte aufmerksam zu und versuchte, sich nicht auf seinem Sessel zu winden.

»Aber Masturbation«, fuhr Carol fort, »war nie wirklich befriedigend für mich. Teilweise liegt es wahrscheinlich an der Scham, die damit verbunden ist. Abgesehen von ein- oder zweimal mit Ralph, ist dies das erste Mal, daß ich mit irgend jemandem darüber spreche – sei es ein Mann oder eine Frau. Das Problem ist, daß es oft nicht mit einem befriedigenden Orgasmus endet, sondern daß ich statt dessen viele kleinere Höhepunkte habe, nach denen ich mich aber immer noch in einem Zustand höchster Erregung befinde. Ich frage mich langsam, ob es nicht vielleicht an meiner Masturbationstechnik liegt. Könnten Sie mir diesbezüglich irgendwelche Hinweise geben?«

Carols Frage trieb Ernest das Blut ins Gesicht. Langsam gewöhnte er sich an die Beiläufigkeit, mit der sie über Sex sprach. Tatsächlich bewunderte er ihre Fähigkeit, offen über ihre Sexualpraktiken zu reden – zum Beispiel darüber, wie sie in der Vergangenheit Männer in Bars aufgelesen hatte, wann immer sie auf Reisen war oder Wut auf ihren Mann hatte. Es schien alles so einfach, so natürlich für sie zu sein. Er dachte an die qualvollen – und vergeblichen – Stunden, die er in Single-Bars und auf Partys hatte über sich ergehen lassen. Während seiner Assistenzarztzeit hatte er ein Jahr in Chicago verbracht. *Warum, o warum,* dachte Ernest, *konnte ich nicht auf Carolyn treffen, als sie die Chicagoer Bars abgraste?*

Was ihre Frage bezüglich einer Masturbationstechnik betraf – was wußte er über dieses Thema? Buchstäblich nichts, bis auf die offenkundige Notwendigkeit der Klitorisstimulation. Die Leute gingen häufig davon aus, daß Psychiater mehr wußten, als es der Fall war.

»Ich bin kein Experte in diesen Dingen, Carolyn.« Wo, fragte Ernest sich, sollte er wohl etwas über weibliche Masturbation gelernt haben? Am medizinischen Institut? Vielleicht sollte sein nächstes Buch lauten: *»Dinge, die man während des Medizinstudiums nicht lernt!«*

»Das einzige, was mir da im Augenblick einfällt, Carolyn, ist der Vortrag eines Sextherapeuten, den ich jüngst gehört habe. Er sprach davon, daß es ratsam sei, die Klitoris von allen Adhäsionen zu befreien.«

»Oh, ist das etwas, das Sie bei einer körperlichen Untersuchung überprüfen könnten, Dr. Lash? Von mir aus wäre das in Ordnung.«

Ernest errötete abermals. »Nein, ich habe mein Stethoskop

an den Nagel gehängt und meine letzte körperliche Untersuchung vor sieben Jahren gemacht. Ich würde Ihnen vorschlagen, das einmal mit Ihrem Gynäkologen zu besprechen. Einigen Frauen fällt es übrigens leichter, über solche Dinge mit einer Ärztin zu reden.«

»Ist das bei Männern anders, Dr. Lash, ich meine, haben Sie... Haben Männer bei der Masturbation auch Probleme mit unbefriedigenden Orgasmen?«

»Auch in diesem Falle bin ich kein Experte, aber ich glaube, daß Männer im allgemeinen eine Alles-oder-Nichts-Erfahrung machen. Haben Sie das einmal mit Wayne besprochen?«

»Mit Wayne? Nein, wir reden über gar nichts. Deshalb stellte ich ja Ihnen diese Fragen. Sie sind der richtige. Im Augenblick sind Sie der wichtigste Mann, der einzige Mann in meinem Leben!«

Ernest war ratlos. Sein Entschluß, ehrlich zu sein, war ihm keine große Hilfe. Carolyns Aggressivität verwirrte ihn; er verlor langsam die Orientierung. Er wandte sich in Gedanken seinem Prüfstein zu, seinem Supervisor, und versuchte sich vorzustellen, wie Marshal wohl auf Carolyns Frage reagiert hätte.

Die richtige Technik, hätte Marshal gesagt, bestand darin, weitere Daten aufzunehmen: eine systematische, teilnahmslose Sexualgeschichte aufzunehmen, einschließlich aller Details, was Carolyns Masturbationspraxis anging, und der sie begleitenden Phantasien – sowohl gegenwärtiger wie vergangener.

Ja, das war der richtige Zugang. Aber Ernest hatte ein Problem: Carolyn begann ihn zu erregen. Seit er erwachsen war, hatte Ernest das Gefühl gehabt, für Frauen unattraktiv zu sein. Sein Leben lang hatte er geglaubt, daß er hart arbeiten und seinen Intellekt, seine Einfühlsamkeit und seinen Charme benutzen müsse, um sein trottelhaftes Aussehen auszugleichen. Es war unglaublich erregend, zu hören, wie diese reizvolle Frau beschrieb, was sie tat, während sie daran dachte, wie sie ihn entkleidete und auf den Boden hinabzog.

Ernests Erregung setzte seiner Freiheit als Therapeut Grenzen. Wenn er Carolyn nach intimeren Einzelheiten fragte, konnte er sich seiner eigenen Motive nicht sicher sein. Würde er es ihretwegen tun oder seines eigenen Kitzels wegen? Es erschien ihm wie Voyeurismus, so als versuche er, durch verbalen Sex zum Orgasmus zu kommen. Andererseits – betrog er nicht seine Patientin, wenn er ihren Phantasien aus dem Weg ging und sie nicht über das sprechen ließ, was sie am meisten bewegte? Und würde er ihr mit diesem Verhalten nicht signalisieren, daß ihre Phantasien zu beschämend waren, um darüber zu sprechen?

Und was war mit dem Wort, das er sich selbst gegeben hatte? Absolut ehrlich zu sein? Sollte er nicht einfach mit Carolyn teilen, was in ihm vorging? Aber nein, das wäre gewiß ein Fehler gewesen! War dies vielleicht ein weiterer Regelsatz? Vielleicht sollten Therapeuten solche Dinge, bei denen sie selbst in einem schweren Konflikt stehen, nicht mit ihren Patienten teilen. Am besten bearbeitete der Therapeut diese Themen zuerst in einer eigenen Therapie. Ansonsten wurde dem Patienten die Aufgabe aufgehalst, an den Problemen des Therapeuten zu arbeiten. Er notierte sich diesen Grundsatz auf seinem Block – er verdiente es, daß man ihn in Erinnerung behielt.

Ernest ergriff die erste Gelegenheit, eine leichte Kurskorrektur vorzunehmen. Er kehrte zu Carolyns Angstattacke vom vergangenen Abend zurück und fragte sich, ob diese Angst nicht vielleicht auch von einigen der harten Fragen ausgelöst worden sein könnten, die er in der vorangegangenen Sitzung angeschnitten hatte. Warum war sie zum Beispiel so lange in einer verbitterten, lieblosen Ehe geblieben? Und warum hatte sie nie versucht, die Ehe durch eine Paartherapie zu verbessern?

»Es ist schwer zu ermitteln, wie absolut hoffnungslos ich in bezug auf meine Ehe bin oder auf die Ehe im allgemeinen. Es gibt schon seit Jahren keinen Funken Glück oder Respekt mehr in unserer Ehe. Und Wayne ist genauso nihilistisch wie ich: Er hat viele, viele teure, fruchtlose Jahre der Therapie hinter sich.«

Ernest ließ sich nicht so leicht einen Strich durch die Rechnung machen.

»Carolyn, wenn ich über Ihre Verzweiflung in bezug auf Ihre Ehe nachdenke, kann ich nicht umhin, mich zu fragen, welche Rolle die gescheiterte Ehe Ihrer Eltern dabei gespielt hat. Als ich Sie vergangene Woche nach Ihren Eltern fragte, sagten Sie, Sie hätten Ihre Mutter nie anders als haßerfüllt und verächtlich von ihrem Vater reden hören. Vielleicht hat Ihre Mutter Ihnen keinen guten Dienst erwiesen, indem sie Sie mit einer solch stetigen, haßerfüllten Kost fütterte. Vielleicht war es nicht in Ihrem besten Interesse, Ihnen Tag für Tag, Jahr für Jahr einzubläuen, daß kein Mann etwas anderes im Sinn haben könnte als seine eigenen, egoistischen Interessen?«

Carol wollte zu ihrer sexuellen Tagesordnung übergehen, konnte es sich aber nicht verkneifen, eine Lanze für ihre Mutter zu brechen: »Das war kein Picknick für sie, zwei Kinder ganz allein großzuziehen, ohne Hilfe von irgend jemandem.«

»Warum ganz allein, Carolyn? Was war mit ihrer eigenen Familie?«

»Welcher Familie? Mutter stand ganz allein. Der Vater meiner Mutter hat sich ebenfalls aus dem Staub gemacht, als sie noch ein Kind war – war einer der Pioniere in der Generation der Schmarotzerväter. Und von ihrer Mutter hat sie wenig Hilfe gehabt – eine verbitterte, paranoide Frau. Sie haben kaum je miteinander gesprochen.«

»Und das soziale Netz Ihrer Mutter? Freunde?«

»Niemand!«

»Hatte Ihre Mutter einen Stiefvater? Hat Ihre Großmutter wieder geheiratet?«

»Nein – das kam gar nicht in Frage. Dafür müßten Sie Grandma kennen. Hat ewig schwarz getragen. Sogar schwarze Taschentücher. Ich habe sie nie lächeln sehen.«

»Und Ihre Mutter? Irgendwelche anderen Männer in ihrem Leben?«

»Machen Sie Witze? Ich habe nie einen Mann in unserem Haus gesehen. Sie haßte die Männer! Aber das habe ich schon in früheren Therapien durchgekaut. Das sind lange abgegraste Weidegründe. Ich dachte, Sie hätten gesagt, Sie wollten nicht stöbern.«

»Interessant«, sagte Ernest, der Carols Proteste ignorierte, »wie genau das Lebensskript Ihrer Mutter dem *ihrer* Mutter folgte. Als gäbe es da ein Vermächtnis des Schmerzes in der Familie, das wie eine heiße Kartoffel von einer Frauengeneration an die nächste weitergereicht würde.«

Ernest bemerkte Carols ungeduldigen Blick auf ihre Armbanduhr. »Ich weiß, unsere Zeit ist gleich um, aber hören Sie mir noch einen Augenblick zu, Carolyn. Wissen Sie, das ist wirklich wichtig. Ich sage Ihnen warum... weil es die dringende Frage aufwirft, was Sie vielleicht an Ihre Tochter weitergeben! Sehen Sie, möglicherweise ist das beste, was wir in Ihrer Therapie erreichen können, Ihnen zu helfen, den Kreislauf zu durchbrechen! Ich möchte Ihnen helfen, Carolyn, und ich bin dazu verpflichtet. Aber vielleicht wird die wahre, die wichtigste Nutznießerin unserer gemeinsamen Arbeit Ihre Tochter sein!«

Auf diesen Kommentar war Carol nicht im mindesten vorbereitet, und er setzte sie in maßloses Erstaunen. Ohne es zu wollen, stiegen die Tränen in ihr hoch. Wortlos und immer noch weinend stürzte sie aus dem Sprechzimmer und dachte: *Zum Teufel mit dem Kerl, er hat es schon wieder getan. Warum lasse ich mich von dem Bastard so drankriegen?*

Während sie die Treppe hinunterging, versuchte Carol zu sortieren, welche von Ernests Bemerkungen der fiktionalen Person galten, die sie erschaffen hatte, und welche wirklich ihr galten. Sie war so erschüttert und in Gedanken verloren, daß sie beinahe über Jess gestolpert wäre, der auf der untersten Stufe saß.

»Hallo, Carol. Jess. Erinnern Sie sich an mich?«

»Oh, hallo, Jess. Hab Sie gar nicht wiedererkannt.« Sie wischte sich eine Träne weg. »Ich bin nicht daran gewöhnt, Sie still sitzen zu sehen.«

»Ich jogge leidenschaftlich gern, aber es ist schon vorgekommen, daß ich einfach gehe. Sie sehen mich hier immer angerannt kommen, weil ich chronisch zu spät bin – ein Problem, das in der Therapie schwer zu bearbeiten ist, wenn man immer zu spät kommt, um darüber zu reden!«

»Aber heute sind Sie nicht zu spät dran?«

»Hm, ich habe meine Stunde auf acht Uhr morgens verlegt.«

Justins Stunde, dachte Carol. »Also haben Sie jetzt keinen Termin bei Ernest?«

»Nein. Ich bin nur vorbeigekommen, um Sie zu sehen. Vielleicht könnten wir ja mal miteinander reden – vielleicht zusammen joggen. Oder zu Mittag essen? Oder beides?«

»Was das Joggen betrifft, weiß ich nicht so recht. Hab ich noch nie versucht.« Carol wischte sich die Tränen weg.

»Ich bin ein guter Lehrer. Hier ist ein Taschentuch. Ich sehe, Sie hatten heute eine von diesen Stunden. Ernest kriegt mich manchmal auch dran – schon unheimlich, wie genau er weiß, wo der Schmerz sitzt. Irgendwas, was ich tun könnte? Lust auf einen Spaziergang?«

Carol wollte Jess gerade sein Taschentuch zurückgeben, als sie von neuem zu schluchzen begann.

»Nein, behalten Sie das Taschentuch. Sehen Sie mal, ich habe solche Sitzungen auch schon hinter mir, und ich möchte dann fast immer etwas Zeit für mich allein haben, um die Dinge zu verdauen. Also verschwinde ich jetzt mal. Aber darf ich Sie vielleicht anrufen? Hier ist meine Karte.«

»Und hier ist meine.« Carol fischte eine Karte aus ihrer Handtasche. »Aber ich möchte, daß meine Vorbehalte gegen das Joggen zu Protokoll genommen werden.«

Jess warf einen Blick auf die Karte. »Notiert und eingetragen, Frau Anwältin.« Mit diesen Worten tippte er sich an die Segelmütze und joggte los, die Sacramento Street hinunter. Carol sah ihm nach, betrachtete sein langes, blondes Haar, das im Wind hinter ihm her flatterte, und den weißen Pullover, den er sich um den Hals geschlungen hatte und der sich mit dem Auf und Ab seiner kraftvollen Schultern hob und senkte.

Oben machte Ernest sich auf Carolyns Karte Notizen:

Gute Fortschritte. Harte Arbeitsstunde. Starker Tobak über Sex und ihre Masturbationsphantasien. Erotische Übertragung nimmt zu. Muß einen Weg finden, das Thema abzuschneiden. An Beziehung zu Mutter gearbeitet, über familiäre Rollenvorbilder und Prägung. Geht bei jeder vorausgeahnten Kritik an Mutter in Verteidigungshaltung. Ich habe die Sitzung mit einer Bemerkung über die Art von Familienmodell beendet, das sie an ihre Tochter weitergeben wird. Ist weinend aus dem Sprechzimmer gelaufen. Weiterer Krisenanruf zu erwarten? Ein Fehler, die Stunde mit einer solch aufwühlenden Botschaft zu beenden?

Außerdem, dachte Ernest, als er seinen Aktenordner zuklappte, *kann ich nicht zulassen, daß sie so aus meiner Sprechstunde stürmt – ich habe mich um meine Umarmung gebracht!*

15

Nach seinem Mittagessen mit Peter Macondo in der vergangenen Woche hatte Marshal unverzüglich Aktien im Wert von neunzigtausend Dollar verkauft, um das Geld, sobald es freigegeben war, an Peter zu kabeln. Aber seine Frau bestand darauf, daß er die Investition zuerst mit seinem Vetter Melvin besprach, einem Steueranwalt.

Shirley kümmerte sich im allgemeinen nicht um die finanziellen Angelegenheiten. Während sie sich zunehmend mit Meditation und Ikebana beschäftigte, war sie bezüglich des ehelichen Besitzstandes nicht nur sorglos geworden, sondern zeigte eine wachsende Verachtung gegenüber der zwanghaften Neigung ihres Mannes, jenen zu vermehren. Wann immer Marshal sich in der Schönheit eines Gemäldes oder einer Glasskulptur erging und das Fünfzigtausenddollarpreisschild beklagte, antwortete sie einfach mit der Feststellung: »Schönheit? Warum siehst du sie nicht dort?« Und dann zeigte sie auf eines ihrer Ikebana-Arrangements – ein anmutiges Menuett aus einem gewundenen Eichenzweig und sechs Kamelienblüten –, oder sie deutete auf die eleganten, geschwungenen Linien eines knorrigen und stolzen Bonsaibäumchens.

Obschon gleichgültig gegenüber Geld als solchem hatte Shirley ein leidenschaftliches Interesse an etwas, das man mit Geld erwerben konnte: der bestmöglichen Ausbildung für ihre Kinder. Marshal war so überschwenglich, so abgehoben gewesen, als er seine zukünftigen Profite aus seiner Investition in Peters Fahrradhelmfabrik pries, daß sie sich schließlich Sorgen machte, und bevor sie der Investition zustimmte (alle Aktien gehörten ihnen gemeinsam), bestand sie darauf, daß Marshal Melvin anrief.

Jahrelang hatten Marshal und Melvin eine zwanglose, für beide Parteien gewinnträchtige, geschäftliche Übereinkunft gehabt: Marshal beriet Melvin in medizinischen und psychologischen Dingen, und Melvin zeigte sich mit seinem Rat bei Investitionen und Steuern erkenntlich. Marshal rief seinen Cousin an und sprach mit ihm über Macondos Plan.

»Für mich stinkt die Sache irgendwie«, sagte Melvin. »*Jede* Investition, die eine solche Gewinnrate verspricht, ist verdächtig. Ein Gewinn von fünfhundert, siebenhundert Prozent – na komm schon, Marshal! Siebenhundert Prozent! Komm auf den Boden zurück. Und der Schuldschein, den du mir gefaxt hast? Weißt du, was der wert ist? *Nihil,* Marshal! Genau das, *nihil*!«

»Warum *nihil,* Melvin? Ein Schuldschein von einem weithin angesehenen Geschäftsmann? Der Bursche ist überall bekannt.«

»Wenn er so ein toller Geschäftsmann ist«, sagte Melvin mit seiner schnarrenden Stimme, »sag mir, warum gibt er dir dann ein nicht abgesichertes Stück Papier – ein leeres Versprechen? Sagen wir, er beschließt, dich nicht auszuzahlen? Du müßtest ihn verklagen – das würde Tausende und Abertausende kosten – und dann hättest du lediglich noch ein Stück Papier, ein Urteil nämlich, und um abzukassieren, müßtest du immer noch sein Vermögen finden. Das würde dich noch mehr Geld kosten. Dieser Schuldschein schafft dein Risiko *nicht* aus der Welt, Marshal. Ich weiß, wovon ich rede. Solche Sachen kommen mir täglich auf den Schreibtisch.«

Marshal tat Melvins Kommentare sofort ab. Erstens wurde Melvin dafür bezahlt, argwöhnisch zu sein. Zweitens war Melvin immer etwas kleinkariert gewesen. Er war genau wie sein Vater, Onkel Max, der als einziger aus der Familie, die aus Rußland gekommen war, es nicht geschafft hatte, im neuen Land Wohlstand anzusammeln. Sein Vater hatte Max förmlich angebettelt, sein Partner in einem Lebensmittelladen zu werden, aber Max hatte nur höhnisch gelacht bei der Vorstellung, morgens um vier Uhr aufzustehen, um zum Markt zu fahren, sechzehn Stunden lang zu arbeiten und den Tag damit zu beenden, halb verfaulte Küchenschaben, braune Äpfel und Pampelmusen mit grünen Geschwüren auszusortieren. Max war kleinkariert gewesen und geblieben, hatte die Sicherheit und Geborgenheit eines Beamtenjobs vorgezogen, und Melvin, sein bäuerischer, gorillaohriger Schlemihl von einem Sohn mit Armen, die praktisch bis auf den Fußboden reichten, war in die Fußstapfen seines Vaters getreten.

Aber Shirley, die ihr Telefongespräch mit angehört hatte, tat Melvins Warnungen nicht so ohne weiteres ab. Sie wurde hellhörig. Neunzigtausend Dollar reichten für eine ganze Collegeausbildung. Marshal versuchte, seinen Ärger über Shirleys Einmischung zu verbergen. Während ihrer neunzehnjährigen Ehe hatte sie nicht ein einziges Mal auch nur das leiseste Interesse an irgendeiner seiner Investitionen gezeigt. Und *jetzt,* da er drauf und dran war, die größte finanzielle Chance seines Lebens beim Schopf zu packen, ausgerechnet jetzt mußte sie ihre Nase in die Sache hineinstecken. Aber Marshal beruhigte sich – ihm war klar, daß Shirleys Argwohn ihrer Unkenntnis in finanziellen Dingen entsprang. Es wäre anders gewesen, wenn sie Peter gekannt hätte. Ihre Zustimmung war jedoch unabdingbar. Um sie zu erhalten, würde er Melvin beschwichtigen müssen.

»Na schön, Melvin, sag mir, was ich tun soll. Ich werde deinen Empfehlungen folgen.«

»Ganz einfach. Was wir wollen, ist, daß eine Bank die Einlösung des Schuldscheins garantiert – das heißt eine unwiderrufliche und bedingungslose Verpflichtung von Seiten einer erstklassigen Bank, den Schuldschein zu akzeptieren, *wann immer du dein Geld verlangst.* Wenn der Aktienbesitz dieses Mannes so gewaltig ist, wie du es beschreibst, dürfte er keine Schwierigkeiten damit haben, eine solche Garantie zu bekommen. Wenn du möchtest, entwerfe ich persönlich einen wasserdichten Wechsel, aus dem nicht einmal Houdini selbst entkommen könnte.«

»Das klingt gut, Melvin. Mach das«, sagte Shirley, die sich über den Nebenanschluß in das Gespräch eingeklinkt hatte.

»Also, einen Moment mal, Shirley.« Langsam machten ihn diese kleinkarierten Einwände wütend. »Peter hat mir bis Mittwoch einen gedeckten Schuldschein versprochen. Warum warten wir nicht einfach ab, was er mir schickt? Ich werde es dir dann faxen, Melvin.«

»In Ordnung. Ich bin die ganze Woche erreichbar. Aber schick kein Geld, bevor du von mir gehört hast. Oh, und noch etwas: Du sagst, diese Rolex hätte in einem Etui des Juweliers Shreve gelegen? Shreve ist ein angesehener Juwelier. Tu mir einen Gefallen, Marshal. Nimm dir zwanzig Minuten Zeit, geh mit der Uhr zu Shreve und laß dir die Echtheit des guten Stücks bestätigen! Unechte Rolex-Uhren sind der letzte Schrei – die werden im Moment in Manhattan an jeder Straßenecke verkauft.«

»Er wird hingehen, Melvin«, sagte Shirley, »und ich werde ihn begleiten.«

Der Ausflug zu Shreve beruhigte Shirley. Die Uhr war wirklich eine Rolex – eine Dreitausendfünfhundertdollar-Rolex! Und sie war nicht nur in dem Laden gekauft worden, der Verkäufer konnte sich auch noch an Peter erinnern.

»Gutaussehender Gentleman. Der schönste Mantel, den ich je gesehen habe: grauer Kashmirzweireiher, der fast bis zum Boden reichte. Er war drauf und dran, noch eine zweite, identische Uhr für seinen Vater zu kaufen, besann sich dann aber anders – er meinte, er wolle am Wochenende nach Zürich fliegen und sich lieber dort eine Uhr besorgen.«

Marshal war so zufrieden, daß er Shirley etwas schenken wollte. Sie entschied sich für eine exquisite, grüne Keramikvase für ihre Ikebana-Arrangements.

Am Mittwoch kam wie versprochen Peters Schuldschein, und zu Marshals großer Freude entsprach er genau Melvins Anforderungen – die Crédit Suisse garantierte die Einlösung des Betrages von neunzigtausend Dollar zuzüglich Zinsen. Nicht einmal Melvin hatte etwas daran auszusetzen. Obwohl ihm, so Melvin, bei einer Investition, die auf eine solche Profitrate abziele, noch immer nicht recht wohl sei.

»Heißt das«, sagte Marshal, »du würdest keinen Anteil an dieser Investition haben wollen?«

»Bietest du mir denn einen Anteil davon an?« erkundigte sich Melvin.

»Laß mich darüber nachdenken! Ich melde mich dann wieder bei dir.« *Da kannst du lange warten,* dachte Marshal, als er den Hörer auflegte.

Am nächsten Tag hatte er das Geld von seinen Aktienverkäufen auf seinem Konto und kabelte neunzigtausend Dollar nach Zürich. Mittags spielte er ganz wunderbar Basketball und nahm zusammen mit dem Psychologen Vince, einem der Mitspieler, einen schnellen Lunch ein. Obwohl Vince und er auf vertrautem Fuß standen – sie waren Praxisnachbarn –, erzählte er ihm nichts von der Investition. Und auch sonst niemandem von seinen Kollegen. Nur Melvin wußte es. Und dennoch, so versicherte sich Marshal, war diese Transaktion absolut sauber. Peter war kein Patient, sondern Expatient und obendrein Exkurztherapiepatient. Übertragung war kein Thema. Auch wenn er wußte, daß in diesem Fall kein beruflicher Interessenkonflikt vorlag, nahm Marshal sich vor, Melvin zu sagen, daß er diese Angelegenheit streng vertraulich behandeln solle.

Als Marshal dann etwas später am selben Nachmittag seinen Termin mit Adriana hatte, Peters Verlobter, achtete er sorgfältig darauf, die Grenzen ihrer beruflichen Beziehung zu wahren, indem er jedes Gespräch über seine Investition bei Peter mied. Er nahm wohlwollend ihre Glückwünsche zu der nach ihm benannten Vortragsreihe entgegen, aber als sie ihm erzählte, sie habe gestern von Peter gehört, daß sowohl in Schweden als auch in der Schweiz ein Gesetzentwurf vorgelegt worden sei, der es minderjährigen Fahrradfahrern zur Auflage mache, Helme zu tragen, nickte er nur kurz und wandte sich dann unverzüglich ihrem eigentlichen Thema zu: der Erkundung ihrer Beziehung zu ihrem Vater, einem im Grunde wohlwollenden Mann, der jedoch so einschüchternd wirkte, daß niemand es wagte, ihm zu widersprechen. Adrianas Vater war Peter gegenüber sehr positiv eingestellt – tatsächlich war er einer der Investoren in Peters Konsortium –, aber nichtsdestoweniger widersetzte er sich nachdrücklich einer Heirat, die nicht nur seine Tochter, sondern auch seine zukünftigen Enkelkinder und Erben außer Landes führen würde.

Was Marshal Adriana zu ihrer Beziehung zu ihrem Vater zu sagen hatte – daß gute, elterliche Fürsorge darin bestehe, Kinder darauf vorzubereiten, erwachsen und autonom zu werden, erwies sich als nützlich. Zum ersten Mal schien Adriana zu begreifen, daß sie nicht notwendigerweise die Schuld zu akzeptieren brauchte, die ihr Vater ihr auferlegte. Es war nicht ihre Schuld, daß ihre Mutter gestorben war. Nicht ihre Schuld, daß ihr Vater alt wurde oder daß sein Leben derart leer war. Am Ende der Stunde schnitt Adriana die Frage an, ob sie die Therapie über die von Peter erbetenen fünf Stunden hinaus fortsetzen dürfe. »Wäre es vielleicht auch möglich, Dr. Streider«, fragte Adriana, als sie sich erhob, »daß Sie sich einmal mit mir und meinem Vater zusammensetzen?«

Der Patient war noch nicht geboren, der Marshal Streider dazu zwingen konnte, eine Sitzung zu überziehen. Nicht einmal um ein oder zwei Minuten. Darauf war Marshal sehr stolz. Aber er konnte nicht widerstehen, auf Peters Geschenk hinzuweisen, daher zeigte er auf sein Handgelenk und sagte: »Meine neue Uhr, die bis auf die Millisekunde genau geht, sagt mir, daß wir jetzt exakt zwei Uhr fünfzig haben. Wollen wir unsere nächste Sitzung mit Ihrer Frage beginnen, Miss Roberts?«

16

Marshal war in Hochform, als er sich auf das Treffen mit Shelly vorbereitete. Was für ein Tag, dachte er. Viel besser konnte es kaum laufen: das Geld endlich an Peter abgeschickt, eine brillante Sitzung mit Adriana und ein herrliches Basketballspiel – zum Schluß der Korbwurf aus kurzer Distanz, die Gasse, die sich ihm wie durch Zauberhand auftat, und niemand, der es wagte, sich ihm in den Weg zu stellen.

Außerdem freute er sich auf das Gespräch mit Shelly. Es war ihre vierte Stunde. Die beiden vorangegangenen Sitzungen in dieser Woche waren außerordentlich brillant gewesen. Hätte irgendein anderer Therapeut die Sache derart brillant angegangen? Er hatte Shellys Beziehung zu seinem Vater geschickt eingekreist, und mit der Präzision eines Chirurgen hatte er methodisch Seth Pandes korrupte Deutungen durch korrekte ersetzt.

Shelly betrat das Sprechzimmer und strich wie immer über die orangefarbene Schale der Glasskulptur, bevor er seinen Platz einnahm. Dann kam er ohne jede Aufforderung von Seiten Marshals sofort zur Sache.

»Sie erinnern sich an Willy, meinen Poker- und Tenniskumpel? Ich habe letzte Woche mit ihm gesprochen. Der, der rund vierzig, fünfzig Millionen schwer ist. Also, er hat mich für eine Woche nach La Costa eingeladen, wo ich im Pancho-Segura-Turnier sein Partner im Doppel sein soll. Ich dachte, ich käme damit zurecht, aber... Nun ja, da ist irgend etwas, das nicht stimmt. Aber ich weiß nicht, was.«

»Was glauben Sie denn, könnte es sein?«

»Ich mag Willy. Er versucht, ein guter Kumpel zu sein. Ich weiß, die zweitausend, die er in La Costa für mich auslegen wird, sind gar nichts für ihn. Er hat Geld wie Heu und könnte nicht mal die Zinsen von seinem Kapital ausgeben. Außerdem ist es ja nicht so, als bekäme er nichts dafür. Er hat es auf einen Platz in der nationalen Rangliste für Doppel bei den Senioren abgesehen, und lassen Sie sich gesagt sein, er wird keinen besseren Partner als mich finden. Aber ich weiß nicht. Das erklärt meine Gefühle immer noch nicht.«

»Einen Moment, Mr. Merriman. Ich möchte, daß Sie heute etwas Neues ausprobieren. Konzentrieren Sie sich auf Ihre negativen Gefühle und konzentrieren Sie sich auch auf Willy, und dann lassen Sie Ihren Gedanken einfach freien Lauf. Sagen Sie alles, was Ihnen in den Sinn kommt. Versuchen Sie, keine vorschnellen Schlüsse zu ziehen, und wählen Sie nicht nur Dinge aus, die einen Sinn ergeben. Versuchen Sie nicht, irgend etwas zu verstehen. Denken Sie einfach laut.«

»*Gigolo* – das ist das erste Wort, das mir kommt – ich bin ein Gigolo, der ausgehalten wird, ein Callboy zu Willys Verfügung. Trotzdem mag ich Willy – wäre er nicht so gottverdammt reich, könnten wir gute Freunde sein... Nun ja, vielleicht nicht... Ich traue mir da selber nicht. Vielleicht würde ich das Interesse an ihm verlieren, wenn er nicht reich wäre.«

»Sprechen Sie weiter, Mr. Merriman, Sie machen das sehr gut. Zensieren Sie nichts. Beschreiben Sie mir alles, was Sie denken und alles, was Sie sehen.«

»Ein Berg von Geld... Münzen, Scheine... Das Geld türmt sich auf... Wann immer ich mit Willy zusammen bin, mache ich Pläne... Mache immer Pläne... Wie kann ich ihn ausnutzen? Etwas aus ihm herausholen? Sie können sich etwas aussuchen... Ich will immer irgend etwas: Geld, einen Gefallen, ein gutes Essen, neue Tennisschläger, Geschäftsinformationen. Er beeindruckt mich... sein Erfolg... macht mich größer, wenn ich mit ihm gesehen werde. Und macht mich gleichzeitig kleiner... Ich sehe mich, wie ich die große Hand meines Vaters halte...«

»Bleiben Sie bei diesem Bild von sich und Ihrem Vater. Konzentrieren Sie sich darauf.«

»Ich sehe diese Szene; ich muß jünger als zehn gewesen sein, denn als ich zehn war, zogen wir ans andere Ende der Stadt – Washington, D.C. – und wohnten dann über dem Laden meines Vaters. Mein Vater hielt mich an der Hand; er nahm mich am Sonntag in den Lincoln Park mit. Schmutziger Schnee und Matsch auf den Straßen. Ich erinnere mich daran, daß die Hosenbeine meiner dunkelgrauen Cordhosen beim Gehen scheuerten und so ein kratzendes Geräusch machten. Ich hatte eine Tüte Erdnüsse, glaube ich, und ich fütterte die Eichhörnchen, warf ihnen Erdnüsse zu. Eins davon hat mir in die Finger gebissen. Ein böser Biß.«

»Was ist dann passiert?«

»Tat höllisch weh. Aber sonst kann ich mich an nichts erinnern.«

»Wie konnte das Eichhörnchen Sie beißen, wenn Sie den Tieren die Erdnüsse hingeworfen haben?«

»Richtig! Gute Frage. Das ergibt keinen Sinn. Vielleicht habe ich mich gebückt, und die Eichhörnchen haben mir aus der Hand gefressen, aber das sind reine Vermutungen – erinnern kann ich mich nicht daran.«

»Sie müssen Angst gehabt haben.«

»Wahrscheinlich. Ich erinnere mich nicht.«

»Erinnern Sie sich denn daran, daß Sie beim Arzt waren? Eichhörnchenbisse können eine ernste Sache sein – Tollwut.«

»Das stimmt. Tollwut bei Eichhörnchen war an der Ostküste eine große Sache. Aber da kommt nichts. Vielleicht erinnere ich mich daran, daß ich vor Schmerz die Hand zurückgerissen habe. Aber ich phantasiere vielleicht auch nur.«

»Machen Sie einfach weiter.«

»Willy. Daß er mir das Gefühl gibt, kleiner zu sein. Sein Erfolg hebt meine eigenen Fehlschläge deutlicher hervor. Und wissen Sie, die Wahrheit ist, daß ich mich in seiner Nähe nicht nur kleiner fühle, ich *benehme* mich auch kleiner... Er redet von einem Bauprojekt, Eigentumswohnungen, und davon, daß die Verkaufszahlen niedrig sind... Mir kommen ein paar gute Ideen für die Werbung, auf dem Gebiet bin ich wirklich gut – aber wenn ich ihm von meinen Ideen erzähle, fängt mein Herz an zu rasen, und ich vergesse die Hälfte davon... Das passiert sogar beim Tennis... Wenn ich beim Doppel sein Partner bin... Dann spiele ich in seiner Klasse... Ich könnte viel besser spielen... Ich werde übervorsichtig, ich schaufele meinen zweiten Aufschlag geradezu übers Netz... Wenn ich mit jemand anderem spiele, dann hämmere ich den Ball gedreht in die Rückhandecke... Ich bin in der Lage, bei zehn Aufschlägen neun Mal die Linie zu treffen... Ich weiß nicht warum... will ihn nicht vorführen... muß das ändern, wenn wir Doppelturniere spielen. Es ist komisch, ich möchte, daß er Erfolg hat... aber ich möchte auch, daß er versagt... Letzte Woche hat er mir von einer Arbitrage-Investition erzählt, die in den Bach ging und... Scheiße, wissen Sie, wie ich mich gefühlt habe? Ich war glücklich! Können Sie sich das vorstellen? Glücklich. Ich fühlte mich wie ein Stück Scheiße... Schöner Freund bin ich... Dieser Bursche war immer nur gut zu mir...«

Marshal hörte sich die halbe Sitzung lang Shellys Assoziationen an, ohne ihm eine Deutung anzubieten.

»Was mir auffällt, Mr. Merriman, sind Ihre zutiefst ambivalenten Gefühle, sowohl für Willy als auch für Ihren Vater. Ich glaube, daß Ihre Beziehung zu Ihrem Vater die Schablone ist, mit deren Hilfe wir Ihre Beziehung zu Willy verstehen können.«

»Schablone?«

»Ich meine, daß Ihre Beziehung zu Ihrem Vater der Schlüssel ist, das Fundament für Ihre Beziehungen zu anderen ›großen‹ oder erfolgreichen Männern. In den letzten beiden Sitzungen haben Sie mir eine Menge über die Vernachlässigung und die Geringschätzung erzählt, die Sie durch Ihren Vater erfahren haben. Heute berichten Sie mir zum ersten

Mal von einer warmen, positiven Erinnerung an Ihren Vater, und trotzdem, sehen Sie sich an, wie die Episode endet – mit einer schrecklichen Verletzung. Und sehen Sie sich die Natur dieser Verletzung an – ein Biß in den Finger!«

»Ich verstehe nicht, worauf Sie hinauswollen.«

»Es erscheint mir unwahrscheinlich, daß das eine echte Erinnerung ist! Sie haben ja selbst darauf hingewiesen – wie kann ein Eichhörnchen einem in den Finger beißen, wenn man ihm Erdnüsse hinwirft? Und würde ein Vater seinem Sohn erlauben, ein möglicherweise tollwütiges Nagetier mit der Hand zu füttern? Unwahrscheinlich! Also ist diese spezielle Verletzung – der Biß in den Finger – vielleicht ein Symbol für eine andere Art befürchteter Verletzung.«

»Also noch mal. Worauf wollen Sie hinaus, Doc?«

»Wissen Sie noch, welche frühe Erinnerung Sie mir letztes Mal beschrieben haben? Die erste Erinnerung, die Ihnen überhaupt in Ihrem Leben bewußt ist? Sie sagten, daß Sie auf dem Bett Ihrer Eltern gesessen haben und Ihren Spielzeuglaster aus Blei auf die Glühbirnenfassung im Nachttisch gestellt hätten; darauf hätten Sie einen furchtbaren Schlag bekommen, und Ihr Laster wäre halb weggeschmolzen.«

»Ja, so habe ich die Sache in Erinnerung. Klar und deutlich.«

»Dann lassen Sie uns diese Erinnerungen einmal nebeneinanderstellen – Sie stellten Ihren Laster auf die Fassung Ihrer Mutter und verbrennen sich. In dieser Situation ist Gefahr angedeutet. Gefahr, Ihrer Mutter zu nahe zu kommen – das ist Vaters Territorium. Also, wie werden Sie mit der Gefahr fertig, die von Ihrem Vater droht? Vielleicht versuchen Sie, ihm nahezukommen, aber dabei verletzen Sie sich böse den Finger. Und ist es nicht offenkundig, daß diese Verletzungen – die Ihrem kleinen Laster und Ihrem Finger widerfahren – symbolisch erscheinen: Wofür könnten sie stehen, wenn nicht für eine Verletzung Ihres Penis?

Sie sagten, Ihre Mutter sei ganz vernarrt in Sie gewesen«, fuhr Marshal fort und bemerkte dabei, daß er nun Shellys ungeteilte Aufmerksamkeit hatte: »Sie hat Sie verschwenderisch mit ihrer Aufmerksamkeit bedacht und Ihren Vater gleichzeitig verunglimpft. Das klingt für mich nach einer gefährlichen Position für ein kleines Kind – gegen den eigenen Vater aufgehetzt zu werden. Also, was machen Sie? Wie werden Sie damit fertig? Eine Möglichkeit ist es, sich mit Ihrem Vater zu identifizieren. Und das haben Sie auch getan, in jeder von Ihnen beschriebenen Hinsicht: Sie haben, wie er, eine Vorliebe für angebrannte Kartoffeln entwickelt, für seine Spielleidenschaft, seine Sorglosigkeit im Umgang mit Geld. Und dann Ihr Gefühl, daß Sie ihm körperlich ähneln. Eine andere Möglichkeit besteht darin, mit ihm in Wettstreit zu treten. Und auch das haben Sie getan. Binokel, Boxen, Tennis; tatsächlich war es einfach, ihn zu besiegen, besser zu sein als er, weil er so wenig erfolgreich war. Und doch fühlten Sie sich sehr unbehaglich dabei, wenn Sie ihn übertrafen – als ginge irgendeine Gefahr davon aus, als sei es gefährlich, Erfolg zu haben.«

»Von was für einer Gefahr sprechen Sie genau? Ich glaube nämlich ehrlich, daß der alte Herr sich wünschte, daß ich Erfolg hatte.«

»Die Gefahr ist nicht der Erfolg an sich, sondern der Triumph über ihn, die Möglichkeit, besser zu sein als er, ihn zu ersetzen. Vielleicht wünschten Sie mit Ihrem kindlichen Verstand seinen Tod – das ist nur natürlich –, Sie wünschten sich, daß er verschwand, damit die Mutter Ihnen allein gehörte. Aber für ein Kind ist ›Verschwinden‹ gleichbedeutend mit Tod. Das ist keine Anklage gegen Sie – genau das passiert in jeder Familie, das ist einfach die Art und Weise, wie wir funktionieren. Der Sohn betrachtet den Vater als Hindernis und ärgert sich über ihn. Der Vater ärgert sich über den Sohn, weil dieser versucht, an seine Stelle zu treten – in der Familie, im Leben.

Denken Sie darüber nach – es ist unbehaglich, Todeswünsche zu haben. Es fühlt sich gefährlich an. Wie sieht die Gefahr aus? Sehen Sie sich Ihren Laster an! Sehen Sie sich Ihren Finger an! *Die Gefahr liegt in der Vergeltung durch Ihren Vater.* Nun sind dies alte Ereignisse, alte Gefühle – das alles liegt Jahrzehnte zurück. Und doch sind diese Gefühle nicht verschwunden. Sie liegen in Ihnen begraben, sie fühlen sich immer noch frisch an, sie beeinflussen immer noch die Art, wie Sie leben. Dieses kindliche Gefühl von Gefahr ist immer noch in Ihnen – den Grund dafür haben Sie schon lange vergessen, aber sehen Sie sich an, was Sie mir heute erzählt haben: *Sie benehmen sich, als sei Erfolg etwas sehr Gefährliches.* Daher erlauben Sie sich nicht, in Willys Nähe erfolgreich oder einfallsreich zu sein. Sie können sich nicht einmal gestatten, gut Tennis zu spielen. Also liegen all Ihre Fähigkeiten, Ihre Talente brach, schlummern ungenutzt in Ihnen.«

Shelly antwortete nicht. Das meiste von alledem ergab keinen Sinn für ihn. Er schloß die Augen und ging Marshals Worte noch einmal durch, suchte verzweifelt nach irgendeiner Kleinigkeit, die ihm nützlich sein könnte.

»Ein wenig lauter«, sagte Marshal lächelnd. »Ich verstehe Sie kaum.«

»Ich weiß nicht, was ich davon halten soll. Sie haben soviel gesagt. Ich schätze, ich habe mich gefragt, warum Dr. Pande mich nicht auf all diese Dinge aufmerksam gemacht hat. Ihre Erklärungen erscheinen mir so zutreffend – so viel einleuchtender als dieser homosexuelle Quatsch mit meinem Vater. In vier Sitzungen haben Sie mehr erreicht als Dr. Pande in vierzig.«

Marshal war in Hochstimmung. Er fühlte sich wie ein Zuchthengst, der Deutungen zeugt. Einmal im Jahr oder in zwei Jahren steigerte er sich im Basketball in einen wahren Spielrausch hinein: der Korb wurde zu einem riesigen Faß, das er mit Drei-Punkt-Würfen, gedrehten Würfen aus kurzer

Distanz und Sprungwürfen links- oder rechtshändig unentwegt fütterte. Er konnte gar nicht vorbeiwerfen. Und jetzt hatte er sich auch in seiner Sprechstunde zu so einem Höhenflug aufgeschwungen. Jede seiner Deutungen traf zischend – sssimmm – genau ins Schwarze.

Bei Gott, er wünschte, Ernest Lash hätte diese Sitzung mit ansehen und anhören können. Während ihrer gestrigen Supervision war es erneut zu einem Zusammenstoß zwischen ihm und Ernest gekommen. Solche Zusammenstöße waren jetzt häufiger – es passierte fast jedesmal. Allmächtiger, was er alles schlucken mußte. All diese Therapeuten wie Ernest, diese Amateure, begriffen es einfach nicht – sie kapierten nicht, daß die Aufgabe des Therapeuten die Deutung ist und nur die Deutung. Ernest konnte nicht verstehen, daß Deutung nicht eine von vielen verschiedenen Möglichkeiten ist, nicht bloß eine Sache, die der Therapeut machen *kann* – sondern das *einzige,* was der Therapeut tun sollte. Mehr denn je war ihm bewußt, was für ein wunderbar geschliffenes Instrument der Deutung er doch war.

Marshal dachte über seine Honorare nach. Es war doch gewiß unnatürlich, daß er dasselbe in Rechnung stellte wie andere Therapeuten, wo er doch offensichtlich ganz oben rangierte. Wirklich, dachte Marshal, *wer* konnte ihm das Wasser reichen? Wenn diese Sitzung von einem himmlischen Tribunal Unsterblicher aus dem Bereich der Psychoanalyse beobachtet würde – Freud, Ferenczi, Fenichel, Fairbairn, Sullivan, Winnicott –, würden sie gewiß voll Erstaunen sagen: ›*Wunderbar,* erstaunlich, ganz außerordentlich. Dieser junge Streider ist wirklich etwas Besonderes. Gebt ihm den Ball und geht ihm aus dem Weg. Keine Frage, er ist der größte Therapeut dieser Tage!‹

Es war lange her, seit er sich so gut gefühlt hatte – vielleicht seit seinen ruhmreichen Jahren als Linebacker im College-Football. Vielleicht, so ging es Marshal durch den Kopf, war er all diese Jahre leicht depressiv gewesen. Vielleicht hatte Seth Pande seine Depressionen und das Ergrauen seiner grandiosen Phantasien gar nicht wirklich in ihrer ganzen Tiefe erfaßt. Gott weiß, daß Seth in bezug auf Grandiosität seine blinden Flecken hatte. Aber jetzt, heute, sah Marshal klarer denn je, *daß man Grandiosität nicht vermeiden mußte,* daß sie der natürliche Weg des Egos war, die Grenzen zu durchbrechen, die Trübseligkeit und Verzweiflung des alltäglichen Lebens. Wichtig war vielmehr, einen Weg zu finden, mit dessen Hilfe man die Grandiosität in eine praktikable, reife Form kanalisieren konnte. Zum Beispiel, indem man einen Fahrradhelmscheck über sechshunderttausend Dollar einlöste oder als Präsident der Internationalen Psychoanalytischen Vereinigung vereidigt wurde. Und all das kam auf ihn zu. Bald!

Unwillkommene, heisere Worte rissen Marshal aus seinem Tagtraum.

»Wissen Sie, Doc«, sagte Shelly, »wenn ich bedenke, wie Sie den Dingen gleich auf den Grund gekommen sind, wie Sie mir so schnell geholfen haben, dann bin ich erst recht sauer darüber, wie dieser Seth Pande, dieser Trottel, mich geneppt hat! Gestern abend habe ich Bestandsaufnahme gemacht und mal zusammengezählt, wieviel mich seine Behandlung – wie nannten Sie es noch gleich ... seine ›irrigen Methoden‹? – gekostet haben. Das muß natürlich unter uns bleiben – ich möchte nicht, daß das an die Öffentlichkeit dringt –, aber ich schätze, daß sich meine Verluste beim Pokern auf vierzigtausend Dollar belaufen. Ich habe Ihnen ja erklärt, daß mir meine Anspannung in Gegenwart anderer Männer – eine Anspannung, die ich Pandes idiotischen Erklärungen verdanke – mein Pokerspiel vermasselt hat. Und dann wäre da noch mein Job und meine Unfähigkeit, mich bei Vorstellungsgesprächen richtig zu verhalten –, auch das Nachwirkungen schlechter psychiatrischer Behandlung: das waren mindestens sechs

Monate ohne Lohn und Sozialleistungen, noch mal vierzigtausend. Also geht es, über den Daumen gepeilt, um achtzig Mille.«

»Ja, ich verstehe Ihre Gefühle der Bitterkeit gegenüber Dr. Pande.«

»Nun ja, die Sache geht über Gefühle hinaus, Doc. Und sie geht über Bitterkeit hinaus. Mit juristischen Begriffen ausgedrückt ist es mehr die Frage einer Schadensersatzforderung. Ich denke, und meine Frau und ihre Anwaltsfreundinnen stimmen da mit mir überein, daß ich bei einer Klage gute Chancen hätte. Ich weiß nicht, wer verklagt werden sollte – natürlich Dr. Pande, aber heutzutage haben die Anwälte es ja eher auf die ›tiefen Taschen‹ abgesehen. Das könnte durchaus das Analytische Institut sein.«

Wenn er das richtige Blatt hatte, war Shelly ein guter Bluffer. Und im Augenblick hielt er ziemlich gute Karten in der Hand.

Der ganze Rückrufplan war Marshals Baby. Und hier drohte ihm nun der erste Patient, das Institut zu verklagen, was zweifellos zu einer höchst publikumswirksamen, peinlichen Verhandlung führen würde. Marshal versuchte, seine Fassung zu wahren.

»Ja, Mr. Merriman, ich verstehe Ihre Aufregung. Aber ob ein Richter oder Geschworener Sie auch verstehen würde?«

»Mir scheint das ein völlig wasserdichter Fall zu sein. Und es wird nie bis zur Verhandlung kommen. Ich wäre absolut bereit, über einen Vergleich nachzudenken, ernsthaft nachzudenken. Vielleicht könnten Dr. Pande und das Institut sich die Sache teilen.«

»Ich kann hier nur als Ihr Therapeut auftreten und habe keine Autorität, für das Institut oder sonst jemanden zu sprechen, aber mir scheint, daß es durchaus zur Verhandlung kommen würde. Erstens kenne ich Dr. Pande – ein zäher Bursche. Und stur. Ein echter Kämpfer. Glauben Sie mir, er würde nie im Leben eine Gesetzwidrigkeit eingestehen – lieber würde er bis zum bitteren Ende kämpfen, er würde die besten Verteidiger des Landes verpflichten, er würde jeden Cent, den er besitzt, in diesen Kampf stecken. Und das Institut ebenfalls. Es würde auch kämpfen. Das Institut würde sich niemals freiwillig auf einen Vergleich einlassen, weil das endlosen Gerichtsprozessen Tür und Tor öffnen würde – man würde damit die eigene Todesglocke läuten.«

Shelly ging mit und erhöhte seinerseits mit einer lässigen Handbewegung. »Ich habe nichts gegen eine Verhandlung. Würde mich auch nicht teuer kommen. Bleibt alles in der Familie. Meine Frau ist eine in Zivilprozessen gefürchtete Anwältin.«

Marshal erhöhte abermals, ohne mit der Wimper zu zucken. »Ich habe Verhandlungen wegen therapeutischer Kunstfehler miterlebt. Lassen Sie sich gesagt sein, der Patient zahlt einen hohen emotionalen Preis. Der ganze Seelenstriptease – und das betrifft nicht nur Sie, sondern auch andere. Einschließlich Ihrer Frau, die Sie möglicherweise gar nicht vertreten könnte, da sie selbst in den Zeugenstand gerufen werden würde. Und was ist mit der Höhe Ihrer Spielverluste? Wenn das öffentlich bekannt würde, wäre das keine besonders erfreuliche Werbung für die Kanzlei Ihrer Frau. Und man würde natürlich auch all ihre Mitspieler in den Zeugenstand rufen.«

Shelly schoß voller Selbstvertrauen zurück: »Das sind nicht nur Pokerspieler, sondern gute Freunde. Niemand, nicht ein einziger, würde die Aussage verweigern.«

»Aber würden Sie diese Männer, wenn sie Freunde sind, wirklich um ihre Aussage bitten – würden Sie sie bitten, öffentlich einzugestehen, daß sie sich an Glücksspielen von solchem Ausmaß beteiligen? Das wäre für das Privatleben und die berufliche Existenz Ihrer Freunde wahrscheinlich auch nicht gerade vorteilhaft. Außerdem ist privates Glücksspiel in Kalifornien verboten, nicht wahr? Sie würden jeden

Ihrer Freunde bitten, seinen Kopf in die Schlinge zu stecken. Sagten Sie nicht, einige davon seien Anwälte?«

»Freunde tun solche Dinge füreinander.«

»In diesem Fall bleiben sie nicht lange Freunde.«

Shelly warf abermals einen Blick auf Marshal. *Der Kerl ist wirklich wacker, an dem kommt nicht mal ein Panzer vorbei.* Er überlegte und sah sich noch einmal seine Karten an. *Mist,* dachte er, *der Kerl ist ein Spieler. Und er spielt, als hielte er ein Full House mit Assen gegen meinen Flush. Besser, ich hebe mir etwas für das nächste Blatt auf.* Shelly schob seine Karten zusammen. »Nun, ich werde drüber nachdenken, Doc. Die Sache mit meinen juristischen Ratgebern besprechen.«

Shelly verfiel in Schweigen. Marshal hatte natürlich den längeren Atem und wartete, bis er wieder zu sprechen begann.

»Doc, kann ich Sie etwas fragen?«

»Sie können alles fragen. Was das Antworten betrifft, mache ich keine Versprechen.«

»Gehen wir mal fünf Minuten zurück... Unser Gespräch über den Prozeß... Sie sind da ziemlich hart eingestiegen. Wie kommt das? Was ist da passiert?«

»Mr. Merriman, ich glaube, es wäre wichtiger, die Motivation zu erkunden, die hinter Ihrer Frage steckt. Was wollen Sie wirklich wissen? Und in welcher Hinsicht könnte es mit meiner Deutung von vorhin übereinstimmen, meiner Deutung, was das Verhältnis zwischen Ihnen und Ihrem Vater betrifft?«

»Nein, Doc, das ist nicht mein Ausgangspunkt gewesen. Mit dem Thema sind wir durch. Ich hab's verstanden. Ehrlich. Ich habe das Gefühl, jetzt völlig klarzusehen, was die Lampenfassung meiner Mutter betrifft und meinen Vater und Rivalität und die Todeswünsche. Worüber ich jetzt reden möchte, ist das Blatt, das wir gerade gespielt haben. Gehen wir noch mal zurück und spielen die Karten offen aus. Das ist die Art und Weise, wie Sie mir wirklich helfen können.«

»Sie haben mir noch nicht erklärt, warum.«

»In Ordnung. Das *Warum* ist einfach. Wir haben an den Ursachen für mein Verhalten gearbeitet – wie nannten Sie es noch?«

»Schablone.«

»Richtig. Und es sieht so aus, als hätten wir das alles abgeklopft. Aber ich sitze ja immer noch mit meinen schlechten Verhaltensmustern da, mit meiner schlechten Angewohnheit, meine Spannung zu zeigen. Ich bin nicht nur hergekommen, um die Dinge zu verstehen; ich benötige Hilfe, um meine schlechten Verhaltensmuster zu verändern. Ich weiß, daß ich Schaden genommen habe – sonst würden Sie nicht hier vor mir sitzen und mir freie Stunden für hundertfünfundsiebzig Dollar geben. Richtig?«

»Ja, ich verstehe langsam, worauf Sie hinauswollen. Jetzt erklären Sie mir noch einmal, was Sie mich eigentlich gefragt haben.«

»Vorhin, vor fünf oder zehn Minuten, als wir über einen Prozeß und Geschworene und Pokerverluste sprachen. Sie hätten passen können. Aber Sie sind ganz gelassen auf meine Erhöhung eingegangen. Ich möchte wissen, womit ich meine Karten verraten habe!«

»Ich bin mir nicht sicher. Aber ich glaube, es war Ihr Fuß.«

»Mein Fuß?«

»Ja. Als Sie versuchten, energischer zu wirken, haben Sie Ihren Fuß stark zusammengekrümmt, Mr. Merriman. Eines der sichersten Anzeichen für Angst. Oh, und Ihre Stimme – eine Spur lauter, eine halbe Oktave höher.«

»Im Ernst! He, das ist super. Wissen Sie, das hilft mir wirklich weiter. *Das* nenne ich *wirkliche* Hilfe. Mir kommt da langsam eine Idee – eine Inspiration, wie Sie den Schaden wirklich wiedergutmachen könnten.«

»Ich fürchte, Mr. Merriman, Sie haben bereits gesehen, was ich tun kann. Damit ist mein Vorrat an Beobachtungen erschöpft. Ich bin davon überzeugt, daß ich Ihnen durchaus nützlich sein kann, wenn ich einfach das tue, was ich während der vergangenen vier Stunden getan habe.«

»Doc, Sie haben mir durch all dieses Kindheitszeug mit meinem Vater geholfen. Ich habe neue Einblicke gewonnen. Gute Einblicke! Aber ich bin beeinträchtigt: Ich kann mich nicht mehr auf ein freundschaftliches Pokerspiel zu meinen Freunden gesellen. Eine wirklich effektive Therapie müßte dieses Manko doch beheben können. Stimmt's? Eine gute Therapie sollte mich soweit befreien, daß ich selbst bestimmen kann, wie ich meine Freizeit verbringe.«

»Ich verstehe Sie nicht. Ich bin Therapeut, ich kann Ihnen nicht beim Pokerspiel helfen.«

»Doc, wissen Sie, was ein ›verräterisches Zeichen‹ ist?«

»Ein verräterisches Zeichen?«

»Ich zeige es Ihnen.« Shelly nahm seine Brieftasche zur Hand und zog ein Bündel Geldscheine heraus. »Ich werde diesen Zehndollarschein nehmen, zusammenrollen, die Hände hinter den Rücken legen und den Schein in eine Hand nehmen.« Shelly tat, was er angekündigt hatte, und streckte Marshal dann seine zu Fäusten geballten Hände hin. »Ihre Aufgabe ist es jetzt, zu erraten, in welcher Hand ich das Geld habe. Wenn Sie richtig raten, behalten Sie die zehn Dollar. Wenn Sie sich irren, geben Sie mir zehn Dollar. Ich werde das Ganze sechsmal wiederholen.«

»Ich mache mit, Mr. Merriman, aber ich möchte das Geld aus der Sache heraushalten.«

»Nein! Glauben Sie mir, ohne Risiko funktioniert es nicht. Es muß etwas davon abhängen, sonst geht es nicht. Wollen Sie mir nun helfen oder nicht?«

Marshal gab nach. Er war so dankbar, daß Shelly den Gedanken an einen Prozeß anscheinend hatte fallenlassen, daß er mit ihm auf dem Fußboden mit Murmeln gespielt hätte, wenn das Shellys Wunsch gewesen wäre.

Shelly hielt ihm sechsmal die Hände hin, und sechsmal mußte Marshal raten. Dreimal riet er richtig und dreimal falsch.

»Okay, Doc, Sie haben dreißig Dollar gewonnen und dreißig verloren. Wir sind quitt. Es ist so, wie es sein sollte. Hier, jetzt nehmen *Sie* den Zehner. Nehmen Sie ihn in die Hand. Und nun muß *ich* raten.«

Sechsmal verbarg Marshal den Zehner in der einen oder der anderen Hand. Shelly riet beim ersten Mal daneben und traf bei den nächsten fünf Versuchen ins Schwarze.

»Sie gewinnen zehn Dollar, Doc, und ich fünfzig. Sie schulden mir vierzig. Brauchen Sie Wechselgeld?«

Marshal griff in seine Tasche und nahm eine Rolle mit Geldscheinen heraus, die von einem schweren, silbernen Geldclip festgehalten wurden – dem Clip seines Vaters. Vor zwanzig Jahren war sein Vater einem massiven Schlaganfall zum Opfer gefallen. Während sie darauf warteten, daß der Rettungswagen auf ihren Notruf reagierte, hatte seine Mutter seinem Vater das Geld aus der Tasche genommen, die Scheine in ihre Börse geschoben und den Clip ihrem Sohn gegeben. »Hier, Marshal, das ist für dich«, hatte sie gesagt. »Denk jedes Mal, wenn du ihn benutzt, an deinen Vater.« Marshal holte tief Luft, nahm zwei Zwanziger aus dem Bündel – die größte Summe, die er je verloren hatte – und gab sie Shelly.

»Wie haben Sie das gemacht, Mr. Merriman?«

»An der leeren Hand waren Ihre Knöchel ein wenig weiß – Sie haben zu fest gedrückt. Und Ihre Nase hat ganz ganz leicht auf die Zehndollarhand gedeutet. *Das* ist ein verräterisches Zeichen, Doc. Wollen Sie eine Revanche?«

»Eine gute Demonstration, Mr. Merriman. Eine Revanche ist nicht nötig: Ich habe verstanden. Ich bin mir zwar immer noch nicht sicher, wohin das Ganze führen soll, aber ich fürchte, unsere Zeit ist gerade abgelaufen. Wir sehen uns dann am Mittwoch.« Marshal erhob sich.

»Ich habe so eine Idee, eine phantastische Idee, wo das Ganze hinführt. Wollen Sie's hören?«

»Ja, allerdings, Mr. Merriman.« Marshal warf einen Blick auf die Uhr. »Und zwar um Punkt vier Uhr am Mittwoch.«

17

Zehn Minuten vor der Sitzung versuchte Carol sich geistig auf die vor ihr liegende Stunde vorzubereiten. Kein Kassettenrekorder heute. Der Rekorder, den sie bei der letzten Sitzung in ihrer Handtasche gehabt hatte, hatte nichts Verständliches aufgezeichnet. Um eine anständige Aufnahme zu bekommen, das war ihr jetzt klar, würde sie in ein professionelles Aufnahmegerät investieren müssen – vielleicht konnte sie etwas Brauchbares in dem Überwachungsladen kaufen, der jüngst in der Nähe des Union Square eröffnet hatte.

Nicht, daß irgend etwas einer Aufzeichnung würdig gewesen wäre. Ernest war ein größerer Geheimniskrämer, als sie gedacht hatte. Und gerissener noch dazu. Geduldiger. Er widmete dem Bemühen, ihr Vertrauen zu gewinnen und sie von sich abhängig zu machen, überraschend viel Zeit. Er schien es nicht eilig zu haben – wahrscheinlich hatte er eine andere Patientin, die er in aller Seelenruhe bumsen konnte. Auch sie mußte geduldig sein: Früher oder später, das wußte sie, würde der wahre Ernest ans Licht kommen, der lüsterne, geile, raubgierige Ernest, den sie in der Buchhandlung gesehen hatte.

Carol nahm sich vor, stärker zu sein. Sie konnte nicht ständig zusammenbrechen, wie sie es letzte Woche getan hatte, als Ernest davon sprach, wie sie den Zorn ihrer Mutter an ihre Kinder weitergab. Diese Bemerkung hatte ihr während der vergangenen Tage wieder und wieder in den Ohren geklungen und ihre Beziehung zu ihren Kindern auf unerwartete Weise stark beeinflußt. Ihr Sohn hatte ihr sogar gesagt, wie froh er sei, daß sie nicht mehr traurig war, und ihre Tochter hatte eine Zeichnung von einem großen, lächelnden Gesicht auf ihrem Kissen deponiert.

Und dann, gestern abend, war etwas Außerordentliches passiert. Carol hatte sich zum ersten Mal seit Wochen wirklich wohlgefühlt, während sie ihre Kinder auf dem Schoß hatte und ihnen ihre abendliche Dosis von *Nils Holgersons abenteuerliche Reise durch Schweden* vorlas – aus demselben eselsohrigen Buch, aus dem ihr vor Jahrzehnten ihre eigene Mutter jeden Abend vorgelesen hatte. Erinnerungen kehrten zurück, Erinnerungen an sie und Jeb, wie sie sich an ihre Mutter klammerten und ihre kleinen Köpfe zusammensteckten, um die Bilder zu sehen. Merkwürdig, wie sie in der letzten Woche immer wieder an Jeb gedacht hatte, Jeb in seiner Verbannung, Jeb, dem keine Verzeihung zuteil geworden war. Natürlich wollte sie ihn nicht sehen – sie hatte es ernst gemeint mit dem Lebenslänglich als Strafe –, aber sie dachte doch an ihn: wo er war, was er tat.

Andererseits, überlegte Carol, *ist es wirklich nötig, daß ich meine Gefühle derart vor Ernest abschirme? Vielleicht sind meine Tränen gar nicht so schlecht – sie dienen einem Zweck: Sie vergrößern den Anschein von Authentizität. Obwohl – Ernest, der arme Tropf, hat ja keinen Schimmer. Trotzdem ist es ein riskantes Spiel; warum soll ich ihm irgendeinen Einfluß auf mich zugestehen? Andererseits, warum sollte ich nicht etwas Positives von ihm annehmen? Ich bezahle ja genug. Selbst er hat bisweilen etwas Nützliches zu sagen. Auch ein blindes Huhn findet ab und zu ein Korn!*

Carol rieb sich die Beine. Obwohl Jess sich seinem Versprechen gemäß als ein geduldiger und nachsichtiger Jogginglehrer erwiesen hatte, taten ihr Waden und Schenkel weh. Jess hatte gestern abend angerufen, und sie hatten sich frühmorgens vor dem De-Young-Museum getroffen, um durch den aufkommenden Nebel um den See und durch die Reitgründe des Golden Gate Park zu joggen. Sie hatte seinen Rat befolgt und war lediglich schnell gegangen, eher geschlurft als gelaufen, wobei sie kaum die Schuhe aus dem Tau benetzten Gras gehoben hatte. Nach einer Viertelstunde war sie außer Atem und warf Jess, der anmutig neben ihr herglitt, einen flehentlichen Blick zu.

»Nur noch ein paar Minuten«, versprach er. »Bleiben Sie bei einem schnellen Schrittempo; ermitteln Sie das Tempo, bei dem Sie noch ohne Probleme atmen können. Wir machen in dem japanischen Teehaus Pause.«

Und dann war nach zwanzig Minuten Joggen etwas Wunderbares passiert. Ihre Müdigkeit verschwand, und Carol wurde von einem Gefühl grenzenloser Energie durchströmt. Sie sah Jess an, der nickte und päpstlich lächelte, als hätte er nur auf den Aufwind gewartet, der ihr die Erleuchtung bringen würde. Carol bewegte sich schneller. Sie flog schwerelos über das Gras. Sie hob die Füße höher und höher. Sie hätte ewig so weitergehen können. Und dann, als sie langsamer wurden und vor dem Teehaus stehenblieben, fiel Carol in sich zusammen und war dankbar für Jess' kräftigen, stützenden Arm.

In der Zwischenzeit gab Ernest auf der anderen Seite der Wand, die sein Sprech- vom Wartezimmer trennte, einen Zwischenfall aus einer Gruppentherapiesitzung in den Computer ein, die er gerade geführt hatte – einen wertvollen Beitrag für seinen Artikel über das Therapeuten-Patienten-Verhältnis. Eines seiner Gruppenmitglieder hatte einen überzeugenden Traum beigesteuert:

Unsere ganze Gruppe saß um einen langen Tisch herum, mit dem Therapeuten am Kopfende. Er hielt ein Stück Papier in Händen. Wir reckten alle die Hälse und beugten uns vor, um das Papier zu sehen, aber er hielt es versteckt.

Irgendwie wußten wir alle, daß auf diesem Stück Papier die Antwort auf die Frage geschrieben stand: Wen von uns lieben Sie am meisten?

Diese Frage – wen von uns lieben Sie am meisten –, schrieb Ernest, ist tatsächlich der Alptraum des Gruppentherapeuten. Jeder Therapeut befürchtet, daß die Gruppe eines Tages zu wissen begehren wird, welches seiner Mitglieder ihm oder ihr am meisten am Herzen liegt. Und genau aus diesem Grund sind viele Gruppentherapeuten (ebenso wie Individualtherapeuten) abgeneigt, Patienten gegenüber ihren Gefühlen Ausdruck zu verleihen.

Das Besondere an dieser Sitzung war der Umstand, daß Ernest gemäß seinem Entschluß, transparent zu sein, das Gefühl gehabt hatte, die Situation brillant zu meistern. Als erstes hatte er die Gruppe zu einer produktiven Diskussion über die Phantasie ihrer Mitglieder geführt, wer von ihnen das Lieblingskind des Therapeuten sei. Das war natürlich die konventionelle Masche – das würden viele Therapeuten machen. Aber dann tat er etwas, das nur wenige Therapeuten tun würden: Er sprach offen über seine Gefühle gegenüber jeder Person in der Gruppe.

Nicht, ob er denjenigen mochte oder liebte natürlich – solch umfassende Aussagen waren nie nützlich –, sondern über die Eigenschaften eines jeden, die ihn anzogen beziehungsweise abstießen. Und diese Taktik hatte wunderbar funktioniert: Alle Gruppenmitglieder hatten beschlossen, dasselbe mit den anderen zu tun, und jeder hatte auf diese Weise ein wertvolles Feedback bekommen.

Er schaltete seinen Computer an und blätterte schnell seine Notizen über Carolyns letzte Sitzung durch. Bevor er aufstand, um sie zu holen, überflog er außerdem noch einmal die Prinzipien der therapeutischen Selbstentblößung, die er bisher formuliert hatte:

1. Enthülle dich nur insoweit, wie es dem Patienten hilfreich ist.
2. Enthülle dich mit Bedacht. Denke immer daran, daß du dich vor einem Patienten enthüllst, nicht vor dir selbst.
3. Wenn du deine Approbation behalten willst, achte darauf, wie deine Selbstoffenbarung in den Ohren anderer Therapeuten klingen wird.
4. Therapeutische Selbstoffenbarung muß zum richtigen Zeitpunkt erfolgen: Einige Enthüllungen, die im späteren Verlauf der Therapie nützlich sein mögen, können in einem früheren Stadium kontraproduktiv wirken.
5. Therapeuten sollten sich nicht über solche Dinge mitteilen, bei denen sie selbst schweren Konflikten unterworfen sind; sie sollten diese Dinge zuerst in der Supervision oder in einer eigenen Therapie bearbeiten.

Carol betrat Ernests Sprechzimmer mit dem festen Entschluß, an diesem Tag Ergebnisse zu erzielen. Sie machte ein paar Schritte in den Raum hinein, nahm aber nicht gleich Platz. Statt dessen blieb sie einfach neben ihrem Sessel stehen. Ernest war gerade im Begriff, in seinem eigenen Sessel Platz zu nehmen, als er Carolyn über sich aufragen sah. Mitten in der Bewegung hielt er inne, erhob sich wieder und sah sie fragend an.

»Ernest, am Mittwoch haben mich Ihre Worte derart aufgewühlt, daß ich, als ich aus Ihrem Sprechzimmer stürmte, etwas vergessen habe: meine Umarmung. Und ich kann Ihnen gar nicht sagen, was das für mich bedeutet. Wie sehr ich sie während der letzten zwei Tage vermißt habe. Es ist, als hätte ich Sie verloren, als existierten Sie nicht länger. Ich habe überlegt, ob ich Sie anrufen soll, aber Ihre Stimme allein genügt mir nicht. Ich brauche den physischen Kontakt. Würden Sie mir den Gefallen tun?«

Ernest, der seine Freude über eine solche Entschädigung

für die verpaßte Umarmung nicht zeigen wollte, zögerte einen Augenblick lang und sagte dann: »Solange wir uns einig sind, daß wir anschließend darüber reden.« Mit diesen Worten gestattete er ihr eine kurze, auf den Oberkörper beschränkte Umarmung.

Mit hämmerndem Puls nahm Ernest Platz. Er mochte Carolyn und genoß ihre Berührung: das flauschige Gefühl ihres Kaschmirpullovers, ihre warmen Schultern, der dünne, züchtige Verschlußriemen ihres BHs quer über dem Rücken, das Gefühl ihres festen Busens an seiner Brust. So sauber die Umarmung auch war, Ernest kehrte mit dem Gefühl, beschmutzt worden zu sein, in seinen Sessel zurück.

»Ist Ihnen aufgefallen, daß ich ohne Umarmung weggegangen bin?« fragte Carol.

»Ja, es ist mir aufgefallen.«

»Haben Sie die Umarmung vermißt?«

»Nun, ich war mir im klaren darüber, daß meine Bemerkung über Ihre Tochter einige tiefe Akkorde in Ihnen angeschlagen hat. Beunruhigende Akkorde.«

»Sie haben versprochen, ehrlich mit mir zu sein, Ernest. Bitte, keine der üblichen Ausweichmanöver. Wollen Sie mir nicht antworten? Haben Sie die Umarmung vermißt? Ist eine Umarmung von mir unangenehm für Sie? Oder angenehm?«

Ernest war sich des drängenden Klangs in Carolyns Stimme bewußt. Offensichtlich hatte die Umarmung eine gewaltige Bedeutung für sie – sowohl als Bestätigung ihrer Attraktivität als auch als Verpflichtung seinerseits, ihr nahe zu sein. Er fühlte sich in die Enge getrieben, suchte nach der richtigen Antwort und erwiderte dann, um ein charmantes Lächeln bemüht: »Wenn der Tag kommt, an dem ich die Umarmung einer attraktiven Frau, wie Sie es sind – attraktiv in jedem Sinne des Wortes –, unangenehm finde, dann ist das der Tag, an dem man den Leichenbestatter rufen muß.«

Carol fühlte sich extrem ermutigt. *»Eine sehr attraktive*

Frau – attraktiv in jedem Sinne des Wortes!« Der Schatten von Dr. Cooke und Dr. Zweizung. Jetzt wird der Jäger bald seinen nächsten Schritt tun. Zeit für das Opfer, einen Köder in die Falle zu legen.

Ernest fuhr fort: »Erzählen Sie mir Näheres über das Thema Berührung, über deren Bedeutung für Sie.«

»Ich bin mir nicht sicher, wieviel ich da noch hinzufügen kann«, sagte sie. »Ich weiß, daß ich stundenlang darüber nachdenke, wie es wäre, Sie zu berühren. Manchmal ist es sehr sexuell – manchmal sterbe ich vor Verlangen, Sie in mir zu spüren, wo Sie wie ein Geysir explodieren und mich mit Ihrer Hitze und Ihrer Nässe füllen. Und dann wiederum gibt es Zeiten, zu denen es keineswegs sexuell ist, sondern einfach warm, liebevoll und voller Geborgenheit. An den meisten Abenden in dieser Woche bin ich früh zu Bett gegangen, nur um mir vorzustellen, ich wäre mit Ihnen zusammen.«

Nein, das ist nicht genug, dachte Carol. *Ich muß deutlicher werden, muß die Sache aufheizen. Aber es ist schwer, sich wirklich vorzustellen, mit diesem Widerling intim zu sein. Fett und schmierig – dieselbe fleckige Krawatte Tag für Tag, dieses Rockport-Imitat von abgelaufenen Lackschuhen.*

Sie fuhr fort: »Meine Lieblingsphantasie ist die, wie wir zwei auf diesen Sesseln sitzen, und dann gehe ich zu Ihnen rüber und setze mich neben Sie auf den Boden, und Sie streichen mir übers Haar und kommen dann einfach zu mir runter und streicheln mich überall.«

Ernest hatte schon andere Patientinnen mit einer erotischen Übertragung gehabt, aber keine, die sie derart deutlich ausgedrückt hatte, und keine, die ihn derart erregt hätte. Er saß schweigend und schwitzend da, wog seine Alternativen ab und bedurfte all seiner Konzentration und Willenskraft, eine Erektion niederzuzwingen.

»Sie haben mich gebeten, ganz ehrlich zu sein«, fuhr Carol fort, »zu sagen, was ich denke.«

»Das habe ich in der Tat getan, Carolyn. Und Sie tun genau das, was Sie tun sollten. Ehrlichkeit ist im Reich der Therapie die größte Tugend. Wir können, wir müssen über *alles* reden, alles in Worte fassen ... solange wir beide körperlich bei uns bleiben.«

»Ernest, bei mir funktioniert das nicht. Sprechen und Worte sind nicht genug. Sie kennen meine Vergangenheit, was die Männer betrifft. Das Mißtrauen sitzt so tief. Ich kann Worten nicht trauen. Bevor ich bei Ralph war, war ich bei einer ganzen Reihe von Therapeuten, jeweils für ein oder zwei Sitzungen. Sie hielten sich an die Standardprozedur, befolgten alle Anweisungen buchstabengetreu, hielten an ihrem beruflichen Standeskodex fest, blieben korrekt und distanziert. Und sie alle haben bei mir versagt. Bis ich zu Ralph kam. Bis ich einen echten Therapeuten kennenlernte – jemanden, der bereit war, flexibel zu sein, dort anzufangen, wo ich stand, und mit dem, was ich brauchte. Er hat mir das Leben gerettet.«

»Abgesehen von Ralph hat Ihnen niemand etwas Nützliches zu bieten gehabt?«

»Nur Worte. Wenn ich aus der Sprechstunde ging, habe ich nichts mitgenommen. Genauso ist es auch jetzt. Wenn ich weggehe, ohne Sie zu berühren, verschwinden die Worte einfach. Sie verschwinden, es sei denn, ich habe einen Abdruck von Ihnen auf meiner Haut.«

Heute muß etwas passieren, dachte Carol. *Ich muß diese Show endlich in Schwung bringen. Und dann Schluß damit.*

»Was ich heute wirklich möchte, Ernest«, fuhr sie fort, »ist nicht reden, sondern mich neben Sie auf die Couch setzen und Sie einfach neben mir spüren.«

»Ich würde mich dabei nicht wohl fühlen – das ist nicht die Art und Weise, wie ich Ihnen am besten helfen kann. Dafür haben wir zuviel Arbeit vor uns, zu viele Dinge, über die wir reden müssen.«

Die Tiefe und die Gewalt von Carolyns Bedürfnis nach körperlichem Kontakt beeindruckte Ernest immer mehr. Dies war, so sagte er sich, kein Bedürfnis, vor dem er zurückweichen sollte. Es war ein Teil der Patientin, der ernst genommen sein wollte; es war ein Bedürfnis, das wie jedes andere Bedürfnis verstanden und behandelt werden mußte.

Während der vergangenen Woche hatte Ernest einige Zeit in der Bibliothek darauf verwandt, die Literatur über erotisierte Übertragung noch einmal durchzusehen. Einige von Freuds warnenden Worten bezüglich der Behandlung von »Frauen von elementarer Leidenschaftlichkeit« hatten ihn besonders berührt. Freud bezeichnete diese Patientinnen als »Kinder der Natur«, die sich weigerten, das Spirituelle statt des Körperlichen anzunehmen und nur der »Logik des Haferbreis und dem Argument der Klöße« zugänglich wären.

In seinem Pessimismus bezüglich der Behandlung solcher Patientinnen behauptete Freud, dem Therapeuten blieben da nur zwei gleichermaßen inakzeptable Alternativen: die Liebe der Patientin zu erwidern oder zur Zielscheibe des Zorns einer gedemütigten Frau zu werden. In beiden Fällen, sagte Freud, mußte man seinen Fehlschlag einräumen und sich von dem Fall zurückziehen.

Carol war eines dieser »Kinder der Natur«, tatsächlich. Daran konnte kein Zweifel bestehen. Aber hatte Freud recht? Gab es nur zwei mögliche, gleichermaßen indiskutable Alternativen für einen Therapeuten? Freud war vor fast hundert Jahren zu diesen Schlußfolgerungen gelangt, durchdrungen vom Zeitgeist des Wiener Autoritarismus. Vielleicht lagen die Dinge heute anders. Vielleicht hätte sich Freud das ausgehende zwanzigste Jahrhundert gar nicht vorstellen können – Zeiten größerer therapeutischer Transparenz, Zeiten, da es ein *ehrliches* Miteinander von Patient und Therapeut geben konnte.

Carols nächste Worte rissen Ernest aus seinem Tagtraum. »Könnten wir uns nicht einfach auf die Couch rübersetzen und dort reden? Es ist zu kalt, zu bedrückend, wenn ich mich aus dieser Entfernung mit Ihnen unterhalte. Versuchen Sie es doch wenigstens für ein paar Minuten. Setzen Sie sich einfach neben mich. Ich verspreche, nicht mehr von Ihnen zu verlangen. Und ich garantiere Ihnen, daß es mir beim Reden helfen wird, daß es mir helfen wird, mit tieferen Strömungen in Kontakt zu kommen. Oh, schütteln Sie nicht den Kopf; ich weiß alles über die APA-Verhaltensregeln, über die Standardtaktik. Aber, Ernest, bleibt da nicht auch ein wenig Raum für Kreativität? Findet der wahre Therapeut nicht eine Möglichkeit, jedem seiner Patienten zu helfen?«

Carol spielte auf Ernest wie auf einer Geige: Sie wählte lauter perfekte Worte: »American Psychoanalytic Association«, »standardisiert«, »Behandlungshandbücher«, »Codex des ärztlichen Verhaltens«, »Regeln«, »Kreativität«, »Flexibilität«. Während Ernest lauschte, kamen ihm wieder einige von Seymour Trotters Bemerkungen in den Sinn: *Offiziell anerkannte Technik? Vergessen Sie alle Technik. Wenn Sie als Therapeut erwachsen werden, werden Sie den Sprung zur Authentizität wagen wollen und die Bedürfnisse des Patienten – und nicht die Standesvorschriften der APA – zur Richtlinie Ihrer Therapie machen.* Seltsam, wie oft er in letzter Zeit an Seymour gedacht hatte. Vielleicht war es einfach tröstlich zu wissen, daß ein anderer Therapeut einst denselben Weg gegangen war. Einen Augenblick lang hatte Ernest jedoch vergessen, daß Seymour nie wieder einen Weg zurück gefunden hatte.

Geriet Carolyns Übertragung langsam außer Kontrolle? Seymour hatte gesagt, daß die Übertragung gar nicht zu stark werden konnte. *Je stärker die Übertragung,* hatte er gesagt, *desto effektiver ist die Waffe, mit der Sie die selbstzerstörerischen Neigungen des Patienten bekämpfen können.* Und selbstzerstörerisch war Carolyn weiß Gott! Warum sonst würde sie in einer solchen Ehe bleiben?

»Ernest«, wiederholte Carolyn, »bitte, setzen Sie sich neben mich auf die Couch. Ich brauche es.«

Ernest dachte an Jungs Rat, jeden Patienten so individuell wie nur möglich zu betrachten, *eine neue Therapiesprache für jeden Patienten zu schaffen.* Er dachte daran, daß Seymour diese Forderung noch weiter getrieben und behauptet hatte, der Therapeut müsse für jeden Patienten eine neue Therapie erfinden. Diese Worte gaben ihm Kraft. Und Entschlossenheit. Er stand auf, ging zur Couch, ließ sich an einem Ende nieder und sagte: »Probieren wir's.«

Carol erhob sich und setzte sich neben ihn, so nah wie möglich, ohne ihn zu berühren. Dann begann sie augenblicklich: »Ich habe heute Geburtstag. Meinen sechsunddreißigsten. Habe ich Ihnen erzählt, daß ich am selben Tag Geburtstag habe wie meine Mutter?«

»Alles Gute zum Geburtstag, Carolyn. Ich hoffe, die nächsten sechsunddreißig Geburtstage werden immer besser und besser für Sie.«

»Vielen Dank, Ernest. Das ist wirklich lieb.« Und mit diesen Worten beugte sie sich vor und gab Ernest ein Küßchen auf die Wange. *Igitt,* dachte sie, *Zitronen-After-Shave. Widerlich.*

Das Bedürfnis nach körperlicher Nähe, das Nebeneinander auf dem Sofa und jetzt der Kuß auf die Wange – all das erinnerte Ernest auf unheimliche Weise an Seymour Trotters Patientin. Aber Carolyn war natürlich viel besser beisammen als die von Impulsen getriebene Belle. Ernest war sich eines warmen Prickelns in seinem Inneren bewußt. Er ließ es einfach zu, genoß es einen Augenblick lang und drängte seine wachsende Erregung dann in einen fernen Winkel seines Verstandes zurück, machte sich wieder an die Arbeit und bemerkte ganz professionell: »Geben Sie mir noch einmal die Lebensdaten Ihrer Mutter, Carolyn.«

»Sie wurde 1937 geboren und starb vor zehn Jahren im Alter von achtundvierzig. Mir ist diese Woche der Gedanke gekommen, daß ich jetzt drei Viertel des Alters habe, in dem sie gestorben ist.«

»Welche Gefühle kommen bei diesem Gedanken hoch?«

»Es tut mir leid für sie. Was für ein unerfülltes Leben sie hatte. Mit dreißig Jahren von ihrem Mann im Stich gelassen zu werden. Ihr ganzes Leben auf die Erziehung ihrer beiden Kinder verwandt. Sie hatte nichts – so wenig Freude. Ich bin so glücklich, daß sie noch meinen Abschluß als Juristin erlebt hat. Und ich bin auch glücklich, daß sie vor Jebs Verurteilung und Inhaftierung gestorben ist. Und bevor mein Leben in Stücke brach.«

»Das ist der Punkt, an dem wir bei der letzten Sitzung aufgehört haben, Carolyn. Und wieder fällt mir auf, wie überzeugt Sie davon sind, daß Ihre Mutter mit dreißig vom Schicksal verdammt wurde, daß sie keine andere Wahl hatte, als unglücklich zu sein und voller Bedauern zu sterben. Als sei allen Frauen, die ihre Ehemänner verlieren, dasselbe Schicksal bestimmt. Ist es so? Gab es keinen anderen möglichen Weg für sie? Einen lebensbejahenderen Weg?«

Typisch männlicher Scheißdreck, dachte Carol. *Den möchte ich mal sehen, wie er sich eine lebensbejahende Existenz aufbaut, wenn er mit zwei Kindern dasitzt, ohne irgendeine Ausbildung, weil er seinem Schmarotzer von Ehemann das Studium finanziert hat, von dem er dann keinerlei Unterstützung bekommt; und Eintritt-verboten-Schilder, die ihm jeden anständigen Job im Land versperren.*

»Ich weiß nicht, Ernest. Vielleicht haben Sie recht. Das sind ganz neue Gedanken für mich.« Aber sie konnte nicht umhin, hinzuzufügen: »Ich fürchte aber doch, daß die Männer die Falle, in der die meisten Frauen sitzen, bagatellisieren.«

»Sie meinen, *dieser* Mann? Hier? Jetzt?«

»Nein, das meinte ich nicht – war nur ein feministischer Reflex. Ich weiß, daß Sie auf meiner Seite stehen, Ernest.«

»Ich habe auch meine blinden Flecken, Carolyn, und wenn

Sie mich darauf hinweisen, bin ich durchaus offen dafür – mehr noch, ich finde das ausgesprochen erstrebenswert. Aber ich glaube nicht, daß dieses Thema einer dieser blinden Flecken ist. Mir scheint, Sie denken überhaupt nicht darüber nach, daß Ihre Mutter eine gewisse Verantwortung für ihren eigenen Lebensplan hatte.«

Carol biß sich auf die Zunge und sagte nichts.

»Aber nun einmal zurück zu Ihrem Geburtstag, Carolyn. Sie wissen ja, daß wir für gewöhnlich Geburtstage feiern, als seien sie ein Grund zur Freude, aber ich war immer der Auffassung, daß genau das Gegenteil der Fall ist – daß Geburtstage traurige Wahrzeichen für unser verstreichendes Leben sind und die Geburtstagsfeier ein Versuch, diese Traurigkeit zu leugnen. Trifft irgend etwas davon auf Sie zu? Können Sie darüber reden, was Sie bei dem Gedanken empfinden, sechsunddreißig Jahre alt zu sein? Sie sagen, sie hätten jetzt drei Viertel des Alters Ihrer Mutter, als diese starb. Sind Sie wie Ihre Mutter absolut in dem Leben gefangen, das Sie jetzt führen? Sind Sie wirklich für immer dazu verurteilt, in einer freudlosen Ehe zu leben?«

»Ich *bin* gefangen, Ernest. Was soll ich tun?«

Ernest hatte, um Carolyn besser ansehen zu können, einen Arm auf die Rückenlehne des Sofas gelegt. Carolyn hatte verstohlen den zweiten Knopf ihrer Bluse geöffnet und rutschte nun immer näher an ihn heran, um den Kopf an seinen Arm und seine Schulter zu legen. Einen Augenblick lang, nur einen Augenblick lang, gestattete Ernest sich, die Hand auf ihrem Kopf liegen zu lassen und ihr Haar zu liebkosen.

Ah, der Widerling beginnt, widerlich zu werden, dachte Carol. *Mal sehen, wie weit er heute geht. Ich hoffe nur, daß mein Magen das mitmacht.* Sie drückte den Kopf fester an ihn. Ernest spürte das Gewicht ihres Körpers auf seiner Schulter. Er atmete ihren sauberen Zitronenduft ein. Er blickte in ihren Ausschnitt. Und dann stand er plötzlich auf.

»Carolyn, ich glaube, es wäre besser, wenn wir wieder in unsere alten Sitzpositionen zurückkehrten.« Ernest kehrte zu seinem Sessel zurück.

Carol blieb, wo sie war. Sie schien den Tränen nahe zu sein, als sie fragte: »Warum bleiben Sie nicht auf der Couch? Weil ich gerade den Kopf an Ihre Schulter gelegt habe?«

»Ich glaube nicht, daß das die Art und Weise ist, wie ich Ihnen am besten helfen kann. Ich denke, ich brauche etwas Raum und Distanz, um mit Ihnen arbeiten zu können.«

Carol kehrte widerstrebend zu ihrem Sessel zurück, zog die Schuhe aus und schlug die Beine unter. »Vielleicht sollte ich das nicht sagen – vielleicht ist es unfair Ihnen gegenüber –, aber ich frage mich, ob Sie anders empfinden würden, wenn ich eine wirklich attraktive Frau wäre.«

»Das ist absolut nicht das Thema.« Ernest versuchte sich zu fassen. »Tatsächlich ist es genau umgekehrt; die Tatsache, *daß* ich Sie attraktiv und erregend finde, ist ja gerade der Grund, warum ich keinen engen körperlichen Kontakt zu Ihnen haben *kann.* Und ich kann mich nicht gleichzeitig erotisch zu Ihnen hingezogen fühlen und Ihr Therapeut sein.«

»Wissen Sie, Ernest, ich habe nachgedacht. Ich habe Ihnen doch erzählt, daß ich vor ungefähr einem Monat bei einer Ihrer Lesungen in der Buchhandlung Printer's Inc. war, nicht wahr?«

»Ja, Sie sagten, daß Sie bei dieser Gelegenheit den Entschluß getroffen haben, mich aufzusuchen.«

»Nun, ich habe Sie vor der Lesung beobachtet, und ich konnte nicht umhin zu bemerken, daß Sie sich an eine attraktive Frau heranmachten, die neben Ihnen saß.«

Ernest schauderte. *Scheiße! Sie hat mich mit Nan Carlin gesehen. So ein Mist. Was habe ich mir da nur eingebrockt?*

Nie wieder wollte Ernest therapeutische Transparenz derart auf die leichte Schulter nehmen. Er hatte sich in eine derart gefährliche Lage hineinmanövriert, befand sich so weit jenseits all dessen, was traditionelle Techniken vorschrieben, so weit jenseits jeder akzeptablen klinischen Praxis, daß er wußte, er war vollkommen auf sich gestellt – verloren in der Wildnis der Dschungeltherapie. Seine einzige Alternative bestand darin, weiterhin ehrlich zu sein und seinen Instinkten zu folgen.

»Und... wie sehen Ihre Gefühle diesbezüglich aus, Carolyn?«

»Was ist mit *Ihren* Gefühlen, Ernest?«

»Verlegenheit. Um ehrlich mit Ihnen zu sein, Carolyn, das ist der schlimmste Alptraum eines Therapeuten. Ich fühle mich extrem unwohl dabei, mit Ihnen oder irgendeiner anderen Patientin über meine persönlichen Beziehungen zu Frauen zu sprechen – aber ich bin verpflichtet, *ehrlich* mit Ihnen zusammenzuarbeiten, und ich werde versuchen, die Sache mit Ihnen durchzuarbeiten, Carolyn. Also, erst einmal zu *Ihren* Gefühlen.«

»Oh, da sind alle möglichen Gefühle. Neid. Wut. Ungerechtigkeit. Pech.«

»Können Sie das präzisieren? Zum Beispiel die Punkte Wut oder Ungerechtigkeit.«

»Es ist einfach alles so willkürlich. Wenn ich nur getan hätte, was sie getan hat – mich einfach neben Sie gesetzt. Wenn ich nur die Nerven gehabt hätte, den Mut, Sie anzusprechen.«

»Und... dann?«

»Dann wäre vielleicht alles anders gekommen. Sagen Sie mir die Wahrheit, Ernest. Was wäre passiert, wenn ich auf Sie zugekommen wäre, wenn ich versucht hätte, mit Ihnen zu flirten? Hätten Sie sich für mich interessiert?«

»All diese Konditionalfragen – diese ›Wenns‹ und ›Hätte ich doch‹ –, was wollen Sie wirklich wissen, Carolyn? Ich habe mehr als einmal erwähnt, daß ich Sie für eine attraktive Frau halte. Wie oft wollen Sie es noch von mir hören?«

»Und ich frage mich, ob Sie meiner Frage mit Ihrer Frage ausweichen, Ernest.«

»Ob ich vielleicht auf Ihre Annäherungsversuche eingegangen wäre? Die Antwort ist, daß es durchaus möglich wäre. Ich meine, ja. Wahrscheinlich hätte ich es getan.«

Schweigen. Ernest fühlte sich nackt. Das hier lief so völlig anders ab als jede Sitzung, die er jemals mit einem Patienten erlebt hatte, daß er ernsthaft überlegte, ob er Carolyns Behandlung fortsetzen konnte. Gewiß hätten nicht nur Freud, sondern die Mehrheit der psychoanalytischen Theoretiker, die er während der Woche gelesen hatte, entschieden, daß eine Patientin mit einer erotisierten Übertragung wie Carolyn unbehandelbar war – jedenfalls soweit es ihn betraf.

»Also, was empfinden Sie jetzt?« fragte er.

»Nun, genau das meine ich mit willkürlich, Ernest. Wären die Würfel ein klein wenig anders gefallen, könnten Sie und ich jetzt ein Liebespaar sein statt Therapeut und Patientin. Und ich glaube aufrichtig, daß Sie als Geliebter mehr für mich tun könnten denn als Therapeut. Ich würde nicht viel von Ihnen verlangen, Ernest, nur daß wir uns ein oder zwei Mal die Woche treffen – daß Sie mich in den Armen halten und mich von dieser sexuellen Frustration befreien, die mich schier umbringt.«

»Ich höre, was Sie sagen, Carolyn, aber ich bin Ihr Therapeut und *nicht* Ihr Geliebter.«

»Aber das ist rein willkürlich. Nichts ist notwendig. Alles könnte anders sein. Ernest, drehen wir die Uhr einmal zurück – gehen wir zurück in die Buchhandlung und werfen wir die Würfel anders. Werden Sie mein Geliebter; ich sterbe vor Frustration.«

Während sie sprach, rutschte Carol von ihrem Sessel, glitt zu Ernest hinüber, setzte sich neben seinem Sessel auf den Boden und schob ihm die Hand aufs Knie.

Ernest legte abermals eine Hand auf Carolyns Kopf. *O Gott, wie gerne ich diese Frau berühre. Und ihr brennendes Verlangen, mit mir zu schlafen – der Himmel weiß, wie sehr ich ihr das nachfühlen kann. Wie viele Male hat mich das Verlangen überwältigt? Sie tut mir leid. Und ich verstehe, was sie über die Willkürlichkeit unseres Kennenlernens sagt. Ich finde es ebenfalls sehr schade. Ich würde lieber ihr Geliebter sein als ihr Therapeut. Wie gern würde ich von diesem Sessel herunterkriechen und sie ausziehen. Wie gern würde ich ihren Körper liebkosen. Und wer weiß? Angenommen, ich hätte sie in der Buchhandlung kennengelernt? Angenommen, wir wären ein Liebespaar geworden? Vielleicht hat sie recht – vielleicht hätte ich ihr auf diese Weise mehr zu bieten gehabt denn als Therapeut! Aber das werden wir nie erfahren – das ist ein Experiment, das nicht durchgeführt werden kann.*

»Carolyn, worum Sie da bitten – die Uhr zurückdrehen, Ihr Geliebter werden ... Ich will ehrlich mit Ihnen sein ... Sie sind nicht die einzige, die diese Versuchung empfindet – auch für mich klingt es einfach wunderbar. Ich denke, wir könnten einander sehr genießen. Aber ich fürchte, *diese* Uhr«, sagte Ernest und zeigte auf die unauffällige Uhr in seinem Bücherregal, »läßt sich nicht zurückdrehen.«

Während des Sprechens begann Ernest von neuem, über Carolyns Haar zu streichen. Sie lehnte sich schwerer an sein Bein. Plötzlich zog er die Hand zurück und sagte: »Bitte, Carolyn, gehen Sie zu Ihrem Sessel zurück und lassen Sie mich etwas Wichtiges sagen.«

Er wartete, während Carolyn ihm einen schnellen Kuß aufs Knie drückte und ihren Platz einnahm. *Soll er doch seine kleine Protestrede halten, soll er doch dieses Spielchen durchziehen. Er muß vor sich selbst so tun, als würde er Widerstand leisten.*

»Schauen wir uns die Sache doch einmal von außen an«, sagte Ernest, »lassen Sie mich die Dinge so betrachten, wie ich sie sehe. Sie waren in einer unglücklichen Lage. Sie haben meine Hilfe als die eines Profis in Sachen geistiger Gesundheit gesucht. Wir haben uns kennengelernt, und ich habe einen Bund mit Ihnen geschlossen – einen Bund, in dem ich mich verpflichtet habe, Ihnen bei Ihrem Kampf zu helfen. Infolge der intimen Natur unserer Zusammenkünfte haben Sie liebevolle Gefühle für mich entwickelt. Und ich fürchte, daß ich dabei nicht ganz unschuldig bin: Ich glaube, mein Verhalten – daß ich Sie umarmt habe, daß ich Ihr Haar berührt habe – schürt die Flammen noch. Und das macht mir Sorgen. Jedenfalls kann ich jetzt nicht plötzlich meine Meinung ändern, Ihre liebevollen Gefühle ausnutzen und beschließen, mit Ihnen meinem eigenen Vergnügen nachzujagen.«

»Aber Ernest, darum geht es doch gar nicht. Was ich sage, ist, daß Sie als mein Geliebter der bestmögliche Therapeut für mich wären. Fünf Jahre lang haben Ralph und ich...«

»Ralph ist Ralph, und ich bin ich. Carolyn, unsere Zeit ist um, und wir werden dieses Gespräch bei der nächsten Sitzung fortführen müssen.« Ernest erhob sich, um das Ende der Stunde zu signalisieren. »Aber erlauben Sie mir eine letzte Bemerkung. Ich hoffe, daß Sie bei unserer nächsten Sitzung beginnen werden, weitere Wege zu erkunden, wie Sie annehmen können, was ich *wirklich* zu bieten habe, statt weiter zu versuchen, gegen meine Grenzen anzustürmen.«

Als Carol ihre Abschiedsumarmung von Ernest bekam, sagte sie: »Und ein letzter Kommentar von mir, Ernest. Sie haben mir – sehr beredt – nahegelegt, nicht den Weg meiner Mutter zu gehen, nicht die Verantwortung für den Verlauf meines Lebens abzulehnen. Und da habe ich nun heute Ihren Rat befolgt – ich versuchte meine Situation zu verbessern. Ich sehe, was – und wen – ich in meinem Leben brauche, und ich versuche die Gunst der Stunde zu nutzen. Sie haben mir gesagt, ich solle so leben, daß ich in Zukunft nichts mehr zu bedauern hätte – und genau das versuche ich gerade.«

Ernest konnte keine passende Erwiderung finden.

18

Marshal saß während einer freien Stunde auf seiner Terrasse und erfreute sich an seinem Ahornhain-Bonsai: neun winzige, wunderschöne Ahornbäumchen, deren scharlachrote Blätter aus ihren Knospen zu quellen begannen. Letztes Wochenende hatte er sie umgetopft. Unter sanftem Klopfen mit einem Eßstäbchen hatte er die Erde von den Wurzeln eines jeden Baumes abgeschüttelt und die Pflanzen dann im traditionellen Stil in die große blaue Keramikschale gestellt: zwei ungleichmäßige Gruppen, einmal sechs, einmal drei Bäume, die von einem winzigen, graurosafarbenen, aus Japan importieren Felsen voneinander getrennt wurden. Marshal bemerkte, daß eines der Bäumchen in der größeren Gruppe Anzeichen von Schiefwuchs zeigte und sich in einigen Monaten bis über die Standfläche seines Nachbarn neigen würde. Er schnitt ein Stück Kupferdraht von etwa fünfzehn Zentimetern Länge ab, wickelte es vorsichtig um den Stamm des widerspenstigen Ahorns und bog diesen dann sanft wieder zurück in eine etwas aufrechtere Position. Alle paar Tage würde er das Stämmchen nun etwas weiter zurückbiegen und dann nach fünf bis sechs Monaten den Draht entfernten, bevor er Narben auf dem Stamm des eindrucksvollen Ahorns hinterlassen konnte. Ach, dachte er, wenn doch auch die Psychotherapie so geradlinig wäre.

Für gewöhnlich hätte er sich den grünen Daumen seiner Frau zunutze gemacht, um den Wuchs des eigensinnigen Ahorns zu korrigieren, aber er und Shirley hatten sich am Wochenende gestritten und seit drei Tagen nicht mehr miteinander gesprochen. Diese jüngste Episode war nur ein Symptom für die Entfremdung, die sich über Jahre hinweg aufgebaut hatte.

Das Ganze hatte, so glaubte Marshal, vor einigen Jahren mit Shirleys Ikebanakurs angefangen. Sie entwickelte eine große

Leidenschaft für die Kunst und zeigte ungewöhnliche Begabung. Nicht daß Marshal selbst ihre Talente hätte beurteilen können – er wußte nichts über Ikebana und sorgte auch dafür, daß das so blieb –, aber die Preise und Schleifchen, die sie bei Wettbewerben gewann, füllten zweifellos ganze Zimmer.

Shirley räumte dem Ikebana schon bald einen zentralen Platz in ihrem Leben ein. Ihr Freundeskreis bestand ausschließlich aus anderen Ikebana-Anhängern, während sie und Marshal immer weniger miteinander gemein hatten. Um die Dinge noch zu verschlimmern, hatte sie ihr achtzigjähriger Ikebanameister, dem sie sklavenhaft ergeben war, dazu ermutigt, in die Praxis der buddhistischen Vispassnia-Meditation einzusteigen, die schon bald einen noch größeren Teil ihrer Zeit verschlang.

Vor drei Jahren hatte Marshal sich schließlich solche Sorgen über den Einfluß von Ikebana und Vispassnia (worüber er ebenfalls keinerlei Kenntnisse zu erwerben entschieden hatte) auf ihre Ehe gemacht, daß er Shirley inständig bat, einen Graduiertenkurs in klinischer Psychologie zu belegen. Er hoffte, es würde sie einander näherbringen, wenn sie auf demselben Gebiet tätig waren. Er hoffte außerdem, daß Shirley, sobald sie erst einmal in sein Gebiet vorgestoßen war, lernen würde, seine berufliche Kunstfertigkeit zu würdigen. Dann würde es nicht mehr lange dauern, bis er ihr Patienten schicken konnte, und der Gedanke an ein zweites Einkommen war ausgesprochen süß.

Aber die Dinge hatten sich nicht wunschgemäß entwickelt. Shirley schrieb sich zwar für den Graduiertenkurs ein, gab ihre anderen Interessen aber nicht auf, so daß sie für Marshal buchstäblich überhaupt keine Zeit mehr hatte. Vor drei Tagen hatte sie ihn dann mit der Information entsetzt, daß es sich bei ihrer Doktorarbeit, die sich im letzten Stadium der Vorbereitung befand, um eine Wirksamkeitsstudie der Ikebanapraxis bei der Behandlung krankhafter Angstzustände handele.

»Wunderbar«, hatte er gesagt. »Einfach wunderbar: die perfekte Unterstützung für meine Kandidatur um die Präsidentschaft am Psychoanalytischen Institut – eine durchgeknallte Ehefrau, die durchgeknallte Blumensteckthrapie macht!«

Sie sprachen wenig. Shirley kam nur noch zum Schlafen nach Hause – sie schliefen in getrennten Zimmern. Ihr Geschlechtsleben existierte schon seit Monaten nicht mehr. Und jetzt war Shirley auch in der Küche in Streik getreten; wenn Marshal nun abends nach Hause kam, war das einzige, was ihn auf dem Küchentisch begrüßte, ein neues Blumenarrangement.

Die Pflege seines kleinen Ahornwäldchens verschaffte Marshal etwas Ruhe, die er dringend benötigte. Das Umwickeln des Ahorns mit Kupferdraht war eine zutiefst beruhigende Tätigkeit. Es war angenehm ... ja, die Bonsais waren eine angenehme Ablenkung.

Aber kein Lebensstil. Shirley mußte alles aufbauschen, mußte Blumen zu ihrem *raison d'être* machen. Kein Gefühl für Verhältnismäßigkeit. Sie hatte ihm sogar vorgeschlagen, die Pflege von Bonsais in die Praxis seiner Langzeittherapie aufzunehmen. Idiotisch! Marshal schnitt einige neue, abwärtsgerichtete Triebe des Wacholders ab und wässerte seine drei Bonsais. Er hatte es im Augenblick nicht einfach. Nicht nur, daß er sich über Shirley ärgerte; er war auch enttäuscht von Ernest, der überstürzt seine Supervision beendet hatte. Und dann kam noch anderes Ungemach hinzu.

Erstens war Adriana nicht zu ihrem Termin erschienen. Sie hatte auch nicht angerufen. Sehr merkwürdig. Sah ihr gar nicht ähnlich. Marshal hatte einige Tage gewartet, sie dann angerufen, ihr auf den Anrufbeantworter einen Termin für dieselbe Uhrzeit in der nächsten Woche vorgeschlagen und sie gebeten, ihn zu verständigen, falls der Termin ihr nicht passe.

Und das Honorar für Adrianas versäumte Stunde? Für gewöhnlich hätte Marshal ihr die versäumte Stunde in Rechnung gestellt, ohne einen zweiten Gedanken daran zu verschwenden. Aber die Umstände waren nicht gewöhnlich, und Marshal grübelte tagelang über das Honorar nach. Peter hatte ihm tausend Dollar gegeben – das Honorar für fünf Sitzungen mit Adriana. Warum zog er nicht einfach zweihundert für die versäumte Sitzung ab? Würde Peter es überhaupt erfahren? Wenn ja, würde er gekränkt sein? Würde er das Gefühl haben, daß Marshal unloyal oder kleinlich war? Oder daß er Peters Großzügigkeit mit Undankbarkeit vergalt?

Auf der anderen Seite war es vielleicht besser, die Frage des Honorars genau so zu regeln, wie er das bei jedem anderen Patienten getan hätte. Peter würde berufliche Konsequenz und die Einhaltung selbstgesetzter Regeln respektieren. Hatte Peter ihn nicht mehr als einmal dafür getadelt, daß er sein Licht unter den Scheffel stellte?

Am Ende beschloß Marshal, Adriana die versäumte Sitzung in Rechnung zu stellen. Es war das korrekte Verhalten – dessen war er sich gewiß. Aber wieso machte er sich dann solche Sorgen? Warum konnte er das dunkle, unheimliche Gefühl nicht abschütteln, daß er diese Entscheidung für den Rest seines Lebens bedauern würde?

Diese ärgerliche Grübelattacke war eine kleinere Staubwolke im Vergleich zu dem Unwetter, das sich andernorts zusammenbraute; es ging um die Rolle, die Marshal bei der Ausschließung Seth Pandes aus dem Institut gespielt hatte. Art Bookert, ein wichtiger und für seine Spottlust bekannter Kolumnist, hatte die Rückrufaktion im *San Francisco Chronicle* aufgegriffen (PLATZ DA, FORD, TOYOTA, CHEVROLET: PRODUKTRÜCKRUF JETZT AUCH IN DER PSYCHOTHERAPIE) und einen satirischen Artikel geschrieben, in dem er prophezeite, daß Therapeuten schon bald Praxen in Autoreparaturwerkstätten eröffnen würden, um dort in Marathonsitzungen Klienten zu behandeln, während diese auf die Reparatur ihrer Automobile warteten.

Bookerts Kolumne (HENRY FORD UND SIGMUND FREUD VEREINBAREN FUSION) erschien sowohl in der *New York Times* als auch in der *International Herald Tribune* an prominenter Stelle. Institutspräsident John Weldon, der nun von allen Seiten bestürmt wurde, wusch augenblicklich seine Hände in Unschuld, indem er alle an Marshal verwies, den Vollstrecker der Rückrufaktion. Die ganze Woche über riefen Kollegen aus dem ganzen Land bei Marshal an, und sie wirkten keineswegs amüsiert. An einem einzigen Tag hatten die Präsidenten von vier Psychoanalytischen Instituten – New York, Chicago, Philadelphia und Boston – telefonisch ihrer Bestürzung Ausdruck verliehen.

Marshal hatte sein Bestes getan, um sie damit zu beschwichtigen, daß nur ein einziger Patient reagiert habe, er selbst diesen Patienten in einer höchst effektiven Kurzzeittherapie behandle und der Rückruf nicht noch einmal gedruckt werden würde.

Aber diese Beschwichtungsmaßnahmen verfingen nicht mehr, als sich ein höchst verärgerter Dr. Sunderland, Präsident der International Psychoanalytic Association, mit der beunruhigenden Nachricht meldete, ein Shelly Merriman bestürme wiederholt und aggressiv sein Büro mit Faxen und Telefongesprächen, in denen er behaupte, Dr. Pandes irrige Methoden hätten ihm Schaden zugefügt, und er werde in Bälde gerichtliche Schritte in die Wege leiten, wenn man seinen Forderungen nach einem finanziellen Vergleich nicht unverzüglich Folge leiste.

»Was zum Teufel ist bei Ihnen eigentlich los?« hatte Dr. Sunderland gefragt. »Das ganze Land lacht über uns. Gott verdammt noch mal, genau das kann unser psychoanalytischer Berufsstand nicht – ich wiederhole, NICHT – gebrauchen! Wer hat Sie dazu autorisiert, diesen Rückruf zu starten?«

Marshal erklärte ruhig die Natur des Notfalls, mit dem sich

das Institut konfrontiert gesehen hatte, und die Notwendigkeit der Rückrufaktion.

»Ich bedauere, daß man Sie über diese Ereignisse nicht in Kenntnis gesetzt hat, Dr. Sunderland«, fügte Marshal hinzu. »Sobald Sie alle Fakten kennen, werden Sie sicher die Logik hinter unserem Verhalten zu schätzen wissen. Außerdem haben wir das Protokoll genau beachtet. Am Tag nach unserem Institutsvotum habe ich alles mit Ray Wellington abgeklärt, dem Sekretär der International.«

»Wellington? Ich habe gerade erfahren, daß er seine gesamte Praxis nach Kalifornien verlegt! Jetzt begreife ich die Logik langsam. Südkalifornische Kraut-und-Rüben-Logik. Das Drehbuch für die ganze Katastrophe kommt aus Hollywood.«

»San Francisco, Dr. Sunderland, liegt in Nordkalifornien, vierhundert Meilen nördlich von Hollywood – das ist ungefähr die Entfernung zwischen Boston und Washington. Wir sind nicht in Südkalifornien. Glauben Sie mir, wenn ich sage, daß hinter unserem Vorgehen nördliche Logik steckt.«

»Nördliche Logik? Ein Dreck! Warum hat Ihnen Ihre nördliche Logik nicht gesagt, daß Dr. Pande vierundsiebzig Jahre alt ist und bald an Lungenkrebs sterben wird? Ich weiß, er ist eine unglaubliche Landplage, aber wie lange wird er sich noch halten? Ein Jahr? Zwei Jahre? Sie sind der Hüter des psychoanalytischen Saatbeetes: Etwas mehr Geduld, etwas mehr Beherrschung, und die Natur hätte das Unkraut in Ihrem Garten gejätet. Aber gut, genug davon!« fuhr Dr. Sunderland fort. »Was passiert ist, ist passiert. Von mir fordert nun die Zukunft ihren Tribut: Ich muß unverzüglich eine Entscheidung treffen, und ich möchte hören, was Sie dazu zu sagen haben. Dieser Shelly Merriman droht mit einem Prozeß. Er ist bereit, für eine Vergleichszahlung von siebzigtausend Dollar davon abzusehen. Unsere Anwälte glauben, daß er sich auch mit der Hälfte zufrieden geben würde. Wir befürchten natürlich einen Präzedenzfall. Wie sehen Sie die Sache? Wie ernst ist die Drohung? Werden siebzig oder vielleicht auch schon fünfunddreißigtausend Dollar uns diesen Mr. Merriman vom Hals schaffen? Und zwar dauerhaft? Wie diskret ist dieser Mr. Merriman?«

Marshal antwortete schnell und mit seinem selbstsichersten Tonfall: »Mein Rat ist, gar nichts zu tun, Dr. Sunderland. Überlassen Sie das mir. Sie können sich darauf verlassen, daß ich die Sache effektiv bereinigen werde. Es ist eine leere Drohung, das versichere ich Ihnen. Der Mann blufft. Und was Ihre Frage betrifft, ob Sie mit Geld sein Schweigen und seine Diskretion erkaufen können? Keine Chance. Vergessen Sie's – er ist ein Fall von schwerer Soziopathie. Wir müssen eine feste Position beziehen.«

Erst später, als er Shelly nachmittags in sein Sprechzimmer geleitete, kam Marshal zu Bewußtsein, daß ihm ein ungeheuerlicher Fehler unterlaufen war: Zum ersten Mal in seiner beruflichen Laufbahn hatte er dem Gesetz der Vertraulichkeit zwischen Patient und Therapeut zuwider gehandelt. Während des Telefongesprächs mit Sunderland war er in Panik geraten. Wie hatte er nur diese Bemerkung über die Soziopathie machen können? Er hätte Sunderland nichts über Mr. Merriman sagen dürfen.

Er war außer sich. Wenn Mr. Merriman das herausfand, konnte das üble Folgen haben.

Es gab nur eine vernünftige Vorgehensweise: Er mußte so bald wie möglich Dr. Sunderland anrufen und seine Indiskretion eingestehen – ein momentaner, verständlicher Lapsus, der aus einem Loyalitätskonflikt resultierte: seinem Wunsch, beiden zu dienen, der Standesorganisation und seinem Patienten. Dr. Sunderland würde gewiß verstehen und sich moralisch verpflichtet fühlen, seine Bemerkungen über seinen Patienten niemandem gegenüber zu wiederholen. Nichts von alledem konnte seinen Ruf in den nationalen und internationalen Analytikerkreisen wiederherstellen, aber Marshal konnte sich nicht länger um sein Image oder seine politische Zukunft kümmern: Sein Ziel hieß jetzt Schadensbegrenzung.

Shelly betrat das Sprechzimmer und verharrte länger als gewöhnlich vor der Musler-Skulptur.

»Ich liebe diese orangefarbene Kugel, Doc. Wenn Sie sie je verkaufen wollen, lassen Sie's mich wissen. Ich würde sie vor jedem großen Spiel abtasten und ruhig und gelassen werden.« Shelly ließ sich in seinen Sessel fallen. »Nun, Doc, es geht mir ein wenig besser. Ihre Deutungen haben mir geholfen. Mein Tennisspiel ist jedenfalls besser geworden; ich habe bei meinem zweiten Aufschlag draufgehauen wie ein Wilder. Willy und ich haben jeden Tag drei, vier Stunden trainiert, und ich glaube, wir haben eine Chance, nächste Woche das La-Costa-Turnier zu gewinnen. In diesem Bereich läuft also alles gut. Aber was das andere angeht, habe ich immer noch ein ganz schönes Stück Arbeit vor mir.«

»Das andere?« fragte Marshal, obwohl er genau wußte, worum es sich handelte.

»Sie wissen schon. Die Sache, an der wir letztes Mal gearbeitet haben. Die verräterischen Hinweise. Wollen wir das Ganze noch mal durchgehen? Ihrem Gedächtnis auf die Sprünge helfen? Zehn-Dollar-Schein … Sie raten fünfmal, ich rate fünfmal.«

»Das wird nicht nötig sein. Ich habe verstanden … Sie haben hinreichend deutlich gemacht, worum es Ihnen geht. Aber Sie sagten am Ende der letzten Sitzung, Sie hätten ein paar Ideen, wie wir unsere Arbeit fortsetzen könnten.«

»Ganz eindeutig. Mein Plan sieht so aus: Wegen Pandes irriger Methoden habe ich beim Poker schlechte Angewohnheiten entwickelt. Und so, wie Sie sich letzte Woche verraten haben, verrate ich mich beim Pokerspiel ständig. Da bin ich mir sicher – das muß absolut der Grund sein, warum ich diese vierzigtausend Dollar bei diesem Gesellschaftsspiel unter Freunden verloren habe.«

»Ich verstehe«, sagte Marshal, der langsam argwöhnisch wurde. Obwohl er fest entschlossen war, seinen Patienten auf jede nur mögliche Art und Weise zu beschwichtigen und die Therapie zu einem unmittelbaren und befriedigenden Abschluß zu bringen, roch er nunmehr echte Gefahr.

»Aber was kann die Therapie da ausrichten?« fragte er Shelly. »Ich gehe davon aus, daß Sie nicht von mir erwarten, daß ich mit Ihnen Poker spiele. Ich bin kein Spieler, erst recht kein Pokerspieler. Wie könnten Sie aus einem Pokerspiel mit mir irgend etwas lernen?«

»Einen Moment mal, Doc. Wir haben gesagt, daß ich mit Ihnen Poker spielen will? Obwohl ich nicht leugne, daß mir der Gedanke gekommen ist. Nein, was ich brauche, ist die reale Situation – Sie müssen mich bei einem echten Spiel beobachten, mit hohen Einsätzen und der damit verbundenen Anspannung. Sie sollen Ihre Beobachtungsgabe dazu nutzen, mich darauf hinzuweisen, was ich mit meinen Händen verrate.«

»Sie wollen, daß ich mit zum Pokern gehe und Sie dabei beobachte?« Marshal war erleichtert. So bizarr dieses Ansinnen auch war, es war nicht so schlimm, wie er noch vor einigen Minuten befürchtet hatte. Im Augenblick würde er jeder Bitte nachgeben, mit der er sich Dr. Sunderland vom Hals und Shelly für alle Zeit aus seiner Praxis schaffen konnte.

»Machen Sie Witze? Sie zum Spiel bei den Jungs mitnehmen? Mann, das wäre ein Ding – ich bringe meinen privaten Psycho mit zum Pokern!« Shelly schlug sich unter schallendem Gelächter auf die Knie. »O Mann ... klasse ... Doc, das würde uns zur Legende machen, Sie und mich – ich nehme meinen Psychiater und meine Couch zum Spiel mit ... die Jungs würden bis ins nächste Jahrtausend davon reden.«

»Freut mich, daß Sie das so komisch finden, Mr. Merriman. Ich bin mir nicht sicher, ob ich Sie richtig verstanden habe. Vielleicht sollten Sie es mir erklären: Worin besteht Ihr Plan?«

»Es gibt nur eine einzige Möglichkeit. Sie müssen mich in

ein professionelles Spiel begleiten und beim Spiel beobachten. Niemand wird uns erkennen. Wir gehen inkognito hin.«

»Sie wollen, daß ich mit Ihnen nach Las Vegas fahre? Einem anderen Patienten absage?«

»Halt, halt, Doc. Sie fangen ja schon wieder an! Sie sind heute aber wirklich reizbar. Das erste Mal, daß ich Sie so sehe. Wer hat denn von Las Vegas gesprochen oder davon, daß Sie irgend jemandem irgendwas absagen sollen? Die Sache ist ganz einfach. Zwanzig Minuten südlich von hier, gleich hinter dem Highway zum Flughafen, gibt es eine erstklassige Spielhölle namens Avocado-Joe.

Worum ich Sie bitte – und das ist meine letzte Bitte an Sie –, ist ein Abend, an dem Sie mir Ihre Zeit widmen. Zwei oder drei Stunden. Sie sehen sich genau an, was ich beim Pokerspiel mache. Am Ende einer jeden Runde lasse ich Sie einen Blick in meine verdeckten Karten werfen, so daß Sie genau wissen, was ich gespielt habe. Sie beobachten mich: wie ich reagiere, wenn ich ein gutes Blatt auf der Hand habe; wenn ich bluffe; wenn ich auf eine Karte lauere, die mir für ein Full House oder einen Flush noch fehlt; und wenn ich mein Blatt komplett habe und mich die nächsten Karten gar nicht mehr interessieren. Sie sehen sich alles an: meine Blätter, meine Gesten, meine Mimik, meine Augen, wie ich mit meinen Chips umgehe, wann ich an meinem Ohrläppchen zupfe, mir die Eier kratze, in der Nase bohre, huste, schlucke – alles, was ich tue.«

»Und Sie sagten, das sei Ihre ›letzte Bitte‹?« fragte Marshal.

»Genau! Sie haben Ihren Teil dann getan. Der Rest liegt bei mir – umsetzen, was Sie mir gesagt haben. Nach Avocado-Joe sind Sie außer Dienst; Sie haben dann alles getan, was ein Psychiater überhaupt tun kann.«

»Und ... ähm ... könnten wir das irgendwie schriftlich festhalten?« In Marshals Kopf drehten sich die Räder. Ein offizieller Brief, in dem Shelly seine Zufriedenheit ausdrückte, war vielleicht seine Rettung: Er würde ihn auf der Stelle an Sunderland faxen.

»Sie meinen eine Art unterschriebenen Brief, in dem ich erkläre, die Behandlung sei erfolgreich gewesen?«

»Etwas in der Art, etwas ganz Informelles, nur zwischen Ihnen und mir. Sie müßten lediglich erklären, daß ich Sie erfolgreich behandelt habe, daß Sie unter keinen Symptomen mehr leiden«, sagte Marshal.

Shelly zögerte, während sich auch bei ihm die Räder drehten. »Damit könnte ich mich einverstanden erklären ... Im Austausch gegen einen Brief von Ihnen, in dem Sie Ihrer Zufriedenheit mit meinen Fortschritten Ausdruck verleihen. Der könnte vielleicht nützlich sein, um ein paar Wunden in meiner Ehe zu flicken.«

»Okay, gehen wir die Sache noch einmal durch«, sagte Marshal. »Ich begleite Sie zu Avocado-Joe, verbringe dort zwei Stunden mit Ihnen und beobachte Sie beim Spielen. Dann tauschen wir die Briefe aus, und unsere Geschäftsbeziehungen enden. Einverstanden? Hand drauf?«

Marshal reichte ihm die Hand.

»Es werden wahrscheinlich eher zweieinhalb Stunden – ich brauche Zeit, um Sie auf das Spiel vorzubereiten, und wir brauchen hinterher etwas Zeit, damit Sie mich ins Bild setzen können.«

»Okay. Also zweieinhalb Stunden.«

Die beiden Männer reichten einander die Hand.

»Also«, fragte Marshal, »wann soll unser Rendezvous bei Avocado-Joe stattfinden?«

»Heute abend? Acht Uhr? Morgen fliege ich für eine Woche mit Willy nach La Costa.«

»Heute abend geht nicht. Da habe ich eine Lehrverpflichtung.«

»Pech. Ich brenne wirklich darauf, bald anzufangen. Können Sie den Unterricht nicht sausen lassen?«

»Kommt nicht in Frage. Ich habe zugesagt.«

»In Ordnung. Mal sehen, ich bin in einer Woche wieder da; wie wär's mit Freitag in der Woche drauf – um acht Uhr bei Avocado-Joe? Wir treffen uns dort im Restaurant?«

Marshal nickte. Als Shelly gegangen war, ließ er sich in seinem Sessel zusammensinken und spürte, wie ihn eine Woge der Erleichterung umspülte. Unglaublich! Wie war es nur dazu gekommen, daß er, einer der besten Analytiker der Welt, erleichtert war, weil er voller Dankbarkeit einem Rendezvous mit einem Patienten bei Avocado-Joe entgegensah?

Es klopfte an der Tür, und Shelly kam herein und setzte sich wieder hin. »Ich hab ganz vergessen, Ihnen was zu sagen, Doc. Es verstößt gegen die Regeln, bei Avocado-Joe einfach nur rumzustehen und beim Poker zuzusehen. Sie werden mitspielen müssen. Hier, ich habe Ihnen ein Buch mitgebracht.«

Shelly reichte Marshal eine Ausgabe von *»Texas Hold 'em – the Texas Way!«*

»Kein Problem, Doc«, sagte Shelly, als er den Ausdruck des Entsetzens auf Marshals Gesicht sah. »Das Spiel ist ganz einfach. Zwei verdeckte und dann fünf offene Karten. In dem Buch steht alles drin. Was Sie sonst noch wissen müssen, erkläre ich Ihnen nächste Woche vor dem Spiel. Sie steigen bei jeder Runde aus – Sie verlieren lediglich den Grundeinsatz. Das wird nicht soviel sein.«

»Ist das Ihr Ernst? Ich muß mitspielen?«

»Ich sagen Ihnen was, Doc – ich beteilige mich an Ihren Verlusten. Und wenn Sie ein Wahnsinnsblatt auf der Hand haben, bleiben Sie dabei und gehen mit, und den Gewinn können Sie dann behalten. Lesen Sie erst mal das Buch, weitere Erklärungen kriegen Sie dann von mir, wenn wir uns treffen. Es ist ein guter Deal für Sie.«

Marshal sah zu, wie Shelly sich erhob und aus seinem Sprechzimmer schlenderte, nicht ohne im Vorbeigehen kurz die orangefarbene Kugel zu streicheln.

19

Wochenlang schwitzte Ernest sich mit Carol durch eine Stunde nach der anderen. Ihre Sitzungen knisterten vor erotischer Spannung, und obwohl Ernest sich aus Leibeskräften bemühte, seine Grenzen zu wahren, begann Carol sie doch nach und nach einzureißen. Sie trafen sich zweimal wöchentlich, aber Carol kostete – ohne daß sie davon gewußt hätte – Ernest weit mehr Zeit als die ihr zugebilligten fünfzig Minuten. An den Tagen, an denen sie ihren Termin hatten, wachte Ernest des Morgens mit einem fast schmerzhaften Gefühl der Vorfreude auf. Er stellte sich Carolyns Gesicht vor, wie sie ihn beobachtete, während er sich mit besonderem Elan die Wangen schrubbte, sich extra sorgfältiger rasierte und zum Schluß Royal-Lime-Aftershave auftrug.

»Carolyn-Tage« waren Feinmachtage. Ernest hob sich seine besten Hosen für Carolyn auf, seine frischesten, farbenfreudigsten Hemden und seine elegantesten Krawatten. Vor einigen Wochen hatte Carolyn versucht, ihm eine von Waynes Krawatten zu schenken – ihr Mann sei jetzt zu krank, um auszugehen, erklärte sie ihm, und da es in ihrem Apartment in San Francisco nur wenig Lagerplatz gab, rangierte sie einen Großteil seiner formelleren Garderobe aus. Ernest hatte das Geschenk natürlich abgelehnt, zu Carolyns großem Ärger – und das, obwohl Carolyn die ganze Stunde darauf verwandt hatte, ihn umzustimmen. Aber als Ernest sich am nächsten Morgen ankleidete, verspürte er ein unglaubliches Verlangen nach eben jener Krawatte. Sie war exquisit: ein japanisches Motiv, lauter kleine, dunkle, glänzende Blüten, die eine kühne, waldgrüne und durchscheinende Blume in der Mitte umgaben. Ernest hatte versucht, eine ähnliche Krawatte zu kaufen, aber vergeblich – sie war offensichtlich einzigartig.

»Carolyn-Tage« waren auch Tage für neue Garderobe.

Heute waren es eine neue Weste und eine Hose, die er beim Schlußverkauf bei Wilkes Bashford erstanden hatte. Die beige- und heidefarbene Weste aus aufgerauhtem Wolltuch paßte ganz vorzüglich zu seinem rosafarbenen, durchgeknöpften Hemd und der braunen Hose mit Fischgrätmuster. Vielleicht, dachte er, kam die Weste ohne Jackett besser zur Geltung. Er würde das Jackett einfach über einen Stuhl hängen und lediglich Hemd, Krawatte und Weste tragen. Ernest begutachtete sich im Spiegel. Ja, so ging es – ein wenig kühn, aber er konnte es tragen.

Ernest genoß es, Carolyn zu beobachten: ihren anmutigen Gang, wenn sie sein Sprechzimmer betrat; die Art, wie sie ihren Sessel näher an ihn heranschob, bevor sie sich setzte; das erotische, knisternde Geräusch ihrer Strümpfe, wenn sie die Beine übereinanderschlug. Er liebte den ersten Augenblick, in dem sie einander in die Augen sahen, bevor sie die vor ihnen liegende Arbeit in Angriff nahmen. Und am meisten liebte er die Bewunderung, die sie ihm entgegenbrachte; die Art, wie sie ihre Masturbationsphantasien beschrieb – Phantasien, die immer plastischer, immer beziehungsreicher, immer prickelnder wurden. Eine Stunde schien nie lang genug zu sein, und wenn die Stunde vorüber war, eilte Ernest mehr als einmal ans Fenster, um einen letzten Blick auf Carolyn zu erhaschen, während sie die Treppe hinunterging. Nach den beiden letzten Sitzungen war ihm eine überraschende Veränderung aufgefallen: Sie mußte sich im Wartezimmer Sportschuhe angezogen haben, denn er sah sie die Treppe hinunter- und die Sacramento Street entlangjoggen!

Was für eine Frau! Bei Gott, was für ein Pech, daß sie sich nicht wirklich einfach ganz zwanglos in dieser Buchhandlung kennengelernt hatten, statt Therapeut und Patientin zu werden! Ernest gefiel alles an Carolyn, ihre rasche Auffassungsgabe und Leidenschaft, das Feuer in ihren Augen, ihr federnder Gang und geschmeidiger Körper, ihre glatten, gemusterten Strümpfe, die absolute Unbefangenheit und Offenheit, mit der sie über Sex sprach – über ihre Sehnsüchte, ihre Masturbation, ihre One-night-stands.

Und ihm gefiel auch ihre Verletzlichkeit. Obwohl sie eine unnachgiebige und aufbrausende Frau von extrovertiertem Charakter war (wahrscheinlich eine Notwendigkeit, wenn sie im Gerichtssaal bestehen wollte), war sie nach taktvoller Aufforderung auch bereit, in die Bereiche vorzudringen, die ihr Schmerz bereiteten. Zum Beispiel ihre Ängste, ihre Verbitterung Männern gegenüber an ihre Tochter weiterzugeben, das frühe Verlassenwerden durch ihren Vater, ihre Trauer für ihre Mutter, ihre Verzweiflung, in einer Ehe mit einem Mann gefangen zu sein, den sie verachtete.

Trotz der sexuellen Anziehung, die Carolyn auf ihn ausübte, klammerte Ernest sich entschlossen an seine therapeutische Perspektive und ließ keinen Augenblick lang in der Beobachtung seiner selbst nach. Soweit er sehen konnte, machte er immer noch hervorragende Therapie. Er war hochmotiviert, ihr zu helfen, blieb konzentriert und hatte sie wieder und wieder zu wichtigen Einblicken geführt. In letzter Zeit hatte er sie mit all den Konsequenzen ihrer lebenslänglichen Verbitterung und ihres Grolls konfrontiert – und mit ihrem mangelnden Bewußtsein angesichts der Tatsache, daß andere Menschen das Leben anders erlebten.

Wann immer Carolyn Ablenkungen in die therapeutische Arbeit einflocht – und das geschah in jeder Stunde mit nicht zur Sache gehörigen Fragen nach seinem Privatleben oder inständigen Bitten um mehr körperlichen Kontakt –, hatte Ernest ihr geschickt und nachdrücklich widerstanden. In der letzten Sitzung vielleicht etwas zu nachdrücklich, als er Carolyns Bitte um ein paar Minuten »Couchzeit« mit einer Dosis Existenzschocktherapie beantwortet hatte. Er hatte auf ein Stück Papier eine Linie gezeichnet und an das eine Ende der Linie ihren Geburtstag und an das andere ihren Todestag geschrieben. Er reichte ihr das Blatt und bat sie, ein X auf die Linie zu machen, um die Stelle in ihrer Lebensspanne zu kennzeichnen, an der sie sich im Augenblick befand. Dann bat er sie, einige Minuten lang über ihre Antwort nachzudenken.

Ernest hatte diesen Kunstgriff schon bei anderen Patienten benutzt, aber nie war er auf eine so starke Reaktion gestoßen. Carolyn zeichnete ein Kreuz ungefähr Dreiviertel des Weges vom Geburtsdatum entfernt, starrte es zwei oder drei Minuten lang schweigend an und sagte dann: »So ein kleines Leben«, und brach in Tränen aus. Ernest bat sie, mehr dazu zu sagen, aber sie konnte nur den Kopf schütteln und erwidern: »Ich weiß nicht. Ich weiß nicht, warum ich so furchtbar viel weinen muß.«

»Ich glaube, ich weiß es, Carolyn. Ich glaube, Sie weinen um all das ungelebte Leben in Ihnen. Ich hoffe, daß wir als Ergebnis unserer Arbeit ein wenig von diesem Leben freisetzen können.«

Daraufhin schluchzte sie nur noch heftiger, und wieder einmal verließ sie das Sprechzimmer voller Eile. Und ohne Umarmung.

Ernest genoß die Abschiedsumarmung sehr, die zu einem feststehenden Teil ihrer Stunde geworden war, hatte aber standhaft alle anderen Forderungen nach körperlicher Berührung, abgesehen von ihren gelegentlichen Bitten, für ein paar Minuten neben ihm auf der Couch sitzen zu dürfen – zurückgewiesen. Dieses Zwischenspiel auf der Couch pflegte Ernest grundsätzlich nach einigen Minuten zu beenden oder noch früher, wenn Carolyn ihm zu nahe kam oder seine Erregung zu stark wurde.

Aber Ernest war nicht blind. Ihm war klar, daß seine Aufregung an den »Carolyn-Tagen« nichts Gutes verhieß. Und dasselbe galt für Carolyns schleichendes Eindringen in sein Phantasieleben, vor allem in seine Masturbationsphantasien. Und noch bedrohlicher war es, daß der Schauplatz seiner

Phantasien unausweichlich sein Sprechzimmer war. Es war unglaublich erregend, sich Carolyn vorzustellen, wie sie ihm in seiner Sprechstunde gegenübersaß und ihre Probleme mit ihm besprach, bis er sie mit einem bloßen Locken seines Fingers zu sich winkte, sie anwies, sich auf seinen Schoß zu setzen und weiterzureden, während er ihr langsam die Bluse aufknöpfte, den BH aufhakte, die Brüste streichelte und küßte, ihr dann sachte den Slip abstreifte und langsam mit ihr auf den Fußboden glitt, wo er lustvoll in sie eindrang, während sie weiter mit ihm sprach und er mit langen, trägen Stößen einem gedämpften Orgasmus entgegenstrebte.

Seine Phantasien erregten und ekelten ihn gleichermaßen – sie verstießen fundamental gegen das auf Hilfestellung ausgerichtete Leben, das er sich zur Aufgabe gemacht hatte. Ihm war absolut klar, daß die sexuelle Erregung in seinen Phantasien durch das Gefühl seiner absoluten Macht über Carolyn noch gesteigert wurde. Sexuelle Tabus zu brechen war immer eine aufregende Sache: Hatte Freud nicht ein Jahrhundert zuvor darauf hingewiesen, daß Tabus überflüssig wären, wenn verbotenes Verhalten keinen solchen Reiz ausübte?

Ernest wußte, daß er Hilfe brauchte. Als erstes wandte er sich abermals der professionellen Literatur zur erotischen Übertragung zu und fand mehr als erwartet. Zum einen wurde er mit dem Wissen konfrontiert, daß schon seit Generationen Therapeuten mit seinem Dilemma gekämpft hatten. Viele hatten, genau wie Ernest selbst geschlußfolgert hatte, darauf hingewiesen, daß der Therapeut in der Therapie weder das erotische Material ignorieren noch auf mißbilligende oder verdammende Weise reagieren dürfe, damit das Material nicht unter die Oberfläche getrieben wurde und die Patientin das Gefühl bekam, ihre Wünsche seien gefährlich und zerstörerisch. Freud hatte nachdrücklich betont, daß aus der erotischen Übertragung einer Patientin viel zu lernen sei. In einer seiner exquisiten Metaphern sagte er, daß ein Versäumnis der

Erkundung erotischer Übertragungen gleichbedeutend mit dem Unternehmen sei, einen Geist aus der Geisterwelt heraufzubeschwören und ihn dann wieder fortzuschicken, ohne ihm eine einzige Frage gestellt zu haben.

Ernest las mit großer Ernüchterung, daß die große Mehrheit der Therapeuten, die eine sexuelle Beziehung zu Patienten eingegangen waren, behaupteten, sie hätten ihre Liebe angeboten. »Ein Irrtum«, hatten andere Therapeuten geschrieben. »Das ist keine Liebe – es ist eine andere Form von sexuellem Mißbrauch.« Es war ebenfalls ernüchternd zu lesen, daß viele vom Wege abgekommene Therapeuten genau wie er das Gefühl gehabt hatten, es sei grausam, einer Patientin, die so sehr danach verlangte und sie so dringend brauchte, die geschlechtliche Liebe vorzuenthalten!

Andere meinten, daß keine intensive erotische Übertragung von anhaltender Dauer sein könnte, wenn der Therapeut sie nicht unbewußt unterstützte. Ein wohlbekannter Analytiker machte den Vorschlag, daß sich der Therapeut lieber um sein eigenes Liebesleben kümmern und sicherstellen sollte, daß sein libidinöses und narzißtisches Konto ein Haben aufwies. Das leuchtete Ernest ein, und er machte sich daran, sein Libidobudget wieder auszugleichen, indem er seine Beziehung zu Marsha wiederaufnahm, einer alten Freundin, mit der er ein leidenschaftsloses, aber sexuell befriedigendes Arrangement gehabt hatte.

Ein anderer Psychiater, den Ernest besonders schätzte, schrieb, daß einige wichtigtuerische Therapeuten manchmal auf sexuelle Beziehungen zurückgriffen, wenn ihre Unfähigkeit, die Patientin zu heilen, sie in Verzweiflung stürzte, wenn ihr Glaube an sich selbst als allmächtiger Heiler erschüttert sei. Das trifft auf mich nicht zu, dachte Ernest – aber er kannte jemanden, auf den es zutraf: Seymour Trotter! Je länger er über Seymour nachdachte – seine Selbstüberschätzung (Hybris), seinen Stolz darauf, als »der Therapeut des letzten Auswegs« zu gelten, seine Überzeugung, daß er, wenn er sich dieser Aufgabe stellte, jeden Patienten heilen könne –, um so klarer wurde ihm, was sich zwischen Seymour und Belle zugetragen hatte.

Ernest wandte sich hilfesuchend an seine Freunde, vor allem an Paul. Mit Marshal zu sprechen kam nicht in Frage. Marshals Reaktion wäre absolut vorhersehbar gewesen: zuerst Tadel, dann Zorn über Ernests Abweichen von der traditionellen Technik, und schließlich das absolute Beharren darauf, daß er die Therapie mit der Patientin beende und seine eigene Analyse wiederaufnehme.

Außerdem war Marshal ohnehin abgemeldet. Letzte Woche hatte Ernest seine Supervision wegen einer seltsamen Verkettung von Ereignissen beenden müssen. Sechs Monate zuvor hatte Ernest einen neuen Patienten angenommen, Jess, der seine Behandlung bei einem Analytiker aus San Francisco nach zwei Jahren abrupt beendet hatte. Als Ernest sich nach den Umständen dieses Therapieabbruchs erkundigte, erzählte Jess ihm von einem merkwürdigen Zwischenfall. Jess, ein unermüdlicher Läufer, hatte eines Tages beim Joggen im Golden Gate Park eine merkwürdige Bewegung tief im Geäst eines roten, hängenden Ahorns bemerkt. Als er näher kam, sah er die Ehefrau seines Analytikers in leidenschaftlicher Umarmung mit einem buddhistischen Mönch in safranfarbener Robe.

Was für ein Dilemma. Es gab keinen Zweifel, daß es sich um die Frau seines Analytikers handelte: Jess hatte einen Ikebanakurs besucht, und sie war eine allseits bekannte Meisterin der Sogetsu-Schule, der innovativsten unter den Ikebana-Traditionen. Er hatte sie schon zweimal zuvor bei Blumensteckwettbewerben getroffen.

Was sollte Jess tun? Obwohl sein Analytiker ein steifer, förmlicher Mann war, dem Jess keine große Zuneigung entgegenbrachte, war er doch tüchtig und anständig und hatte Jess so sehr geholfen, daß es ihm widerstrebte, ihn zu verletzen, indem er ihm die schmerzliche Wahrheit über seine Frau sagte. Aber andererseits, wie konnte er seine Analyse fortsetzen, nachdem er ein solches Geheimnis erfahren hatte? Jess sah nur eine Möglichkeit für sich: die Analyse unter dem Vorwand einer unvermeidlichen Terminkollision zu beenden.

Jess wußte, daß er nach wie vor eine Therapie benötigte, und auf Empfehlung seiner Schwester, einer klinischen Psychologin, nahm er die Arbeit mit Ernest auf. Jess war der Sprößling einer wohlhabenden, alteingesessenen Familie aus San Francisco. Gegen den gnadenlosen Ehrgeiz seines Vaters und die Erwartung, er werde eines Tages in die Familienbank eintreten, hatte Jess an allen Fronten rebelliert: Er war im College durchgerasselt, hatte sich dann zwei Jahre lang dem Surfen gewidmet, hatte Alkohol- und Kokainmißbrauch betrieben. Nach der schmerzlichen Auflösung einer fünfjährigen Ehe hatte er langsam begonnen, sein Leben neu zusammenzufügen. Zuerst kamen ein längerer Krankenhausaufenthalt und ein ambulantes Rehabilitationsprogramm wegen Drogenmißbrauch an die Reihe, dann eine Ausbildung in Landschaftsarchitektur, einem Berufszweig seiner eigenen Wahl, dann zwei Jahre Analyse bei Marshal und ein strenges Konditions- und Lauftraining.

Während seiner ersten sechs Monate Therapie bei Ernest erzählte Jess zwar, warum er die Therapie beendet hatte, weigerte sich aber, den Namen seines ehemaligen Therapeuten zu nennen. Jess' Schwester hatte ihm zu viele Geschichten darüber erzählt, wie gern Therapeuten übereinander tratschen. Aber im Laufe der Wochen faßte Jess Vertrauen zu Ernest, und eines Tages gab er plötzlich den Namen seines ehemaligen Therapeuten preis: Marshal Streider.

Ernest war wie betäubt. Nicht Marshal Streider! Nicht sein unerschütterlicher Supervisor, dieser Fels von Gibraltar! Ernest sah sich in dasselbe Dilemma gestürzt, dem Jess gegenübergestanden hatte. Weder konnte er Marshal die Wahrheit sagen – das verbot ihm die Schweigepflicht seiner Profession –, noch konnte er die Supervision bei Marshal fortsetzen, nachdem er im Besitz dieses ungeheuerlichen Geheimnisses war. Der Zwischenfall kam Ernest jedoch nicht ganz ungelegen, da er ohnehin den Vorsatz gefaßt hatte, die Supervision zu beenden, und Jess' Enthüllung diesem Vorhaben nur noch die notwendige Triebkraft gab.

Und so hatte Ernest mit großer Beklommenheit Marshal von seiner Entscheidung in Kenntnis gesetzt. »Marshal, ich habe jetzt schon eine Weile das Gefühl, daß es an der Zeit ist, die Nabelschnur zu durchtrennen. Sie haben mich einen langen Weg begleitet, und jetzt habe ich mit achtunddreißig Jahren endlich beschlossen, aus dem Haus zu gehen und auf eigenen Füßen zu stehen.«

Ernest wappnete sich gegen einen heftigen Protest von seiten Marshals. Er wußte genau, was Marshal sagen würde. Er würde gewiß darauf bestehen, Ernests Motive für eine derart verfrühte Beendigung der Supervision zu analysieren. Zweifellos würde er den Zeitpunkt von Ernests Entscheidung hinterfragen. Was Ernests mitleiderregendes Verlangen betraf, auf eigenen Füßen zu stehen, würde Marshal diesem Argument auf der Stelle den Boden unter den Füßen entziehen. Er würde feststellen, daß dies wohl ein weiterer Beweis für Ernests infantilen Ikonoklasmus sei; er würde sogar zu verstehen geben, daß diese Impulsivität darauf hindeutete, daß es Ernest an der Reife und dem Elan für jene Selbsterkenntnis fehlte, die für eine Aufnahme im Psychoanalytischen Institut unabdingbar war.

Merkwürdigerweise tat Marshal nichts von alledem. Er wirkte müde und geistesabwesend und antwortete oberflächlich und mechanisch. »Ja, vielleicht ist der Zeitpunkt wirklich gekommen. Wir können ja immer wieder neu beginnen. Ich wünsche Ihnen viel Glück, Ernest! Alles, alles Gute.«

Aber als Ernest diese Worte hörte und seine Supervision

bei Marshal beendete, war es nicht Erleichterung, was er verspürte. Statt dessen war es Verwirrung. Und, ja, Enttäuschung.

Nachdem er eine halbe Stunde auf die Lektüre eines langen Artikels über das Sexualverhalten zwischen Therapeut und Patientin verwandt hatte – ein Fax von Paul –, griff Ernest nach dem Telefonhörer.

»Vielen Dank für ›Sprechstunden-Romeos und liebeskranke Ärzte!‹ Gütiger Gott, Paul!«

»Ah, ich höre, du hast mein Fax bekommen.«

»Unglücklicherweise ja.«

»Warum ›unglücklicherweise‹, Ernest? Einen Moment mal, ich schalte eben auf den schnurlosen Apparat um und setze mich in meinen bequemen Sessel. Ich habe so das Gefühl, daß dies ein ziemlich theatralisches Gespräch wird... Okay... also noch mal, warum ›unglücklicherweise‹?«

»Weil ›Sprechstunden-Romeo‹ nicht auf das paßt, was hier vorgeht. Dieser Artikel würdigt etwas sehr Kostbares herab, etwas, von dem er nicht das geringste weiß. Mit Hilfe von trivialisierendem Sprachgebrauch läßt sich jedes tiefere Gefühl ins Vulgäre ziehen.«

»So erscheint es dir nur, weil du zu nahe dran bist, um zu sehen, was wirklich passiert. Aber es ist wichtig, daß du dir ansiehst, wie sich die Sache von außen ausnimmt. Ernest, seit unserem letzten Gespräch mache ich mir Sorgen um dich. Hör dir doch nur an, wie du redest: ›daß du einer tiefen Wahrheit auf der Spur bist, daß du deine Patientin liebst, daß sie nach Berührung hungert, daß du flexibel genug bist, um ihr die körperliche Nähe zu geben, die sie für die Arbeit in der Therapie benötigt.‹ Ich glaube, du bist vollkommen aus dem Häuschen. Ich glaube, du steuerst auf ernste Schwierigkeiten zu. Hör mal, du kennst mich doch – ich verspotte die orthodoxen Freudianer, seit wir auf dieses Gebiet vorgedrungen sind, stimmt's?«

Ernest brummte seine Zustimmung.

»Aber als der Meister sagte: ›Ein Liebesobjekt zu finden, bedeutet immer, eins *wiederzufinden*‹, da verfolgte er eine heiße Spur. Diese Patientin facht etwas in dir an, das seinen Ursprung an anderer Stelle hat – weit weg und vor langer Zeit.«

Es entstand ein Schweigen.

»In Ordnung, Ernest, hier ist ein Rätsel für dich: Welche Frau kennst du, die jedes kleine Molekül deines Körpers bedingungslos liebte? Dreimal darfst du raten!«

»O nein, Paul. Willst du schon wieder auf diesen Mutterunfug hinaus? Ich hab nie geleugnet, daß ich eine gute, zärtliche Mutter hatte. Sie hat mir in meinen ersten Lebensjahren einen guten Start ermöglicht; ich habe Unmengen erstklassigen Urvertrauens entwickelt – daher stammt übrigens wahrscheinlich auch meine hemmungslose Selbstentblößung. Aber sie war keine gute Mutter, als ich schließlich auf eigenen Füßen stand; niemals, bis zu ihrem Todestag nicht, konnte sie mir verzeihen, daß ich sie verlassen hatte. Also, worauf willst du hinaus? Daß ich im Morgendämmer des Lebens meinen Stempel verpaßt bekommen habe wie ein kleines Entchen und seither nach dem Ebenbild meiner Mutter suche?

Und selbst wenn dem so wäre«, fuhr Ernest fort – er kannte seinen Text genau, Paul und er hatten in der Vergangenheit ähnliche Gespräche geführt – »ich will es dir sogar zugestehen. Zum Teil wenigstens! Aber du bist so reduktionistisch – daß ich *nichts sonst* sein soll als ein großes Kind, das seine alles verzeihende Mutter sucht! Das ist doch Mist! Wir sind sehr viel mehr als das. Dein Fehler und der Fehler des ganzen Analysebetriebes besteht darin, zu vergessen, daß es in der Gegenwart reale Beziehungen gibt, die nicht durch die Vergangenheit festgelegt sind, die im Augenblick existieren – wenn zwei Seelen sich berühren, die mehr von der Zukunft beeindruckt sind als von der frühesten Vergangenheit, durch das Noch-Nicht, durch das Schicksal, das uns erwartet. Durch unsere Kameradschaft, durch unser Zusammenstehen, um die harten Fakten des Lebens zu ertragen und anzugehen. Und daß diese Form der Beziehung – rein, tolerant, auf Gegenseitigkeit beruhend, gleich – etwas Erlösendes ist, die mächtigste Kraft ist, die uns zur Heilung gegeben ist.«

»Rein? Rein?« Paul kannte Ernest zu gut, um sich von dessen rhetorischen Höhenflügen aus dem Gleichgewicht bringen zu lassen. »*Eine reine Beziehung?* Wenn sie rein wäre, säße ich dir deswegen nicht im Nacken. Die Frau turnt dich an, Ernest. Um Himmels willen, gib es zu!«

»Eine asexuelle Umarmung am Ende jeder Sitzung – das ist alles. Und ich habe es unter Kontrolle. Ja, ich habe Phantasien. Das gebe ich zu. Aber ich belasse es dabei.«

»Nun, ich wette, deine Phantasien und ihre Phantasien tanzen im Phantasieland ein feuchtes Menuett. Aber die Wahrheit, Ernest, beruhige mich. Keine sonstigen Berührungen? Wenn du neben ihr auf der Couch sitzt? Ein harmloser Kuß?«

Der Gedanke daran, wie er Carolyns schönes Haar streichelte, wenn sie sich an ihn lehnte, ging Ernest kurz durch den Kopf. Aber er wußte, daß er nicht auf Verständnis stoßen würde, daß Paul auch das herabwürdigen würde. »Nein, das nicht. Kein weiterer Kontakt. Paul, glaube mir, ich mache eine gute Therapie mit dieser Frau. Ich werde damit schon fertig.«

»Wenn ich das glaubte, würde ich dir damit nicht so in den Ohren liegen. Irgend etwas an dieser Frau verstehe ich nicht. Daß sie dich Stunde um Stunde derart anmacht. Selbst nachdem du in bezug auf deine Grenzen klare und feste Standpunkte bezogen hast. Oder es zumindest getan zu haben glaubst. Ich will ja nicht bezweifeln, daß du zum Anbeißen bist – wer könnte deinem süßen kleinen Hintern schon widerstehen? Da ist doch noch etwas anderes im Gange: Ich bin davon überzeugt, daß du sie unbewußt ermutigst... Willst du meinen Rat, Ernest? Mein Rat ist, steig aus dem Spiel aus, sofort! Überweise sie an eine Therapeutin. Und laß die Finger von deinem Selbstenthüllungsexperiment! Oder beschränke es auf männliche Patienten – zumindest für den Augenblick!«

Nachdem er aufgelegt hatte, ging Ernest in seinem Sprechzimmer auf und ab. Er sagte Paul sonst immer die Wahrheit, und dieser seltene Fehltritt, es diesmal nicht getan zu haben, gab ihm das Gefühl, ganz auf sich selbst gestellt zu sein. Um sich abzulenken, wandte er sich seiner Post zu. Um seine Kunstfehlerversicherung zu erneuern, mußte er einen Fragebogen ausfüllen, in dem es nur so wimmelte von Fragen nach seiner Beziehung zu Patienten. Es wurden unmißverständliche Fragen gestellt. Berührte er seine Patienten jemals? Wenn ja, in welcher Weise? Beide Geschlechter? Für wie lange? Welchen Körperteil des Patienten berührte er? Hatte er je die Brust, den Po oder andere Geschlechtsteile seiner Patienten berührt? Ernest verspürte den Impuls, das Formular in Fetzen zu reißen. Aber das wagte er nicht. Niemand wagte es in diesen prozeßsüchtigen Zeiten, ohne Kunstfehlerversicherung zu therapieren. Er nahm das Fomular abermals zur Hand und machte bei der Frage: »Berühren Sie Ihre Patienten?« ein Häkchen an das »Ja.« Auf die Frage: »In welcher Weise?« antwortete er: »Nur um ihnen die Hand zu schütteln.« Alle anderen Fragen beantwortete er mit Nein.

Dann öffnete Ernest Carolyns Ordner, um sich auf seine bevorstehende Stunde vorzubereiten. Seine Gedanken wanderten noch einmal kurz zu seinem Gespräch mit Paul zurück. *Carolyn an eine Therapeutin überweisen? Sie würde nicht gehen. Das Experiment aufgeben? Warum? Es machte Fortschritte; es war im Gange. Den Gedanken aufgeben, zu den Patienten ehrlich zu sein? Niemals! Die Wahrheit hat mich in diese Sache hineingezogen, und die Wahrheit wird mich wieder herausbringen!*

20

Am Freitag nachmittag ließ Marshal, bevor er seine Praxis abschloß, den Blick über die Dinge wandern, die er liebte. Alles war an seinem Platz: der glänzende Rosenholzschrank, in dem Sherrygläser mit gedrehtem Stiel standen, die Glasskulpturen, der Goldende Rand der Zeit. Und doch vermochte nichts seine düstere Stimmung aufzuhellen oder den Kloß in seiner Kehle zu lösen.

Als er die Tür schloß, versuchte er kurz seine Unruhe zu analysieren. Sie hatte ihren Ursprung nicht allein in seinem in drei Stunden bevorstehenden Rendevous mit Shelly bei Avocado-Joe – obwohl das, bei Gott, schon beängstigend genug war. Nein, es ging um eine ganz andere Angelegenheit: Adriana. Anfang der Woche war sie erneut nicht zu ihrem Termin erschienen, und sie hatte auch nicht angerufen, um abzusagen. Marshal war verwirrt. Es paßte einfach nicht zusammen: Eine Frau von solch hervorragender Herkunft und solch gesellschaftlichem Schliff benahm sich einfach nicht so. Marshal honorierte sich mit weiteren zweihundert Dollar von dem Bargeld, das Peter ihm gegeben hatte, diesmal ohne große Überlegungen. Er hatte Adriana unverzüglich angerufen und ihr die Nachricht hinterlassen, daß sie ihn doch bitte so bald als möglich zurückrufen solle.

Vielleicht war es ein taktischer Fehler von ihm gewesen, daß er sich bereitgefunden hatte, sie zu behandeln, und sei es auch nur im Rahmen einer Kurztherapie. Sie hatte vielleicht größere Vorbehalte bezüglich der Ehe, als sie Peter gegenüber eingestanden hatte, und möglicherweise war es ihr peinlich, über diese Dinge zu sprechen. Immerhin war er Peters Extherapeut, er war von Peter bezahlt worden und war jetzt ein Kapitalanleger bei ihm. Ja, je länger Marshal darüber nachdachte, um so mehr argwöhnte er, daß ihm eine Fehleinschätzung unterlaufen war. Das, rief er sich ins Gedächtnis, ist genau das Problem der Grenzverletzungen: Ein Ausrutscher bedingt den nächsten.

Drei Tage waren seit seinem Anruf bei Adriana verstrichen, und immer noch keine Antwort. Es war nicht sein Stil, einen Patienten mehr als einmal anzurufen, aber nun schloß Marshal die Tür wieder auf, ging in sein Sprechzimmer zurück und wählte abermals ihre Nummer. Diesmal erhielt er die Auskunft, der Anschluß sei gekündigt worden! Weitere Auskünfte konnte ihm die Telefongesellschaft nicht geben.

Während Marshal nach Hause fuhr, dachte er über zwei diametral entgegengesetzte Erklärungen nach. Entweder hatten Adriana und Peter, möglicherweise provoziert durch ihren Vater, einen ernsten Streit gehabt, und sie wollte nichts mehr mit einem Therapeuten zu tun haben, der in irgendeiner Weise mit Peter in Verbindung stand. Oder Adriana hatte endgültig die Nase voll von ihrem Vater und war impulsiv in ein Flugzeug gestiegen, um zu Peter nach Zürich zu fliegen – während ihrer letzten Sitzung hatte sie angedeutet, daß es ihr schwerfallen würde, nicht bei Peter zu sein.

Aber keine dieser beiden Hypothesen erklärte, warum Adriana ihn nicht anrief. Nein, je länger Marshal darüber nachdachte, um so sicherer war er, daß dies ein ausgesprochen böses Omen war. Was war es? Krankheit? Tod? Selbstmord? Sein nächster Schritt lag auf der Hand: Er mußte Peter in Zürich anrufen! Marshal warf einen Blick auf seine Rolex, die bis auf die Millisekunde genau ging. Sechs Uhr abends. Das bedeutete drei Uhr morgens in Zürich. Er würde bis nach seinem Rendevous mit Shelly warten und Peter um Mitternacht anrufen müssen – neun Uhr morgens nach Schweizer Zeit.

Als Marshal die Garagentür öffnete, um den Wagen abzustellen, bemerkte er, daß Shirleys Auto nicht mehr da war. Ausgegangen. Wie gewöhnlich. Es geschah mittlerweile so häufig, daß Marshal den Überblick über ihren Terminplan verloren hatte: ob sie im Krankenhaus, wo sie ihre Facharztausbildung machte, Spätschicht hatte, ob sie einen der wenigen Kurse in klinischer Psychologie besuchte, die sie noch zu absolvieren hatte, ob sie Ikebana unterrichtete, an einer Ikebana-Ausstellung teilnahm oder im Zen-Zentrum saß und meditierte.

Marshal öffnete den Kühlschrank. Nichts. Shirley kochte immer noch nicht. Wie gewöhnlich hatte sie ihm ein neues Blumenarrangement auf dem Küchentisch hinterlassen. Unter der Schale lag ein Zettel, auf dem sie mitteilte, daß sie vor zehn zurück sein würde. Marshal warf einen flüchtigen Blick auf das Arrangement: ein schlichtes Motiv mit drei Callas, zwei weißen, einer safranfarbenen. Die langen, eleganten Stengel einer weißen und einer safranfarbenen Blüte waren umeinandergeschlungen und von der dritten Blüte, die sich so weit wie möglich von den beiden anderen wegbog und gefährlich weit über den Rand der lavendelfarbenen Keramikschale neigte, durch ein dichtes Büschel purpurner Nambiabeeren getrennt.

Warum stellte sie diese Blumenarrangements für ihn hin? Einen Augenblick lang, nur einen Augenblick lang, kam Marshal der Gedanke, daß Shirley in letzter Zeit ziemlich häufig safranfarbene und weiße Callas benutzt hatte. Beinahe, als wolle sie ihm damit etwas sagen. Aber er wischte den Gedanken schnell wieder beiseite. Die Zeit, die sie auf diesen vergänglichen Unsinn verschwendete, erzürnte ihn. Man konnte seine Zeit so viel besser nutzen. Man konnte zum Beispiel etwas zu essen kochen. Man konnte einige Knöpfe an seine Hemden nähen. Man konnte seine Dissertation beenden, die, so dürftig sie auch war, fertiggestellt werden mußte, bevor sie anfangen konnte, Patienten Rechnungen zu schreiben. Shirley versteht sich bestens darauf, gleiche Rechte zu fordern, dachte Marshal, aber sie ist auch gut darin, ihre Zeit zu vertun, solange ich da bin, um die Rechnungen zu bezahlen. Auf diese Weise ließ sich der Augenblick des Eintritts in die Welt der Erwachsenen und des Rechnungsschreibens unendlich hinauszögern.

Nun, *er* wußte, wie man seine Zeit nutzte. Nachdem er das Blumenarrangement weggeschoben hatte, schlug er den *Examiner* vom Nachmittag auf und berechnete die Kursgewinne seiner Aktien vom Tage. Dann beschoß er, immer noch angespannt und fahrig, schwimmen zu gehen, griff sich seine Sporttasche und machte sich auf dem Weg zum YMCA. Er würde später einen Happen essen, im Restaurant von Avocado-Joe.

Shelly pfiff den ganzen Weg zu Avocado-Joe vor sich hin. Zip-a-dee-doo-dah, zip-a-dee-ay. Er hatte eine Bombenwoche hinter sich. Er hatte das Tennismatch seines Lebens hingelegt und Willy den Weg zur kalifornischen Seniorenmeisterschaft im Doppel geebnet, die Chance auf die U.S.-Meisterschaft aufgetan. Aber da war noch mehr, viel mehr.

Willy hatte ihm in einem Moment der Euphorie ein Angebot gemacht, das all seine Probleme mit einem Schlag löste. Willy und Shelly hatten beschlossen, noch einen Tag länger in Südkalifornien zu bleiben, um die Rennen in Hollywood Park mitzunehmen – Willy besaß einen Zweijährigen namens Omaha, der im Hauptrennen lief, dem »Hollywood Juvenile Derby.« Willi hielt große Stücke auf Omaha, genau wie der Jockey, der ihn ritt; er hatte bereits einen ordentlichen Batzen auf sein Pferd gesetzt und drängte Shelly, dasselbe zu tun. Willy wettete als erster, während Shelly noch im Clubhaus herumlungerte, um ein Pferd für eine zweite Wette bei dem Rennen auszumachen. Als Willy wieder zum Absattelring zurückkehrte, stellte sich Shelly an, um seine Wetten zu plazieren. Nachdem Willy sich jedoch die Pferde angesehen, die muskulösen Beine von Omaha bewundert und überdies bemerkt hatte, daß der Favorit des Rennens stark schwitzte, kam er wieder zum Wettschalter zurückgestürzt. Er hatte gerade noch einmal fünftausend gesetzt, als er sah, daß Shelly seine Wetten am Zwanzigdollarschalter plazierte.

»Was ist denn los, Shelly? Wir gehen jetzt seit zehn Jahren zu Pferderennen, und ich habe dich noch nie woanders als am Hundertdollarschalter gesehen. Da schwöre ich bei meiner Mutter, meiner Tochter, meiner Hure auf dieses Pferd, und du stehst am Zwanzigdollarschalter?«

»Hm ...« Shelly errötete. »Muß den Gürtel ein bißchen enger schnallen ... du weißt schon ... um des Ehefriedens willen ... ein wenig kürzertreten ... sieht schlecht aus auf dem Arbeitsmarkt ... natürlich jede Menge Angebote, warte aber noch auf das Richtige ... du weißt schon, Geld ist nur der kleinere Teil der Sache – ich muß auch das Gefühl haben, daß ich meine Fähigkeiten richtig nutze. Um dir die Wahrheit zu sagen, Willy, es geht um Norma ... sie sieht die Dinge sehr eng, *sehr eng,* was meine Spielerei betrifft, da sie doch die Brötchen verdient. Wir hatten letzte Woche mordsmäßigen Zoff. Du weißt ja, mein Einkommen war immer das Familieneinkommen ... ihr großes Gehalt betrachtet sie stets als *ihr* Geld. Du weißt ja, wie sich die Weiber sonst anstellen, wenn sie meinen, sie hätten keine gleichen Job-Chancen, aber sobald sie dann selbst mal ran dürfen, sind sie gar nicht mehr so versessen darauf, die Last zu tragen.«

Willy schlug sich an die Stirn. *»Deshalb* warst du bei den letzten zwei Spielen nicht dabei! Scheiße, Shelly, ich muß ja stockblind gewesen sein, daß ich da nicht zwei und zwei zusammengezählt habe – halt, warte mal, warte mal, sie sind gestartet! Sieh dir nur Omaha an! Sieh dir an, wie dieses verdammte Pferd fliegt! Da, so, jetzt sind sie an der Marke – Omaha legt los, hebt ab! Sieh es dir an! Seine Hufe berühren kaum noch den Boden. Hast du *jemals* ein Pferd gesehen, das sich so bewegt? Er ist voll in Form – ich sage dir, Shelly, der könnte noch eine zweite Meile so laufen.«

Nach dem Rennen – für den Dollar auf Omaha gab es acht achtzig –, als Willy von der Ehrung im Siegerring zurück war, gingen sie zusammen zur Bar im Clubhaus und bestellten Tsingtaos.

»Shelly, wie lange bist du jetzt schon ohne Arbeit?«

»Sechs Monate.«

»Sechs Monate! Gott, das ist ja schrecklich. Hör mal, ich wollte mich ohnehin demnächst mal zu einem Gespräch mit dir zusammensetzen, und eigentlich können wir das genausogut jetzt gleich erledigen. Du weißt doch von diesem großen Komplex von Musterwohnungen, den ich in Walnut Creek besitze? Nun, wir verhandeln seit ungefähr zwei Jahren mit dem Stadtrat, um die Genehmigung für die Umwandlung aller vierhundert Einheiten in Eigentumswohnungen zu bekommen, und die Sache ist jetzt weitgehend gelaufen. Alle meine Gewährsleute berichten, daß wir in einem Monat mit der Zustimmung rechnen dürfen. Unser nächster Schritt wird dann sein, mit den Bewohnern handelseinig zu werden – natürlich müssen wir denen ein Erstkaufsrecht zu echten Discountpreisen einräumen –, und dann fangen wir mit den Umbauten an.«

»Hm. Und?«

»Und... die Quintessenz ist folgende: Ich brauche einen Verkaufsleiter. Du warst zwar bisher nicht im Immobiliengeschäft tätig, aber ich weiß, daß du ein fabelhafter Verkäufer bist. Als du mir damals die Einmillionendollaryacht verkauft hast, habe ich den Verkaufsraum wirklich in dem Glauben verlassen, du hättest mir einen Gefallen getan. Du lernst sehr schnell, und du strahlst etwas aus, das dir so leicht niemand nachmacht: Vertrauen. Totales Vertrauen. So, arbeite für mich, Shelly! Wir werden ohnehin so viele Stunden für die Meisterschaft trainieren müssen, daß du bei jedem anderen Schwierigkeiten bekommen würdest.«

Shelly fand sich bereit, für Willy zu arbeiten. Für dasselbe Gehalt – sechzigtausend Dollar –, das er in seiner letzten Stellung bekommen hatte. Plus Provision. Aber das war nicht alles. Willy wollte das Spiel sicherstellen, wollte dafür sorgen, daß Shelly weiter spielen konnte.

»Du weißt, wie sehr ich meine Yacht liebe? Hab ich viel Spaß mit gehabt, aber nicht für eine Million Dollar, nicht wie bei unseren Spielen. Kann man nicht vergleichen. Wenn ich eins davon aufgeben müßte – die Yacht oder das Spiel – wäre das Boot im Handumdrehen Geschichte. Ich will, daß das Spiel immer weiter und weiter geht, genau wie es immer war. Und ich will dir die Wahrheit sagen, mir haben die beiden letzten Spiele ohne dich keinen Spaß gemacht. Dillion hat an deiner Stelle gespielt – er war total verkrampft, hat seine Karten so zusammengepreßt, daß die Königinnen weinten. Bei neunzig Prozent der Spiele paßt er. Stumpfsinniger Abend. Irgendwie hatte das Spiel nicht mehr so viel Leben wie sonst. Wenn man einen der wichtigsten Spieler verliert, bricht die ganze Sache zusammen. Also, sag schon, Shelly, und ich schwöre bei Gott, das hier bleibt unter uns: Was brauchst Du, um weiterzuspielen?«

Shelly erklärte ihm, daß ihm fünfzehn Jahre lang ein Fonds von vierzigausend gereicht hatte – und immer noch reichen würde, wenn er nicht diese höllische Pechsträhne gehabt hätte. Willy erbot sich bereitwillig, die vierzigtausend vorzustrecken – ein auf zehn Jahre befristetes, erneuerbares, zinsloses Darlehen, von dem Norma nichts wissen würde.

Shelly zögerte.

»Nennen wir es«, sagte Williy, »einen Siegringbonus.«

»Hm...«, Shelly zauderte.

Willy verstand und suchte unverzüglich nach einer besseren Möglichkeit, seinem Freund das Geld anzubieten, ohne ihre Beziehung zu gefährden.

»Warte, mir fällt da noch was Besseres ein, Shelly. Ziehen wir zehn Prozent von deinem offiziellen Lohn ab, dem Lohn, von dem Norma erfahren wird, und ich gebe dir vierzigtausend Vorschuß – gut versteckt auf einem Auslandskonto in den Bahamas –, und wir sind in vier Jahren quitt. Die Provisionen werden deinen Lohn ohnehin übersteigen.«

Auf diese Weise also kam Shelly zu einem Fonds. Und einem Job. Und einem Freifahrtschein, um bis ans Ende aller Zeiten weiterzuspielen. Jetzt konnte nicht einmal Norma die geschäftlichen Vorteile leugnen, die sein kleines, geselliges Pokerspiel mit sich brachte. Was für ein Tag, dachte Shelly. Ein fast perfekter Tag. Er hatte nur einen Schönheitsfehler: Wenn, ja wenn, dieses Gespräch doch schon letzte Woche stattgefunden hätte! Oder gestern. Oder auch nur heute morgen! *Dann stünde ich jetzt mit einer Handvoll Wettscheine vor dem Hundertdollarschalter. Acht achtzig! Hölle aber auch, was für ein Pferd!*

Marshal kam ein wenig vor der verabredeten Zeit bei Avocado-Joe an, einem großen, neonschrillen Casino, das gleich hinter dem Vordereingang ein flammend rotes Mazda Miata Cabriolet zur Schau stellte – ein Preis, der nächsten Monat vergeben werden sollte, erklärte ihm der Türsteher. Nachdem er sich zehn oder fünfzehn Schritte tiefer in den dichten Zigarettenqualm hineingestürzt hatte, machte Marshal unverzüglich wieder kehrt, als er sich umgesehen hatte, und ging zurück zu seinem Wagen. Er war viel zu elegant gekleidet, und nichts lag ihm ferner, als Aufmerksamkeit zu erregen. Die bestangezogenen Spieler bei Avocado-Joe trugen Goldgräberjacken.

Marshal holte einige Male tief Luft und steuerte dann seinen Wagen in eine dunklere Ecke des ansonsten gut beleuchteten Parkplatzes. Nachdem er sich vergewissert hatte, daß ihn niemand beobachtete, schob er sich auf die Rückbank, zog sich seine Krawatte und das weiße Hemd aus, öffnete seine Sporttasche und streifte das Oberteil seines Jogginganzuges über. Seine Aufmachung war noch immer nicht das Wahre, mit blankgeputzten schwarzen Schuhen und marineblauer Hose:

Er würde weniger Aufmerksamkeit erregen, wenn er ganze Sache machte. Also zog er seine Basketballschuhe an und zwängte sich unbeholfen in seine Jogginghose.

Marshal gönnte sich noch einen letzten Atemzug sauberer Luft, bevor er sich abermals in die Spielhölle stürzte. Die gewaltige Haupthalle war in zwei Spielsäle unterteilt, einen für Poker und einen für asiatische Glücksspiele. Der Pokerraum beherbergte fünfzehn mit grünem Filz bezogene, hufeisenförmige Tische, die jeweils von einer unechten Tiffanylampe beleuchtet wurden. An jedem Tisch gab es zehn Plätze für die Spieler und einen in der Mitte für den Kartengeber. Coca-Cola-Spender füllten drei Ecken des Raumes aus, und in der vierten stand eine große Verkaufsmaschine voller billiger Puppen und ausgestopfter Tiere. Für vier Vierteldollarstücke erwarb man das Privileg, eine große Zange bedienen zu dürfen, um vielleicht einen der Preise zu erhaschen. So ein Ding hatte Marshal zuletzt als Kind gesehen, auf der Promenade von Atlantic City.

An allen fünfzehn Tischen wurde dasselbe Spiel gespielt: Texas Hold 'em. Die einzige Variation bestand in der Höhe des zulässigen Wetteinsatzes. Marshal schlenderte zu einem Fünf- und Zehndollartisch und beobachtete hinter einem der Spieler stehend eine Runde. Er hatte genug von dem Büchlein gelesen, das Shelly ihm überlassen hatte, um die Grundbegriffe des Spiels zu erkennen. Jeder Spieler bekam zwei verdeckte Karten. Dann wurden offen fünf »Gemeindekarten« gegeben, die ersten drei davon auf einmal (»the flop«), die beiden nächsten einzeln (»fourth street« und »fifth street«).

Es war viel Geld im Spiel. Marshal schob sich näher an den Tisch heran, um besser sehen zu können, als Dusty, der Boss des Saales, ein gelbhaariger, Zigarillo rauchender Alan-Ladd-Verschnitt, energisch auf ihn zukam, ihn von Kopf bis Fuß musterte und sich dabei besonders auf seine aufpumpbaren Basketballturnschuhe konzentrierte.

»Na, Kumpel«, sagte er zu Marshal, »was machst du denn hier? Halbzeit?«

»Ich sehe zu«, erwiderte Marshal, »bis mein Freund kommt, dann wollen wir spielen.«

»Zusehen? Du machst Witze! Du meinst, du kannst einfach hier rumstehen und zusehen? Schon jemals darüber nachgedacht, wie die anderen Spieler das sehen? Hör mal, wir nehmen hier Rücksicht auf die Gefühle anderer! Wie heißt du?«

»Marshal.«

»Okay, Marshal, wenn du soweit bist, komm zu mir, dann schreibe ich deinen Namen auf die Warteliste. Im Augenblick sind alle Tische besetzt.«

Dusty wandte sich zum Gehen, drehte sich dann aber noch einmal um und meinte lächelnd: »He, freut mich, dich hier zu haben, Sheriff. Im Ernst. Willkommen bei Avocado-Joe. Aber bevor du was tust... komm erst zu mir! Wenn du zusehen willst, geh da rüber«, sagte er und deutete auf eine Galerie im hinteren Teil des Saals, die hinter einer gläsernen Trennwand lag, »oder geh nach Asien rüber – da ist jede Menge los, und es stört keinen, wenn du nur zusehen willst.«

Beim Weggehen hörte Marshal, wie Dusty zu einem der Kartengeber, der gerade Pause machte, sagte: »Er will zusehen! Ist das denn zu fassen? Fehlt bloß noch, daß er seinen Fotoapparat mitgebracht hätte.«

Marshal, der sich wie ein Schafskopf vorkam, schlenderte unauffällig in die Halle zurück und betrachtete von dort aus den Schauplatz. In der Mitte eines jeden mit zehn Spielern bestückten Tisches saß der Kartengeber, bekleidet mit der Hauslivree aus dunklen Hosen und buntgeblümter Weste. Alle paar Minuten sah Marshal, wie der Gewinner der jeweiligen Runde dem Kartengeber einen Chip zuwarf, den der Kartengeber auf die Tischkante schnippte, bevor er ihn in die Innentasche seiner Weste fallen ließ. Eine Sitte, die dem Manager wohl signalisieren sollte, daß der Kartengeber sein persönliches Trinkgeld in die Tasche steckte und sich nicht an Geldern des Hauses vergriff.

Marshal hustete und versuchte, ein wenig von dem Zigarettenrauch vor seiner Nase wegzufächeln. Im Sportdress bei Avocado-Joe zu erscheinen war die reinste Ironie, da das Kasino ein Tempel der schlechten Gesundheit war. Alle hier wirkten ungesund. Überall um sich herum sah er fahle, schattenhafte Gesichter. Viele der Spieler waren seit zehn oder fünfzehn Stunden in Folge dabei. Alle rauchten. Bei mehreren fettleibigen Personen quollen die Fleischmassen zwischen Sitz und Rückenlehne der Stühle hervor. Zwei magersüchtige Kellnerinnen huschten vorüber, wobei jede von ihnen sich mit einem leeren Tablett Luft zufächelte; mehrere Spieler hatten elektrische Miniaturfächer vor sich liegen, um den Rauch wegzublasen; eine ganze Reihe von Spielern schlang während des Spiels irgendwelches Essen hinunter – Shrimps mit gallertartiger Hummersoße waren das Angebot des Tages. Die Kleiderordnung war lässig-bizarr: Ein Mann mit einem zotteligen weißen Bart trug türkische Pantoffeln mit nach oben gebogenen, spitzen Zehen und einen roten Fes; andere Gäste schmückten sich mit schweren Cowboystiefeln und monströsen Stetsons; irgend jemand war in einem japanischen Seemannsanzug erschienen, der etwa aus der Zeit um 1940 stammen mußte, viele Spieler trugen blaue Arbeitsanzüge, und mehrere ältere Frauen hatten adrette, geblümte Kleider im Stil der Fünfziger an, bis zum Kinn zugeknöpft.

Überall wurde gefachsimpelt. Da gab es kein Entrinnen. Einige Leute sprachen über die staatliche Lotterie von Kalifornien; Marshal hörte jemanden eine kleinere Gruppe unterhalten, indem er genau beschrieb, wie das El Camino am Nachmittag von einem Neunzig-zu-eins-Außenseiter gewonnen worden war, der das Rennen auf drei Beinen beendet hatte. Ganz in der Nähe sah Marshal, wie ein Mann seiner Freundin eine Rolle Geldscheine in die Hand drückte und sagte: »Vergiß nicht, ganz gleich, was ich tue, ganz gleich, was passiert – auch wenn ich bettele, drohe, fluche, heule, ganz egal –, sag mir, ich soll mich verpissen, tritt mir in die Eier, laß mich dein Karate schmecken, wenn's sein muß. *Aber gib mir auf keinen Fall dieses Geld zurück*! Das ist für unseren Karibikurlaub. Lauf weg und fahr mit dem Taxi nach Hause.« Ein anderer schrie den Saalmanager an, er solle das Hockeyspiel der Sharks einschalten. Es liefen ein Dutzend Fernsehapparate, von denen jeder ein anderes Basketballspiel zeigte und von Kunden umringt war, die auf das betreffende Spiel gewettet hatten. Jeder wettete auf irgendwas.

Auf Marshals Rolex war es fünf Minuten vor acht. Mr. Merriman mußte jeden Augenblick eintreffen, und Marshal beschloß, im Restaurant auf ihn zu warten, einem kleinen, verqualmten Raum, der von einer großen Eichentheke beherrscht wurde. Überall gläserne Tiffany-Imitate: Lampen, Aschenbecher, Vitrinen, Vertäfelungen. In einer Ecke des Raumes stand ein Billardtisch, um den sich eine große Schar Zuschauer versammelt hatte, die ein Spiel mit acht Bällen beobachteten.

Das Essen war genauso ungesund wie die Luft. Keinerlei Salate auf der Speisekarte; Marshal studierte wieder und wieder die Angebote und suchte nach dem Gericht mit den wenigsten giftigen Zusätzen. Die magersüchtige Kellnerin sagte nur »Hm?«, als Marshal sich erkundigte, ob möglicherweise gedämpftes Gemüse zu haben sei. Und dann wieder »hm«, als er fragte, welches Öl bei den Shrimps mit Hummersoße verwendet wurde. Zu guter Letzt bestellte er Roastbeef ohne Soße und Tomatenscheiben mit grünem Salat – das erste Mal seit Jahren, daß er Rindfleisch aß, aber zumindest wußte er dann, *was* er aß.

»He, Doc, wie geht's, wie steht's? Hallo, Sheila«, sagte Shelly, während er mit federndem Schritt hereinstolziert kam. Er warf der Kellnerin eine Kußhand zu. »Bring mir dasselbe, was der Doc ißt. Er weiß, was gut ist. Aber vergiß die Soße nicht.« Er beugte sich zum Nachbartisch und schüttelte einem Gast die Hand, der das Rennprogramm las. »Jason, ich hab ein Pferd für Sie! Del Mar Derby in zwei Wochen. Sparen Sie sich was zusammen. Ich werde Sie reich machen – und all Ihre Nachfahren ebenfalls. Wir sehen uns später; erst muß ich noch was mit meinem Freund hier erledigen.«

Der Mann ist hier eindeutig in seinem Element, dachte Marshal. »Sie sind so voller Schwung heute abend, Mr. Merriman. Ist das Tennisturnier gut gelaufen?«

»Bestens. Sie brechen das Brot mit der Hälfte des kalifornischen Meisterteams im Doppel! Aber Sie haben recht, ich fühle mich bestens, dank dem Tennis, dank meinen Freunden und dank Ihnen.«

»Also, Mr. Merriman...«

»Scht, Doc, kein ›Mr. Merriman‹ hier. Sonst fallen wir auf. Hier heißt es ›Shelly‹. ›Shelly‹ und ›Marshal‹ – okay?«

»Okay, Shelly. Kommen wir zu unserem Vorhaben heute abend. Sie wollten mich kurz ins Bild setzen, was meine Aufgabe hier betrifft. Ich muß Ihnen sagen, daß ich morgen schon ganz früh die ersten Patienten erwarte, ich kann also nicht bis in die Puppen bleiben. Denken Sie dran: Zweieinhalb Stunden sind die Grenze; einhundertfünfzig Minuten und ich bin weg.«

»Kapiert. Machen wir uns an die Arbeit.«

Marshal nickte, schabte jedes Fitzelchen Fett von dem Roastbeef, machte sich ein Sandwich, bedeckte es mit Tomatenscheiben und verwelkten Salat, kippte Ketchup darüber und kaute vor sich hin, während Shelly die vor ihnen liegenden zwei Stunden umriß.

»Haben Sie das Büchlein über Texas Hold'em gelesen, das ich Ihnen gegeben habe?«

Marshal nickte wieder.

»Gut. Dann wissen Sie genug, um durchzukommen. Mir

geht es hauptsächlich darum, daß Sie genug wissen, um keine Aufmerksamkeit zu erregen. Ich möchte nicht, daß Sie sich auf Ihre eigenen Karten konzentrieren, und ich möchte nicht, daß Sie spielen: Sie sollen mich beobachten. Also, in Kürze wird ein Zwanzig-vierzig-Dollar-Tisch eröffnet. Und das funktioniert dann folgendermaßen: Das Ante rotiert – in jeder Runde müssen drei Spieler Geld vorlegen. Einer gibt fünf Dollar – das heißt ›butt‹ und ist der Anteil des Hauses, die Miete für den Tisch und den Geber. Der nächste, der ›Blinde‹, legt zwanzig Dollar auf den Tisch. Und der nächste, der ›doppelt Blinde‹, setzt zehn Dollar ein. Soweit alles *Capisce*?«

»Heißt das«, fragte Marshal, «daß der mit den zwanzig Dollar den Flop zu sehen bekommt, ohne noch mehr zu setzen?«

»Genau. Falls nicht erhöht wird. Das bedeutet also, daß Sie in jeder kompletten Serie einmal für den Flop bezahlt haben und diesen dann auch zu sehen bekommen sollten. Wahrscheinlich sitzen neun Spieler am Tisch – also in jeder neunten Runde. In den anderen acht Runden passen Sie – Sie gehen also *nicht* bei der ersten Wette mit. Ich wiederhole, Doc, tun Sie's nicht. Dann müssen Sie also in jeder Serie dreimal ein Ante vorlegen. Das macht zusammen fünfunddreißig Dollar. Die ganze Serie von neun Runden sollte etwa fünfundzwanzig Minuten dauern. Auf diese Weise dürften Sie maximal siebzig Dollar die Stunde verlieren. Es sei denn, Sie machen irgendwelchen Blödsinn und versuchen, ein Blatt zu spielen. Sie wollen in zwei Stunden wieder hier raus sein?« fuhr Shelly fort, während die Kellnerin ihm sein in fetter Soße treibendes Roastbeef hinstellte. »Ich sag Ihnen was. Lassen Sie uns eine Stunde und dreißig oder vierzig Minuten spielen und danach die nächste halbe Stunde reden. Ich habe beschlossen, all Ihre Verluste zu begleichen – ich bin heute in großzügiger Stimmung –, da wären also hundert Dollar.« Er fischte einen Hundertdollarschein aus seiner Brieftasche.

Marshal nahm den Schein entgegen. »Mal sehen ... einhundert ...« Er nahm einen Stift aus der Tasche und kritzelte etwas auf die Serviette. »Fünfunddreißig Dollar alle fünfundzwanzig Minuten, und Sie wollen eine Stunde und vierzig Minuten lang spielen – hundert Minuten. Das beläuft sich dann also auf einhundertvierzig Dollar. Richtig?«

»Okay, okay. Hier haben Sie noch mal vierzig. Und, hier das sind noch mal zweihundert – ein Darlehen und nur für heute abend. Am besten, Sie kaufen für den Anfang Chips für dreihundert Dollar – sieht besser aus, und Sie stehen nicht gleich als Idiot da. Sie können die Chips wieder einlösen, wenn wir gehen.«

Shelly sprach weiter, während er sein Roastbeef und etwas soßendurchtränktes Brot hinunterschlang. »Jetzt hören Sie genau zu, Doc: Wenn Sie mehr als hundertvierzig verlieren, ist das Ihre Sache. Denn das kann *nur* passieren, wenn Sie Ihre Karten spielen. Und das würde ich Ihnen nicht raten – die Leute hier sind gut. Die meisten von ihnen spielen drei-, viermal die Woche – viele von ihnen verdienen sich ihren Lebensunterhalt auf diese Weise. *Außerdem* können Sie, wenn Sie Ihre Karten spielen, nicht darauf achten, was ich tue. Und das ist der Sinn dieser Übung. Kapiert?«

»In Ihrem Buch«, sagte Marshal, »steht, daß es bestimmte gute Blätter gibt, die den Flop auf jeden Fall setzen sollten: hohe Paare, As und König von der gleichen Farbe.«

»Scheiße, nein. Nicht während meiner Zeit. Wenn ich weg bin, Doc, haben Sie freie Fahrt. Dann können Sie spielen, was Sie wollen.«

»Wieso *Ihre* Zeit?« fragte Marshal.

»Weil ich all Ihre Einsätze für diese Karten bezahle. Außerdem ist das hier immer noch meine offizielle Therapiezeit – auch wenn es die letzte Sitzung ist.«

Marshal nickte. »Hm, da haben Sie wohl recht.«

»Nein, nein, warten Sie, Doc. Ich sehe, worauf Sie hinauswollen. Wer verstünde besser als ich, wie hart es ist, ein gutes Blatt wegzulegen? Das wäre eine grausame und ungebräuchliche Strafe. Schließen wir einen Kompromiß. Jedesmal, wenn Sie mit Ihren ersten zwei Karten ein Paar von Assen, Königen oder Damen auf der Hand haben, gehen Sie mit, um den Flop zu sehen. Wenn der Flop Ihr Blatt nicht verbessert – das heißt, wenn Sie mit dem Flop nicht wenigstens einen Drilling oder zwei Paare bekommen –, dann passen Sie, dann gehen Sie nicht weiter mit. Und den Gewinn teilen wir uns natürlich, fifty-fifty.«

»Fifty-fifty?« fragte Marshal. »Ist es legal, wenn Spieler am selben Tisch sich Gewinne teilen? Und machen wir auch fifty-fifty, wenn ich verliere?«

»Okay. Also gut. Ich bin großzügig gestimmt – Sie behalten jeglichen Gewinn, aber Sie müssen sich bereiterklären, nur Paare von Assen, Königen oder Damen zu spielen. Wenn Sie es anders machen, tragen Sie die Verluste selbst. Sind wir uns jetzt einig?«

»Einig.«

»Dann lassen Sie uns über die Hauptsache reden – den Grund, warum Sie hier sind. Ich möchte, daß Sie mich beobachten, wenn ich setze. Ich werde heute abend oft bluffen, also passen Sie auf, damit Sie feststellen können, ob ich mich mit irgend etwas verrate – Sie wissen schon, diese Sachen, die Sie in Ihrer Praxis bemerkt haben: daß ich den Fuß bewege; solche Dinge eben.«

Ein paar Minuten später hörten Marshal und Shelly ihre Namen über Lautsprecher; sie wurden aufgefordert, sich dem Zwanzig-vierzig-Spiel anzuschließen. Die anderen Spieler hießen sie höflich willkommen. Shelly begrüßte den Kartengeber: »Wie geht's denn so, Al? Hier, geben Sie mir fünfhundert Dollar von den runden, und halten Sie ein Auge auf meinen Freund hier – einen Anfänger –, ich werde versuchen, ihn zu verderben, und ich brauche Ihre Hilfe.«

Marshal kaufte Chips im Wert von dreihundert Dollar – einen Stapel roter Fünfdollarchips und einen Stapel blau-weiß-gestreifter Zwanzigdollarchips. In der zweiten Runde war Marshal der »Blinde« – er mußte zwanzig Dollar auf seine beiden verdeckten Karten setzen und sah dafür den Flop: drei kleine Piks. Marshal hielt zwei Piks – eine Zwei und eine Sieben – und hatte damit einen Flush von fünf Karten. Und die nächste offene Karte, »fourth street«, war ebenfalls ein kleines Pik. Geblendet von seinem Flush schlug Marshal Shellys Instruktionen in den Wind und ging die Runde weiter mit; dafür mußte er noch zweimal vierzig Dollar bringen. Am Ende der Runde legten alle Spieler ihre Karten offen. Marshal zeigte seine Pik-Zwei und Pik-Sieben und sagte stolz: »Flush«... Aber drei andere Spieler hatten höhere Flushs.

Shelly beugte sich vor und sagte so freundlich wie möglich: »Marshal, vier Pik im Flop – das bedeutet, daß *jeder*, der wenigstens ein Pik auf der Hand hält, einen Flush hat. Ihre sechs Pik sind nicht besser als die fünf Pik aller anderen, und Ihre Pik-Sieben muß einfach von einem höheren Pik geschlagen werden. Was glauben Sie, warum die anderen Spieler weiter gesetzt haben? Diese Frage müssen Sie sich immer stellen. Sie *mußten* einfach Flushes haben! In diesem Tempo, mein Lieber, werden Sie nach meiner Schätzung annähernd neunhundert Dollar die Stunde von *Ihrem*« – Shelly betonte das »Ihrem« – »sauer verdienten Geld verlieren.«

Danach spielte Marshal konservativ und passte jedesmal. Ein paar gutmütige Seitenhiebe für sein zurückhaltendes Spiel waren die Quittung, aber Shelly und der Kartengeber verteidigten ihn und mahnten die anderen, Geduld zu haben, bis er den Bogen raus hatte. Eine halbe Stunde später hielt er ein Paar Asse, und ein Flop lagen im As und zwei Zehnen, so daß er ein »full boat« mit Assen hatte. Bei diesem Blatt waren nur wenige mitgegangen, aber trotzdem kassierte er einen Pott von zweihundertfünfzig Dollar. Die übrige Zeit beobachtete Marshal Shelly wie ein Habicht und machte sich gelegentlich verstohlen auf einem kleinen Schreibblock Notizen. Niemand schien etwas dagegen zu haben, daß er ab und zu etwas notierte, bis auf eine zierliche Asiatin, die beinahe hinter dem turmhohen Stapeln der Chips verschwand, die sie gewonnen hatte. Die Dame reckte sich, beugte sich über ihren Hort blauweißer Zwanzigdollarchips, deutete auf Marshals Notizblock und sagte: »Und vergessen Sie nicht, ein großer Straight schlägt ein kleines minderjähriges ›full boat‹. Hi-hi-hi.«

Shelly war mit Abstand der aktivste Spieler am Tisch und schien genau zu wissen, was er tat. Aber wenn er ein gutes Blatt auf der Hand hatte, gingen nur wenige Spieler mit. Und wenn er bluffte, selbst wenn er es unter für ihn optimalen Voraussetzungen tat, gingen immer ein oder zwei Spieler mit schwachen Blättern mit, wollten sehen und schlugen ihn! Obwohl Shelly überdurchschnittlich gute Karten hatte, wurde sein Stapel mit Chips immer kleiner, und nach neunzig Minuten war er mit seinen fünfhundert Dollar am Ende. Marshal brauchte nicht lange, um den Grund dafür zu entdecken. Shelly stand auf, vermachte dem Kartengeber als Trinkgeld die wenigen Chips, die ihm verblieben waren, und machte sich auf den Weg zum Restaurant. Marshal löste seine Chips ein, gab kein Trinkgeld und folgte Shelly.

»Haben Sie irgendwas mitbekommen, Doc? Irgendwelche verräterischen Hinweise, die ich ausstreue?«

»Nun ja, Shelly, Sie wissen, daß ich ein Amateur bin, aber wenn Sie den anderen von den Karten, die Sie auf der Hand hielten, noch mehr hätten verraten wollen, hätten Sie dazu wohl Signalflaggen gebraucht.«

»So schlimm, wie?«

Marshal nickte.

»Wie steht's mit Beispielen? Werden Sie konkreter.«

»Nun, für den Anfang, Sie erinnern sich an die ganz großen Blätter, die Sie hatten – ich habe insgesamt sechs gezählt: viermal Full House, ein hoher Straight, ein hoher Flush.«

Shelly lächelte sehnsüchtig, als denke er an alte Liebesgeschichten zurück. »Ja, ich erinnere mich an jedes einzelne. Waren sie nicht klasse?«

»Hm«, fuhr Marshal fort, »mir ist aufgefallen, daß alle anderen am Tisch, die große Blätter auf der Hand hielten, immer mehr Geld gewonnen haben, als es Ihnen mit vergleichbaren Blättern gelungen ist – viel mehr Geld. Genaugenommen sollte ich Ihre Blätter nicht einmal ›große Blätter‹ nennen, sondern vielleicht einfach nur hohe Blätter, denn Sie haben mit keinem einzigen davon einen großen Pott gewonnen.«

»Soll heißen?«

»Soll heißen, wenn Sie ein hohes Blatt auf der Hand hatten, hat sich die Nachricht wie ein Lauffeuer am Tisch verbreitet.«

»Wie habe ich es signalisiert?«

»Also, lassen Sie es uns im einzelnen durchgehen. Mir scheint, wenn Sie wirklich gute Karten auf der Hand haben, zerquetschen Sie sie fast.«

»Ich zerquetsche sie?«

»Ja, Sie halten sie so fest, als hielten Sie Fort Knox in der Hand. Sie quetschen so, als wollten Sie Wasser aus einem Stein drücken. Und noch etwas, wenn sie ein »boat« haben, starren Sie immer auf Ihre Chips, bevor Sie setzen. Mal sehen, da war noch mehr ...« Marshal warf einen Blick auf seine Notizen. »Ja, das ist es. Wann immer Sie ein gutes Blatt haben, wenden Sie den Blick vom Tisch ab und schauen in die Ferne, als versuchten Sie, eins der Basketballspiele im Fernsehen zu verfolgen – Sie versuchen, schätze ich, die anderen Spieler Glauben zu machen, das Blatt interessiere Sie nicht allzusehr. Aber wenn Sie bluffen, sehen Sie allen Mitspielern direkt in die Augen, als versuchten Sie, sie mit Blicken einzuschüchtern, sie davon abzuhalten, weiter zu erhöhen.«

»Sie machen wohl Witze, Doc? So benehme ich mich? Ich fasse es nicht. Ich weiß das alles doch – steht alles in *Mike Caro's Book of Tells.* Aber ich hatte ja keinen Schimmer, daß ich mich so benehme.« Shelly stand auf und umarmte Marshal herzlich. »Doc, das nenne ich wirklich Therapie! Ganz große Therapie! Ich kann's gar nicht erwarten, wieder in den Spielsalon zurückzukehren – ich werde all meine Hinweise in ihr Gegenteil verkehren. Ich werde diese Spaßvögel dermaßen durcheinanderbringen, daß ihnen Hören und Sehen vergeht.«

»Warten Sie! Da ist noch mehr. Wollen Sie es hören?«

»Natürlich. Aber machen wir schnell. Ich möchte auf jeden Fall meinen Platz an dem Tisch wiederhaben. Moment mal, ich will ihn mir lieber reservieren lassen.« Shelly trabte hinüber zu Dusty, dem Pokerboss, schlug ihm auf die Schulter, flüsterte ihm etwas ins Ohr und steckte ihm einen Zehner zu. Nachdem er dann in aller Eile zu Marshal zurückgekehrt war, war Shelly nun ganz Ohr. »Sprechen Sie weiter – Sie sind klasse.«

»Zwei Dinge noch. Wenn Sie ihre Chips ansehen und vielleicht schnell noch mal nachzählen, dann steht es außer Frage – Sie haben ein erstklassiges Blatt auf der Hand. Ich schätze, das habe ich bereits gesagt. Aber etwas habe ich noch nicht erwähnt: Wenn Sie bluffen, sehen Sie Ihre Chips niemals an. Und dann ist da noch etwas Subtileres – darauf ist nur in geringerem Maße Verlaß ...«

»Lassen Sie hören! Alles, was Sie zu sagen haben, Doc, will ich hören! Ehrlich, Sie legen goldene Eier!«

»Hm, mir scheint, daß Sie, wenn Sie ein gutes Blatt haben, Ihren Einsatz ganz sachte auf den Tisch legen. Und Sie legen ihn ganz dicht vor sich – Sie strecken den Arm nicht sehr weit aus. Und wenn Sie bluffen, tun Sie genau das Gegenteil – Sie sind aggressiver, und Sie werfen die Chips mitten auf den Tisch. Wenn Sie bluffen, scheinen Sie häufig – aber nicht jedesmal –, wieder und wieder all Ihre Karten anzusehen, als hofften Sie, daß sich das Bild inzwischen verändert hätte. Und ein Letztes noch: Sie gehen immer noch mit, bis zum bitteren Ende, wenn alle anderen am Tisch schon lange zu wissen scheinen, daß ihr Gegner ein bombensicheres Blatt hat – ich vermute daher, daß Sie zu sehr in ihre eigenen Karten vertieft sind und zu wenig auf Ihre Gegner achten. So, das wär's.« Marshal machte Anstalten, seinen Zettel mit den Notizen zu zerreißen.

»Nein, nein, Doc, Nicht zerreißen. Geben Sie mir den Zettel. Ich werde ihn einrahmen lassen. Nein, nein, ich werde ihn in Plastik einschweißen und mit mir herumtragen – als Glücksbringer, als Grundstein für das Merrimanvermögen. Hören Sie, ich muß jetzt los – kann mir diese einzigartige Gelegenheit nicht entgehen lassen...« Shelly deutete auf den Pokertisch, den sie gerade verlassen hatten. »diese einzigartige Ansammlung von Gimpeln ergibt sich vielleicht nie wieder. O ja, fast hätte ich's vergessen. Hier ist der Brief, den ich Ihnen versprochen habe.«

Er reichte Marshal einen Brief, und dieser überflog ihn kurz:

An alle, die es angeht:

Mit diesem Schreiben bestätige ich, daß ich durch Dr. Marshal Streider eine hervorragende Behandlung genossen habe. Ich betrachte mich als vollständig von allen unangenehmen Nachwirkungen befreit, die ich durch meine Behandlung bei Dr. Pande erfahren habe.

Shelly Merriman

»Wie ist das?« fragte Shelly.

»Perfekt« sagte Marshal . »Und nun, wenn Sie das Schreiben bitte noch datieren würden.«‹

Shelly datierte den Brief und fügte dann überschwenglich noch eine Zeile hinzu:

> Hiermit verzichte ich auf jedwede juristischen Ansprüche gegenüber dem San Francisco Analytic Institute.

»Wie ist das?«

»Noch besser. Vielen Dank, Mr. Merriman. Morgen werde ich den versprochenen Brief abschicken.«

»Damit wären wir dann quitt. Eine Hand wäscht die andere. Wissen Sie, Doc, ich habe vorhin nachgedacht – die Sache steckt noch in den Kinderschuhen und ist noch nicht bis in alle Einzelheiten durchdacht –, aber Ihnen steht da vielleicht eine Karriere als Pokertherapeut bevor. Sie machen das einfach phantastisch. Jedenfalls denke ich das im Augenblick – mal sehen, was passiert, wenn ich mich wieder an den Tisch setze. Aber lassen Sie uns doch irgendwann mal zusammen Mittag essen. Ich könnte mich überreden lassen, als Ihr Agent aufzutreten. Sehen Sie sich hier doch nur um – Hunderte von Verlierern mit ihren kleinen Hirngespinsten im Kopf, die darauf brennen, ihr Spiel zu verbessern. Und andere Casinos sind viel größer ... Garden City, Club 101 ... Die Leute würden Ihnen jede Summe bezahlen. Ich könnte Ihre Praxis im Handumdrehen füllen – und nicht nur Ihre Praxis, sondern auch einen Hörsaal für einen Workshop –, ein paar hundert Spieler, hundert Dollar pro Kopf, zwanzigtausend am Tag, ich würde natürlich eine entsprechende Provision bekommen. Denken Sie mal darüber nach. Ich muß jetzt los. Ich ruf Sie an. Fortuna winkt.«

Und mit diesen Worten schlenderte Shelly wieder zum Spieltisch zurück. Zip-a-dee-doo-dah, zip-a-dee-ay, sang er vergnügt vor sich hin. Marshal nahm Abschied von Avocado-Joe und trat hinaus auf den Parkplatz. Es war halb zwölf. In einer halben Stunde würde er Peter anrufen.

21

Am Abend vor seiner nächsten Sitzung mit Carolyn hatte Ernest einen lebhaften Traum. Er setzte sich im Bett auf und notierte ihn sich:

Ich eile durch ein Flughafengebäude. In einer Ansammlung von Passagieren entdecke ich Carolyn. Ich bin froh, sie zu sehen, und laufe zu ihr hin und versuche sie fest in die Arme zu nehmen, aber sie hält ihre Handtasche vor sich, so daß es eine unbeholfene und unbefriedigende Umarmung wird.

Als er am Morgen über seinen Traum nachdachte, erinnerte er sich an seinen Entschluß nach dem Gespräch mit Paul: »Die Wahrheit hat mich in diese Sache hineingezogen, und die Wahrheit wird mich wieder herausbringen.« Ernest beschloß etwas zu tun, was er noch nie getan hatte. Er würde seine Patientin an seinem Traum teilhaben lassen.

Carol war in der nächsten Sitzung fasziniert von der Tatsache, daß Ernest ihr diesen Traum erzählte. Sie hatte sich langsam schon gefragt, ob sie Ernest vielleicht falsch eingeschätzt haben mochte; sie verlor mehr und mehr die Hoffnung, daß sie ihn jemals dazu verlocken könnte, sich zu kompromittieren. Und nun erzählte er ihr heute, daß er von ihr geträumt hatte. Vielleicht eröffnet mir das interessante Perspektiven, dachte Carol. Aber ihrem Gedanken fehlte die Überzeugung: Sie hatte nicht mehr das Gefühl, die Situation in irgendeiner Weise unter Kontrolle zu haben. Für einen Psychiater ist Ernest absolut undurchschaubar, dachte sie; beinahe bei jeder Sitzung tat oder sagte er etwas, womit er sie überraschte. Und bei fast jeder Sitzung zeigte er ihr einen Teil seiner selbst, von dem sie bis dato nichts gewußt hatte.

»Nun Ernest, das ist sehr seltsam, denn ich habe meinerseits letzte Nacht von Ihnen geträumt. Ist das nicht das Phänomen, das Jung als ›Synchronizität‹ bezeichnet hat?«

»Nicht direkt. Mit ›Synchronizität‹ hat Jung meines Wissens die Übereinstimmung zweier zusammenhängender Phänomene gemeint, von denen eines in der subjektiven Welt, das andere in der körperlichen, objektiven Welt auftritt. Ich erinnere mich, daß er irgendwo davon schrieb, er habe mit dem Traum eines Patienten gearbeitet; in diesem Traum ging es um einen altertümlichen ägyptischen Skarabäus, und dann stellte sich heraus, daß ein lebendiger Käfer gegen die Fensterscheibe flog, als versuche er, ins Zimmer einzudringen.

Ich habe die Bedeutung dieses Konzepts nie begriffen«, fuhr Ernest fort. »Ich glaube, viele Menschen fühlen sich angesichts der Abhängigkeit des Lebens von Zufällen so unwohl, daß sie Trost darin suchen, an eine Art kosmischen Zusammenhang zwischen allen Ereignissen zu glauben. Mich hat diese Vorstellung nie angezogen. Irgendwie hat mich der Gedanke der Willkürlichkeit oder der Gleichgültigkeit der Natur nie beunruhigt. Warum ist bloßer ›Zufall‹ so entsetzlich? Warum muß man ihn mit etwas anderem als Zufall erklären?

Was die Tatsache betrifft, daß wir voneinander geträumt haben: Ist das denn derart erstaunlich? Mir scheint vielmehr, daß es, wenn man das Ausmaß des Kontakts, den wir miteinander haben, und die Intimität unserer Verbindung betrachtet, überraschend wäre, wenn wir *nicht* in den Träumen des anderen auftauchen würden. Tut mir leid, daß ich so auf dieser Sache herumreite, Carolyn, es klingt bestimmt, als hielte ich einen Vortrag. Aber Vorstellungen wie ›Synchronizität‹ rufen bei mir eine Menge Gefühle auf den Plan: Ich komme mir oft sehr einsam vor, wenn ich in dem Niemandsland zwischen freudianischem Dogmatismus und jungianischen Mystizismus wandele.«

»Nein, es macht mir nichts aus, wenn Sie über diese Dinge reden, Ernest. Tatsächlich habe ich es gern, wenn Sie mich auf diese Weise an ihren Gedanken teilhaben lassen. Aber Sie haben eine Angewohnheit, die dem Ganzen tatsächlich den Anschein eines Vortrages gibt: Alle zwei Sekunden benutzen Sie meinen Namen.«

»Das war mir absolut nicht bewußt.«

»Ob es mir etwas ausmacht? Ich bin begeistert. Gibt mir das Gefühl, als würden Sie langsam anfangen, mich ernst zu nehmen.«

Carol beugte sich vor und drückte Ernest kurz die Hand.

Er erwiderte ihren Druck für eine Sekunde und sagte dann: »Aber wir haben noch viel Arbeit vor uns. Kehren wir zurück zu dem Traum. Können Sie mir Ihre Gedanken dazu mitteilen?«

»O nein! Es ist *Ihr* Traum, Ernest. Was denken *Sie* darüber?«

»Wo Sie recht haben, haben Sie recht. Nun, in Träumen wird die Psychotherapie häufig von irgendeiner Art von Reise symbolisiert. Ich denke daher, daß der Flughafen unsere Therapie darstellt. Ich versuche, Ihnen nahe zu sein, Sie zu umarmen. Aber Sie bringen ein Hindernis zwischen uns: Ihre Handtasche.«

»Also, Ernest, wie interpretieren Sie die Handtasche? Ich komme mir ein bißchen seltsam vor – es ist so, als tauschten wir unsere Rollen.«

»Keineswegs, Carolyn, ich kann das nur unterstützen; nichts ist wichtiger, als daß wir aufrichtig zueinander sind. Also bleiben wir beim Thema. Nun, was mir dazu einfällt, ist die Tatsache, daß Freud wiederholt darauf hinweist, eine ›Handtasche‹ sei ein häufiges Symbol für weibliche Genitalien. Wie ich bereits erwähnt habe, bin ich kein Anhänger des freudianischen Dogmas – aber ich versuche auch, das Kind nicht mit dem Bade auszuschütten. Freud hatte so viele zutreffende Einblicke, daß es töricht wäre, sie zu ignorieren. Und einmal, es ist jetzt einige Jahre her, habe ich an einem Experiment teilgenommen, in dem Frauen unter Hypnose gebeten wurden, davon zu träumen, ein Mann, den sie begehren, steige zu ihnen ins Bett. Aber sie bekommen die Anweisung, den eigentlichen Geschlechtsakt im Traum zu verschleiern. Eine überraschende Anzahl von Frauen hat damals ein Handtaschensymbol benutzt – das heißt, ein Mann kam auf sie zu und schob etwas in ihre Handtasche.«

»Dann bedeutet der Traum also …«

»Ich denke, der Traum sagt, daß Sie und ich eine Therapie in Angriff genommen haben, daß Sie aber möglicherweise die Sexualität zwischen uns stellen, so daß es uns unmöglich ist, zu wahrer Intimität zu kommen.«

Carol schwieg eine Weile und bemerkte dann: »Es gäbe noch eine andere Möglichkeit. Eine einfachere direktere Deutung – daß Sie mich tief innerlich körperlich begehren, daß die Umarmung ein sexuelles Äquivalent ist. Schließlich waren Sie doch derjenige, der im Traum die Initiative zu der Umarmung ergriffen hat, oder?«

»Und«, fragte Ernest, »was ist mit der Handtasche als Hindernis?«

»Wenn eine Zigarre, wie ein Freud sagte, manchmal eine Zigarre sein kann, was ist dann mit dem weiblichen Äquivalent – daß eine Handtasche manchmal einfach eine Handtasche sein könnte … eine Handtasche, die Geld enthält?«

»Ja, ich verstehe, worauf Sie hinauswollen … Sie sagen, daß ich Sie begehre, wie ein Mann eine Frau begehrt, und daß das Geld – mit anderen Worten unser beruflicher Vertrag – im Weg ist. Und daß mich dieser Umstand frustriert.«

Carol nickte. »Ja, wie finden Sie *diese* Deutung?«

»Sie ist gewiß minimalistischer, und ich zweifle nicht daran, daß sie auch ein Fünkchen Wahrheit enthält – daß ich, wären uns wir nicht als Therapeut und Patientin begegnet, großen Gefallen daran gefunden hätte, Sie auf eine persönliche, von meinem Beruf unabhängige Art und Weise kennenzulernen –, darüber haben wir bei unserer letzten Sitzung gesprochen. Ich habe kein Geheimnis daraus gemacht, daß ich Sie für eine hübsche, reizvolle Frau mit einem herrlich lebhaften, scharfen Verstand halte.«

Carol strahlte. »Mir gefällt dieser Traum immer besser.«

»Dennoch«, fuhr Ernest fort, »sind Träume im allgemeinen überdeterminiert – es besteht kein Grund zu glauben, mein Traum könne nicht meinen beiden Wünschen Ausdruck verleihen: meinem Verlangen, mit Ihnen als Therapeut und ohne die Störung durch sexuelles Verlangen zu arbeiten, *und* das Verlangen, Sie als Frau kennenzulernen, ohne daß dies eine Störung unseres beruflichen Kontraktes bedeutete. Das ist ein Dilemma, an dem ich arbeiten muß.«

Ernest staunte darüber, wie weit er es mit seiner Aufrichtigkeit gebracht hatte. Da sagte er nun – sachlich und ungehemmt – zu einer Patientin Dinge, die ihm vor einigen Wochen nicht einmal im Traum eingefallen wären. Und soweit er sehen konnte, hatte er sich gut unter Kontrolle. Er glaubte nicht mehr, daß er auf versteckte Weise an der Verführung Carolyns arbeitete. Er war offen, gleichzeitig aber verantwortungsbewußt und im therapeutischen Sinne hilfreich.

»Was ist mit dem Geld, Ernest? Manchmal sehe ich, wie Sie einen Blick auf die Uhr werfen, und ich denke, ich bin nichts als ein Scheck für Sie, und jedes Ticken der Uhr ist nichts anderes als ein Dollar mehr.«

»Geld ist nicht wichtig für mich, Carolyn. Ich verdiene mehr, als ich ausgeben kann, und ich denke selten über Geld nach. Aber ich muß die Zeit im Auge behalten, Carolyn. Genau wie Sie es tun, wenn Sie mit einem Klienten reden und einen Termin einhalten müssen. Aber ich habe mir nie gewünscht, daß unsere Zeit besonders schnell vergehen möge. Kein einziges Mal. Ich freue mich auf jede Sitzung mit Ihnen, mir ist unsere gemeinsame Zeit sehr wichtig, und häufig tut es mir leid, wenn die Stunde vorbei ist.«

Carol verfiel abermals in Schweigen. Wie ärgerlich, daß sie sich von Ernests Worten geschmeichelt fühlte. Wie ärgerlich, daß er die Wahrheit zu sagen schien. Wie ärgerlich, daß er nicht länger abstoßend wirkte.

»Mir ist in bezug auf die Tatsache noch ein anderer Gedanke gekommen, Carolyn. Natürlich fällt einem, genau wie Sie sagten, als erstes Geld ein. Aber was könnte man noch in eine Tasche tun, das unserer Nähe im Wege stehen könnte?«

»Ich bin mir nicht sicher, worauf Sie hinauswollen, Ernest.«

»Ich meine, daß Sie mich manchmal nicht so sehen, wie ich wirklich bin, weil Ihnen irgendwelche vorgefaßten Meinungen oder Vorurteile im Wege stehen. Vielleicht schleppen Sie irgendwelchen alten Ballast mit sich herum, der unsere Beziehung blockiert – Wunden aus Ihren früheren Beziehungen zu anderen Männern, ihrem Vater, ihrem Bruder, Ihrem Mann. Oder vielleicht auch Erwartungen aus einer anderen Epoche: Denken Sie an Ralph Cooke und daran, wie häufig Sie zu mir gesagt haben: ›Seien Sie wie Ralph Cooke ... Seien Sie nicht nur mein Therapeut, sondern auch mein Liebhaber.‹ In gewisser Weise, Carolyn, sagen Sie zu mir: Seien Sie nicht *Sie selbst,* Ernest, seien Sie etwas anderes, seien Sie jemand anderes.«

Carol gestand sich ein, wie sehr Ernest damit ins Schwarze traf – wenn auch nicht direkt aus den genannten Gründen. Seltsam, um wie vieles intelligenter er in letzter Zeit geworden war.

»Und Ihr Traum, Carolyn? Ich glaube nicht, daß meiner im Augenblick noch mehr hergibt.«

»Nun, ich habe geträumt, daß wir voll bekleidet miteinander im Bett waren, und ich glaube, daß wir ...«

»Carolyn, würden Sie bitte noch einmal beginnen und versuchen, mir Ihren Traum im Präsens zu erzählen – ganz so, als würde es gerade jetzt geschehen? Häufig werden auf diese Weise die Emotionen des Traums wiederbelebt.«

»Also gut, an folgendes kann ich mich erinnern. Sie und ich saßen ...«

»Sie und ich *sitzen* – und bleiben Sie im Präsens«, warf Ernest ein.

»Also gut, Sie und ich sitzen oder liegen voll bekleidet im Bett, und wir haben eine Therapiestunde. Ich möchte, daß Sie liebevoller zu mir sind, aber Sie bleiben zugeknöpft und wahren Distanz. Dann kommt ein anderer Man ins Zimmer – ein grotesker, häßlicher, vierschrötiger, kohlrabenschwarzer Mann –, und ich beschließe augenblicklich, daß ich versuchen werde, ihn zu verführen. Das fällt mir sehr leicht, und wir haben direkt vor Ihren Augen im selben Bett Sex. Die ganze Zeit über denke ich: Wenn Sie erst sehen, wie gut ich im Bett bin, werden Sie ein größeres Interesse an mir entwickeln und auch auf den Geschmack kommen und mit mir schlafen.«

»Ihre Gefühle in dem Traum?«

»Frustation, was Sie betrifft. Abscheu beim Anblick dieses Mannes – er war widerlich, er verströmte etwas Böses. Ich wußte nicht, wer er war – und doch wußte ich es durchaus. Es war Duvalier.«

»Wer?«

»Duvalier. Sie wissen schon, der Diktator von Haiti.«

»Welche Verbindung haben Sie mit Duvalier? Bedeutet er Ihnen irgend etwas?«

»Das ist ja gerade das Merkwürdige. Er bedeutet mir gar nichts. Ich habe seinen Namen seit Jahren nicht mehr gehört. Keine Ahnung, warum er mir in den Sinn gekommen ist.«

»Lassen Sie Ihren Assoziationen bezüglich Duvalier für eine Weile freien Lauf, Carolyn. Sehen wir mal, was da kommt.«

»Nichts. Ich bin mir nicht sicher, ob ich je ein Bild von dem Mann gesehen habe. Ein Tyrann. Brutal. Dunkel, bestialisch. O ja, ich glaube, ich habe jüngst einen Artikel darüber gelesen, daß er irgendwo verarmt in Frankreich lebt.«

»Aber der alte Mann ist lange tot.«

»Nein, nein, ich meine nicht den alten. Ich meine den jüngeren Duvalier. Denjenigen, den die Leute ›Baby Doc‹ nannten. Ich bin mir sicher, es war Baby Doc. Ich weiß nicht, woher ich es wußte, aber ich wußte, daß er es war. Der Name kam mir in den Sinn, sobald er den Raum betrat. Ich dachte, das hätte ich Ihnen gerade erzählt.«

»Nein, das haben Sie nicht, Carolyn, aber ich glaube, das ist der Schlüssel zu dem Traum.«

»Inwiefern?«

»Nun, als erstes sollten Sie sich weiter mit dem Traum beschäftigen. Das ist besser, um an Ihre Assoziationen heranzukommen – genau wie wir es mit meinem Traum gemacht haben.«

»Mal sehen. Ich weiß, daß ich frustriert war, Sie und ich waren miteinander im Bett, aber ich kam nicht weiter mit Ihnen. Dann kommt dieses Vieh von einem Mann daher, und ich hatte Sex mit ihm – argh, wirklich merkwürdig, wenn ich das täte –, und die perverse Logik des Traums war, daß Sie meine Vorführung sehen und dadurch irgendwie auch auf mich abfahren würden. Das ergibt keinen Sinn.«

»Sprechen Sie weiter.«

»Hm, es ergibt keinen Sinn. Ich meine, wenn ich vor Ihren Augen mit irgendeinem widerlichen Kerl schlafe –, sehen wir den Dingen ins Gesicht, ich würde damit wohl kaum Ihr Herz gewinnen. Wahrscheinlich wäre, daß Sie sich von einem solchen Benehmen nicht angezogen, sondern abgestoßen fühlen würden.«

»Das ist es, was die Logik Ihnen sagt, solange wir uns an die Oberfläche des Traumes halten. Aber ich wüßte, auf welche Weise der Traum durchaus Sinn ergäbe. Mal angenommen, Duvalier wäre nicht Duvalier, sondern stünde für jemanden oder etwas anderes.«

»Wie zum Beispiel?«

»Denken Sie mal an seinen Spitznamen: ›Baby Doc‹! Stellen Sie sich vor, daß dieser Mann für einen Teil von mir steht: das Baby, den primitiven oder niederen Teil von mir. In dem Traum hoffen Sie dann, daß Sie, wenn Sie sich mit diesem Teil meiner selbst verbinden, auch den Rest von mir, den reiferen Teil, gewinnen könnten.

Sie sehen also, Carolyn, in dieser Hinsicht würde der Traum sehr wohl einen Sinn ergeben – wenn Sie einen Teil von mir, ein *Alter ego*, verführen könnten, würde der Rest vielleicht ohne weiteres gefügig werden!«

Schweigen von seiten Carols.

»Was meinen Sie dazu, Carolyn?«

»Klug, Ernest, eine sehr kluge Deutung.« Und bei sich dachte sie: *Klüger, als du dir vorstellen kannst*!

»Also, Carolyn, lassen Sie mich zusammenfassen: Meine Deutung beider Träume – Ihres und meines Traums – deuten auf eine ähnliche Schlußfolgerung: daß Sie, obwohl Sie herkommen, um mich zu sehen, und starke Gefühle für mich zu haben behaupten, und obwohl Sie mich berühren und umarmen wollen, mir in Wirklichkeit überhaupt nicht nah sein wollen.

Und wissen Sie was? Diese Traumbotschaften haben starke Ähnlichkeit mit meinem vorherrschenden Gefühl, was unsere Beziehung betrifft. Vor einigen Wochen habe ich klargestellt, daß ich völlig offen mit Ihnen sein und all Ihre Fragen an mich ehrlich beantworten würde. Sie haben diese Möglichkeit im Grunde nie genutzt. Sie sagen, Sie hätten mich gern zum Liebhaber, aber abgesehen von Fragen über mein Leben in der Welt der Singles haben Sie keinen Versuch unternommen, herauszufinden, wer ich bin. Ich werde weiter auf diesem Punkt herumreiten, Carolyn, weil er so zentral ist, weil er dem Kern der Dinge so nah ist. Ich werde Sie weiter dazu drängen, ehrlich zu mir zu sein – und um das tun zu können, müssen Sie mich kennen und mir genug vertrauen, um sich in meiner Gegenwart voll entfalten zu können. Diese Erfahrung ist der erste Schritt auf Ihrem Weg, bei einem anderen Mann, den Sie erst noch kennenlernen müssen, ganz Sie selbst zu sein, und das im tiefsten Sinne des Wortes.«

Carol schwieg und sah auf ihre Armbanduhr.

»Ich weiß, unsere Stunde ist vorbei, Carolyn, aber nehmen wir uns noch ein oder zwei Minuten Zeit. Können Sie diese Sache noch ein wenig weiterverfolgen?«

»Nicht heute, Ernest«, sagte sie. Dann erhob sie sich und verließ hastig die Praxis.

22

Marshals mitternächtlicher Anruf bei Peter Mocando spendete wenig Trost – er erreichte lediglich eine dreisprachige Bandaufnahme, die erklärte, daß die »Macondo Financial Group« übers Wochenende geschlossen sei und erst am Montag morgen wieder zu sprechen sei. Genausowenig hatte die Telefonauskunft von Zürich eine Privatnummer von Peter. Das war natürlich nicht weiter überraschend: Peter hatte oft von der Mafia gesprochen und davon, daß die Ultrareichen ihre Privatspähre schützen müßten. Es würde ein langes Wochenende werden. Marshal würde abwarten und am Sonntag um Mitternacht abermals anrufen müssen.

Um zwei Uhr morgens begann Marshal, der nicht schlafen konnte, einige pharmazeutische Proben in seinem Medizinschränkchen zu durchstöbern, weil er nach einem Sedativum suchte. Das war äußerst untypisch, für ihn – er schimpfte häufig auf die Unsitte des Pillenschluckens und bestand darauf, daß ordentlich analysierte Individuen einzig durch Introspektion und Selbstanalyse mit jedwedem psychologischen Ungemach fertig werden sollten. Aber in dieser Nacht war keine Selbstanalyse möglich. Seine Anspannung war gigantisch, und er brauchte etwas, um sich beruhigen. Schließlich fand er etwas Chlor-Trimeton, schluckte zwei Tabletten und verfiel für einige unruhige Stunden in Schlaf.

Während das Wochenende sich dahinschleppte, wurde Marshal immer rastloser. Wo war Adriana? Wo war Peter?

Konzentration war unmöglich. Er warf die jüngste Ausgabe des *American Journal of Psychoanalysis* quer durch den Raum, konnte kein Interesse am Beschneiden seines Bonsais aufbringen und brachte es nicht einmal fertig, seine wöchentlichen Aktienprofite durchzurechnen. Er legte eine anstrengende Stunde mit freien Gewichten im Fitneßcenter ein, beteiligte sich an einem Basketballspiel im YMCA, joggte über die Golden Gate Bridge. Aber nichts löste die Umklammerung der Angst, die ihn in ihren Fängen hielt.

Er tat, als sei er sein eigener Patient. *Beruhige dich! Weshalb dieses Theater? Setzen wir uns hin und sehen wir uns an, was wirklich passiert ist. Doch nur eins. Adriana hat ihre Termine nicht eingehalten. Na und? Der Investition droht keine Gefahr. In einigen Tagen... mal sehen... in dreiunddreißig Stunden... wirst du mit Peter telefonieren. Du hast ein Schreiben von der Crédit Suisse, die sich für das Darlehen verbürgt. Wells Fargo ist fast zwei Prozentpunkte gesunken, seit du die Aktien verkauft hast: Das Schlimmste, was dir passieren kann, ist, daß du den Schuldschein einlöst und deine Aktien zu einem niedrigeren Preis zurückkaufst. Ja, vielleicht war da mit Adriana etwas im Gange, das dir entgangen ist. Aber du bist kein Hellseher; du kannst auch etwas übersehen, manchmal.*

Solide therapeutische Interventionen, dachte Marshal. Aber ineffektiv, da es ein Rat von sich selbst an sich selbst war. Die Selbstanalyse hat ihre Grenzen; wie hat Freud das nur gemacht? Marshal wußte, daß er seine Sorge mit irgend jemandem teilen mußte. Aber mit wem? Nicht mit Shirley: Sie sprachen kaum noch miteinander, und das Thema seiner Investition bei Peter war der reinste Zündstoff. Sie war von Anfang an dagegen gewesen. Wenn Marshal laut überlegt hatte, wie er den Profit von siebenhunderttausend Dollar ausgeben würden, pflegte sie mit einem ungeduldigen: »Wir leben in zwei verschiedenen Welten« zu antworten. Das Wort *Gier* kam Shirley jetzt immer häufiger über die Lippen. Vor zwei Wochen hatte sie sogar vorgeschlagen, daß Marshal bei ihrem buddhistischen Lehrer Rat suchen sollte, um über die Habgier zu sprechen, die ihn verschlang.

Außerdem wollte Shirley am Samstag den Mount Tamalpais hinaufwandern, um nach Ikebanamaterial zu suchen. Als sie nachmittags das Haus verlassen hatte, hatte sie gesagt, daß sie vielleicht über Nacht wegbleiben würde: Sie brauchte ein wenig Zeit für sich, eine Ruhepause. Beunruhigt von dem Gedanken, den Rest des Wochenendes allein zu verbringen, überlegte Marshal, ob er Shirley sagen sollte, daß er sie brauchte, ob er sie bitten sollte, nicht zu gehen. Aber Marshal Streider bettelte nicht; das war nicht sein Stil. Außerdem war seine Anspannung so greifbar und ansteckend, daß Shirley diese kleinen Fluchten zweifellos brauchte.

Marshal streifte ein Blumenarrangement, das Shirley zurückgelassen hatte, mit einem ungeduldigen Blick: ein gegabeltes, flechtenbedecktes Aprikosenästchen, dessen einer Zweig sich waagerecht und weit über die Tischplatte erstreckte, während der andere senkrecht in die Höhe zeigte. Am Endes des horizontal ausgerichteten Zweiges saß eine einzelne weiße Aprikosenblüte. Der emporgerichtete Zweig war umkränzt mit Lavendel und wohlriechender Wicke, die sich zart um zwei Callas legten, eine weiße und eine safrangelbe. *Verdammt,* dachte Marshal, *dafür hat sie Zeit!* Warum macht sie das? Drei Blüten … wieder eine safrangelbe und eine weiße Callas … Er sah sich das Arrangement eine geschlagene Minute lang an, schüttelte dann den Kopf und schob es unter den Tisch, wo er es nicht sehen konnte.

Mit wem könnte ich sonst noch reden? Mit meinem Vetter Melvin? Unmöglich! Melvin hat manchmal gute Ratschläge parat, aber jetzt wäre er nutzlos. Ich könnte den höhnischen Klang seiner Stimme nicht ertragen. Ein Kollege? Ausgeschlossen! Ich habe keine Standesregeln verletzt, aber ich bin mir nicht sicher, ob ich darauf vertrauen darf, daß andere – vor allem solche, die mich beneiden – zu demselben Schluß kommen. Wenn auch nur ein einziges Wort von dieser Sache durchsickert, kann ich mich für immer von dem Präsidentensitz im Institut verabschieden.

Ich brauche irgend jemanden – einen Vertrauten. Wenn doch nur ein Seth Pande zur Verfügung stünde! Aber diese Beziehung habe ich ja beendet. Vielleicht hätte ich Seth gegenüber nicht so hart sein sollen ... Nein, nein, nein. Seth hat es verdient; ich habe richtig gehandelt. Er hat genau das bekommen, was er verdient hat.

Einer vor Marshals Patienten, ein klinischer Psychologe, sprach häufig von seiner aus zehn männlichen Therapeuten bestehenden Selbsthilfegruppe, die jede zweite Woche für zwei Stunden zusammenkam. Nicht nur, daß die Sitzungen stets nützlich seien, behauptete sein Patient, hinzu kam noch, daß man sich in Notzeiten häufig gegenseitig anrief. Natürlich sah Marshal es nicht gern, daß sein Patient an einer Gruppe teilnahm. In konservativeren Zeiten hätte er dies verboten. Unterstützung, Bestätigung, Trost – all diese jämmerlichen Krücken verstärken die Pathologie nur noch und verlangsamen die Arbeit der echten Analyse. Nichtsdestoweniger hungerte Marshal in diesem Augenblick nach einem solchen Netz. Er dachte an Seth Pandes Worte im Institut, an seine Bemerkung, daß es der gegenwärtigen Gesellschaft an Männerfreundschaften mangele. Ja, genau das brauchte er jetzt: einen Freund.

Am Sonntag rief er Peter um Mitternacht an – nach Züricher Zeit neun Uhr morgens am Montag – nur um eine beunruhigende Aussage auf dem Anrufbeantworter vorzufinden: »Sie haben die ›Macondo Financial Group‹ angerufen. Mr. Macondo befindet sich für neun Tage auf einer Kreuzfahrt. Das Büro wird während dieser Zeit geschlossen bleiben, aber in dringenden Fällen können Sie eine Nachricht hinterlassen. Die Nachrichten werden abgehört, und man wird sich größte Mühe geben, Mr. Macondo zu erreichen.«

Eine Kreuzfahrt? Ein Büro von diesen gewaltigen Ausmaßen, das für neun Tage schließt? Marshal hinterließ eine Nachricht, in der er Mr. Macondo bat, ihn in einer wahrhaft dringenden Angelegenheit zurückzurufen. Als er später wach dalag, ergab die Vorstellung einer Kreuzfahrt etwas mehr Sinn. *Es ist offensichtlich zu einem Streit gekommen,* dachte er, *entweder zwischen Peter und Adriana oder zwischen Adriana und ihrem Vater, und Peter hat zur Schadensbegrenzung die impulsive Entscheidung getroffen, wegzufahren – mit oder ohne Adriana zu einer Mittelmeerkreuzfahrt aufzubrechen. Mehr steckt nicht dahinter.*

Aber als dann die Tage ohne ein weiteres Wort von Peter verstrichen, wuchs Marshals Angst um seine Investition. Es bestand natürlich immer noch die Möglichkeit, den Bankwechsel einzulösen, aber das bedeutete das Ende jedweder Möglichkeit, von Peters Großzügigkeit zu profitieren: Es wäre töricht, in Panik zu geraten und diese einzigartige Chance zu vertun. Und weshalb? Weil Adriana nicht zu einem Termin erschienen war? Idiotisch!

Am Mittwoch hatte Marshal um elf Uhr eine freie Stunde. Ernests Supervisionsstunde war immer noch nicht besetzt worden. Er machte einen Spaziergang über die California Street und kam am Pacific Union Club vorbei, in dem er mit Peter zu Mittag gegessen hatte. Einen Häuserblock weiter kehrte er plötzlich um, stieg die Treppe hinauf, trat durch die Marmortüren und ging vorbei an den Reihen angelaufener Messingbrieffächer und weiter in die von transparentem Licht durchflutete, hohe Rotunde mit der mächtigen Glaskuppel. Dort stand inmitten der mahagonifarbenen Ledersofas Emil, der strahlende, in seinen Smoking gewandete Clubmanager.

Erinnerungen an Avocado-Joe gingen Marshal durch den Kopf: die Goldgräberjacken, der dichte Zigarettenqualm, der schwarze, juwelengeschmückte Dandy mit dem grauen Borsalino und Dusty, der Herrscher über »Texas Hold 'em«, der ihn verwarnt hatte, weil er nur zusah. Und die Geräusche: das Summen der Betriebsamkeit bei Avocado-Joe, das Klicken der Chips, das Klackern der Billiardbälle, die Gespräche beim Spielen. Die Geräusche im Pacific Union Club waren gedämpfter. Da war das leise Klimpern von Besteck und Kristall, während die Kellner die Mittagstische deckten, dann das zurückhaltene Flüstern der Mitglieder über Aktienkäufe und das zielstrebige Klappern italienischer Lederschuhe auf gewienerten Eichenfußböden.

Welcher dieser beiden Orte war sein Zuhause? Oder habe ich überhaupt ein Zuhause, fragte Marshal sich, wie er es schon so viele Male zuvor getan hatte. Wohin gehörte er – zu Avocado-Joe oder zum Pacific Union Club? Würde er für alle Zeit heimatlos in einer Zwischenwelt umhertreiben und sein Leben auf den Versuch verschwenden, die eine Welt zu verlassen, um die andere zu erreichen? Und wenn ihm irgendein Kobold oder Dschinn jetzt den Befehl erteilte: *Die Zeit ist reif, sich zu entscheiden; wähle das eine oder das andere – dein Zuhause für den Rest der Ewigkeit,* was würde er tun? Erinnerungen an seine Analyse bei Seth Pande gingen ihm durch den Kopf. An diesem Thema haben wir nie gearbeitet, dachte Marshal. Weder am Thema »Zuhause« noch am Thema »Freundschaft«, und Shirley zufolge auch nicht an den Themen »Geld« oder »Habgier«. Was zum Teufel *hatten* sie denn in diesen neunhundert Stunden bearbeitet?

Für den Augenblick gab Marshal vor, im Club zu Hause zu sein, und trat mit energischem Schritt an den Manager heran.

»Hallo, Emil. Erinnern Sie sich noch, Dr. Streider! Mein Bekannter, mit dem ich neulich hier zu Mittag gegessen habe, Mr. Macondo, hat mir vor einigen Wochen von Ihrem sagenhaften Gedächtnis erzählt, aber selbst Sie werden sich nach nur einer einzigen Begegnung nicht mehr an irgendeinen Gast erinnern.«

»O doch, Herr Doktor, ich erinnere mich sehr gut an Sie. Und Mr. Maconta...«

»Macondo.«

»Ja, Entschuldigung, *Macondo.* Sehen Sie, soviel zu meinem sagenhaften Gedächtnis. Aber ich erinnere mich auch an Ihren Freund, ich erinnere mich sehr gut. Obwohl wir uns nur ein einziges Mal begegnet sind, hat er einen unauslöschlichen Eindruck bei mir hinterlassen. Ein wohlerzogener und sehr großzügiger Gentleman!«

»Sie meinen, Sie sind sich nur ein einziges Mal in *San Francisco* begegnet. Er erzählte mir, er habe Sie kennengelernt, als Sie der Manager in seinem Club in Paris waren.«

»Nein, Sir, da müssen Sie sich irren. Es stimmt, daß ich im Cercle Union Interallié in Paris gearbeitet habe, aber Mr. Macondo bin ich dort nie begegnet.«

»Dann vielleicht in Zürich?«

»Nein, nirgendwo. Ich bin mir ganz sicher, daß ich den Gentleman noch nie zuvor gesehen habe. An dem Tag, an dem Sie beide das erste Mal hier zu Mittag aßen, habe ich ihn das erste Mal in meinem Leben gesehen.«

»Dann, hm... Wie meinen Sie das? ...Ich meine, wieso kannte er Sie so gut... Woher wußte er denn überhaupt, daß Sie in diesem Club in Paris gearbeitet haben? Wie ist er dann für das Mittagessen hier hereingekommen? Nein, ich meine, hat er denn überhaupt ein Konto hier? Wie bezahlt er?«

»Gibt es da ein Problem, Sir?«

»Ja, und es hängt damit zusammen, daß Sie so getan haben, als würden Sie ihn gut kennen, als seien Sie alte Freunde.«

Emil sah ihn unglücklich an. Er warf einen Blick auf seine Uhr und schaute sich dann um. Die Rotunde war leer, und im Club war es still. »Dr. Streider, ich habe vor dem Mittagessen noch ein paar Minuten Zeit. Bitte, setzen wir uns, damit wir uns kurz unterhalten können.« Emil deutete auf einen wandschrankgroßen Raum gleich hinter dem Speisesaal. Dort bedeutete Emil Marshal, Platz zu nehmen und fragte, ob er sich eine Zigarette anzünden dürfe. Nachdem er einen tiefen Zug genommen hatte, sagte er: »Darf ich offen sprechen, Sir? Und inoffiziell sozusagen?«

Marshal nickte. »Natürlich.«

»Ich arbeite jetzt seit dreißig Jahren in exklusiven Clubs. Seit fünfzehn Jahren als Manager. Ich sehe alles. Mir entgeht nichts. Ich sehe auch, Dr. Streider, daß Sie mit solchen Clubs nicht vertraut sind. Verzeihen Sie mir, wenn ich mit meiner Vermutung zu weit gehe.«

»Sie liegen richtig«, sagte Marshal.

»Eines, was Sie wissen sollten, ist, daß es in privaten Clubs gang und gäbe ist, daß eine Person versucht, irgend etwas – einen Gefallen, eine Einladung, die Vermittlung einer Bekanntschaft, eine Investition – von einer anderen Person zu bekommen. Und um ... sagen wir ... um diesen Prozeß geschmeidiger zu machen, muß eine Person einen gewissen Eindruck auf die andere Person machen. Ich muß, wie jeder andere Manager, meine Rolle in diesem Prozeß spielen; ich habe die Pflicht, sicherzustellen, daß alles harmonisch verläuft. Daher habe ich, als Mr. Macondo an jenem Vormittag mit mir plauderte und mich fragte, ob ich schon in irgendwelchen anderen europäischen Clubs gearbeitet habe, natürlich höflich Antwort gegeben und ihm erzählt, ich hätte zehn Jahre lang in Paris gearbeitet. Und als er mich dann in Ihrer Anwesenheit so überaus freundlich begrüßte, was hätte ich da tun sollen? Mich an Sie, seinen Gast, wenden und sagen: ›Ich habe diesen Mann noch nie zuvor gesehen‹?«

»Natürlich nicht, Emil. Ich verstehe genau, was Sie sagen wollen. Es sollte auch keine Kritik sein. Ich war nur erstaunt darüber, daß Sie ihn nicht kennen.«

»Aber, Dr. Streider, Sie sprachen von einem Problem. Ich hoffe, es ist kein ernsthaftes Problem. Falls doch, würde ich es gern erfahren. Der Club würde es gern erfahren.«

»Nein, nein. Eine Kleinigkeit. Nur daß ich seine Adresse verlegt habe und gern mit ihm in Kontakt treten würde.«

Emil zögerte. Er glaubte offensichtlich nicht, daß es sich nur um eine Kleinigkeit handelte, aber als Marshal keine weiteren Informationen preisgab, erhob er sich. »Bitte, warten Sie in der Rotunde auf mich. Ich werde tun, was ich kann, um einige Informationen für Sie zu bekommen.«

Marshal setzte sich und dachte betrübt über seine Unbeholfenheit nach. Es war zwar ziemlich unwahrscheinlich, aber vielleicht konnte Emil ihm ja tatsächlich helfen.

Kurze Zeit später kehrte der Clubmanager zurück und reichte Marshal ein Stück Papier, auf dem dieselbe Adresse und Telefonnummer in Zürich stand, die Marshal bereits hatte. »Nach Auskunft des Empfangs hat man Mr. Macondo hier eine Gastmitgliedschaft gewährt, da er Mitglied des Clubs Baur au Lac in Zürich ist. Wenn Sie wünschen, können wir den Club per Fax um aktuellere Informationen ersuchen.«

»Bitte. Und wenn Sie so freundlich sein wollen, faxen Sie doch die Antwort an mich weiter. Hier ist meine Karte.«

Doch gerade als Marshal gehen wollte, fiel ihm plötzlich etwas anderes ein.

»Emil, dürfte ich Sie um einen letzten Gefallen bitten? Bei meinem Mittagessen hier mit Mr. Macondo habe ich einen Freund von ihm kennengelernt, einen ziemlich hochgewachsenen Gentleman, der ein wenig extravagant gekleidet war – orangefarbenes Hemd, rotkariertes Jackett, glaube ich. Ich habe seinen Namen vergessen, aber sein Vater war früher einmal Bürgermeister von San Francisco.«

»Das kann nur Mr. Roscoe Richardson gewesen sein. Ich habe ihn heute schon gesehen. Er ist entweder in der Bibliothek oder im Spielzimmer. Ein Rat noch, Doktor: Sprechen Sie ihn nicht an, wenn er Backgammon spielt. Das würde er sehr übel nehmen. Er nimmt sein Spiel ziemlich ernst. Viel Glück, und ich werde mich persönlich um Ihr Fax kümmern. Sie können sich auf mich verlassen.« Emil neigte den Kopf und wartete.

»Ich bedanke mich noch einmal bei Ihnen, Emil.« Und abermals hatte Marshal keine andere Wahl, als einen weiteren Zwanziger zu zücken.

Als Marshal das eichenvertäfelte Spielzimmer betrat, erhob Roscoe Richardson sich gerade vom Backgammontisch und strebte der Bibliothek entgegen, wo er wie üblich vor dem Mittagessen seine Zeitung lesen wollte.

»Ah, Mr. Richardson, vielleicht erinnern Sie sich noch an mich: Dr. Streider. Wir sind uns vor einigen Wochen begegnet, als ich hier mit einem Bekannten von Ihnen zu Mittag gegessen habe, Peter Macondo.«

»Ah, ja, Dr. Streider, ich erinnere mich. Die Vorlesungsreihe. Meinen Glückwunsch. Große Ehre. Einfach wunderbar. Haben Sie Lust, heute mit mir zu Mittag zu essen?«

»Das ist mir leider nicht möglich. Ich bin heute nachmittag restlos ausgebucht mit meinen Patienten. Aber ich würde Sie gern um einen Gefallen bitten. Ich versuche, Mr. Macondo zu erreichen und wüßte gern, ob Sie wissen, wo ich ihn finden kann.«

»Lieber Himmel, nein. Ich habe den Mann vor diesem Tag noch nie gesehen. Sehr angenehmer Bursche, aber seltsame Geschichte, ich habe ihm Material über mein neues Projekt geschickt, aber FedEx hat es mir als unzustellbar zurückgesandt. Hat er gesagt, er kenne mich?«

»Ich hatte es so verstanden, aber jetzt bin ich mir dessen nicht mehr so sicher. Ich erinnere mich allerdings, daß er gesagt hat, Ihr Vater und seiner, ein Professor der Wirtschaftswissenschaften, hätten miteinander Golf gespielt.«

»Hm, wer weiß? Durchaus möglich. Mein Vater hat mit allen bekannten Männern in der westlichen Welt gespielt. Und...« – er zwinkerte vielsagend – »...und auch mit einer ganz hübschen Zahl von Frauen. Nun, halb zwölf. Da müßte gleich die *Financial Times* kommen. Da stürzt sich dann immer gleich die ganze Meute drauf, also gehe ich jetzt mal rüber in die Bibliothek. Und Ihnen viel Glück, Doktor.«

Das Gespräch mit Roscoe Richardson schenkte ihm zwar keinen Trost, aber doch einige Ideen für sein weiteres Vorgehen. Sobald er wieder in seiner Praxis war, öffnete Marshal seinen Macondo-Ordner und zog das Fax mit der ihm gewidmeten Vorlesungsreihe heraus. Wie lautete noch der Name des Rektors der Universität von Mexico? Hier – Raoul Gomez. Binnen weniger Sekunden hatte er Mr. Gomez am Telefon – das erste Mal seit Tagen, daß sich etwas gut anließ. Obwohl Marshals Spanischkenntnisse begrenzt waren, genügten sie, um zu verstehen, daß Mr. Gomez leugnete, jemals auch nur von Peter Macondo gehört zu haben, geschweige denn eine große Summe von ihm für eine Streider-Vorlesungsreihe erhalten zu haben. Überdies gebe es, was Peter Macondos Vater betraf, keinen Macondo an der Fakultät für Wirtschaftswissenschaften, noch gab es überhaupt eine wirtschaftswissenschaftliche Abteilung an der Universität.

Marshal sackte in sich zusammen. Er hatte zu viele Schläge eingesteckt und lehnte sich jetzt zurück, um zu versuchen, wieder einen klaren Kopf zu bekommen. Nach nur wenigen Augenblicken gewann sein auf Effizienz getrimmtes Wesen die Oberhand: Er griff nach Kugelschreiber und Papier und erstellte eine Liste von Dingen, die zu tun waren. Zunächst einmal ging es darum, die Termine seiner Nachmittagspatienten abzusagen. Marshal telefonierte und hinterließ Nachrichten an vier Patienten, daß ihre Stunden ausfielen. Er gab natürlich keinen Grund an. Siebenhundert Dollar Honorare eingebüßt – Geld, das er nie wieder reinholen konnte.

Marshal fragte sich, ob die Absage seiner Nachmittagstermine einen Wendepunkt in seinem Leben darstellte. Ihm kam der Gedanke, daß er möglicherweise an einem Kreuzweg angelangt war. Nie zuvor in seiner ganzen Laufbahn hatte er eine Praxisstunde abgesagt. Er hatte, um genau zu sein, überhaupt nie etwas verpaßt – kein Footballtraining, keinen Tag in der Schule. Es war nicht so, daß er nie verletzt oder krank gewesen wäre. Er wurde genauso krank wie jeder andere auch. Aber er war hart im Nehmen und steckte es weg. Nur – eine Analysestunde ließ sich nicht in einem Zustand der Panik wegstecken.

Nächster Punkt: ein Anruf bei Melvin. Marshal wußte, was Melvin sagen würde, und Melvin zögerte keinen Augenblick: »Zeit, sich an die Bank zu wenden – geh sofort mit diesem Schuldschein zur Crédit Suisse. Sag ihnen, sie sollen die neunzigtausend Dollar direkt auf dein Bankkonto überweisen. Und sei dankbar, Marshal, küß mir die Füße, daß ich auf dieser Regelung bestanden habe. Du bist mir was schuldig. Und vergiß nicht – Allmächtiger, das sollte ich dir eigentlich nicht eigens einschärfen müssen, Marshal: Du behandelst Meshugoim, aber investier nicht auch noch bei ihnen!«

Eine Stunde später war Marshal mit der Bankgarantie unterwegs zur Crédit Suisse. Er trauerte um verlorene Träume: Wohlstand, Zuwachs für seine Kunstsammlung, die Muse, seinem fruchtbaren Geist schriftlichen Ausdruck zu verleihen, vor allem aber trauerte er um den Schlüssel zu der Insiderwelt, der Welt der Privatclubs, der Messingbrieffächer der Jovialität der Insider.

Und Peter? War er Teil dieser Welt? Finanziell würde er natürlich nicht profitieren – und wenn doch, war das eine Sache zwischen ihm und der Bank. Aber, dachte Marshal, *wenn Peter kein finanzielles Motiv gehabt hatte, welches waren dann seine Beweggründe gewesen? Sich über die Psychoanalyse lustig zu machen? Konnte es da eine Verbindung zu Seth Pande geben? Oder zu Shelly Merriman? Oder vielleicht zu der ganzen abtrünnigen Splittergruppe des Analyseinstituts? War das Ganze möglicherweise einfach ein Ulk? Reine soziopathische Bosheit? Aber um welches Spiel es auch ging, welches Motiv auch dahinterstecken sollte, warum bin ich nicht früher dahintergekommen? Ich war ein verdammter Narr. Ein verdammter, gieriger Narr!*

Die Crédit Suisse unterhielt in San Francisco nur ein Büro, keine Geschäftsbank. Es lag im fünften Stock eines Bürogebäudes auf der Sutter Street. Der Bankangestellte, der Marshal begrüßte, sah sich die Garantieerklärung genau an und versicherte ihm, daß sie absolut autorisiert seien, sich der Sache anzunehmen. Er entschuldigte sich und erklärte, der Zweigstellenleiter, der gerade mit einem anderen Kunden beschäftigt sei, würde sich persönlich um ihn kümmern. Außerdem würde es eine kurze Verzögerung geben, während sie den Schuldschein nach Zürich faxten.

Zehn Minuten später lud der Zweigstellenleiter, ein schlanker, ernster Mann mit einem langen Gesicht und einem David-Niven-Schnurrbart, Marshal in sein Büro ein. Nachdem er Marshals Ausweis überprüft und sich die Nummern aus seinem Führerschein und seinen Bankkarten notiert hatte, widmete er sich der Betrachtung der Garantieerklärung und stand dann auf, um eine Fotokopie zu machen. Als er zurückkehrte, fragte Marshal: »In welcher Form werde ich mein Geld zurückbekommen? Mein Anwalt sagte mir ... «

»Entschuldigen Sie bitte, Dr. Streider, dürfte ich den Namen und die Adresse Ihres Anwalts haben?«

Marshal gab ihm die relevanten Informationen über seinen Vetter Melvin und fuhr dann fort: »Mein Anwalt hat mir geraten, um eine direkte Zahlung auf mein Konto bei Wells Fargo zu bitten.«

Der Bankdirektor saß einige Sekunden lang schweigend da und betrachtete den Wechsel.

»Gibt es ein Problem?« fragte Marshal. »Garantiert mir dies nicht eine Auszahlung auf Verlangen?«

»Das ist tatsächlich eine Erklärung der Crédit Suisse, die Zahlung auf Verlangen garantiert. Hier, sehen Sie«, sagte er und zeigte auf die Unterschriftszeile, »er ist ausgestellt von unserem Züricher Büro und unterschrieben von Winfred Forster, einem unserer dienstälteren Vizepräsidenten. Ich kenne Winfred Forster recht gut – sehr gut sogar: Wir zwei haben drei Jahre gemeinsam in unserer Zweigstelle in Toronto verbracht – und, ja, Dr. Streider, es gibt ein Problem: Das ist nicht Winfred Forsters Unterschrift! Überdies hat Zürich folgendes per Fax bestätigt: Es besteht kaum eine Ähnlichkeit zwischen den beiden Unterschriften. Ich fürchte, es ist meine unangenehme Pflicht, Sie darüber in Kenntnis zu setzen, daß diese Erklärung eine Fälschung ist!«

23

Nachdem Carol Ernests Praxis verlassen hatte, zog sie sich in der Damentoilette im ersten Stock einen Jogginganzug und Turnschuhe an und fuhr zum Yachthafen hinunter. Sie parkte in der Nähe von Green's, einem beliebten vegetarischen Restaurant, das sehr erfolgreich vom Zen-Zentrum San Francisco betrieben wurde. Vom Yachthafen aus verlief ein Weg über zwei Meilen hinweg an der Bucht entlang und endete bei Fort Point unter der Golden Gate Bridge. Das war Jess' und mittlerweile auch ihre bevorzugte Laufstrecke.

Sie begann bei den alten Bauten von Fort Mason, in denen kleine Galerien, eine Buchhandlung für alte Bibliotheksexemplare, ein Kunstmuseum, ein Theater und ein Schauspielworkshop untergebracht waren. Der Weg führte weiter an den Bootsanlegern vorbei und an der Bucht entlang, wo verwegene Möwen die Läufer herausforderten, sie niederzutrampeln. Dann ging es weiter über die Wiesen, wo die Leute Drachen steigen ließen, und zwar nicht die einfachen Drachen, die sie und ihr Bruder Jeb hatten steigen lassen, sondern avantgardistische Modelle, fliegende Supermänner oder Paare von Frauenbeinen. Es gab auch glatte Hightechdreiecke aus Metall, die brummend und summend ihre Position änderten, plötzlich herabgeschossen kamen, wieder aufstiegen und blitzschnell Pirouetten drehten.

Danach erreichten sie einen winzigen Strand mit ein paar um die surreale Sandskulptur einer Meerjungfrau gescharten Sonnenanbetern; es folgte ein langes Teilstück am Wasser entlang, vorbei an Surfern in Neoprenanzügen, die ihre Sportgeräte für den Einsatz vorbereiteten, und anschließend ein felsiger Küstenabschnitt mit Dutzenden von Steinskulpturen – aufeinandergehäufte Steine, sorgfältig ausgewählt und in ein scheinbar labiles Gleichgewicht gebracht von unbekannten Künstlern, die eine Vorliebe für Formen hatten, die an phantastische burmesische Pagoden denken ließen. Dann ein langes Pier, auf dem es von betriebsamen, düsteren, asiatischen Anglern, von denen, soweit Carol beobachten konnte, kein einziger je etwas gefangen hatte, nur so wimmelte, und zum Schluß unter den Bauch der Golden Gate Bridge, wo man den langhaarigen, sexy Surfern zusehen konnte, die im kalten Wasser mit den Wellen auf und ab trieben, bis sie es endlich schafften, sich auf eine der hohen, dunklen Wogen zu schwingen.

Mittlerweile liefen sie und Jess fast jeden Tag, manchmal über die Trampelpfade im Golden Gate Park oder über den Strand südlich von Cliff House, aber der Weg am Yachthafen war ihre Hauptstrecke. Oft sah sie Jess auch an mehreren Abenden in der Woche. Wenn sie nach der Arbeit nach Hause kam, bereitete er im allgemeinen das Abendessen vor und plauderte mit den Zwillingen, die ihn immer mehr ins Herz schlossen. Trotz ihrer Freude über Jess machte Carol sich Sorgen. Jess schien ihr zu gut, um wahr zu sein. Und was würde passieren, wenn er ihr noch näher kam, nah genug, um zu erkennen, wie sie wirklich war? Ihr Inneres, ihre ureigensten Gedanken waren nicht schön. Würde er zurückschrecken? Sie mißtraute der simplen Art und Weise, mit der er sich so tief in ihr Heim eingeschlichen hatte – in das Herz ihrer Kinder. Was, wenn Jess doch nicht der richtige Mann für sie war? Würde sie aus der Sache wieder herauskommen oder wären ihr die Hände gebunden angesichts der Frage, was das Beste für die Kinder war?

An den wenigen Tagen, an denen Jess' Arbeit es unmöglich machte, daß sie zusammen liefen, nahm Carol den einstündigen Lauf allein in Angriff. Es erstaunte sie, wie sehr sie das Joggen inzwischen liebte: Vielleicht war es das federnde Gefühl der Leichtigkeit, das es ihrem Körper für den Rest des Tages bescherte, oder dieser köstliche Jubel, der sie erfaßte, sobald sie ihren Aufwind bekam. Vielleicht lag es aber einfach auch daran, daß sie Jess mittlerweile so gern hatte, daß ihr dieselben Dinge gefielen, die ihm gefielen.

Wenn sie allein joggte, war es keine so magische Erfahrung wie das Joggen mit Jess, aber dafür bekam sie etwas anderes: Zeit zur Selbstreflexion. Als sie die ersten Male allein joggte, hatte sie einen Walkman dabeigehabt – mit Countrymusik, Vivaldi, japanischer Flötenmusik oder den Beatles –, aber in letzter Zeit hatte sie den Walkman im Wagen gelassen und sich dafür eine »Joggingmeditation« gegönnt.

Der Gedanke, ein wenig Zeit abzuzweigen, um über ihr eigenes Leben nachzudenken, war für Carol etwas Revolutionäres. Den größten Teil ihres Lebens hatte sie genau das Gegenteil getan, nämlich jedes Fetzchen Freizeit mit Ablenkungen ausgefüllt. Was ist jetzt anders? fragte sie sich, als sie über den Weg glitt und mit jedem Schritt die Möwen auseinanderjagte. Ein Unterschied lag in der neuen Spannweite ihres Gefühlslebens. In der Vergangenheit war ihre innere Landschaft monoton und trostlos gewesen und hatte nur aus einer engen Skala negativer Gefühle bestanden: Wut, Groll, Bedauern. Das meiste davon hatte sich direkt auf Justin bezogen, der Rest auf die meisten anderen Menschen, die ihr täglich über den Weg liefen. Abgesehen von ihren Kindern hatte sie so gut wie nie einen positiven Gedanken an irgend jemanden verschwendet. In dieser Hinsicht folgte sie der Familientradition: Sie war die Tochter ihrer Mutter und die Enkelin ihrer Großmutter! Das hatte Ernest ihr zu Bewußtsein gebracht.

Und wenn sie Justin so sehr haßte, warum *hatte* sie sich dann in Gottes Namen in dieser Ehe eingekerkert und den Schlüssel weggeworfen? Genausogut hätte sie ihn in die lange Dünung des Pazifiks werfen können, dem sie hier am Pier so nahe war.

Sie wußte, daß sie einen grauenhaften Fehler begangen hatte, und sie hatte es bereits kurz nach ihrer Hochzeit gewußt. Wie Ernest – zum Teufel mit ihm! – sie zu erkennen gezwungen hatte, hatte auch sie Alternativen gehabt, genau wie andere Menschen auch: Sie hätte die Ehe beenden oder versuchen können, sie zu verändern. Sie hatte sich dafür entschieden, sich bewußt dafür entschieden – so schien es jetzt –, keines von beidem zu tun. Statt dessen hatte sie sich in ihrem kläglichen Irrtum gesuhlt.

Sie erinnerte sich an den Abend, kurz nach Justins Weggang aus ihrem Leben, als Norma und Heather darauf bestanden hatten, daß er ihr einen Gefallen getan habe. Sie hatten recht. Und ihr Zorn darüber, daß er, Justin, und nicht sie, die Initiative ergriffen hatte? Töricht! Auf lange Sicht gesehen, welchen Unterschied machte es da, wer wen verließ? Sie waren beide besser dran ohne diese Ehe. Sie fühlte sich besser als in den ganzen letzten zehn Jahren. Und Justin sah besser aus – tat sein jämmerliches, klägliches Bestes, ein ordentlicher Vater zu sein. In der vergangenen Woche hatte er sich sogar ohne irgendwelche Nachfragen bereit gefunden, auf die Zwillinge aufzupassen, als sie und Jess übers Wochenende nach Mendocino fuhren.

Was für eine Ironie, dachte sie, daß der ahnungslose Ernest jetzt so hart mit ihr daran arbeitete, daß sie endlich etwas wegen ihrer fiktiven Ehe mit Wayne unternahm – wie unermüdlich er doch darauf beharrte, daß sie sich ihrer Lebenssituation stellte – entweder die Ehe veränderte oder sie auflöste. Was für ein Witz; wenn er wüßte, daß er mit ihr genau dasselbe tat, was er mit Justin gemachte hatte, nur daß er jetzt mit *ihr* paktierte, daß er in dem Kriegskabinett *ihre* Strategie plante, daß er *ihr* dieselben Ratschläge gab, die er einst Justin gegeben haben mußte!

Carol atmete schwer, als sie unter der Golden Gate Bridge ankam. Sie joggte bis ans Ende des Pfades, berührte die hinterste Drahtbarriere unter der Brücke und drehte ohne stehenzubleiben wieder um, um zu Fort Mason zurückzulaufen. Der Wind kam wie gewöhnlich vom Pazifik, und mit den kräftigen Böen im Rücken flog sie mühelos zurück, vorbei an den Surfern, den Anglern, den burmesischen Pagoden, den Superman-Drachen und den tollkühnen Möwen.

Nachdem sie in ihrem Wagen zu Mittag gegessen hatte – einen knackigen, roten Apfel –, fuhr Carol zurück zur Sozietät Jarndyce, Kaplan und Tuttle, duschte dort und bereitete sich auf den Termin mit ihrem neuen Klienten vor, den Julius Jarndyce, ihr Seniorpartner, an sie weiterempfohlen hatte. Mr. Jarndyce, der alle Hände voll damit zu tun hatte, in Washington Abgeordnete zu beeinflussen, hatte sie gebeten, sich mit besonderer Sorgfalt um diesen Klienten zu kümmern, einen alten Freund von ihm, Dr. Marshal Streider.

Carol sah ihren Klienten in offensichtlich höchster Erregung im Wartezimmer auf und ab gehen. Als sie ihn in ihr Büro bat, trat Marshal hastig ein, hockte sich auf die Kante eines Stuhls und legte los: »Vielen Dank, daß Sie mir heute einen Termin geben konnten, Mrs. Astrid. Mr. Jarndyce, den ich seit vielen Jahren kenne, hat mir einen Termin für die nächste Woche angeboten, aber diese Angelegenheit ist zu dringend, um sie aufzuschieben. Um gleich zur Sache zu kommen: Gestern habe ich erfahren, daß man mich um neunzigtausend Dollar betrogen hat. Können Sie mir helfen? Welche Mittel stehen mir zu Gebote?«

»Betrogen zu werden ist ein schlimmes Gefühl, und ich verstehe vollkommen, daß Sie die Sache nicht auf die lange Bank schieben wollen, Dr. Streider. Aber lassen Sie uns zunächst von vorn beginnen. Sagen Sie mir zuerst alles, was ich Ihrer Meinung nach über Sie wissen sollte, und dann wollen wir uns genau ansehen, was passiert ist, bis ins kleinste Detail.«

»Mit Freuden, aber zuerst sollten wir uns vielleicht über den Rahmen unseres Kontraktes klar werden.«

»Den Rahmen, Dr. Streider?«

»Entschuldigung – ein analytischer Ausdruck –, ich meine, ich würde mir gerne, bevor wir anfangen, über verschiedene Dinge klar werden. Ihre Verfügbarkeit? Honorare? Und Vertraulichkeit. Vertraulichkeit ist äußerst wichtig für mich.«

Gestern war Marshal, gleich nachdem er von dem Betrug erfahren hatte, in Panik geraten und hatte Melvins Telefonnummer gewählt. Während er dem Läuten des Telefons lauschte, hatte er die jähe Entscheidung getroffen, daß er nicht mit Melvin reden wollte; er wollte einen einfühlsameren und hochkarätigeren Anwalt. Er legte den Hörer auf und rief sofort bei Mr. Jarndyce an, einem ehemaligen Patienten, der zu den bekanntesten Anwälten San Franciscos zählte.

Später dann, etwa gegen drei Uhr nachts, wurde Marshal klar, daß es von äußerster Wichtigkeit war, diese Sache so vertraulich wie nur möglich zu behandeln. Er hatte bei einem ehemaligen Patienten investiert – dafür würde ihn so manch einer kritisieren. Das allein war schon schlimm genug, aber er kam sich wie ein Idiot vor, daß er sich so hatte vorführen lassen. Je weniger Leute davon erfuhren, um so besser. Genaugenommen hätte er auch Jarndyce niemals anrufen dürfen – das war ebenfalls eine Fehlentscheidung gewesen, obwohl die Therapie mit ihm schon vor vielen Jahren geendet hatte. Daher verwandelte sich seine anfängliche Enttäuschung darüber, daß Mr. Jarndyce nicht verfügbar war, nun in Erleichterung.

»Ich stehe für diese Angelegenheit solange zur Verfügung, wie Sie mich brauchen, Dr. Streider. Ich habe keine Reisepläne, wenn es das ist, was Sie meinen. Mein Honorar beträgt zweihundertfünfzig Dollar die Stunde, und absolute Vertraulichkeit ist selbstverständlich, genau wie in Ihrem Beruf – womöglich sind unsere Regeln noch strenger.«

»Ich würde diese Vertraulichkeit gern auf Mr. Jarndyce ausdehnen. Ich möchte, daß alles, was wir hier besprechen, absolut unter uns bleibt.«

»Einverstanden. Sie können sich darauf verlassen, Dr. Streider. Und jetzt lassen Sie uns anfangen.«

Marshal, der immer noch auf der Kante seines Stuhls saß, machte sich daran, Carol die ganze Geschichte zu erzählen. Er ließ kein einziges Detail aus, abgesehen von seiner Besorgnis, was die Berufsethik betraf. Nach dreißig Minuten war er fertig und ließ sich erschöpft und erleichtert auf seinem Stuhl zurücksinken. Es entging ihm auch nicht, wie tröstlich es gewesen war, Carol alles mitzuteilen, und wie tief er sich ihr bereits verbunden fühlte.

»Dr. Streider, ich weiß Ihre Offenheit zu schätzen. Mir ist klar, da es nicht einfach für Sie war, all diese schmerzlichen Einzelheiten noch einmal zu durchleben. Bevor wir weitermachen, möchte ich Sie etwas fragen: Mir ist aufgefallen, mit welchem Nachdruck Sie mehr als einmal betont haben, es handele sich um eine Investition und *nicht* um ein Geschenk. Genauso deutlich betonten Sie, daß Mr. Macondo ein *Expa-*

tient sei. Gehen Ihnen irgendwelche Fragen im Kopf herum, was Ihr Verhalten betrifft – ich meine in bezug auf Ihre Berufsehtik?«

»Diese Fragen gehen nicht in *meinem* Kopf herum. Mein Verhalten ist über jeden Tadel erhaben. Aber Sie haben recht, wenn Sie die Rede darauf bringen. Für andere könnte dieser Punkt von Relevanz sein. Ich habe mich in meinem Wirkungsbereich sehr deutlich für die Bewahrung des professionellen Standards in Sachen Ethik geäußert – ich war Mitglied des Ethikkomitees und federführend tätig in der Arbeitsgemeinschaft für psychoanalytische Ethik – daher ist meine Position, was diese Dinge anbelangt, überaus heikel; mein Verhalten muß nicht nur über jeden Tadel erhaben *sein,* es muß über jeden Tadel erhaben *scheinen.*«

Marshal schwitzte stark und nahm ein Taschentuch heraus, um sich die Stirn abzuwischen. »Bitte, verstehen Sie mich... und das ist eine reale Sache, keine Paranoia... Ich habe Rivalen und Feinde, Individuen, die nur allzu eifrig alles, was ich tue, falsch auslegen würden, die mich mit Freuden fallen sehen würden.«

»Also«, sagte Carol und blickte von ihren Notizen auf, »lassen Sie mich meine Frage wiederholen: Ist es zutreffend, daß Sie persönlich absolut keine Zweifel daran hegen, daß Sie nicht gegen die finanziellen Grenzen zwischen Therapeut und Patient verstoßen haben?«

Marshal hörte auf, sich die Stirn abzuwischen, und sah seine Anwältin voller Überraschung an. Offensichtlich war sie gut über solche Dinge informiert.

»Nun, es versteht sich von selbst, daß ich rückblickend wünschte, ich hätte anders gehandelt. Ich wünschte, ich wäre ein Pedant gewesen, wie ich das in solchen Dingen für gewöhnlich bin. Ich wünschte, ich hätte ihm gesagt, daß ich *niemals* persönlich bei Patienten investiere, auch wenn sie inzwischen *Expatienten* geworden sind. Jetzt dämmert mir zum erstenmal, daß solche Regeln nicht nur den Patienten, sondern auch den Therapeuten schützen sollen.«

»Diese Rivalen oder Feinde, stellen die... ich meine, sind die ein wichtiger Gesichtspunkt?«

»Ich bin mir nicht ganz sicher, was Sie meinen... Hm, ja... Ich habe echte Rivalen. Und wie ich schon angedeutet habe, bin ich ängstlich darauf bedacht... Nein, das möchte ich anders ausdrücken... Ich bin *verzweifelt* darauf bedacht... diese Angelegenheit ohne großes Aufheben zu bereinigen... Wegen meiner Praxis, wegen meiner beruflichen Verbindungen. Also lautet die Antwort: ja; ich möchte, daß diese ganze abscheuliche Angelegenheit in aller Stille erledigt wird. Aber warum beharren Sie so auf diesem speziellen Aspekt des Ganzen?«

»Weil«, antwortete Carol, »Ihr Wunsch nach Geheimhaltung sich direkt auf die Möglichkeiten auswirkt, die uns offenstehen – je wichtiger Ihnen Verschwiegenheit in diesem Fall ist, um so weniger aggressiv dürfen wir vorgehen. Ich werde gleich genauer werden. Aber es gibt noch einen weiteren Grund, weshalb ich mich nach dem Punkt Verschwiegenheit erkundige – die Frage ist rein akademisch, da das Kind ja bereits in den Brunnen gefallen ist, aber es mag Sie vielleicht trotzdem interessieren. Ich möchte nicht anmaßend sein, Dr. Streider, indem ich *Ihnen* etwas über Psychologie erzähle, aber ich möchte dennoch kurz darauf eingehen, wie der professionelle Betrüger zu arbeiten pflegt. Er sorgt immer dafür, sein Opfer in etwas einzubinden, das dem Opfer den Eindruck vermittelt, selbst *ebenfalls* in eine leicht unehrenhafte Angelegenheit verwickelt zu sein. Auf diese Weise wird das Opfer – wie soll ich es ausdrücken? – beinahe zum Mitverschwörer. Es erlebt dadurch eine bestimmte Veränderung seiner Denkweise; es gerät in einen Zustand, in dem es seine übliche Vorsicht und Urteilskraft fallen läßt. Überdies ist das Opfer, da es sich zumindest am Rande als Mitverschwörer fühlt, abgeneigt, Informationen von verläßlichen finanziellen Ratgebern einzuholen, die es normalerweise vielleicht hinzuziehen würde. Und aus demselben Grund ist das Opfer nach dem Betrug abgeneigt, die Sache strafrechtlich mit dem gebotenen Nachdruck verfolgen zu lassen.«

»Dieses Opfer hat in dieser Hinsicht keine Probleme«, sagte Marshal. »Ich werde diesen Bastard kriegen und ihn an die Wand nageln. Ganz gleich, was es kostet.«

»Aber nicht nach dem, was Sie mir gerade erzählt haben, Dr. Streider. Sie sagten, Diskretion sei von absoluter Wichtigkeit. Stellen Sie sich zum Beispiel einmal folgende Frage: Wären Sie bereit, sich auf eine öffentliche Gerichtsverhandlung einzulassen?«

Marshal saß schweigend und mit gesenktem Kopf da.

»Entschuldigung, Dr. Streider, ich muß Sie auf diese Dinge hinweisen. Ich möchte Sie in keiner Weise entmutigen. Ich weiß, daß das nicht das ist, was Sie im Augenblick brauchen. Aber fahren wir fort. Wir müssen uns alle Einzelheiten genau ansehen. Nach allem, was Sie gesagt haben, ist dieser Peter Macondo ein Profi – er hat so etwas schon früher durchgezogen, und es ist unwahrscheinlich, daß er uns eine brauchbare Spur hinterlassen hat. Verraten Sie mir zunächst einmal, welche Nachforschungen Sie selbst angestellt haben. Können Sie eine Liste der Personen erstellen, von denen er geredet hat?«

Marshal berichtete über seine Gespräche mit Emil, Roscoe Richardson und dem Rektor der Universität Mexico. Und davon, daß er keinen Kontakt zu Adriana und Peter aufnehmen konnte. Er zeigte ihr das Fax, das er am selben Morgen vom Pacific Union Club bekommen hatte – die Kopie eines Faxes vom Club Baur au Lac in Zürich, mit der Mitteilung, man wisse nichts von einem Peter Mocondo. Man bestätigte jedoch, daß das Fax auf ihrem Schreibpapier geschrieben und vom Faxapparat in ihrer Bibliothek aus verschickt worden sei, betonten aber zugleich, daß jedes Mitglied, jeder Gast, sogar ein ehemaliger Gast oder auch nur ein Gast des Hotels, das an den Club angrenze, ohne weiteres hereinkommen, sich das Schreibpapier besorgen und diesen Faxapparat benutzen könnte.

»Ist es nicht möglich«, fragte Marshal, während Carol las, »daß sich durch dieses Faxgerät oder durch das Fax der Universität Mexico irgendeine Spur ergibt?«

»Sie wissen nur, was er Ihnen erzählt hat, Dr. Streider – was er Sie wissen lassen wollte. Denken Sie darüber nach: Sie haben keine einzige unabhängige Informationsquelle. Und er hat alles bar bezahlt. Nein, daran kann kein Zweifel bestehen – Ihr Mann ist ein echter Profi. Wir müssen natürlich das FBI in Kenntnis setzen – das hat die Bank mit Sicherheit bereits getan: Sie sind dort gehalten, jeden internationalen Betrug zu melden. Dies ist die Nummer, die Sie anrufen müssen; fragen Sei einfach nach dem diensthabenden Beamten. Ich könnte Ihnen in dieser Angelegenheit helfen, aber das würde Ihre Anwaltskosten nur in die Höhe treiben.

Die meisten Fragen, die sie stellen«, fuhr Carol fort, »beziehen sich auf Nachforschungen zur Sache und sind nicht juristischer Natur. Am besten würden Sie sich diesbezüglich an einen Privatdetektiv wenden. Ich kann Ihnen einen guten Mann empfehlen, wenn Sie wollen, aber ich rate Ihnen, seien Sie vorsichtig; verschwenden Sie nicht noch mehr Geld und Energie auf eine höchstwahrscheinlich ergebnislose Jagd. Ich habe zu viele dieser Fälle gesehen. Diese Art von Kriminellen wird selten geschnappt. Und wenn ja, ist von dem Geld meist nicht mehr sehr viel übrig.«

»Das heißt, sie machen bis in alle Ewigkeit so weiter?«

»Sie sind im Grunde selbstzerstörerisch. Früher oder später wird Ihr Mr. Macondo sich sein eigenes Grab schaufeln – wird ein zu großes Risiko eingehen, vielleicht versuchen, den Falschen zu betrügen, und sich am Ende tot im Kofferraum eines Wagens wiederfinden.«

»Vielleicht hat er bereits damit begonnen, sich sein eigenes Grab zu schaufeln. Sehen Sie sich nur das Risiko an, das er eingegangen ist, sehen Sie sich seine Zielperson an – einen Psychoanalytiker. Ich gebe zu, es hat bei mir funktioniert, aber er hat sich einen hochqualifizierten Beobachter menschlichen Verhaltens ausgesucht – einen Menschen, bei dem es sehr wahrscheinlich ist, daß er einen Betrug wittert.«

»Nein, Dr. Streider, da bin ich anderer Meinung. Ich habe sehr viel Erfahrung auf diesem Gebiet, und die deutet genau auf das Gegenteil hin. Es steht mir nicht frei, mit Ihnen über meine Quellen zu sprechen, aber ich habe Beweise dafür, daß Psychiater möglicherweise zu den leichtgläubigsten Personen überhaupt gehören. Ich meine, Sie sind es schließlich gewöhnt, daß Ihre Patienten Ihnen die Wahrheit sagen – Patienten, die Sie dafür *bezahlen,* daß Sie sich ihre wahren Geschichten anhören. Ich denke, es ist sehr einfach, einen Psychiater zu beschwindeln – Sie sind vielleicht nicht sein erstes Opfer in dieser Richtung. Wer weiß? Vielleicht ist es sogar sein *modus operandi,* Therapeuten zu beschwindeln.«

»Das würde bedeuten, daß man ihn schnappen kann. Ja, Mrs. Astrid, ich *möchte* den Namen des Detektivs. Ich war Linebacker. Ich weiß, wie man jemanden stellt und zu Fall bringt. Ich stecke da so tief drin, es zerreißt mich fast – ich koche schlicht über –, ich kann einfach nicht aufgeben. Ich kann an nichts anderes mehr denken, ich kann keine Patienten behandeln, ich kann nicht schlafen. Ich habe im Augenblick nur zwei Gedanken im Kopf: erstens den Mann in Stücke reißen, und zweitens meine neunzigtausend Dollar zurückzubekommen. Der Verlust dieses Geldes hat mich in eine verzweifelte Lage gebracht.«

»Gut, dann wenden wir uns dieser Frage zu. Dr. Streider, setzen Sie mich, wenn Sie so freundlich sein wollen, über Ihre finanzielle Situation ins Bild: Einkommen, Schulden, Investitionen, Ersparnisse – alles.«

Marshal legte seine gesamte finanzielle Situation offen, während Carol sich hastig auf einem Bogen linierten, gelben Papiers nach dem anderen Notizen machte.

Als er fertig war, deutete Marshal auf Carols Notizen und sagte: »Sie sehen also, Mrs. Astrid, ich bin kein wohlhabender Mann. Und Sie sehen auch, was es für mich bedeutet, neunzigtausend Dollar zu verlieren. Es ist verheerend – das Schlimmste, was mir je passiert ist. Wenn ich an die vielen, vielen Monate denke, die ich für dieses Geld gearbeitet habe, die ich um sechs aufgestanden bin, um einen zusätzlichen Patienten unterzubringen ... an die ständige Beobachtung der Kurse meiner Aktien, die täglichen Telefongespräche mit meinem Broker und Finanzberater und ... und ... ich meine ... ich weiß nicht, wie ich mich davon wieder erholen soll. Es ist ein dauerhafter Schaden für mich und meine Familie.«

Carol betrachtete ihre Notizen, legte sie weg und sagte mit beschwichtigender Stimme: »Lassen Sie mich versuchen, die ganze Angelegenheit für Sie wieder in eine vernünftige Perspektive zu rücken. Zunächst einmal sollten Sie sich bemühen, zu begreifen, daß es sich *nicht* um den Verlust von neunzigtausend Dollar handelt. Da Sie mit der gefälschten Garantieerklärung der Bank den Betrug beweisen können, wird Ihr Verlust steuerlich als Kapitalverlust gelten und mit Ihren Gewinnen aus Vermögen der letzten und der nächsten Jahre verrechnet werden. Darüber hinaus können Sie auch Ihr reguläres Einkommen aus Ihrer Praxistätigkeit zehn Jahre lang um je dreitausend steuerlich kürzen. Dadurch reduziert sich Ihr Verlust schlagartig auf weniger als fünfzigtausend Dollar.

Zweitens, und das ist das letzte, für das meine Zeit heute reicht – mein nächster Klient wartet bereits: So wie ich Ihre finanzielle Situation anhand der Informationen, die Sie mir gegeben haben, beurteile, sehe ich keine verheerenden Konsequenzen. Sie haben Ihre Familie stets gut versorgt – exzellent versorgt, und Sie waren ein erfolgreicher Investor. Die Wahrheit ist, daß dieser Verlust Ihr Leben in materieller Weise keinesfalls verändern wird!«

»Sie verstehen nicht – die Ausbildung meines Sohnes, meine Kunst...«

»Nächstes Mal, Dr. Streider. Ich muß jetzt Schluß machen.«

»Wann ist das nächste Mal? Haben Sie morgen Zeit? Ich weiß nicht, wie ich die nächsten paar Tage durchstehen soll.«

»Um drei Uhr morgen nachmittag? Wäre das für Sie machbar?«

»Ich werde dafür sorgen, daß es machbar ist. Ich sage alle Termine ab. Wenn Sie mich besser kennen würden, Dr. Astrid...«

»*Mrs.* Astrid, aber vielen Dank für die Beförderung.«

»Mrs. Astrid... aber ich wollte sagen, daß Sie, wenn Sie mich besser kennen würden, einsähen, daß die Situation wirklich ernst für mich sein muß, wenn ich Patienten absage. Das ist gestern zum ersten Mal in zwanzig Jahren vorgekommen.«

»Ich werde mich soweit wie möglich zu Ihrer Verfügung halten. Wir wollen aber auch die Kosten möglichst gering halten. Es ist mir unangenehm, das gerade einem Psychiater zu sagen, aber im Augenblick wäre es für Sie das beste, das private Gespräch mit einem Vertrauten zu suchen – einem Freund, einem Therapeuten. Sie sind in einer Situation gefangen, die Ihre Panik vergrößert, und Sie brauchen dringend andere Blickwinkel. Was ist mit Ihrer Frau?«

»Meine Frau lebt in einer anderen Welt – einer Ikebanawelt.«

»Wo? Tut mir leid – ich verstehe nicht.«

»Ikebana – Sie wissen schon, japanische Blumenarrangements. Sie ist süchtig danach und nach ihren buddhistischen Meditationsspezis. Ich bekomme sie kaum noch zu Gesicht.«

»Oh... Ich verstehe... Was? O ja, Ikebana... Ja, davon habe ich gehört... Japanische Blumenarrangements. Ich verstehe. Und sie ist weg – Sie sagen, sie habe sich in dieser Welt verloren? Nicht viel zu Hause? ... Wahrhaftig, das muß ja furchtbar für Sie sein. Ganz schrecklich. Und Sie sind allein ... ausgerechnet jetzt, wo Sie sie so dringend brauchen. Schrecklich.«

Marshal war überrascht, aber auch gerührt von Carols unprofessioneller Reaktion. Er und Carol saßen einige Sekunden lang schweigend da, bis schließlich Marshal das Wort ergriff: »Und Sie sagen, Sie hätten jetzt einen anderen Klienten?«

Schweigen.

»Mrs. Astrid, Sie sagten ... «

»Tut mir leid, Dr. Streider«, erwiderte Carol, während sie sich erhob, »meine Gedanken sind einen Augenblick lang eigene Wege gegangen. Aber wir sehen uns auf jeden Fall morgen. Kopf hoch. Ich bin auf Ihrer Seite.«

24

Nachdem Marshal gegangen war, saß Carol einige Sekunden lang wie betäubt da. Ikebana! Japanische Blumenarrangements! Es konnte keinen Zweifel geben – ihr Klient, Dr. Streider, war Jess' Extherapeut. Jess hatte von Zeit zu Zeit über seinen ehemaligen Therapeuten gesprochen – stets in äußerst positiver Weise, wobei er immer den Anstand, die Hingabe und die Hilfsbereitschaft des Mannes betont hatte. Zuerst war Jess Carols Fragen, was die Aufnahme seiner Therapie bei Ernest betraf, aus dem Weg gegangen, aber als ihre Beziehung sich vertiefte, erzählte er ihr von jenem Apriltag, an dem er tief im Dickicht des roten Hängeahorns schockierenderweise die Frau seines Therapeuten in enger Umarmung mit einem safrangewandeten, buddhistischen Mönch gesehen hatte.

Aber Jess hatte sorgfältig darauf geachtet, nicht die Privatspähre seines ehemaligen Therapeuten zu verletzen und hatte den Namen des Mannes nicht preisgegeben. Aber daran gibt es nun nichts mehr zu deuten, dachte Carol: Es *mußte* Marshal Streider sein. Wie viele Therapeuten haben eine Ehefrau, die Ikebanaexpertin und Buddhistin ist?

Carol konnte es kaum erwarten, Jess beim Abendessen zu sehen; sie konnte sich nicht daran erinnern, wann sie das letzte Mal so begierig war, einem Freund eine Neuigkeit zu überbringen. Sie stellte sich Jess' ungläubigen Gesichtsausdruck vor, seinen weichen, runden Mund, der sagte: »Nein! Ich kann es nicht fassen! Wie schrecklich – neunzigtausend Dollar! Und glaub mir, dieser Mann arbeitet hart für sein Geld. Und dann ist er ausgerechnet zu dir gekommen!« Sie stellte sich vor, wie er an ihren Lippen hing, während sie weitersprach. Sie würde die Einzelheiten ausmalen, um sich so lange wie möglich an dieser deftigen Geschichte aufzuhalten.

Aber dann fuhr sie sich abrupt selbst in die Parade, als ihr klar wurde, daß sie Jess nichts von alledem erzählen konnte. *Ich kann ihm gar nichts von Marshal Streider erzählen,* dachte sie. *Ich kann ihm nicht einmal sagen, daß ich mit ihm gesprochen habe. Man hat mich ausdrücklich zu professioneller Geheimhaltung verpflichtet.*

Und doch brannte sie darauf, es ihm zu erzählen. Vielleicht würde sich eines Tages eine Möglichkeit finden. Aber für den Augenblick mußte sie sich mit der mageren Kost zufriedengeben, die die Einhaltung ihres Berufskodex vorschrieb. Und sie mußte sich darüber hinaus damit zufriedengeben, sich so zu benehmen, wie Jess es von ihr gewünscht hätte – nämlich seinem ehemaligen Therapeuten alle nur mögliche Hilfe zu gewähren. Das würde nicht leicht sein. Carol hatte noch nie einen Psychiater kennengelernt, den sie mochte. Und diesen speziellen Psychiater, Dr. Streider, mochte sie noch weniger als die meisten: Er jammerte zuviel, nahm sich zu ernst und nahm seine Zuflucht bei unreifen, machohaften Vergleichen aus der Welt des Football. Und obwohl diese Gaunerei ihn für den Augenblick demütigte, konnte sie seine Arroganz spüren. Nicht schwer zu verstehen, warum er Feinde hatte.

Andererseits hatte Jess sehr viel von Dr. Streider bekommen, und daher nahm Carol sich Jess zuliebe vor, bis an ihre äußersten Grenzen zu gehen, um diesem Klienten in jeder nur denkbaren Weise zu helfen. Sie tat gern etwas Jess zuliebe, aber es heimlich zu tun – ein unerkannter, guter Samariter zu sein, denn Jess würde ja nicht einmal von ihren guten Taten wissen –, das würde schwierig werden.

Geheimnisse waren stets ihre starke Seite gewesen. Carol war eine Meisterin ihres Fachs, wenn es sich um Manipulation und Intrige im Bereich ihrer professionellen Tätigkeit als Rechtsanwältin handelte. Im Gerichtssaal stellte sich kein Anwalt gern gegen sie; sie hatte sich den Ruf erworben, von verschwenderischem und gefährlichem Einfallsreichtum zu sein. Täuschungsmanöver waren ihr immer leicht gefallen, und sie machte nur selten Unterschiede zwischen ihrem professionellen und ihrem persönlichen Benehmen. Aber in den letzten paar Wochen war sie der Listen müde geworden, es hatte etwas köstlich Erfrischendes, ehrlich zu Jess zu sein. Jedesmal, wenn sie ihn sah, versuchte sie ein neues Risiko einzugehen. Nach nur wenigen Wochen hatte sie Jess mehr enthüllt, als sie je mit irgendeinem anderen Mann geteilt hatte. Bis auf ein Thema natürlich: Ernest!

Keiner von ihnen sprach viel über Ernest. Carol hatte angedeutet, daß das Leben weniger kompliziert sein würde, wenn sie miteinander nicht über ihre Therapie und mit Ernest nicht voneinander sprachen. Anfangs hätte sie Jess gern gegen Ernest aufgewiegelt, aber diesen Plan ließ sie schnell wieder fallen – es stand außer Frage, daß Jess ungemein von der Therapie profitierte und daß er Ernest sehr mochte. Carol enthüllte ihm natürlich nichts von ihrem unaufrichtigen Benehmen gegenüber Ernest oder ihren Gefühlen für ihn.

»Ernest ist ein außergewöhnlicher Therapeut«, rief Jess eines Tages nach einer besonders guten Sitzung. »Er ist so ehrlich und menschlich.« Dann erzählte Jess ihr noch mehr von seiner Sitzung an jenem Tag. »Ernest hat mir heute etwas wirklich Wichtiges klargemacht. Er sagte, daß ich mich unausweichlich zurückziehe, wann immer er und ich einander näherkämen, wann immer wir einen Schritt auf eine größere Vertrautheit zu gemacht hätten, entweder indem ich einen zynischen Witz mache oder indem ich mich auf einen abschweifenden intellektuellen Exkurs begebe.

Und er hat recht, Carol, ich verhalte mich immer so bei Männern, vor allem bei meinem Vater. Aber ich will dir sagen, was so erstaunlich an ihm ist – er hat dann anschließend zugegeben, daß *auch er* sich nicht recht wohl fühle bei intensiven, engen Kontakten zu Männern, daß er sich heimlich mit mir verbündet hätte, indem er sich von meinen Witzen hätte ablenken lassen oder indem er sich auf eine intellektualisierte Diskussion mit mir einließ.

Also, ist das nicht eine ungewöhnlich offene Antwort von einem Therapeuten?« sagte Jess, »vor allem, wenn man so viele Jahre mit distanzierten, zugeknöpften Psychiatern hinter sich hat. Was mich noch mehr in Erstaunen setzt, ist die Frage, wie er dieses Maß an Intensität Stunde um Stunde aufrechterhalten kann.«

Carol war bestürzt zu hören, wieviel Ernest Jess gegenüber von sich selbst preisgab, und auf eine seltsame Art und Weise enttäuschte es sie beinahe zu erfahren, daß er nicht nur bei ihr so offen war. Auf irgendeine merkwürdige Art und Weise fühlte sie sich geprellt. Dennoch hatte Ernest nie behauptet, daß er sie anders behandele als seine anderen Patienten. Der Gedanke, daß sie sich in seinem Falle geirrt haben könnte, daß seine Intensität doch kein Vorspiel zu einer Verführung war, verfestigte sich.

Tatsächlich verwandelte sich ihr ganzes Projekt mit Ernest

in einen Morast. Früher oder später *mußte* Jess einfach in seiner Therapie auf sie zu sprechen kommen, und dann würde Ernest die Wahrheit erfahren. Und ihr Ziel, Ernest zu diskreditieren, ihn aus dem Geschäft bringen und seine Beziehung zu Justin zu zerstören, ergab nicht mehr viel Sinn. Justin war zur Bedeutungslosigkeit verblaßt, Ralph Cooke und Zweizung hatten sich wieder in die Vergangenheit zurückgezogen. Jede Verletzung, die sie Ernest zufügte, würde nichts als Schmerz für Jess – und zu guter Letzt auch für sie – bringen. Aber Zorn und Rache hatten Carol nun so lange angetrieben, daß sie sich ohne diese Gefühle verloren fühlte. Wann immer sie über ihre Motive nachdachte – und sie tat dies immer häufiger –, betrachtete sie, was sie tat und warum sie es tat, voller Verwirrung.

Nichtsdestoweniger machte sie weiter, wie ein Autopilot, machte Ernest weiterhin sexuelle Avancen. Bei einer der letzten Sitzungen hatte sie ihn während ihrer Abschiedsumarmung fest an sich gepreßt. Er war augenblicklich erstarrt und hatte mit scharfem Tonfall bemerkt: »Carolyn, es ist eindeutig, daß Sie mich immer noch als Liebhaber wollen, genauso wie es bei Ralph war. Aber es wird jetzt Zeit, daß Sie diesen Gedanken fallenlassen. Eher fallen Weihnachten und Ostern auf einen Tag, als daß ich eine sexuelle Beziehung zu Ihnen eingehe. Oder zu irgendeiner anderen meiner Patientinnen!«

Ernest hatte seine gereizte Antwort augenblicklich bedauert und war bei der nächsten Sitzung wieder darauf zu sprechen gekommen. »Tut mir leid, daß ich bei der letzten Sitzung so scharf reagiert habe, Carolyn. Ich verliere nicht oft die Fassung, aber Ihre Beharrlichkeit hat etwas so Seltsames, so Fanatisches. Und etwas sehr Selbstzerstörerisches, wie mir scheint. Ich glaube, daß wir gute Arbeit miteinander leisten können, und ich bin mir sicher, daß ich Ihnen vieles zu bieten habe – aber was ich nicht verstehe, ist, warum Sie weiterhin versuchen, unsere Arbeit zu sabotieren.«

Carols Antwort, ihr Flehen, da sie mehr von ihm brauche, ihre Hinweise auf Ralph Cooke, klangen selbst in ihren eigenen Ohren hohl, und Ernest erwiderte hastig: »Ich weiß, ich wiederhole mich, aber solange Sie weiter gegen meine Grenzen anrennen, müssen wir die Sache wieder und wieder thematisieren. Erstens bin ich davon überzeugt, daß ich Ihnen zu guter Letzt schaden würde, wenn ich Ihr Liebhaber würde – ich weiß, Sie sehen das anders, und ich habe jede Möglichkeit, die mir eingefallen ist, genutzt, um Ihnen diese Vorstellung auszureden. Sie können nicht glauben, daß ich Ihnen echte Gefühle entgegenbringe. Also werde ich heute etwas anderes versuchen. Ich werde über unsere Beziehung sprechen, und zwar von meinem eigenen selbstsüchtigen Gesichtspunkt aus, von der Perspektive dessen, was für mich gut ist.

Die Quintessenz ist, daß ich vermeiden will, etwas zu tun, was mir in der Zukunft Schmerz zufügen wird. Ich *weiß*, wie die Ergebnisse jeglicher sexueller Verstrickung letztlich für mich aussehen werden: Ich werde mich in den nächsten Jahren wahrscheinlich immer sehr schlecht deswegen fühlen. Und dem werde ich mich nicht aussetzen. Dabei haben wir die juristischen Risiken noch gar nicht berücksichtigt. Ich könnte meine Zulassung verlieren. Ich habe zu hart dafür gearbeitet, bis ich dahin kam, wo ich jetzt bin. Ich liebe meine Arbeit, und ich bin nicht bereit, meine gesamte Karriere aufs Spiel zu setzen. Und es wird Zeit, daß Sie anfangen, ernsthaft zu prüfen, warum Sie das von mir verlangen.«

»Sie irren sich. Es besteht keinerlei juristisches Risiko«, konterte Carol, »denn ohne Anklageerhebung gibt es keine juristischen Maßnahmen, und ich würde nie, niemals Anklage gegen Sie erheben. Ich möchte, daß Sie mein Geliebter werden. Ich würde Ihnen nie Schaden zufügen.«

»Ich weiß, daß Sie so empfinden. *Jetzt.* Aber jedes Jahr werden Hunderte von Anklagen erhoben, und in jedem Fall hat die Patientin – ohne Ausnahme – genauso empfunden wie Sie im Augenblick. Lassen Sie mich das Ganze einmal sehr offen und sehr egoistisch ausdrücken: Ich wahre meine eigenen Interessen!«

Keine Antwort von Carol.

»Nun, Carolyn, klarer kann ich mich nicht ausdrücken. Sie haben die Wahl. Gehen Sie nach Hause. Denken Sie sehr genau darüber nach, was ich gesagt habe. Glauben Sie mir, wenn ich Ihnen erkläre, daß ich mich niemals auf körperliche Intimitäten mit Ihnen einlassen werde, und entscheiden Sie, ob Sie weiter mit mir arbeiten wollen.«

Ihr Abschied stand unter einem düsteren Stern. Keine Umarmung. Und diesmal kein Bedauern auf Seiten Ernests.

Carol setzte sich in Ernests Wartezimmer auf einen Stuhl, um Ihre Laufschuhe anzuziehen. Sie öffnete ihre Handtasche und las noch einmal ihre Notizen durch:

Drängt mich, ihn »Ernest« zu nennen, ihn zu Hause anzurufen, sagt, ich sei in jeder Hinsicht attraktiv, setzt sich neben mich aufs Sofa, fordert mich auf, ihm Fragen bezüglich seines Privatlebens zu stellen, streicht mir übers Haar, sagt, daß er, wenn wir uns an einem anderen Ort begegnet wären, gern mein Geliebter gewesen wäre…

Sie dachte an Jess, der vor Green's Restaurant auf sie warten würde. *Gott verdammt.* Sie zerriß die Notizen und lief los.

25

Marshals Besuch bei Bat Thomas, dem Privatdetektiv, den Carol ihm empfohlen hatte, begann recht vielversprechend. Der Detektiv sah genauso aus, wie man sich das vorstellte: zerfurchtes Gesicht, zerknautschte Kleider, schiefe Zähne, Turnschuhe, leichtes Übergewicht und schlechte körperliche Verfassung – wahrscheinlich das Ergebnis von zuviel Alkohol und zu vielen Überwachungen vom Wagen aus. Sein Benehmen war schroff und rauh, sein Verstand scharf und diszipliniert. In seinem Büro war alles notwendige Inventar vorhanden: eine durchgesessene, mitgenommene grüne Ledercouch, kahle Holzfußböden, ein zerkratzter Holzschreibtisch, den ein unter eins der Tischbeine gehobenes Streichholzbriefchen am Wackeln hinderte.

Marshal lief erfreut die Treppen hoch – er war während der letzten paar Tage zu erregt gewesen, um Basketball zu spielen oder zu joggen, und die körperliche Betätigung fehlte ihm. Und zuerst hatte es ihm auch gefallen, mit dem Privatdetektiv zu reden, der stets auf den Kern der Sache zuhielt.

Bat Thomas war ganz derselben Meinung wie Carol. Nachdem er sich von Marshal den ganzen Zwischenfall hatte schildern lassen – einschließlich seiner Qualen bezüglich seiner eigenen Torheit, des Ausmaßes seines Verlustes und seines Grauens bei dem Gedanken an eine öffentliche Bloßstellung, bemerkte er: »Ihre Anwältin hat recht – Sie trifft nur selten daneben, und ich arbeite schon seit Jahren mit ihr. Der Bursche ist ein Profi. Ich sage Ihnen, welcher Teil Ihrer Geschichte mir besonders gefällt: die Sache mit dem Chirurgen aus Boston und seine Bitte, ihm zu helfen, an seinen Schuldgefühlen zu arbeiten... Die Taktik ist reines Dynamit! Und sich dann Ihr Schweigen mit dieser Rolex für dreitausendfünfhundert zu erkaufen – hübsch gemacht, wirklich hübsch! Ein Amateur hätte Ihnen eine unechte Uhr geschenkt. Und Sie in den Pacific Union Club einzuladen – klasse! Er hat Sie genau richtig angepackt. Schnelle Auffassung. Gerissener Typ. Sie können von Glück sagen, daß er nicht mehr genommen hat. Aber wollen wir mal sehen, was wir über ihn haben. Hat er irgendeinen anderen Namen erwähnt? Wie ist er überhaupt an Sie gekommen?«

»Er sagte, ein Freund von Adriana habe mich empfohlen«, erwiderte Marshal. »Namen wurden nicht genannt.«

»Sie haben Telefonnummern von ihm und seiner Verlobten? Mit denen werde ich anfangen. Und mit seiner Telefonnummer in Zürich. Er mußte sich irgendwie ausweisen, um den Telefonanschluß zu bekommen, also werde ich erst mal dieser Sache nachgehen. Aber machen Sie sich keine allzu großen Hoffnungen. Wie ist er gereist? Haben Sie einen Wagen gesehen?«

»Ich weiß nicht, wie er zu meiner Sprechstunde gekommen ist. Mietwagen? Taxi? Als wir den Club verließen, ist er zu Fuß zu seinem Hotel gegangen – das nur ein paar Häuserblocks entfernt war. Wie sieht es dann mit der Möglichkeit aus, das Fax von der Uni Mexiko weiterzuverfolgen?«

»Faxe führen nirgendwo hin, aber geben Sie es mir trotzdem, und ich werde es mir ansehen – er hat zweifellos ein Logo auf seinem Computer erstellt und es selbst gefaxt, oder er hat es seine Freundin faxen lassen. Ich werde versuchen, ob die Namen der beiden irgendwas im NCIC Computer aufflackern lassen – ich spreche von National Crime Information Center. Ich habe da jemanden, der gegen ein kleines Entgelt in deren Computer kommen kann. Einen Versuch ist die Sache wert, aber machen Sie sich keine Hoffnungen – Ihr Mann hat bestimmt einen falschen Namen benutzt. Wahrscheinlich macht er so was drei- bis viermal im Jahr – vielleicht nur mit Psychiatern. Ich habe noch nie zuvor von dieser Masche gehört, aber ich frage mal rum. Vielleicht hat er es aber auch auf größeres Geld abgesehen – möglicherweise Chirurgen – , aber selbst mit kleineren Fischen wie Ihnen zieht er wahrscheinlich vier- oder fünfhunderttausend im Jahr an Land. Nicht schlecht, wenn man bedenkt, daß es steuerfrei ist! Dieser Bursche ist gut; er wird's weit bringen! Ich brauche einen Vorschuß von fünfhundert Dollar, dann lege ich los.«

Marshal stellte einen Scheck aus und bat um eine Quittung.

»In Ordnung, Doc, wir kommen ins Geschäft. Ich fange gleich an. Kommen Sie heute nachmittag so gegen fünf oder sechs noch mal vorbei, dann sehen wir uns an, was wir haben.«

Als Marshal an diesem Nachmittag zurückkehrte, erfuhr er lediglich, daß alle bisherigen Versuche im Sande verlaufen waren. Adriana hatte ihren Telefonanschluß mittels eines Führerscheins und einer Kreditkarte angemeldet, die beide in Arkansas als gestohlen gemeldet worden waren. Peter hatte im Fairmont Hotel alle Rechnungen mit Bargeld beglichen und eine gefälschte American-Express-Karte als Sicherheit vorgelegt. Die Faxe waren alle am Ort abgeschickt worden. Der Züricher Telefonanschluß war mit derselben AMEX-Karte eingerichtet worden.

»Keine Spuren«, sagte Bat. »Nichts, gar nichts! Der Bursche ist cool, sehr cool – das muß man ihm lassen.«

»Ich hab's kapiert. Ihnen gefällt die Vorgehensweise dieses Burschen. Freut mich, daß Sie beide so gut miteinander klarkommen«, sagte Marshal. »Aber vergessen Sie bitte nicht, daß *ich* Ihr Klient bin, und ich will ihn festnageln.«

»Sie wollen ihn haben? Da gibt's nur eins – ich habe Freunde im Betrugsdezernat. Lassen Sie mich mit denen reden; ich könnte mit meinem Freund Lou Lombardi zu Mittag essen – er ist mir was schuldig. Wir könnten ähnliche Betrügereien überprüfen, andere Psychiater oder Ärzte, die auf dieselbe Weise reingelegt worden sind – der wohlhabende, dankbare, geheilte Patient, die Beteuerung, den Wunder wirkenden Chirurgen belohnen zu wollen, die Rolex, die Vorlesungsreihe, die Investition in Übersee und die Schuldgefühle aufgrund früherer erfolgloser Versuche, einem Arzt ein Trinkgeld zukommen zu lassen. Dieser Spruch ist zu gut, als daß er nicht schon früher einmal benutzt worden wäre:«

»Finden Sie den Bastard, egal, wie.«

»Die Sache hat einen Haken: Sie müssen mit mir kommen, um Anzeige zu erstatten – beim Betrugsdezernat der Polizei von San Francisco; Sie haben die Transaktion in dieser Stadt getätigt. Und Sie müssen Ihren Namen preisgeben, und dann läßt sich die Sache auf keinen Fall länger vor der Presse verbergen – völlig unmöglich – darauf müssen Sie gefaßt sein. Sie wissen, wie sich dieser Zeitungsmist anhört: irgendeine Schlagzeile Marke PSYCHIATER VON EXPATIENTEN UM BETRÄCHTLICHE SUMME ERLEICHTERT!«

Marshal, der den Kopf auf die Hände gestützt hatte, stöhnte. »Das ist noch schlimmer als der Betrug – das würde mich ruinieren! Zeitungsberichte darüber, daß ich eine Rolex von einem Patienten angenommen habe? Wie konnte ich nur so dumm sein? Wie konnte ich?«

»Es ist Ihr Geld und Ihr Auftrag. Aber ich kann Ihnen nicht helfen, wenn Sie mir die Hände binden.«

»Diese beschissene Rolex hat mich neunzigtausend Dollar gekostet! Dumm, dumm, dumm!«

»Seien Sie nicht so hart zu sich, Doc. Es gibt keine Garantie, daß die vom Betrugsdezernat ihn wirklich aufspüren würden... Er hat das Land sehr wahrscheinlich mittlerweile verlassen. Kommen Sie, lehnen Sie sich zurück und lassen Sie sich eine Geschichte erzählen.« Bat zündete sich eine Zigarette an und warf das Streichholz auf den Boden.

»Vor ein paar Jahren fliege ich nach New York, geschäftlich und um meine Tochter zu besuchen, die gerade mein erstes Enkelkind zur Welt gebracht hat. Schöner Herbsttag, klares Wetter, ich gehe den Broadway runter über die Neununddreißigste oder die Vierzigste und denke darüber nach, daß ich vielleicht ein Geschenk hätte kaufen sollen – die Kinder haben mich immer für knauserig gehalten. Dann sehe ich mich selbst in einem TV-Monitor auf der Straße – da verhökert irgendein Hanswurst einen nagelneuen Mini-Camcorder von Sony für hundertfünfzig Mäuse. Ich benutze die Dinger dauernd bei der Arbeit – sie liegen so um die sechshundert. Ich handele den Typ auf fünfundsiebzig runter, er schickt einen kleinen Jungen los, und fünf Minuten später hält am Straßenrand ein alter Buick mit ungefähr einem Dutzend Camcordern in original Sony-Verpackung auf dem Rücksitz. Die Leute sehen sich ständig verstohlen um und erzählen mir diesen typischen Quatsch, von wegen die Dinger wären vom Laster gefallen. Offensichtlich Diebesgut. Aber gieriges Arschloch, das ich bin, kaufe ich trotzdem. Ich gebe denen also die fünfundsiebzig Mäuse und gehe mit der Kiste zurück ins Hotel. Dann kriege ich langsam Fracksausen. Ich war damals der wichtigste Ermittler in einem Megabetrugsfall und mußte sauber bleiben. Ich hatte das Gefühl, verfolgt zu werden. Als ich dann im Hotel war, wuchs meine Überzeugung, reingelegt worden zu sein. Ich hatte Angst, die gestohlene Kamera in meinem Zimmer zu lassen. Ich schließe sie in einen Koffer und gebe ihn unten im Empfang ab. Am nächsten Tag hole ich mir den Koffer wieder, fahre damit zum Haus meiner Tochter, schneide die brandneue Sony-Verpackung auf und da liegt er vor mir: ein großer Ziegelstein! Also, Doc, nehmen Sie's nicht allzu schwer. So was passiert selbst Profis – den Besten von uns. Man kann sich nicht sein Leben lang über die Schulter blicken und ständig überlegen, ob man von seinen Freunden übers Ohr gehauen wird. Manchmal hat man bloß das Pech, einem betrunkenen Autofahrer in die Quere zu kommen. Tut mir leid, Doc. Aber es ist sieben Uhr – ich habe heute abend noch einen Job zu erledigen. Ich schicke Ihnen dann später eine Rechnung, aber Ihre fünfhundert Dollar dürften so ziemlich ausreichen.«

Marshal blickte auf. Zum erstenmal begriff er wirklich, daß man ihm neunzigtausend Dollar gestohlen hatte. »Also? Das war's? Das ist alles, was ich für meine fünfhundert bekomme? Ihre hübsche, kleine Geschichte vom Ziegelstein und der Kamera?«

»Wissen Sie – man hat Sie nach allen Regeln der Kunst ausgenommen, ein völlig sauberer Job, und Sie kommen her ohne den Schimmer einer Ahnung, ohne eine Spur, ohne gar nichts... Sie bitten mich, Ihnen zu helfen – ich widme Ihnen Zeit, meine Zeit und die meines Personals, im Gegenwert von fünfhundert Dollar. Es ist nicht so, als hätte ich Sie nicht gewarnt. Aber Sie können mir nicht die Hände binden – mir verbieten, meinen Job richtig zu machen – und sich dann aufregen, daß Sie nichts bekommen für Ihr Geld. Ich weiß, daß Sie total angekotzt sind. Wer wäre das nicht? Aber entweder lassen Sie mich den Burschen mit allen mir zu Gebote stehenden Mitteln jagen, oder Sie lassen die Sache fallen.«

Marshal schwieg.

»Wollen Sie meinen Rat? Der Zähler ist abgeschaltet – Sie kriegen meine Meinung gratis: *Schreiben Sie das Geld ab.* Betrachten Sie es als eine der harten Lektionen des Lebens.«

»Nun, Bat«, sagte Marshal über die Schulter gewandt, als er das Büro verließ. »So leicht gebe ich nicht auf. Diesmal hat sich der Drecksack den Falschen ausgesucht.«

»Doc«, rief Bat Marshal durchs Treppenhaus hinterher, »wenn Sie vorhaben, den einsamen Rächer zu spielen – tun Sie's nicht! Dieser Bursche ist gerissener als Sie! Um ein vielfaches gerissener!«

»Leck mich doch«, murmelte Marshal, als er durch den Hauseingang auf die Fillmore hinaustrat.

Marshal ging den langen Weg zurück zu seinem Haus zu Fuß und wog dabei sorgfältig seine Alternativen ab. Später am Abend schritt er dann entschlossen zur Tat. Zuerst rief er bei Pac Bell an und veranlaßte die Installierung eines weiteren privaten Telefonanschlusses mit einer Geheimnummer und Antwortdienst. Als nächstes faxte er eine Anzeige, die in der nächsten Ausgabe der *Psychiatric News* der American Psychiatric Association erscheinen sollte, einer

Zeitschrift, die wöchentlich an jeden Psychiater im Land geschickt wurde:

> WARNUNG: Haben Sie einen Patienten in Kurzzeittherapie (weiß, männlich, wohlhabend, attraktiv, vierzig, schlank), der über Probleme mit Kindern und Verlobter bezüglich Vermögensverteilung und Ehevertrag klagt, der große Investitionschancen, Geschenke, Ihnen gewidmete Vorlesungsreihe anbietet? Sie sind möglicherweise in großer Gefahr. Wählen Sie 415-555-1751. Absolut vertraulich.

26

Vor allem die Nächte waren hart für Marshal. Er konnte nur mit Hilfe schwerer Beruhigungsmittel schlafen. Morgens konnte ihn dann nichts davon abhalten, ständig jeden Augenblick noch einmal zu durchleben, den er mit Peter Macondo verbracht hatte. Manchmal siebte er die Trümmer seiner Erinnerung auf neue Hinweise durch, manchmal lebte er Rachephantasien aus, in denen er Peter im Wald auflauerte und ihn besinnungslos schlug, manchmal lag er einfach wach, geißelte sich für seine Dummheit und stellte sich vor, wie Peter und Adriana ihm fröhlich zuwinkten, während sie in einem neuen Neunzigtausenddollarporsche vorbeizischten.

Auch die Tage waren nicht einfach. Der Beruhigungsmittelkater dauerte trotz doppelter Espressos bis Mittag, und nur mit größter Anstrengung vermochte Marshal seine Stunden mit den Patienten hinter sich zu bringen. Wieder und wieder drängte sich ihm der Wunsch auf, aus der Rolle zu fallen und in die Analyse einzugreifen. »Hören Sie auf zu jammern«, hätte er gern gesagt. Oder: »Sie haben eine Stunde gebraucht, um einzuschlafen – *das* nennen Sie Schlaflosigkeit? Ich habe die halbe Nacht wachgelegen, verdammt!« Oder: »Aha, Sie haben also Mildred nach zehn Jahren im Lebensmittelladen gesehen und hatten sofort wieder dieses magische Gefühl, diesen leisen Stich des Verlangens, dieses kurze Aufblitzen von Furcht! Na toll! Ich will Ihnen mal erzählen, was echter Schmerz ist.«

Nichsdestoweniger machte Marshal weiter und bezog so viel Stolz wie nur möglich aus dem Wissen, daß die meisten Therapeuten, die unter einem derartigen Druck standen, schon lange das Handtuch geworfen und sich krank gemeldet hätten. Und so nahm er Stunde für Stunde, Tag für Tag den Schmerz in sich auf und saß die Sache aus.

Nur zwei Dinge hielten Marshal aufrecht. Erstens sein Rachedurst; er hörte seinen Anrufbeantworter mehrmals ab, weil er auf eine Reaktion auf seine Anzeige in der *Psychiatric News* hoffte, weil er auf irgendeine Spur hoffte, die ihn zu Peter führen würde. Zweitens seine beruhigenden Besuche bei seiner Anwältin. Ein oder zwei Stunden vor jedem Termin bei Carol konnte Marshal kaum noch an etwas anderes denken; er legte sich zurecht, was er sagen würde, er stellte sich ihre Gespräche vor. Wenn er an Carol dachte, füllten sich seine Augen manchmal mit Tränen der Dankbarkeit. Jedesmal, wenn er ihr Büro verließ, schien seine Last leichter geworden zu sein. Er analysierte die Bedeutung seiner tiefen Gefühle für sich nicht – es interessierte ihn nicht besonders. Schon bald waren wöchentliche Sitzungen nicht genug, er wollte sich zweimal, dreimal die Woche mit ihr treffen, am liebsten täglich.

Marshals Bedürfnisse nahmen Carol stark in Anspruch. Schon bald hatte sie alle Möglichkeiten ausgeschöpft, die sie als Anwältin zu bieten hatte, und wußte nicht mehr, wie sie mit Marshals Ungemach umgehen sollte. Zu guter Letzt kam sie zu dem Schluß, daß sie ihrem Schwur, die gute Samariterin zu sein, am besten dadurch gerecht wurde, daß sie ihn drängte, zu einem Therapeuten zu gehen. Aber Marshal wollte nichts davon hören.

»Ich kann aus demselben Grund keinen Therapeuten aufsuchen, aus dem ich keine Publicity in dieser ganzen Angelegenheit gebrauchen kann. Ich habe zu viele Feinde.«

»Sie meinen, ein Therapeut könnte sich nicht an die Regeln der Vertraulichkeit halten?«

»Nein, es ist nicht so sehr eine Frage der Vertraulichkeit – eher eine Frage der Sichtbarkeit« erwiderte Marshal. »Sie müssen bedenken, daß jeder, der mir helfen könnte, zwangsläufig eine analytische Ausbildung haben muß.«

»Sie meinen«, unterbrach Carol ihn, »keine andere Sorte Therapeut könnte Ihnen helfen als ein Analytiker?«

»Mrs.... Ich frage mich, ob Sie etwas dagegen hätten, wenn wir einander beim Vornamen nennen würden? Mrs. Astrid und Dr. Streider klingen so steif und formell angesichts des intimen Charakters unserer Gespräche.«

Carol nickte zustimmend, obwohl sie zwangsläufig an Jess' Bemerkung denken mußte, nach der das einzige, was ihn an seinem Therapeuten gestört habe, dessen Steifheit gewesen sei: Jess' Vorschlag, Vornamen zu benutzen, hatte er empört zurückgewiesen.

»Carol... ja, das ist besser... Sagen Sie mir die Wahrheit – können Sie sich mich bei irgendeinem dahergelaufenen Therapeuten vorstellen, bei einem Spezialisten in Sachen Seelenwanderung zum Beispiel oder bei jemandem, der auf einer tragbaren Tafel Diagramme von Eltern, Kind und Erwachsenen zeichnet, oder irgendeinem jungen Spinner, der die kognitive Therapie vertritt und versucht, meine fehlerhaften Denkgewohnheiten zu korrigieren?«

»Na schön, für den Augenblick gehen wir einfach davon aus, daß Ihnen tatsächlich nur ein Analytiker helfen könnte. Dann lassen Sie uns Ihr Argument weiterspinnen: Warum stellt das so ein großes Problem für Sie dar?«

»Nun, ich kenne jeden Analytiker in der Gegend, und ich glaube nicht, daß ein einziger darunter ist, der die notwendige neutrale Einstellung mir gegenüber einnehmen könnte. Ich bin zu erfolgreich, zu ehrgeizig. Jeder weiß, daß ich den Weg eingeschlagen habe, der zur Präsidentschaft des Golden Gate Psychoanalytic Institutes führt, und daß mir der Sinn nach Höherem steht.«

»Dann ist es also eine Frage von Neid und Rivalität?«

»Natürlich. Wie könnte irgendein Analytiker mir gegenüber therapeutische Neutralität wahren? Jeder Analytiker, den ich aufsuchte, würde sich insgeheim an meinem Mißgeschick weiden. Wahrscheinlich täte ich im umgekehrten Fall dasselbe. Die Mächtigen sieht schließlich jeder gern fallen. Und es würde sich herumsprechen, daß ich in Therapie bin – in einem Monat würde es die ganze Stadt wissen.«

»Wie das?«

»Es wäre unmöglich, es zu verbergen. Irgend jemand würde mich im Wartezimmer entdecken.«

»Und es ist eine Schande, therapiert zu werden? Ich habe Leute voller Bewunderung von Therapeuten reden hören, die immer noch bereit waren, an sich selbst zu arbeiten.«

»Meine Kollegen würden es angesichts meines Alters und meines Niveaus als Zeichen der Schwäche werten – es würde mich politisch lahmlegen. Und vergessen Sie nicht, daß ich therapeutischem Fehlverhalten gegenüber immer eine höchst kritische Position eingenommen habe: Ich habe sogar die Maßregelung und die Relegation – eine wohlverdiente Relegation, möchte ich hinzufügen – meines eigenen Analytikers aus dem Institut erwirkt. Sie haben doch sicher in der Zeitung über die Seth-Pande-Katastrophe gelesen?«

»Den psychiatrischen Rückruf? Ja, natürlich!« sagte Carol. »Wem wäre dieser Wirbel schon entgangen? Und das waren Sie?«

»Ich habe eine wesentliche Rolle dabei gespielt. Vielleicht

die wesentliche Rolle. Und, ganz unter uns gesagt, ich habe dem Institut einen gewaltigen Schlamassel erspart – ich kann nicht näher darauf eingehen –, aber der Punkt ist der: Wie könnte ich jemals wieder über therapeutisches Fehlverhalten sprechen, wenn möglicherweise jemand im Publikum sitzt, der weiß, daß ich mir eine Rolex von einem Patienten habe schenken lassen? Ich wäre zum Schweigen verurteilt – und zu politischer Wirkungslosigkeit – für immer.«

Carol wußte, daß an Marshals Argumentation irgend etwas grundsätzlich faul war, aber sie konnte es nicht auf den Punkt bringen. Vielleicht kam sein Mißtrauen Therapeuten gegenüber dem ihren zu nahe. Sie versuchte es auf einem anderen Weg.

»Marshal, kehren wir noch einmal zu Ihrer Feststellung zurück, daß Ihnen *ausschließlich* ein analytisch ausgebildeter Therapeut helfen könnte. Aber was ist mit Ihnen und mir? Nehmen Sie mich – eine absolut unausgebildete Person! Wie ist es da möglich, daß Sie mich als hilfreich empfinden?«

»Ich weiß nicht, *wie* – ich weiß nur, *daß* Sie mir helfen.

Und im Augenblick habe ich nicht die Energie herauszufinden, warum das so ist. Vielleicht brauchen Sie lediglich im selben Zimmer zu sein wie ich – das ist alles. Lassen Sie einfach mich die Arbeit machen.«

»Dennoch«, sagte Carol kopfschüttelnd. »Ich fühle mich nicht recht wohl bei unserem Arrangement. Es ist unprofessionell; es mag sogar unethisch erscheinen. Sie geben Geld dafür aus, mit jemandem zu sprechen, der auf dem Gebiet, auf dem Sie Hilfe brauchen, über keinerlei besondere Kenntnisse verfügt. Und es ist eine ganz hübsche Stange Geld – schließlich berechne ich mehr als ein Psychotherapeut.«

»Nein, ich habe das alles durchdacht. Wie könnte es unmoralisch sein! Ihr Klient bittet Sie um einen Termin, weil ihm das hilft. Ich unterschreibe gern eine entsprechende eidesstattliche Erklärung. Und so teuer ist es nun auch wieder nicht, wenn

Sie die steuerlichen Konsequenzen berücksichtigen. Medizinische Unkosten sind bei meiner Einkommenshöhe steuerlich nicht anrechenbar, aber juristische Kosten sehr wohl. Carol, ich kann Sie zu hundert Prozent von der Steuer absetzen. Sie sind sogar billiger als ein Therapeut – aber das ist nicht der Grund, warum ich zu Ihnen komme! Der wahre Grund ist, daß Sie der einzige Mensch sind, der mir helfen kann.«

Und so ließ Carol sich überreden, ihre Sitzungen mit Marshal fortzusetzen. Sie hatte keine Mühe, Marshals Probleme zu erkennen – er legte ihr eines nach dem anderen ausdrücklich dar. Wie so viele hervorragende Rechtsanwälte war Carol stolz auf ihre Schreibkünste, und ihre sorgfältigen Notizen auf DIN-A-4-Blättern enthielten schon bald eine überzeugende Liste von Fragen. Warum war es Marshal derart unmöglich, sich an jemand anderen um Hilfe zu wenden? Warum so viele Feinde? Und warum war er so arrogant, so voller Vorurteile bezüglich anderer Therapeuten und anderer Therapien? Sein Urteil war allumfassend, es verschonte niemanden, weder seine Frau noch Bat Thomas noch Emil noch Seth Pande noch seine Kollegen und auch nicht seine Studenten.

Carol konnte es sich nicht verkneifen, vorsichtig nach Ernest Lash zu fragen. Unter dem Vorwand, daß eine ihrer Freundinnen es erwöge, eine Therapie bei ihm aufzunehmen, bat sie ihn um seine Meinung.

»Nun – aber vergessen Sie nicht, das ist absolut vertraulich, Carol –, er wäre nicht der erste auf der Liste, wenn ich Ihnen eine Empfehlung geben sollte. Ernest ist ein intelligenter, aufmerksamer junger Mann, der über hervorragende Erfahrungen im Bereich medikamentöser Forschung verfügt. In diesem Bereich ist er allererste Wahl, ohne Frage. Aber als Therapeut... nun ja... sagen wir mal, er ist noch immer in der Entwicklungsphase, immer noch undifferenziert. Das Hauptproblem bei ihm ist, daß er, abgesehen von einer begrenzten

Supervision bei mir, über keine echte analytische Ausbildung verfügt. Und ich glaube auch nicht, daß er schon die notwendige Reife hat, um eine angemessene analytische Ausbildung in Angriff zu nehmen: Er ist zu undiszipliniert, zu respektlos, zu ikonoklastisch. Und schlimmer noch, er ist auch noch stolz auf seine Unlenkbarkeit und versucht sie als ›Innovation‹ oder ›Experiment‹ zu rechtfertigen.«

Unlenkbar! Respektlos! Ikonoklastisch! Das Ergebnis dieser Anschuldigungen war, daß Ernests Aktien in ihrer Wertschätzung um einige Punkte stiegen.

Als nächstes gleich nach Mißtrauen und Arroganz kam auf Carols Liste Marshals Scham, tiefe Scham. Vielleicht gehen Scham und Arroganz Hand in Hand miteinander, dachte Carol. Vielleicht wäre Marshal, wenn er mit seinem Urteil über andere nicht so streng wäre, auch sich selbst gegenüber weniger hart. Oder funktionierte die Sache genau andersherum? Wenn er nicht so hart mit sich selbst wäre, könnte er anderen dann ihre Fehler vielleicht eher nachsehen? Merkwürdig, jetzt, da sie darüber nachdachte, war das genau die Art und Weise, wie Ernest ihr dieses Phänomen erklärt hatte.

Im Grunde erkannte sie sich in vieler Hinsicht selbst in Marshal wieder. Sein Zorn zum Beispiel – diese Weißglut und Zähigkeit, die seinen Zorn kennzeichneten, seine Besessenheit von dem Gedanken, Rache zu üben –, all das erinnerte sie an ihr Treffen mit Heather und Norma an jenem schrecklichen Abend, nachdem Justin gegangen war. Hatte sie wirklich über einen Killer nachgedacht, über eine Behandlung mit dem Wagenheber? Hatte sie wirklich Justins Computerdateien zerstört, seine Kleidung, seine Erinnerungsstücke aus seiner Jugend? Nichts von alledem schien ihr heute real. Es war vor tausend Jahren passiert. Justins Gesicht verblaßte immer mehr, entschwand ihrem Gedächtnis.

Wie war es möglich, daß sie sich derart verändert hatte? fragte sie sich. Wahrscheinlich war es die zufällige Begegnung mit Jess. Oder vielleicht lag es einfach daran, daß sie dem Würgegriff ihrer Ehe entronnen war? Und dann kam ihr Ernest in den Sinn... War es möglich, daß es ihm trotz allem gelungen war, ein wenig Therapie in ihre Sitzungen einzuschleusen?

Sie versuchte mit Marshal über die Nutzlosigkeit seines Zorns zu debattieren und wies ihn auf dessen kontraproduktiven Charakter hin. Aber ohne jeden Erfolg. Manchmal wünschte sie sich, sie hätte ihm per Transfusion ein wenig von ihrer eigenen neugewonnenen Mäßigung einflößen können. Bei anderen Gelegenheiten war sie nahe daran, die Geduld zu verlieren, und hätte ihn am liebsten so lange durchgeschüttelt, bis er etwas Vernunft annahm. »Lassen Sie's auf sich beruhen!« hätte sie dann am liebsten geschrien. »Sehen Sie denn nicht, was Ihr idiotischer Zorn und Ihr Stolz Sie kosten? Alles! Ihren Seelenfrieden, Ihren Schlaf, Ihre Arbeit, Ihre Ehe, Ihre Freundschaften! Lassen Sie es einfach auf sich beruhen.« Aber nicht eine einzige dieser Methoden half. Sie erinnerte sich nur lebhaft an die Hartnäckigkeit ihrer eigenen Rachsucht vor nur wenigen Wochen, daher fiel es ihr nicht schwer, Marshals Zorn nachzufühlen. Aber sie wußte nicht, wie sie ihm helfen sollte, die Sache endlich zu den Akten zu legen.

Einige der Punkte auf ihrer Liste – zum Beispiel die Bedeutung, die Marshal Geld und Status beimaß – waren ihr fremd. Zu diesen Dingen hatte sie keinen persönlichen Bezug. Nichtsdestoweniger akzeptierte sie die zentrale Bedeutung, die diese Dinge bei Marshal einnahmen: Schließlich waren es seine Habgier und sein Ehrgeiz gewesen, die ihm den ganzen Schlamassel eingebrockt hatten.

Und seine Frau? Carol wartete geduldig Stunde um Stunde darauf, daß Marshal auf sie zu sprechen kam. Aber es fiel kaum ein Wort über sie, abgesehen von der Feststellung, daß Shirley eine dreiwöchige Vispassnia-Meditation in Tassajara machte. Ebensowenig reagierte Marshal auf Carols Fragen, was ihre Ehe betraf; er bemerkte lediglich, daß ihre Interessen sich auseinanderentwickelt hätten und sie ihre eigenen Wege gingen. Beim Joggen oder wenn sie sich mit anderen Fällen beschäftigte oder im Bett lag, dachte Carol häufig an Marshal. So viele Fragen. So wenige Antworten. Marshal spürte ihre Unruhe und versicherte ihr, allein die Möglichkeit, seine wesentlichsten Probleme zu formulieren und mit ihr durchzudiskutieren, genüge, um seinen Schmerz zumindest teilweise zu lindern. Aber Carol wußte, daß das nicht genug war. Sie brauchte Hilfe; sie brauchte einen Berater. Aber wen? Und eines Tages hatte sie plötzlich die Antwort: Sie wußte genau, wohin sie sich wenden mußte.

27

In Ernests Wartezimmer traf Carol die Entscheidung, ihre ganze Therapiestunde dem Bemühen zu widmen, sich Rat darüber zu holen, wie sie Marshal helfen könnte. Sie machte sich eine Checkliste der Bereiche, in denen sie Hilfe für ihren Klienten brauchte, und überlegte, wie sie diese Dinge Ernest am besten darstellte. Sie mußte vorsichtig sein: Aus Marshals Bemerkungen ging eindeutig hervor, daß er und Ernest einander kannten, und sie würde Marshals Identität sehr sorgfältig schützen müssen. Das entmutigte Carol keineswegs; *au contraire,* sie bewegte sich anmutig und unbefangen in den Korridoren der Intrige.

Aber Ernest hatte eine ganz andere Tagesordnung. Sobald sie in sein Sprechzimmer trat, eröffnete *er* die Stunde.

»Wissen Sie, Carolyn, ich habe das Gefühl, daß die letzte Sitzung zu abrupt geendet hat. Wir waren gerade etwas sehr Wichtigem auf der Spur.«

»Wie meinen Sie das?«

»Mir schien, daß wir gerade dabei waren, einen intensiveren Blick auf unsere Beziehung zu werfen, und Sie haben mit großer Erregung darauf reagiert. Am Ende der Stunde haben Sie praktisch die Flucht ergriffen. Können Sie über die Gefühle sprechen, die nach unserer Sitzung auf dem Nachhauseweg bei Ihnen hochgekommen sind?«

Ernest wartete wie die meisten Therapeuten fast immer darauf, daß der Patient die Stunde begann. Und wenn er je von dieser Regel abwich und seinerseits das erste Thema einführte, dann verfolgte er damit unausweichlich das Ziel, einer Frage nachzugehen, die in der vergangenen Sitzung offengeblieben war. Von Marshal hatte er vor langer Zeit gelernt, daß Therapiesitzungen um so nachhaltiger wirkten, je mehr sie ineinander übergingen.

»Erregung? Nein.« Carol schüttelte den Kopf. »Ich glaube nicht. Ich kann mich auch gar nicht mehr so genau an die letzte Sitzung erinnern. Außerdem ist heute heute, und ich möchte lieber über etwas anderes mit Ihnen sprechen. Ich brauche einen Rat wegen eines Klienten von mir.«

»Einen Augenblick bitte, Carolyn, hören Sie mich zunächst einmal kurz an. Es gibt da einige Dinge, die mir so wichtig erscheinen, daß ich sie aussprechen möchte.«

Wessen Therapie ist das hier eigentlich? murmelte Carol bei sich. Aber dann nickte sie freundlich und wartete darauf, daß Ernest fortfuhr.

»Sie erinnern sich, Carolyn, daß ich Ihnen bei unserer ersten Sitzung gesagt habe, in der Therapie gebe es nichts Wichtigeres als ein ehrliches Miteinander? Ich habe Ihnen für meinen Teil mein Wort gegeben, daß ich ehrlich zu Ihnen sein würde. Die Wahrheit ist jedoch, daß ich diesem Versprechen nicht gerecht geworden bin. Es ist Zeit, die Luft zu reinigen, und ich werde mit meinen Gefühlen zum Thema Erotik beginnen... davon hat es in unserer Beziehung sehr viel gegeben, und das beunruhigt mich.«

»Wie meinen Sie das?« Carol war plötzlich besorgt; Ernests Tonfall ließ keinen Zweifel daran, daß dies keine gewöhnliche Stunde werden sollte.

»Nun, sehen Sie sich an, was passiert ist. Von der ersten Sitzung an haben wir einen großen Teil unserer Zeit darauf verwandt, über Ihre sexuelle Zuneigung zu mir zu sprechen. Ich bin zum Mittelpunkt Ihrer sexuellen Phantasien geworden. Wieder und wieder haben Sie mich gebeten, Ralphs Stelle als Ihr Liebhaber-Therapeut einzunehmen. Und dann sind da noch die Umarmungen am Ende der Stunde, die Versuche mich zu küssen, die ›Couchzeit‹, in der Sie dicht neben mir sitzen wollten.«

»Ja, ja, das weiß ich doch alles. Aber Sie haben das Wort *beunruhigend* benutzt.«

»Ja, ganz eindeutig beunruhigend – und in mehr als einer Hinsicht. Zunächst einmal deshalb, weil es sexuell erregend war.«

»Sie sind beunruhigt, weil ich erregt war?«

»Nein, weil *ich* es war. Sie waren sehr provokativ, Carolyn, und da es hier und besonders heute vor allem um Ehrlichkeit geht, will ich Ihnen ehrlich sagen, daß Ihr Verhalten beunruhigend erregend auf mich gewirkt hat. Ich habe Ihnen schon zuvor gesagt, daß ich Sie für eine sehr attraktive Frau halte. Mir als Mann fällt es sehr schwer, mich nicht von Ihren verführerischen Reizen berühren zu lassen. Sie sind auch in *meine* Phantasien eingedrungen. Ich denke schon Stunden vor Ihrem Termin über unsere Begegnung nach, an den Tagen, an denen Sie herkommen, überlege ich mir sogar, was ich anziehen soll. Ich muß diese Dinge eingestehen.

Also, die Therapie kann so offensichtlich nicht weitergehen. Sehen Sie, statt Ihnen zu helfen, diese … diese – wie soll ich mich ausdrücken? – diese starken, aber unrealistischen mich betreffenden Gefühle zu analysieren, habe ich, glaube ich, zu diesen Gefühlen noch beigetragen, habe ich Sie ermutigt. Ich habe es genossen, Sie zu umarmen, Ihr Haar zu berühren, Sie neben mir auf dem Sofa zu spüren. Und ich glaube, Sie wissen, daß ich es genossen habe. Sie schütteln den Kopf, Carolyn, aber ich glaube, ich habe die Flammen Ihrer Gefühle für mich noch angefacht. Ich habe die ganze Zeit über ›Nein, nein, nein‹ gesagt, während ich mit einer leiseren, aber doch hörbaren Stimme gleichfalls gesagt habe: ›Ja, ja, ja.‹ Und das war für Ihre Therapie nicht sinnvoll.«

»Ich habe das ›ja, ja, ja‹ nicht gehört, Ernest.«

»Vielleicht nicht bewußt. Aber wenn ich diese Gefühle wahrnehme, bin ich mir sicher, daß Sie sie auf irgendeiner Ebene ebenfalls gespürt haben und davon ermutigt worden sind. Zwei Menschen, die in einer intimen Beziehung aufeinander geworfen sind – oder in einer Beziehung, die *versucht,* intim zu sein –, übermitteln einander immer alles, wenn nicht ausdrücklich, dann auf einer nonverbalen oder unbewußten Ebene.«

»Ich bin nicht sicher, ob ich Ihnen das abkaufe, Ernest.«

»Ich bin sicher, daß ich in dieser Hinsicht recht habe. Wir kommen später noch einmal darauf zurück. Aber ich möchte, daß Sie sich zunächst einmal die Quintessenz dessen anhören, was ich gesagt habe: Ihre erotischen Gefühle für mich sind nicht gut für die Therapie, und ich mit meiner eigenen Eitelkeit und meinen eigenen sexuellen Gefühlen für Sie muß die Verantwortung dafür übernehmen, daß ich diese Gefühle ermutigt habe.«

»Nein, nein«, sagte Carol unter heftigem Kopfschütteln. »Nichts von alledem ist Ihre Schuld.«

»Nein, Carolyn, lassen Sie mich aussprechen... Es gibt noch mehr, was ich Ihnen sagen möchte... Bevor ich Sie auch nur kennengelernt habe, habe ich bewußt den Entschluß getroffen, mit meinem nächsten neuen Patienten absolut ehrlich zu sein, mich total selbst zu enthüllen. Ich hatte das Gefühl und habe dieses Gefühl immer noch, daß der wesentliche Mangel beim Großteil der traditionellen Therapien darin liegt, daß die Beziehung zwischen Patient und Therapeut nicht echt ist. Meine Gefühle diesbezüglich sind so stark, daß ich mich von einem Supervisor trennen mußte, den ich zutiefst bewundert habe. Aus genau diesem Grund habe ich in jüngster Zeit die Entscheidung getroffen, meine formelle psychoanalytische Ausbildung nicht fortzusetzen.«

»Ich bin mir nicht sicher, welche Konsequenzen das für unsere Therapie haben soll.«

»Nun, es bedeutet, daß meine Behandlungsweise in Ihrem Fall ein Experiment war. Vielleicht sollte ich zu meiner eigenen Verteidigung hinzufügen, daß es in gewisser Weise ein zu starker Ausdruck ist, da ich im Laufe der vergangenen Jahre ohnehin versucht habe, mit all meinen Patienten weniger formell und dafür etwas menschlicher zu sein. Aber bei Ihnen stehe ich vor einem bizarren Paradoxon: Ich habe mit totaler Ehrlichkeit experimentiert und Ihnen doch nie von diesem Experiment berichtet. Und wenn ich jetzt Bilanz ziehe und mir ansehe, wo wir stehen, glaube ich nicht, daß diese Methode hilfreich gewesen ist. Es ist mir nicht gelungen, die Art von ehrlicher, authentischer Beziehung aufzubauen, die Sie, wie ich weiß, dringend benötigen, wenn Sie in der Therapie wachsen wollen.«

»Ich glaube nicht, daß irgend etwas von alledem Ihre Schuld ist – oder auf einen Mangel Ihrer Methode zurückzuführen ist.«

»Ich bin mir nicht sicher, *was* schiefgegangen ist. Aber irgend etwas *ist* schiefgegangen. Ich spüre da eine gewaltige Kluft zwischen uns. Ich spüre großen Argwohn auf Ihrer Seite, die plötzlich von irgendeinem Ausdruck großer Zuneigung und Liebe abgelöst werden. Das verwirrt mich, weil ich den größten Teil der Zeit nicht das Gefühl habe, daß Sie eine warme oder auch nur eine positive Einstellung zu mir haben. Aber da sage ich Ihnen bestimmt nichts Neues.«

Carol saß mit gesenktem Kopf da und schwieg.

»Also, meine Besorgnis wächst: Ich habe in Ihrem Fall nicht richtig gehandelt. In diesem Fall war Ehrlichkeit vielleicht *nicht* die beste Politik. Es wäre besser gewesen, Ihnen ein traditionellerer Therapeut zu sein, jemand, der eine formellere Therapeut-Patient-Beziehung aufgebaut hätte, jemand, der klare Grenzen zwischen einer therapeutischen und einer personellen Beziehung gewahrt hätte. Sooo, Carolyn, ich schätze, das war's, was ich sagen wollte. Irgendeine Antwort?«

Carol setzte zweimal zu einer Bemerkung an, fand aber nicht die richtigen Worte. Schließlich sagte sie: »Ich bin verwirrt. Ich kann nicht sprechen – weiß nicht, was ich sagen soll.«

»Nun, ich kann mir vorstellen, was Sie denken. Im Lichte all dessen, was ich gesagt habe, schätze ich, daß Sie mit einem anderen Therapeuten besser dran wären – daß es an der Zeit ist, dieses Experiment zu einem Ende zu bringen. Und ich denke, daß Sie da durchaus recht haben mögen. Ich werde Sie in dieser Angelegenheit unterstützen und Ihnen mit Freuden Vorschläge bezüglich anderer Therapeuten machen. Vielleicht denken Sie, daß ich Ihnen zu Unrecht ein experimentelles Verfahren in Rechnung gestellt habe. Wenn dem so ist, lassen Sie uns darüber reden; vielleicht wäre es nur korrekt, wenn ich Ihnen mein Honorar zurückerstatten würde.«

Das Ende des Experiments – das klingt nicht schlecht, dachte Carol. *Und es wäre die perfekte Art und Weise, um dieser ganzen schlüpfrigen Farce ein Ende zu machen. Ja, es ist Zeit zu gehen, Zeit, mit den Lügen aufzuhören. Überlaß Ernest Jess und Justin. Vielleicht hast du recht, Ernest, Vielleicht ist es wirklich Zeit, unsere Therapie zu beenden.*

Genau das hätte sie sagen sollen; statt dessen hörte sie sich etwas ganz anderes sagen.

»Nein. Sie liegen falsch in allen Punkten. Nein, Ernest, der

Fehler liegt nicht in Ihrer Therapiemethode. Mir gefällt die Vorstellung nicht, daß Sie meinetwegen etwas daran ändern könnten… das verstört mich… das verstört mich sehr. Ein einziger Patient ist doch gewiß nicht genug, um zu einem solchen Schluß zu kommen. Wer weiß? Vielleicht ist es zu früh, um etwas zu sagen. Vielleicht ist es die perfekte Methode für mich. Geben Sie mir Zeit. Mir gefällt Ihre Ehrlichkeit. Ihre Ehrlichkeit hat mir keinen Schaden zugefügt. Vielleicht hat sie mir sogar sehr gut getan. Was die Rückerstattung Ihrer Honorare betrifft, das kommt überhaupt nicht in Frage – und im übrigen möchte ich Ihnen als Anwältin dringend raten, von solchen Bemerkungen in Zukunft Abstand zu nehmen. So was macht Sie verletzlich für Prozesse.

Die Wahrheit?« fuhr Carol fort. »Sie wollen die Wahrheit? Die Wahrheit ist, Sie haben mir geholfen. Mehr als Sie wissen. Und nein, je länger ich darüber nachdenke, ich möchte meine Therapie bei Ihnen nicht beenden. Und ich möchte auch zu keinem anderen Therapeuten gehen. Vielleicht haben wir die harte Phase hinter uns. Vielleicht habe ich Sie unbewußt auf die Probe gestellt. Ja, ich denke, das habe ich getan. Ich habe Sie ernsthaft auf die Probe gestellt.«

»Und wie habe ich abgeschnitten?«

»Ich denke, Sie haben bestanden. Nein, mehr als das… Sie sind Klassenbester.«

»Worum ging es bei dem Test?«

»Nun… ich bin mir nicht sicher, ob ich weiß… lassen Sie mich darüber nachdenken. Nun, ein paar Dinge weiß ich sehr wohl darüber, aber könnten wir uns das für ein andermal aufheben, Ernest? Es gibt da etwas, das *muß* ich heute einfach mit Ihnen besprechen.«

»Okay, aber wir sind klar miteinander – Sie und ich?«

»Und werden immer klarer.«

»Dann nehmen wir uns jetzt Ihre Tagesordnung vor. Sie sagten, es ginge um einen Klienten.«

Carol beschrieb ihre Situtation mit Marshal, erzählte zwar, daß er Therapeut war, verschleierte ansonsten aber in jeder anderen Hinsicht seine Identität aufs sorgfältigste und erinnerte Ernest an ihre berufliche Schweigepflicht, damit er keine weiteren Fragen stellte.

Ernest war nicht kooperativ. Es gefiel ihm nicht, Carolyns Therapiestunde zu einer Beratung zu machen, und er erhob eine ganze Reihe von Einwänden. Sie leistete Widerstand gegen ihre eigene Arbeit; sie zog nicht den besten Nutzen aus ihrer Zeit und aus ihrem Geld; und ihr Klient solle zu einem Therapeuten gehen statt zu einem Anwalt.

Carol wußte jeden dieser Punkte geschickt zu parieren. Geld war kein Thema – sie verschwendete kein Geld. Sie berechnete dem Klienten mehr, als Ernest ihr berechnete. Was die Möglichkeit betraf, daß ihr Klient einen Therapeuten aufsuchte – nun, *er wollte einfach nicht,* und sie konnte ihm dies aufgrund ihrer Schweigepflicht nicht näher erläutern. Außerdem ging sie ihren eigenen Problemen keineswegs aus dem Weg – sie wäre bereit, Ernest zu einem anderen Termin zu treffen, um die Stunde wieder nachzuholen. Und da das Problem des Klienten ihr eigenes widerspiegele, arbeite sie indirekt auch an ihren Themen, indem sie sich mit seinen beschäftigte. Ihr schlagkräftigstes Argument war folgendes: Indem sie auf rein altruistische Weise für ihren Klienten handelte, trug sie Ernests Ermahnung Rechnung, den Kreislauf des Egoismus und der Paranoia zu durchbrechen, den ihre Mutter und ihre Großmutter an sie weitergegeben hatten.

»Sie haben mich überzeugt, Carolyn. Sie sind eine gefährliche Frau. Wenn ich jemals meine Sache vor Gericht vertreten muß, möchte ich Sie als Anwältin. Erzählen Sie mir von Ihnen und Ihrem Klienten.«

Ernest war ein erfahrener Berater und hörte sorgfältig zu, während Carol ihm erzählte, womit sie es bei Marshal zu tun hatte: Zorn, Arroganz, Einsamkeit, Fixierung auf Geld und

Status und schwindendes Interesse an allem anderen in seinem Leben einschließlich seiner Ehe.

»Was mir auffällt«, sagte Ernest, »ist, daß er jedwede Perspektive verloren hat. Diese Ereignisse und diese Gefühle haben ihn so gefangengenommen, daß er sich mit ihnen identifiziert. Wir müssen eine Möglichkeit finden, ihm zu helfen, ein paar Schritte von sich selbst zurückzutreten. Wir müssen ihm helfen, sich aus einer distanzierten Warte zu betrachten, ja sogar aus einer kosmischen Perspektive. Genau das habe ich übrigens bei Ihnen versucht, Carolyn, wann immer ich Sie gebeten habe, irgend etwas vor dem Hintergrund der langen Reihe Ihrer Lebensereignisse zu betrachten. Ihr Klient ist zu seinen Lebensereignissen und Gefühlen *geworden* – er hat das Gefühl der Kontinuität seines Ichs verloren, das Gefühl der fortdauernden Existenz seines Wesens, und er ist nicht mehr in der Lage, die einzelnen Ereignisse als nur marginale Bruchteile seiner Existenz wahrzunehmen. Und was die Dinge noch verschlimmert, ist die Tatsache, daß Ihr Klient davon ausgeht, sein gegenwärtiger Jammer werde sich zum Dauerzustand entwickeln. Das ist natürlich das typische Kennzeichen der Depression – eine Kombination aus Traurigkeit plus Pessimismus.«

»Wie können wir das durchbrechen?«

»Nun, da gibt es verschiedene Möglichkeiten. Nach dem, was Sie mir erzählt haben, ist zum Beispiel ganz klar, daß Leistung und Tüchtigkeit für seine Identität von zentraler Bedeutung sind. Er muß sich jetzt absolut hilflos fühlen, und er sieht diese Hilflosigkeit mit Entsetzen. Möglicherweise hat er die Tatsache aus den Augen verloren, daß er Alternativen hat und daß diese Alternativen ihm die Macht zur Veränderung geben. Man muß ihm helfen zu begreifen, daß seine Zwangslage nicht das Ergebnis eines vorherbestimmten Schicksals ist, sondern das Ergebnis seiner eigenen Entscheidungen – zum Beispiel seiner Entscheidung, dem Geld zu huldigen. Sobald er akzeptiert, daß er der Schöpfer seiner Situation ist, kann man ihm auch begreiflich machen, daß es in seiner Macht steht, sich zu befreien: Seine Entscheidungen haben ihn in die Sache hineingebracht; seine Entscheidungen können ihn da auch wieder rausholen.

Wahrscheinlich kann er auch das Wesen seines gegenwärtigen Kummers nicht richtig einschätzen – daß er nämlich im Jetzt existiert, daß er einen Anfang hatte und ein Ende haben wird. Sie könnten sich sogar Gelegenheiten in der Vergangenheit mit ihm zusammen ansehen, bei denen er ebenfalls soviel Zorn und Kummer empfunden hat; dann können Sie ihm helfen, sich daran zu erinnern, daß dieser Schmerz langsam verblaßt ist – genau wie sein gegenwärtiger Schmerz irgendwann nur noch eine trübe Erinnerung sein wird.«

»Gut, gut, Ernest. Wunderbar.« Carol machte sich eifrig Notizen. »Was noch?«

»Hm, Sie sagen, er sei Therapeut. Damit haben Sie noch einen weiteren Ansatzpunkt. Wenn ich Therapeuten behandle, stelle ich oft fest, daß sie ihre eigenen beruflichen Fähigkeiten zu ihren Nutzen einsetzen können. Es ist immer gut, sie dazu zu zwingen, sich von außen zu sehen.«

»Wie machen Sie das?«

»Eine ganz einfache Möglichkeit könnte darin bestehen, ihn zu bitten, sich einen Patienten vorzustellen, der mit denselben Sorgen in seine Praxis käme. Wie würde er an diesen Patienten herangehen? Fragen Sie ihn: ›Wie sähen Ihre Gefühle bezüglich dieses Patienten aus? Wie könnten Sie ihm vielleicht helfen?‹«

Ernest wartete, während Carol eine Seite umblätterte und fortfuhr, sich Notizen zu machen.

»Seien Sie darauf gefaßt, daß er diese Fragen mit Verärgerung aufnehmen wird; wenn Therapeuten tiefen Schmerz erfahren, sind sie für gewöhnlich wie alle anderen Menschen auch: Sie wollen, daß man sich um sie kümmert, und nicht, daß man sie zu ihren eigenen Therapeuten macht. Aber lassen Sie nicht locker... es ist eine effektive Methode, es ist gute Technik. In unserem Geschäft nennt man so etwas ›aus Liebe hart sein‹.

›Aus Liebe hart sein‹, ist nicht meine starke Seite«, fuhr Ernest fort. »Mein ehemaliger Supervisor pflegte mir zu sagen, daß ich mich im allgemeinen für die unmittelbare Genugtuung entscheiden würde, ein Verhalten, das mir die Liebe meiner Patienten einträgt, statt die wichtigere Genugtuung im Auge zu behalten, zu sehen, wie ihr Zustand sich bessert. Ich denke – nein, ich *weiß* –, daß er recht hatte. Für diese Erkenntnis bin ich ihm einiges schuldig.«

»Und Arroganz?« fragte Carol, die nun von ihren Notizen aufblickte. »Mein Klient ist so arrogant und selbstherrlich, und sein Verhalten ist von solchem Rivalitätsdenken geprägt, daß er überhaupt keine Freunde hat.«

»Da ist die beste Methode für gewöhnlich, das Innerste nach außen zu kehren: Seine Selbstherrlichkeit verdeckt wahrscheinlich ein Selbstbild, das voller Zweifel und Scham und Minderwertigkeitsgefühlen ist. Arrogante, ehrgeizzerfressene Menschen haben für gewöhnlich das Gefühl, besser sein zu müssen als alle anderen, nur um nicht schlechter zu sein. Ich käme daher gar nicht auf den Gedanken, seine Selbstherrlichkeit oder Eigenliebe zu erforschen. Konzentrieren Sie sich statt dessen auf seine Selbstverachtung...«

»Schht.« Carol hob die Hand, um ihn zu einer Pause zu bewegen, während sie schrieb. Als sie aufhörte, fragte er. »Was noch?«

»Die Bedeutung, die er dem Geld beimißt«, sagte Carol, »und dem Insiderstatus. Und seine Isolation und Engstirnigkeit. Man hat das Gefühl, als spielten seine Frau und seine Familie überhaupt keine Rolle in seinem Leben.«

»Nun ja, wissen Sie, niemand läßt sich gern betrügen, aber die katastrophenhafte Reaktion Ihres Klienten erstaunt mich dennoch: solche Panik, solches Entsetzen ... es ist gerade so, als stünde sein Leben selbst auf dem Spiel, als würde er ohne Geld zu einem Nichts werden. Ich wäre geneigt, mir über die Ursprünge dieses persönlichen Mythos Gedanken zu machen – ach übrigens, ich würde mit Bedacht und wiederholt von einem ›Mythos‹ sprechen. Wann hat er seinen Mythos geschaffen? Wessen Stimmen haben ihn geleitet? Ich würde gern mehr darüber wissen, welche Einstellung seine Eltern zu Geld hatten. Das ist wichtig, weil es nach allem, was Sie mir erzählt haben, seine Gier nach Status ist, die sein Verderben war – das Ganze klingt nach einem cleveren Betrüger, der sich auf diese Einstellung konzentriert und sie benutzt hat, um ihn in die Falle zu locken.

Es ist paradox«, fuhr Ernest fort. »Ihr Klient – fast hätte ich gesagt, ihr *Patient* – betrachtet seinen Verlust als seinen Ruin, aber andererseits, wenn Sie ihn richtig leiten, könnte sich der Betrug als seine Rettung erweisen. Es könnte das Beste sein, was ihm je passiert ist!«

»Wie kann ich das bewerkstelligen?«

»Ich würde ihn auffordern, sehr tief in sich selbst hineinzuschauen und die Frage zu beleuchten, ob er im Innersten, im Kern seiner selbst, wirklich glaubt, der Zweck seines Lebens bestünde in der Anhäufung von Geld. Manchmal habe ich solche Patienten gebeten, sich selbst in die Zukunft hineinzuprojizieren – bis zu dem Punkt ihres Todes, zu ihrer Beerdigung –, ja sogar sich ihr Grab vorzustellen und einen Nachruf zu verfassen. Wie würde er sich wohl fühlen, Ihr Klient, wenn man auf seinen Grabstein einen Bericht über seine Geldgier einmeißelte? Ist das die Art und Weise, wie er sein Leben zusammengefaßt sehen will?«

»Eine schaurige Übung«, sagte Carol. »Erinnert mich an diese Übung mit der Lebenslinie, die Sie mich einmal zu zeichnen gebeten haben. Vielleicht sollte ich diese Übung auch mal in Angriff nehmen ... aber nicht heute ... ich bin noch nicht fertig mit meinen Fragen. Sagen Sie mir, Ernest, was halten Sie von seiner Gleichgültigkeit gegenüber seiner Frau? Ich habe durch reinen Zufall erfahren, daß sie möglicherweise eine Affäre hat.«

»Dieselbe Strategie. Ich würde fragen, was *er* zu einem Patienten sagen würde, der dem Menschen mit Gleichgültigkeit begegnet, der ihm auf der ganzen Welt am nächsten steht. Fordern Sie ihn auf, sich ein Leben ohne sie vorzustellen. Und was ist aus seinem sexuellen Ich geworden? Wo ist das hingekommen? Wann hat es sich aufgelöst? Und ist es nicht seltsam, daß er sich anscheinend viel mehr Mühe gibt, seine Patienten zu verstehen als seine Frau? Sie sagen, sie sei ebenfalls Therapeutin, aber er ziehe ihre Ausbildung und ihre Methode ins Lächerliche? Nun, ich würde ihn mit dem Kopf darauf stoßen, so fest ich nur kann. Was ist die Grundlage seines Spotts? Ich bin mir sicher, daß er nicht auf festen Beinen steht.

Mal sehen, was noch? Was seine Unfähigkeit betrifft, vernünftig zu arbeiten – wenn dieser Zustand anhält, wäre es vielleicht gut für ihn, wenn er seine Praxis für ein oder zwei Monate schließen würde, und zwar um seinetwillen wie auch um seiner Patienten willen. Vielleicht wäre es am sinnvollsten für ihn, diese Zeit für einen Urlaub mit seiner Frau zu nutzen. Vielleicht sollten die beiden zu einem Paartherapeuten gehen. Ich denke, mit das Beste, was passieren könnte, wäre es, wenn er ihr erlaubte, ihm zu helfen – und zwar mit ihren geschmähten Methoden.«

»Eine letzte Frage...«

»Nicht heute, Carolyn, uns geht die Zeit aus... und mir gehen die Ideen aus. Aber verbringen wir doch noch eine Minute damit, uns unsere heutige Sitzung anzusehen. Sagen Sie mir, was haben Sie bei den Worten, die wir heute miteinander gewechselt haben, empfunden? Unsere Beziehung betreffend? Und heute möchte ich die ganze Wahrheit hören. Ich war offen zu Ihnen. Seien Sie offen zu mir.«

»Ich weiß, daß Sie offen gewesen sind. Und ich würde ebenfalls gern offen sein... aber ich weiß nicht, wie ich es ausdrücken soll... Ich fühle mich ernüchtert oder gedemütigt... oder vielleicht wäre ›bevorzugt‹ die richtige Ausdrucksweise. Und ernst genommen. Und ich habe das Gefühl, daß man mir Vertrauen entgegengebracht hat. Und Ihre Ehrlichkeit macht es mir schwer, so zu tun, als ob.«

»Inwiefern so tun, als ob?«

»Sehen Sie auf die Uhr. Wir überziehen. Nächstes Mal!«

Carol erhob sich und wandte sich zum Gehen.

An der Tür kam es zu einem Augenblick der Verlegenheit. Sie mußten eine neue Art des Abschiednehmens finden.

»Wir sehen uns dann also am Donnerstag«, sagte Ernest, während er ihr die Hand zu einem formellen Händedruck entgegenhielt.

»Ich bin noch nicht reif für einen Händedruck«, sagte Carol. »Schlechte Angewohnheiten lassen sich schwer durchbrechen. Erst recht nicht, wenn sie sich derart eingebürgert haben. Fahren wir die Sache langsam runter. Wie wär's mit einer väterlichen Umarmung?»

»Ginge ›onkelhaft‹ auch?«

28

Es war ein langer Tag in der Praxis gewesen. Marshal trottete in Gedanken verloren nach Hause. Neun Patienten hatte er an diesem Tag behandelt. Neunmal einhundertfünfundsiebzig Dollar. Tausendfünfhundert Dollar und fünfundsiebzig. Wie lange brauchte er, bis er die neunzigtausend Dollar wieder drinhatte? Fünfhundert Patientenstunden. Über zwölf Arbeitswochen bei sechs vollen Tagen in der Praxis. Zwölf Wochen vor den Pflug gespannt, zwölf Wochen Arbeit für diesen Dreckskerl Peter Macondo! Ganz zu schweigen von den laufenden Geschäftskosten während dieser Zeit: der Praxismiete, Berufsabgaben, Kunstfehlerversicherung, medizinische Zulassung. Ganz zu schweigen von den Honoraren, die er eingebüßt hatte, als er in den ersten Wochen nach dem Betrug Stunden abgesagt hatte. Und dann die fünfhundert, die der Detektiv abkassiert hatte. Ganz zu schweigen davon, daß Wells Fargo sich letzte Woche wieder erholte hatte und um vier Prozentpunkte höher lag als zu dem Zeitpunkt, als er verkauft hatte! Und die Anwaltsgebühren! *Carol ist es wert*, dachte Marshal, *auch wenn sie nicht begreift, daß ein Mann so etwas nicht einfach abschreiben kann. Ich will diesen Bastard hängen sehen, und wenn ich den Rest meines Lebens dafür brauche*!

Marshal stampfte ins Haus und ließ wie immer seine Aktentasche auf der Türschwelle fallen, um zu seinem neuen Telefonanschluß zu eilen und die Nachrichten abzuhören. Voilà! Säet und ihr werdet ernten! Auf dem Anrufbeantworter war eine Nachricht.

»Hallo, ich habe Ihre Anzeige im APA-Monitor gesehen – nun ja, nicht Ihre Anzeige, Ihre Warnung. Ich bin Psychiater in New York City, und ich hätte gern mehr Informationen über den Patienten, den Sie beschreiben. Hört sich so an wie jemand, den ich behandle. Bitte rufen Sie mich heute abend zu Hause an: 212-555-7082. Sie können auch noch ganz spät anrufen.«

Marshal wählte die Nummer und hörte ein »Hallo« am Telefon, ein »Hallo«, das ihn, so Gott wollte, direkt zu Peter führte. »Ja«, erwiderte Marshal, »ich habe Ihre Nachricht bekommen. Sie sagen, Sie behandeln jemanden wie den Mann, den ich in der Anzeige beschrieben habe. Können Sie ihn mir beschreiben?«

»Eine Augenblick bitte«, sagte der Anrufer. »Immer langsam. Wer sind Sie? Bevor ich Ihnen irgend etwas sage, muß ich wissen, wer Sie sind.«

»Ich bin in San Francisco als Psychiater und Analytiker tätig. Und Sie?«

»Psychiater mit Praxis in Manhattan. Ich brauche mehr Informationen über Ihre Anzeige. Sie benutzen den Ausdruck *Gefahr.*«

»Und ich *meine* Gefahr. Dieser Mann ist ein Betrüger, und wenn Sie ihn behandeln, sind Sie in Gefahr. Er scheint Ihr Patient zu sein?«

»Es steht mir nicht frei, einfach mit einem Fremden über meine Patienten zu sprechen.«

»Vertrauen Sie mir, Sie können die Regeln vergessen – das ist ein Notfall«, sagte Marshal.

»Es wäre mir lieber, wenn Sie mir erst soviel wie möglich über diesen Patienten erzählen würden.«

»Da sehe ich kein Problem«, sagte Marshal. »Etwa vierzig, gutaussehend, Schnurrbart, hat sich als Peter Macondo eingeführt...«

»*Peter Macondo*!« unterbrach ihn die Stimme am Telefon. »Das ist der Name *meines* Patienten!«

»Das ist ja unglaublich!« Marshal ließ sich erstaunt auf einen Stuhl sinken. »Denselben Namen zu benutzen! *Das* hätte ich nie gedacht. Denselben Namen? Nun, ich habe diesen Macondo acht Stunden in Kurztherapie gehabt. Typische Probleme der Megareichen: Vermögensfragen mit seinen beiden Kindern und seiner Ex-Frau; jeder wollte ein Stückchen von ihm haben; großzügig bis zum Geht-nicht-mehr; Ehefrau Alkoholikerin. Haben Sie dasselbe Drehbuch bekommen?« fragte Marshal.

»Jawoll, er hat mir außerdem erzählt, er hätte sie ins Betty-Ford-Center geschickt« erwiderte Marshal. »Und dann habe ich ihn und seine Verlobte einmal zusammen dagehabt... stimmt, große, elegante Frau. Name Adriana... sie hat ebenfalls denselben Namen benutzt? ... Ja, das ist richtig, um an einem Ehevertrag zu arbeiten... den Rest kennen Sie dann ja wohl... erfolgreiche Therapie, wollte mich belohnen, beklagte sich über meine niedrigen Honorare, Vorlesungsreihe an der Universität Mexico...

Oh, Buenos Aires? Na, schön zu hören, daß er immer noch improvisiert. Er hat seine neue Investition aufs Tapet gebracht? Fahrradhelmfabrik?

Das stimmt – die Chance Ihres Lebens –, Sie kriegen eine absolute Garantie darauf, daß Sie keinen Verlust machen werden. Zweifellos haben Sie auch das große moralische Dilemma serviert bekommen? Daß er dem Chirurgen, der seinem Vater das Leben gerettet hat, einen schlechten Finanztip gegeben hat? Wie er sich dafür gegeißelt hat? Konnte einfach nicht mit den Schuldgefühlen fertig werden, daß er einem Wohltäter geschadet hat. Daß er so etwas nie wieder zulassen dürfe? Stimmt... ein Herzchirurg... bei mir hat er auch eine ganze Stunde darauf verwandt, dieses Material durchzuarbeiten. Ein Detektiv, den ich konsultiert habe... ein absolutes Arschloch übrigens... dem hat das wahnsinnig gut gefallen – nannte es einen inspirierten Plan.

Also, wie weit sind Sie? Haben Sie ihm schon den Scheck für die Investition gegeben?

Nächste Woche Mittagessen im Jockey Club – kurz bevor er nach Zürich aufbricht? Kommt mir bekannt vor. Nun, Sie haben meine Anzeige gerade rechtzeitig gelesen. Der Rest der Geschichte wird kurz und bitter sein. Er hat mir eine Rolex geschickt, die ich natürlich nicht annehmen konnte, und ich vermute, er wird dasselbe bei Ihnen machen. Dann wird er Sie bitten, Adriana zu behandeln, und Sie großzügig im voraus für Ihre Therapie bezahlen. Sie werden sie vielleicht ein- oder zweimal sehen. Und dann – puff – ist sie weg. Beide werden vom Antlitz der Erde verschwinden.

Neunzigtausend. Und glauben Sie mir, ich kann es mir nicht leisten. Wie sieht es bei Ihnen aus? Wieviel wollten Sie denn investieren?

Ach, nur vierzigtausend? Ich weiß, wovon Sie sprechen – ich hatte dasselbe Problem mit meiner Frau.

Möchte am liebsten Goldmünzen unter der Matratze vergraben. In diesem Fall hatte sie allerdings recht – zum ersten Mal. Aber es überrascht mich, daß er nicht mehr aus Ihnen rausholen wollte.

Oh, er hat sich erboten, Ihnen noch mal vierzig zu leihen, zinslos, während Sie im Laufe der nächsten Wochen mehr Geld lockermachen? Hübsche Idee.«

»Ich kann Ihnen gar nicht genug für Ihre Warnung danken.« erwiderte der Anrufer. »Kam keinen Augenblick zu früh. Ich stehe in Ihrer Schuld.«

»War mir ein Vergnügen. Es freut mich, einem Berufskollegen helfen zu können. Wie sehr ich mir wünschte, irgend jemand hätte dasselbe für mich getan.

He, he, warten Sie mal, legen Sie nicht auf. Ich kann Ihnen gar nicht sagen, wie froh ich bin, daß ich Sie vor diesem Betrüger gerettet habe. Aber das ist nicht der Grund, warum ... oder nicht der einzige Grund, warum ... ich die Anzeige geschaltet habe. Der Bastard ist eine echte Gefahr. Man muß ihn aufhalten. Er wird einfach zum nächsten Psychiater gehen. Wir müssen den Kerl hinter Schloß und Riegel bringen.

APA? Hm, ich bin Ihrer Meinung: die APA-Anwälte mit der Sache zu betrauen, wäre eine Möglichkeit. Aber soviel Zeit haben wir nicht. Der Kerl taucht immer nur für kurze Zeit auf und verschwindet dann wieder. Ich habe einen Privatdetektiv auf ihn angesetzt, und lassen Sie sich gesagt sein, wenn Peter Macondo verschwindet, verschwindet er unauffindbar. Haben Sie irgendwelche Informationen, irgendwelche Hinweise, die uns zu seiner wahren Identität führen könnten? Eine dauerhafte Adresse? Haben Sie je einen Paß gesehen? Kreditkarten? Konten?

Bargeld für alles? Bei mir war's genauso. Wie sieht's mit Nummernschildern von irgendwelchen Autos aus?

Wunderbar – wenn Sie die Zulassungsnummern kriegen können – wunderbar. Ah, so haben Sie ihn also kennengelernt? Er hat das Haus am Ende der Straße gemietet, in der Ihr Sommerhaus auf Long Island steht, und er hat Sie in seinem neuen Jaguar mitgenommen? Ich weiß, wer den Jaguar bezahlt hat. Aber ja, ja, notieren Sie sich die Autonummer, wenn es irgend geht. Oder die Nummer des Händlers, wenn sie noch auf dem Wagen klebt. Es wäre ja gelacht, wenn wir ihn nicht schnappen sollten.

Da bin ich völlig Ihrer Meinung. Sie *sollten* zu einem Privatdetektiv gehen – oder zu einem Rechtsanwalt. Alle, die ich diesbezüglich konsultiert habe, haben sich schier ein Bein ausgerissen, um mir klarzumachen, was für ein Profi dieser Bursche ist. Wir brauchen professionelle Hilfe...

Ja, viel besser, den Detektiv die Informationen sammeln zu lassen, statt es selbst zu machen. Wenn Macondo Sie in der Nähe seines Hauses oder seines Wagens rumschnüffeln sieht, ist er weg.

Was das kostet? Mein Detektiv hat fünfhundert am Tag berechnet – die Anwältin zweihundertfünfzig die Stunde. In New York werden sie Ihnen noch mehr abknöpfen.

Ich kann Ihnen nicht ganz folgen«, sagte Marshal. »Warum sollte *ich* die Honorare zahlen?

Genausowenig habe ich etwas zu gewinnen. Wir sitzen im gleichen Boot – alle haben mir garantiert, daß ich niemals auch nur einen Penny von meinem Geld zurückbekommen werde – daß Macondo, wenn man ihn denn überhaupt schnappen sollte, keinerlei Vermögenswerte besitzen und eine kilometerlange Kette von Forderungen hinter sich her ziehen würde. Glauben Sie mir – meine Motive in diesem Fall sind dieselben wir ihre: Gerechtigkeit und der Schutz unserer Berufskollegen... Rache? Hm, ja, das ist natürlich auch mit im Spiel – das gebe ich zu. In Ordnung, hm, wie wär's mit folgendem? Teilen wir uns alle Unkosten, die Ihnen entstehen, fifty-fifty. Und vergessen Sie nicht, das Geld ist steuerlich absetzbar.«

Nach einer kurzen Feilscherei sagte Marshal: »Sechzig-vierzig, damit kann ich leben. Wir sind uns also einig? Als nächstes suchen wir einen Detektiv auf. Bitten Sie Ihren Anwalt um eine Empfehlung. Dann legen wir uns mit Hilfe des Detektivs einen Plan zurecht, wie wir ihn in die Falle locken können. Ein Vorschlag noch: Macondo wird anbieten, Ihnen einen Schuldschein zu geben – bitten Sie ihn um einen bankgarantierten Schuldschein; er wird eine Garantie mit gefälschter Unterschrift vorlegen. Und dann können wir ihn wegen Bankbetrugs festnageln – eine schwerwiegendere Anklage. Auf diese Weise würde sich das FBI mit der Sache beschäftigen... nein, habe ich nicht. Nicht beim FBI. Auch nicht bei der Polizei. Ich werde offen mit Ihnen sein; ich hatte zu große Angst vor schlechter Publicity, vor möglicher Kritik – weil ich bei einem Patienten investiert hatte oder jedenfalls einem Expatienten. Ein Fehler – ich hätte mich mit aller Kraft gegen ihn zur Wehr setzen sollen. Aber in dieser Zwangslage sind Sie ja nicht. Sie haben noch nicht investiert, und wenn Sie es tun, dann nur, um Macondo in die Falle zu locken.

Sie sind sich nicht sicher, daß Sie mit der Sache zu tun haben wollen?« Marshal begann beim Reden auf und ab zu gehen. Ihm wurde klar, daß er diese kostbare Gelegenheit leicht vertun konnte und seine Worte mit Bedacht wählen mußte.

»Wie meinen Sie das? Sie *haben* damit zu tun! Wie werden Sie sich fühlen, wenn Sie von anderen Psychiatern erfahren, vielleicht Freunden von Ihnen, die reingelegt wurden – und Sie wissen, Sie hätten es verhindern können? Und wie werden *diese Leute* sich fühlen, wenn sie erfahren, daß auch Sie ein Opfer dieses Betrügers waren und Schweigen bewahrt haben? Sagen wir das nicht auch unseren Patienten? Daß es Konsequenzen hat, wenn man etwas tut – oder nicht tut?

Wir meinen Sie das – ›Sie werden darüber nachdenken‹? Wir haben keine Zeit. Bitte, Doktor ... Wissen Sie, ich kenne Ihren Namen gar nicht.

Das stimmt, Sie kennen meinen auch nicht. Wir befinden uns in derselben Zwickmühle – wir haben beide Angst vor Bloßstellung. Wir müssen einander vertrauen. Mein Name ist Marshal Streider – ich bin Lehranalytiker mit Praxis in San Francisco – psychiatrische Ausbildung in Rochester am Golden Gate Analytic Institute. Das ist richtig, als John Romano Vorsitzender in Rochester war. Und Sie?

Arthur Randal – klingt vertraut – St. Elisabeth in Washington? Nein, da kenne ich niemanden. Sie beschäftigen sich also überwiegend mit Psychopharmaka?

Nun, ich mache in letzter Zeit auch mehr Kurztherapie und ein wenig Paartherapie ... aber bitte, Dr. Randal, zurück zu unserem Thema – Sie haben keine Zeit, darüber nachzudenken – sind Sie bereit, an der Sache mitzuwirken?

Machen Sie Witze? Natürlich fliege ich nach New York. Das würde ich mir nicht entgehen lassen. Ich kann allerdings nicht die ganze Woche dasein – ich habe einen vollen Terminkalender. Aber wenn die Falle zuschnappt, werde ich dasein. Rufen Sie mich an, wenn Sie bei dem Detektiv waren – ich würde in dieser Sache gern auf dem laufenden bleiben. Sie rufen von zu Hause an? Unter welcher Nummer kann ich Sie am besten erreichen?«

Marshal notierte sich mehrere Nummern – Privat-, Praxis- und Wochenendnummer auf Long Island. »Ja, ich werde mich dann bei Ihnen zu Hause melden. Es ist auch bei mir ziemlich unmöglich, mich in der Sprechstunde zu erreichen. Sie beenden Ihre Stunden um halb? Ich beende meine normalerweise um zehn vor – da kommen wir tagsüber nie zusammen.«

Mit einer Mischung aus Erleichterung, Triumph und Jubel legte er den Telefonhörer auf. Peter hinter Schloß und Riegel. Peters gesenkter Kopf. Adriana niedergeschlagen im Gefängnis, grau. Der neue Jaguar, guter Wiederverkaufswert, in seiner Garage geparkt. Endlich Rache! Niemand legte Marshal Streider aufs Kreuz.

Dann griff er nach dem APA-Verzeichnis und schlug die Seite mit Arthur Randal auf – schön geschnittene Gesichtszüge, blondes, glatt zurückgekämmtes Haar, kein Scheitel, zweiundvierzig Jahre, ausgebildet im Rutgers- und St. Elisabeth-Krankenhaus, Forschungsarbeit über Lithiumspiegel und bipolare Erkrankungen, zwei Kinder. Die Praxisnummer stimmte. Gott sei gedankt für Dr. Randal.

Aber ein Lump ist er doch, dachte Marshal. *Wenn mir jemand den Verlust von Vierzigtausend erspart hätte, würde ich nicht wegen der Detektivhonorare feilschen. Andererseits, von seinem Standpunkt aus betrachtet, warum sollte er das Geld hinblättern? Ihm ist nichts passiert. Peter hat seine Honorare gezahlt. Warum sollte er Geld investieren, um jemanden in die Falle zu locken, der ihm kein Unrecht getan hat?*

Marshals Gedanken kehrten zu Peter zurück. Warum sollte er bei einer anderen Gaunerei denselben Namen benutzen? Vielleicht wurde Macondo langsam selbstzerstörerisch. Jeder weiß, daß Soziopathen sich früher oder später selbst ans Messer liefern. Oder dachte er einfach, dieser Tölpel Streider sei so dumm, daß es die Mühe nicht lohnte, sich einen anderen Decknamen zu überlegen? Nun, man würde ja sehen!

Nachdem Marshal ihn in Kenntnis gesetzt hatte, reagierte Arthur schnell. Bis zum nächsten Abend hatte er bereits einen Detektiv konsultiert, der sich im Gegensatz zu Bat Thomas nützlich gemacht hatte. Er empfahl, Macondo vierundzwanzig Stunden lang beobachten zu lassen (für fünfundsiebzig Dollar die Stunde). Er würde sich die Autonummer notieren und sie überprüfen lassen. Wenn die Umstände es gestatteten, würde er vielleicht in Macondos Wagen einbrechen, um nach Fingerabdrücken und anderem Material zur Identifikation zu suchen.

Es gab, so hatte der Detektiv Arthur Randal erklärt, keine Möglichkeit, Macondo festzunehmen, solange er nicht auch in New York ein Verbrechen begangen hatte. Daher legte er ihnen nahe, daß sie ihm tatsächlich eine Falle stellten, genaue Aufzeichnungen eines jeden Gesprächs anfertigten und unverzüglich Kontakt zum Betrugsdezernat der New Yorker Polizei aufnahmen.

Am nächsten Abend wurde Marshal über neuerliche Fortschritte in Kenntnis gesetzt. Arthur hatte Kontakt zum Betrugsdezernat in Midtown Manhattan aufgenommen und war an einen Detective Darnel Collings verwiesen worden, der großes Interesse an Peter Macondo zeigte, da er vor sechs Monaten einen ähnlich gelagerten Fall gehabt hatte. Er hatte darum gebeten, sich wie geplant mit Peter zum Mittagessen im Jockey Club zu treffen und bei dieser Begegnung ein Mikrofon zu tragen. Dann sollte er ihm den Barscheck überreichen und sich im Gegenzug die gefälschte Bankgarantie geben lassen. Das Betrugsdezernat, das die Transaktion mit ansehen und aufzeichnen würde, würde dann auf der Stelle zur Verhaftung schreiten.

Aber das NYPD brauchte einen guten Grund für eine so weitreichende Unternehmung. Man würde Marshals Kooperation benötigen. Er würde nach New York fliegen, beim Betrugsdezernat eine offizielle Anzeige gegen Peter erstatten und sich persönlich ausweisen müssen. Marshal schauderte beim Gedanken an die Publicity, aber jetzt, da sein Opfer so nahe war, überdachte er seine Position noch einmal. Nun gut, sein Name würde vielleicht in einigen kleineren New Yorker Tageszeitungen auftauchen, aber wie wahrscheinlich war es, daß sich die Sache bis nach San Francisco rumsprach?

Die Rolex? Welche Rolex? sagte Marshal laut und wie zur Probe. *Oh, die Uhr, die Macondo am Ende der Therapie geschickt hat? Die Uhr, die ich nicht annehmen wollte und Adriana zurückgegeben habe*? Während er sprach, streifte

Marshal sich die Uhr vom Handgelenk und begrub sie in seiner Kommodenschublade. Wer wollte sein Wort anzweifeln? Würde irgend jemand Macondo glauben? Nur seine Frau und Melvin wußten von der Rolex. Shellys Schweigen war sicher. Und Marshal war der Hüter so vieler bizarrer, hypochondrischer Geheimnisse Melvins, daß er in dieser Hinsicht keine Bedenken hatte.

Jeden Abend telefonierten Marshal und Arthur zwanzig Minuten lang miteinander. Welch eine Erleichterung für Marshal, endlich einen echten Vertrauten und Mitverschwörer zu haben, der sich vielleicht eines Tages zu einem Freund entwickeln konnte. Arthur empfahl sogar einen seiner Patienten an Marshal weiter, einen Softwareingenieur von IBM , der in die San Francisco Bay Area versetzt werden sollte.

Der einzige Punkt, in dem sie nicht übereinstimmten, war das Geld, das Peter zur Investition übergeben werden sollte. Arthur und Peter hatten sich zu einem Mittagessen in vier Tagen verabredet. Peter hatte sich bereit erklärt, einen bankgarantierten Schuldschein auszustellen, und Arthur würde einen Barscheck über vierzigtausend Dollar mitbringen. Aber Arthur wollte, daß Marshal die gesamten vierzigtausend Dollar aufbrachte. Nachdem er gerade ein Sommerhaus gekauft hatte, verfüge er über keinerlei flüssige Mittel mehr. Seine einzige Möglichkeit sei, auf das Vermögen seiner Frau zurückzugreifen, das ihre Mutter ihr hinterlassen hatte, nachdem sie im vergangenen Winter gestorben war. Aber seine Frau, die aus einer alten Familie der New Yorker Gesellschaft kam, war extrem empfindlich, was ihren gesellschaftlichen Ruf anging, und übte allergrößten Druck auf Arthur aus, um in keiner Weise mit in diese ganze schmutzige Angelegenheit verwickelt zu werden.

Marshal, dem die Ungerechtigkeit seiner Situation schwer zu schaffen machte, hatte eine lange Sitzung mit Arthur und verlor im Verlauf dieser Verhandlung jeden Respekt vor seinem kleinmütigen Kollegen. Zu guter Letzt fand Marshal sich bereit, auch in dieser Sache sechzig zu vierzig zu machen. Arthur mußte Macondo einen einzigen Barscheck präsentieren, und das Geld mußte von einer New Yorker Bank kommen. Marshal erklärte sich also bereit, am Tag vor dem geplanten Mittagessen vierundzwanzigtausend Dollar auf Arthurs Konto zu überweisen – entweder würde er das Geld nach New York mitbringen, oder er würde es kabeln. Arthur willigte widerstrebend ein, die restlichen sechzehntausend aufzubringen.

Als Marshal am nächsten Abend nach Hause kam, fand er auf dem Anrufbeantworter eine Nachricht von Detective Darnel Collins vom Betrugsdezernat New York City, Midtown, Manhattan, vor. Als er unter der angegebenen Nummer zurückrief, wurde er ziemlich barsch abgefertigt. Die gehetzte Telefonistin der Polizei wies ihn an, am nächsten Morgen noch einmal anzurufen: Officer Collins habe dienstfrei, und bei Marshals Anruf schien es sich ja nicht um einen Notfall zu handeln.

Marshal erwartete seinen ersten Patienten für den nächsten Morgen um sieben Uhr. Er stellte den Wecker auf fünf und rief gleich nach dem Aufstehen noch einmal in New York an. Die Telefonistin sagte: »Ich benachrichtige ihn. Einen schönen Tag noch«, und mit diesen Worten ließ sie den Hörer auf die Gabel krachen. Zehn Minuten später klingelte das Telefon.

»Mr. Marshal Streider?«

»*Doktor* Streider.«

»Hm, Entschuldigung. DOKTOR Streider. Detective Collins vom New Yorker Betrugsdezernat. Wir haben *noch einen* Doktor hier – Dr. Arthur Randal – er sagt, Sie hätten einen ziemlich üblen Zusammenstoß mit einem Mann gehabt, für den wir uns ebenfalls interessieren – führt sich manchmal unter dem Namen Peter Macondo ein.«

»Einen sehr üblen Zusammenstoß. Der Mann hat mich um neunzigtausend Dollar betrogen.«

»Da stehen Sie nicht allein. Es sind noch andere ziemlich verärgert über unseren Freund. Nennen Sie mir Einzelheiten. Alles. Ich zeichne unser Gespräch auf – in Ordnung?«

Marshal brauchte fünfzehn Minuten, um alles zu berichten, war ihm mit Peter Macondo passiert war.

»Mann o Mann, Sie wollen sagen, Sie haben ihm neunzigtausend Dollar gegeben, einfach so?«

»Sie können das nicht nachvollziehen, wenn Sie nicht über das Wesen und die Schwierigkeiten der psychotherapeutischen Situation im Bilde sind.«

»Ach so? Na ja, Sie wissen ja, daß ich kein Doktor bin. Aber eins kann ich Ihnen sagen: *Ich* habe nie jemandem einfach so Geld überlassen. Und neunzigtausend sind eine Menge Geld.«

»Ich habe Ihnen doch gesagt, ich hatte einen garantierten Schuldschein. Habe ihn von meinem Anwalt prüfen lassen. So werden Geschäfte nun mal gemacht. Die Garantieerklärung verpflichtet die Bank, den Schuldschein auf Verlangen einzulösen.«

»Eine Garantie, die Sie erst überprüft haben, als er schon zwei Wochen lang über alle Berge war.«

»Hören Sie mal, Detective, was soll das? Stehe ich vor Gericht? Glauben Sie, ich bin glücklich über die ganze Sache?«

»Okay, mein Freund, bleiben Sie ruhig, und wir kommen schon miteinander klar. Ich sage Ihnen jetzt, was wir tun werden, damit es Ihnen wieder besser geht. Wir werden diesen Burschen beim Mittagessen verhaften – während er an seinem Radicchio knabbert –, und zwar nächsten Mittwoch, vielleicht so gegen halb eins, ein Uhr. Aber um diese Sache wasserdicht zu machen, brauchen wir Sie in New York. Der Mann muß binnen zwölf Stunden nach der Verhaftung identifiziert werden – mit anderen Worten noch vor Mittwoch, spätestens gegen Mitternacht. Wir haben also eine feste Verabredung?«

»Das lasse ich mir nicht entgehen.«

»Okay, Mann, eine Menge Leute verlassen sich auf Sie. Ach, und noch etwas – Sie haben den gefälschten Wechsel und die Quittung für den Barscheck noch?«

»Ja. Soll ich die mitbringen?«

»Ja, bringen Sie die Originale mit, wenn Sie kommen, aber ich möchte sofort Kopien davon haben. Können Sie sie mir heute faxen? Zwei-eins-zwei-fünf-fünf-fünf-drei-vier-acht-neun – schreiben Sie meinen Namen drauf, Detective Darnel Collins. Und noch ein Letztes. Ich bin mir sicher, ich brauche Ihnen das nicht zu sagen – aber zeigen Sie sich auf *gar keinen Fall, auf gar keinen Fall* in dem Restaurant. Tun Sie's doch, flattert unser Vögelchen davon, und alle Beteiligten wären sehr unglücklich. Warten Sie auf dem Revier an der Vierundfünfzigsten Straße auf mich – zwischen der Eighth und der Ninth Avenue, oder verabreden Sie sich mit Ihrem Kumpel. Sie können sich mit ihm treffen, wenn wir diesen ›Macondo‹ hoppgenommen haben, und dann kommen Sie mit ihm runter aufs Revier. Lassen Sie mich wissen, wie Sie sich entschieden haben. Noch irgendwelche Fragen?«

»Noch eine. Ist die Sache auch wirklich sicher? Es ist ein echter Scheck, den Dr. Randal Ihnen geben wird, und das Geld gehört zum größten Teil mir.«

»Es ist *Ihr* Geld? Ich dachte, es wäre *sein* Geld.«

»Wir teilen uns die Sache. Sechzig zu vierzig. Ich steuere vierundzwanzigtausend bei.«

»Ob es sicher ist? Wir lassen zwei Männer am Nebentisch zu Mittag essen, während drei andere jeden einzelnen Schritt beobachten und aufzeichnen. Das sollte wohl sicher genug sein. Aber *ich* würde da nicht mitmachen.«

»Warum nicht?«

»Irgend etwas kann immer passieren – Erdbeben, Feuer, alle drei Beamte kriegen gleichzeitig einen Herzinfarkt und kippen um –, ich weiß nicht, irgendein Scheiß kann immer schiefgehen. Sicher? Ja, ziemlich sicher. Trotzdem, ich würde es nicht machen. Aber ich bin ja auch kein Doktor.«

Das Leben bekam wieder Farbe für Marshal. Er joggte wieder. Er spielte wieder Basketball. Er sagte seine Termine bei Carol ab, weil er sich töricht vorgekommen wäre, hätte er zugeben müssen, daß er Peter nachgestellt hatte. Carol hatte sich genau der gegenteiligen Strategie verschrieben: Sie drängte ihn, seinen Verlust zu akzeptieren und zu lernen, mit seinem Zorn umzugehen. Es ist eine gute Lektion, dachte Marshal, über die Gefahren, die es mit sich bringt, wenn man jemandem in der Therapie einen Rat gibt. Wenn der Patient den Rat nicht befolgt, kommt er nicht wieder.

Er telefonierte jeden Abend mit Arthur Randal. Während das Treffen mit Peter immer näher rückte, wurde Arthur immer nervöser.

»Marshal, meine Frau ist davon überzeugt, daß ich mir mit dieser ganzen Affäre einen Bärendienst erweise. Das kommt mit Sicherheit in die Zeitung. Meine Patienten werden davon erfahren. Denken wir an meinen Ruf. Man wird sich entweder über mich lustig machen oder mir vorwerfen, ich hätte Geld bei einem Patienten investiert.«

»Aber genau das ist doch der Punkt. Sie investieren *nicht* bei einem Patienten. Sie arbeiten mit der Polizei zusammen, um einen Kriminellen eine Falle zu stellen. Das wird sich *positiv* auf Ihren Ruf auswirken.«

»Aber so wird die Presse es gewiß nicht darstellen. Denken Sie doch mal nach. Sie wissen, wie versessen die auf Skandale sind – vor allem im Zusammenhang mit Psychiatern. Ich habe mehr und mehr das Gefühl, daß ich auf diese ganze Geschichte gut verzichten kann. Ich habe eine gute Praxis, alles, was ich mir je gewünscht habe.«

»Wenn Sie meine Anzeige nicht gelesen hätten, Arthur, hätte dieser Gangster Ihnen vierzigtausend Dollar abgeknöpft. Und wenn wir ihn nicht aufhalten, wird er weitermachen.«

»Sie brauchen mich nicht – *Sie* nageln ihn fest, und ich identifiziere ihn. Ich bewerbe mich um eine Stellung bei der medizinischen Fakultät der Columbia ... schon der Hauch eines Skandals ...«

»Hören Sie, Arthur, ich habe eine Idee: Sichern Sie sich ab – schreiben Sie einen detaillierten Brief über die Situation und ihre Pläne an der New York Psychiatric Society – tun Sie es *jetzt,* bevor Macondo verhaftet wird. Wenn nötig, können Sie dann Ihrer Abteilung bei der Columbia und der Presse eine Kopie dieses Briefes vorlegen. Auf die Weise haben Sie eine wasserdichte Absicherung.«

»Diesen Brief kann ich unmöglich schreiben, Marshal, ohne Sie zu erwähnen – Ihr Zeitungsinserat, Ihre Beziehung zu Macondo. Wie stehen Sie dazu? Ihnen hat es doch auch widerstrebt, Ihren Namen in der Zeitung zu lesen.«

Marshal erbleichte bei dem Gedanken an jede weitere Bloßstellung, wußte aber, daß er keine Wahl hatte. Außerdem spielte es kaum noch eine Rolle – seine auf Band aufgezeichnete Unterhaltung mit Detective Collins machte seine Beziehung zu Peter ohnehin zu einer öffentlichen Angelegenheit.

»Wenn Sie es tun müssen, Arthur, tun Sie es. Ich habe nichts zu verbergen. Unser ganzer Berufsstand wird uns gegenüber nichts als Dankbarkeit empfinden.«

Dann war da noch die Angelegenheit mit dem Mikrofon, das er bei sich tragen sollte, damit die Polizei den Geschäftsabschluß mit Macondo aufzeichnen konnte. Mit jedem weiteren Tag vergrößerte sich Arthurs Unbehagen.

»Marshal, es muß doch eine andere Möglichkeit geben, diese Sache über die Bühne zu bringen. Man darf so etwas nicht auf die leichte Schulter nehmen – ich bringe mich da in große Gefahr. Macondo ist zu clever und zu erfahren, um sich auf diese Art und Weise von uns reinlegen zu lassen. Haben Sie mit Detective Collins gesprochen? Seien Sie ehrlich – glauben Sie, daß er Macondo intellektuell gewachsen ist? Angenommen, Macondo entdeckt das Gerät während unseres Gesprächs?«

»Wie sollte er das?«

»Was weiß ich? Sie kennen ihn doch – er ist einem immer zehn Schritte voraus.«

»Diesmal nicht. Sie haben die Polizei am Nachbartisch, Arthur. Und vergessen Sie nicht die Selbstherrlichkeit des Soziopathen, sein Gefühl der Unverletzlichkeit.«

»Soziopathen sind aber auch unberechenbar. Können Sie mit Sicherheit sagen, daß Peter nicht die Nerven verliert und eine Waffe zieht?«

»Arthur, das ist nicht seine Masche ... das paßt in keiner Weise zu den Dingen, die wir über ihn wissen. Ihnen droht keine Gefahr. Denken Sie daran, Sie sitzen in einem vornehmen Restaurant inmitten wachsamer Polizisten. Sie schaffen es. Es muß sein.«

Marshal hatte eine gräßliche Vorahnung, daß Arthur möglicherweise im letzten Augenblick abspringen könnte, und bei jedem ihrer abendlichen Gespräche führte er sein ganzes rhetorisches Geschick ins Feld, um seinem furchtsamen Komplizen Mut zu machen. Er vertraute seine Sorgen auch Detective Collins an, der sich daraufhin seinerseits bemühte, Arthur zu beruhigen.

Aber zu Arthurs Ehrenrettung sei gesagt, daß er seine Bedenken bezwang und seiner Begegnung mit Macondo schließlich mit Entschlossenheit, ja sogar mit Gleichmut entgegensah. Marshal schickte das Geld am Dienstag morgen von seiner Bank ab, sprach am Abend mit Arthur, um sich die Ankunft des Geldes bestätigen zu lassen, und nahm den Flieger nach New York.

Das Flugzeug hatte zwei Stunden Verspätung, und es war

drei Uhr nachmittags, als er zu seinem Treffen mit Arthur und Detective Collins auf dem Polizeirevier an der vierundfünfzigsten Straße ankam. Der diensthabende Beamte erklärte ihm, Detective Collins verhöre gerade jemanden, und ließ ihn auf einem schäbigen Ledersessel im Flur Platz nehmen. Marshal war noch nie zuvor auf einem Polizeirevier gewesen und beobachtete mit großem Interesse das ständige Kommen und Gehen blaßgesichtiger Verdächtiger, die von den Beamten die Treppen hinauf und wieder hinunter geführt wurden. Aber er war groggy – er war zu nervös gewesen, um im Flugzeug zu schlafen, und döste schon bald ein.

Etwa dreißig Minuten später weckte ihn der Mann vom Empfang, indem er ihn sachte an der Schulter schüttelte, und führte ihn zu einem Raum im zweiten Stock, wo Detective Collins, ein kräftig gebauter Schwarzer, an seinem Schreibtisch saß und sich Notizen machte. *Großer Kerl,* dachte Marshal, *könnte von der Figur her Linebacker bei den Profis sein. Genau wie ich ihn mir vorgestellt habe.*

Aber sonst war nichts, wie er es sich vorgestellt hatte. Als Marshal sich bekanntmachte, erstaunte ihn die merkwürdige Förmlichkeit des Beamten. Binnen eines einzigen grauenvollen Augenblicks wurde offenbar, daß der Detective keine Ahnung hatte, wer Marshal war. Ja, er sei Detective Darnel Collins. Nein, er habe nicht mit Marshal telefoniert. Nein, er habe nie von einem Dr. Arthur Randal gehört und auch nicht von einem Peter Macondo. Und er wisse nichts von irgendeiner Verhaftung im Jockey Club. Er kannte überhaupt keinen Jockey Club. Ja, *natürlich* war er sich absolut sicher, daß er Peter Macondo nicht verhaftet hatte, während dieser Radicchio kaute. Radicchio? Was sollte das denn sein?

Die Explosion in Marshals Kopf war ohrenbetäubend, lauter noch als die Explosion, die vor einigen Wochen durch die Entdeckung ausgelöst worden war, daß es sich bei dem Bankwechsel um eine Fälschung handelte. Ihm wurde flau, und er klappte auf dem Stuhl, den der Beamte ihm anbot, zusammen.

»Ganz ruhig, Mann. Ganz ruhig. Stützen Sie den Kopf auf. Das hilft vielleicht.« Detective Collins erhob sich und kam mit einem Glas Wasser zurück. »Sagen Sie mir, was passiert ist. Aber ich habe so eine Ahnung, daß ich es bereits weiß.«

Marshal erzählte benommen seine ganze Geschichte. Peter, Hundertdollarscheine, Adriana, der Club, Fahrradhelme, Arthur Randals Anruf, Aufteilung von sechzig zu vierzig, Privatdetektiv, Jaguar, die Vierundzwanzigtausenddollarfalle, das Betrugsdezernat – alles – die ganze Katastrophe.

Detective Collins schüttelte den Kopf, während Marshal sprach. »Mann, das tut weh, ich weiß es. He, Sie sehen aber gar nicht gut aus. Wollen Sie sich hinlegen?«

Marshal schüttelte den Kopf und wiegte ihn in den Händen, während Detective Collins weitersprach. »Geht's Ihnen wirklich gut?«

»Wo ist die Toilette, schnell.«

Detective Collins führte ihn zur Herrentoilette und wartete in seinem Büro, während Marshal sich ins Klo erbrach, sich den Mund ausspülte, das Gesicht wusch und die Haare kämmte. Langsam kehrte er in Detective Collins' Büro zurück.

»Besser ?«

Marshal nickte. »Es geht.«

»Hören Sie mir einen Augenblick zu. Lassen Sie mich erklären, was Ihnen passiert ist«, sagte Detective Collins. »Das ist die Zwei-Bisse-Nummer. Berühmte Geschichte. Ich habe unzählige Male davon gehört, bin aber nie selbst damit in Berührung gekommen. Man muß unheimlich gut sein, um diese Nummer abzuziehen. Und ein ganz besonderes Opfer finden: klug, stolz... und dann *beißt man es zweimal*... Beim ersten Mal kriegt er seinen Mann durch Habgier an den Haken... beim zweiten Mal kriegt er ihn mit Rache. Wirklich gut. Mann, so was hab ich noch nie zuvor erlebt. Braucht ganz schön Nerven, weil alles mögliche schiefgehen kann. Nehmen wir nur eins zum Beispiel – wenn Sie auch nur ein klein wenig argwöhnisch werden und bei der Auskunft von Manhattan nachprüfen, ob die Telefonnummer des Polizeireviers echt ist, ist alles gelaufen. Mann, hat der Nerven. Der spielt in der höchsten Liga.«

»Keine Hoffnung, wie?« flüsterte Marshal.

»Geben Sie mir die Telefonnummern; ich lasse sie überprüfen. Ich werde alles tun, was ich kann. Aber die Wahrheit? Sie wollen die Wahrheit? Da ist höchstwahrscheinlich nichts zu machen.«

»Was ist mit dem echten Dr. Randal?«

»Macht wahrscheinlich Urlaub außer Landes. Macondo hat seinen Anrufbeantworter geknackt. Nicht schwer.«

»Wie sieht es mit der Möglichkeit aus, die anderen Beteiligten aufzuspüren?« fragte Marshal.

»Welche anderen? Da gibt's keine anderen. Seine Freundin war wahrscheinlich die Polizeitelefonistin. Die anderen muß er selbst imitiert haben. Diese Burschen sind Schauspieler. Die Guten sprechen alle Stimmen selbst. Und dieser Typ ist gut. Und mittlerweile lange über alle Berge. Mit Sicherheit.«

Marshal stolperte auf Detective Collins' Arm gestützt die Treppe hinunter, lehnte das Angebot ab, sich von einem Streifenwagen zum Flugplatz bringen zu lassen, nahm an der Eighth Avenue ein Taxi, fuhr zum Flughafen, bestieg das nächste Flugzeug nach San Francisco, fuhr benommen nach Hause, sagte seine Patiententermine für die nächste Woche ab und legte sich ins Bett.

29

»Geld, Geld, Geld. Können wir denn über gar nichts anderes reden, Carol? Ich will Ihnen mal eine Geschichte über meinen Vater erzählen, mit der dann ein für alle Mal all Ihre Fragen, was mich und das Geld betrifft, beantwortet sind. Ist passiert, als ich noch ein Wickelkind war, aber ich habe sie mein Leben lang zu hören bekommen – ein Teil des Familienmythos.« Marshal öffnete langsam den Reißverschluß seiner Joggingjacke, zog sie aus, lehnte Carols Angebot ab, ihm die Jacke abzunehmen und aufzuhängen, und ließ sie achtlos neben seinem Stuhl auf den Boden fallen.

»Er hatte einen winzigen Lebensmittelladen, sechs Quadratmeter, an der Ecke der Fünften Straße und der Straße R in Washington. Wir wohnten über dem Laden. Eines Tages kam ein Kunde und fragte nach einem Paar Arbeitshandschuhen. Mein Vater sagte, er müsse sie aus dem Hinterzimmer holen, es würde ein paar Minuten dauern. Nun, es gab kein Hinterzimmer. Die Hintertür führte auf eine Gasse hinaus. Mein Vater galoppierte die Gasse hinunter zu dem zwei Häuserblocks entfernten Markt, kaufte ein Paar Arbeitshandschuhe für zwölf Cent, rannte zurück und verkaufte sie dem Kunden für fünfzehn Cent.«

Marshal nahm ein Taschentuch, putzte sich kräftig die Nase und wischte sich ohne Hemmungen die Tränen von den Wangen. Bei seiner Rückkehr aus New York hatte er alle Versuche fallen lassen, seine Verletzlichkeit zu verbergen, und beinahe in jeder Sitzung geweint. Carol saß schweigend da, respektierte Marshals Tränen und versuchte sich daran zu erinnern, wann sie das letzte Mal einen Mann hatte weinen sehen. Jeb, ihr Bruder, weinte aus Prinzip nicht, obwohl ihn so ziemlich jeder routinemäßig mißhandelt hatte. Vater, Mutter, Schulschläger – manchmal eigens zu dem Zweck, ihn zum Weinen zu bringen.

Marshal begrub das Gesicht in seinem Taschentuch. Carol beugte sich vor und drückte seine Hand. »Die Tränen sind für Ihren Vater? Lebt er noch?«

»Nein, er ist jung gestorben, für immer eingesargt in diesem Lebensmittelladen. Zuviel hin- und hergerannt. Zu viele Dreicentgeschäfte. Wann immer ich daran denke, Geld zu verdienen oder Geld zu verlieren oder Geld zu verschwenden, steht mir das Geld meines lieben Vaters vor Augen, wie er in seiner weißen, mit Hühnerblut bespritzten Schürze diese schmuddelige Gasse hinunterjagt: Er hat den Wind im Gesicht, die schwarzen Haare wehen, er ringt um Atem und hält schließlich triumphierend ein Paar Zwölfcentarbeitshandschuhe in die Höhe, als seien sie die Stafette bei einer Olympiastaffel.«

»Und Sie Marshal, Ihr Platz in diesem Bild?«

»Dieses Bild ist die Wiege meiner Leidenschaften. Vielleicht der entscheidende Zwischenfall in meinem Leben, der alles andere festgelegt hat.«

»Dieser Zwischenfall hat Ihre künftige Einstellung zum Geld geprägt?« fragte Carol. »Mit anderen Worten, Sie verdienen genug Geld, und die Knochen Ihres Vaters werden aufhören, diese Gasse rauf und runter zu klappern.«

Marshal war überrascht. Er sah mit neuem Respekt zu seiner Anwältin auf. Ihr maßgeschneidertes, malvenfarbenes Kostüm, das ihren strahlenden Teint zur Geltung brachte, machte ihn ein wenig verlegen, wenn er an sein unrasiertes Gesicht und den schäbigen Jogginganzug dachte. »Diese Bemerkung... raubt mir den Atem. Ich muß über klappernde Knochen nachdenken.«

Es folgte ein langes Schweigen. Schließlich hakte Carol nach: »Wohin wandern Ihre Gedanken jetzt?«

»Zu dieser Hintertür. Bei der Handschuhgeschichte geht es nicht nur um Geld; es geht auch um Hintertüren.«

»Sie meinen die Hintertür zu dem Laden Ihres Vaters?«

»Ja. Und die Lüge, daß diese Tür zu einem weiteren großen

Lagerraum führen würde statt auf die Gasse hinaus – das ist eine Metapher für mein ganzes Leben. Ich tue so, als gäbe es noch weitere Räume in mir; und doch weiß ich tief in meinem Herzen, daß ich keinen Lagerraum habe, keine verborgenen Güter. Ich betrete und verlasse die Bühne über Gassen und Hintertüren.«

»Ah, der Pacific Union Club«, sagte Carol.

»Genau. Vielleicht können Sie sich vorstellen, was es bedeutete, endlich, endlich durch die Vordertür einzutreten. Macondo hat den unwiderstehlichen Köder benutzt: den Insiderköder. Den ganzen Tag lang behandle ich wohlhabende Patienten. Wir sind uns nah, wir teilen intime Augenblicke, ich bin unverzichtbar für sie. Trotzdem kenne ich meinen Platz. Ich weiß, wäre da nicht mein Beruf, hätte ich sie in einem anderen Zusammenhang kennengelernt, würden sie mir nicht mal die Uhrzeit sagen. Ich bin wie der Pfarrpriester aus der armen Familie, der am Ende die Beichten der Oberklasse abnimmt. Aber dieser Club – das war *das* Symbol des Angekommenseins. Aus dem Lebensmittelladen auf der Ecke fünfte und R die Marmortreppe hinaufzusteigen, mit diesem großen Messingklopfer anzuklopfen, durch offene Türen in die inneren, rotsamtenen Gemächer einzutreten. Auf dieses Ziel habe ich mein Leben hingearbeitet.«

»Und drinnen wartete Macondo – ein Mann korrupter als jeder, der jemals den Laden Ihres Vaters betreten hat.«

Marshal nickte. »Die Wahrheit ist, ich erinnere mich mit großer Zuneigung an die Kunden meines Vaters. Ich habe Ihnen doch von diesem Patienten erzählt, der mich vor einigen Wochen dazu gebracht hat, ihn zu Avocado-Joe zu begleiten? Ich war noch nie in einem Lokal, das derart ... derart schäbig gewesen wäre. Aber wollen Sie die Wahrheit hören? Es hat mir da gefallen. Keine Heuchelei – ich habe mich zu Hause gefühlt, da habe ich mich viel wohler gefühlt als in diesem Club. Da gehöre ich hin. Es war, als wäre ich mit den Kunden meines Vaters in dem Laden Ecke Fünfte und R zusammen. Aber ich finde es schrecklich, daß es mir dort gefallen hat; ich möchte nicht auf dieses Niveau herabsinken – es hat etwas Erschreckendes, daß man durch seine frühen Lebensjahre derart programmiert wird. Ich bin zu besseren Dingen fähig. Mein ganzes Leben lang habe ich mir gesagt: Ich werde die Sägespäne des Lebensmittelladens von meinen Füßen abschütteln; ›Ich werde mich über all dies hier erheben.‹«

»Mein Großvater ist in Neapel geboren«, sagte Carol. »Ich weiß nicht viel über ihn, nur, daß er mir beigebracht hat, Schach zu spielen, und jedesmal, wenn wir fertig waren und die Figuren weglegten, sagte er dasselbe – ich höre noch heute seine sanfte Stimme: ›Siehst du, Carol, das Schachspiel ist wie das Leben: Wenn das Spiel vorbei ist, wandern sämtliche Figuren – die Bauern und die Könige und die Königinnen – wieder in dieselbe Schachtel.‹ Das ist auch für Sie eine gute Lektion, über die Sie einmal nachdenken sollten, Marshal: *Bauern und Könige und Königinnen wandern am Ende des Spiels alle in dieselbe Schachtel zurück.* Wir sehen uns dann morgen wieder. Um dieselbe Zeit.«

Seit seiner Rückkehr aus New York hatte Marshal sich jeden Tag mit Carol getroffen. Zu ihren ersten beiden Sitzungen war sie zu ihm nach Hause gekommen, dann hatte er begonnen, sich in ihr Büro zu schleppen, und jetzt, eine Woche später, tauchte er langsam aus seiner depressiven Erstarrung auf und machte den Versuch, seine Rolle in dem, was ihm zugestoßen war, zu begreifen. Ihre Kollegen bemerkten ihre täglichen Sitzungen mit Marshal und stellten mehr als einmal Fragen bezüglich des Falls. Aber Carol antwortete immer: »Komplexer Fall. Kann nicht mehr darüber sagen – heikle Angelegenheit. Absolut vertraulich.«

Die ganze Zeit über ließ Carol sich weiter von Ernest beraten. Sie nutzte seine Beobachtungen und Ideen mit großem Erfolg. Fast jeder Vorschlag funktionierte wie ein Talisman.

Eines Tages, als Marshal festzusitzen schien, beschloß sie, es mit Ernests Grabsteinübung zu versuchen.

»Marshal, ein so großer Teil Ihres Lebens kreiste bisher um materiellen Erfolg, um das Bestreben, zu Geld zu kommen und zu den Dingen, die man mit Geld erwerben kann – Ihren Status, Ihre Kunstsammlungen –, dieses Geld scheint die Person, die Sie sind, zu definieren, scheint zu definieren, was Ihr ganzes Leben wert ist. Sollen das Ihre letzten Insignien sein, das letzte Resümee Ihres Lebens? Sagen Sie, haben Sie überhaupt einmal darüber nachgedacht, was Sie sich als Inschrift für Ihren Grabstein wünschen würden? Wären es die Attribute – das Ansammeln und die Anhäufung von Geld?«

Marshal blinzelte, weil ihm ein Tropfen Schweiß ins Auge gerollt war. »Das ist eine harte Frage, Carol.«

»Bin ich nicht da, um harte Fragen zu stellen? Tun Sie mir den Gefallen – lassen Sie sich ein paar Minuten Zeit zum Überlegen. Sagen Sie alles, was Ihnen in den Sinn kommt.«

»Das erste, was mir in den Sinn kommt, ist das, was der New Yorker Polizist über mich sagte – daß ich stolz sei, geblendet von Habgier und geblendet von Rachsucht.«

»*Das* wollen Sie auf Ihrem Grabstein stehen haben?«

»Das will ich *nicht* auf meinem Grabstein haben. Mein schlimmster Alptraum. Aber vielleicht verdiene ich diese Worte – vielleicht ist mein ganzes Leben auf diesen Nachruf zugerollt.«

»Sie wollen diesen Grabstein nicht? Dann«, sagte Carol mit einem Blick auf Ihre Armbanduhr, »ist Ihre Marschrichtung für die Zukunft klar: Sie müssen die Art, wie Sie leben, ändern. So, das war's für heute, unsere Zeit ist um, Marshal.«

Marshal nickte, hob seine Jacke vom Boden auf, zog sie langsam an und schickte sich an zu gehen. »Mir ist plötzlich so kalt ... ich zittere ... diese Grabsteinfrage. Das ist eine schockierende Frage – verheerend. Mit so schwerer Artillerie muß man vorsichtig umgehen, Carol. Wissen Sie, an wen

Sie mich erinnern? Sie haben mich doch mal nach diesem Therapeuten für Ihren Bekannten gefragt. Ernest Lash – mein ehemaliger Schüler. Das ist genau die Art Frage, die er wahrscheinlich stellen würde. Ich habe ihn immer von solchen Fragen zurückzuhalten versucht. Er bezeichnete sie als Existenzschocktherapie.«

Carol hatte sich bereits halb erhoben, aber dann gewann ihre Neugier die Oberhand. »Dann halten Sie das also für schlechte Therapie? Sie waren ziemlich kritisch, was Lash betrifft.«

»Nein, ich habe nicht gesagt, daß es eine schlechte Therapie für mich ist. Im Gegenteil, es ist eine hervorragende Therapie. Eignet sich vorzüglich, um jemanden aufzurütteln. Und was Ernest Lash betrifft – ich hätte nicht so hart mit ihm sein sollen. Ich würde gern einige der Dinge, die ich über ihn gesagt habe, zurücknehmen.«

»Wie kommt es, daß Sie so hart waren?«

»Meine Arroganz. Das betrifft genau das Thema, über das wir die ganze letzte Woche gesprochen haben. Ich war intolerant ihm gegenüber: Ich war so fest davon überzeugt, daß meine Methode die einzig wahre sei. Ich war kein guter Supervisor. Und ich habe nichts von ihm gelernt.«

»Also, die Wahrheit über Ernest Lash?« fragte Carol.

»Ernest ist in Ordnung. Nein, besser als in Ordnung. Die Wahrheit ist – er ist ein *guter* Therapeut. Ich habe ihn immer gern damit aufgezogen, daß er soviel essen müßte, weil er seinen Patienten soviel gibt – er läßt sich aussaugen, geht viel zu sehr mit. Aber wenn ich einen Therapeuten aufsuchen müßte, würde ich mich heute für einen entscheiden, der den gleichen Fehler macht, der ebenfalls zuviel von sich selbst gibt. Wenn ich nicht bald aus diesem Morast herauskomme und einige meiner Patienten an andere Therapeuten überweisen muß, werde ich mir überlegen, ob ich nicht einige von ihnen zu Ernest schicke.«

Marshal erhob sich. »Die Zeit ist abgelaufen. Danke, daß Sie heute für mich überzogen haben, Carol.«

Sitzung um Sitzung verging, ohne daß Carol die Sprache auf Marshals Ehe brachte. Vielleicht zögerte sie wegen ihres eigenen ehelichen Ödlands. Eines Tages jedoch wagte sie den Sprung schließlich doch. Marshal hatte wiederholt festgestellt, daß Carol der einzige Mensch auf der Welt war, mit dem er offen sprechen könne, und so fragte sie ihn, warum er nicht mit seiner Frau reden könne. Aus Marshals Antworten wurde deutlich, daß er Shirley nichts von dem New Yorker Betrug erzählt hatte. Und sie wußte auch nicht über das Ausmaß seiner Erschütterung Bescheid. Oder daß er Hilfe brauchte.

Der Grund, warum er nicht mit Shirley gesprochen hatte, so sagte Marshal, sei der, daß er ihre einmonatige Meditation in Tassajara nicht stören wolle. Carol wußte, daß dies eine Ausrede war: Es war weniger Rücksichtnahme als Gleichgültigkeit und Scham, die Marshals Taten bestimmte. Marshal gab zu, daß er kaum jemals an Shirley dachte, daß er zu sehr mit seinem eigenen Zustand beschäftigt war, daß er und Shirley jetzt in zwei verschiedenen Welten lebten. Ermutigt von Ernests Rat, ließ Carol nicht locker.

»Marshal, sagen Sie mir, was geschieht, wenn einer *Ihrer* Patienten wiederholt und beiläufig seine Beziehung zu der Frau, mit der er vierundzwanzig Jahre verheiratet ist, als Nichtigkeit abtut? Wie reagieren *Sie*?«

Wie Ernest es vorhergesagt hatte, sträubte Marshal sich gegen diese Frage. »Ihr Büro ist der einzige Platz, an dem ich nicht der Therapeut sein *muß*. Seien Sie folgerichtig. Neulich erst haben Sie mich damit konfrontiert, daß ich es nicht zulassen kann, daß jemand sich um mich kümmert, und jetzt versuchen Sie mich zu zwingen, *selbst hier* der Therapeut zu sein.«

»Aber Marshal, wäre es nicht töricht von uns, wenn wir uns nicht aller uns zu Gebote stehenden Ressourcen bedienen würden – und das schließt Ihre ausgedehnten therapeutischen Kenntnisse und Erfahrungen mit ein.«

»Ich bezahle Sie für Ihre Sachkenntnis. Eine Selbstanalyse interessiert mich nicht.«

»Sie behaupten, ich sei sachverständig, und doch weisen Sie meinen sachverständigen Rat zurück, um auf Ihren eigenen Sachverstand zurückzugreifen.«

»Wortklauberei.«

Einmal mehr griff Carol auf Ernests Worte zurück.

»Es ist doch zutreffend, daß es Ihnen nicht darum geht, sich einfach nur umsorgen zu lassen? Ist Ihr *eigentliches* Ziel nicht Autonomie? Zu lernen, sich selbst zu versorgen? Zu ihrer eigenen Mutter und ihrem eigenen Vater zu werden?«

Marshal schüttelte voller Staunen über Carols Fähigkeiten den Kopf. Er hatte keine andere Wahl, als sich den Fragen zu stellen, die für seine eigene Genesung unabdingbar waren.

»Na schön. Na schön. Die Hauptfrage ist, was ist aus meiner Liebe zu Shirley geworden? Schließlich verbindet uns seit der zehnten Klasse eine wunderbare Freundschaft und Liebe. Also, wann und wie sind diese Dinge zerfallen?«

Marshal versuchte seine eigenen Fragen zu beantworten.

»Es ist jetzt einige Jahre her, daß es mit unserer Ehe langsam bergab ging. Ungefähr zu der Zeit, als unsere Kinder langsam den Kinderschuhen entwuchsen, wurde Shirley rastlos. Das übliche Phänomen. Wieder und wieder sprach sie davon, wie unausgefüllt sie sich fühle und daß ich so ganz in meiner Arbeit aufgehe. Ich dachte, die ideale Lösung wäre es, wenn sie ebenfalls Therapeutin würde und meiner Praxis beiträte. Aber der Schuß ist nach hinten losgegangen. Während der Ausbildung wurde ihre Einstellung zur Psychoanalyse immer kritischer. Sie beschäftigte sich ausgerechnet mit genau den Methoden, die mir am tiefsten suspekt waren: alternative Spinnereien, spirituell orientierte Methoden, vor allem solche, die auf östlichen Meditationen fußten. Ich bin mir sicher, sie hat das absichtlich getan.«

»Sprechen Sie weiter«, drängte Carol. »Welche Fragen sollte ich Ihnen sonst noch stellen?«

Marshal gab widerstrebend einige Dinge preis: »Warum bemüht Shirley sich so wenig, etwas über die psychoanalytische Behandlung von mir zu lernen? Warum muß sie mir so vorsätzlich die Stirn bieten? Tassajara ist nur drei Stunden von hier entfernt – ich schätze, ich könnte da rauf fahren, ihr sagen, wie ich mich fühle und sie bitten, mit mir über ihre Auswahl therapeutischer Methoden zu reden.«

»Das ist aber nicht der Punkt, auf den ich hinauswill. Das sind Fragen, die Sie *ihr* stellen müssen«, sagte Carol. »Was ist mit Fragen, die Sie sich selbst stellen müssen?«

Marshal nickte, als wolle er Carol damit bedeuten, daß ihre Methode vernünftig sei.

»Warum habe ich so wenig mit ihr über ihre eigenen Interessen gesprochen? Warum habe ich mir so wenig Mühe gegeben – überhaupt keine Mühe gegeben –, sie zu verstehen?«

»Mit anderen Worten«, hakte Carol weiter nach, »warum ist Ihre Bereitschaft, Ihre Patienten zu verstehen, so viel größer als Ihre Bereitschaft, Ihre Frau zu verstehen?«

Marshal nickte abermals. »So könnte man es vielleicht ausdrücken.«

»Könnte?« fragte Carol.

»Man kann es eindeutig so ausdrücken«, räumte Marshal ein.

»Andere Fragen, die Sie einem Patienten in Ihrer Situation vielleicht stellen würden?«

»Ich würde meinem Patienten einige sexuelle Fragen stellen. Ich würde fragen, was aus seinem sexuellen Ich geworden ist. Und aus dem seiner Frau. Ich würde fragen, ob er sich wünscht, daß diese unbefriedigende Situation bis in alle

Ewigkeit andauert. Wenn nicht, warum hat er es dann nicht einmal mit einer Paartherapie versucht? Möchte er sich scheiden lassen? Oder sind es nur Stolz und Arroganz – wartet er vielleicht einfach nur darauf, daß seine Frau angekrochen kommt?«

»Gute Arbeit, Marshal. Sollen wir uns einmal etwas näher mit einigen Antworten beschäftigen?«

Die Antworten sprudelten nur so heraus. Marshals Gefühle für Shirley waren seinen Gefühlen für Ernest nicht unähnlich, sagte er. Beide hatten ihn verletzt, indem sie seine berufliche Ideologie zurückwiesen. Ja, es bestand kein Zweifel daran, daß er sich gekränkt und ungeliebt fühlte. Und es bestand auch kein Zweifel daran, daß er darauf wartete, getröstet zu werden, darauf wartete, daß die Betreffenden sich in irgendeiner Form nachdrücklich entschuldigten und nach Wiedergutmachung strebten.

Kaum hatte er diese Worte ausgesprochen, schüttelte Marshal den Kopf und fügte hinzu: »Das ist es, was mein Herz und meine verletzte Eitelkeit sagen. Mein Intellekt sagt etwas anders.«

»Er sagt was?«

»Er sagt, daß ich die Neigung eines Studierenden zu unabhängigem Denken nicht als persönlichen Angriff auffassen sollte. Shirley muß die Freiheit haben, ihre eigenen Interessen zu verfolgen. Und Ernest auch.«

»Und Sie dürfen sich nicht von Ihnen beherrschen lassen?«

»Auch das. Mein Analytiker hat mir einmal gesagt, daß ich das Leben so spiele, wie ich Football spiele. Unablässig dränge, blocke, vorwärtsstürme und dem Gegner meinen Willen aufzwinge. Genau so muß Shirley mich auch empfunden haben. Trotzdem, es war nicht nur die Psychoanalyse, die sie ablehnte. Das wäre schon schlimm genug gewesen, aber damit hätte ich leben können. Womit ich nicht leben konnte, war der Umstand, daß sie sich ausgerechnet den idiotischsten

Flügel unseres Berufszweiges ausgesucht hat, die hirnrissigste neukalifornische Herangehensweise an die Therapie. Offensichtlich hat sie sich mit voller Absicht und öffentlich über mich lustig gemacht.«

»So, weil sie eine andere Methode wählt, gehen Sie davon aus, daß sie sich über Sie lustig macht. Und infolgedessen machen Sie sich ebenfalls über sie lustig.«

»Mein Spott ist keine Vergeltungsmaßnahme; er fußt auf Tatsachen. Können Sie sich vorstellen, daß man Patienten behandelt, indem man sie Blumen arrangieren läßt? Es ist schon schwer, dies an Lächerlichkeit zu überbieten. Seien Sie ehrlich, Carol – ist das nun lächerlich oder nicht?«

»Ich glaube nicht, daß ich Ihnen geben kann, was Sie wollen, Marshal. Ich weiß nicht viel darüber, aber mein Freund ist ein Ikebana-Liebhaber. Er lernt schon seit Jahren Ikebana und erzählt mir, daß er in vieler Hinsicht davon profitiert hat.«

»Wie meinen Sie das, *profitiert*?

»Er hat im Laufe der Jahre viele Therapien gemacht, einschließlich der Psychoanalyse, von der er sagt, sie habe ihm durchaus geholfen. Aber das Ikebana hat ihm, wie er mir erzählt, ebenfalls gute Dienste geleistet.«

»Sie haben mir immer noch nicht gesagt, *wie* es hilft.«

»Er hat mir erzählt, daß Ikebana einen Fluchtweg aus der Angst biete – eine Zuflucht der Stille. Die Disziplin hilft ihm, seine eigene Mitte zu finden, sie schenkt ihm ein Gefühl der Harmonie und des Gleichgewichts. Lassen Sie mich nachdenken... was hat er sonst noch gesagt? O ja – daß Ikebana ihn dazu inspiriere, seiner Kreativität und seiner ästhetischen Sensibilität Ausdruck zu verleihen. Sie sind ziemlich schnell mit Ihrem negativen Urteil bei der Hand, was das betrifft, Marshal. Vergessen Sie nicht, Ikebana ist eine altehrwürdige Technik mit einer Tradition von vielen Jahrhunderten und einer Anhängerschaft, die nach Zehntausenden zählt. Sie wissen viel darüber?«

»Aber Ikebanatherapie? Gütiger Gott!«

»Ich habe von Sprachtherapie, Musiktherapie, Tanztherapie, Kunsttherapie, Meditationstherapie, Massagetherapie gehört. Sie sagten selbst, daß die Arbeit mit Ihren Bonsais Ihnen während der vergangenen Wochen geholfen hat, nicht den Verstand zu verlieren. Wäre es nicht denkbar, daß bei bestimmten Patienten die Ikebanatherapie durchaus von Nutzen sein könnte?« fragte Carol.

»Ich glaube, das ist es, was Shirley in ihrer Dissertation zu beweisen versucht.«

»Zu welchen Ergebnissen ist sie gekommen?«

Marshal schüttelte den Kopf und sagte nichts.

»Ich nehme an, das heißt, Sie haben sich nie danach erkundigt?« fragte Carol.

Marshal nickte beinahe unmerklich. Er nahm seine Brille ab und sah in eine andere Richtung, was er häufig tat, wenn er sich schämte.

»Sie haben das Gefühl, daß Shirley sich über Sie lustig macht, und Shirley hat das Gefühl...« Carol bedeutete Marshal zu sprechen.

Schweigen.

»Sie hat das Gefühl... ?« fragte Carol noch einmal und legte eine Hand ans Ohr.

»Sie hat das Gefühl, abgewertet worden zu sein. Herabgewürdigt«, antwortete Marshal kaum hörbar.

Ein langes Schweigen. Zu guter Letzt sagte Marshal: »Okay, Carol, ich gebe es zu. Sie haben recht. Ich habe Shirley einiges zu sagen. Also, was tue ich als nächstes?«

»Ich habe das Gefühl, daß Sie die Antwort auf diese Frage kennen. Eine Frage ist keine Frage, wenn Sie die Antwort kennen. Für mich sieht es so aus, als wäre Ihr Vorgehen klar.«

»Klar? Klar? Für Sie vielleicht. Was meinen Sie? Sagen Sie es mir. Ich brauche Ihre Hilfe.«

Carol bewahrte Schweigen.

»Sagen Sie mir, was ich tun soll«, wiederholte Marshal.

»Was würden *Sie* einem Patienten sagen, der so tut, als wisse er nicht, was er tun soll?«

»Verdammt, Carol, hören Sie auf, sich wie eine Analytikerin aufzuführen, und sagen Sie mir, was ich tun soll.«

»Wie würden Sie auf *so* eine Bemerkung reagieren?«

»Gott verdammt noch mal«, sagte Marshal, nahm den Kopf zwischen beide Hände und wiegte sich hin und her. »Ich habe ein gottverdammtes Monster geschaffen. Erbarmen. Erbarmen. Schon jemals was von Erbarmen gehört?«

Carol ließ nicht locker, genau wie Ernest ihr geraten hatte. »Sie leisten schon wieder Widerstand. Machen Sie schon, Marshal, was würden Sie diesem Patienten sagen?«

»Ich würde tun, was ich immer tue: Ich würde sein Verhalten deuten. Ich würde ihm sagen, daß es ihm zu sehr um Unterwerfung zu tun ist, daß er zu sehr nach Autorität giert, um seiner eigenen Klugheit zu folgen.«

»Sie *wissen* also, was Sie zu tun haben?«

Marshal nickte resigniert.

»Und wann Sie es zu tun haben?«

Ein weiteres Nicken.

Carol sah auf ihre Uhr und erhob sich. »Es ist genau zehn vor drei, Marshal. Unsere Zeit ist um. Gute Arbeit heute. Rufen Sie mich an, wenn Sie aus Tassajara zurück sind.«

Um zwei Uhr morgens summte Shelly in Lens Haus in Tiburon vor sich hin, während er ein weiteres Mal die Chips des Potts zu sich heranzog: »Zip-a-dee-doo-dah, zip-a-dee-ay.« Nicht nur die Karten waren ihm endlich hold – er hatte den ganzen Abend Flushes, Full Houses und Superblätter für Tief bekommen –, sondern er hatte die anderen Spieler verwirrt, indem er raffiniert jeden einzelnen seiner verräterischen Hinweise in dessen Gegenteil verkehrt hatte, und gewaltige Summen einkassiert.

»Also, ich hätte nie im Leben gedacht, daß Shelly ein Full House hat«, murmelte Willy. »Da hätte ich tausend Dollar dagegen gesetzt.«

»Du *hast* tausend Dollar dagegen gesetzt«, erinnerte Len ihn. »Sieh dir nur diesen Berg Chips an – dauert nicht mehr lange, und der Tisch fängt an zu wackeln. He, Shelly, wo bist du? Bist du noch da? Ich kann dich hinter diesem Haufen kaum noch sehen.«

Als Willy in die Tasche griff und seine Brieftasche zückte, sagte er: »Bei den letzten zwei Runden hast du mich geblufft, und bei dieser hast du mich über den Tisch gezogen; was zum Teufel ist da los, Shelly? Nimmst du Unterricht oder was?«

Shelly umfaßte mit beiden Armen seinen Berg Chips, zog sie näher an sich heran, blickte auf und sagte grinsend: »Ja, ja, Unterricht – du hast's erfaßt. Die Sache ist die: Mein Psychiater hat mir ein paar Tips gegeben. Er verlegt seine Couch einmal die Woche zu Avocado-Joe.«

»Also«, sagte Carol, »in diesem Traum gestern nacht haben Sie und ich auf einer Bettkante gesessen, und dann haben wir unsere schmutzigen Socken und Schuhe ausgezogen und einander gegenüber gesessen und die Füße aneinandergelegt.«

»Die Gefühlslage des Traums?« fragte Ernest.

»Positiv. Belebend. Aber ein wenig beängstigend.«

»Sie und ich sitzen da und legen unsere nackten Füße aneinander. Was sagt dieser Traum? Lassen Sie Ihre Gedanken treiben. Denken Sie daran, wie wir beide dasitzen. Denken Sie an die Therapie.«

»Wenn ich an die Therapie denke, denke ich an meinen Klienten. Er hat die Stadt verlassen.«

»Und ...«, hakte Ernest nach.

»Hm, ich habe mich hinter meinem Klienten versteckt. Jetzt ist es Zeit, daß ich wieder hervorkomme, daß ich mich mit meinen eigenen Dingen beschäftige.«

»Und ... Lassen Sie Ihren Gedanken einfach freien Lauf, Carolyn.«

»Es ist so, als würde ich gerade erst anfangen ... Wissen Sie, Sie haben mir gute Ratschläge für meinen Klienten gegeben ... verdammt gute ... und zuzusehen, wieviel er von Ihnen bekam, hat mich neidisch gemacht ... hat in mir die Sehnsucht geweckt, selbst etwas Gutes zu bekommen ... ich brauche es ... ich muß anfangen, mit Ihnen über Jess zu reden, mit dem ich in letzter Zeit sehr viel zusammen bin – während ich ihm näherkomme, zeigen sich gewisse Probleme ... fällt mir schwer zu glauben, daß mir etwas Gutes passieren kann ... fange an, Ihnen zu vertrauen ... haben jeden Test bestanden ... aber auch das ist beängstigend – weiß nicht recht, warum ... ja, doch, ich weiß es ... kann nur nicht richtig ausdrücken, warum. Noch nicht.«

»Vielleicht drückt es der Traum für Sie aus, Carolyn. Sehen Sie sich an, was wir beide in dem Traum tun.«

»Ich verstehe es nicht – die Sohlen unserer nackten Füße berühren sich. Na und?«

»Sehen Sie sich an, wie wir dasitzen – Sohle an Sohle. Ich glaube, der Traum drückt den Wunsch aus, Seele an Seele zu sitzen – S-e-e-l-e. Nicht Sohlen, die einander berühren, sondern *Seelen*, die sich berühren.«

»Ach, wie hübsch. *Seele*, nicht Sohle. Ernest, wenn ich Ihnen auch nur die geringste Chance gebe, sind Sie bisweilen ausgesprochen clever. Seelen, die sich berühren – ja, das ist so stimmig. Ja, das ist es, was der Traum sagt. Es *ist* Zeit anzufangen. Ein neuer Anfang. Die oberste Regel hier ist Ehrlichkeit, nicht wahr?«

Ernest nickte. »Nichts ist wichtiger, als daß wir ehrlich miteinander sind.«

»Und alles, was ich hier sage, ist akzeptabel, richtig? *Alles* ist akzeptabel, solange es ehrlich ist.«

»Natürlich.«

»Dann muß ich ein Geständnis machen«, sagte Carol.

Ernest nickte ermutigend.

»Sind Sie bereit, Ernest?«

Ernest nickte abermals.

»Bestimmt, Ernest?«

Ernest lächelte wissend. Und ein klein wenig selbstgefällig – er hatte immer den Verdacht gehabt, daß Carolyn einiges vor ihm verbarg. Er griff nach seinem Notizblock, kuschelte sich behaglich in seinen Sessel und sagte: »Immer bereit für die Wahrheit.«

DANKSAGUNG

Viele haben mir bei der heiklen Grenzüberschreitung von der Psychiatrie zur Belletristik geholfen: John Beletsis, Martel Bryant, Casey Feutsch, Peggy Gifford, Ruthellen Josselson, Julius Kaplan, Stina Katchadourian, Elizabeth Tallent, Josiah Thompson, Alan Rinzler, David Spiegel, Saul Spiro, Randy Weingarten, die Jungs meiner Pokerrunde, Benjamin Yalom und Marilyn Yalom (ohne die mein Buch wesentlich schneller fertig geworden wäre). Ihnen allen spreche ich meinen tiefsten Dank aus.